Jocelyne Godard

Die Blumenweberin

Roman

Aus dem Französischen
von Anja Lazarowicz

blanvalet

Die französische Originalausgabe erschien 2007 unter dem Titel
»Les Scènes Galantes – Les Ateliers de Dame Alix 04«
bei Les Editions Le Sémaphore, Paris.

MIX
Papier aus verantwortungsvollen Quellen
FSC® C014496
FSC
www.fsc.org

Verlagsgruppe Random House FSC-DEU-0100
Das für dieses Buch verwendete FSC®-zertifizierte
Papier *Holmen Book Cream* liefert
Holmen Paper, Hallstavik, Schweden.

1. Auflage
Deutsche Erstveröffentlichung Dezember 2012 bei Blanvalet,
einem Unternehmen der Verlagsgruppe
Random House GmbH, München.

Umschlaggestaltung: © Johannes Wiebel | punchdesign, München,
unter Verwendung eines Motivs von Bridgeman Art Library
Redaktion: Ingola Lammers
ES · Herstellung: sam
Satz: KompetenzCenter, Mönchengladbach
Druck und Einband: GGP Media GmbH, Pößneck
Printed in Germany
ISBN 978-3-442-37589-9

www.blanvalet.de

Für meine Mutter Berthe

Wer sich in seiner Kunst auszeichnet und ihr die ganze Vollendung verleiht, derer sie fähig ist, der erhebt sich gewissermaßen über sie und wird dem Edelsten und Erhabensten gleich.

(...)

Wahre Größe ist ungezwungen, sanft, vertraulich, leutselig; man kann sie berühren und anfassen; sie verliert nichts, wenn man sie in der Nähe sieht; je besser man sie kennt, desto mehr bewundert man sie. Sie neigt sich aus Güte zu den Tieferstehenden herab und nimmt ohne Mühe wieder ihr ursprüngliches Wesen an; sie lässt sich mitunter gehen, vernachlässigt ihre Rechte, gibt ihre Vorteile preis, weil sie es stets in der Gewalt hat, sie wieder aufzunehmen und geltend zu machen; sie lacht, spielt und scherzt, jedoch mit Würde; man naht ihr zugleich mit Freiheit und mit Zurückhaltung. Ihr Wesen ist edel und gefällig, flößt Ehrfurcht und Zutrauen ein ...

(Aus *Die Charaktere* von La Bruyère. Nach Gerhard Hess, Leipzig, S.39 und S.47.)

1.

In der angesehenen Teppichweberei der Webermeisterin Alix Cassex in Tours herrschte von morgens bis abends rege Betriebsamkeit. Hier entstanden die prachtvollen, bei Königen und Fürsten hochgeschätzten Tapisserien.

Ein besonders strenger Winter kündigte sich an, als die junge Weberin an zwei neuen großen Wandteppichen arbeitete. Den letzten Auftrag mit dem Titel *Trojanischer Krieg*, ein Ensemble aus acht Wandteppichen mit großartigen Bildern vom Krieg und Kämpfen hoch zu Ross auf einem Millefleurs-Hintergrund, hatte König Ludwig XII. längst von ihr erhalten und in seinen Salons in Blois aufhängen lassen. Außerdem waren in Alix' Werkstätten auch die *Damen mit dem Einhorn* gefertigt worden, sechs große Tableaus mit dem Fabeltier in herrschaftlichem Dekor, die nun die Wände von Château d'Alençon zierten. Alix hatte die Teppiche für die Comtesse d'Angoulême gewebt, die sie ihrer Tochter zur Hochzeit geschenkt hatte.

Diese großen Aufträge stammten noch aus der Zeit, als Alix' Mann Jacquou lebte und sie beide von schönen, großen Werkstätten träumten. Um über den Tod ihres Mannes nicht schwermütig zu werden, hatte Alix alle Erinnerungen an diese Zeit tief in ihrem Herzen vergraben.

Dann war Alessandro und mit ihm eine neue Liebe in ihr Leben getreten. Der Florentiner Bankier machte den Geist der italienischen Renaissance in weiten Teilen Europas bekannt und hatte Alix gezeigt, welch vielfältige Wandlungen sie in Kunst und Kultur auslöste. In Florenz war Alix den großen Meistern Raffael, Leonardo da Vinci, Michelangelo und anderen bedeutenden Malern begegnet, die wie Van Orley und Van Roome aus Flandern stammten und sich mit Leib und Seele der epochemachenden Renaissance verschrieben hatten.

All diese berühmten Maler fertigten Kartons für die Webermeister an, und die europäischen Könige und ihre hohen Würdenträger wollten nur noch Bilder und Teppiche von den Größten unter ihnen.

Manchmal träumte Alix von der *Geburt Christi*, die sie eigenhändig und ausschließlich aus Goldfaden für Königin Johanna von Kastilien gewebt hatte. Damals arbeiteten nur Arnold und seine Frau Arnaude für sie, und doch hütete ihre ganz besondere kleine Werkstatt bereits einige Schätze! Schon war der segensreiche Einfluss des Vatikan zu spüren, und dass sie nicht aufgaben, war vor allem der liebevollen Protektion von Kardinal Jean de Villiers aus Rom zu verdanken, der ihnen allen Schwierigkeiten und Katastrophen zum Trotz Mut machte.

Wie viel Arbeit und wie viel Freude hatte es seither gegeben, und wie viele Tränen waren geflossen, doch weder wegen Jacquou noch wegen Alessandro erlaubte sich Alix in Trauer zu versinken. Den einen hatte ihr die Pest genommen, der andere war den Kanonen vor Bologna zum Opfer gefallen, als sie gerade seine Tochter zur Welt brachte. Die würdige Nachfahrin derer von Cassex, seit mehr als einem Jahrhundert eine Familie von Webermeistern, deren Anfänge sich bis zur Entstehung der

Offenbarung des heiligen Johannes zurückverfolgen ließen, war viel zu unternehmungslustig und ehrgeizig, als dass sie sich zu Jammern und Wehklagen oder gar zum Aufgeben hätte hinreißen lassen. Nun war ihr nur der treue Mathias geblieben, der sie über alles liebte. Er verehrte sie mit stiller Hingabe, weil ihm seine überwältigenden leidenschaftlichen Gefühle nicht gestattet waren. Alix duldete lediglich die zarte Freundschaft, die sie verband, weil sie den Gedanken an eine neue Heirat noch weit von sich wies. Warum, konnte sie selbst nicht erklären. Sollte ihr wegen der langen glücklichen Jahre mit ihrem Jacquou und der allzu kurzen Zeit mit ihrem Geliebten Alessandro jedes andere Glück verwehrt sein, selbst wenn es zum Greifen nahe war?

Solche Fragen stellte sich Alix einfach nicht, wusste sie doch, dass ihr die Arbeit die fehlende Liebe ersetzte. Wo sollte sie ihr Glück jetzt finden, wenn nicht in ihrer Werkstatt oder bei ihrer kleinen Valentine, Alessandros Tochter? Außerdem erinnerten ihre Freunde sie immer wieder daran, dass sie das Leben noch vor sich hatte. Alix war tatsächlich noch sehr jung, und nicht wenige Männer drehten sich nach ihrer anmutigen Gestalt um.

Sie stand auf und ging zu Philippe und Grégoire, den beiden jungen Arbeitern, die sie kurz vor ihrer letzten Reise nach Florenz eingestellt hatte. Arnold und Landry, die Vorarbeiter in der Werkstatt, hatten sie in die hohe Kunst der Teppichweberei eingeführt. Die beiden arbeiteten gerade an einer Szene für die *Jungfrauen des Vatikan*, einem vierteiligen Ensemble, das Alix vor einigen Jahren begonnen hatte.

»Dem Blick deiner Jungfrau fehlt es an Ausdruckskraft, Philippe. Das musst du noch mal neu machen.«

»Ich wollte, dass sie keusch aussieht, Dame Alix.«

»Sie soll aber gar nicht keusch aussehen, sondern aufmerksam, entschlossen, ja beinahe kühn. Die Jungfrau erwidert den Blick von König Salomon, als er sie auffordert, seinen Palast zu betreten.«

»Aber muss eine Jungfrau denn nicht ein heiteres, friedliches Gesicht haben?«

»Es wird höchste Zeit, dass du den Unterschied zwischen den verschiedenen Figuren, die du auf deinem Webstuhl zum Leben erweckst, kennenlernst, Philippe! Die Frauen, die du hier weben sollst, sind keine Jungfrauen im Sinne von *Verkündigung*, *Christi Geburt* oder anderen religiösen Geschichten. Sie sind Musen, unschuldige, unberührte junge Mädchen, also auch Jungfrauen, die aber eines Tages erfahren, was die Männer begehren, und zu Frauen werden.«

Sie deutete auf die Jungfrau, an der Philippe gerade arbeitete.

»Diese hier ist kurz davor, dem Charme von König Salomon zu erliegen, aber sie zögert noch. Sieh dir die Vorlage genau an. Der Mann trägt eine reich bestickte Jacke, Arm und Hand sind ausgestreckt, und mit dem Finger deutet er gebieterisch auf seinen Palast. Er bittet nicht, sondern er befiehlt. Sie muss seiner Begierde mit einem funkelnden Blick begegnen, der dir noch nicht gelungen ist. Also, Philippe, versuch es noch mal.«

Dann wandte sie sich an Grégoire, der aufmerksam zugehört hatte, und sagte: »Vergiss nicht, dass deine Szene *Die rebellische Jungfrau* heißt. Auch hier geht es nicht um eine fromme Jungfrau. Deine Jungfrau mustert misstrauisch, ja beinahe widerwillig den finsteren Blick von König David. Lass ihre Augen lebhaft leuchten, aber nicht überheblich, dann passt der Gesichtsausdruck zu deiner Figur, und sie wirkt nicht hasserfüllt. Du musst das Verhalten der Frau insgesamt genauer studieren. Schau dir ihren Mund an, sie schickt sich an, etwas zu sagen, was dem König nicht gefallen dürfte.«

»Warum nicht?«

»Weil David ihr vorwirft, dass sie sich nicht ergibt und dem Wunsch ihres Vaters fügt, der sie einem Mann versprochen hat, den sie nicht will.«

»Warum will sie ihn denn nicht?«

»Das musst du dir schon selbst überlegen. Wenn du es herausgefunden hast, weißt du auch, welchen Gesichtsausdruck du ihr geben musst.«

Der junge Weber nickte, und Alix ging zu den beiden Lehrlingen, die Mathias kürzlich eingestellt hatte. Seit Pierrot ausgelernt hatte, brauchten sie in den Werkstätten neue fleißige Hände für die vielen einfachen Arbeiten, die anfielen.

»Du wirst doch nicht etwa deine Zeit damit verschwenden, Etiennes Arbeit zu verbessern, Arnaude!«, fragte sie ihre gute alte Freundin vorwurfsvoll, »er sollte endlich wissen, wie er die Schussfäden spannen muss.«

»Wenn er sich anstrengt, macht er es schon sehr gut«, mischte sich Mathias ein, der zu ihnen getreten war. »Wenn du bei uns bleiben willst, musst du jetzt aber zeigen, dass du Fortschritte machst, Etienne.«

»Und was ist mit Albin?«, erwiderte der junge Mann mit einem Blick zu seinem Nachbarn, der darauf nicht reagierte.

»Kümmre dich nicht um Albin, sondern um deine eigenen Angelegenheiten. Albin hat noch viel Zeit zu lernen, schließlich ist er zwei Jahre jünger als du.«

Im Laufe der Jahre war Mathias strenger und unnachsichtiger geworden. Bei der Arbeit duldete er keinen Schlendrian und schon gar keine Fehler durch Unlust oder Faulheit. Unbesonnen oder hastig sollte aber auch nicht gearbeitet werden, weil es sonst leicht an der Perfektion fehlte, durch die sich die wahren Kunstwerke für die Webergilde auszeichneten.

Auch Alix strebte stets nach Vollkommenheit; ein perfekt gewebtes Stück war von hinten genauso schön wie von vorn. In einem Stück gewebte Tapisserien fanden die meisten Liebhaber. Dafür brauchte man allerdings sorgfältig gefärbte Fäden von gleicher Stärke und in besonders schönen Farben. Die Lehrlinge mussten die Fäden sortieren, ordnen, wenn nötig entwirren und bereitlegen. Ein guter Lehrling sollte diese Arbeiten schnell und gewissenhaft erledigen, weil die Weber keine Zeit damit verlieren durften, nach den Fäden und der Wolle zu suchen, die sie gerade brauchten.

Alix und Mathias kamen aus derselben Schule, in der gute und schnelle Ergebnisse oberstes Gebot waren. Keiner von beiden – und auch nicht Jacquou früher – konnte es sich leisten, langsam zu arbeiten. Mit dem Geld, das sie bei ihren ersten Aufträgen verdienten, mussten sie schließlich das Material für die folgenden beschaffen.

Mathias hatte Alix auf den Straßen im Norden kennengelernt, als sie verzweifelt nach ihrem Jacquou suchte, und er hatte ihr geholfen, ihn wiederzufinden. Als er mit dem jungen Paar ins Val de Loire zurückkehrte, verliebte er sich unsterblich in Alix, heiratete aber deren Freundin Florine, weil sie ja bereits vergeben war, und erlernte den Weberberuf. Man könnte also sagen, dass Jacquous Hochwebstühle auch ein bisschen seine waren.

Als es das Schicksal wollte, dass sie beide Witwer wurden, konnte Mathias seine Treue, sein Fachwissen und seinen Fleiß unter Beweis stellen. Auch wenn ihm nichts entging und er manchmal hart durchgreifen musste, bewahrte er sich seinen Sinn für Gerechtigkeit und hielt es für unerlässlich, seine Arbeiter nicht nur für Fehler zu tadeln, sondern sie auch für gute Leistungen zu loben.

Nachdem Alix ihre Runde durch die beiden Werkstätten beendet, die Teppiche und die Kartons auf den verschiedenen Webstühlen begutachtet und Wolle und Seidenfäden überprüft hatte, trat sie zu Mathias, der an seinem Hochwebstuhl an zwei großen Wandteppichen mit dem Titel *Augustus und die Sibylle* arbeitete, einer Auftragsarbeit für einen Webermeister aus Brüssel. Damals war es durchaus üblich, dass sich Webermeister gegenseitig unterstützten, wenn die einen in Arbeit erstickten, während die anderen zu wenige Aufträge hatten.

»Ich gehe jetzt zu Julio, Mathias«, sagte Alix und legte ihre Hand auf seine Schulter.

Julio leitete das Verkaufskontor neben den Werkstätten.

»Ich dachte, du wolltest Sire Dumoncelle aufsuchen?«, fragte Mathias erstaunt.

»Ja, das stimmt, aber ich möchte gerne, dass du mich da begleitest.«

»Meines Erachtens ist der Mann noch nicht bereit, uns das kleine Grundstück nebenan zu verkaufen.«

»Es wird ihm aber nichts anderes übrigbleiben, wenn er möchte, dass wir den Fürsprecher für seinen Sohn bei der Gilde machen, nachdem er ja keine Werkstatt mehr hat.«

Mathias schüttelte den Kopf und schien nicht überzeugt.

»Hast du dir das auch wirklich gut überlegt? Wenn wir den jungen Mann einstellen, arbeitet er bei uns als Webermeister!«

»Aber nur, bis er seine eigene Werkstatt hat. Das darfst du nicht vergessen.«

»Schon, aber solange er bei uns als Meister arbeitet, hat er auch etwas zu sagen. Daran können wir ihn nicht hindern.«

»Wir brauchen dieses Grundstück unbedingt, wenn wir uns vergrößern wollen, Mathias! Es grenzt direkt an unseres, etwas Besseres können wir gar nicht finden. Ich habe jedenfalls nichts dagegen, wenn der Junge – ich glaube, er heißt Robert – eine Zeitlang bei uns arbeitet.«

Mathias war noch immer nicht überzeugt und zog Alix in eine Ecke. Solche Gespräche waren nicht für die Ohren der Angestellten gedacht, weshalb man die entscheidenden Fragen besser unter vier Augen besprach.

Mathias wusste es, und Alix wusste es auch. Sobald ein neuer Arbeiter in die Werkstatt kam, fragten sich alle, ob die gute Stimmung anhalten würde. Als Landry während der letzten Pest bei Jacquou gestrandet und ohnehin alles außer Fugen war, erwies sich die Sorge als unbegründet, aber Philippe und Grégoire hatten schon vorübergehend für Unruhe gesorgt, genau wie später Etienne und Albin. Doch inzwischen hatte jeder seinen Platz und seine Aufgabe gefunden.

»Hast du daran gedacht, dass der Junge Sohn eines Meisters ist, der seine Arbeit mir nichts, dir nichts hingeworfen hat, Alix?«

»Mir nichts, dir nichts!«, wiederholte Alix. »Daran sind natürlich wieder die Mortagne schuld, unsere Feinde, die ihre eigenen Gesetze einführen wollen und sich für die wichtigsten Weber der ganzen Touraine halten! Erst hatten sie es auf uns abgesehen, dann haben sie Fortier gezwungen, seine Werkstatt zu schließen, und jetzt ist eben Dumoncelle an der Reihe. Wen werden sie sich wohl als Nächstes vornehmen? Vielleicht wieder uns? Da dürfen wir nicht einfach tatenlos zusehen, Mathias!«

»Du hast recht«, nickte Mathias, »wir müssen etwas unternehmen.«

»Also, pass auf, wir kaufen das Grundstück von Dumoncelle und übernehmen dafür seinen Sohn. Der eröffnet später eine eigene Werkstatt, wobei wir ihn sogar unterstützen können. Wenn sich mehrere von uns Webern zusammentun und wir uns gegenseitig helfen, können wir den Mortagne die Stirn bieten. Keiner kann etwas dagegen sagen, wenn sich uns einige kleine Weber aus der Touraine anschließen, Mathias. So werden die Mortagne machtlos.«

»Wir könnten sie zumindest daran hindern, anderen zu schaden.«

»Das müssen wir noch einmal genauer besprechen, aber jetzt möchte ich erst mal zu Julio, und danach hole ich dich ab.«

»Willst du nicht lieber nach Valentine sehen, ehe wir zu Dumoncelle gehen? Bertille hat heute Morgen gesagt, dass sie wieder sehr unruhig geschlafen hat.«

»Ja, ich weiß«, seufzte Alix. »Ich mache mir solche Sorgen, wenn sie so unruhig ist, aber ich fürchte, da kann man nichts machen. Sie ist nun mal ein sehr ängstliches Kind. Wir können nur hoffen, dass sich diese unerklärlichen Ängste mit der Zeit geben.«

Etwas später betrat Alix ihre dritte Werkstatt, das Kontor, in dem alle Wandteppiche gelagert oder ausgestellt und von dem aus sie nach Brügge oder Florenz geliefert wurden.

Julio und Angela arbeiteten an den beiden großen Webstühlen; an den vier Wänden um sie herum waren die fertigen Teppiche aufgehängt.

Seit Alessandros Tod wurde Alix nur noch von Jean de Villiers bei der Vermarktung ihrer Arbeiten unterstützt. Der Kardinal war zwar in Italien sehr einflussreich, aber das reichte nicht, um den Ertrag ihrer Werkstätten so zu steigern, wie sie sich das vorgestellt hatte. Sie musste einen neuen Kommanditär in Flandern finden, um ihre Teppiche in Brüssel, Anvers, Lille und Brügge verkaufen zu können, was für sie als Frau alles andere als einfach war. Oft genug schon hatte sie erlebt, dass ihr ein Auftrag durch die Lappen gegangen war, nur weil man ihr hübsches Gesicht und ihre schmalen Schultern gesehen hatte und nicht mit einer Frau verhandeln wollte.

Mit Alessandro war alles ganz einfach gewesen. Ohne ihn und allein würde sie sich hart und unnachgiebig zeigen müssen, sie dürfte sich keine Schwäche erlauben, müsste wie ein Mann verhandeln, misstrauisch sein, alles immer wieder neu hinterfragen und einen Vertrag genau im richtigen Augenblick unterzeichnen – ja nicht zu früh und auch nicht zu spät! Alessandro hatte ihr zwar erklärt, wann man noch abwarten musste, wie man verhandelte, argumentierte, die Fallen ahnte und sie umschiffte. Der Florentiner Bankier hatte ihr sogar beigebracht, wie man die Bedingungen für einen Wechsel aushandelte und die verlangten Zinsen berechnete und übertrug, wann man Geld leihen soll und wann auf keinen Fall. Ja, Alessandro hatte sie alles gelehrt, was sie über Geld und Geschäfte wissen musste. Aber nun war sie plötzlich allein.

»Mathias und ich wollen noch einmal mit Sire Dumoncelle reden. Was hältst du davon, Julio?«

Der junge Mann unterbrach seine Arbeit und sah Alix an. Weil keine Kunden im Kontor waren, arbeitete er an einem Hochwebstuhl, auf dem ein Teppich mit einem religiösen Motiv entstand. Die Vorlage stammte von einem Brüsseler Maler und stellte eine Szene aus der *Geschichte des heiligen Stephanus* dar.

Der Heilige ist tot und liegt ausgestreckt auf einem Millefleurs, den wilden Tieren ausgeliefert. Die Löwen, Hirsche, Affen und Einhörner bewachen ihn aber, während am Himmel Engel erscheinen und die Festungswerke einer Burg angedeutet sind.

»Müsst ihr dann seinen Sohn übernehmen?«, wollte Julio wissen.

»Mit Sicherheit, weil er uns sein Grundstück nur unter dieser Bedingung verkauft. Was sagst du dazu?«

Alix fragte in allen Angelegenheiten Julio um Rat. Wenn sie seine besonnenen Ratschläge den scharfsichtigen, nicht selten mutigen von Mathias gegenüberstellte, fiel es ihr leichter, Entscheidungen zu treffen.

»Vier Werkstätten nebeneinander, die alle zusammengehören. Glaubst du nicht, dass du dir damit Neider schaffst, Alix? Handelst du nicht sehr überstürzt?«

»Wir müssen nach vorne sehen, Julio, und zusehen, dass wir wachsen und gedeihen. Wenn Alessandro noch am Leben wäre, hätte ich es genauso gemacht. Außerdem gehört das Kontor auch dir, wie du weißt. Du hast die gleichen Anteile am Geschäft wie Mathias. Es geht also nicht nur um mich. Willst du nicht eines Tages Angela heiraten und eine Familie gründen? Da fällt mir ein – wenn es so weit ist, könnte ich euch mein Haus an der Place Foire-le-Roi überlassen und in mein Haus am Hauptplatz ziehen!«

»Was wird dann aus Mathias?«, erwiderte Julio auf der Stelle.

Bei dieser simplen Frage errötete Alix. Aber natürlich, Mathias würde niemals Alessandros Haus betreten, geschweige dort wohnen wollen! Das heißt, sie müsste allein gehen, ohne ihn und ohne Nicolas. Ganz allein! Das war undenkbar, vollkommen ausgeschlossen! Sie konnte sich auf keinen Fall von dem kleinen

Nicolas trennen. Und je länger sie darüber nachdachte, umso mehr gelangte sie zu der Überzeugung, dass ein Leben ohne Mathias für sie ebenfalls unerträglich wäre.

»Du hast vollkommen recht. Ich glaube auch nicht, dass es eine gute Idee wäre, in Alessandros Haus zu ziehen.«

Sie sagte »Alessandros Haus«, weil Sire Van de Veere das Haus am Hauptplatz von Tours gekauft und Alix noch vor seinem Tod vermacht hatte, genau wie seine Anteile an den Kontoren in Brügge und Florenz. Die in Rom gehörten ihrem Onkel, Kardinal Jean de Villiers.

»Trotzdem brauche ich bald ein größeres Haus. Valentine und Mathias' Sohn werden älter; außerdem fehlt mir immer mehr der Platz für ein Schreibzimmer. Ich werde einfach ein anderes Haus kaufen, dann kann ich euch das an der Place Foire-le-Roi überlassen.«

»Heißt das, du bist einverstanden, dass wir heiraten?«, rief Angela hochrot und freudestrahlend.

»Schließlich bin ich dein Vormund, Angela. Ohne meine Zustimmung darfst du nicht heiraten.«

»Aber Alix!«, rief das Mädchen in einer Mischung aus Begeisterung und Verblüffung und plusterte sich auf wie ein kleiner zorniger Gockel.

»Ich bin einverstanden, aber erst wenn du sechzehn bist.«

Angela warf sich in Julios Arme und drückte ihm einen dicken Kuss auf den Mund.

»Das dauert ja noch ein Jahr! So lange müssen wir noch warten!«, seufzte Angela.

Welch guter Stern hatte über dem Tag gestanden, an dem Jean de Villiers Julio, den Waisenjungen, der wie ein kleiner Vogel aus dem Nest gefallen und vor den Pforten des Vatikan gelandet war, in die Obhut von Jacquou übergeben hatte! Der junge Mann war von dem Kardinal erzogen worden und hatte lange gezögert, ob er sich für das Leben eines Geistlichen oder eines Webermeisters entscheiden sollte. Als er aber am gleichen Tag wie Alix sein Meisterstück der Webergilde des Nordens vorgestellt hatte, wobei Jean de Villiers ihrer beider Fürsprecher war, und ihn Angela zum ersten Mal mit ihren blauen Augen anstrahlte, hatte er sich sofort unsterblich in sie verliebt.

»Genug jetzt, ich muss mich beeilen. Mathias erwartet mich. Wir reden heute Abend weiter.«

Kaum waren Alix und Mathias zu Hause an der Place Foire-le-Roi angekommen, als ihnen Bertille, die alte Haushälterin, entgegenlief.

»Ihr habt einen Brief bekommen! Ich glaube, er ist von Eurer Freundin, der Comtesse d'Angoulême.«

Alix nahm den Brief und warf einen prüfenden Blick auf Mathias, der sich jedoch gleichgültig gab. Auf seiner Stirn zeigten sich keine ärgerlichen Falten, in seinen blauen Augen keine Anzeichen von Nervosität. Dabei sprach Louise in jedem ihrer Briefe unweigerlich eine Einladung an den Hof aus, die Alix kaum ablehnen konnte.

Dafür gab es zwei Gründe, wie Mathias wusste, oder vielmehr drei! Der erste war die langjährige enge Freundschaft zwischen den beiden Frauen. Außerdem konnte Alix auf diese Weise nützliche Kontakte zu den wichtigen Persönlichkeiten des Königreichs knüpfen, den großen und kleinen Würdenträgern, die allesamt leidenschaftliche Verehrer von schönen Tapisserien waren. Der dritte Grund war für Mathias am schlimmsten, ihn konnte er am wenigsten ertragen: Alix sehnte sich danach, unterwegs zu sein, zu reisen, unabhängig zu sein, stets auf der Suche nach einem großen Erlebnis, einer neuen Begegnung, aber vielleicht auch nach einem möglichen Auftrag.

Endlich löste sie ihren Blick von Mathias, der sie schweigend musterte, öffnete den Briefumschlag und begann zu lesen:

Meine liebe Alix,

in meinem letzten Brief habe ich Euch, als Ihr gerade aus Florenz zurückgekehrt wart, von den Feierlichkeiten zu Marguerites Hochzeit berichtet. Uns erwartet ein grandioses Freudenfest, und ich möchte Euch noch einmal ganz herzlich dazu einladen. Bitte, Alix, Ihr müsst unbedingt kommen und an den Hochzeitsfeiern teilnehmen, die in zwei Tagen beginnen. Und falls Ihr wirklich nicht dabei sein könnt, kommt doch wenigstens zum anschließenden Lanzenstechen, an dessen Anschluss die Hochzeitsnacht der Jungvermählten gefeiert wird.
Natürlich kann ich mir vorstellen, wie unsagbar traurig Ihr über den Tod von Alessandro Van de Veere sein müsst, der den Kanonen vor Bologna zum Opfer gefallen ist. Nichts auf der Welt kann uns die Erinnerung an das vollkommene Glück ersetzen. Doch was bleibt Euch anderes übrig, als diese köstlichen Momente zu vergessen, liebste Freundin? Die Vergangenheit muss tief im Gedächtnis vergraben werden und darf erst viel später wieder in Erinnerung treten, wenn der Schmerz nur mehr eine Narbe ist, mit der es sich leben lässt.
Jetzt müsst Ihr nach vorne blicken, Alix. Ich weiß, dass Ihr voll und ganz in Eurer Arbeit aufgeht, die allein in der Lage ist, all das Unglück zu begraben, das Euer Leben erschüttert hat.
Dabei seid Ihr noch so jung, mein Herz! Die acht Jahre, die uns

trennen, lassen mich neben Euch schrecklich alt aussehen, dennoch bin auch ich sehr verliebt in den schönen, jungen Seigneur de Bourbon, dessen Frau mich sekiert, wann immer sie mir auf den Wegen im Park und den Treppen im Schloss begegnet. Suzanne de Beaujeu fürchtet, ihr Gatte könnte sie für mich verlassen. Das kann ich in ihren Augen lesen. Oh Gott, wie überheblich sie sich dennoch gibt, von Kopf bis Fuß behängt mit Reichtümern, Macht und peinlichem Hochmut. Aber es ist nun einmal so, Charles liebt mich und nicht mehr sie.

Worauf wartet Ihr also noch, meine liebe Alix? Holt Euren Jason aus dem Stall, schwingt Euch auf Euer Pferd und reitet nach Blois, wo Euch das große Fest und ich erwarten.

Der König ist übrigens aus Italien zurück; andernfalls hätten wir die Hochzeit verschoben. Er ist bester Laune und erzählt allen, dass er noch nie eine derart schöne Hochzeit am Hofe erlebt habe – selbstverständlich außer seiner eigenen mit Königin Anne. Unter den entsetzten Blicken seiner Apotheker isst und trinkt er weit mehr, als seiner Gesundheit zuträglich ist. Außerdem tanzt er Gigue und Volta und klagt äußerst selten, obwohl er hin und wieder vor Schmerz das Gesicht verzieht.

Wenn Ihr mich fragt: Sollte er Euch auf der Hochzeitsfeier entdecken, wird er Euch mit Sicherheit treffen wollen, und es ist mehr als wahrscheinlich, dass er ein großes Werk in Auftrag gibt, wenn Ihr Euch nur ein wenig geschickt anstellt. Denkt daran!

Ich selbst habe einige Ideen, wie sich die großen Wände von meinem Schloss in Amboise verschönern ließen, wo ich mich zurzeit meist aufhalte. Amboise gehört auch ein bisschen mir, wie mir der König versichert hat, obwohl es ja noch nicht sicher

ist, dass François eines Tages den Thron besteigt. Es wäre jedoch mehr als erstaunlich, wenn die von ihren vielen Schwangerschaften erschöpfte und vorzeitig gealterte Königin Anne noch eine weitere überstehen würde! Der König glaubt jedenfalls nicht mehr daran. Er hat sich endgültig aus dem Kopf geschlagen, dass sie ihm einen Thronfolger schenken könnte, und sieht in meinem Sohn den künftigen König von Frankreich.
Und die kleine Prinzessin Claude wird offenbar seine Frau. Daran gibt es keinen Zweifel mehr, wie mir der König versichert hat. Somit folgt auf die Hochzeit meiner Tochter die meines Sohnes. Neue Lustbarkeiten stehen uns also bevor, und sie versprechen überaus prunkvoll zu werden, weil mein Cäsar nach der Krone greift.
Doch zurück zu meiner Tochter. Ach, Alix! Ihr müsst einfach kommen und sie in ihrem Brautkleid bewundern, mit ihrem entzückenden Charme und dem stillen, bescheidenen Lächeln, das man von ihr kennt. Meine Tochter ist zweifellos die schönste Frau am französischen Hofe, und – lieber Himmel – ich gestehe, ich bin unglaublich stolz auf sie!
Für den Fall, dass Ihr wirklich nicht kommen könnt, was zu glauben ich mich hartnäckig weigere, will ich Euch ihr Brautkleid beschreiben. Es ist aus belgischem Samt und mit Perlen und silbernen Blütenmustern bestickt. Die Baskine hat passende kurze Ärmel, die Vertugade ist gefältelt und fällt überaus elegant. Und die Brautschleppe ist so lang wie die große Allee auf Château de Blois.
Der Maler Bourdichon, den Ihr bereits am Hofe kennengelernt habt, hat die Dekoration der Paniere und Rückenschilde übernommen. Das Hermelin von Anne de Bretagne und das

Stachelschwein von Ludwig XII. finden sich an allen Ecken und Enden der Stadt und über jeder Ladentür. Offen gestanden begeistert mich die Vorstellung, dass der Salamander des Hauses Angoulême, also von meinem François, bald die jetzigen königlichen Wappen ablösen wird.

Am Abend vor den Trauungsfeierlichkeiten, die in der Kapelle stattfanden, strahlten meine beiden Kinder um die Wette. Bruder und Schwester gelobten sich ewige Treue – ein Versprechen, das ich für einigermaßen überflüssig halte, weil ich weiß, dass Marguerite François nie verlassen könnte und mein Sohn seine Schwester nie im Stich lassen würde, wenn sie Sorgen oder Schwierigkeiten hätte.

Ihr hättet sie in der Kirche sehen sollen! Mein Gott, was für ein Schauspiel! Wie sehr habe ich mir gewünscht, Ihr könntet mit uns feiern und Marguerite bewundern. An den Orgeln wurden alle Register gezogen, sie donnerten mit unbeschreiblicher Macht, jedoch nicht ohne hin und wieder den Flöten zu gestatten, die Melodien leicht und fließend zu wiederholen. Die Gamben erhielten von den Chören vielstimmige Antwort im Wechselgesang, und die ganze Kirche war erfüllt von der wunderbaren Musik, die sich bis hoch in die Gewölbe emporschwang.

Marguerites Hand ruhte auf dem Arm des Königs, und sie schritt sehr würdevoll auf den Altar zu. Der Duc d'Alençon und seine betagte Mutter folgten ihnen gemächlichen Schrittes, während François an meiner Seite nur Augen hatte für seine Schwester, die in wenigen Minuten das alles entscheidende Ja aussprechen würde. Anschließend schritten die Königin und ihre beiden Töchter über den Blumenteppich, gefolgt von der ganzen königlichen Familie, den Valois, den Bourbons und den

Vertretern der übrigen großen Adelsgeschlechter Frankreichs. Nach der kirchlichen Zeremonie regnete es Blumen, und Münzen wurden aus den Schlossfenstern geworfen, die das Volk unter großem Hallo einsammelte. Aus den Brunnen floss der Wein in Strömen, und in den Gassen und Straßen wurde bald getanzt.

Noch immer gibt es jeden Tag Konzerte und Bälle, bald folgen die großen Banketts und dann das Lanzenstechen. Kommt so schnell Ihr könnt, und leistet mir Gesellschaft, Alix. Das wäre eine große Freude für mich. Nie dürft Ihr den Tag vergessen, an dem Ihr mir meinen Gatten in seinem traurigen Zustand auf Eurem Muli Amandine nach Hause gebracht habt. Ohne Euch hätte er wie ein Landstreicher auf der Straße sterben müssen. An dem Tag wurde unsere Freundschaft besiegelt. Wisst Ihr noch, wie ich Euch anvertraut habe, dass ich nicht wirklich in den Comte d'Angoulême verliebt war und dass seine Konkubine Antoinette seine große Liebe war, Alix? Das hat Euch damals sehr verwundert. Wie groß war dann erst meine Überraschung, als Ihr mir verraten habt, dass Charles das ganze Gold aus dem Verkauf seines Familienschmucks im Knauf seines Schwerts versteckt hatte, das beinahe im Wasser versunken wäre, als er Euch im tiefsten Winter über eine Furt half. Derartige Erinnerungen prägen sich unvergesslich ein.

Herzliche Grüße von Eurer Freundin Louise,
die Euch sehnsüchtig erwartet.

»Willst du die Einladung annehmen?«, fragte Mathias, dem der Gedanke, dass Alix wieder verreisen wollte, gar nicht gefiel.

»Ich denke schon.«

»Und wie lange wirst du bleiben?«

Mathias bemühte sich, unbeteiligt zu wirken, aber Alix spürte trotzdem das beginnende Unbehagen zwischen ihnen.

»An den Banketts oder den anderen Feierlichkeiten möchte ich nicht teilnehmen. Ich will einfach nur Louise und Marguerite sehen – und vielleicht den König. Sollte es länger dauern, komme ich jeden Abend nach Tours zurück.«

Noch hatte Mathias nicht seine feindselige Haltung eingenommen. Aber es war immer das Gleiche. Später würde er sie herablassend mustern und spöttische Bemerkungen machen, ehe das Ganze in traurigem Schweigen endete. Aber wie hätte Alix Mathias damals helfen sollen, als Alessandro sie in seinem Haus am Hauptplatz erwartete?

»Lilis!«, hörte sie hinter sich Nicolas' zartes Stimmchen. Als sie sich nach ihm umwandte, lief er mit ausgestreckten Ärmchen auf sie zu.

»Komm her, mein Schatz. Was hast du auf dem Herzen?«

»Valentine ist eingeschlafen.«

»Das ist gut. Hast du ihr eine Geschichte erzählt?«

»Ja, aber sie versteht nicht alles. Ich muss immer alles noch mal sagen.«

Alix musste lachen und nahm das Kind auf den Arm.

»Donnerwetter!«, rief sie, »du bist aber ein großer Junge geworden! Bald kann ich dich nicht mehr tragen. Heb du ihn einmal hoch, Mathias, und schau mal, wie viel das Kindchen in den letzten Wochen zugenommen hat.«

Mathias hob Nicolas auf seine Schultern, und der klatschte begeistert in die Hände.

»Wenn ich groß bin, nehm ich Valentine auch auf die Schultern«, krähte er vergnügt.

»Ach, Mathias, Gott sei dank liebt Nicolas meine Tochter!«, seufzte Alix erleichtert. »Ich hatte solche Angst, er könnte eifersüchtig sein.«

Mathias stellte seinen Sohn wieder auf den Boden.

»Das wäre undenkbar. Nicolas ist gut zu allen, die ihn lieben – und ganz besonders zu dir. Er hat gespürt, dass es dich unglücklich gemacht hätte, wenn er deine Tochter abgelehnt hätte.«

Dann gab er dem Jungen einen sanften Schubs und sagte: »Geh jetzt und sieh nach, ob Valentine schläft. Und wenn sie aufgewacht ist, erzählst du ihr noch eine Geschichte.«

»Du sollst aber mitkommen«, bat Nicolas.

»Pass auf, mein Herz«, antwortete Alix und gab dem Kind noch einen Kuss. »Dein Vater und ich müssen jetzt zu einem Nachbarn, weil wir ihn fragen wollen, ob er uns ein Grundstück verkauft. Wenn wir zurück sind, kommen wir beide und geben dir einen Gutenachtkuss. Bis dahin sollst du bei Valentine bleiben und die Bertille holen, wenn sie etwas braucht.«

»Tania ist bei ihr.«

Ach ja, Tania! Die exotische Tania, die sie aus Genua mitgebracht hatte. Tania, die Byzantinerin. Tania, die ihrer Herrin jeden Wunsch von den Augen ablas, während ihr aufbrausender, angriffslustiger Bruder Théo mit einem von Alix' wertvollsten Pferden durchgebrannt war. Sie hatten nichts mehr von ihm gehört.

Tania, die ein Geheimnis hütete, das Mathias allzu gern in Erfahrung gebracht hätte. Und wenn er das junge Mädchen nicht mochte, dann lag es daran, weil sie hartnäckig zu einer Frage schwieg, auf die er eine Antwort wollte.

»Was hat sie dir gesagt?«, fragte Mathias seinen Sohn.

»Sie hat gesagt, dass Valentine …« Er stockte, weil er nicht wusste, wie er seinem Vater erklären sollte, dass das kleine Mädchen wieder einen ihrer unbegreiflichen Anfälle gehabt hatte, in denen sie wie weggetreten war.

Aber Nicolas musste sich gar nicht mehr den Kopf zerbrechen, weil Bertille in dem Moment angelaufen kam.

»Wäre da nicht der Brief von der Comtesse d'Angoulême gewesen, den ich Euch sofort geben wollte, hätte ich Euch gleich berichtet, dass Valentine einen ihrer Anfälle hatte.«

»War es wieder so schlimm?«

»Tania hat sie lange gewiegt, getröstet und zu beruhigen versucht. Aber es half alles nichts, die Krämpfe der Kleinen wurden immer schlimmer. Schließlich ist Nicolas wieder aufgestanden und hat ihr zur Ablenkung etwas erzählt. Wenn sie seine Stimme hört, beruhigt sie sich meistens.«

»Ja, das stimmt«, meinte Alix an Mathias gewandt, »es ist wirklich erstaunlich, wie es deinem Sohn immer wieder gelingt, sie zu beruhigen. Eigentlich ist er der Einzige, der das kann«, seufzte sie beunruhigt, weil der Zustand ihrer Tochter sich nicht besserte.

Alix konnte sich Valentines sonderbares Verhalten nicht erklären. Ob sie unbewusst an dem Verlust ihres Geschwisterchens litt? Tania, die ihr im Kanonenhagel vor Bologna bei der Entbindung zur Seite gestanden war, hatte ihr nämlich erzählt, der andere Zwilling sei tot zur Welt gekommen. Mit dieser Auskunft wollte sich Mathias jedoch nicht zufriedengeben, und er ahnte, dass sie ihnen etwas Entscheidendes verschwieg.

Schon allein, weil Tania mit der zweiten Geburt so lange nicht herausgerückt war. Erst als Alix aus Italien zurückgekommen war und von schrecklichen Alpträumen heimgesucht wurde, bei denen sie immer wieder nach dem »anderen Kind« fragte, hatte sie die Existenz des toten zweiten Zwillings eingeräumt, den Gott weiß wer mitgenommen und Gott weiß wo begraben hatte.

»Wir müssen sehr gut auf die Kleine aufpassen und dürfen sie auf keinen Fall allein lassen«, erklärte die Bertille und schüttelte besorgt ihren Kopf mit den krausen grauen Haaren unter der hübschen weißen Haube.

»Es will mir gar nicht gefallen, dass die Krämpfe mit der Zeit nicht besser werden«, gab Alix zu. »Ich möchte doch noch einmal nach ihr sehen, ehe wir zu Maître Dumoncelle gehen.«

Mathias folgte Alix, und gemeinsam betraten sie das Kinderzimmer. Tania saß neben dem Kind.

»Jetzt ist es endlich wieder gut. Sie schläft ganz friedlich«, sagte sie.

»Jesus Maria!« rief die Bertille und schlug die Hände über dem Kopf zusammen. »Was ist nur mit dem Kind los?«

»Es ist vorbei«, versicherte Tania, aber ihre Stimme klang nicht besonders überzeugend, »wenn sie aufwacht, wird sie sich nicht einmal mehr an ihre Alpträume erinnern.«Sie begegnete Mathias' kaltem Blick, wurde rot und sah weg. Mathias ahnte etwas, da war sie sich mittlerweile ganz sicher. Und er mochte sie nicht, das spürte sie. Deshalb sprach sie ihn auch nie an und ging ihm nach Möglichkeit aus dem Weg.

Alix hingegen schien sich mit der Vorstellung abgefunden zu haben, dass sie Zwillinge zur Welt gebracht hatte, von denen einer bei der Geburt gestorben war. Wie hätte sie sich auch an irgendetwas anderes erinnern sollen, nachdem sie kurz zuvor von Alessandros Tod erfahren hatte und um sie herum die Kanonenkugeln einschlugen und menschliche Körper zerfetzten und schrecklich verstümmelten?

Die Italienkriege würden wohl nie mehr aufhören, und schon Karl VIII. wäre mit Sicherheit auf einem Schlachtfeld in Mailand oder Neapel gefallen, hätte er sich nicht an einem zu niedrigen Türstock den Schädel eingeschlagen, als er auf Schloss Amboise zum Jeu de Paume wollte.

Louis XII. wurde immer älter und schwächer und besaß nicht mehr den Mut und die Entschlossenheit seiner jungen Jahre. Was schließlich den jungen François d'Angoulême betraf, so konnte Alix sehr gut verstehen, dass Louise sich schon im Vorfeld Sorgen machte, ihr Sohn müsse womöglich ebenfalls in den Kampf um die italienischen Provinzen ziehen, als deren Besitzer sich die französischen Könige sahen.

»Valentine erinnert sich vielleicht nicht mehr an ihre Alpträume, wenn sie aufwacht, aber die Alpträume und die Krämpfe werden wiederkommen. Das weißt du doch, Tania.«

Ängstlich blickte die junge Frau zu Mathias und fühlte sich sehr unbehaglich, als sie sah, dass der sie noch immer eiskalt musterte.

»Ich lasse sie keinen Moment allein. Macht Euch keine Sorgen, Dame Alix.«

»Was soll diese übertriebene Fürsorglichkeit?«, fuhr Mathias dazwischen. »Du bist nicht zum Kinderhüten bei uns.«

»Bitte, Mathias! Sei nicht so streng mit ihr. Tania hat meine Tochter liebgewonnen. Das solltest du eigentlich verstehen.«

»Kann schon sein«, grummelte Mathias, »aber das erklärt noch lange nicht, warum sie sich dermaßen für Valentine aufopfert.«

Tania warf Alix einen verzweifelten Blick zu. Wäre nicht in dem Moment Nicolas gekommen, hätte Alix Mathias erklärt, dass sie Tania voll und ganz vertraue. Der Junge legte den Finger auf die Lippen.

»Pst, sie schläft. Wir dürfen sie nicht wecken. Kann ich bei dir bleiben, Tania?«

»Aber natürlich.«

Alix nahm Mathias am Arm. Jedes Lächeln war aus ihrem Gesicht verschwunden. Die Angst um ihre Tochter quälte sie, und sie begann sich ernsthaft zu sorgen. Doch dann beschloss sie, sich erst mal keine Gedanken mehr darüber zu machen.

»Komm«, sagte sie zu Mathias, »gehen wir zu Dumoncelle und fragen ihn, was er uns anzubieten hat.«

2.

Seit einigen Tagen schon waren die Feierlichkeiten anlässlich der Hochzeit von Marguerite d'Angoulême und Charles d'Alençon in vollem Gange. Für das Küchenpersonal bedeutete das viel Arbeit vom frühen Morgen bis tief in die Nacht. In aller Frühe hantierte der Küchenmeister bereits an mehreren großen Herdstellen und überwachte die Zubereitung seines Reiher-fricassées und der gefüllten Stare. Kein Handgriff und kein Wort entging ihm, und sobald ein Küchendiener verträumt von seiner Arbeit aufsah, knurrte er, dass ihm alles nicht schnell genug ginge.

Die großen, schweren Kellertüren standen weit offen, und es duftete berauschend, weil der Mundschenk des Königs seit Sonnenaufgang die Weine verkostete, die er im Laufe des Tages ausschenken wollte.

In den Gesinderäumen wurde laut diskutiert, und jeder prahlte, wie wichtig und unersetzlich er sei. Träger brachten in letzter Minute neue Vorräte, und wenn irgendwelche Zutaten auszugehen drohten, wurden sie sofort ersetzt.

Obwohl ihm seine Ärzte zu einer strengen Diät rieten, liebte der König gutes Essen und sprach dem Wein reichlich zu. Auf seinem Tisch durfte es an nichts fehlen. Seine Festmähler waren berühmt für die ausgefallensten kulinarischen Ideen, die sein Küchenmeister umgehend für ihn zubereiten ließ.

Seit dem frühen Morgen brannten die Herdfeuer, und in den schweren Kupferkesseln brodelte und duftete es verheißungsvoll.

Ein Koch mit Backen so rot wie die Johannisbeeren, die er gerade in einem Mörser zerkleinerte, nahm einen Küchenjungen ins Gebet: »Jetzt schaut euch mal diesen Schwachkopf an!«, donnerte er. »Du brauchst wohl erst einen Fußtritt, damit du Holz holen gehst? Du weißt doch, dass die Feuer bis spät abends nicht ausgehen dürfen!«

Der Junge war höchstens fünfzehn, ärgerte sich über den ruppigen Ton und gab maulend zurück, dass Holz holen nicht zu seinen Aufgaben gehöre.

»Dann such dir schleunigst eine andere Arbeit!«, brüllte der Koch. »Faulenzer kann ich hier nicht brauchen.«

Wieder maulte der Diener, trollte sich dann aber doch mit schleppendem Gang Richtung Schuppen, in dem Brennholz und Reisig zum Anfeuern lagerten.

Auf der Glut brutzelten nach würzigen Kräutern duftende Fische und Fleischstücke, in großen Zinnschüsseln wurden Hechte und Karpfen, Rindfleisch, Lamm- und Schweinekoteletts mariniert. Die Anrichten waren vollgestellt mit den verschiedensten Weinen; dazwischen hockten Hühner, Puten und Fasane, die man nach dem Zubereiten wieder in ihr Federkleid gesteckt hatte und die so aussahen, als würden sie jeden Moment auffliegen.

Schinken, Würste und Pökelfleisch hingen an mächtigen Eisenhaken von der Decke.

Die goldbraune Kruste der kalten Pasteten war von köstlichem

Gelee umhüllt, und die heißen Pasteten dampften auf großen irdenen Tellern.

Knarzend öffneten sich die Deckel der Mehlkisten, und der Bäckermeister vor den gewaltigen Backöfen hinten in der Küche schien ganz in seinem Element. Zwei Diener waren eifrig dabei, mit flinken Handbewegungen Brotlaibe zu formen. Zwei andere kneteten einen goldgelben Teig und gaben immer wieder ein paar Rosinen oder Mandeln dazu.

Der Bäckermeister, ein großer, magerer Mann mit schütterem Haar und vorstehendem Kinn, wachte über seine Gehilfen und Lehrlinge. Mit einem Auge hatte er den Backofen im Blick, mit dem anderen die Untergebenen in seinem kleinen Reich.

»Du hast deine Brote anbrennen lassen, du Trottel!«, bellte er den jüngsten Lehrling an. »Schaut euch das an, die sind ja ganz verkohlt!«

Nachdem er sie mit einer langen Schaufel aus dem Ofen geholt hatte, richtete er sich auf, stemmte die Hände in die Hüften und schnauzte den Lehrling noch mal an: »Verdammt, man muss doch nur ein bisschen aufpassen! Wenn ich die Brote ›à la Bretonne‹ serviere, werden wir gleich zur Rübenernte geschickt!«

Mit der Hand prüfte er, ob das Gebäck im Ofen daneben fertig war, und holte eine Ladung knuspriger goldbrauner Brötchen heraus.

Seit Tagesanbruch dampfte und duftete es in den Küchen, und in der Fleischküche, bei den Pasteten und Pökelwaren, den Geschirrspülern und Kochkesseln ging es nicht weniger lebhaft zu als in der Bäckerei.

Teller und Platten aus Steingut wurden aus Geschirrtruhen und Kredenzen geholt, Zinnkrüge aufgereiht und mit Weinen von der Loire und aus der Touraine gefüllt – den Clairet aus Orléans servierte man gut gekühlt.

Zwei Küchenmägde hantierten mit den Geschirrstapeln – die eine suchte die dreizinkigen Gabeln heraus, die andere polierte sie – und unterhielten sich dabei anzüglich.

»Jeannette meint, unser kleiner François hat sich in die Comtesse Françoise de Foix verliebt. Er lässt sie nicht aus den Augen.«

»Er macht sogar unterm Tisch mit dem Fuß an ihr rum.«

»Mit dem Fuß, von wegen! Ich hab gesehen, wie seine Hand unter ihrem Rock verschwunden ist. Und die Hand von François kennt den Weg, das kannst du mir glauben.«

Die zwei Mägde konnten sich ein vielsagendes spöttisches Gelächter nicht verkneifen.

»Er kennt sich wirklich aus, unser François.«

Die Kleinere von beiden mit ihren üppigen Formen, schwarzen Augen und einem schmucken Mieder, das ihren vollen Busen zur Geltung brachte, hörte auf zu lachen und sagte seufzend:

»Und er ist wirklich schön, unser François. Wenn er mich anschaut, wird mir immer ganz zweierlei.«

Wieder mussten sie lauthals loslachen. Die Ältere, die etwas dünner und ernster war als ihre Freundin, riss sich schließlich zusammen und begab sich wieder an die Arbeit. Mit einem Armvoll gut gefüllter Krüge machte sie sich auf den Weg zum Festsaal, in dem feuchtfröhlich gefeiert wurde. Auf den mit feinen Stoffen überzogenen Holzbänken saßen die Gäste dicht gedrängt und ließen es sich schmecken. Die Ehrengäste hatten es sich auf gut gepolsterten Lehnstühlen rund um die Tafel des Königs bequem gemacht.

Die langen Tische aus Brettern und Böcken versteckten sich unter kostbaren weißen Decken. Es war zwar nicht mehr üblich, die abgenagten Knochen einfach auf den Boden zu werfen, aber man aß noch mit den Fingern. Vorsichtig nahm man sich ein Stück Fleisch, um dann davon abzubeißen.

Zum Händewaschen wurden ständig Krüge mit parfümiertem Wasser herumgereicht, und obwohl es Servietten gab, wischten sich die Gäste noch immer die fettigen Hände an der Tischdecke ab.

Der jungen Braut wurden die Speisen in einem goldenen Geschirr, das eigentlich der Königin vorbehalten war, aufgetragen. Die Ehrengäste aßen von silbernen Tranchierbrettern, den anderen wurde das Fleisch auf einem großen Stück Brot serviert. Suppen und Gerichte mit Sauce wurden den Gästen, ihrem Rang entsprechend, in Keramik- oder Holzschüsseln vorgesetzt.

François hatte die junge Prinzessin Claude neben sich, die vor lauter Schüchternheit kaum ein Wort sagte und sich sehr unauffällig verhielt. Wäre sie nicht die Tochter des Königs gewesen, hätte sie mit ihrem schmächtigen, unscheinbaren Äußeren dem Hof wohl kaum zur Ehre gereicht. Sobald sich ein königlicher Rat zu ihr beugte, wandte sie sich Hilfe suchend an François.

Doch wer sie näher kannte, schätzte sie wegen ihrer natürlichen und bescheidenen Art.

François hätte sich an der Seite dieses unsicheren kleinen Mädchens vermutlich zu Tode gelangweilt, hätte nicht auch die temperamentvolle Comtesse de Foix neben ihm gesessen, die den jungen Mann mit ihren fröhlichen Bemerkungen und feurigen Blicken umgarnte. Das üppige Essen, die lärmende Kulisse und der einfache Wein aus der Touraine trugen das ihre dazu bei, dass sich die beiden eher anzüglich als galant unterhielten.

François' Freunde feierten mit einer Verve, die bereits den

Übermut künftiger Freuden erahnen ließ. Montmorency brillierte mit seinem Esprit, und La Marck erzählte spannende Anekdoten, während sich Chabot damit begnügte, sich den Bauch vollzuschlagen und seinen Freunden Beifall zu spenden.

Polyphone Gesänge wurden angekündigt, woraufhin einige lautstark protestierten, weil sie meinten, am Hofe Ludwigs XII. wäre kein Platz mehr für diese überholten französischen Troubadourlieder.

Auch Marguerite und ihr Bruder hielten nicht viel von den altmodischen Gesängen. Stattdessen bevorzugten sie die kurzen Stücke mit galanten Versen, die sie mit ihrer Mutter gelernt hatten, die sogenannten Madrigale, in denen Gesang und Instrumente zu einem dramatischen Vortrag vereint wurden.

Marguerite saß zwischen dem König und ihrem Gatten und plauderte, wobei ihr Blick immer wieder verstohlen den Mann streifte, mit dem man sie gerade verheiratete, Charles d'Alençon.

Seit Beginn des Festmahls versuchte sie wenigstens kleinste Anzeichen von geheimem Einverständnis oder Harmonie zwischen ihnen zu entdecken. Doch mit jedem neuen Gang wurden die Hoffnungen der jungen Frau mehr und mehr enttäuscht, weil er mit dem König eine nicht enden wollende Debatte über militärische Fragen führte.

Zwischen Pasteten und Schweinernem, Schinken und kalter Poularde war es ihr gerade mal gelungen, ihm einige, allerdings reichlich kühle Blicke zu entlocken.

Beharrlich wie sie war, wagte sie einen neuen diskreten Blick, der jedoch bei Hecht in Sauce und gegrilltem Lamm mit Lauchzwiebeln lediglich von einem kaum wahrnehmbaren und eher argwöhnischen als wohlwollenden Augenzwinkern beantwortet wurde.

Während die Diener zum nächsten Gang gebeiztes Wild und gefülltes Geflügel auftrugen, sah sie voller Verzweiflung zu François, der zwar bereits ziemlich angeheitert war, ihren Blick aber wenigstens wie immer liebevoll erwiderte.

Als nach gegrilltem Schwein, mariniertem Rind und gefülltem Kalbsbraten Berge von Käse, Zuckerwaren und kandierten Früchten aufgefahren wurden, warf ihr Mann ihr einen kurzen Blick zu, der ihr aber fast gleichgültig vorkam. Ohne den Anflug eines Lächelns sah er sie mit seinen grauen Augen an.

Marguerite schauderte. Er schien sie zu taxieren oder prüfend zu mustern, als müsste er gerade herausfinden, ob sie auch wirklich exakt seinen Vorstellungen entsprach.

Und dabei spürte sie, dass sein kühles Wesen in keiner Weise dem Bild entsprach, das sie sich bisher von Charles d'Alençon gemacht hatte.

Marguerite warf sich in die Brust und beschloss, ganz ohne vorwurfsvollen Ton das Gespräch zwischen dem König und ihrem Mann zu unterbrechen. Schließlich ging es darum, vor den versammelten Gästen einen guten Eindruck zu machen und dem König eine kultivierte Konversation anzubieten.

Auch die Comtesse d'Angoulême hörte aufmerksam zu, was Marguerite zu sagen hatte, und stellte zufrieden fest, dass ihr die Tochter in Sachen Schlagfertigkeit alle Ehre machte.

Marguerite unterhielt ihre Gesprächspartner brillant und abwechslungsreich und konterte klug und mit viel Taktgefühl.

Louises Blick wanderte von ihrer Tochter zu François, um dann bei ihrem jungen Geliebten Charles de Bourbon zu verweilen, den man zu den hochrangigen Gästen an die Tafel des Königs gebeten hatte.

Rondeaus, Balladen und Madrigale wurden vorgetragen und

mit großem Beifall bedacht, ehe man sich den mit Cremes und Konfitüren gefüllten Torten widmete.

Der König musste feststellen, dass sich die Königin äußerst schlecht gelaunt mit ihrem Schildknappen unterhielt. Das schien sie jedoch nicht daran zu hindern, die Comtesse d'Angoulême mit abschätzigen Blicken zu bedenken, weil diese sich die Speisen genauso schmecken ließ wie das Lächeln ihres Geliebten.

Der Königin missfiel nämlich die Liaison zwischen der Comtesse und Charles de Bourbon. Da Louise die Beziehung aber überaus diskret führte, konnte sie ihr deshalb kaum Vorwürfe machen. Außerdem gäbe es gewiss Probleme, müsste man die junge Witwe wiederverheiraten. Die Interessen Frankreichs durften jedenfalls nicht darunter leiden.

Warum sah Louise ausgerechnet jetzt zu ihr? Plötzlich drängte sich Anne der Verdacht auf, dass Louise eine unklare Situation ausnutzen wollte. Die Königin tröstete sich aber mit dem Gedanken, dass Louise auf keinen Fall wieder heiraten wollte. Allerdings blieb ihr keine Zeit, über den Grund dafür nachzudenken, weil von links zu anzüglichen Bemerkungen schmutzig und laut gelacht wurde.

Der König wirkte heiter und entspannt. Wieder warf er seiner Frau einen Blick zu und sah, wie ihre Hofdamen Anne de Rohan und Anne de Graville um ihre Aufmerksamkeit buhlten.

Germaine de Foix unterhielt sich mit ihrer angeheirateten Cousine Anne de Candale, der hinreißenden Brünetten, die gerade François zu bezirzen versuchte.

Die Königin hatte bereits mehrfach angesetzt, wusste aber nicht genau, wie sie es anstellen sollte, weil es ja um den Dauphin ging.

»Eure Cousine scheint mir sehr an diesem fidelen Kerl interessiert, den man auch Duc de Valois nennt«, wandte sie sich mit säuerlicher Miene an Germaine de Foix.

Die Comtesse ließ sich mit der Antwort Zeit.

»Soll das heißen, dass ich für ihr Verhalten verantwortlich bin, Hoheit?«, entgegnete sie vorsichtig.

»Nein, nein, nicht doch!«, beteuerte Anne sofort und tätschelte ihrer Zofe liebevoll den Arm. »Lieber Gott! Wie könntet Ihr für das leichtfertige Verhalten verantwortlich sein, dass Eure Cousine François d'Angoulême gegenüber an den Tag legt?«

»Bedenkt doch bitte, dass meine Cousine noch sehr jung ist, Hoheit. Außerdem ist sie Waise und hat nicht die strenge Erziehung genossen, die Ihr so sehr schätzt.«

»Auch wenn ihre baskischen Brüder Rüpel sind, kann ich nicht einsehen, wie sie sich über die vornehmen Sitten eines Hofes hinwegsetzen kann, dem ihre uneingeschränkte Aufmerksamkeit gelten sollte? Ich werde ihr schon noch beibringen, was sie zu tun und zu lassen hat.«

»Leider ist sie von Natur aus ein wenig streitlustig«, warf Germaine de Foix vorsichtig ein.

Die Königin wirkte verärgert.

»Ich muss doch bitten! Oder ist sie etwa nicht freiwillig zu uns gekommen?«

»Nicht ganz, Eure Hoheit, schließlich wünschten vor allem meine Cousins, dass sie den Hof mit ihrer Schönheit zieren sollte.«

Mit zusammengekniffenen Lippen musterte die Königin ihren Schildknappen, den die hinreißende Françoise de Foix ebenfalls in ihren Bann geschlagen hatte.

»Sollte sie nicht bereit sein, sich den Gepflogenheiten am

Hofe anzupassen, werden wir sie einfach schleunigst verheiraten. Ich finde sicher eine gute Partie für sie, wodurch ihr jugendlicher Übermut schnell besänftigt werden dürfte.«

»Lieber Himmel! Denkt Ihr da womöglich an jemand Bestimmten, Hoheit?«, fragte die Zofe sofort nach.

Anne nickte vielsagend.

»Ist es vielleicht ein Bretone?«, fragte die arme Cousine, deren Neugier jetzt auch geweckt war.

»Ja, ich denke da an einen Bretonen«, bestätigte die Königin. »Aber noch ist es nur eine Idee«, flüsterte sie ihrer Hofdame ins Ohr.

Germaine de Foix fuhr sich mit der Hand über die Stirn, weil sie sich bei der Hitze allmählich sehr unbehaglich fühlte. Obwohl sie größte Lust dazu hatte, wagte sie nicht weiter nachzufragen, aber die Königin befriedigte ihre Neugier von ganz allein.

»Ich habe da die wichtigste Persönlichkeit in meinem Herzogtum im Sinn.«

Und als sie sah, wie Germaine de Foix ihre kleinen schwarzen Augen fragend zusammenkniff, beugte sie sich noch näher zu ihr und flüsterte: »Sehr wahrscheinlich wird es der Comte de Chateaubriand werden.«

Mit einem zufriedenen Lächeln lehnte sich die Königin zurück und beobachtete die Wirkung, die ihre Worte auf dem rundlichen Gesicht ihrer Zofe hinterließen.

Anne de Bretagne genoss diese Augenblicke und kostete es in vollen Zügen aus, wenn sie ihren Hofdamen die Namen von zwei Heiratskandidaten ins Ohr flüsterte, die sie zusammenbringen wollte, damit das Gerücht schleunigst verbreitet wurde.

Morgen weiß es der ganze Hof, dachte sie sich vergnügt, während Germaine de Foix die Hitze immer unerträglicher fand.

So war die Königin nun einmal. Es brauchte nicht viel, damit sie eine Freundschaft aufgab. Unter ihren Hofdamen herrschte ein ständiges Kommen und Gehen, und wenn Anne de Bretagne beschlossen hatte, eine von ihnen unter die Haube zu bringen, begann sie unverzüglich nach der für ihre Zwecke geeigneten Partie zu suchen.

Durch ihre große Flexibilität im Umgang mit weiblichen Gefühlen beherrschte sie ihre Entourage, ohne dass diese ihr zu nahekommen konnte.

Jongleure begeisterten ihr Publikum mit ihrem Auftritt, ehe die großen Obsttorten serviert wurden.

Längst hatten sich François und seine Kameraden ihrer aufwändigen Jacken entledigt, unter denen feine weiße Hemden zum Vorschein kamen. Angesichts der immer drückender werdenden Hitze begannen auch die Frauen Pelze und Hauben abzulegen. Lange, glänzende Locken ergossen sich über die zarten weißen Schultern der jungen Mädchen, die gegenseitig ihre kunstvoll gedrehten oder geflochtenen Frisuren mit Haarnadeln aus Perlmutt, Rubinen und Smaragden bewunderten.

Das Fest hatte seinen Höhepunkt erreicht, und die Gesichter der vornehmen Herrschaften waren von der Hitze und dem Alkohol gerötet. Allmählich gerieten die Gäste in Bewegung und rutschten unruhig herum. Man begann Plätze zu tauschen, wobei Diskretion nur noch auf die Wahl der Worte beschränkt blieb.

Montmorency und Chabot hatten sich zu einer temperamentvollen, hübschen Person mit üppigen Kurven und verführerischen Katzenaugen gesellt, der Duchesse de Nevers, deren Mann sich ans andere Tischende gesetzt hatte. Die beiden jungen Männer bemühten sich sehr um die bezaubernde Herzogin und unterhielten sie mit jugendlichem Eifer und Ungeschick.

Blasierter als seine Freunde und immer auf der Suche nach einer weltanschaulichen Debatte hatte La Marck die Gesellschaft der Musiker und Dichter gesucht, die sich im Nebenzimmer einsangen und ihre Instrumente stimmten, als er plötzlich Charles d'Amboise über den Weg lief, dessen Gattin sich gerade mit einer Hofdame Königin Annes unterhielt. D'Amboise schien ganz in Gedanken versunken, verträumt, den Blick in die Ferne gerichtet, als würde er irgendetwas oder irgendwen erwarten. Lauschte er den Akkorden, die die Musiker auf ihren Instrumenten spielten, hörte er sie überhaupt, die Fideln und Flöten, die Manichordeons, Geigen und Oboen mit ihren abgehackten, harten Tönen, die ein bisschen wie Hagel an einem Frühlingsabend klangen?

»Wenn ich mich nicht täusche, seid Ihr Seigneur d'Amboise!«, rief der junge La Marck eifrig.

Sofort tauchte d'Amboise aus seiner Träumerei auf und fragte höflich, mit wem er denn die Ehre habe.

»Ich bin Robert La Marck, Seigneur de Fleurange. Meine Freunde Chabot, Montmorency und Bonnivet und ich sind die Gefährten von François d'Angoulême. Stehe zu Euren Diensten, Messire d'Amboise.«

Er machte eine tiefe Verbeugung, die sein Gegenüber immerhin zu einem Lächeln veranlasste.

»Bestimmt habt Ihr gerade von Euren italienischen Eroberungen geträumt, Seigneur d'Amboise?«

»Ja, das stimmt, und der Sieg von Agnadello war mit Sicherheit einer der schönsten, dessen sich König Ludwig rühmen kann. Leider habe ich dort meinen Onkel Georges d'Amboise verloren.«

»Leider, leider, ich weiß«, antwortete der junge La Marck mit bemüht trauriger Stimme, aber seine vom vielen Wein geröteten Wangen und die lachenden Augen straften seine Worte Lügen.

D'Amboise schien ihm das jedoch nicht übel zu nehmen, dazu war man viel zu festlich und heiter gestimmt.

»Habt Ihr mit Eurem Onkel an der Seite des Königs gekämpft?«, wollte La Marck nun wissen.

»Nein, ich hielt mich zu der Zeit in Florenz auf, um verschiedene Künstler zu treffen. Erst nachdem ich die traurige Nachricht erhalten hatte, bin ich nach Venedig zurückgekehrt.«

Roberts Augen funkelten vor Begeisterung. Die Unterhaltung war ganz nach seinem Geschmack.

»Haben die Kanonen wirklich so schrecklich gedonnert?«, fragte er neugierig weiter.

»Ihr könnt Euch gar nicht vorstellen wie sehr!«

»Teufel noch eins! Wie gerne wäre ich dabei gewesen! Und stimmt es auch, dass sich die Venezianer sofort nach dem Gemetzel zurückgezogen haben?«

»Ja, alle zogen sich sofort zurück.«

»Und wie haben sie der Belagerung standgehalten? Wie …«

»La Marck!«, hörte er plötzlich jemand rufen.

Robert drehte sich um und entdeckte Bonnivet, der ihn verzweifelt gesucht hatte und sichtlich erhitzt und mit ausgebreiteten Armen auf ihn zukam.

»Da steckst du ja!«, rief er aufgeregt, »ich suche dich schon seit einer Ewigkeit. Was machst du denn?«

»Ich bat Messire d'Amboise, mir seine Eindrücke von der Schlacht von Agnadello zu schildern.«

»Oh, Seigneur d'Amboise! Stellt Euch vor, François versucht uns die ganze Zeit dafür zu begeistern, gemeinsam mit ihm am nächsten Feldzug des Königs teilzunehmen!«

»Das dürfte mehr als wahrscheinlich sein. Er braucht tapfere Rekruten voller Tatendrang. Ihr dürft es nicht an Mut fehlen lassen, und Eure Waffenmeister werden jeden Tag mit Euch üben.«

Er sah sich nach seiner Frau um, die sich mit den Hofdamen der Königin, den Demoiselles de Rohan und de Graville unterhielt.

Zweifellos war Jeanne d'Amboise die Älteste in der Runde, denn während die Zofen der Königin höchstens zwanzig Jahre alt sein mochten, hielt man Jeanne eher für Anfang dreißig. Sie war weder besonders schön noch anmutig, nur die vornehme Haltung entsprach ihrem hohen Rang.

»Zu schade, dass Eure Frau auch hier ist, Messire d'Amboise«, sagte Bonnivet leise, »die kleine de Rohan hat Euch gerade sehr verwegene Blicke zugeworfen und hoffte gewiss auf eine Antwort. Warum habt Ihr sie nicht erwidert?«

»Weil ich keine Lust dazu habe.«

»Das erstaunt mich aber«, meinte Bonnivet, kam näher und flüsterte: »Eure Treue steht jedenfalls nicht mehr auf dem Spiel, so gesehen kann ich es nur für gut befinden.«

»Genug damit!«, entgegnete d'Amboise schroff. »Ihr solltet wissen, dass man solche Gespräche nur unter vier Augen führt. Wenn ich mich nicht irre, blicken hier jedoch ein paar hundert Augen auf uns.«

»Und nun gehe ich weder zu meiner Frau noch zu Demoiselle de Rohan«, sagte er und grüßte knapp, »sondern an die frische Luft, weil es hier drin entschieden zu heiß ist.«

Damit ließ er die beiden taktlosen jungen Männer stehen, die sofort zurück zu den Damen eilten, an die sie – zumindest für die Dauer der Festlichkeiten – ihr Herz verloren hatten.

François d'Angoulême war, in ein angeregtes Gespräch mit

Françoise de Foix vertieft, ihr so nahegekommen, dass er ihr vor lauter Leidenschaft einen Handkuss gab.

Bälle, Reifen und Stäbe flogen über den Tischen durch die Luft. Man klatschte den Jongleuren Beifall und verlangte lauthals nach weiteren kunstvollen Tricks.

Zu den Klängen von Hirten- und Querpfeifen versammelten sich die Akrobaten, verschlangen sich wie die Glieder einer Kette ineinander und bildeten mit ihren Körpern in bunten Trikots eine schwankende Pyramide, die alle Blicke auf sich zog.

Vor dem Saal unterhielt sich Charles d'Amboise mit dem Herzog d'Alençon über die wenigen Schlachten, die sie gemeinsam im Norden Frankreichs gekämpft hatten.

Louis XII. nahm Marguerites zierliche Hand und hielt sie einen Augenblick fest.

»Dieses prachtvolle Fest wird nur noch von Eurer strahlenden Schönheit übertroffen, meine liebe Herzogin«, sagte er mit glasigem Blick und bekam einen kleinen Schluckauf. Weil er seine Serviette verloren hatte, führte er mit unsicherer Bewegung einen Zipfel der Tischdecke zum Mund.

»Was meint Ihr, Duc d'Alençon?«, fuhr er fort und schob ungeduldig seinen Apotheker weg, der hinter ihm stand und vergeblich versuchte, ihn am Trinken zu hindern. Alle paar Minuten verlangte der König nach seinem Mundschenk und reichte ihm seinen leeren Kelch.

Marguerite wurde sonst wegen derartiger Komplimente nicht so schnell verlegen, spürte jetzt aber, wie ihr die Röte ins Gesicht stieg, was sicher auch daran lag, dass sie mehr Wein getrunken hatte, als sie gewohnt war, weil der Mundschenk des Königs auch ihr eifrig nachschenkte.

Charles d'Alençon, der gerade den letzten Bissen von seinem Stück Apfelkuchen zum Mund führen wollte, hielt irritiert inne und legte es wieder zurück.

»Natürlich schätze ich mich glücklich, eine so schöne Gattin zu haben, Sire«, antwortete er und versenkte zum ersten Mal seinen Blick in die porzellanblauen Augen seiner frisch Vermählten.

Endlich sieht er sie einmal richtig an, dachte Louise, die die beiden beobachtete. Aber er hat ihr noch immer kein einziges Lächeln geschenkt.

Während Marguerite nicht begriff, warum sich ihr Gatte so merkwürdig verhielt, wusste der König sehr wohl, dass ein Soldat manchmal nichts mit dem galanten Leben am Hofe – und sei es an seinem eigenen – anfangen konnte.

Von Natur aus ernst und äußerst reserviert und eher an kriegerische Auseinandersetzungen als höfisches Geplänkel gewöhnt, kam sich Charles d'Alençon hier tatsächlich fehl am Platze vor. Entweder fühlte er sich nun aber vom König ermuntert, oder er wollte Marguerite nicht länger so kühl begegnen. Wie auch immer, ein wenig ungeschickt ergriff er die Hand seiner jungen Frau und gab ihr einen etwas hastigen Handkuss.

»Ich fürchte, es wird ein wenig dauern, mein lieber Herzog, bis Ihr Euch von Euren Soldaten- und Waffenbrüdersitten trennen könnt, um Euch voll und ganz Eurer reizenden Gattin zu widmen«, meinte der König amüsiert.

Auf sein Zeichen hin füllte ihm der Mundschenk sofort seinen Weinkelch, den er vor seinem hochroten Kopf schwenkte und mit lauter Stimme rief:

»Ein Hoch auf unsere Marguerite, die viel Aufmerksamkeit verdient, weil sie eine einfache und zugleich edle Blume ist.

Und aufgepasst, d'Alençon, die Marguerite lässt sich nur sehr behutsam entblättern!«

Als François dies mit Beifall bedachte, beeilte sich jeder, es ihm gleichzutun. Und während die versammelten Gäste die Braut begeistert hochleben ließen, warf der Duc de Bourbon Louise gewagte Blicke zu.

»Lasst uns auch auf das Wohl unseres guten Volkes anstoßen, mein lieber Herzog«, sagte der König und führte den Kelch an den Mund.

»Bravo, Sire! Trinken wir auf das Wohl Eures braven Volks!«, rief der junge Bonnivet und sprang dabei so ungestüm auf, dass sein Stuhl mit lautem Gepolter umfiel, was aber sogleich im allgemeinen Beifall unterging.

Was nimmt sich dieser Bonnivet heraus, dachte sich die Königin und musterte ihn abfällig. Ich verstehe nicht, wie der König diese ungehobelte Truppe um François d'Angoulême dulden kann.

Ihr Blick wanderte zu ihrem Gatten, der gerade wieder mit hochrotem Gesicht den Apotheker wegstieß und nach seinem Mundschenk rief.

»Auf das Wohl von Marguerite!«, rief La Marck, der in Begleitung zweier junger Dichter aus der Küche kam.

»Ja, auf das Wohl meiner geliebten Schwester! Trinkt mit mir, Mutter!«, stimmte François lautstark ein und hob seinen Weinkelch in Richtung Louise.

Die Königin konnte ihren Ärger nicht länger unterdrücken.

»Ah, die heilige Dreifaltigkeit von Angoulême!«, spottete sie.

Gerade legte ihr Mann einen Arm beschützend um Marguerite. Offensichtlich machte er sich keine Gedanken wegen der Königin und wollte sich erst recht nicht um ihre schlechte Laune kümmern, die sich mehr und mehr bemerkbar machte.

»Wie verführerisch Ihr seid, schöne Marguerite«, flüsterte Louis und suchte weiter nach seiner Serviette, ehe er sich den Mund einfach mit dem Handrücken abwischte.

»Ihr dürft nicht vergessen, dass wir Euch am Hofe brauchen«, fuhr er fort, wobei er mühsam ein erneutes Aufstoßen unterdrückte. »Die Hakenerstuten, die Euch geschenkt wurden und die Ihr mit Euren schönsten Geschirren schmücken dürft, sind für Eure Reisen gedacht.«

»Für meine Reisen?«, fragte Marguerite freundlich.

»Aber natürlich. Oder warum sollten sie in den Stallungen von Alençon eingesperrt werden? Und warum solltet Ihr uns Eurer Gegenwart am Hofe berauben?«

Wieder nahm er einen langen Schluck. Seine Augen waren blutunterlaufen, und seine Bewegungen wurden immer langsamer.

»Sperrt die schöne Marguerite ja nicht auf Eurer normannischen Festung ein, d'Alençon!«

»Hört, hört, der König widerspricht sich«, tuschelte man.

»Was soll das heißen, der König widerspricht sich?«, fragte Baron de Bourdeille leise seine Frau.

»Unser guter König redet, wie es ihm gefällt«, flüsterte die Baronin ihm zu. »Eben noch hat er dem Gatten seine junge Braut ans Herz gelegt, und jetzt will er sie ihm am liebsten wegnehmen.«

»Es hat ganz den Anschein, als hätte er sich in unsere junge Herzogin vergafft«, meinte ihr Sitznachbar, ein kahlköpfiger Wicht, und kratzte sich am bartlosen Kinn.

»Angeblich geht ihm die Bretonin allmählich auf die Nerven!«, platzte die Baronin heraus.

Der von Natur aus sehr zurückhaltende Baron de Bourdeille

sah sich mit gequälter Miene nach der Königin um, doch die unterhielt sich gerade mit ihrem Kammerherrn und schien nichts gehört zu haben.

»Darf ich Euch um etwas mehr Diskretion bitten, meine Liebe«, flüsterte er seiner Gattin zu. »Sollte Euch die Königin der üblen Nachrede verdächtigen, wäre das Eure letzte Einladung zu einem ihrer Bankette.«

Louise beteiligte sich nicht an der erregten Diskussion des Ehepaars Bourdeille und bewunderte stattdessen lieber ihre Tochter dafür, wie geschickt sie ihrem Bruder den Weg ebnete.

Ohne die Gegenwart ihrer Rivalin wäre der Festtag das Paradies auf Erden für Louise gewesen, umso mehr noch, weil überall gemunkelt wurde, dass François nun endgültig der unbestrittene Thronfolger sei.

Sie sah zu Anne, und ihre Blicke kreuzten sich wie geschliffene Schwerter. Keine von beiden wollte nachgeben, und jede zwang sich, ihre Ängste und ihre mühsam unterdrückte Wut herunterzuschlucken. Doch dann war es Louise, die als Erste den Blick abwandte.

François' Gefährten waren mittlerweile reichlich angeheitert.

»Ich trinke auf unsere heimlichen Spielchen, die vergessenen Lektionen und auf unsere jugendlichen Eroberungen, aus denen bald wahre Kämpfe werden sollen«, schmetterte Montmorency voller Euphorie.

Die aufreizende Duchesse de Nevers hatte sich offenbar für seinen derben kleinen Freund Chabot entschieden. Vor lauter Verzweiflung zählte Montmorency deshalb seiner üppigen Nachbarin, der Baronin de Bourdeille, seine phantastischen Heldentaten auf.

»Auf unsere künftigen Feldzüge!«, rief François. »Auf Euch, meine Waffenbrüder!«

Nicht ohne Bedauern ließ er den Blick von seiner bezaubernden Nachbarin und wandte sich an den Gatten seiner Schwester.

»Es heißt, Ihr seid ein hervorragender Fechter, Duc d'Alençon. Ich würde mich zu gern einmal mit Euch messen.«

Charles d'Alençon fuhr hoch und schien sofort auf der Hut.

»Wir sollen uns messen? Nichts lieber als das!«

»Wann?«

»Ich schlage vor, nach den Hochzeitsfeierlichkeiten, wenn es Euch genehm ist.«

Prinzessin Claude hatte sich, aufgeschreckt von einem lautstark vorgetragenen Abenteuer mit François in der Rolle des Helden, erhoben, wagte aber nicht, zu ihm zu gehen, obwohl er ihr Verlobter war, und trat stattdessen zu Marguerite.

»Mir scheint, Euer Bruder trinkt ziemlich viel, Marguerite«, meinte sie schüchtern.

»Sei doch nicht so streng, Claude, heute wird gefeiert. Nimm und trink«, antwortete Marguerite und reichte der Kleinen ihren goldenen Weinkelch.

Überrascht von dem vertraulichen Du nahm Claude den ziselierten Krug, aus dem Marguerite getrunken hatte, betrachtete ihn abwesend, drehte ihn in ihren kleinen Händen und trank ihn langsam aus, ohne dabei den Blick von François zu wenden, dessen Hand gerade in den zahllosen Falten der langen Robe von Françoise de Foix verschwand.

Der König ertappte sie dabei und sagte: »Nun, mein Kind, gefällt dir das schöne Fest? Unser guter François d'Angoulême verhält sich dir gegenüber doch sehr zuvorkommend, nicht wahr?«

Weil das Mädchen keine Antwort gab, mischte sich ihre Mutter ein wenig gereizt ein: »Ich bitte Euch, Claude, seid doch nicht so trübsinnig. Kommt, setzt Euch ein wenig zu mir!«

Plötzlich gab es großes Geschrei, und jeder wollte wissen, was passiert war. Wie sich herausstellte, war der Baronin de Bourdeille ein Stück Torte auf den Boden gefallen, weshalb sie hysterisch kreischte, während sich Lakaien beeilten, die Kuchenreste zu entfernen.

»Wann soll der Kampf zwischen unseren beiden Fechtmeistern stattfinden?«, fragte Marguerite, um von dem Spektakel abzulenken. »Habt Ihr bereits Tag und Uhrzeit verabredet, meine Herren?«

»Wir wollen uns nach den Hochzeitsfeierlichkeiten treffen, direkt vor unserer Abreise in die Normandie«, erklärte Charles d'Alençon.

Seine Lippen verzogen sich zu einem schwachen Lächeln. Endlich tat sich etwas, was unterhaltsam zu werden versprach.

D'Alençon hatte blonde Locken und den hellen Teint der Leute aus dem Norden. Seine blasse Haut wirkte weich und zart – ein sonderbarer Kontrast zu seinem wilden Soldatengehabe.

Er strich seine über den Ohren eckig geschnittenen Haare aus dem Gesicht. D'Alençon war alles andere als hässlich. Das ein wenig vorstehende Kinn hätte eigentlich ein energisches Temperament vermuten lassen, gehörte aber seltsamerweise einem introvertierten Charakter, der nur auf dem Schlachtfeld mit den Kampfgefährten sein inneres Gleichgewicht fand.

Erst einige Monate zuvor war er zum Capitaine befördert worden wegen seines hervorragenden Verhaltens beim Kampf um eine lombardische Stadt, an deren Befreiung durch Ludwig XII. er maßgeblich beteiligt war; er hatte es also nicht mehr nötig, sein Renommee als Ritter zu verteidigen.

Dass Marguerite nun versuchte, Charles' Blicke auf sich zu ziehen, lag daran, dass sie die Anspielungen des Königs sehr wohl verstanden hatte und ebenso genau wusste, warum ihr Bruder darauf brannte, sich im Zweikampf mit ihrem Frischvermählten zu messen.

Für ihr Gefühlsleben bedeutete dies keine befriedigende Perspektive, insgesamt nahm die Sache jedoch den gewünschten Gang, weil sich Marguerite mit Charles d'Alençon vertragen wollte, um so den Interessen ihres Bruders zu dienen – selbst wenn dabei die Leidenschaft auf der Strecke bleiben sollte.

Sie schenkte François ein strahlendes Lächeln und versuchte ihr Unglück zu vergessen. Immerhin konnte sie froh sein, dass ihr Gatte weder ein Greis war, vor dem ihr gegraut, noch ein Ausländer, der sie aus Frankreich gebracht hätte. Sie billigte die Wahl, die man für sie getroffen hatte, weil ihre eigenen Pläne dadurch nicht wesentlich gestört wurden. Im Grunde war es egal, ob Charles d'Alençon oder irgendein anderer Mann ihr Gatte wurde! Es gab ohnehin keinen Mann, den sie mehr lieben könnte als François. Nur der Duc de Nemours, der ihr als Einziger Herzklopfen verursacht hatte, wäre ein ernst zu nehmender Rivale für ihren Bruder gewesen.

François wandte sich wieder an den Duc d'Alençon, fegte mit einer großen Geste alle Bedenken beiseite und erklärte großspurig:

»Lasst uns den Kampf beginnen, Herzog! Ich finde nicht, dass wir das Ende der Hochzeitsfeiern abwarten sollten.«

»Mir scheint, Ihr wollt Eurer Schwester kein Schäferstündchen mit ihrem Gatten gönnen, mein Sohn«, mischte sich Louise lächelnd ein.

Eben wurden Zwetschgenkuchen, Zimtcreme und Quittenkonfitüre serviert, doch der Appetit der versammelten Gäste hatte nachgelassen. Für den geistigen Genuss rezitierte ein Dichter Auszüge aus einer griechischen Tragödie, für die Marguerite schwärmte.

»Könntet Ihr uns vielleicht etwas pikantere Verse vortragen, liebe Baronin?«, fragte Antoinette de Polignac, die bekanntermaßen nicht viel von antiken Tragödien hielt.

»Bitte, Baronin, wir wollen ein paar gewagte Gedichte hören!«

»Meint Ihr wirklich gewagte Gedichte«, fragte Jeanne Conte Antoinette – beide langjährige, treue Zofen von Louise –, »oder doch eher erregende?«

»Um nicht zu sagen schlüpfrige«, betonte Antoinette. »Also los, Baronin, lasst Euch nicht länger bitten. Zum Teufel, wir wollen uns amüsieren!«

Neugierig musterte die Angesprochene die beiden Frauen, die sie herausgefordert hatten.

Baronin de Vivonne, verheiratet mit Baron de Bourdeille, dem weltlichen Herrn über die Abtei von Brantôme, gehörte zu den wichtigsten Kritikerinnen ihrer Zeit, die sich dabei ohne Angst vor Skandalen oder Anschuldigungen eines sehr pointierten und anzüglichen, ja manchmal geradezu derben Stils bediente.

Pierre de Bourdeille war eher ein Freund von Diskretion und begnügte sich damit, den Geschichten zu lauschen, die seine Gattin mit ihrem profanen Gedächtnis zu erzählen beliebte. Mit gespitzten Ohren hörte sich ihr Publikum bei solchen langen Veranstaltungen begeistert ihre zahllosen anstößigen Anekdoten an.

»Ich soll Verse vortragen!«, rief die Baronin empört. »Gedichte oder vielleicht ein Melodram! Wie Ihr wohl wisst, schmiede ich keine schlechten Reime, sondern ich erzähle! Ich male! Ich mache die Worte zu besonnenem Tadel. Ich kritisiere die Sitten meiner Zeit! Ihr beleidigt mich, wenn Ihr wollt, dass ich Verse vortrage.«

»Dann erzählt uns doch bitte ein paar von Euren schönen Geschichten«, ließ Antoinette nicht locker und kühlte ihr Gesicht mit ein paar Tropfen frischem Wasser. Dann bat sie Jeanne, ihr Kleid am Rücken etwas zu lockern, das ihr die Kammerfrau am Morgen viel zu fest geschnürt hatte.

»Teufel noch eins!«, fluchte nun auch Baron de Bourdeille, »schließlich feiern wir hier die Hochzeit der schönen Marguerite! Dazu sollten wir unsere besten Geschichten beitragen. Heute dürfen wir uns nichts von den Lehrern unserer Kinder vorschreiben lassen – nein, heute soll uns ausnahmsweise auch einmal die *Divina Commedia* Genuss bereiten!«

»Man verlangt nach Euch, Madame Louise.«

»Großer Gott, das darf doch nicht wahr sein! Jeder weiß, dass ich hier unabkömmlich bin. Kann das nicht warten?«

»Ich glaube kaum«, warf Antoinette ein und wischte sich den Schweiß von der Stirn«, »es ist nämlich Dame Alix Cassex, die Ihr wohl schlecht draußen warten lassen könnt, nachdem Ihr sie erst eingeladen habt.«

Louise erhob sich und folgte dem Diener vorbei an den großen Tafeln, an denen es immer lebhafter zuging.

Dann fielen sich die beiden Frauen in die Arme.

»Ach, Alix! Wie ich sehe, habt Ihr meinen Brief erhalten.«

»Ja, Louise, und ich habe mich entschlossen, Eure Einladung anzunehmen.«

»Catherine Bohier hatte mir nämlich gesagt, dass Ihr nicht rechtzeitig zu der Hochzeitsfeier aus Italien zurück sein würdet.«

»Doch, Louise, ich bin schon seit über einem Monat wieder

in Lyon, aber – Ihr müsst entschuldigen – mir war nicht danach, auszugehen oder mich gar zu amüsieren.«

Louise nickte verständnisvoll, drückte Alix fester an sich und nahm ein paar tiefe Züge von der frischen Gartenluft, die durch die geöffneten Terrassentüren kam. Dann sahen sich die Freundinnen lange in die Augen.

»Ich kann mir vorstellen, wie traurig Ihr sein müsst, Alix. Schließlich weiß ich, wie sehr Ihr Sire Van de Veere geliebt habt.«

»Ich weiß gar nicht, wie mir geschieht, Louise. Ich fühle mich müde und verdrossen.«

»Habt Ihr finanzielle Sorgen?«

»Nein, das nicht. Meine Werkstätten laufen gut, und ich habe aus Florenz neue Aufträge mitgebracht.«

Mit einem Seufzer sah sie ihre Freundin an. Louise war strahlend schön und sprühte nur so vor guter Laune. Dass sie ihre Tochter nun so glänzend verheiratet hatte, war für sie eine große Freude, und dass Marguerite außerdem in der Nähe ihres Bruders blieb – Alençon war nicht weit weg von Blois –, machte ihr Glück perfekt.

»Ich muss Euch noch etwas gestehen, Louise.«

»Nur zu«, sagte die Comtesse d'Angoulême erstaunt.

»Ich habe meine Tochter mitgebracht. Alessandro ist ihr Vater. Ich wollte sie in Florenz zur Welt bringen, damit Alessandro sein Kind von klein auf kennen sollte.«

»Das freut mich sehr. Fühlt Euch bei mir wie zu Hause. Ist sie denn gesund und munter?«

»Ja, Louise, sie ist sehr hübsch und zum Glück wohlauf. Und ich hätte mir so sehr gewünscht, dass er sie noch gesehen hätte.«

»Ist er vor ihrer Geburt gestorben?«

»Ja, er war einige Wochen davor aus Florenz aufgebrochen. Eines Tages erzähle ich Euch alles, aber jetzt will ich nur vergessen. Ja, ich will alles vergessen.«

»Nur zu, amüsiert Euch! Marguerites Hochzeit ist die beste Gelegenheit. Seid Ihr ein paar Tage unser Gast?«

»Zwei oder drei, länger kann ich nicht bleiben. Ich will an meinen neuen Teppichen weiterarbeiten. Ihr müsst sie Euch unbedingt ansehen. Ich bin sicher, sie werden François gefallen. Vielleicht sollte man ihm die nächsten Teppiche von meinen Hochwebstühlen zum Geschenk machen. Wohlgemerkt, es sind keine Millefleurs.«

»Gehen wir ein paar Schritte an die frische Luft. Ich glaube, das täte mir jetzt gut.«

Mit diesen Worten nahm Louise ihre Freundin am Arm und führte sie in den winterlich kahlen Park.

»Was sind das für Teppiche? Erzählt mir mehr davon.«

»Ja, gern. François d'Angoulême soll der erste Franzose sein, der solche Teppiche besitzt. Im Vatikan erfreuen sie sich bereits größter Beliebtheit.«

»Im Vatikan, sagt Ihr!«

»Ja, man nennt sie *Grotesken*. Der Maler, der die Vorlagen zeichnet, von denen ich einige mit seiner Signatur gekauft habe, ist der berühmte Raffael.«

»Von diesem Maler habe ich schon gehört. Hoffentlich kommt er eines Tages auch an den französischen Hof.«

Louise verlangsamte ihren Schritt und strahlte vor Freude.

»Ihr müsst mir schwören, dass Ihr die Teppiche keinem anderen anbietet und dass sie nur für meinen Sohn sind, Alix. Wie Ihr wisst, kann ich sie Euch dank der großzügigen Unterstützung König Ludwigs ohne Weiteres abkaufen.«

»Ich schwöre es, Louise. Auch ehe ich Euch davon berichtete, hatte ich nichts anderes im Sinn. Wem sonst sollte ich diese Wunder an Schönheit verkaufen, wenn nicht dem zukünftigen König von Frankreich? Bis sie fertiggestellt sind, möchte ich einige meiner Madonnen für Euch reservieren, die im selben Stil gewebt werden.«

Das glückliche, ja beinahe glückselige Lächeln, das ihr die Comtesse d'Angoulême schenkte, bewies, wie sehr sie sich über das Angebot freute.

Wegen der eisigen Kälte beendeten sie ihren kurzen Spaziergang und kehrten in den riesigen Festsaal des Schlosses zurück, wo noch immer gefeiert wurde, und man Alix einen Platz am Tisch der Gräfin zuwies. Da das Festmahl aber just in dem Moment zu Ende war, als sie hereinkamen, musste sich Louise verabschieden, während Alix noch von den Resten der süßen Köstlichkeiten naschte.

Anschließend bestürmten sie Marguerite und François mit tausend Fragen über Florenz. Vor lauter Begeisterung vergaßen sie sogar, Alix ihr Beileid zum Tod ihres Geliebten auszusprechen, was diese ihnen jedoch nicht übel nahm, weil sie das Thema ohnehin nicht anschneiden wollte.

Kaum hatten sie eine lebhafte Unterhaltung über den leuchtend blauen Florentiner Himmel, die prunkvollen Paläste und die prächtigen Marmorterrassen mit den duftenden Blumen begonnen, als plötzlich mit großem Tamtam Bonnivet, Chabot, La Marck und Montmorency auftauchten, die unzertrennlichen Freunde, und Alix ebenfalls über die Florentiner Kunst ausfragen wollten.

Marguerite sagte dann doch lieber erst einmal nichts von den Tapisserien, die sie bei der jungen Weberin in Auftrag geben wollte, um damit die Wände von ihrem neuen Schloss in Alençon zu schmücken.

»Wie schön Ihr seid, Marguerite!«, meinte Alix beim Anblick der jungen Freundin mit ihren hochroten Wangen.

Der König als ihr Tischnachbar war nämlich sehr darauf bedacht gewesen, immer wieder ihren goldenen Kelch mit dem leichten, kühlen Wein nachfüllen zu lassen, der so schwer wird, wenn er einem zu Kopfe steigt.

»Und ob Marguerite schön ist!«, rief Bonnivet und ging auf Alix zu, »dieses junge Mädchen ist eine wahre Schönheit! Würdet Ihr mir freundlicherweise einen Kuss geben, schönes Fräulein?«

»Wieso sollte ich das tun?«, gab Alix lachend zurück.

»Verdammt noch mal, weil ich Euch darum bitte.«

»Was ist los mit dir, Bonnivet?«, mischte sich Montmorency ein, »hast du alle Anstandsregeln vergessen, die man dir eingebläut hat? Man flucht nicht in Gegenwart eines Fräuleins.«

»Nur damit Ihr es wisst, ich bin gar kein Fräulein, sondern Witwe.«

»Wie auch immer, dann seid Ihr aber eine ziemlich hübsche Witwe.«

Diese Bemerkung konnte Alix nicht kontern, weil Charles d'Alençon erschien, um Marguerite abzuholen.

»Warum wollt Ihr sie uns denn schon so früh wegnehmen?«, protestierte François. »Heute ist doch noch gar nicht Eure Hochzeitsnacht. Ihr habt noch genug Zeit, mein Schwesterchen zu liebkosen. Lasst sie uns noch ein wenig!«

»Ich bitte dich, François, nicht in diesem Ton!«, ermahnte ihn Marguerite.

»François hat doch recht«, erklärte Bonnivet, »er soll sie uns noch ein wenig lassen, dann kann sie später ihren Rausch bei ihm ausschlafen.«

»Etienne!«, rief Marguerite empört. »Was ist das für ein Ton! Habt Ihr denn alle gute Manieren vergessen?«

»Erzählt uns doch ein bisschen von Eurem Junggesellenabschied, Duc d'Alençon«, mischte sich nun auch der junge La Marck in die Unterhaltung ein. »Was denkt Ihr, wie wollt Ihr bei Marguerite landen, wenn es endlich Zeit für das große Abenteuer ist?«

»Ihr seid wirklich abscheulich, Robert! Nachdem Euch der Wein scheinbar um den Verstand gebracht hat, gehe ich jetzt besser mit Charles. Kommt, mein Freund, lassen wir diese alberne Jungspunde allein.«

Und um weiteren anzüglichen Bemerkungen zu entgehen, beschloss sie sich zu verabschieden und umarmte und küsste Alix: »Ich wünsche Euch noch eine schöne Zeit, aber lasst Euch nur nicht von ihnen umgarnen – weder von den jungen Herrn hier noch von meinem Bruder!«

Mit einem Lächeln wollte ihr Alix zum Abschied winken, als sie den Duc d'Amboise auf sich zukommen sah.

»Charles! Was für eine Freude, Euch zu sehen!«, rief sie.

»Als ich hörte, dass Ihr unter den Gästen seid, habe ich mich sofort auf die Suche nach Euch gemacht.«

»Dann habt Ihr wohl von ihr geträumt, als ich Euch vorhin ansprach?«, spöttelte Robert La Marck.

»Und wenn schon«, entgegnete der Duc d'Amboise, ohne dem Blick des jungen Robert auszuweichen.

»Da seid Ihr aber zu spät dran! Mein Freund Bonnivet hat ihr bereits einen Kuss versprochen, den er sich nicht von Euch streitig machen lassen wird.«

»Gemach, gemach, Messire Bonnivet«, wies ihn Alix zurecht. »Erstens habt Ihr mir gar nichts versprochen, weil ich Euch um nichts gebeten hatte. Und wieso sollte ich außerdem einen Kuss von Euch annehmen? Ich kenne Euch ja gar nicht.«

»Mag sein, aber jetzt kennt Ihr mich!«

»Bitte, meine Herren, genug damit. Ihr benehmt Euch ja wie alberne Schuljungen!«, rief sie Charles d'Amboise sichtlich gereizt zur Ordnung. »Ich werde Euch diese junge Frau jetzt entführen, weil ich nämlich wissen will, ob ihre Rückkehr aus Italien gut verlaufen ist.«

»Habt Ihr Euch da unten kennengelernt?«, fragte François und lächelte Françoise de Foix an, die auf ihn zukam.

»Ja, in Florenz«, gab Alix zur Antwort.

Doch der Duc d'Amboise war offenbar nicht gewillt, sich noch länger an der Unterhaltung mit den ausgelassenen Gefährten von François d'Angoulême zu beteiligen.

»Gehen wir, Alix. Die jungen Herren hier haben genügend hübsche Mädchen im Schlepptau, die ihnen bestimmt gern Gesellschaft leisten.«

Er nahm ihren Arm und gab ihr zu verstehen, dass sie aufstehen solle. Mit einem bedauernden Blick verabschiedete sich Alix von dem fröhlich lärmenden Trupp junger Männer, die sich gerade, allen voran François d'Angoulême, um Françoise de Foix scharten, und ließ sich von Charles d'Amboise wegführen.

»Nichts wie weg von diesem Höllenspektakel! Was sind das nur für dumme Schnösel! Ich dachte schon, das Bankett nimmt überhaupt kein Ende mehr.«

»Warum seid Ihr denn dann der Einladung gefolgt, wenn es Euch nicht gefällt?«

»Weil ich hoffte, ich würde Euch hier schon viel früher treffen.«

»Wegen mir! Wer hat Euch denn gesagt, dass ich kommen würde?«

»Das war der König. Ja, der König hat mir von dem Teppich erzählt, den Ihr ihm bald liefern wollt. Und zu meiner großen Überraschung sagte er bei der Gelegenheit: ›Die Comtesse d'Angoulême hat die junge Weberin übrigens zu Marguerites Hochzeit eingeladen.‹«

»Das stimmt, ich will dem König den *Trojanischen Krieg* bald bringen. Aber sagt einmal, Charles, Ihr seid doch wohl nicht allein hier?«

Er sah sie an, zögerte einen Augenblick und sagte dann vorsichtig: »Nein.«

»Seid Ihr mit Eurer Frau hier?« Er konnte ihrem fragenden Blick nicht ausweichen. »Wo ist sie denn? Ich sehe sie nicht.«

Wieder zögerte er und fühlte sich mit einem Mal gar nicht wohl in seiner Haut. Es kam ihm vor, als hätte man ihn wie einen dummen Jungen auf frischer Tat ertappt, weshalb er immer noch sehr reserviert antwortete:

»Sie begleitet die Königin, die sich in ihre Gemächer zurückgezogen hat, um sich für die bevorstehenden nächtlichen Festivitäten zu erholen.«

Er nahm ihre Hand und sah ihr in die Augen. Bei dem Gedanken an das Bild, das er von ihr haben musste, errötete sie. Das Bild einer hochschwangeren Frau, die teilweise entblößt und halb bewusstlos niederkommt, während sie jeden Moment von einer Kanonenkugel hätte getötet werden können.

»Bleibt Ihr heute Abend?«, flüsterte er.

»Nein!«

»Bitte, Alix, ich muss Euch unbedingt wiedersehen.«

Ungeduldig entzog sie ihm ihre Hand.

»Was soll das, Charles? Ich glaube nicht, dass ich Euren Wunsch teile.«

Aber so schnell gab er nicht auf, nahm wieder ihre Hand und streichelte nun zärtlich ihre Finger.

»Ihr seid noch jung, Alix. Ihr könnt Euch doch nicht ewig in einer Erinnerung vergraben, die Ihr besser vergessen solltet.«

»Und warum sollte ich sie vergessen?«

Er seufzte nur. Offenbar hatte er dem nichts entgegenzusetzen. Es wurde Abend, der Himmel färbte sich rot, und die Kälte drang ihnen allmählich bis auf die Haut.

»Ihr müsst sie vergessen, weil das Leben weitergeht«, fuhr er fort und hauchte einen Kuss auf ihre Hand. »Euer Bild verfolgt mich, Alix.«

»Welches Bild, Charles? Das von Bologna, wo ich unter Alpträumen litt, oder …«

»Euer wahres Gesicht, Alix«, unterbrach er sie. »Ich weiß, Ihr seid eine Frau mit vielen Gesichtern.«

»Meinetwegen, dann müsst Ihr sie eben alle vergessen.«

So schnell wollte sich Charles d'Amboise nicht geschlagen geben und blickte sie mit seinen grauen Augen begehrlich an.

»Wie sehr ich mir gewünscht hätte, dass Ihr die lange Rückreise nach Frankreich ohne Eure kleine Eskorte gemacht hättet.«

»Was wäre dann gewesen?«

»Ich hätte dafür gesorgt, dass Ihr Sire Van de Veere ganz schnell vergesst.«

»Seid Ihr nicht ein wenig überheblich?«

»Kaum«, sagte er lächelnd und zog sie an sich.

Sie spürte seinen Atem auf ihrem Gesicht und schob ihn weg.

»Lasst das, Charles. Ich muss jetzt gehen. Im Übrigen wollte sich der Duc d'Alençon mit Euch unterhalten, soweit ich weiß.«

»Das glaube ich kaum. Er hat sich bereits in Begleitung von Marguerite zurückgezogen.«

»Dann seht Ihr ihn eben später. Adieu, Charles.«

Bitter enttäuscht sah er ihr nach.

3.

Am nächsten Morgen hatten Marguerite d'Angoulême und Charles d'Alençon die Ehe noch immer nicht vollzogen. Sie mussten das Ende der Festlichkeiten und die Reiterspiele abwarten, ehe ihnen die innige Zweisamkeit gestattet war, an die Marguerite noch gar nicht denken wollte.

Stets in Begleitung ihres Geliebten, des Duc de Bourbon, hatte Louise seit Beginn der Hochzeitsfeierlichkeiten ein wachsames Auge auf Marguerite.

Doch auch an diesem kalten Wintermorgen, der den Schlosshof von Blois mit Raureif überzog, musste sie sich keine Sorgen über das Verhalten ihrer Tochter machen. Trotzdem konnte sie es kaum erwarten zu sehen, wie sich Marguerite mit dieser Situation arrangieren würde, in der sie mit ihrem ungekünstelten Charme und Anmut nicht nur dem Ansehen des Königshauses dienen, sondern vielleicht sogar der bescheiden auftretenden, schüchternen Claude zu mehr Geltung verhelfen konnte.

Marguerite jedenfalls verhielt sich nach wie vor tadellos. Mit ihrem Respekt heischenden selbstbewussten Auftreten und ihrer überragenden Bildung, die damals noch mehr zählte als Schönheit, war ihr die Bewunderung des Hofes sicher.

Wieder einmal spürte Louise, wie sehr sie ihre Tochter liebte.

In wenigen Tagen war es so weit, dass sie vom Mädchen zur Frau wurde. Ein Schauer ging durch Louise, als sie sich an ihre eigene Erfahrung erinnerte.

Wie hätte sie auch den Augenblick vergessen sollen, als man sie, unschuldig und ängstlich wie sie war, dem Comte d'Angoulême in die Arme geworfen hatte. Das würde sie niemals vergessen, auch wenn die Erinnerung daran inzwischen in weiter Ferne lag.

Viele Jahre waren seither vergangen, und eines Tages würde auch Marguerite wie eine erfahrene Frau handeln, wenn sie erst begriffen hätte, was das Leben von denen erwartet, die in der Liebe keine Wahl haben.

Der König hatte in der ersten Reihe Platz genommen, umrahmt von seiner Gattin und der jungen Braut. Er trug seinen mit Otterfell gefütterten Mantel, weil die Sonne nicht mehr genug Kraft hatte, die eisige Winterluft zu erwärmen.

Ab und zu hauchte er seine Fingerspitzen an, während er gespannt die Ritter beobachtete, die sich am anderen Ende des Spielfelds in Reih und Glied aufstellten.

Auch die Frauen waren warm angezogen. Sie hatten ihre dicken Hermelincapes umgehängt, um sich vor der durchdringenden, feuchten Kälte zu schützen. Trotzdem war man dem Himmel für das Wetter dankbar, denn die Kälte konnte man zur Not ertragen, während Regen oder Sturm an solchen winterlichen Festtagen äußerst ungelegen kamen.

Auf den vom morgendlichen Raureif überzogenen oberen Tribünenplätzen unterhielten sich François und seine Freunde sehr angeregt. Bonnivet rühmte lauthals Seigneur de Gordans, der das Burgund verteidigte, während François ein leidenschaftlicher Anhänger von d'Apremont war, der für die Farben der Valois ritt.

»Warte nur, Guillaume, du wirst schon sehen, wie dein Held

vom Pferd fällt. Er ist einfach zu klein. Sieh nur, er kann seine Hellebarde kaum tragen. Mit der wird er Schwierigkeiten haben, wenn er in die Bredouille kommt.«

Bonnivet klatschte aufgeregt in die Hände und lächelte gönnerhaft.

»Mag sein, dass seine Hellebarde etwas schwer ist, aber dafür hat er ein leichtes Pferd. Siehst du, wie es ungeduldig tänzelt, François? Das Pferd deines Favoriten ist viel zu schwer eingeschirrt. Daran wird er scheitern.«

»Sollte d'Apremont stürzen, will ich nicht mehr Graf von Angoulême heißen«, meinte François ausgelassen.

Dann wedelte er mit dem Arm und rief: »He, Robert, dein Bericht über das Turnier ist gutes Geld wert. Lass nichts aus, kein Detail, keinen Sturz, keinen entscheidenden Hieb.«

Robert La Marck, der junge Seigneur de Fleurange, saß ganz in der Nähe und schwenkte ein paar beschriebene Seiten.

»Keine Sorge, ich habe schon angefangen«, antwortete er mit erhobener Stimme, um die immer lauter werdende Geräuschkulisse zu übertönen.

»Wegen der Aufzeichnungen wird er sich diesmal vielleicht tatsächlich neutral verhalten«, spöttelte Montmorency.

»Gerade in meinen Berichten wird deutlich, für wen ich Partei ergreife«, gab La Marck zurück, der sich seine gute Laune nicht verderben ließ, »weißt du das immer noch nicht?«

Chabot, Seigneur de Brion, klopfte seinem Freund vergnügt auf den Rücken: »Also dann, folge deiner Inspiration, und ich werde meine Provinz verteidigen.«

Als sich der König erhob, hielten alle den Atem an. Doch als sich herausstellte, dass es falscher Alarm war, wurde munter weitergeplaudert.

Hohe Würdenträger, Hofdamen und Hoffräulein, die Zofen der Königin, zu denen sich die von Louise gesellt hatten, Herren und Pagen traten nervös von einem Fuß auf den anderen, während sie sich unterhielten. Louise beobachtete die Ränge, die sich allmählich füllten, als sie zwei Gestalten sah, die sich eilig entfernten. Irgendwie hatte sie das Gefühl, es wären Charles d'Amboise und Alix gewesen. Eine Weile suchte sie die oberen Ränge ab, konnte Jeanne d'Amboise aber nirgends entdecken. Wo mochte sie nur sein? Entwickelte sich womöglich in ihrer Abwesenheit eine Romanze zwischen ihrem Gatten und Alix? Antoinette hatte ihr erzählt, dass sie die beiden am Vorabend gesehen hatte, als sie zusammen im Park verschwanden, und Jeanne hatte berichtet, dass er ihre Hand gehalten hatte. Allerdings war Alix kurz darauf im Stall erschienen, hatte ihr Pferd geholt und das Schloss verlassen. Und Charles d'Amboise war geblieben.

Vergeblich suchte Louise nach den beiden Gestalten, die sie aus den Augen verloren hatte, als ihr plötzlich einfiel, dass Catherine beim morgendlichen Frisieren neben allem möglichen anderen Klatsch und Tratsch erzählt hatte, dass verschiedene Gäste aus wichtigen Gründen abreisen mussten; unter ihnen wohl auch, wie sie sich jetzt erinnerte, die Duchesse d'Amboise.

Bei derlei Veranstaltungen erfuhr man immer jede Menge Neuigkeiten und Gerüchte und kehrte meist bestens unterrichtet nach Hause zurück.

Das einfache Publikum auf den unteren Rängen musste sich mit Holzbänken begnügen, was der guten Stimmung jedoch keinen Abbruch tat – erwartungsvoll wurde diskutiert und auf die verschiedenen Favoriten gesetzt.

Mit starrem Blick nach vorn drehten Wachen mit Hellebarden ihre Runde. Ein Porte-Parole mit einem weiten blauroten Mantel um die Schultern und einem federgeschmückten Helm auf dem Kopf formte mit den Händen einen Trichter um seinen Mund und rief: »Es ist verboten, auf die Bänke zu pissen! Die Latrinen sind hinter dem Turnierplatz.«

»Wo, hast du gesagt, sind die Latrinen?«, fragte ein mickriges Männchen und hielt sich grinsend den Bauch. »Ich glaub, ich muss meinen Banknachbarn sonst die Luft verpesten.«

»Wenn dein Gedärm verrückt spielt, wärst du besser zu Hause geblieben!«, rief ihm einer zu, woraufhin alle dreckig lachten und der Mann mit den Verdauungsproblemen sich bereits anschickte, seine dicken braunen Wollhosen runterzulassen.

»Halt, halt, guter Mann, so geht's ja nicht!«, rief ein anderer und fuchtelte wild mit den Armen, um sich Geltung zu verschaffen, »hier müssen wir uns wie die vornehmen Leute benehmen.«

»Zeig ja nicht deinen nackten Arsch her!«, schimpfte eine dicke Händlerin, die gerade einen dick bestrichenen Brotkanten in ihren zahnlosen Mund schob.

Die besonders neugierigen Zuschauer hatten nämlich bereits im Morgengrauen einen Platz ergattert und verkürzten sich die Wartezeit mit Brot, Wurst und Käse.

Normalerweise war das einfache Volk zu solchen Veranstaltungen gar nicht zugelassen – Ritterspiele und Lanzenstechen waren dem Adel vorbehalten. Viele der Zuschauer hatten so etwas noch nie erlebt und würden es wohl auch nie wieder erleben. Kein Wunder, dass sie ihre hart erkämpften Plätze seit Stunden leidenschaftlich verteidigten.

»Wenn ich jetzt zu den Latrinen geh', ist mein Platz garantiert weg«, jammerte der kleine Mann und hielt sich verzweifelt den Bauch.

»Ach was!«, meinte die dicke Händlerin und rülpste laut, »ich halt' ihn dir solange warm.«

In diesem Stil wurde munter weitergescherzt, und der arme Mann, der für die Sauberkeit der Bänke zuständig war, hatte alle Hände voll zu tun.

Unter den adeligen Zuschauern sorgten andere, aber nicht unbedingt weniger pikante Themen für Unruhe. Es wurde hemmungslos geratscht und getratscht, man gab sich ausschweifend und hatte seinen Spaß an den schlüpfrigen Bemerkungen, die man im Vorbeigehen aufschnappte.

»Jetzt schaut Euch doch mal dieses Bürschchen an, diesen François d'Angoulême«, flüsterte Baronin de Bourdeille ihrem Nachbarn Bernard d'Ornezan zu, einem jungen Galeerenkapitän des Königs. »Gestern hat er noch ein Mädchen im Stroh in den Pferdeställen vernascht, und heute Abend hat er schon das nächste in seinem Bett.«

»Mir scheint, Ihr dichtet mal wieder, meine Liebe«, wies sie Baron de Bourdeille zur Ordnung.

Bernard d'Ornezon, Baron de Saint-Blancard, gerade mal zwanzig, spielte nervös mit dem Knauf seines Schwerts. Irgendwie fühlte er sich neben der dicken Baronin mit ihren unpassenden Bemerkungen unbehaglich.

»Ihr wisst sehr gut, mein Freund, dass ich meinen Mund nicht halten kann. Ob nun gereimt oder nicht, in jedem Fall bereitet es mir die größte Freude, die Hochzeit unserer schönen Marguerite zu kommentieren.«

Mit einem Seufzer wandte sich der Baron an den jungen d'Ornezan: »Sind die Galeeren unseres Königs in einem guten Zustand?«, versuchte er das Thema zu wechseln.

»Lasst doch bitte die königlichen Galeeren, wo sie sind, mein

Freund, und seht Euch lieber mal die kleine de Rohan an, die sich da unten von dem Bastard aus Lüttich umgarnen lässt.«

Diesmal schien die Baronin d'Ornezans Interesse geweckt zu haben, nicht zuletzt weil der Bastard von Lüttich eine sehr hübsche Person neben sich hatte, von deren Anblick er sich gar nicht mehr losreißen konnte.

»Meines Erachtens wird es die Kleine bald bitter bereuen, und ich wette, dass die ›Bretonin‹ uns den Prälatensohn spätestens morgen wegsperrt.«

»Sind die Verdienste des Bastards von Lüttich etwa nicht anerkannt?«, wollte d'Ornezan jetzt wissen.

Die Baronin lächelte zufrieden, weil es ihr gelungen war, den jungen Mann neugierig zu machen. Irgendwie schaffte sie das immer wieder.

»Und wenn schon, sollte er mit ihr rumhuren, kennt die Königin mit Sicherheit keine Gnade«, antwortete sie so laut, dass der Baron entsetzt hochfuhr.

Doch zum Glück wurden die schmutzigen Bemerkungen der Baronin nun vom mächtigen Hörnerklang übertönt. Banner und Wimpel schwenkend kündigten die Herolde den Auftritt der ersten Ritter an.

Abgelöst wurden sie von einer heiteren Melodie, die die Oboen des königlichen Orchesters anstimmten, bis sie in den Vivatrufen und dem Applaus des Publikums untergingen.

Fröstelnd zog Louis XII. seinen Pelzkragen enger, und Marguerite sah sich nach ihrem Bruder um, der sich gerade mit Charles d'Alençon und Montmorency unterhielt. Ihre Mutter erschien in Begleitung zweier Herren, die unterschiedlicher nicht hätten sein können.

Auf der einen Seite der Duc de Bourbon, der reiche und

mächtige Herr des Hauses Burgund und überdies ihr junger Geliebter – mit dunklem Teint, schwarzem Haar und braunen Samtaugen. Er hatte sich zu seiner vollen Größe aufgerichtet und taxierte interessiert die Erfolgsaussichten des Ritters, auf den er gesetzt hatte.

Auf der anderen Seite der Siegelbewahrer und Diplomat Jean Brinon, der sich bemühte, ein paar Brocken der Unterhaltung von Louise mit dem Duc de Bourbon aufzuschnappen.

Der vierzigjährige Jean Brinon hatte eine Adlernase, eine hohe Stirn über dichten schwarzen Augenbrauen und trotz seines äußerst jugendlichen Aussehens graue Haare, aber seine blauen Augen blickten heiter und freundlich.

Der Siegelbewahrer missbrauchte weder die Autorität noch die Macht, mit der er die Gräfin d'Angoulême hätte beeindrucken können. Dafür war sie ihm beinahe unendlich dankbar. Einzige Einschränkung: der Gegenstand der Nachforschungen, um die sie ihn am Vorabend ersucht hatte.

Erst vor Kurzem hatte ihn Louise richtig kennengelernt, und nun wusste sie auch, dass einen der Blick seiner himmelblauen Augen wie ein Peitschenschlag treffen konnte, wenn er eine Unstimmigkeit ahnte, die er umgehend geklärt haben wollte.

Wenn er auch nicht näher mit Charles d'Alençon zu tun hatte, so kannte er sich doch mit dessen Angelegenheiten bestens aus, und das Herzogtum Normandie, das er sehr geschickt führte, barg für ihn keine Geheimnisse. Die Städte Laval, Alençon, Mortagne und Argentan, die dazu gehörten, unterstanden dementsprechend seiner uneingeschränkten Herrschaft.

Es war also nur zu verständlich, dass sich der Duc d'Alençon, der in administrativen und diplomatischen Fragen kaum bewandert war und die Ratssäle verabscheute, in denen man über soziale und politische Probleme debattieren musste, voll und ganz auf die Fähigkeiten seines Kammerherrn verließ.

»Mir scheint, die Kälte wird immer unbarmherziger«, klagte Louise und wickelte sich noch enger in ihr Pelzcape. »Hoffentlich dauert es nicht mehr allzu lange, bis die Spiele beginnen.«

Jean Brinon strich den dicken Stoff seines Mantels, der sich ein wenig zwischen ihn und Louise geschoben hatte, mit der Hand glatt.

»Ist Euer Pelz denn auch warm genug, Gräfin?«, fragte er und rückte auf der mit rotem Samt gepolsterten Bank noch näher zu seiner Nachbarin.

»Danke der Nachfrage«, meinte Louise und lächelte amüsiert. »Zu schade, dass wir die Hochzeit nicht in der wärmeren Jahreszeit feiern konnten.«

Sie lächelte, weil sie das Gesprächsthema belanglos fand; dessen war sich Jean Brinon durchaus bewusst. Aber offenbar wollte er die Gelegenheit nicht ungenutzt verstreichen lassen: Endlich konnte er Louise in ein Gespräch verwickeln.

»Der Tag an Eurer Seite verspricht strahlend schön zu werden«, sagte er leise.

Nicht unempfänglich für das Kompliment schenkte sie ihm ein beinahe verführerisches Lächeln, wurde aber sogleich von einem unsanften Tritt mit dem Fuß an die Gegenwart ihres geliebten Charles de Bourbon erinnert.

»Strahlend schön ist heute vor allem meine Tochter, Monsieur Brinon«, ließ sie es sich dennoch nicht nehmen zu antworten.

Dann wanderte ihr Blick langsam zu Charles, und während sie den Kragen hochzog, sagte sie leise zu ihm: »Meine Tochter ist wirklich eine Schönheit. Ich glaube, der ganze Hof bewundert sie.«

Weil Charles nicht antwortete, sondern mit finsterer Miene das

Treiben vor den Tribünen beobachtete, beschloss sie ebenfalls zu schweigen und an Marguerite zu denken, die sich in Zukunft ihre Zeit penibel würde einteilen müssen. Sie hatte nun ihre Pflichten gegenüber einem Ehemann und einem Bruder zu erfüllen, die sich dafür indirekt gegenseitig zu Diensten sein sollten.

Klug und nachdenklich wie sie war, hatte Louise bereits zahlreiche Vorsichtsmaßnahmen getroffen. So hatte sie zum Beispiel nicht nur einen Informanten bezahlt, um alles über Jean Brinon zu erfahren, ehe sie ihm ihr Vertrauen und ihre Zuneigung schenkte. Denn wenn sich Marguerite am Hof in Blois aufhalten musste, wenn ihr Mann Krieg führte, brauchte sie einen vertrauenswürdigen Ratgeber, der sich zuverlässig um die Verwaltung ihrer normannischen Besitztümer kümmerte. Und nach allem, was sie bisher in Erfahrung gebracht hatte, wusste sie, dass Jean Brinon von einigen Kleinigkeiten abgesehen dieser Mann sein könnte.

Als sie daran dachte, dass es nur von Vorteil wäre, wenn sie der zukünftige Berater ihrer Tochter anziehend fand, musste Louise unwillkürlich lächeln.

Marguerite musste noch so viel lernen. Louise war sich darüber im Klaren, dass sie nur für ihre philosophische und kulturelle Bildung gesorgt hatte. Ihre Tochter war sehr gebildet, doch sie kannte weder das verwirrende System noch die Schwierigkeiten, die bei der Verwaltung einer Domäne entstehen können. Mit sechzehn konnte man kein Reich führen – auch wenn es nur ein Provinzthron war.

Louise vergaß die Sorgen um ihre Tochter, ließ ihren Blick über das immer lebhaftere Publikum schweifen und beschloss, für den Augenblick zu genießen, dass sie gefiel.

Die Zuschauer johlten begeistert, während die Jagdhörner nun schwiegen.

»Was hieltet Ihr davon, wenn einer der Ritter Eure Farben tragen würde, Gräfin?«, fragte Brinon und nahm ihre Hand.

Charles de Bourbon bedachte ihn mit einem spöttischen Blick, ehe er seinerseits fragte: »Ihr würdet doch wohl bei diesem Turnier zu Ehren von Marguerite die Farben des Burgund tragen wollen, Louise?«

»Wie Ihr schon sagt, geht es hier um Marguerite, nicht um mich«, gab die Gräfin zur Antwort. »Überlassen wir die Entscheidung also ihr und fragen sie, was sie möchte.«

»Gewiss wählt sie die Farben ihres Gatten?«, meinte Brinon.

Louise lächelte vielsagend.

»Es wäre mir sehr recht, wenn meine Tochter ein letztes Mal die Farben des Hauses Angoulême verteidigen würde, ehe sie sie für die von Alençon aufgeben muss.«

»Aber wir werden ja sehen«, sagte sie wieder an den Herzog von Bourbon gewandt, der sichtlich verärgerter war, als er eigentlich zugeben wollte. »Man schicke jemand zu ihr, um sie nach ihrem Wunsch zu fragen.«

Jean Brinon winkte eine der Wachen zu sich, die mit der Hellebarde in der Hand vor den Tribünen auf und ab marschierten. Der Mann stellte seine Waffe ab und rief nach einem Laufjungen, der für derlei Aufträge zuständig war.

Marguerite wollte sich nicht anmerken lassen, wie sehr sie sich über die Nachricht freute, schwenkte dann aber doch begeistert einen Wimpel mit dem Wappen des Hauses Angoulême in Richtung ihrer Mutter.

Mit einem zufriedenen Lächeln wandte sich Louise an Brinon und sagte leise: »Wie Ihr seht, hatte ich recht. Ich muss nur noch die Farben meines eigenen Hauses verteidigen, und nachdem das heute meine Tochter übernommen hat, bin ich glücklich und zufrieden und will die Ritterspiele einfach nur genießen, Monsieur Brinon.«

Marguerites Entscheidung schien auch dem König zu gefallen. Wahrscheinlich wäre er aber nicht weniger einverstanden gewesen, hätte die junge Braut die Farben der Normandie, des Burgund oder vielleicht sogar die der Bretagne verteidigt.

»Ausgezeichnet!«, rief er bester Laune und sehr angetan von der Vorstellung, dass er in Kürze seinen Lieblingssport bewundern durfte.

»Bis zum Ende der Festlichkeiten ist die Grafschaft d'Angoulême noch die Eure, mein liebes Kind«, meinte er zu Marguerite und, an die Königin gewandt, mit einer ausladenden Geste: »Es wäre schön, wenn unsere Tochter Claude das Wappen der Valois hochhalten würde, mein Herz.«

Anne fuhr empört zusammen. Obwohl sie seit Stunden ein Lächeln auf den Lippen trug und sich geschworen hatte, gute Miene zum bösen Spiel zu machen, schien diese mit einem Mal wie weggewischt.

»Mir wäre es allerdings viel lieber, sie würde die Farben der Bretagne verteidigen, mein Herz«, zischte sie.

Louis XII. schmollte und gab seiner Gattin einen zärtlichen Handkuss. Schon lange war er dazu übergegangen, ihre Pläne mit besänftigenden Gesten und Worten zu vereiteln.

»Ihr verteidigt Eure Farben so gut, mein Herz, dass die Bretagne keinen anderen Fürsprecher braucht.«

»Euch geht es ja wohl vor allem darum, die Interessen Eures Schützlings zu verteidigen«, meinte die Königin gereizt und entzog ihm ihre Hand.

»Warum macht Ihr es nicht wie Louise, richtet die Frage an Eure Tochter und lasst sie entscheiden?«, schlug Ludwig vor.

Die junge Claude hatte gehört, was ihr Vater sagte, und wandte sich strahlend an François. Endlich hatte sie die Wahl. Da gab es nichts zu überlegen. Ganz bestimmt wollte sie diese günstige Gelegenheit, auf die sie schon so lange gewartet hatte, nicht ungenutzt verstreichen lassen. Endlich konnte sie sich vor dem hervortun, für den ihr Herz schlug und der ihr Mann werden sollte, ihr König! Bestimmt würde sie ihm noch in der Hochzeitsnacht einen Dauphin schenken.

Ja doch, Claude wollte François heiraten. Wie ein kleines Mädchen hatte sie bei der Vorstellung, sie müsste das Château de Blois, ihr geliebtes Zuhause, verlassen, vor Angst gezittert. Hier hatte sie ihre Freundinnen, ihren Lieblingszeitvertreib, ihre kleinen Vergnügungen. In Blois wollte sie bleiben, und François d'Angoulême wollte sie heiraten.

Die kleinen Dummheiten ihres stürmischen Verlobten konnte sie gewiss gut ertragen – sie, die weder schön noch anmutig war!

Durch den bewundernden Blick, den sie dem jungen Herzog von Valois schenkte, war man in keiner Weise auf die Äußerung vorbereitet, die sie nun in aller Öffentlichkeit machte.

»Wen soll ich Eurer Meinung nach verteidigen, François?«, fragte sie, und ihre Augen funkelten mit einem Mal glücklich.

François beugte sich zu ihr und sah das junge Mädchen verschmitzt an.

»Bin ich Euch denn nicht der nächste Vertreter der Familie Valois? Ich bitte Euch, Claude, verteidigt das Wappen der Valois.«

»Dann seid Ihr also der gleichen Meinung wie mein Vater, François.«

Innerhalb weniger Augenblicke hatte sich die kleine Claude in ein selbstbewusstes, verliebtes junges Mädchen verwandelt.

Diese Verwandlung war ihrem Vater nicht entgangen, und sie gefiel ihm dermaßen, dass er zufrieden in die Hände klatschte.

»Man bringe ihr ein Fähnchen der Valois!«, verlangte er lautstark.

Claude bebte vor Freude. Noch nie im Leben war sie so glücklich gewesen! Ein neues Universum tat sich für sie auf, und vor Freude wurde ihr ganz warm ums Herz. Auf einmal schien ihre Jugend hoffnungsvoll.

Sie platzte fast vor Glück und fand François schön, zärtlich und lustig. Wie hätte sie da den hasserfüllten Blick bemerken sollen, den ihre Mutter auf den Thronfolger warf, an dem sie alles verabscheute – sein Aussehen, sein Benehmen und seine Äußerungen?

Mit einer Hand, die ausnahmsweise einmal nicht zitterte, nahm Claude den Wimpel der Valois und schwenkte ihn zu ihrer eigenen Verwunderung äußerst geschickt.

»Im Übrigen ist Seigneur d'Apremont ein sehr stolzer Kämpfer«, wagte sie zu sagen.

François sah sie überrascht an, weil sie sonst nie eine eigene Meinung äußerte. Dann lächelte er siegesgewiss und rief: »Auf unseren großen Meister, den Seigneur d'Apremont, der für die Farben der Valois reitet! Auf unseren König! Auf die Reiterspiele zu Ehren meiner geliebten Schwester!«

Die fröhliche Ovation wurde mit lautem Beifall bedacht, dann erhob sich der König, breitete die Arme aus und erklärte die Spiele für eröffnet.

Die Aufgabe im ersten Wettbewerb bestand darin, den Tempel der Liebe zu erobern. Im Hintergrund des Spielfelds hatte man einen künstlichen Tempel als Kulisse errichtet.

Seit dem Mittelalter sahen die Spielregeln vor, dass die einzelnen Mannschaften Berge und andere Hindernisse überwinden, in Städte einfallen und Schlösser belagern mussten, um schließlich als Sieger in den Venustempel einzuziehen. Mittlerweile hatte sich die mittelalterliche Tradition der Kampfspiele jedoch hin zu mehr Phantasie und Dramatik entwickelt.

Vor lauter Spannung schien das Publikum, das sich auf den Rängen drängte, nicht mehr zu merken, wie kalt es war.

In einem Lager stellten drei Gruppen von je sechs Reitern Mut, Stolz und Stärke dar. Die Gruppen im anderen Lager verkörperten die Eigenschaften Anstand, Tugend und Moral.

Sieger war die Gruppe, die am Schluss wohlbehalten den Eingang zum Venustempel erreichte, nachdem sie die verschiedenen Hindernisse überwunden hatte.

Und diese Hindernisse waren enorm! In voller Ausrüstung mussten die Ritter Dianas Palast angreifen, Circes Listen entgehen und Plutos Blitze durchqueren.

Mal mit Hellebarden, mal mit Lanzen, Schwertern, Hakenbüchsen oder Pfeilen bewaffnet, trieben die Ritter, die aus ganz Frankreich angetreten waren, ihre ungestümen Pferde an und durften dabei weder stürzen noch sich verletzen.

Die Valois, die Burgunder und die Normannen verteidigten Mut, Stolz und Stärke; Anstand, Tugend und Moral wurden von den Adelsfamilien der Bretagne und der Aquitaine verteidigt.

Als die Kombattanten an den Tribünen vorbeiritten, warf Marguerite ihr Fähnchen dem Ritter zu, der den Anstand verkörperte, Claude warf ihres dem Ritter des Mutes zu.

Als auch die anderen Prinzessinnen und Hoffräulein ihre Wimpel geworfen hatten, defilierten die Ritter zu Trompetenklängen, und es regnete Blumen, die unter den Hufen der Pferde landeten.

Im Prolog zu den Ritterspielen gab es lange, epische Vorträge, gefolgt von Tänzen der Musen mit den Göttern der griechischen Mythologie.

Schließlich begann das eigentliche Schauspiel. Mit heruntergelassenem Visier und Kettenhemd ritten die Kavaliere ihre Pferde mit meisterhaftem Können, das sie in langjähriger Kampferfahrung erworben hatten. Immer wenn einer vorbeipreschte, wirbelte er jede Menge Staub auf, und es dauerte eine Weile, bis man erkennen konnte, wer der Reiter war.

Die einzelnen Lager lieferten sich einen erbitterten Kampf. Manchmal stürzte ein Pferd, schwer verletzt, manchmal ein Reiter. Ob sie wieder auf die Beine kamen oder nicht, die Ritter waren in jedem Fall disqualifiziert. Stöhnen mischte sich ins Kampfgeschrei.

»Ist Euch kalt, Marguerite?«

Überrascht drehte sich die junge Frau um, die gerade beobachtet hatte, wie Cupidos Pfeil die blutbefleckte Brust eines bretonischen Ritters durchbohrte.

Bonnivet stand hinter ihr, der große Junge, der ihr schon lange hartnäckig nachstellte und damit prahlte, der beste Freund ihres Bruders zu sein, was auch tatsächlich stimmte, weil er bereits seine rechte Hand war.

Bonnivet war ein großer Verführer und sehr verliebt in Marguerite, weshalb er keine Gelegenheit ausließ, ihr zu gefallen, vor allem auch, weil er ihr, als sie fast noch Kinder waren, ein paar unschuldige Küsse geraubt hatte.

Leider hatte ihn das Schicksal eines Besseren belehrt. Hielt er sich an die Anstandsregeln, durfte er ihr nur äußerst harmlos den Hof machen, was ihn jedoch in keiner Weise zu beeinträchtigen schien.

Im Übrigen wusste jeder, dass Bonnivet ganz ungeniert hinter den Dienstmädchen im Schloss her war. Dass er sich Marguerite gegenüber zurückhaltender zeigte, lag zum einen an der Tatsache, dass sie François' Schwester war, zum anderen an ihrer strikten Weigerung, sich irgendwie auf derlei Spielchen mit ihm einzulassen.

Bonnivet hatte, wie zumeist, ein breites Lächeln auf den Lippen, und die strenge Falte auf seiner Stirn rührte gewiss nicht von irgendwelchen Ängsten. Angesichts seines sorglosen, fröhlichen und genießerischen Temperaments, in dem er François sehr ähnlich war, konnte man sich gut vorstellen, dass die beiden viele Gemeinsamkeiten hatten.

Einen großen Unterschied gab es aber doch zwischen François und Bonnivet: Der hatte nämlich schon mehr als ein Mädchen genötigt, während der Duc de Valois nur die Frauen verführte, die sich in ihn verliebten.

»Ihr seid es, Guillaume! Hattet Ihr mir nicht erzählt, dass Euch familiäre Verpflichtungen von Blois fernhalten würden? Ich vermutete Euch auf Euren Ländereien.«

»Ich hatte Euch gesagt, dass ich zu den Ritterspielen und Kämpfen zurück sein würde, Marguerite. Hier bin ich.«

»Es freut mich sehr, dass Ihr die Spiele sehen könnt. Sie sind wirklich großartig. Habt Ihr denn ein Hoffräulein, das Eure Farben verteidigt?«, fragte sie ihn neckisch. »Mir scheint, das Anjou ist gut vertreten!«

Bonnivet flüsterte Marguerite etwas ins Ohr, woraufhin die mit einem Blick auf das junge Ding, dessen Namen der junge Mann genannt hatte, das Gesicht verzog. Doch da verfolgte Bonnivet bereits einen anderen Gedanken.

»Würdet Ihr mir die Ehre erweisen und mich mit Eurem Gatten auf meiner Domäne im Anjou besuchen, Duchesse d'Alençon?«, fragte er sie mit gespannter Miene.

Er legte seinen Arm auf ihren und nahm Marguerites Hand. Mit einem tiefen Blick in ihre Augen fügte er etwas leiser hinzu: »Oder auch ohne Euren Gatten. Falls Ihr immer noch so reiselustig seid, wie ich Euch kenne, macht Ihr Euch gewiss gern auf den Weg.«

»Vielleicht, Guillaume, wir werden sehen. Sollte mich aber Charles d'Alençon nicht begleiten, wird François d'Angoulême diese Aufgabe gern übernehmen.«

»Bravo! Wunderbar! Das ist ein Versprechen, an das ich Euch gern erinnern werde.«

François war aufgestanden und hatte Claude allein gelassen, die sich sofort suchend nach Marguerite umsah. Als sie sie entdeckt hatte, wagte sie ein schüchternes Lächeln und winkte ihr freundlich.

François hatte ganz plötzlich das Gefühl, er müsse sich die Beine vertreten. Was erzählte Bonnivet da wohl seiner Schwester? Bedrängte er sie etwa noch immer?

Umringt von zwei normannischen Landherren, die er hier wieder getroffen hatte, diskutierte Charles d'Alençon leidenschaftlich über das Turnier und schien Bonnivet nicht bemerkt zu haben, der Marguerite mit seinen Annäherungsversuchen allmählich ein wenig lästig wurde.

François nahm seine Schwester in den Arm, um sie von Bonnivet zu befreien, der daraufhin endlich Marguerites Hand loslassen musste.

»Bist du etwa schon untreu, mein Herzchen!«

Marguerite musste lachen und wollte gerade zu einer Antwort ansetzen, als die Menge einen lauten Schrei ausstieß. Ritter Mut oder vielmehr Seigneur d'Apremont, der das Wappen der Valois verteidigte, war vom Pferd gestürzt und somit disqualifiziert.

»Warum seid Ihr zurückgekommen, Alix?«, fragte Charles d'Amboise, als er mit Alix in der Menschenmenge hinter den Tribünen untergetaucht war.

»Weil ich mir im Gegensatz zu Euch dieses glanzvolle Turnier ansehen wollte, an dem teilzunehmen Ihr Euch geweigert habt. Könnt Ihr mir sagen warum, wenn nicht deshalb, weil Eure Frau nach Hause gereist ist, um sich um ihre kranke Mutter zu kümmern?«

Er lachte. Überhaupt benahm er sich ganz anders als am Abend zuvor, was vermutlich an der Abwesenheit der Duchesse d'Amboise lag.

Auch wenn Tania die Einzige war, die die näheren Umstände der Geburt von Alix' Tochter kannte, so wusste doch jeder, dass der Duc d'Amboise die junge Frau, die vorübergehend sogar als Feind Frankreichs gegolten hatte, aus Bologna geholt und nach Hause gebracht hatte.

Charles d'Amboise sah sie an. Alix wirkte ruhig und entspannt; nichts schien sie zu ängstigen.

»Ich kenne hier ganz in der Nähe eine Anhöhe, von der aus wir das Lanzenstechen genauso gut beobachten können«, meinte er mit einem gut gelaunten Lachen.

»Von wo aus wir aber auf keinen Fall die Gesichter der Ritter erkennen können.«

»Müsst Ihr denn unbedingt wissen, wer sich unter den Helmen verbirgt?«

»Oh ja, schließlich möchte ich wissen, wie sich die einzelnen Provinzen schlagen. Außerdem liegt mir daran, die Bewegungen der Ritter zu studieren, den Galopp ihrer Pferde, die Richtung, die ihre Lanzen nehmen, und natürlich will ich vor allem sehen, wie sich der Nachthimmel über das Schlachtfeld senkt.«

»Ich fürchte, Ihr habt recht«, seufzte er. »Von dem Hügel aus sehen wir wahrscheinlich rein gar nichts.«

»Sei's drum«, meinte sie mit einem Achselzucken, »dann suchen wir uns eben andere Vergnügungen. Was schlagt Ihr vor?«

»Wir könnten in die Stadt gehen und ein gutes Bier trinken.«

»Eine ausgezeichnete Idee! Das machen wir.«

Sie sahen sich lange wortlos und fragend an, doch keiner von beiden konnte wissen, was aus dieser Eskapade werden würde.

An der Stadtmauer wurden sie von der Menschenmenge mitgerissen, die außer Rand und Band war. Charles musste Alix mehrmals am Arm festhalten, damit sie nicht in der Menge verloren ging. Immer wenn eine Gruppe sich an den Händen haltender und ohrenbetäubend laut kreischender junger Leute vorbeikam, wurden sie beinahe getrennt. Schließlich fasste Charles Alix um die Taille und ließ sie nicht mehr los.

Die Leute rannten und sangen und tanzten und bejubelten die »Margerite unter den Prinzessinnen«, wie Marguerite von den Valois genannt wurde. Man sprach von der »schönen« Normandie, die sie zusammen mit dem »schönen« Normannen heiratete. Jeder hatte Gelegenheit genug gehabt, sich davon zu überzeugen, dass der Duc d'Alençon ein verführerischer Soldat und ein stolzer Ritter war, der sein Schwert genauso gut zu führen wusste, wie er die Zügel hielt.

Dichter kamen zusammen und deklamierten, Komödianten mit Tamburins und Flöten sangen lustige Lieder, und Akrobaten zeigten ihre Kunststücke. Bunte Bälle und Banderolen flogen über den Köpfen der Zuschauer, und das Volk spielte begeistert mit.

Alix zeigte auf einen Brunnen, aus dem Wein floss. Daneben hatte man auf einem Podest aus Brettern Tische gebaut, auf denen sich Würste, Pasteten, Schinken und verschiedene Brote türmten, die regen Absatz fanden. Kaum wurde ein neuer Berg der köstlichen Lebensmittel angehäuft, war er auch schon wieder verschwunden.

»Wir müssen gar nicht in ein Gasthaus gehen«, meinte Alix, »seht nur, der Wein fließt in Strömen.«

»Überlassen wir dies kostenlose Vergnügen Ärmeren als uns und gönnen uns für ein paar Sous ein schönes schäumendes Bier in einem gemütlichen Wirtshaus. Bestimmt finden wir eins, das weit genug entfernt ist von dem Trubel und wo wir uns etwas erholen können.«

Sie wanderten durch das Gassengewirr, bis sie in ein ruhigeres Viertel kamen und schließlich vor dem »Gekrönten Hirschen« stehen blieben, einem Gasthaus zwischen zwei schönen Fachwerkhäusern mit Erkern. Das Tier auf dem Aushängeschild war blau und rot gemalt und trug eine goldene Krone auf seinem Geweih.

Gleich an der Tür schlug ihnen stickige Hitze entgegen. Das Herdfeuer flackerte, und die Glut knisterte in Erwartung der vielen Fleischstücke, die an dem Abend darüber gegart werden sollten. Nach dem Turnier und dem Lanzenstechen würden nämlich alle Gasthäuser brechend voll sein, und die Wirte mussten vermutlich einige Leute wegschicken, die vergeblich um Einlass baten.

Der Wirt vom »Gekrönten Hirschen« musste jedenfalls nicht bis zum Abend warten, weil bei ihm bereits alle Tische besetzt waren. Charles sah sich suchend in dem großen Gastraum um. Die Leute schrien und grölten und setzten auf alles, was sich rührte: die ausgeschiedenen Lanzenstecher, die hochgehobenen Röcke der Bedienungen und sogar auf die Schweine, die geschlachtet wurden, um den Hunger der Bevölkerung in den kommenden Tagen zu stillen.

Charles und Alix setzten sich an einen der Tische an der Wand, an dem noch ein paar Plätze frei waren.

»Was darf ich Euch bringen, mon Seigneur?«

Der Wirt redete alle mit »mon Seigneur« an; das kostete nichts, sorgte aber für gute Laune.

»Bringt mir ein schönes Bier, guter Mann.«

Der Mann lächelte Alix mit seinem Mund voller Zahnlücken an.

»Und was darf's für Eure Dame sein?«

»Meine Dame nimmt auch ein Bier.«

»In Ordnung, bringe gleich zwei große Krüge.«

Charles lachte gut gelaunt und wollte sich den schönen Moment durch nichts verderben lassen. Er strahlte übers ganze Gesicht, wobei seine Augen das gleiche Grau hatten wie die Loire, wenn sich die Sonne in ihr spiegelt. Mit seiner hohen Stirn, den braunen Locken und der Florentiner Mütze wirkte er sehr jugendlich, obwohl er bald vierzig wurde.

Noch immer hatte er den Arm um Alix' Taille gelegt, doch jetzt hatte sich seine Hand unter ihren pelzgefütterten Mantel gestohlen, und sie spürte seine geschickten Finger auf ihrem Kleid. Einerseits hätte sie ihn gern zurechtgewiesen, gleichzeitig wünschte sie sich jedoch, er möge sein kühnes Abenteuer fortsetzen.

Charles lachte aus vollem Hals. In dieser lärmenden Gesellschaft musste man schon schallend lachen, damit man gehört wurde.

»Für einen kurzen Augenblick bin ich der Vater Eurer Tochter gewesen, und nun seid Ihr hier, Madame. Die Dinge entwickeln sich sehr gut, wie ich finde.«

Bei dieser Bemerkung ihres Begleiters fuhr sie zusammen, was er aber nicht gleich bemerkte. Was hatte sie in dem Gasthaus verloren, mit einem Mann, den seine Frau allein ließ und der nichts anderes im Sinn hatte, als sie Alessandro vergessen zu machen? Und was sollte sie tun, wenn Charles sie in ein paar Minuten an sich drückte, wie es den Anschein hatte?

Sie musste an Mathias denken, der ihre Rückkehr mit banger Ungeduld erwartete. Ach, Mathias, der zu ihrer großen Beruhigung immer da war. Der vernünftige Mathias. Mathias, der sie über alles liebte. Würde sie ihn wieder betrügen – auch wenn sie ihm nie gehört hatte? Würde sie ihn wieder enttäuschen, quälen und vernichten, während er sehnsüchtig auf ihre Liebe wartete?

Sie seufzte ungehalten. Mathias war nun mal nicht ihr Mann. Sie hatte ihm nichts versprochen und auch nichts von irgendeiner anderen Art von Liebe vorgemacht, die sie vielleicht mit ihm teilen könnte. Nein, sie war Mathias nichts schuldig. Und vor allem wollte Alix nicht wieder heiraten, sondern frei und unabhängig bleiben.

Alessandro war auch nicht ihr Mann gewesen. Seine Frau lebte noch in Kalabrien, und seine Kinder im Palazzo Medici. Außerdem hatte er nie den Wunsch geäußert, mit ihr zusammenleben zu wollen.

Alessandro hatte sein eigenes Leben gelebt, mit seinem Geld, seinen Gelüsten und Phantasien. Eine Hälfte des Jahres hatte er in Brügge, die andere in Florenz verbracht. Er war in der Welt des Geldes und der Künste zu Hause gewesen und an allen europäischen Königshöfen auf der ehrgeizigen Jagd nach Erfolg.

Dieses Leben war Alix fremd geblieben. Zu welcher Treue hätte sie sich also zwingen sollen? Und gab es für sie überhaupt Treue?

Sie wich nicht zurück, als Charles begierig seinen Mund auf ihren presste, und zögerte nur kurz, weil er sie mit seiner ungestümen Art überrascht hatte. Doch da rief sie die Stimme des Wirts zur Ordnung:

»Hier kommt Euer Bier. Schön kalt und mit 'ner feinen Schaumkrone. Ist zwar nur eins, dafür aber besonders groß!«, tönte der Wirt und knallte den schweren Krug auf den Tisch. »Es wird Euch bestimmt schmecken. Ich wette, Ihr wollt bald noch eins.«

Und mit einem lauten Lachen eilte er zum nächsten Tisch. Charles nahm den Krug und hielt ihn seiner Begleiterin an den Mund.

»Trink«, flüsterte er.

Sie öffnete ihre rosigen Lippen und nahm einen Schluck von dem schäumenden Getränk.

»Köstlich«, sagte sie leise und versank in seinen Augen. Sie wusste, dass sie gleich in seinen Armen liegen würde.

Schnell leerte Charles den Krug zur Hälfte, legte seine starken Arme um Alix' zierliche Schultern und zog sie an sich.

Wieder spürte sie seinen Mund auf ihren Lippen. Sie schloss die Augen, und sie küssten sich leidenschaftlich – den etwas bitteren Geschmack des Biers mit einem Hauch von Enzian noch auf der Zunge –, bis sie wieder vom Wirt gestört wurden.

»Oben hab ich schöne, bequeme Zimmer, mon Seigneur«, säuselte er. »Aber sie sind gleich alle weg. Wollt ich nur sagen, für den Fall …«

Für den Fall! Für welchen Fall? Nein, dieser Fall würde nicht eintreten, da war sich Alix diesmal ganz sicher. Als Charles sie wieder in die Arme nehmen wollte, ließ sie es nicht zu und duldete überhaupt keine Berührung mehr.

»Ich möchte jetzt gehen, Charles«, bat sie leise.

»Das Zimmer war nicht meine Idee, Alix. Ich schwöre es!«, beteuerte Charles.

»Mag sein, aber ich will jetzt nach Hause.«

Enttäuscht und ein wenig spöttisch lächelnd sah er sie an.

»Das habt Ihr beim letzten Mal auch gesagt. Gestern, nach dem Bankett. Erinnert Ihr Euch?«

»Natürlich erinnere ich mich. Und ich habe es genauso ernst gemeint wie heute.«

»Wenn wir jetzt gehen – werde ich Euch wiedersehen?«

»Ich weiß es nicht, Charles. Ich weiß es wirklich nicht.«

Wie um ihre Worte Lügen zu strafen, lachte Alix verkrampft. Doch dann verzog sich ihr Mund zu einem spöttischen Lächeln.

»Was hätte ich davon, ließe ich mich von Euch verführen, Charles? Welche Gefühle würden aus unserer Vereinigung entstehen?«

Die unverblümte Wahrheit enttäuschte ihn schwer, und er schwieg.

»Ich weiß sehr wohl, dass Ihr mich begehrt«, fuhr sie fort.

»Und wie steht es mit Euch?«

»Dazu möchte ich jetzt nichts sagen.«

»Aber vielleicht später?«

»Später! Wann soll das sein?«

Zärtlich strich er ihr übers Gesicht und versuchte sie mit anderen Mitteln zu überzeugen.

»Kommt mich in Chaumont besuchen. Ich zeige Euch die

Millefleurs, die wir dort weben. Meine Weber haben ein wunderbares Ensemble mit herrschaftlichen Szenen begonnen.«

»Sind es die Teppiche, von denen Ihr mir in Florenz erzählt habt?«

»Ja«, sagte er und nickte. »Sie werden Euch nicht gleichgültig lassen.«

Ihr war bewusst, dass er sie mit ihrer Arbeit gewinnen wollte. Und es war ihm geglückt! Sie wollte ihn besuchen, allerdings nur, wenn seine Frau nicht in Chaumont war.

»Werde ich denn das Vergnügen haben, die Duchesse d'Amboise zu treffen?«, fragte sie spöttisch.

»Nicht wenn Ihr in den nächsten Tagen kommt. Wenn Ihr zu lange wartet, dann ja.«

»Ich überlege es mir.«

Sie erhob sich.

»Würdet Ihr mich zum Schloss zurückbegleiten, damit ich mein Pferd holen kann?«

»Mit dem größten Vergnügen. Ich muss ohnehin ins Schloss, weil ich mit dem Duc d'Alençon verabredet bin.«

»Marguerite erzählte mir, dass er Euch auf seine Ländereien einladen will. Werdet Ihr die Einladung annehmen?«, wollte sie wissen.

»Zweifellos, weil ich glaube, dass wir den nächsten Krieg gegen Mailand gemeinsam führen.«

»In den auch François d'Angoulême und seine Gefährten ziehen sollen?«

»Ich nehme es an.«

Sie ließen die Stadtmauern hinter sich und betraten das Schloss. Charles begleitete Alix bis zu den Stallungen und musste wieder tatenlos mit ansehen, wie sie ihn verließ.

4.

Als Tania in der Haustüre stand, bemerkte sie die Gestalt nicht, die ihr im Schutz der Dunkelheit auflauerte. Vorsichtig sah sie sich nach allen Seiten um, ob sie jemand beobachtete, um dann mit einem erleichterten Seufzer still und leise das Haus zu verlassen.

Aber sie hatte sich getäuscht. Mathias war schon seit Längerem aufgefallen, dass sie hin und wieder nachts unbemerkt wegging, und er wollte herausfinden warum, überzeugt, sie hatte ein Geheimnis.

Immer wenn Valentines Zwilling ins Gespräch kam, überfiel Tania ein an Panik grenzendes Unbehagen, und sie verstummte. Nur die Amme Lisette konnte sie dann wieder zum Reden bringen. Wenn sie die kleine Valentine holte, um ihr die Brust zu geben, rief sie jedes Mal:

»Wollen wir doch mal sehen, wer der größere Vielfraß ist!«

Lisette war mit Juan verheiratet, dem Nachtwächter, der auf die Werkstätten von Alix aufpasste. Sie stillte gerade ihre eigene kleine Tochter und die von Alix und hatte ihren Spaß daran zu vergleichen, wie hungrig die beiden Säuglinge auf ihre Milch waren.

»Die Kleine mag ja Alpträume haben, auf jeden Fall hat sie einen guten Appetit.«

Erleichtert, dass Valentine nach der Milch ihrer Amme verlangte, reichte Tania sie ihr. Dann atmete das junge Mädchen auf, ihre Gesichtszüge entspannten sich, ihre Augen begannen zu funkeln, und sie war wieder so anmutig wie vorher, solange sie nicht an Valentines sonderbares Verhalten dachte.

Mathias suchte zwar nach der Wahrheit, aber er war dabei nicht frohen Mutes; schließlich musste er annehmen, dass Valentine die Tochter dieses Florentiners war, den er verabscheute, obwohl er längst tot war. Trotzdem hatte er sich entschlossen, dem kleinen Mädchen seine Zuneigung zu schenken. Zudem tat es ihm sehr leid, mit ansehen zu müssen, wie Alix immer mehr unter einem Kummer litt, der ihm vollkommen verborgen blieb.

Natürlich sprach sie nicht darüber. Während sie scheinbar ganz in ihrer Arbeit aufging, weil sie einige Aufträge vom Hof in Amboise hatte, an dem Louise d'Angoulême immer selbstbewusster auftrat, ging sie der Klärung einer Frage, die sie möglicherweise mehr schockiert hätte, als sie wahrhaben wollte, lieber aus dem Weg.

Versuchte sie auf diese Weise die langen Kriegstage zu vergessen, als sie, kurz vor ihrer Niederkunft, gefangen genommen von den Bolognesern, gefesselt und geknebelt, kaum mehr als eine leblose Puppe gewesen war?

Mathias kannte die Geschichte in allen Einzelheiten; Angela hatte sie ihm erzählt, und es gab keinen Grund, ihre Angaben zu bezweifeln, weil er dem jungen Mädchen vertraute. Außerdem hatte Léo, Alix' treu ergebener Kutscher, sie ihm in allen Punkten bestätigt.

Nur zu gern hätte Mathias deshalb herausgefunden, wie er Alix helfen könnte.

Alix war wie verändert, und seit ihr Geliebter gestorben war, konnte Mathias sie nicht mehr erreichen. Aber wie sollte ihr Familienleben auch aussehen, wenn sie nicht wie ein Ehepaar zusammenlebten? Erst hatte sie immer wieder darauf beharrt, dass sie von keinem anderen als von ihrem Jacquou ein Kind wollte, und dann kehrte sie mit diesem Säugling im Arm aus Italien zurück! Dem Sprössling ihres Geliebten! Wie sollte die Familie trotz dieses Durcheinanders von Gefühlen friedlich zusammenleben, das manchmal nicht einmal er entwirren konnte?

Dabei wusste er, dass er Alix, verdammt noch mal, viel glücklicher machen könnte als irgendein anderer Mann. Warum musste sie sich immer in den besten Kreisen zeigen und dort brillieren? Was hatte sie in der Welt dieses Bankiers verloren? Was suchte sie in den Florentiner Palästen, am Hofe oder im Vatikan? Während er, Mathias, der Mann aus Lille, der wegen seiner Treue und seiner beruflichen Leistungen ihr Partner geworden war, sie lieben, verwöhnen und viel glücklicher machen würde als all die offiziellen Ehrungen, mit denen er nichts anfangen konnte.

Ein Punkt blieb bei diesen Überlegungen im Dunklen, den weder Tania noch Angela oder Léo aufklären konnten. Nur Alix hätte es gekonnt. Wer war dieser Charles d'Amboise, mit dessen Hilfe sie nach Chaumont zurückgekehrt war? Alix hatte seinen Namen so beiläufig erwähnt wie den Maler Raffael, die Bildhauer Rovezzano und d'Ancona und den Goldschmied Rossetti.

Seit Jacquous Tod und nachdem seine gute Florine gestorben war, wusste er nicht mehr, wie er sich Alix gegenüber benehmen sollte. Nie hätte er es für möglich gehalten, dass ein anderer den Platz in Alix' Herz einnehmen würde, den er für sich beanspruchte. Und doch war es so gekommen. Weil sie beide frei waren, hatte Mathias gehofft, dass ihn Alix eines Tages zum Mann nehmen würde, dass sie ihre gegenseitige Zuneigung, ihre Lust an der Arbeit, ihre Interessen und nun auch ihre Kinder zu ihrem gemeinsamen Leben machen würden.

Zugegeben – er wusste nicht, was ohne das Geld des Florentiners gewesen wäre. Bei dem Brand, den die Mortagne gelegt hatten, waren ihre Werkstätten ein Raub der Flammen geworden. Und das nur, weil sie Alix dafür bestrafen wollten, dass sie es gewagt hatte, ihre Teppiche mit dem »T« für Tours zu signieren. Das hatte vor ihr kein Weber aus Tours gemacht, obwohl es im Norden Frankreichs, in Flandern und in Brügge allgemein üblich war.

Jacquou tot, Alix in Flandern, um der Gilde ihr Meisterwerk zu präsentieren, die Werkstätten ausgebrannt, Aufträge, die nicht erledigt werden konnten, weil Arnold weggegangen und Mathias mit der Aufzucht von Nicolas überfordert war und eine Bertille, die ohne Geld nicht haushalten konnte. Was wäre aus ihnen geworden, wäre Alix in Tours geblieben? Bestimmt hätte sich Mathias einen anderen Meister suchen müssen.

Aber eines Tages war Alix zurückgekommen, den Meisterbrief in Händen, mit neuen Aufträgen und Ideen, mit Geld, aber eben auch mit einem Geliebten, mit dem Mathias nicht gerechnet hatte.

Mathias drückte sich in den Schatten und wartete, bis Tania an ihm vorbeigegangen war. Als sie genug Abstand zu ihm hatte, nahm er die Verfolgung auf, wobei er sich ihrem Tempo anpasste, um sie nicht aus den Augen zu verlieren und nicht von ihr gesehen zu werden.

Tania war vermutlich heute Nacht aus dem Haus gegangen,

weil sie wusste, dass Alix erst spät aus Blois zurückkommen und dann gleich zu Bett gehen würde. Mathias wunderte sich allerdings, wie Bertille die heimlichen nächtlichen Ausflüge des jungen Mädchens nicht bemerkt haben sollte. Wusste sie vielleicht davon und wollte nur nicht darüber reden, um Alix nicht weiter zu beunruhigen?

Die finstere Nacht verschluckte alle Umrisse, aber Mathias kannte sich hier so gut aus, dass er den Weg auch mit verbundenen Augen gefunden hätte.

Tania lief von der Place Foire-le-Roi an der Loire entlang bis zur großen Île Saint-Jacques, die jetzt im Winter fast völlig vom Fluss überspült wurde, und weiter bis zur Kutscherei, von wo aus es ins Gerberviertel ging.

Schließlich ging sie langsam zum Flussufer hinunter, wobei sie ihren Rocksaum vorsichtig anhob, und durchs Wasser zu einem kleinen Boot watete, das an einen Baum gebunden war.

Erstaunt beobachtete Mathias jede ihrer Bewegungen. Sie ging ein paar Schritte durchs flache Wasser und blieb dann vor der Barke stehen, die leise plätschernd auf den Wellen schaukelte. Ein Sumpfhuhn fühlte sich bei der Nahrungssuche gestört und flüchtete mit einem lauten Schrei. Dann kehrte wieder Ruhe ein, und ein blasser Mond zeigte sich zwischen zwei Wolken.

Ganz vorsichtig kam Mathias näher, bis er entdeckte, dass sich im Schutz des Baums nicht nur das kleine Boot verbarg, in das Tania gerade steigen wollte. An die Birke, deren weiße Rinde im Mondlicht silbern leuchtete, war ein prächtiges Pferd gebunden. Es stand ganz still da. In der Dunkelheit konnte Mathias kaum etwas ausmachen, aber der Mond schien gerade in dem Augenblick hell genug, dass er erkennen konnte, dass es sich bei dem Pferd um einen Schimmel handelte.

Lautlos wie ein Greifvogel im Anflug auf seine Beute schlich sich Mathias an das Pferd an und versteckte sich hinter der Weide. Doch der Baumstamm war zu dünn, man hätte ihn sehen können, weshalb er sich in dem Gebüsch dahinter verkroch.

Ein dürrer Ast knackte unter seinem Fuß, und er musste innehalten und sich flach auf den Boden legen, um nicht bemerkt zu werden. Das war auch gut so, weil Tania sich noch einmal umsah, ehe sie in den Kahn stieg. Jetzt war Mathias froh, dass er einen weiten, dunklen Mantel angezogen hatte, der ihm als zusätzliche Tarnung diente.

Das Boot neigte sich zur Seite, als Tania einstieg und sich auf die Ruderbank setzte, um nicht auszurutschen. Weil sie auf den Boden des wackeligen Boots sah, konnte man sich denken, dass dort jemand lag.

Von seinem Versteck aus konnte Mathias nichts hören, wollte aber unter allen Umständen das zu erwartende Gespräch zwischen Tania und dem Bootsinsassen belauschen. Vorsichtig richtete er sich auf und war sehr erleichtert, dass ihn der Lichtkegel des Mondes nicht traf. Als er sich umdrehte, sah er, wie das weiße Pferd friedlich den trockenen, harten Winterboden beschnupperte.

Mathias wagte sich nicht zu rühren. Mühsam machte er in der Dunkelheit ein anderes Gebüsch aus, das zwar nicht so dicht, dafür aber näher an dem Boot war, in dem jetzt ein großer, schlanker junger Mann neben Tania aufgetaucht war, der sie plötzlich in die Arme nahm und an sich drückte. »Ach so, das war es also«, dachte sich Mathias. »Sie hat einen Verehrer, den sie hin und wieder nachts an der Loire trifft. Lieber Gott! Wie dumm von mir! Ich hätte mir denken können, dass sie einen Galan hat.«

Trotzdem wartete er die nächste Wolke ab, um im Schutz der Dunkelheit zu dem anderen Gebüsch zu kriechen, weil er von seinem Beobachtungsposten aus kein Wort verstehen konnte und ihm nichts daran lag, die Umarmungen der jungen Leute zu sehen, sondern wissen wollte, was sie sich zu sagen hatten. Das Manöver gelang, und er konnte alles mit anhören.

»Ich warte schon seit einer Ewigkeit auf dich«, sagte der Mann.

Zu seiner großen Verwunderung stellte Mathias fest, dass der Mann jetzt auf der anderen Ruderbank, gegenüber von Tania, Platz nahm.

Für zwei Verliebte kam ihm das sehr sonderbar vor. Hatten sie sich etwa in der kurzen Zeit gestritten, wollten sie darüber reden oder schmollten sie, während jeder darauf hoffte, der andere würde sich ihm in die Arme werfen? Doch nichts dergleichen geschah.

Mathias blieb hinter seinen Busch gekauert und sah wenig später, dass Tania ihrem Begleiter etwas in die Hand gab. Es sah ganz nach einer Börse aus, aber er war sich nicht sicher. War das vielleicht ein Junge, der verzweifelt Arbeit suchte? Einen Moment glaubte er daran, weil er sich daran erinnerte, wie er selbst als junger Mann durch den Norden geirrt war, auf der Suche nach einem Meister, der ihn einstellen wollte.

Ach, wenn er nur an den Tag dachte, an dem er allein, ohne Arbeit und nur mit etwas Kleingeld in der Tasche Alix auf der Suche nach ihrem Jacquou begegnet war. Damals hatte sie die hübsche Florine bei sich, die sich auf der Stelle in Mathias' blaue Augen, sein offenes und herzliches Lachen und seinen wachen Geist verliebt hatte.

Er hingegen wusste sofort, dass sein Herz Alix gehörte, die

sich aber nur nach Jacquou sehnte, ihn in keiner Weise ermunterte und sich abweisend genug verhielt, dass er keinen einzigen Annäherungsversuch wagte.

Abgesehen von dieser entscheidenden Niederlage hatte er ganz offensichtlich die Chance seines Lebens vor sich. Florine war zärtlich, sanftmütig und gefühlvoll, und nachdem ihr kleiner Nicolas zur Welt gekommen war, heirateten die beiden; Jacquou lehrte ihn das Weben und wurde sein Freund.

Doch dann hatte ihnen die schwarze Pest, diese schreckliche todbringende Seuche, der in wenigen Tagen ein Drittel der Bevölkerung zum Opfer fiel, Florine, Jacquou und viele andere genommen. Und seither verließ sich Alix voll und ganz auf Mathias' treue und zärtliche Freundschaft.

Mathias bückte sich noch tiefer. Von seinem Beobachtungsposten konnte er den Schimmel sehen, der sich nicht bewegte. Ab und zu sah er Mathias an, als wollte er ihn fragen, warum er da in dem Gebüsch hockte. Der Mond verdunkelte sich, und Mathias sah, dass Tania gehen wollte. Plötzlich hatte er das Gefühl, dass es sich bei den beiden doch nicht um ein Liebespaar handelte.

»Bleib hier!«, rief der junge Mann.

Den Rest seiner Worte verschluckte ein heftiger Windstoß. Mathias musste sein Gebüsch verlassen und näher ans Ufer kriechen. Ein paar Zweige, Wurzeln und trockenes Laub waren an seinem Mantel hängen geblieben und gaben ihm zusätzlichen Schutz, jedenfalls solange sich Tania und der Mann nicht nach ihm umsahen.

»Nein, Théo, das mache ich nicht!«

»Doch. Tu es für mich!«

Mathias hielt den Atem an und presste sich bäuchlings ins

dürre Gras. Diesmal konnte er die Stimmen unterscheiden und hörte sie so deutlich, als stünden die beiden direkt neben ihm.

»Auf keinen Fall. Niemals würde ich Dame Alix bestehlen. Aber ich kann dir das Geld geben, das ich verdiene.«

»Das bisschen reicht mir nicht. Dann muss ich das Pferd verkaufen.«

»Das darfst du nicht! Es gehört dir doch gar nicht. Es ist Dame Alix' Pferd.«

»Was redest du da? Ich kann machen, was ich will!«

Die Stimmen klangen immer erregter, und Mathias begann zu begreifen, dass ihm dieser Streit viele Fragen beantworten würde.

»Immer geht es nur um Alix. Alix, Alix, Alix... Du hast nichts anderes im Kopf. Dabei ist deine Alix ein Luder. Mag sein, dass sie jung, hübsch, reich und mächtig ist, trotzdem ist sie nur ein Luder, das nichts anderes im Sinn hatte, als sich im Bett dieses Florentiners zu wälzen, den ich nicht ausstehen konnte. Und was noch viel, viel schlimmer ist! Diese Frau hat uns auseinandergerissen, sie hat dich mir weggenommen. Du gehörst aber mir, Tania.«

Mathias hatte das Gefühl, ein Dolch bohrte sich in seine Brust, und es lief ihm eiskalt den Rücken hinunter. Tanias Stimme klang jetzt verschwommen und unscharf, wie aus einem Nebel.

»Du bist ja verrückt, Théo. Wie kannst du nur so etwas sagen? Sie hat uns von unserem Sklavenschicksal befreit. Aber du warst von Anfang an gegen sie, hast alles verweigert, Himmel und Erde verflucht, bist hasserfüllt, gemein und gewalttätig geworden, während ich ihr dankbar war und bin, weil sie immer gerecht, großzügig und ehrlich mit mir war.«

Wütend stürzte sich der junge Mann auf sie und drängte sie ans Bootsende.

»Du bist genau wie sie geworden, Tania, nichts als ein kleines Stück Dreck!«

»Ich bitte dich, Théo, mach keinen Unsinn!«, schluchzte das Mädchen. »Such dir lieber eine Arbeit, von der du leben kannst. Ich sage keiner Menschenseele, wo du steckst. Und jetzt bist du doch frei, genau wie ich. Außerdem sucht dich Alix nicht. Sie weiß, dass sie mir damit großen Kummer bereiten würde.«

»Das ist mir egal«, sagte der Mann und lachte verächtlich. »Ich brauche Geld.«

Plötzlich beruhigte er sich, nahm sie in die Arme und küsste sie zärtlich. Sein Zorn schien verraucht.

»Wenn du mir sagst, wo das Kind ist, gebe ich dir alles Geld, das ich verdiene«, flehte ihn Tania an.

Mathias war wie vom Donner gerührt. Die alles erklärenden Worte dröhnten ihm durch den Kopf – »wo das Kind ist« – damit konnte nur Valentines Zwilling gemeint sein. Er bebte vor Ungeduld. Endlich konnte er handeln, Fragen stellen, suchen und Alix geben, wonach sie sich am meisten auf der Welt sehnte: ihr anderes Kind.

»Du willst mir alles geben, was du verdienst. Du dummes Ding!«

Wütend stieß er sie von sich.

»Das ist nicht genug! Du hättest wohl gern, dass ich verhungere, während du es dir gut gehen lässt!«

Rücksichtslos presste er seinen fordernden Mund auf ihre Lippen, um sie zum Aufgeben zu bringen. Tania wehrte sich so gut sie konnte. Es gelang ihr, sich ihm zu entwinden, aber sie kam nicht weit. Er holte sie ein, packte sie brutal und zwang sie zurück ins Boot. Sie fiel hin, er stürzte sich auf sie und griff nach ihren Armen, damit sie sich nicht mehr rühren konnte. Entsetzt sah Tania sein wutverzerrtes Gesicht dicht über sich.

Mathias, der bäuchlings auf dem Boden lag, konnte die beiden nicht mehr sehen, aber er hatte jedes Wort verstanden.

Jetzt wurde ihm einiges klar. Das Kind, das Tania erwähnt hatte, konnte nur Valentines Zwillingsschwester sein, sie lebte also! Endlich begriff Mathias, worum es ging. Ein unterdrückter Fluch und eine wütende Geste hätten ihn beinahe verraten.

Der Mann im Boot ließ Tania los und sah sich um, weil er aber außer seinem friedlich grasenden Pferd nichts entdecken konnte, machte er sich wieder über Tania her.

»Bitte sag mir, wo das Kind ist, Théo!«, flehte Tania ihn an. »Bitte sag es mir. Ich schwöre dir, dass ich dich aus der Sache raushalte.«

Tania seufzte. Ihr Bruder hatte von ihr abgelassen. Er erdrückte sie nicht mehr mit seinem unerträglichen Gewicht und schien sich beruhigt zu haben.

»Ich weiß nicht, wo das Kind ist. Irgendwo in der Normandie«, antwortete er düster.

»Warum denn in der Normandie?«

Tania versuchte die Situation auszunützen, um Théodore mehr Informationen zu entlocken. Jedes Mal, wenn sie sich hier an der Loire trafen, brachte sie etwas mehr in Erfahrung. Aber sie musste sich auch jedes Mal seine Gewalttätigkeiten gefallen lassen. Ihr Bruder, den sie geliebt hatte und der früher ihr Gott und ihr großes Vorbild gewesen war, dieser Bruder hatte sich schrecklich verändert, seit Alix sie und ihn auf dem Sklavenmarkt im Hafen von Genua gekauft hatte.

Als ihre Mutter, eine der zahlreichen Konkubinen des türkischen Sultans, noch lebte, war er stets zärtlich, aufmerksam und liebevoll zu ihr gewesen. Doch jetzt war Théodore gewalttätig, brutal und verlogen, wovor seine entsetzte Schwester nicht länger die Augen verschließen konnte. Er war schon so tief gesunken, dass er bereits ein paarmal versucht hatte, ihr Gewalt anzutun. Tania hatte deshalb beschlossen, ihn nicht mehr zu treffen, sobald sie von ihm erfahren hätte, was sie wissen wollte. Hieß das, es bliebe ihr an diesem Abend nichts anderes übrig, als dem Drängen ihres Bruders nachzugeben, um endlich die Wahrheit zu hören?

»Warum ist es in der Normandie?«, fragte sie noch einmal mit sanfter Stimme.

»Weil die Dame, der Béraude das Kind gebracht hat, in einer Stadt in der Normandie lebt.«

»Und wer ist diese Dame?«

»Ach, lass mich doch damit in Ruhe! Mehr sage ich dir nicht. Bring mir, was ich verlangt habe, dann erfährst du den Rest.«

»Ich sagte dir bereits, dass ich Alix niemals bestehlen werde!«

Da fiel er wieder über sie her, und Mathias hörte sie schreien.

»Nein, bitte nicht, Théo! Fass mich nicht an. Ich hasse diese Küsse. Ich hasse deine Hände, wenn sie mir Gewalt antun. Ich hasse deine Augen, in denen sich der ganze Wahnsinn von deinem kranken Kopf spiegelt. Ich hasse dich, Théo!«

»Das ist mir egal! Wenn ich will, berühre ich deinen Körper. Ich kann dich küssen und streicheln, wie ich will!«

»Nein, bitte nicht, Théo!«

»Ich kann mit dir machen, was ich will. Du gehörst mir, Tania. Unsere Mutter hat gesagt, dass du mich immer lieben, mir folgen und gehorchen musst, und dass du ohne mich verloren wärst.«

»Du bist es doch, der verloren ist! Begreifst du das nicht?«

»Ich will dich, und ich kriege dich, Tania. So einfach ist das.«

Mit Gewalt schlug er ihren Rock hoch und zwängte sich zwischen ihre Schenkel, während er ihre Hände festhielt.

»Nein, Théo, bitte nicht! Ich flehe dich an! Hast du denn ganz vergessen, wie zärtlich wir als Kinder miteinander waren? Warum bist du auf einmal so böse und brutal zu mir?«

Tania schrie jetzt, aber Mathias kam ihr nicht zu Hilfe, weil er mehr über das Kind erfahren wollte, von dem sie gesprochen hatten. Er wartete eine Weile, doch ein zweiter markerschütternder Schrei ließ ihn aufspringen und zu dem Boot laufen.

Der Mann, den sie Théo nannte, lag auf ihr. Er hatte ihr den Rock bis zum Bauch hochgeschoben, ihre Brüste entblößt und stieß gnadenlos zu. Tania hatte aufgehört zu schreien und wehrte sich nur noch matt, machtlos gegen ihren brutalen Bruder.

»Aufhören!«, brüllte Mathias, der zu dem Boot lief. »Lasst sofort das Mädchen los!«

Geschmeidig wie eine Katze löste sich Théo von seiner Schwester, sprang auf und stand mit heruntergelassener Hose, erigiertem Glied und geweiteten Pupillen vor Mathias.

»Mathias!«, rief Tania erschrocken und wusste nicht, ob sie froh über sein Auftauchen war oder sich zu Tode schämen sollte. Der Bauch tat ihr weh, aber sie kümmerte sich nicht darum.

»Bitte lasst ihn gehen, Mathias. Ich flehe Euch an!«

»Nicht bevor er mir gesagt hat, wer die Frau ist, der man das Kind gebracht hat.«

Ein Faustschlag traf ihn in die Magengrube. Théodore hatte ihn wie eine Raubkatze aus dem Hinterhalt angegriffen, aber dafür war Mathias bärenstark. Als sich der andere davonmachen wollte, packte er ihn am Ärmel und verpasste ihm einen Kinnhaken, dass er zu Boden ging.

»Lauf weg, Théo, bitte! Lauf weg, ehe es zu spät ist.«

»Willst du diesen Dreckskerl etwa noch verteidigen?«, schrie

Mathias zornig. »Wenn ich mich nicht irre, ist das dein Bruder, der dich da gerade skrupellos vergewaltigt hat!«

Außer sich vor Wut sah er sich nach Tania um, doch die kurze Unaufmerksamkeit sollte ihm zum Verhängnis werden. Wie ein Raubtier stürzte sich Théo auf ihn. Kämpfend wälzten sie sich am Boden. Eine Zeit lang war der beweglichere Théo im Vorteil, dann gewann mit Mathias wieder der Stärkere die Oberhand.

Weil der Kampf entschieden werden musste, ehe Tania Partei ergreifen konnte, und weil Théodore keine Skrupel kannte, hatte er plötzlich ein blinkendes Messer in der Hand und bohrte die Klinge seinem Gegner in den Bauch. Sofort zog er sie wieder heraus und sagte zu Tania, die ihn mit vor Entsetzen weit aufgerissenen Augen anstarrte: »Du weißt, wo du mich finden kannst. Vergiss mich nicht, Tania. Ich warte auf dich.«

Dann schwang er sich auf sein Pferd und verschwand in einer Staubwolke.

Tania versuchte gar nicht erst, ihn zu verfolgen. Verzweifelt rang sie die Hände, weil sie nicht wusste, was sie tun sollte. Verantwortung übernehmen oder schnelles Handeln waren nicht ihre Sache. Trotzdem beugte sie sich hilflos über Mathias, der ausgestreckt auf dem Boden lag.

»Du hättest mit ihm fliehen können«, murmelte der. Man sah ihm an, dass er große Schmerzen hatte.

»Ich will Euch nicht im Stich lassen, Mathias, und ich will meinen Bruder nie wieder sehen.«

»Warum hast du mir nicht alles gesagt, als du mir verraten musstest, das andere Kind von Alix sei gestorben?«

»Ich weiß es nicht ... Ich habe mich so geschämt, und Alix ist immer so großzügig und gut zu mir.«

»Nach allem, was ich jetzt gehört habe, weißt du auch nicht mehr als ich.«

»Ja, das stimmt.«

»Ich sage dir jetzt, was wir machen.«

Er unterdrückte einen Schrei.

»Habt Ihr Schmerzen?«

»Ja, schon. Also – ich sage dir jetzt, was wir machen«, fuhr er fort und hielt sich mit beiden Händen den Bauch.

»Seid Ihr nicht zu schwach zum Reden?«

Vorsichtig nahm sie seine Hände. Sie waren voller Blut, und als sie ihre Hände auf die offene Wunde legte, spürte sie, dass er weiter Blut verlor.

»Ich muss reden, solange ich bei Bewusstsein bin, was sich sehr schnell ändern könnte.«

Er schob ihre Hände weg und drückte wieder selbst auf die blutende Wunde.

»Ich sage dir jetzt, was wir machen«, wiederholte er mit schwacher Stimme. »Es hat keinen Sinn, Alix unnötig Kummer zu machen. Sie hat so schon genug Sorgen. Diese furchtbare Geschichte, für die es im Augenblick keine Lösung zu geben scheint, würde sie dermaßen niederschmettern, dass die Seele unseres ganzen Unternehmens auf dem Spiel stünde.«

Wieder unterbrach ihn ein unterdrückter Schrei.

»Verdammt noch mal! Ich schwöre, dass ich dieses Kind finden und ihr auf einem Silbertablett präsentieren werde. Und dann wird Alix meine Liebe endlich erwidern. Willst du mir dabei helfen, Tania?«

Tania nickte nur heftig. Ihre Kehle war wie zugeschnürt, und ihre Hände zitterten.

»Schwöre es mir!«

»Ich schwöre es.«

»Wenn du lügst, bring' ich dich um, Tania. Wage es nicht!«

Ermattet schloss Mathias die Augen. Seine Stimme wurde immer leiser; das Blut sickerte nur noch, aber Mathias lag in einer großen Blutlache.

»Nimm jetzt mein Messer, schneid' ein Stück von deinem Rock ab und binde es mir, so fest du kannst, um den Bauch.«

Schnell tat sie, was er verlangt hatte, ohne länger über ihre Angst oder ihre eigenen Schmerzen nachzudenken.

Mühsam versuchte er sich aufzurichten, sank aber sofort wieder mit schmerzverzerrtem Gesicht zu Boden.

»Nachdem ich weder aufstehen noch gehen kann und außerdem zu schwer bin, als dass du mich tragen könntest, musst du Leo oder Pierrot holen und mit einem Wagen wiederkommen.«

»Seid Ihr sicher, dass Ihr so lange durchhaltet?«

»Wenn ich nicht noch mehr Blut verliere, wird es schon gehen.«

»Ich glaube, ich habe die Wunde gut verbunden.«

»Dann geh jetzt und komm so schnell wie möglich wieder.«

Doch kaum wollte sie loslaufen, rief er sie zurück.

»Wo versteckt sich dein Bruder, wenn er nicht hier in dem Boot ist, Tania?«

Sie zögerte, schluckte, seufzte und sagte schließlich mit stockender Stimme so leise, dass er sie kaum verstehen konnte: »In einem leeren Getreidespeicher.«

»Wo?«

Diesmal antwortete sie, ohne zu zögern.

»Im Gerberviertel, ganz in der Nähe des Hôpital de Saint-Esprit.«

Wieder versuchte sich Mathias aufzurichten, aber der Schmerz zwang ihn zurück.

»Was ist mit dem Pferd?«

»Es heißt Byzance und gehört Dame Alix.«

»Warte, eins noch«, sagte Mathias mit schwacher Stimme. »Du sagst den anderen, dass ich von Straßenräubern überfallen wurde und dass du mich verletzt gefunden hast.«

Wie gehetzt rannte Tania am Ufer entlang nach Hause. Ihr von Théo so schrecklich malträtierter Leib tat ihr schrecklich weh, und sie hielt ihn sich mit beiden Händen, während ihr die Tränen übers Gesicht liefen: »Niemals, nie, nie, nie will ich ihn wiedersehen! Lieber sterbe ich! Ich hasse ihn! Ja, Mathias, wenn, dann müsst Ihr ihn töten, nicht mich!«

Mit dem Fuß blieb sie an einer Wurzel hängen, stolperte, fiel hin, rappelte sich wieder auf und rannte weiter. Der Gedanke, Mathias könnte sterben, verlieh ihr ungeahnte Kräfte.

Sie wollte noch schneller laufen, hinkte aber auf einem Bein. Der Quai de la Cocherie kam ihr schier endlos vor, und erst als sie den spitzen Turm der Kirche Saint-Julien im fahlen Mondlicht sah, gönnte sie sich etwas Atem und wurde langsamer, weil ihr das Herz bis zum Hals schlug.

Auf der Place Foire-le-Roi blieb sie stehen und holte tief Luft. Was sollte sie jetzt tun, wie sollte sie den Vorfall erklären? Mathias hatte nicht an alles gedacht. Warum hätte er mitten in der Nacht einen Spaziergang machen sollen, der ihn so weit weg vom Haus führte? Und was hatte sie, Tania, zu so später Stunde dort verloren? Bei dem Gedanken, Alix gegenübertreten zu müssen, verfiel sie in Panik, versuchte dennoch sich etwas zurechtzulegen und ging auf das große Haus zu.

Im Haus war es ruhig. Tania hatte sich beruhigt und machte sich Mut: Um diese Zeit dürfte sie eigentlich keinem begegnen.

Sie ging gleich durch die Tür zu den Nebengebäuden, wo Julio und Pierrot ihre Kammern hatten. Leo schlief weiter hinten bei den Ställen in einem mit Stroh gedeckten Schuppen.

Aber sie waren alle drei weg! Damit hatte Mathias scheinbar nicht gerechnet. Tania hätte allerdings in die Stadt gehen und sie suchen können. Sie wusste, wo Leo und vielleicht auch Pierrot zu finden waren. Vor ihrem freien Tag gingen sie nämlich gelegentlich in eine Taverne, um sich ein wenig zu unterhalten.

Aber wie sollte sie in diesem Aufzug, mit dem zerschnittenen Rock, der ihr nicht einmal mehr bis zu den Knien reichte, in das Wirtshaus gehen? Wäre sie erst in ihre Kammer gegangen, um sich umzuziehen, hätte sie vielleicht die Bertille geweckt oder wäre am Ende noch Alix begegnet, wenn sie von Blois zurückkam.

Ganz vorsichtig schlich sie durch den Hof, als sie zu ihrer großen Erleichterung den Korb mit der frischen Wäsche entdeckte, den die Bertille noch nicht zum Bügeln ins Haus geholt hatte. Sie fand einen alten Rock, den Alix manchmal zu Hause trug, schlüpfte hinein und eilte in die Stadt zurück.

Durch ein Fenster konnte Tania sehen, dass Leo vor einem Bier saß. Zum Glück war der Kutscher nicht zu Fuß gekommen. Er war mit einem Pferdekarren da, vor den er den alten César gespannt hatte. Im Vorbeigehen strich ihm Tania über den Hals, und das Pferd schüttelte zufrieden seine Mähne.

In der kleinen Taverne roch es nach Fett, Bier, Schweiß und Rauch. Es war nicht gerade die erste Adresse in der Stadt, sondern eher ein bescheidenes Gasthaus für den einfachen Mann und hatte wenigstens keinen schlechten Ruf. Tania musste also keine Angst haben, dass man sie belästigen könnte.

Léo saß mit ein paar anderen Männern zusammen, von denen

einer den Arm um seine Schulter gelegt hatte, und unterhielt sich lautstark, als er Tania hereinkommen sah. Er stand sofort auf und ging zu ihr, weil er spürte, dass etwas passiert sein musste. Seine Freunde sahen sich nach ihm um und wunderten sich über die hübsche, aber auffallend schlecht gekleidete junge Frau.

»Was ist los, Tania?«

»Schnell, Léo, du musst mitkommen. Mathias ist verwundet.«

»Verwundet! Wer hat das getan?«

Tania wollte schon behaupten, dass es Straßenräuber gewesen wären, wie Mathias ihr geraten hatte, doch da stieg der Hass auf ihren Bruder wieder in ihr hoch, und sie sagte leise: »Théo.«

Léo wurde rot vor Zorn und ballte die Fäuste. Nein, der Kutscher konnte den Jungen wirklich nicht leiden, der in Florenz mehr als einmal für Ärger gesorgt und ihm beinahe seinen Platz streitig gemacht hatte.

»Der Schuft! Dein Bruder ist also wieder da.«

»Leo, bitte, darum geht es jetzt nicht. Wir müssen Mathias retten, und vor allem darf Dame Alix nichts erfahren.«

»Wo ist er?«

»An der Loire, nicht weit vom Gerberviertel. Théo hat ihm ein Messer in den Bauch gerammt.«

»Wir kommen mit«, sagte der Mann, mit dem Léo Arm in Arm am Tisch gesessen hatte, und zu dritt stiegen sie auf den Karren. Leo trieb das Pferd an, und der gute alte César zeigte, wozu er noch in der Lage war. Doch als sie zu der Stelle kamen, wo Tania Mathias zurückgelassen hatte, konnten sie ihn nirgends entdecken.

»Das war bestimmt Théo«, sagte Tania leise, die ahnte, dass ihr Bruder an den Ort des Geschehens zurückgekehrt war, um den möglichen Zeugen zu beseitigen.

»Verdammter Schurke!«, fluchte Leo, »der Teufel soll ihn holen!«

»Seht doch nur, da unten!«, rief einer der Männer und deutete zum Fluss.

Sofort erkannte Tania die Silhouette ihres Bruders. Er stand in dem Boot, das jetzt mitten im Fluss trieb. Sie waren zu spät gekommen! Entsetzt mussten Tania und die vier Männer mit ansehen, wie Théo mit einer schnellen Bewegung den Körper von Mathias mit einem Schwung in die Loire warf. Tania stieß einen Schrei aus und sprang ins Wasser.

In den großen Wasserbecken im Palast von Konstantinopel hatte sie schwimmen gelernt und wusste, dass sie das Boot schwimmend erreichen konnte. Léo konnte ebenfalls schwimmen. Oft genug hatte er mit den Fluten im Hafen von Genua gekämpft, um eine Kiste oder einen Ballen wieder aus dem Wasser zu fischen, die vom Schiff gefallen waren. Jetzt sprangen sie beide in den Fluss, um Mathias aus den Fluten zu retten. Zwei von Léos Freunden folgten ihnen, und bald hatten sie das wackelige Boot mit Théo eingeholt.

Während Léo getaucht war, um Mathias zu finden, der sicher bewusstlos unter Wasser trieb, wollten seine beiden Freunde kurzen Prozess mit Théodore machen. Als der sah, wie die Männer näher kamen, rechnete er sofort mit dem Schlimmsten. Er steuerte auf Tania zu, die nicht wusste, wie sie gegen die Strömung ankommen sollte, packte sie am Arm, zog sie ins Boot, drückte sie an sich und benützte sie als Schutzschild.

»Wenn ihr mich töten wollt, muss sie zuerst dran glauben!«, schrie er mit Panik in der Stimme.

Die drei jungen Männer schwammen um das Boot herum, aber den einen, der seinen Freunden unüberlegt gefolgt war, begannen seine Kräfte zu verlassen. Er konnte sich nicht länger über Wasser halten und versuchte in das wackelige Boot zu klettern, indem er sich mit einer Hand daran hochzog. Théodore verpasste ihm einen wuchtigen Faustschlag auf die Finger, aber der Junge ließ nicht locker und klammerte sich verzweifelt an das Boot, wodurch es zu kentern drohte.

Tania sah, dass ihr Bruder sie losließ, um nach seinem Messer zu greifen. Als er es vom Gürtel nahm und dem jungen Mann die Klinge in die Hand rammen wollte, gab sie ihm einen heftigen Stoß. Das Messer traf zwar deshalb nur einen Finger, die Verletzung reichte aber, um den Jungen wieder ins Wasser zu schicken.

Während Tania versuchte, ihren tobenden Bruder zu beruhigen, sah sie plötzlich einen der Angreifer von hinten kommen. Er zog sich an einem der Ruderbolzen hoch und fiel mit solcher Wucht ins Boot, dass es kenterte und Théodore mit dem Kopf dagegenschlug. Von dem Schlag war er so benommen, dass er sich nicht an dem umgedrehten Boot festhalten konnte. Weil er nicht schwimmen konnte, ging er unaufhaltsam unter, weil ihm keiner zu Hilfe kam.

Tania murmelte seinen Namen, während ihr Tränen übers Gesicht liefen und sich mit dem Flusswasser vermischten. Théo kam nicht wieder an die Oberfläche. Und was hätte seine Rettung auch gebracht, außer Unglück für alle, die sie liebte? Als ihr Bruder sie brutal vergewaltigt hatte, war er bereits für sie gestorben, und es war besser so. Er hätte sie nur wieder mit seinen unersättlichen Nachstellungen gequält und sie bestimmt in die schrecklichsten Verbrechen mit hineingezogen, sie gezwungen zu lügen, zu stehlen und sich für ihn zu verkaufen. Sie unterdrückte ein Schluchzen. Von Théo wollte sie sich nur die Erinnerung an die gemeinsame Kindheit bewahren.

Während zwei Männer versuchten, das Boot umzudrehen, dachte Tania nur noch daran, Mathias zu retten. Einer von Léos Freunden hatte ihn unter Wasser entdeckt und versuchte nun Mathias, der noch lebte, an die Wasseroberfläche zu holen. Zu zweit gelang es ihnen, seinen Körper über Wasser zu halten. Zum Glück war das Boot inzwischen wieder umgedreht worden, und sie konnten Mathias hineinlegen.

Léo war ein starker Kerl. Nicht umsonst war er Hafenarbeiter in Genua gewesen und konnte einen Vierspänner lenken – so leicht gab er nicht auf!

»Mathias ist sehr schwach. Wir müssen ihn beatmen.«

Zu dritt machten sie abwechselnd Mund-zu-Mund-Beatmung, bis Mathias endlich in einem Schwall alles Wasser von sich gab, das er geschluckt hatte, die Augen öffnete und leise »Alix« sagte. Der Reihe nach sah er sie an, und Tania begriff, dass er sich an alles erinnerte.

»Ihr dürft Euch nicht bewegen, Mathias, sonst fängt Eure Wunde wieder zu bluten an.«

»Wir müssen deinem Bruder einige Fragen stellen, Tania«, sagte der Verletzte mit schwacher Stimme.

»Mein Bruder ist tot«, antwortete sie ihm ungerührt.

5.

Ganz Blois erstrahlte in hellem Licht. In allen Läden, Gasthäusern und Spelunken wurde gefeiert, und jeder freute sich standesgemäß bei dem Gedanken an die Hochzeitsnacht von Prinzessin Marguerite.

Auf Befehl des obersten Kammerherrn hatten die Diener überall im Schloss Lampen und Fackeln angezündet – und das war beileibe keine leichte Aufgabe! Alle Säle wurden bis in den hintersten Winkel beleuchtet, und vom Ehrenhof bis hin zur Ausfallpforte standen entlang der Parkalleen unzählige brennende Wachskerzen und Öllampen.

Schon seit Stunden beanspruchten der Schlossvogt und seine Bogenschützen den Haupthof für sich, während die Schweizer Garde in ihren rotgrünen Livrées den Kutschen und Sänften, die von überallher eintrafen, den Weg frei macht.

Mit großen Schritten marschierten die Gardekapitäne und ihre Männer im Ehrensaal auf und ab, wo Lakaien und Diener eilends die letzten Vorbereitungen trafen.

Trompeten und Jagdhörner verkündeten die Ankunft des Königs und der jungen Braut. Man machte ihnen Platz, knickste höflich, flüsterte und hüstelte aufgeregt und betupfte sich die Stirn mit einem feinen weißen Spitzentaschentuch.

»Bettwärmer werden das Herzchen kaum warm kriegen«, witzelte der betagte Seigneur von Mantua, auf seinen vergoldeten Spazierstock gestützt.

»Pah, Bettwärmer oder nicht«, erwiderte Baronin de Bourdeille, die stets zu einer anzüglichen Bemerkung aufgelegt war, »der Gatte von dem schönen Ding wird jedenfalls nach dem Ball kaum zum Kartenspielen gehen.«

»Ist er etwa ein Spieler?«, fragte die Comtesse de Villemomble aufgeregt.

»Ach was, er ist auch nicht schlimmer als irgendein anderer Soldat«, meinte der alte Herzog und stützte sich schwer auf seinen Stock.

»Ts, ts, ts, die sind doch alle gleich!«, tuschelte die Baronin, »alle haben sie flinke Finger und Feuer in der Hose!«

Trompeten und Jagdhörner schwiegen, und nur das Rascheln von Stoff störte die folgende Stille. Aber die Ruhe hielt nicht lange an, weil mancher eine passende Antwort auf Lager hatte und die Stimmung hitziger war als sonst.

»Jedenfalls hat er erstklassige Lenden«, sagte Baronin de Bourdeille zu ihrem Gatten so laut, dass es jeder hören konnte. »Das Herzchen wird es sich schmecken lassen. Ein schöner Mann, sehr stattlich! Gut gebaut, sehr gut ausgestattet!«

Peinlichst berührt hüstelte Baron de Bourdeille verlegen und spielte nervös mit den Knöpfen an seinem karmesinroten Wams.

»Was meint Ihr dazu, mein Freund?«

»Ich finde, die kleine Duchesse d'Alençon ist noch eine sehr unschuldige Prinzessin.«

»Mir scheint, Ihr habt keinen blassen Schimmer, lieber Baron!«, lachte die Baronin. »In Eurer Vorstellung sind alle Mädchen Jungfrauen!«

Die Comtesse de Villemomble tippte dem alten Herrn Mantua auf die Schulter. »Ist sie wirklich so naiv, wie die Leute sagen?«, schnatterte sie ihm ins Ohr.

»Wie die Leute sagen ... Die Leute sagen, dass sich ihr Bruder jedenfalls sehr gut aufs Entjungfern versteht!«, kicherte die Baronin.

Diesmal fuhr der Baron entsetzt zusammen. Warum nur musste seine Frau in der Öffentlichkeit stets für einen Skandal sorgen? Wann würde sie endlich aufhören, sich einen Spaß daraus zu machen, Geschichten zu erzählen, die vielleicht gewisse Leute sehr amüsant, andere aber schockierend fanden?

Gott, wie oft hatte er sich schon sechs Fuß unter die Erde gewünscht! Aber seine korpulente und derbe Gattin, die nichts auf Konventionen und dumme Vorurteile gab, ließ sich nicht bekehren. Dabei war Baronin de Vivonne, verheiratete Bourdeille, trotz ihrer spitzen Zunge gewiss keine boshafte Frau.

»Unser Herzchen wacht morgen vermutlich wie alle frisch verheirateten Bräute eher überrascht als glücklich auf«, fuhr sie etwas leutseliger fort. »Doch um Euch eine Freude zu machen, lieber Freund, muss ich zugeben, dass d'Alençon wohl kaum der passende Liebhaber für sie ist.«

Alles hat seine Zeit. Das Getuschel missfiel manchen Anwesenden, und man bedeutete den Störenfrieden zu schweigen.

Mit seinem zarten Schützling an der Hand eröffnete Louis XII. den Ball. Marguerite genoss die Aufmerksamkeit sichtlich, lächelte, sah jeden verführerisch an und sonnte sich in dem Glanz und Ruhm, von dem ein Teil auf ihren Bruder zurückfallen sollte.

Die Lampen tauchten ihre entblößten Schultern in sanftes Licht. Sie schritt hocherhobenen Hauptes und hielt ihren zierlichen Oberkörper, den ein Hauch von Seide und Spitzen verhüllte, sehr aufrecht. Ihre Hand ruhte auf dem Unterarm des Königs, während sie ihre silberbeschuhten Füße einen vor den anderen setzte und sich dabei elegant in der Hüfte wiegte.

Fast ein wenig verwirrt von der Anmut seiner jungen Cousine, die sein fortgeschrittenes Alter kaum überspielen konnte, führte Ludwig sie in die Saalmitte.

Tatsächlich zeigte der fünfzigjährige Monarch mehr Rührung als angebracht, und das Publikum, stets auf Skandale aus, schien diesen kurzen verwirrten Moment wahrgenommen zu haben. Der König spürte die unerbittlichen Blicke auf sich ruhen.

»Man könnte doch tatsächlich meinen, die kleine Claude möchte tanzen«, tuschelte Anne de Graville ihren Freundinnen zu, die sich in der ersten Zuschauerreihe drängten.

»Hinkt sie heute nicht mehr als sonst?«, fragte ihre Nachbarin, nun auch neugierig geworden.

»Das kommt sicher von der Aufregung«, meinte die Comtesse de Montsereau mit einem Blick auf die Tochter der Königin, Claude de France, die sich wegen eines angeborenen Hüftfehlers wirklich ziemlich ungeschickt bewegte.

»Mehr als einen Tanz schafft sie bestimmt nicht«, erwiderte Anne de Graville, während sie ihre enormen Spitzenärmel aufplusterte.

Aus den Augenwinkeln suchte sie nach Françoise de Foix und fuhr fort: »Ich vermute, sie könnte einige Gigues oder Gaillardes tanzen, ehe sich François für sie interessiert. Seht doch, er hat nur Augen für die Foix!«

Der König versuchte zwar ein Lächeln, aber man sah ihm sein Alter, die Völlerei und die Last der Verantwortung deutlich an. Doch die ersten Töne von Cembalo und Laute erinnerten ihn plötzlich an die Zeit, als er noch mit der armen Jeanne de France verheiratet war und mit anderen Mädchen hemmungslos ganze Nächte durchgetanzt hatte. Das machte ihm Laune, er bewegte sich mit einem Mal leichtfüßig, und die düsteren Gedanken verschwanden.

Alle Lampen leuchteten und tauchten die Gesichter in ein warmes goldenes Licht. Falten schienen auf wundersame Weise geglättet, und trübe Augen strahlten wieder. Selbst krumme alte Gestalten reckten sich.

Auch Anne de Bretagne hätte an diesem Abend sehr verführerisch sein können, wenn sie nicht auf einmal so schrecklich müde und sorgenverzehrt gewirkt hätte.

Sie sah, dass Louise in ein Gespräch mit ihrem jungen Freund de Bourbon vertieft war. Die beiden blickten sich in die Augen und schienen alles um sich vergessen zu haben.

Anne seufzte. Bei dieser vorteilhaften Beleuchtung wirkte ihr blasser Teint noch sehr jugendlich, aber die Falten und die dunklen Ringe unter ihren großen schwarzen Augen verrieten ihre Erschöpfung und machten sie nicht gerade verführerisch.

»Hoffentlich fordert der junge d'Angoulême meine Tochter zum Tanz auf«, flüsterte sie vor sich hin und spielte nervös mit ihrer Perlenkette.

Zur Feier des Tages trug sie ihren bretonischen Umhang und hatte von ihren Zofen verlangt, dass sie ebenfalls in goldfarbenen Kleidern mit grünen Posamenten erschienen.

Seit Beginn der Feierlichkeiten beklagte sich Anne beim König über die Art und Weise, mit der die Hochzeit der kleinen Marguerite begangen wurde, weil sie ihr äußerst missfiel. Sie fand, die junge Marguerite spielte sich auf, als wäre sie eine Prinzessin, stellte ihre Tochter Claude in den Hintergrund und zog bald alle Blicke auf sich.

Und auch noch an diesem Abend war Marguerite der Mittelpunkt und zog alle Blicke auf sich. Auch wenn sie selbst sich um ihren Bruder, dessen Freunde und ihre Verehrer, wie den dümmlichen Bonnivet, bemühte, schien Marguerite doch die Muse zu sein, die alle Gäste beflügelte.

In einem plötzlichen Anfall wiedergewonnener Jugendlichkeit hörte Ludwig gar nicht mehr auf zu tanzen. Mittlerweile hatten die Tänzer zwei Reihen gebildet, die sich gegenüberstanden. Der Duc d'Alençon und Marguerite bildeten das Schlusspaar, das gleich durch die lange Allee schreiten musste.

Marguerite sah, wie sich François sehr selbstbewusst vor Claude verneigte. Beide wussten, dass sie nur einen einzigen Tanz gemeinsam tanzen würden. Claude fürchtete sich viel zu sehr vor diesen Ausschweifungen, die sie verwirrten und ihr Schmerzen bereiteten. Dennoch gelang es ihr beim Tanzen, ihr Hinken perfekt zu kaschieren, und sie strahlte übers ganze Gesicht, sodass François nichts von ihren Ängsten mitbekam.

Marguerite lächelte ihr von Weitem zu und hoffte, die nette Geste ihres Bruders würde der Kleinen Selbstvertrauen geben.

Obwohl François seine zukünftige Gattin sehr respektvoll behandelte, beobachtete er sie doch amüsiert und zeigte sich eher aufmerksam, aber nicht verliebt.

Er wusste, dass Reigen, Gaillardes und Volten ihn zu einigen gewagten Galanterien verführen dürften, während er Claude mit flinken Schritten führte.

Anne wachte ohne Nachsicht über das tadellose Auftreten ihrer jungen Zofen und machte sich auch an diesem Abend ein Vergnügen daraus, nach passenden Ehemännern für die eine oder andere Ausschau zu halten, und nicht wenige zitterten vor Angst, es könnte diesmal sie treffen.

»Ach, Charlotte, da bist du ja, mein Kind! Ich habe Euch schon den ganzen Abend vermisst. Habt Ihr etwa über den Ball Eure guten Manieren vergessen?«

»Ich wusste nicht, dass ich Euch Gesellschaft leisten sollte, Hoheit. Bitte verzeiht mir!«

»Schon gut. Ich hoffe nur, dass Euch nicht irgendeiner der anwesenden Herren den Kopf verdreht hat.«

Charlotte wurde rot, hielt aber dem Blick der Königin tapfer stand.

»Der König hat Euch mir gegenüber viele Komplimente gemacht; er findet Euch sehr charmant«, sagte Anne und tat so, als hätte sie das hochrote Gesicht ihrer Zofe nicht bemerkt. »Und doch ist kein wohlgeborener Herr aus dieser Runde für Euch bestimmt, mein Kind.«

Sie nahm die Hand des jungen Mädchens und beendete den Dialog, den jemand anders vielleicht verderbt gefunden hätte.

»Ihr dürft nicht vergessen, dass Ihr die Tochter von König Friedrich von Neapel und somit eine königliche Erbin seid, Charlotte«, fuhr sie etwas sanfter fort. »Ich möchte auf keinen Fall mit ansehen, dass Ihr hier mit irgendeinem Edelmann tanzt. Zugegeben – Ihr seid lebhaft, fröhlich und hübsch. Aber Ihr untersteht auch meiner besonderen Protektion. Das habe ich Eurem Vater versprochen.«

»Aber mein Vater …«

»Euer Vater wird noch lange nicht vergessen, dass Ihr Euch heftig geweigert habt, Cesare Borgia zu heiraten«, unterbrach sie Anne schroff. »Gewiss hattet Ihr meine volle Unterstützung und meinen uneingeschränkten Beistand. Cesare Borgia war ein schrecklicher Kerl, den ich nicht ausstehen konnte, weil er nichts anderes zustande gebracht hat, als die französischen Prinzessinnen zu schwängern, denen er den Hof machte.«

Die schöne Charlotte machte nicht den Eindruck, als wäre sie völlig ahnungslos.

»Heißt das, ich darf heute Abend nicht tanzen?«, fragte sie vorsichtig.

»Natürlich dürft Ihr das. Aber bitte nur mit dem König.«

Wieder erwiderte Charlotte den düsteren Blick der Königin erhobenen Hauptes.

»Und ich verbiete Euch, Seigneur de Grignaux schöne Augen zu machen. Er ist anmaßend und überheblich.«

Mit forschendem Blick taxierte sie das junge Mädchen.

»Hat er Euch nicht kürzlich den Hof gemacht?«

»Nein, Madame.«

»Ich hatte aber den Eindruck. Oder wollt Ihr etwa behaupten, Ihr hättet seine Farben bei den Turnieren ganz zufällig verteidigt?«

Die Königin hegte einen Groll auf Seigneur de Grignaux, seit er ihr bei der Vorbereitung einer spanischen Konversation übel mitgespielt hatte, indem er ihren Gesprächsbeitrag mit unpassenden und anzüglichen Wörtern gespickt hatte, die sie nicht verstand. Damit hatte sie sich zum Gespött des ganzen Hofstaates von Ferdinand von Spanien gemacht.

»Nun denn«, sagte Anne gereizt, »wie ich sehe, kommt der König zu uns, und ich höre die ersten Klänge einer Gigue. Mein lieber Freund«, sagte sie zum König, als er sich zu ihnen gesellte, »wollt Ihr unsere schöne Charlotte nicht zu einem Tanz bitten?«

Louis gab ihr einen Handkuss, Charlotte von Neapel zog sich unauffällig zurück, und die Königin bemerkte bissig: »Wie ich sehe, seid Ihr heute Abend in Höchstform, und ich fürchte, meine Müdigkeit kümmert Euch wenig.«

»Aber mein Herz, verderbt mir doch bitte nicht den gelungenen Abschluss der Feierlichkeiten!«, entgegnete der König, nun seinerseits leicht gereizt. »Abgesehen von unserer eigenen ist das die schönste Hochzeit, die ich je erlebt habe.«

Anne ließ sich zu keiner Antwort herab, sondern beobachtete nur misstrauisch und mit grimmiger Miene, wie sich der König am Arm der jungen Charlotte entfernte.

Nach ein paar wilden Gaillarden hatten die Musiker Sarabanden gespielt, und Marguerite fand sich plötzlich Hand in Hand mit ihrem Bruder.

Ach, wie gut das tat, sich einen Moment auf seinen starken Arm zu stützen! Sie drückte seine Hand, und François erwiderte die Geste liebevoll.

Marguerite und ihr Bruder hatten keinen Tanz ausgelassen, und wenn die junge Braut gerade nicht von einem Chabot oder La Marck herumgewirbelt wurde, führte sie ein Montmorency im Kreis, oder ein leidenschaftlicher Bonnivet nahm sie an der Hand, weil er sich natürlich die wunderbare Gelegenheit nicht entgehen lassen wollte, beim Tanz zärtlich ihren Arm, ihre Schulter oder ihre Taille zu berühren.

Erstaunt bemerkte Marguerite, dass Françoise de Foix der verführerischen Charlotte einen finsteren Blick zuwarf, weil es der endlich gelungen war, Ludwig XII. gegen ihren Bruder einzutauschen.

Als Marguerite einige Schritte mit ihrem Bräutigam tanzte, überraschte sie die Musik mit einem burgundischen Reigen, der sie von Charles d'Alençon trennte und überraschend Bonnivet in die Arme spielte.

Sehr erfreut über diesen Glücksfall nahm der junge Mann Marguerite um die Taille und drückte sie an sich, während er ihr ein strahlendes Lächeln schenkte.

»Bitte, Guillaume, nicht so fest! Ich kriege gleich keine Luft mehr«, prustete sie, was ihr Mann mit Missfallen beobachtete. Bonnivets unhöfliche Art im Umgang mit seiner Frau schien ihm gar nicht zuzusagen. Er mochte diesen Guillaume nicht. Aber Marguerite lachte und wirbelte im Kreis herum und beschwerte sich nur der Form halber über das gewagte Benehmen ihres Kavaliers.

Der Ball erreichte seinen Höhepunkt, und die Musik wurde immer kühner. Bratschen, Cembalos, Oboen und Blockflöten stürzten sich in einen neuen Reigen, den François wieder mit Charlotte von Neapel tanzte.

Doch als die ersten Töne eines Hirtenlieds erklangen, hielt es Charles nicht länger aus und trat zu seiner Frau. François war sofort an ihrer Seite.

»Meine Frau scheint ein wenig müde zu sein, lieber Schwager. Mit Eurer Erlaubnis werde ich sie Euch jetzt entführen.«

»Nicht doch, mein Guter, nicht so eilig! Ich kann keine Anzeichen von Müdigkeit bei meinem Herzchen erkennen«, entgegnete François d'Angoulême lachend, machte eine tiefe Verbeugung und zog seine Schwester schnell auf die Tanzfläche zurück. Und Marguerite hatte nichts anderes im Sinn, als zu lachen und sich zu amüsieren. Wusste sie doch, dass sie in wenigen Minuten von den Zofen ihrer Mutter mit Blanche an der Spitze durch den Ehrensaal zum ehelichen Schlafgemach geleitet werden würde – wehrlos und stumm wie eine Blume, bevor sie gepflückt wird.

Endlich hatte sich der König, müde und erschöpft von den schier endlosen Festlichkeiten und sichtlich gezeichnet, mit Charles d'Amboise zurückgezogen. Der hatte sich zwar im Schloss aufgehalten, sich aber genauso wenig auf den Bällen zum feierlichen Abschluss von Marguerites Hochzeit gezeigt wie Alix, von deren Ankunft am Morgen nur Louise und Antoinette erfahren hatten.

Ganz ungeniert ließ sich der König auf sein Bett fallen. Zwei Diener entfachten die weiße Glut unter zwei riesengroßen Feuerböcken mit einem mächtigen Holzscheit zu neuem Feuer.

Der Kammerherr trat vor, verneigte sich vor dem König und meldete Alix.

»Die junge Dame wünscht Euch zu sehen, ehe sie sich auf den Rückweg nach Tours macht.«

»Kann das nicht warten? Die Bälle haben mich sehr ermüdet.«

»Ich fürchte, sie besteht darauf, Sire, natürlich mit dem gebotenen Respekt Euch gegenüber.«

Der König richtete sich ein wenig auf und verlangte nach einem weiteren Kissen im Rücken, um nicht ganz so müde auszusehen.

»Ach, warum müssen mir diese hübschen Frauen auch immer so den Kopf verdrehen!«, rief er lachend. »Eben deshalb fällt es mir wirklich schwer, sie jetzt nicht zu empfangen.«

Als er feststellte, dass sich Charles d'Amboise für die Geschichte zu interessieren schien, fuhr er mit einem verschmitzten Lächeln fort.

»Ich habe die kleine Alix früher ganz gut gekannt, zu der Zeit, als ihr Mann noch lebte, der Sohn einer schönen Frau, die ich beinahe verführt hätte. Leider gehörte ihr Herz einem …«

Einem schönen jungen Mönch, hätte er jetzt sagen müssen, unterließ es aber.

»Wie lange das alles her ist! Also gut, einverstanden! Empfangen wir die junge Frau, und schwelgen ein wenig in alten Zeiten. Sie hat gute Arbeit geleistet, die junge Alix. Ja, verdammt, und ist damit sehr erfolgreich, die raffinierte Person!«

Nachdem der König mit einem Mal wieder sehr gesprächig geworden war, kam Charles näher und hörte ihm interessiert zu.

»Außerdem ist sie sehr hübsch und klug und hat es, soweit ich weiß, verstanden, die Freundschaft meiner Cousine Louise d'Angoulême zu gewinnen, ja, sogar mit den Valois-Kindern ist sie befreundet! François hat mir bereits das eine oder andere Mal begeistert von ihr erzählt.«

Als der Diener das verlangte Kissen gebracht hatte, nahm der König wieder seine gewohnt würdevolle Haltung ein.

»Wen von Euch beiden soll ich denn nun zuerst empfangen, Charles? Die Höflichkeit gebietet wohl, unserer Weberin den Vortritt zu lassen.«

»Was haltet Ihr davon, uns gemeinsam zu empfangen, Sire?«, meinte Charles d'Amboise höflich. »Ich wollte ohnehin mit Euch über die Tapisserien von Chaumont reden, und nachdem sie vermutlich über ihre reden will, ließe sich das doch hervorragend vereinbaren.«

»Sehr gut, Charles, sehr gut! Ich wusste schon immer, dass Ihr ein Künstler seid. Ein äußerst aufmerksamer Künstler. Solltet Ihr etwa in die junge Frau verliebt sein, bei der ich mich für die Teppiche bedanken will, die sie für mich gemacht hat?«

Charles lächelte nur geheimnisvoll, wollte sich dazu aber nicht äußern.

»Ein verliebter Künstler also! Ach, mein lieber Charles, dem Himmel sei Dank, dass Ihr nicht an der Seite Eures Onkels kämpfen musstet, als er aus dem Leben gerissen wurde. Sicher wäret Ihr ihm im Kanonenhagel furchtlos zu Hilfe geeilt. Es ist wie verhext, mein Lieber, Italien reizt mich stets aufs Neue, ich kann's nicht ändern. Aber es vernichtet mich auch.«

»Nicht doch, Sire, seid unbesorgt! Eure Herrschaft ist noch längst nicht zu Ende. Ich bin sicher, Ihr habt noch viele schöne Siege vor Euch.«

»Danke, Charles, Ihr seid mir ein wahrer Trost. Euer Onkel Georges verstand es auch immer ausgezeichnet, mir meine düsteren Gedanken zu vertreiben. Ihr habt viel Ähnlichkeit mit ihm. Deshalb wart Ihr wohl auch sein Lieblingsneffe.«

Er richtete sich auf, um Haltung zu zeigen.

»Verdammt!«, fluchte Louis, »mein Freund Georges fehlt mir wirklich sehr. Er musste viel zu früh sterben und durfte nicht einmal mehr erleben, dass man ihn als nächsten Papst zur Wahl gestellt hätte.«

»Ich vermisse ihn auch sehr. Er fehlt mir schrecklich«, gestand Charles leise. »Es stimmt, wir waren uns sehr ähnlich. Wie ich war er ein Freund der Künste, der Literatur und der Teppichweberei. Zusammen mit seinem Bruder, meinem Vater Jean d'Amboise, wollte er Chaumont zu einem der schönsten Schlösser weit und breit machen.«

»Ich dachte, Ihr wolltet sein Werk fortsetzen?«

»Ja, das stimmt, und das tue ich auch.«

Es klopfte leise, und der Majordomus steckte den Kopf zur Tür herein.

»Unsere Weberin soll vortreten.«

In einem dunkelblauen Kleid mit Schleppe und silberglänzenden Verzierungen, einem tief ausgeschnittenen, eckigen Dekolleté, das ihren weißen Busen sehr schön zur Geltung brachte, und überaus eleganten bodenlangen Ärmeln betrat Alix den

Raum und machte eine tiefe Verbeugung vor dem König, wobei sie so tat, als würde sie Charles d'Amboise nicht kennen. Mit seiner Anwesenheit hatte sie nicht gerechnet und nahm an, er hätte zu irgendeiner List gegriffen, um sie wiederzusehen.

»Da seid Ihr ja, meine liebe Alix!«, rief der König und reichte ihr die Hände. »Könnt Ihr mir verzeihen, dass ich Euch ganz traulich in meinem Schlafzimmer empfange? Wie Ihr seht, befinde ich mich in Gesellschaft einer dritten Person, die dafür garantiert, dass ich mich tadellos aufführe.«

Er lachte vergnügt. Alle Sorgen schienen mit einem Mal wie weggeblasen, und er nahm sich vor, die kurze Zeit in Gesellschaft dieser verführerischen Person in vollen Zügen zu genießen.

»Eure Anmut und Eure Schönheit muntern mich auf und verleihen mir neue Kräfte, Alix. Wann hatte ich zuletzt das Vergnügen mit Euch? Doch nein, reden wir nicht davon, das erinnert mich nur an vergangene Zeiten, und ich will auf keinen Fall ans Alter und an früher denken, wenn ich mit einem so hübschen Geschöpf wie Euch zusammen bin.«

»Wir müssen aber leider von früher reden, Sire, weil ich hier bin, um Euch die sechs Wandteppiche von dem Ensemble anzukündigen, das Ihr bei unserem letzten Treffen in Auftrag gegeben habt. Ich will sie Euch noch bringen lassen, ehe Ihr zu Eurem nächsten Italienfeldzug aufbrecht.«

»Sind sie schön geworden?«

»Oh ja, Sire! Ich glaube, Ihr habt noch nie solch prächtige Wandteppiche gesehen. Erlesene Farben, und die Seidenfäden harmonieren aufs Schönste mit den Leinenfäden und feinsten Wollfäden aus England und Spanien. Ich kann Euch versichern, die Teppiche sind ein wahres Kunstwerk. Die Ritterszenen sind ganz im antiken Stil gehalten, während die Schlachtenszenen eher pastoral anmuten – und das alles auf einem prachtvollen Millefleurs.«

»Gibt es auch Pferde?«, wollte der König, den Alix' Begeisterung angesteckt hatte, wissen.

»Aber ja, Sire! Pferde mitten im Kampfgetümmel, Ritter mit Lanzen und Wimpeln. Wir haben besonderen Wert auf die Heraldik gelegt, und ich habe persönlich darauf geachtet, dass Euer Wappen mehrmals erscheint.«

»Mein Stachelschwein!«

»Ja, Sire, Euer Stachelschwein taucht einige Male und immer an der richtigen Stelle auf.«

»Sehr schön, das gefällt mir! Kommt doch etwas näher. Aus der Entfernung können wir uns gar nicht richtig unterhalten. Setzt Euch doch bitte auf meine Bettkante. Ich bin wirklich sehr glücklich, dass die Teppiche endlich fertig sind. Hatten wir nicht eigentlich eine Lieferzeit von drei oder vier Jahren vereinbart?«

Alix näherte sich dem königlichen Bett und sah dabei Charles d'Amboise an, der sich ans andere Ende des Zimmers zurückgezogen hatte. Er lächelte spöttisch und schien nur darauf zu warten, dass er sie in die Enge treiben und ans Ziel seiner Wünsche gelangen konnte.

»Ja, Sire, die Anfertigung Eurer Teppiche hätte nicht länger als drei oder vier Jahre dauern sollen«, antwortete Alix und nahm auf dem Bett des Königs Platz. »Nun haben wir doppelt so lange gebraucht, doch daran waren die vielen Hindernisse schuld, die mir in den Weg gelegt wurden.«

»Wovon sprecht Ihr? Ich weiß nur, dass Euer verstorbener Gatte zu den Opfern der verfluchten Pest gehört hat.«

»Das stimmt, und dieser Schicksalsschlag hat mich am

schwersten getroffen. Doch dazu kamen noch andere unglückliche Ereignisse. Meine Werkstatt wurde von Brandstiftern in Schutt und Asche gelegt, Sire, weshalb ich lange Zeit die Herstellung der Teppiche einstellen musste. Schließlich musste ich auch noch in den Norden reisen, um der Gilde mein Meisterstück zu präsentieren.«

»Ja, richtig. Wie dumm von mir, das zu vergessen! Ihr hattet Louise gebeten, sich dafür einzusetzen, dass ich als Euer Tutor vor der Kommission auftrete, was mir aber leider unmöglich war, weil ich mich zu der Zeit in Italien aufhielt. Wer hat dann eigentlich Euren Fürsprecher gemacht?«

»Kardinal Jean de Villiers, der Onkel meines Mannes.«

»Gerechter Gott! Dieser Name ruft die Erinnerung an Zeiten in mir wach, als ich noch weit vom Königstitel entfernt war. Und das mir, der ich nicht älter werden wollte! Ach, was waren das noch für Zeiten, als Jean und ich durch die Bretagne geprescht sind, weil ich gegen meine schreckliche Schwägerin, die Regentin Anne de Beaujeu rebelliert hatte! Verdammt noch mal, Jean hatte richtig Temperament!«

Er sah sich nach Charles d'Amboise um und hätte beinahe gesagt: Seinen Namen wollte ich vorher nennen, als ich von der Frau sprach, die ich beinahe verführt hätte, deren Herz aber einem anderen gehörte. Doch er schwieg wieder. Stattdessen zupfte er an seiner Bettdecke und sagte: »Reden wir nicht mehr davon. Sonst werde ich noch ganz trübsinnig und bekomme Alpträume.«

Dann setzte er sich wieder auf und begann zu lachen.

»Kommt bitte noch etwas näher, damit ich die Farbe Eurer Augen erkennen kann. Sie haben sich nicht verändert und funkeln noch genauso lebhaft wie früher«, stellte er mit einem bewundernden Blick auf ihre Frisur fest. Sie trug ihr Haar nach Florentiner Mode. Passend zu ihrem Kleid waren die einzelnen Strähnen mit Silberfaden und schmalen blauen Bändern zu schmalen Locken gedreht. Ein paar waren mit Silberband hochgesteckt, ein Teil schmückte ihren Hinterkopf, der Rest diente als schöner Rahmen für ihr Gesicht.

»Wegen meiner langen Reise in den Norden und der erzwungenen Untätigkeit in meiner Werkstatt musste ich mit anderen Webern zusammenarbeiten. Deshalb ist ein Großteil der Teppiche in den Pariser Werkstätten in der Rue du Faubourg Saint-Jacques entstanden. Ich versichere Euch aber, dass wir die Arbeiten zu jedem Zeitpunkt überwacht haben.«

»Das will ich doch annehmen«, antwortete der König. »Charles, tretet nun bitte vor, und erzählt mir von Euren Plänen.«

»Es handelt sich eigentlich nicht um Pläne, Sire, sondern um ein beinahe fertiges Ensemble. Die kleinen Werkstätten auf Chaumont sind dabei, ein grandioses Kunstwerk aus sechs Teppichen mit herrschaftlichen Szenen auf Millefleurs fertigzustellen.«

Er wandte sich zu Alix und deutete eine Verbeugung an.

»Ihr müsst Euch diese Teppiche unbedingt ansehen, Alix. Deshalb lade ich Euch nach Chaumont ein.«

Alix sah ihn lange an, sagte aber nichts; nur ein Lächeln umspielte ihre Lippen. »So ist das also«, dachte sie sich, »darauf wollte er hinaus: mich vor dem König einladen, damit ich nicht nein sagen kann.«

»Offen gestanden bin ich seit meiner Rückkehr aus Florenz etwas von den Millefleurs abgekommen«, sagte sie und erwiderte den Blick seiner grauen Augen. »Zur Zeit beschäftige ich mich eher mit Renaissancethemen.«

»Ich kann Euch aber versichern, dass diese Millefleurs unvergleichlich sind.«

»Das glaube ich Euch gern.«

»Seht sie Euch doch einfach an, Alix«, mischte sich der König ein. »Das verpflichtet Euch zu nichts. Anders gesagt: Ich verpflichte Euch dazu, weil ich nicht möchte, dass es heißt, die Weberin, die meine Teppiche angefertigt hat, kenne die anderen Teppichwebereien aus dem Val de Loire nicht.«

Alix erhob sich von der königlichen Bettkante, ging auf Charles d'Amboise zu und sagte: »Also gut, Ihr habt gewonnen, Seigneur d'Amboise. Ich komme.«

6.

Marguerite lag auf dem großen Ehebett und erwartete ängstlich den Mann, der sie gleich zur Frau machen sollte. Wie oft schon hatte sie sich diesen Moment ausgemalt, obwohl sie den Gedanken daran immer wieder zu verdrängen suchte.

Während die Zofe Blanche und ihr Zimmermädchen Catherine noch hektisch und hilflos herumhantierten, um sie abzulenken, kläffte und kratzte die Windhündin Prunelle hinter der Tür, weil man sie ausgesperrt hatte. Zum ersten Mal in ihrem Hundeleben wurde sie so behandelt, weshalb die arme Prunelle sich ganz zu Recht ärgerte und mit der schweren Tür kämpfte, die natürlich keinen Millimeter nachgab.

In dieser Nacht, in der die Ehe von Charles und Marguerite d'Alençon vollzogen werden sollte, durfte Prunelle nämlich nicht zu ihrer jungen Herrin, nicht einmal für ein paar Streicheleien, die sie vielleicht beruhigt hätten.

Nach einigen Stunden erfolglosen Aufbegehrens war Prunelle dann aber so müde, dass sie sich hinter der Wand, die sie von ihrem Frauchen trennte, zusammenrollte und einschlief.

Marguerite streckte ihre Beine aus. Ein Fuß war eingeschlafen, und es prickelte in ihren Zehen.

Sie seufzte und blickte zerstreut zu dem großen Fenster mit

dem dicken flämischen Vorhang und seinem Muster aus exotischen Blumen und Vögeln.

Das Ehebett beanspruchte fast die gesamte Rückwand des Zimmers, die man für die Hochzeitsnacht mit kostbaren weißen Seidenstoffen verhängt hatte. Die Bettvorhänge, sonst aus gelbem Damast, weil gelb und blau die Lieblingsfarben von Château de Blois waren, hatte man durch andere aus goldgemustertem weißem Damast ersetzt.

Noch nie im Leben hatte Marguerite sich so unsicher gefühlt wie an diesem Abend, zwang sich aber, ihre Befürchtungen zu kaschieren, und übertrieb es mit der Selbsttäuschung dermaßen, dass sie sich unter irgendeinem einigermaßen phantastischen Vorwand selbst zulächelte, um ihre Angst zu besiegen.

Catherine sagte kein Wort, aber Blanche versuchte ihren Schützling mit ängstlicher Aufmerksamkeit zu beruhigen: So bewunderte sie ihren Teint, ihre Frisur und das reizende Nachthemd mit dem großen Ausschnitt.

Selbstverständlich hatte Blanche das junge Mädchen über den Ablauf dieser ganz besonderen Nacht behutsam unterrichtet. Unter vier Augen hatten sie alle Möglichkeiten erwogen, sämtliche Unklarheiten in stundenlangen Gesprächen auszuräumen versucht, und Marguerite war nun gewissermaßen bereit.

Um das Bett verteilt standen große Vasen mit dicken Sträußen weißer Blumen, die so vornehm blass waren, dass sie schon fast langweilig wirkten, und erfüllten den ganzen Raum mit ihrem betörenden Duft, den Marguerite allmählich betäubend fand. Wäre nicht das große Feuer gewesen, das fröhlich und geradezu ungeduldig knisterte, wäre die junge Braut vielleicht einfach eingeschlafen.

Wieder streckte Marguerite ihre Beine auf der Bettdecke aus

und blickte zu der großen Tür, die sich gleich wie der Deckel einer Zauberkiste den gewagtesten Andeutungen, dem perlenden Gelächter der Damen, dem etwas kräftigeren Lachen der Männer und den anzüglichen und wohlüberlegten Anspielungen, allen voran denen ihres Bruders, öffnen sollte.

Lieber Himmel! Wie erleichtert sie wäre, wenn es diese Nacht nicht gäbe, das unselige Warten, die bitteren Momente und diese Unmengen seltsamer Blumen, die Marguerite mehr und mehr so vorkamen, als wollten sie sie verspotten!

Die vorhergegangenen vier Nächte, wenngleich kurz wegen der Festivitäten, waren Marguerite sehr lang vorgekommen, weil sie vor lauter Grübeleien nicht schlafen konnte.

Warum mussten junge Mädchen um Himmels willen in einer einzigen Nacht zur Frau werden? Inwiefern würde sich damit etwas an ihrer Reife ändern?

Blanche de Tournon, die sich sonst wirklich nicht so leicht aus der Ruhe bringen ließ, wirkte immer nervöser.

Mit fahrigen Händen und starrem Blick lief sie ständig zwischen der verschlossenen Tür, dem breiten Ehebett und dem Fenster hin und her. Zwischendurch blieb sie in Gedanken versunken vor dem Kamin stehen.

Sie trug ein perlgraues Kleid mit weißem Pelzkragen und wie üblich eine schwarze Samthaube, unter der sich ihre goldenen Locken verbargen. Wegen der Haube hatte sie Marguerite in ihrem jugendlichen Eifer schon öfter kritisiert und sich gewünscht, sie würde ihre schönen blonden Locken nicht länger verstecken.

Doch an diesem Abend hatte Blanche anderes im Sinn als die kindlichen Albernheiten von Marguerite. Stattdessen rückte sie hastig die Bettdecke zurecht, die Marguerite in Unordnung gebracht hatte.

Wenn Catherine, das junge Zimmermädchen, an dem hektischen Abend ruhiger wirkte als Blanche, so täuschte das, denn sie war die ganze Zeit auf der Suche nach einer vergessenen Kleinigkeit, die den minutiös geplanten Ablauf des Abends stören könnte.

»Kannst du bitte die Blumen wegbringen, Catherine?«, sagte Marguerite plötzlich, während sie sich an den Nacken griff. »Ich bin wie benommen von dem Geruch und kriege kaum noch Luft.«

»Aber das geht doch nicht, Demoiselle Marguerite«, meinte das Zimmermädchen erschrocken. »Euer Gatte muss sie doch sehen können, weil sie ein Symbol für Eure …«

»Sei still, Catherine, und bring die ganzen Vasen weg. Ich ertrage ihren Anblick nicht länger.«

Wortlos kam Catherine der Aufforderung nach und stellte die Blumenvasen vorsichtig auf eine Truhe am anderen Ende des Zimmers, wobei sie allerdings wie zufällig ein paar kleine Sträuße auf dem Teppich verlor.

Blanche seufzte wieder und ordnete zum vielleicht zehnten Mal die Bürsten, Kämme und Cremes neu, mit denen sie eben noch das junge Mädchen herausgeputzt hatte. Plötzlich hörte sie damit auf und wandte sich an Marguerite.

»Ihr müsst Euch unter die Bettdecke legen, Marguerite, damit sie Euer Gatte aufschlagen kann«, sagte sie scheinbar beiläufig.

Marguerite sah sie erstaunt an, um dann aber brav unter die Decke zu schlüpfen.

»Seid Ihr nun zufrieden?«

Blanche ließ eine Bürste mit versilbertem Griff fallen, die Catherine sofort aufhob und zurücklegte. Sie nickte, hörte mit dem sinnlosen Herumrücken der Toilettengegenstände auf und ging langsam zum Bett.

Mit besorgter Miene, aber einem Lächeln auf den schmalen Lippen, strich sie Marguerite zärtlich übers Gesicht.

»Sehr gut, jetzt ist alles bereit. Die Blumen sind zwar ein bisschen weit weg, aber ihr Duft hängt in der Luft. Das wird dem Duc d'Alençon gefallen. Und Ihr seht bezaubernd aus. Euer Haar glänzt wunderschön, und Euer Nachthemd ist noch verführerischer als das der Königin bei ihrer Hochzeitsnacht. Ich bin sicher, die Comtesse wird sehr zufrieden sein.«

Wieder strich sie Marguerite übers Gesicht, wobei sie spürte, dass die Stirn ihres Schützlings ein wenig feucht war.

»Geht es Euch gut?«, fragte sie besorgt.

»Ja, doch, ich glaube eher, dass es Euch nicht gut geht, Blanche. Man könnte fast meinen, heute wäre Eure Hochzeitsnacht.«

Als sie sah, dass ihre Freundin errötete, bereute sie ihre Worte sofort und versuchte schnell, sie wiedergutzumachen.

»Verzeiht mir, bitte Blanche. Ich weiß doch, dass Euch der Gedanke an den plötzlichen Tod Eures Gatten immer noch sehr schmerzt.«

Dann streckte sie sich und meinte: »Also dann – ich bin bereit! Und nachdem der königliche Hof beschlossen hat, dass ich wie eine Prinzessin heiraten soll, sagt den Zofen, dass sie kommen können.«

Sofort kam Bewegung in die anwesenden Dienstboten. Nur Catherine rührte sich nicht. Sie hatte sich in eine Ecke zurückgezogen und wartete mit zwei anderen Zimmermädchen auf das Zeichen, auf das hin sie das Ehebett mit heißen Bettwärmern anwärmen mussten.

Zwei Diener kümmerten sich um das mächtige Kaminfeuer.

Ihre Handgriffe wirkten sehr geschickt, aber ihr Blick wanderte immer wieder heimlich von dem großen Kamin zu Marguerites Bett, während sie sich vermutlich schon die pikanten Geschichten ausdachten, mit denen sie am nächsten Morgen das übrige Personal unterhalten wollten.

Dann erschien Louise, gefolgt von Antoinette de Polignac und Jeanne Conte, ihren Zofen und treuen Freundinnen. Dem feierlichen Anlass gemäß waren sie festlich gekleidet und machten ernste Gesichter.

René, der Page der Comtesse, der sich stets in ihrer Nähe aufhielt, trug ein neues Wams und weiße Hosen und hatte einen kleinen Hut mit einer frechen Feder auf. Mit den rangniederen Zofen blieb er etwas weiter weg vom Bett stehen.

»Wie schön Ihr seid, mein Kind!«, rief Louise und umarmte und küsste ihre Tochter. »Man kann dem Duc d'Alençon nur zu seinem Glück gratulieren.« Und etwas leiser, nur für Marguerite bestimmt, sagte sie: »Hoffentlich weiß er es auch zu schätzen!«

Marguerite musste lächeln. Sobald ihre Mutter in der Nähe war, fühlte sie sich wohl. Aber dieser Abend war nicht für die traute Zweisamkeit von Mutter und Tochter gedacht, denn schon drängte die neugierige Menge ins Zimmer und erging sich in mehr oder weniger anzüglichen Bemerkungen, nicht zuletzt weil alle bereits ziemlich angeheitert waren.

»Er wird sich nicht lange bitten lassen«, tönte Baronin de Bourdeille, die Louise und ihren beiden Freundinnen auf dem Fuß gefolgt war.

Sie stürmte ans Bett und drückte Marguerite einen lauten Kuss auf die Wange.

»Ach, was haben wir da für ein süßes Täubchen! Und diese niedlichen runden Schultern, die wie zwei samtweiche Schenkel aussehen. Was gäbe ich dafür, wenn ich jetzt Mäuschen spielen dürfte und hören könnte, was sich die zwei Verliebten zu sagen haben.«

Wieder küsste sie Marguerite.

»In solchen Fällen ist die Soldatensprache am besten, meine Kleine. Vergesst das nicht. Antwortet ihm mit frechen Scherzen, hebt Eure Beine, schwingt das Becken, zuckt und schreit. Ach, ich würde nur zu gern mit Euch tauschen!«

Marguerite wurde rot und wünschte sich, die Baronin möge mit ihren Enthüllungen aufhören. Sie atmete heftig, was diese missverstand.

»Mir scheint, unser Täubchen kann es kaum noch erwarten!«, kreischte sie vergnügt und warf einen prüfenden Blick unter die Bettdecke.

»Wollt Ihr wissen, was ich in der Hochzeitsnacht zu meinem Mann gesagt habe?«, fragte sie und lachte schallend. »Er verging nämlich damals fast vor Angst, mein guter Baron …«

»Ich bitte Euch, Baronin, lasst es gut sein«, unterbrach sie Louise und befreite ihre Tochter von der allzu stürmischen Dame.

Jetzt war Antoinette de Polignac an der Reihe, schob die Baronin zur Seite und näherte sich ehrfürchtig dem Bett. Vorsichtig setzte sie sich auf die Bettkante. »Ich wünsche Euch alles Gute, Marguerite. Werdet glücklich!«, flüsterte sie ihr leise ins Ohr. »So glücklich wie ich mit Eurem Vater, dem verstorbenen Duc d'Angoulême.« Doch das dachte sie sich nur. Weil eine derartige Bemerkung für Louise und ihre Tochter peinlich gewesen wäre, behielt sie sie für sich, drückte ihrer kleinen Freundin aber sehr herzlich die Hand.

Ganz im Gegensatz zur zartfühlenden Antoinette zeigte sich die Baronin nach wie vor sehr überschwänglich. Entschlossen bahnte sie sich einen Weg durch die Höflinge, die nun alle kamen, um das Aussehen und die Stimmung der jungen Braut zu begutachten.

»Der schöne Herzog wird sich das niedliche Herzchen schmecken lassen! Sie sieht wirklich zum Anbeißen aus!«

François hatte wohl das Stichwort vernommen; jedenfalls kam er in Begleitung seiner Freunde fröhlich hereingestürmt. Bonnivet folgte ihm nicht weniger verwegen auf den Fersen. Lieber Himmel! Wenn er Marguerite schon nicht als Jungfrau haben konnte, dann vielleicht wenigstens als verheiratete Frau?

Resolut schob François die Baronin und ihre Freundinnen weg und beugte sich über seine Schwester, benahm sich dann aber nicht so stürmisch, wie sie es erwartet hätte.

Während er Bonnivet zurückdrängte, der sich der jungen Braut nähern wollte, drückte er ihr einen flüchtigen und zugleich fordernden Kuss auf die Lippen, der Marguerite nicht gerade wie der harmlose Flügelschlag eines Schmetterlings vorkam.

Hatte François vielleicht plötzlich begriffen, dass ihm seine Schwester zu entgleiten drohte und er, allen raffinierten Bemühungen seiner Mutter zum Trotz, ihn mit Hilfe von Marguerite zu beschützen, sich von nun an allein behaupten musste?

»Ich wünsche dir, dass es keine traurige Nacht für dich wird, geliebtes Schwesterherz«, murmelte er, als er sie seufzen hörte, und fuhr fort, ohne ihre Hand loszulassen: »Und vergiss nicht, dass du ein freier Mensch bleibst. Komm mich besuchen, sooft du willst.«

Marguerite nickte nur. Kam diese Einladung nicht einem Appell gleich, der besorgten Bitte, die Schwester möge ihren Bruder weiter beschützen? Schließlich verstand sie es besser als irgendjemand anders, in den Augen ihres Bruders zu lesen.

Wahrscheinlich hätte François ihr noch mehr zärtliche Dinge ins Ohr geflüstert, hätte der Page René nicht plötzlich dazwischengerufen.

»Madame Louise, der Priester kommt, um das Ehebett zu segnen.«

»Ach du liebe Güte«, stöhnte Louise. »Der Abbé kommt, und der König ist noch nicht da! Dass die Königin meiner Tochter nicht gratulieren wird, wissen wir, aber Louis XII. hat schließlich versprochen, dass er bei der Segnung anwesend ist.«

Sie machte eine ungeduldige Handbewegung, woraufhin sie Antoinette zu beruhigen suchte, was ihr zumindest vorübergehend gelang.

»Und wo bleibt der Duc d'Alençon?«, fragte sie mit einem besorgten Blick zu ihrer Tochter, der gerade Souveraine, Jeanne Contes Tochter, gratulierte.

Souveraine hatte die Arme voller Blumen und unterhielt sich mit ihrer Halbschwester. Sie schienen beide sehr glücklich über das Wiedersehen zu sein, und auch wenn es nur ein harmloses Gespräch war, sah man ihnen doch an, dass sie sehr gute Freundinnen waren.

»Und wo bleibt der Duc d'Alençon?«, wiederholte Louise ungehalten.

»Er ist noch in der Kapelle und betet«, berichtete eine ihrer Zofen schüchtern.

»Gütiger Gott!«, jammerte Louise. »Was hat er dem Herrn denn an einem solchen Abend zu sagen? Muss er etwa so viele Sünden beichten? Und der König ist auch noch nicht da!«

»Seid unbesorgt, Madame«, sagte Blanche leise. »Catherine hat gerade von einem Diener gehört, dass der König nach seinem Apotheker verlangt hat.«

»Ist er krank?«

»Nein, es ist nur eine leichte Unpässlichkeit. Der Saft, den ihm der Apotheker verabreicht hat, soll ihn schon wieder auf die Beine gebracht haben. Ich glaube, seine Wachen sind bereits unterwegs.«

Als der Abbé in Begleitung einer Nonne, die Marguerite beinahe nicht erkannt hätte, das Zimmer betrat, wurde es mit einem Mal still. Einzig Baronin de Bourdeille, die absolut nichts von Besinnlichkeit hielt, tuschelte weiter vor sich hin.

Die Nonne war Antoinettes Tochter Madeleine, die sich in ein Kloster in Angoulême zurückgezogen und extra für diesen ehelichen Segen freigenommen hatte, der aus dem großen Ehebett beinahe einen frommen Ort machte.

Marguerite umarmte sie herzlich und hörte sich ihre gottesfürchtigen Wünsche an. Doch da sie Madeleine seit beinahe zehn Jahren nicht mehr gesehen hatte, kam sie ihr irgendwie fremd vor.

Sie hatte eine tiefe Falte auf der Stirn, direkt unter dem Schleier, der ihre Haare verbarg. Trotzdem blickten ihre großen schwarzen Augen verschmitzt drein, und Marguerite erkannte den Schalk wieder, der auch in den Augen ihres Bruders blitzte. Den hatten beide von ihrem gemeinsamen Vater geerbt.

Während Souveraine sich immer gern an den Spielen der Angoulême-Kinder beteiligt hatte, war Madeleine mehr an den kulturellen Beschäftigungen von Louise und später Marguerite interessiert.

Als die Nonne Marguerite eine Bibel in die Hand gab, die sie selbst illustriert hatte, wurde der König angekündigt.

»Hoffentlich ist der Duc d'Alençon endlich mit Beten fertig!«, tuschelte ein Diener, begierig nach pikanten Geschichten.

Ein Zimmermädchen zwinkerte ihm kokett zu und sagte: »Er begleitet den König.«

Nun drückten sich alle Höflinge an die Wände mit den kostbaren Teppichen, um dem König den Weg frei zu machen.

Obwohl Marguerite eigentlich nicht wirklich mit ihrem Gatten allein sein wollte, gingen ihr die vielen Leute auf einmal schrecklich auf die Nerven. Der Lärm und die ganze Unruhe verursachten ihr allmählich größere Kopfschmerzen als der aufdringliche Duft der Blumen, der sie noch immer störte.

Catherine und die Kammerfrauen füllten mit Hilfe von Dienern rote Glut in die Bettwärmer, als der König und der Duc d'Alençon angekündigt wurden.

Die beiden Hellebardiere, die schon seit Stunden die Tür bewachten, pochten mit ihren Lanzen auf den Boden und erhaschten endlich einen Blick auf die junge Braut.

Louis XII. erschien in der Tür, gefolgt von seinem Apotheker, dem Kammerherrn und dem Oberjägermeister. Gleich danach kam der Duc d'Alençon, der seine Frau lange und ausgiebig betrachtete, so als hätte er sie noch nie gesehen, und ihre Blicke kreuzten sich.

In der nun eingetretenen Stille führte der König den Herzog zum Ehebett, und zwei Diener waren ihm beim Ausziehen von Wams und Kniehosen behilflich.

D'Alençons Bewegungen wirkten abgehackt und überlegt, was den Zuschauern, die sich in dem Raum drängten, nicht entging und von ihnen sofort in schlüpfrige und äußerst unpassende Kommentare umgemünzt wurde.

Der Herzog stand also nun in Hemd und Unterhose, und das Publikum wartete schweigend. Umringt von seinem Kammerherrn, seinem Apotheker und seinem Koch gab sich der König sehr würdevoll und strich sich nur hin und wieder eine widerspenstige graue Locke aus der Stirn.

Selbst die Baronin de Bourdeille hielt den Mund und inspizierte mit ihren kleinen Augen das Detail, das sie gleich zur Freude ihres Publikums kommentieren würde.

Ungerührt, beinahe steif stand d'Alençon neben dem Bett, ehe er mit wohldurchdachtem Handgriff die Bettdecke hochhob und einen Moment lang Marguerites Körper in dem zarten weißen Nachthemd musterte.

Dann aber schleuderte er die Bettdecke weg und schien plötzlich mit Kennermiene den Anblick seiner wohlgestalten jungen Frau zu genießen, den sie ihm offenherzig bot.

Und wie es das Protokoll für eine Prinzenhochzeit verlangte, legte er sich nun unter den unverfrorenen Blicken der neugierigen Horde, dem besorgten Blick der Comtesse d'Angoulême und dem gnadenlosen Blick der Baronin de Bourdeille neben Marguerite.

Noch immer herrschte Totenstille. Nur die knisternden, Funken sprühenden Holzscheite im Kamin störten ein wenig die andächtige Stimmung.

Mit kleinen, leisen Schritten ging Blanche de Tournon zum Bett und deckte die Ehegatten behutsam zu, damit ihre Körper immerhin einen dürftigen Schutz hatten.

Feierlich, wie es die würdevolle Ausübung seines Amtes verlangte, trat nun auch der Abbé an das Bett, das mit einem Mal wie ein Altar behandelt wurde.

Mit seinem bartlosen Gesicht, der krummen Gestalt und der übertrieben ausgeschnittenen Tonsur sah er wie irgendein kleiner Provinzpfarrer aus. Aber die Angoulême-Kinder schätzten ihn weitaus mehr als den Bischof von Tours oder den von

Orléans, weshalb Marguerite auch großen Wert darauf gelegt hatte, dass er und kein anderer ihre Hochzeitsnacht segnen sollte.

Ernst und bedächtig bemühte sich der Abbé, Haltung anzunehmen, sprach die feierlichen Gebete für das Ehesakrament und segnete das Paar würdevoll, indem er das Bett großzügig mit Weihwasser besprengte.

Marguerite wusste nicht mehr, wohin sie ihren Blick wenden sollte. Charles sah sie unverwandt an, und wären in dem Moment nicht die Kammerfrauen gekommen, um die Laken anzuwärmen, hätte er vermutlich zum entscheidenden Sprung angesetzt.

Die Baronin de Bourdeille gluckste, die Comtesse d'Angoulême seufzte, Jeanne und Antoinette schluchzten diskret, und wenn François' Blicke hätten sprechen können, hätten sie wahrscheinlich etwas sehr Lustiges von sich gegeben.

Dann leerte sich der Raum langsam, nur Blanche, Catherine, ein weiteres Zimmermädchen und einige Diener mussten bleiben. Im Grunde hatten sie eine ziemlich undankbare Aufgabe, auch wenn die Dienstboten vielleicht durch ein wenig voyeuristisches Vergnügen entschädigt wurden. Irgendjemand musste jedenfalls am folgenden Morgen dem Volk verkünden, ob die Ehe zwischen Charles d'Alençon und der jungen Herzogin vollzogen worden war.

Marguerite kämpfte mit der Angst, die sie plötzlich überkam. Dabei wusste sie nicht einmal genau, wovor sie Angst hatte, weil Charles ein gut aussehender Mann war, gegen den sie eigentlich keine Abneigung empfand. Und auch wenn die junge Braut es für reichlich barbarisch hielt, wenn man sich gegen seinen Willen in die Arme eines Ehemanns werfen musste, den man nicht liebte, wollte sie den Tatsachen mutig ins Auge sehen.

Wie schäbig musste eine Gesellschaft sein, wenn sie zum Beweis einer Reife, die Marguerite ihrer Meinung nach längst besaß, solche Machenschaften verlangte?

Dabei war es eine Ironie des Schicksals. Wäre nämlich der verführerische Gaston de Foix, der in Italien gefallene Herzog von Nemours, jetzt an Charles d'Alençons Stelle gewesen, hätte sich Marguerite nach den Umarmungen gesehnt, die sie ins Reich der größten Glückseligkeit zu führen versprachen.

Charles war zwar gewiss kein kalt lächelnder Wüstling, machte sich aber doch ohne jegliche Intuition an den Vollzug, woraus ersichtlich wurde, dass er beim Liebesspiel nur an sich selbst dachte.

Während er sie von oben bis unten ansah, bewegte sie sich nicht. Eine Weile forschte jeder im Blick des anderen. Doch dem stürmischen Soldaten hatte das Warten schon viel zu lange gedauert. Mit einer schnellen Handbewegung schlug er die Bettdecke zurück und musterte den Körper seiner Frau. Marguerite wagte kaum zu atmen.

Sollte er etwa sentimentale Schwäche zeigen und vorher die intimen Stellen streicheln, die sie ihm gleich schenken wollte?

Außer dem betörenden Duft der Blumen, der Hitze des Kaminfeuers und der kaum enthüllten Geheimnisse, die sich Marguerite in Ermangelung von Gewissheit zusammengereimt hatte, außer der Begeisterung, die sie in flüchtigen Wellen überkommen war, blieben dem jungen Mädchen nur verstörte Blicke, als sich ihr Mann plötzlich auf sie stürzte.

Es traf sie so unerwartet und überraschend, dass sie unter der schweren Last seines Körpers kaum noch Luft bekam.

Ihr Magen verkrampfte sich, und sie zuckte vor Schmerz zusammen. Natürlich wusste sie, dass die Hochzeitsnacht selten ein freudiges Ereignis war. Aber wie sollte sie sich jetzt verhalten?

Der Atem von Charles, der ihr direkt ins Gesicht schlug, stank nach Alkohol, und als sie begriff, dass ihr Gatte ihren Mund so schnell nicht wieder freigeben würde, blieb ihr nichts anderes übrig, als sich hinzugeben – ohne jedoch die Glückseligkeit zu erleben, von der ihr Bruder tausendfach erzählt hatte und die sie mit dem zärtlichen, galanten Nemours gewiss genossen hätte.

Wollte sie vielleicht jetzt, überwältigt und sich dem Erstickungstod nahe fühlend, lieber an das Schicksal ihres Bruders denken als an das eigene? Das Feuer prasselte, und sie hörte die Schritte von Catherine, die es zu hohen, zuckenden Flammen anfachte, unersättlich wie Zungen auf der Suche nach einer Wollust, die sie selbst wohl nicht kennenlernen würde.

Auch wenn die Bettvorhänge zugezogen waren, spürte sie doch Blanches Gegenwart, die sich am anderen Ende des Ehegemachs auf eine Couch gelegt hatte. Was tat ihre ergebene Dienerin anderes, als auf den Schrei, das Keuchen oder Stöhnen zu warten, die sie von dem gelungenen Vollzug der Hochzeitsnacht überzeugt hätten?

Marguerite zuckte zusammen. Größtes Unbehagen überkam sie, als Charles ihr Nachtkleid hochschob und mit der Hand grob in den seidigen Flaum ihrer Scham griff.

In ihrer nur zu verständlichen Unschuld hatte sie gehofft, dass sie wenigstens ein paar Worte wechseln würden, und dass die Ereignisse, deren Abfolge sie nicht kannte, wenn auch nicht mit Zartgefühl, so doch immerhin mit Verständnis aneinandergereiht würden.

Doch nichts dergleichen geschah. Stattdessen bewies Charles

d'Alençon mit derben Stößen seine überbordende Manneskraft. Das Liebesspiel wurde zu einer militärischen Übung, in der es keinen Platz für Gefühle gab.

Er stieß heftig, wurde immer schneller und folgte seinem Trieb, ohne sich auch nur im Geringsten um die Empfindungen seiner Braut zu kümmern.

Der liebliche Duft der Blumen und die beißende Luft, die vom Kamin kam, vermischten sich mit dem nach Alkohol riechenden Atem ihres Mannes.

Gott im Himmel! Ein Schmerz bohrte sich in ihren Bauch, schlimmer noch als die vorhergegangenen. Da fielen ihr wieder die sarkastischen Bemerkungen der Baronin ein: »In solchen Fällen ist die Soldatensprache am besten, meine Kleine. Vergesst das nicht. Antwortet ihm mit frechen Scherzen, hebt Eure Beine, schwingt das Becken, zuckt und schreit.«

Nein, solch ein Schmierentheater würde Marguerite nie aufführen. Alles, was sie tun konnte, war, ihren Körper zur Verfügung zu stellen. Das war eine ihrer Charakterstärken, die sie von ihrer Mutter geerbt hatte und die François nicht besaß. Und die es den beiden Frauen möglich machte, alles, was unangenehm oder aussichtslos schien, tief unten in einem versteckten Winkel ihrer Seele zu vergraben.

Was auch geschah, eine Frau musste sich immer fügen. François hatte gut reden. Ihre Mutter schöpfte die Wahrheit aus einer Erfahrung, die sie sehr gut kannte und deren Klippen sie tausendfach hatte umschiffen müssen.

Während Marguerites Körper unter den heftigen Stößen ihres Mannes bebte, kam ihr ein Gedanke, der ihren Widerwillen verdrängte. Ein Gedanke, der zu den Vorstellungen ihrer Mutter passte. Eine Frau musste erst schweigend erdulden, ehe sie sich mit kluger, brillanter und unfehlbarer Logik aus der scheinbaren Ausweglosigkeit befreien durfte.

Der Schmerz hatte nachgelassen und einer Art bitterem Verdruss Platz gemacht. Auf der anderen Seite der Bettvorhänge wartete Blanche auf den vielsagenden Seufzer, den Marguerite verweigerte, weil sie das köstliche Glücksgefühl nicht erfahren hatte.

»Glaubt Ihr, der Herzog von Alençon hat seine ehelichen Pflichten schon erfüllt?«, flüsterte Catherine nervös.

Das Zimmermädchen bezweifelte, genau wie die Zofe, dass sich Marguerite zu irgendwelchen verlogenen Gesten hinreißen ließ.

»Wie ich sie kenne, gibt sie keinen Laut von sich, weder vor Schmerz noch aus Freude.«

»Hat sie denn nicht einmal ein bisschen gestöhnt oder geseufzt, damit wir sicher sein können?«, fragte Catherine leise.

»Ich habe nichts gehört, schlage aber vor, wir verstehen das als vielversprechendes Schweigen und werden dem neugierigen Hofstaat morgen den glücklichen Vollzug der Ehe vermelden«, flüsterte Blanche.

Sie schlüpfte unter ihre Decke, seufzte, streckte sich und sagte noch leiser: »Geht jetzt schlafen, Catherine. Ich bin mir ganz sicher, dass wir von Marguerite nichts mehr hören werden.«

Wie gut kannte Blanche ihren Schützling! Und was hätte sie jetzt auch sonst tun sollen, als auf den Schlaf zu warten? Früher oder später würde ihr Marguerite ohnehin ihr glückloses Herz öffnen.

Diener und Zimmermädchen waren verschwunden, und Catherine legte sich auf den Strohsack neben Blanches Liege. Die vergangenen Tage hatten für sie viel Arbeit bedeutet und sie war erschöpft. Sie starrte in die rote Glut und fiel wenig später in tiefen Schlaf, ohne sich weiter um ihre Herrin zu sorgen.

Auf Marguerite aber wartete noch eine Überraschung, und zwar die einzigen Worte, die Charles nach seinem siegreichen Angriff aussprach, die Worte eines tapferen Soldaten, der in vollen Zügen von der noch unreifen Frucht seiner kleinen Frau gekostet hat.

Marguerite rührte sich noch immer nicht. Die Worte erreichten ihr Ohr wie Sendboten einer unvorstellbaren fremden Welt. Worte, die Blanche wahrscheinlich mithören musste, weil sie noch nicht eingeschlafen war.

»Ich bin sehr zufrieden mit Euch, Marguerite! Jetzt kann ich es ja offen sagen: Ich hatte nicht mit so viel Anschmiegsamkeit Eurerseits gerechnet. Bleibt so, und mit uns wird es bestens gehen.«

Die junge Frau sagte keinen Ton, was auch gar nicht nötig war, weil ihr Mann ohne auf eine Antwort zu warten fortfuhr: »Ihr werdet mit meiner Mutter und Eurer Zofe nach Alençon reisen. Wir sehen uns dort später wieder.«

»Später?«, konnte Marguerite diesmal nicht umhin zu flüstern.

Er hatte sich von ihr weggedreht, lag mit dem Gesicht zur Wand, streckte seine langen Beine aus, machte einen Seufzer und erklärte, ehe er einschlief und sofort zu schnarchen begann: »Wenn ich in ein paar Stunden aufstehe, schlaft Ihr noch. Adieu, Marguerite. Wir sehen uns auf meinem Schloss.«

Wie hätte Marguerite schlafen sollen, während ihr Leib schmerzte und sie mit keinem Wort getröstet wurde? Sie beschloss, die Stunden verstreichen zu lassen, ohne sich weitere Fragen zu stellen. Der Beginn ihres Lebens als Frau musste bis zum Morgengrauen warten.

7.

Nichts ahnend von den Aufregungen, die sich in ihrem eigenen Haus an der Place Foire-le-Roi abspielten, bereitete Alix ihren Ausflug nach Chaumont vor. Léo sollte die weiße Césarine satteln, die ihr für den angenehmen, kurzen Ritt nach Tours am liebsten war.

Ehe sie sich auf den Weg machte, wollte sie aber noch Mathias einen Besuch abstatten, der im Anbau des Hauses zwei große, helle Zimmer bewohnte. Das eine war sein Schlafzimmer, in dem er gelegentlich auch an einem Entwurf arbeitete, wenn er ungestört sein wollte, in dem anderen servierte ihm die Bertille manchmal sein Essen. Meistens aß er aber zusammen mit Alix, Pierrot, Léo und dem kleinen Nicolas.

Sie kam an dem zweiten Anbau mit den Kammern für die Männer vorbei, lauter bescheidene, kleine Zimmer, in denen sich aber alle Bewohner wohlfühlten. Dieser Anbau lag gleich neben dem Stall, wo Léo einen Großteil seiner Zeit verbrachte, und einem Lager für Wolle, Garne, Leinwand und verschiedene andere Gerätschaften, das Pierrot in Ordnung hielt.

Nachdem sie sich davon überzeugt hatte, dass alles in Ordnung war, klopfte sie bei Mathias. Der war trotz seiner Verletzung schon wieder auf den Beinen und bat sie mit einem abwartenden Blick herein. Alix wirkte ausgeglichen, sie schien weder besonders fröhlich noch über die Maßen besorgt.

Sie ging auf ihn zu und gab ihm einen Kuss auf die Stirn. Zu gern hätte er sie an sich gedrückt, unterließ es aber, weil er wusste, dass sie dazu nicht bereit war.

»Hast du noch Schmerzen, Mathias?«, fragte sie und trat einen Schritt zurück.

»Nein, die Wunde wurde gut versorgt. Ich dürfte eigentlich kein Fieber mehr bekommen.«

Das Messer hatte zwar zum Glück keine Organe getroffen, aber Mathias' Wunde war tief, nur notdürftig verschlossen und vermutlich mit Krankheitskeimen aus dem Flusswasser verunreinigt, in dem er viel zu lange zugebracht hatte, weshalb er mehrere Tage so heftig delirierte, dass Alix um sein Leben gefürchtet hatte.

»Die Wunde scheint allmählich zu heilen, aber der Doktor sagt, dass du sehr viel Blut verloren hast. Lieber Himmel! Wie gut, dass Léo gerade in der Nähe war, als es passiert ist!«

Mittlerweile hatte man sich nämlich darauf geeinigt, Alix eine andere Version der Geschichte zu erzählen. Léo wurde in das Geheimnis um den zweiten Zwilling, der irgendwo in der Normandie sein sollte, eingeweiht. Selbst viel zu sehr in die Geschichte und deren Anfänge verwickelt, weil er auch in Florenz dabei gewesen war und Tanias Bruder kannte, hatte er Mathias versprochen, Alix nichts zu verraten, solange das Kind nicht gefunden war.

Von Tania war in dieser Hinsicht natürlich nichts zu befürchten, und noch weniger von Théodore. Mathias war also angeblich von einem Übeltäter angegriffen worden, einem Landstreicher oder Räuber oder einem der Weber aus Tours, mit denen Alix noch immer Streit hatte.

»Du musst jedenfalls vorsichtig sein«, sagte sie zu Mathias. »Wenn wir nicht herausfinden, wer dich überfallen hat, könnte es immerhin auch der üble Mortagne gewesen sein, der vermutlich damals unsere Werkstätten in Brand gesetzt hat.«

»Diesmal halte ich die Mortagne nicht für die Übeltäter. Bestimmt war es irgendein Verbrecher, der sich längst davongemacht hat. Diese Banditen bleiben nie lange in der Nähe des Tatorts. Mach dir also deshalb keine Sorgen! Es hätte viel schlimmer kommen können. In ein paar Tagen kann ich wieder arbeiten.«

Mit seinen großen blauen Augen sah Mathias sie so lange eindringlich an, dass Alix schließlich den Blick senkte, weil sie sich jetzt auf keine sentimentale Auseinandersetzung einlassen wollte.

»Wirst du lange in Chaumont bleiben?«

»Nein, nur so lange, bis ich gesehen habe, was mir der Duc d'Amboise zeigen will. Ich weiß nicht einmal, wie groß seine Werkstätten sind, in denen man mit der Arbeit an einem großen Ensemble mit typischen Szenen aus dem Ritterleben begonnen hat, wie er sagt.«

»Ich dachte, du wolltest keine Millefleurs mehr weben und dich mehr den bildlichen Darstellungen der Renaissance zuwenden?«

»Das stimmt, bedeutet aber nicht, dass alles Alte deshalb schlecht sein muss. Die Millefleurs sind im Val de Loire immer noch sehr beliebt, besonders bei den Provinzfürsten.«

Mathias hatte keine Lust, eine Diskussion über die Arbeit zu beginnen, sondern wollte mehr über den Herzog von Amboise erfahren, den er nicht kannte und wie den Teufel fürchtete.

»Sind seine Werkstätten denn von großer Bedeutung?«

»Das würde mich wundern, weil man nicht viel von ihnen hört.«

»Immerhin scheinen sie bedeutend genug zu sein, um königliche Kundschaft anzuziehen.«

»Da hast du allerdings recht«, nickte Alix zustimmend. »Natürlich interessieren sich die Könige für Teppiche, auf denen die Freuden des höfischen Lebens dargestellt sind. Trotzdem vermute ich, dass es sich um kleine Werkstätten handelt.«

»Und ich glaube, dass du dich täuschst. Dieser Duc d'Amboise ist eine der wichtigsten Persönlichkeiten von Frankreich. Hast du mir nicht erzählt, dass sein Onkel, Kardinal Georges d'Amboise, einer der engsten Freunde unseres Königs Ludwig war?«

Doch Alix wollte sich nicht weiter über die Familie d'Amboise auslassen und brachte die Sprache wieder auf die königlichen Tapisserien.

»Es ist jedenfalls eine der letzten kleinen Werkstätten, die direkt zu einem Schloss gehören. So etwas gibt es sonst gar nicht mehr. Sogar in Tours wurden sie alle in Seidenmanufakturen umgewandelt. Alle jungen Teppichweber wollen nach Paris, und du weißt ja, wie schwer es einem die Mortagne machen, wenn man sich als junger Weber in der Touraine niederlassen will.«

Sie trat noch einen Schritt zurück.

»Ich verspreche dir, ich komme so schnell es geht zurück. Und wenn du dann wiederhergestellt bist, machen wir uns endlich an die *Grotesken* von Raffael.« Mathias seufzte und musste lächeln, obwohl er nicht ganz zufrieden war. Immerhin hatte die Abwesenheit von Alix diesmal den Vorteil, dass er ungestört seine Suche nach der Frau beginnen konnte, die das Kind geraubt hatte, auch wenn er dazu nach Paris musste, weil sie sich angeblich dort aufhielt.

Er kam allmählich wieder zu Kräften, und wenn Léo die bequemste Kutsche nahm und vorsichtig fuhr, würde er die Fahrt schon aushalten und hoffentlich vor Alix zurück sein.

Paris machte Mathias keine Angst. Während Alix' langen Reisen war er oft allein nach Paris gefahren, um die Arbeiten zu überwachen, die sie an Webereien im Faubourg Saint-Jacques abgegeben hatten. Und sollte er wirklich Hilfe brauchen, so hatte er in der Hauptstadt mehr als einen Freund, der ihn gern wiedersehen und ihm seine Unterstützung anbieten würde.

Mathias war fest entschlossen, diese Frau Béraude zu treffen, die Valentines Zwillingsschwester in Italien entführt und an eine adelige Dame in der Normandie verkauft hatte. Und er wollte nicht ohne den Namen dieser Frau und ihren genauen Aufenthaltsort wieder nach Hause kommen.

Mathias fühlte sich um Jahre zurückversetzt in eine Zeit, als er nur überleben konnte, weil er so pfiffig und schlau mit allen Schwierigkeiten des Alltags fertig wurde. Er hatte keine Bedenken, Nachforschungen anzustellen und mit List und Tücke vorzugehen und würde alles tun, um sein Ziel zu erreichen. Und falls er nicht vor Alix zurück sein sollte, wäre seine Rückkehr nur umso beeindruckender, weil er dann den Schlüssel zu dem Geheimnis besäße, das die Nächte der kleinen Valentine so schrecklich verdüsterte.

Gemächlich ritt Alix am Flussufer entlang. In wenigen Stunden erreichte sie Amboise und den »Goldenen Hahn«, ein Gasthaus in der Stadtmitte, in dem sie mit Charles verabredet war.

Der Weg war so bequem zu reiten, dass sie schneller als erwartet in Amboise eintraf. Im Hof vom »Goldenen Hahn« wartete Charles' Pferd Beau Sire geduldig auf die Rückkehr seines

Herrn, und ein Stallknecht kam angelaufen, um Alix die Zügel abzunehmen.

»Darf ich meine Stute neben dem Pferd des Herzogs von Amboise anbinden?«, fragte ihn Alix.

Sie saß ab und stellte Césarine neben den Rotfuchs, der sehr erfreut über den Anblick der weißen Stute schien, mit der er schon einige Strecken über italienische Straßen galoppiert war.

»Dann begrüßt euch mal schön«, meinte Alix und tätschelte erst Césarine und dann dem Rotfuchs, der aufgeregt tänzelte, den Hals. »Wir kommen bald wieder. Ich habe nämlich nicht die Absicht, mich lange in diesem Gasthaus aufzuhalten, genauso wenig übrigens wie auf dem Château de Chaumont.«

Wollte sie sich selbst davon überzeugen, möglichst schnell nach Tours zurückzukehren, oder dachte sie noch über ihr Zögern nach?

Kaum hatte sie ihr Pferd angebunden, kam Charles mit ausgestreckten Armen und einem breiten Lächeln auf sie zu. In seinem gelben Wams mit passenden violetten Strümpfen wirkte er elegant wie immer. Charles d'Amboise genügte es aber nicht, elegant auszusehen, er wollte sich auch stets von den anderen unterscheiden und gab sich gern als Edelmann und Künstler in einem, wobei er sich besonders in der Rolle des Mäzens gefiel.

»Glaubt Ihr mir, wenn ich gestehe, dass ich bis zum allerletzten Augenblick befürchtet habe, Ihr könntet Euren Besuch absagen?«

»Nein!«

»Oh, warum denn nicht?«

»Weil Ihr Euch Eurer Sache sehr sicher scheint, Seigneur d'Amboise, seit wir uns im Val de Loire auf Marguerites Hochzeit getroffen haben.«

»Wisst Ihr eigentlich, dass Charles d'Alençon, ihr glücklicher Gatte und einer meiner besten Kampfgefährten, mich auf sein Schloss in der Normandie eingeladen hat?«, sagte er und strahlte Alix an.

»Und wisst Ihr eigentlich, dass Marguerite d'Angoulême, verheiratete Herzogin von Alençon, mich auf ihr neues Schloss eingeladen hat, damit ich dort die *Dame und das Einhorn* bewundern kann, Teppiche, die in meiner Werkstatt entstanden sind und die ihr ihre Mutter zur Hochzeit geschenkt hat?«

Sie mussten beide lachen, und er nahm ihre Hand und ließ sie nicht mehr los.

»Heißt das nicht, wir könnten dort gemeinsam unsere Aufwartung machen?«

»Das ist eine andere Geschichte. Im Augenblick bin ich nur hier, um Eure Werkstätten auf Château de Chaumont zu besuchen.«

Charles gab ihr einen Handkuss und half ihr dann sehr galant aufs Pferd. Beau Sire tänzelte bereits unruhig vor Freude, weil er an Césarines Seite traben durfte. Bevor Charles die Zügel nahm, wandte er sich noch einmal an Alix.

»Ihr täuscht Euch, wenn Ihr glaubt, ich wäre meiner Sache sicher. Ehrlich gesagt habe ich nach unserer beschwerlichen Reise durch Italien nicht auf ein Wiedersehen zu hoffen gewagt.«

»Als Ihr mich in Lyon zu meinem Freund, dem Domherrn André Mirepoix, brachtet und Euch dort verabschiedet habt, sagte ich doch, dass wir uns wiedersehen werden.«

»Das stimmt nicht ganz, schöne Alix! Ihr sagtet ›vielleicht‹, und dieses kleine Wort ließ mir nicht viel Hoffnung. Nein, ich habe wirklich nicht daran geglaubt! Genauso wenig daran, dass Ihr heute kommen würdet. Ihr seid so unerreichbar!«

Alix nahm die Zügel, und Césarine setzte sich in Bewegung.

»Und was Euer Selbstbewusstsein anbelangt, seid Ihr geradezu unschlagbar«, fuhr er scherzhaft fort.

»Was soll diese Bemerkung, Charles?«

»Ich will damit sagen, dass Euch nicht einmal der König beeindrucken kann.«

»Dabei zweifle und zögere ich oft genug. Der beste Beweis ist, dass ich mir jetzt noch nicht sicher bin, ob ich Euch folgen soll.«

»Und warum nicht, wenn ich fragen darf?«

»Das wisst Ihr sehr gut«, meinte sie und strich ihrem Pferd über den Hals. »Weil ich nicht weiß, wohin dieses Abenteuer führt. Ist Eure Gattin wieder zu Hause?«

»Nein, sie kommt nur sehr selten nach Chaumont. Das Schloss ist ihr viel zu wenig komfortabel.«

»Letztes Mal habt Ihr aber etwas anderes gesagt.«

»Letztes Mal wusste ich auch noch nicht, dass Ihr heute wirklich kommen würdet.«

»Heißt das etwa, Ihr seid ein Lügner, Seigneur d'Amboise? Ein Lügner in Gestalt eines Charmeurs!«

Charles zuckte unmerklich zusammen und schien rot zu werden, was aber auch an der einsetzenden Kälte liegen konnte.

»Machen wir uns auf den Weg, Charles. Von einem Aufenthalt in diesem Gasthaus war jedenfalls nie die Rede.«

Sie nahmen den kürzesten Weg, an der Loire entlang. Amboise lag auf halbem Weg zwischen Tours und Chaumont, und ohne Pause würden sie das Schloss in ein bis zwei Stunden erreichen. Musste sie sich dann erst höflichkeitshalber auf einen Spaziergang am Fluss einlassen, bei dem er wahrscheinlich ihre Hand halten wollte, ehe sie die Werkstätten besuchen und über die Teppiche von Chaumont urteilen könnte?

Der Winter hatte die Landschaft in milchig weißes Licht getaucht. Felder und Wiesen, Hügel und Täler schienen vor dem fernen Horizont ohne Konturen ineinanderzufließen. Es war kalt, und die Pferde gingen ruhig.

»Mir scheint, unsere Pferde verstehen sich sehr gut«, meinte Charles, als er sah, dass Beau Sire Césarine nicht überholen wollte.

»Wahrscheinlich unterhalten sie sich über Italien.«

»Wer weiß! Habe ich Euch schon gesagt, dass Eure Stute ein wunderbares Pferd ist, Alix?«

»Césarine hat auch eine Geschichte, zu allem Überfluss sogar eine Familiengeschichte. Sie ist nämlich die Tochter von meinem guten César III.«

»Und wer ist César III.?«

Jetzt musste Alix lachen. Ein fröhliches, unbeschwertes Lachen, ganz ohne Sorgen und Zweifel. Irgendwie schien sie sich mit einem Mal wohlzufühlen, nachdem sie alle unangenehmen Punkte angesprochen hatte.

»Der Sohn von César II.«

Beide brachen in Gelächter aus, bis Alix atemlos fortfuhr: »Und César II. ist natürlich der Sohn von César I., dem Pferd, das der Mutter von Constance gehört hat.«

»Ihr meint Eure Cousine, Constance de La Trémoille?«

»Ja, genau. Constance hat mir César III. gegeben, ehe sie nach Italien ging. Und Césarine ist die erste reinweiße Stute aus der Linie.«

»Ich kenne Isabelle de La Trémoille. Ein Streit hat ihre und unsere Familie entzweit. Ich glaube kaum, dass Constance ihrer Mutter von unserer Begegnung in Florenz erzählt hat.«

»Dann muss es ja etwas Ernstes gewesen sein.«

»Ja, es ging um die Ehre von Isabelle de La Trémoille.«

Alix schien überrascht. Ihre Cousine war nie sonderlich gesprächig, wenn man auf ihre Familie zu sprechen kam.

»Mit Constance reden wir nie über Isabelle. Sie hat ein sehr schwieriges Verhältnis zu ihrer Mutter.«

»Seit die Comtesse de La Trémoille Streit mit einem von uns hatte, ist sie mit unserer Familie verfeindet.«

»Und worum ging es bei diesem Streit?«

»Bitte, schließlich handelt es sich um die Familie meines verstorbenen Mannes, also auch um meine«, bat sie, als er zögerte, »ich muss das wissen.«

»Isabelle war noch jung. Sie hatte gerade Julien de La Trémoille geheiratet, den besten Freund von Etienne d'Amboise, einem meiner Onkel. Es hieß damals …«

»Was hieß es?«, fragte Alix nach, weil Charles wieder zögerte.

»Es hieß, Etienne d'Amboise hätte sie gezwungen, seinem Drängen nachzugeben, und dass ihr Sohn, der später Ordensbruder wurde, von ihm sei. Seitdem will sie mit keinem d'Amboise mehr etwas zu tun haben.«

»Weiß Constance davon?«

»Woher soll ich das wissen?«

Alix seufzte und deutete plötzlich nach vorn.

»Ist das schon Euer Besitz?«

Die hohen Türme von Chaumont mit den Wachttürmchen konnte sie nicht sehen, weil sie längst zerstört waren, aber ein Rest des imposanten Schlosses beherrschte noch die Landschaft darum herum, vor allem auch, weil Pierre d'Amboise vor beinahe zehn Jahren mit dem Wiederaufbau begonnen hatte.

»Wir befinden uns hier genau an der Grenze zwischen der Touraine und dem Blésois«, sagte Charles und zeigte nach links.

»Lasst uns ein Stück in diese Richtung reiten. Ich möchte Euch ein paar wunderbare Plätze zeigen, mit die schönsten der ganzen Gegend.«

Sie wagten sich bis zu einer Stelle, an der das Gelände sanft abfiel. Hier wand sich der Fluss anmutig und beinahe wollüstig inmitten der geometrischen Linien auf den brachliegenden Feldern und der skelettartig kahlen Bäume. Bächlein und Flüsschen sammelten sich und übergaben ihm ihr Schwemmgut, mit dem er dann im Frühling die Gemüsegärten nährte. Und über allem herrschte die liebliche Ruhe des Anjou, die schon so viele Dichter besungen haben und von der so viele kleine Lehnsherren träumten, weil sie sich gewünscht hätten, ihr Besitz läge dort.

»Wollen wir absitzen, Alix?«

Nachdem sie die Pferde angebunden hatten, gingen sie ein paar Schritte. Dann nahm er sie in den Arm, wie er es schon in Blois auf der Straße getan hatte, als sie die ausgelassen feiernde Menge buchstäblich über den Haufen gerannt hatte. Hier war es aber ganz anders als in dem Gasthaus, es fehlte das spöttische Lachen des Wirts, der es gewohnt war, heimliche Liebschaften zu decken, es gab kein starkes Bier, das einem den Kopf verdrehte, nur Ruhe und Frieden. Kein Windhauch kam vom Himmel, und der hart gefrorene Boden knischte nicht einmal unter ihren Füßen.

Noch enger zog er sie an sich, und sie ließ es sich wortlos gefallen, obwohl sie wusste, dass diese kleine Eroberung viel weiter führen würde. Warum verspürte sie nicht das Bedürfnis sich loszureißen, sich zu wehren, wegzulaufen, wie sie es in dem Gasthaus getan hatte? In diesem Augenblick begriff Charles, dass sie entschieden hatte, sich die flüchtige Liebe zu gönnen, die er ihr anbot.

Irgendwo krächzte ein Rabe, ein anderer antwortete ihm. Charles nahm ihr Gesicht in seine Hände, und während Alix diesmal alles um sich herum vergaß, küsste er sie.

Erst als ein Pferd wieherte, ließ er sie wieder los.

»Lass uns aufs Schloss reiten, es ist nicht mehr weit«, sagte er.

Sie näherten sich dem Schloss von seiner imposanten steilen Seite. Die Instandsetzungsarbeiten auf Chaumont waren tatsächlich in vollem Gange, und mit den vielen Gerüsten erinnerte es fast an den Bau einer Kathedrale.

Vor dieser erstaunlichen Mischung aus mittelalterlicher Pracht, alten Steinen, Aufbruchstimmung und großem Durcheinander stiegen sie ab und gingen zu Fuß weiter, die Pferde führten sie am Zügel neben sich.

So gelangten sie mitten hinein in ein unbeschreibliches Chaos aus Mauern, die hochgezogen wurden, Steinhaufen, Wasserfässern, Planken, Seilen und Laufrollen. Die Fassade war ohne Dach, nur der Südbau und ein Teil des Nordflügels waren zur Hälfte gedeckt, aber die Dachziegel fehlten noch. Einige Räume auf der Rückseite, direkt über den zerstörten Türmen, schienen bewohnbar.

»Jetzt wisst Ihr, warum ich mich so oft in Florenz aufhalte«, sagte Charles stolz. »Das Château de Chaumont, der Familiensitz derer von Amboise, wird das erste in Frankreich sein, das ganz im Stil und im Geist der Renaissance neu entsteht. Wir lassen die Schießscharten verzieren und bringen aus Stein gehauene Gesimse, Rankenornamente und Rosetten an. Das Schloss bekommt große Fenster und breite Treppen, die zu allen Räumen führen. Ich beschäftige ausschließlich Architekten und Bildhauer aus Italien.«

Alix bewunderte das beeindruckende Ensemble, das unter den geschickten Händen von Steinmetzen, Schreinern, Zimmerleuten, Glasern und Kunstschmieden, von denen jeder seinen Teil zum Gelingen beitrug, Gestalt annahm.

»Ostturm und Ostflügel erinnern noch an die Kriege von früher, aber der gegenüberliegende Flügel bekommt große Fenster und ist der puren Lebensfreude gewidmet«, erklärte Charles enthusiastisch.

»Irre ich mich, oder wohnt hier zur Zeit kein Mitglied Eurer Familie?«, fragte Alix.

»Das ist schlecht möglich.«

»Ich nehme an, das gilt nicht für Eure Frau, die jeden Moment unerwartet auftauchen kann, wenn Ihr Euch hier aufhaltet.«

Er antwortete nicht, sondern sah sie nur lange wortlos an.

»Überwacht sie Euch?«, wollte Alix jetzt wissen und lächelte ihn an.

Vor Wut über diese Frage packte er sie unsanft an den Schultern, und seine Augen blickten in einer gefährlichen Mischung aus Wut und Gier plötzlich finster. Sein Verlangen, sie auf der Stelle zu besitzen, machte ihn gewalttätig. Er stieß sie gegen eine unfertige Mauer, die ihnen nur bis zum Kopf reichte, und drückte die zarte Person mit seinem ganzen Gewicht dagegen.

»Seid nicht so grob«, sagte sie leise. »Das passt nicht zu Euch.«

Vergeblich versuchte sie sich zu befreien, aber er ließ nicht locker.

»Und Ihr seid nicht so gemein. Das würde mich enttäuschen.«

»Es tut mir leid.«

Sofort ließ er sie los. Alix wollte das Thema wechseln, rieb sich die Schultern und sagte vollkommen unbefangen: »Die Mauer, gegen die Ihr mich da gedrückt habt, ist ziemlich rau. Wurde dieses Schloss auch auf Befehl König Ludwigs XI. geschleift?«

Charles seufzte, bemühte sich, ein freundliches Gesicht zu machen, und begriff plötzlich, dass Alix nicht zu der Art Frauen gehörte, denen er bisher den Hof gemacht hatte. Sie hatte keinerlei Ähnlichkeit mit den Damen des Hochadels, die nach übertriebener Höflichkeit und nicht enden wollender verliebter Galanterie verlangten, nicht mit den Kurtisanen aus gutem Hause, die alles bedachten, erwogen und planten, und erst recht nicht mit den wenig tugendhaften Mädchen auf der Suche nach dem schnellen Glück.

Jetzt wusste er, dass Alix zu den Frauen gehörte, die viel Liebe geben, aber das Leben nehmen, wie es kommt, und nicht im alltäglichen Einerlei versinken wollen. Er verstand jetzt, dass sie die Liebe, die er ihr bot, in vollen Zügen genießen wollte, um Alessandro zu vergessen, aber dass zu einer anderen Zeit jeder wieder seiner eigenen Wege gehen würde.

Was er aber noch nicht ahnen und erst recht nicht einschätzen konnte, war ihr dringendes Bedürfnis nach einem ausgeglichenen Verhältnis zwischen Beruf und Liebesleben. Genau wie Alessandro, ehe er Alix kennengelernt hatte, wusste Charles überhaupt nichts von dieser Art Frauen, die lieben und gleichzeitig hart arbeiten konnten.

Weil er Alix sehr gern mehr für den Umbau seines Schlosses interessieren wollte, deutete er auf eine Stelle im Mauerwerk, an der nur einige Steinhaufen davon zeugten, dass dort neue Mauern hochgezogen werden sollten.

»Ja, das geschah auf Befehl Ludwigs XI. Die Baugerüste, die

fehlenden Dächer und die ganzen Männer, die hier auf Anordnung der Vorarbeiter zugange sind, sind der beste Beweis. Wie Ihr seht, führe ich nach meinem Vater und meinem Onkel den vollständigen Wiederaufbau des Schlosses fort. Mein Großvater Hugues d'Amboise, Gott habe ihn selig, darf stolz auf seine Nachkommen sein. Ich werde den Südflügel und die drei dazugehörigen Türme wieder aufbauen lassen. Ja, und ich lasse die großen Türme mit den Wachttürmchen wieder erstehen, gebe ihnen aber eine neue Leichtigkeit, die sie vorher nicht hatten.«

Er nahm ihre Hand und führte sie weiter. Hand in Hand betraten sie das Wohngebäude, in dem sich tatsächlich nur wenige bewohnbare Räume fanden. Außerdem gab es kaum Dienstboten. Wahrscheinlich brachte Jeanne d'Amboise ihre eigenen Leute mit, wenn sie nach Chaumont kam. Die wenigen Dienstboten aber, die Alix entdecken konnte, waren wohl kaum darauf aus, über das Tun und Lassen ihres Herrn zu tratschen. Nie würde es ihnen in den Sinn kommen, ihn zu verraten, weil sie Seigneur Charles vermutlich schon kannten, seit er als Dreikäsehoch zwischen ihren damals noch flinken Beinen herumgetollt war.

Der alte Reitknecht mit seinem krummen Rücken schenkte ihm ein zahnloses Lächeln, ehe er Césarine wegführte, und der nicht weniger alte Stallknecht blickte wohl schon zeitlebens etwas dümmlich drein.

Der dicke Koch hatte seine Jugend ebenfalls längst hinter sich und kam nur äußerst mühsam vom Fleck. Er setzte sich eigentlich nur in Bewegung, wenn er irgendetwas in der Küche brauchte, obwohl ihm die alte Frau, die das Gemüse putzte und das Geschirr spülte, sowieso meist das Wasser, das Öl oder das Mehl holte, das er mit lautem Geschrei verlangte.

Zu dem spärlichen Personal gehörten außerdem zwei alte Ehepaare, die bereits seit beinahe vierzig Jahren als Dienerinnen und Knechte auf Chaumont ihre Arbeit taten und Charles von Kindesbeinen an bedienten.

Erst als sie das Schloss auf der Rückseite verließen, um zu den Werkstätten zu gelangen, bemerkte Alix das ganze Ausmaß des Durcheinanders, das die Umbauarbeiten verursachten. Bis zu dem nahen Talgrund stand alles voller Zelte und Holzhütten, lauter provisorische Behausungen, die sich schnell wieder aufbauen ließen, wenn sie ein allzu starker Windstoß umgeworfen hatte.

Es war ein heilloses Durcheinander aus Bauholz und Werkzeugen, Seilen und Holzscheiten, Karren, abgesägten Baumstämmen und zahllosen Rundhölzern, die man unter je zwei zusammengebundene Planken legte, um damit die Unmengen schwerer Steine zu transportieren. Mensch und Tier durften sich nur nachts ausruhen; tagsüber mussten die eingespannten Pferde und Ochsen mit ihren Lasten ununterbrochen von einer Baustelle zur nächsten gehen.

Bauleute und Vorarbeiter waren von oben bis unten mit dem feinen Staub bedeckt, der beim Schneiden der großen weißen Steine entstand. Die Vorarbeiter erhielten ihre Anweisungen von den Architekten, den Maurermeistern und Steinmetzen, die überall herumliefen, um den ordnungsgemäßen Ablauf der Arbeiten zu überwachen.

Und genau hier, mitten in diesem Tohuwabohu aus Gerüsten, Steinhaufen, Werkzeugen, Stricken und Planen, befanden sich die Teppichwerkstätten von Chaumont.

Wo also Schreiner und Zimmerleute, Maurer und Steinmetze

herumwuselten, arbeiteten in all dem Dreck und Lärm, bei Wind und Kälte und anderem Unbill, das für die Herstellung von Tapisserien nicht gerade förderlich war, die Weber von Charles d'Amboise.

Alix musste beinahe lachen, als sie daran dachte, wie Mathias sie nach der Bedeutung der Werkstätten des Sire d'Amboise gefragt hatte. Welchen Ruf sie genossen? Wie groß sie waren? Das alles kam Alix jetzt einfach nur noch lächerlich vor. Hatte sich Charles über sie lustig gemacht? Hatte er sie nur nach Chaumont gelockt, weil er sie dort leichter verführen und dahin bringen konnte, wo er sie haben wollte?

Die Werkstätten hier bestanden aus einer Reihe notdürftig überdachter Holzhütten, die offenbar nicht einmal den Regen abhielten, wovon die leeren Eimer in den Ecken zeugten.

Hinter Bohlen und Eisenträgern, Steinblöcken und Werkzeugen tauchten auf einmal die Hochwebstühle auf, und Alix riss vor Staunen über die Wunderwerke, die darauf entstanden, die Augen auf – sieben Teppiche aus Wolle und Seide, die schon weit gediehen, aber noch längst nicht fertig waren. Sie bildeten ein außergewöhnlich schönes Ensemble, das Geschichten aus dem höfischen Leben erzählte. Alix hatte selbst oft genug herrschaftliche Szenen mit Einhörnern, Hunden und Pferden, prachtvoll gekleideten Edelleuten und höfischen Gebräuchen wie Jagden, Musikstunden, Spaziergängen oder anderem Zeitvertreib an Prinzenhöfen gewebt. Doch diese Teppiche waren von verblüffender Schönheit.

Alix nahm sich Zeit und betrachtete jeden einzelnen Teppich ganz genau, ehe sie die Überschriften las: *Der Spaziergang, Das Bad, Die Handarbeit, Das Lesen, Die Musik, Aufbruch zur Jagd, Galanterien.* Die *Galanterien* gefielen Alix auf Anhieb am besten, aber das ganze Ensemble war von beeindruckender Schönheit und Harmonie.

Dass sich Alix für diese Werke begeistern konnte, war kein Wunder. Schließlich hatte sie lange genug selbst Millefleurs gewebt, weshalb ihr alle Stärken und Schwächen dieser Schule vertraut waren und sie das Weben von Millefleurs bis ins kleinste Detail beherrschte. So kannte sie den Unterschied zwischen einer stilisierten und einer erfundenen Blume oder einer natürlichen Pflanze und einer, die der künstlerischen Phantasie entsprungen war. Hier konnte ihr keiner etwas vormachen, die Millefleurs waren ihr Metier. Alix hatte sie schätzen gelernt und ihre Kenntnisse darüber um andere Formen der Darstellung, der Aufteilung und der Zusammenstellung erweitert und bereichert.

Diese Szenen aus dem höfischen Leben waren ein prachtvolles Ensemble, eine perfekte Komposition aller Elemente, die sie selbst bereits eingesetzt hatte. Dank der reichlichen Verwendung von Seidenfaden schillerten die Farben sehr schön, die Gesichtsausdrücke der Figuren waren anrührend, wie aus dem Leben gegriffen, und die festlichen Gewänder schienen in schweren, glänzenden Falten zu fallen.

»Diese Teppiche sind wahre Meisterwerke«, murmelte Alix und wollte sie sich noch genauer ansehen, als ein magerer Mann in einem dicken braunen Wollumhang mit kleinen Schritten auf sie zugeeilt kam.

»Ich heiße Euch willkommen, Seigneur d'Amboise«, begrüßte er Charles.

»Danke, leider kann ich nur wenige Tage bleiben«, antwortete Charles und drückte dem Weber herzlich die Hand.

»Das ist der Webermeister, der die Leitung von diesem großen

Auftrag hat«, erklärte er Alix. »Ich habe ihm bereits von Euch erzählt, und er kennt Eure Werkstätten und Eure Teppiche.«

»Und schätzt sie auch sehr«, ergänzte der Weber und musterte Alix eingehend. »Leider, leider habe ich hier nur sieben Arbeiter, von denen jeder an einem Teppich arbeitet, und wir müssen bald zurück nach Felletin, wo ich meine eigene Werkstatt habe.«

»Das ist allerdings sehr ärgerlich«, pflichtete ihm Alix bei, »vor allem, wenn die Teppiche bald ausgeliefert werden sollen.«

»Nein, nein!«, mischte sich der Herzog ein, »das ist kein Problem, weil ich die Teppiche in Auftrag gegeben habe und sie für mein Schloss hier bestimmt sind. Leider sieht es aber so aus, als könnte es bis zur Fertigstellung des Ensembles noch Jahre dauern, und ich habe schon sehr viel investiert.«

Der Weber zappelte unruhig hin und her, weil er die vage Hoffnung hatte, das Gespräch könnte endlich zu einer Lösung führen.

»Wie Ihr seht, brauchen wir Unterstützung«, erklärte er Alix, »wollen uns aber nicht von den Webern aus dem Norden helfen lassen. Diese Wandteppiche sollen nämlich als typisches Erzeugnis des Val de Loire erkennbar sein.«

»Das kann ich sehr gut verstehen«, meinte Alix. »Die Teppiche sind wunderschön, darum ist es wichtig, dass sie mit der Signatur des Val de Loire versehen werden. Trotzdem handelt es sich dabei um eine Wiederverwendung. Wollt Ihr sie deshalb lieber auf Chaumont statt in Flandern fertigstellen?«

Der kleine Mann hatte verärgert die Stirn gerunzelt und gab etwas schroff zur Antwort: »Die Vorlagen gehören uns. Und die Zeichnungen sind weder typisch flandrisch, noch stammen sie von einem bestimmten Künstler.«

»Mit einer Ausnahme!«, widersprach Alix und lächelte, als sie beide Männer erstaunt ansahen.

»Wie meint Ihr das?«, fragte der Weber und kam näher.

»Bei dem *Aufbruch zur Jagd* verwendet Ihr eine Figur, die Euch nicht gehört.«

»Welche soll das sein?«, fragten beide einstimmig.

»Der Hellebardier auf der rechten Seite. Er stammt aus einer Gravur des Malers Dürer.«

Sichtlich zufrieden beobachtete Alix die Verwunderung auf ihren Gesichtern. Hatte man sie etwa für eine Anfängerin gehalten? Sie würde ihnen noch zeigen, dass sie viel mehr wusste, als sie ahnten.

»Ich fürchte, da täuscht Ihr Euch, Dame Cassex«, verteidigte sich der Weber mit einem gezwungenen Lächeln.

»Und ich versichere Euch, dass ich die Wahrheit sage.«

»Wie wollt Ihr das ohne Beweise behaupten?«

»Ich kann es Euch versichern, weil ich Dürer in Flandern persönlich kennengelernt habe. Er war ein guter Freund meines Schwiegervaters, Maître Pierre de Coëtivy.«

Das Wort »persönlich« war Alix wichtig gewesen, aber sie hatte den beiden Männern natürlich nicht sagen können, dass sie früher in eine Verleumdungsklage verwickelt worden war, die sie nur schwer beschädigt überstanden hatte. Und genauso wenig konnte sie ihnen anvertrauen, dass die Leute, die sie zu Unrecht angeklagt hatten, eben dieser Dürer und ihr Schwiegervater de Coëtivy gewesen waren.

»Deshalb weiß ich mit Sicherheit, dass dieser Hellebardier eine Figur von Dürer ist. Er gehört übrigens nicht zu den Malern, die großzügig mit der Verbreitung ihrer Werke umgehen. Es würde mich nicht wundern, wenn er Euch verklagte.«

Als sie schwiegen, begriff Alix, dass sie es beide gewusst hatten, sich jetzt aber nicht auf eine Diskussion einlassen wollten, bei der sie sich keine Chance gegen die guten Argumente der jungen Frau ausrechneten.

Und während sie noch überlegten, wie sie sich verhalten sollten, fuhr Alix fort: »Es gibt auch noch andere Vorlagen, die nicht eindeutig aus dem Val de Loire stammen. Manche sind aus Flandern, wie zum Beispiel der Edelmann von dem Teppich *Der Spaziergang*, der einen Wasserkrug in der linken und eine Frucht in der rechten Hand hält, oder die junge Frau mit dem Tablett in der Hand, die rechts auf der Darstellung *Das Bad* zu sehen ist.«

»Man weiß doch nicht immer, woher eine Vorlage stammt und kann das auch nicht unbedingt erkennen.«

»Das stimmt, aber es ist trotzdem riskant. Es hängt natürlich auch davon ab, wohin die Teppiche gehen. Ich persönlich riskiere nichts, ohne mich vorher genauestens informiert zu haben.«

»Warum denn diese übertriebene Vorsicht?«, fragte der Weber mit gerunzelter Stirn.

»Weil man mich auf die Probe gestellt hat, als ich der Webergilde des Nordens mein Meisterstück vorgestellt habe. Mir wurde vorgeworfen, meine *Dame mit dem Einhorn*, die keine Dienerin bei sich hatte, wäre eine Kopie von einem der berühmten Wandteppiche des Seigneur Le Viste. Glücklicherweise konnten mich meine Fürsprecher verteidigen, vor allem einer der Söhne von Le Viste.«

Wieder waren die beiden Männer angesichts der Bemerkungen von Alix sprachlos. Und sie hatte ihre Freude daran, ihnen zu beweisen, dass eine Weberin manchmal wachsamer und verständiger sein konnte als ein Weber.

»Ach ja, noch etwas, Euren jungen Mann auf dem Teppich *Das Lesen* kenne ich bereits von der *Dame an der Orgel*.«

»Ihr habt recht«, räumte der Weber ein, der sich inzwischen etwas gefangen hatte. »Aber die Figur, von der Ihr sprecht, trägt zweifarbige Hosen, während unsere einfarbig sind, und das Wams ist aus Brokat, nicht aus einfachem Satin. Außerdem ist sein Kasack bei uns auf der Seite geschlitzt.«

»Und was ist mit dem Almosenbeutel?«

»Dem Almosenbeutel!«

»Ja doch, dem Almosenbeutel an seinem Gürtel.«

»Ach so, ja, der Almosenbeutel an seinem Gürtel. Man sieht ihn kaum, ganz anders als bei der Vorlage.«

»Der Meinung bin ich aber nicht. Ich finde, es ist ganz genau der Gleiche, die linke Hälfte wird vollständig von dem Kleidungsstück verdeckt.«

»Auf jeden Fall trägt er eine andere Kopfbedeckung, und die Falten seines Gewands sehen anders aus.«

»Das war auch dringend nötig, weil Ihr Euch sonst großen Ärger einhandeln könntet«, meinte Alix. »Das sage ich wegen der ganzen anderen Übertragungen, die extrem originalgetreu sind. Ich persönlich finde …«

»Ja, Alix«, unterbrach sie Charles d'Amboise, »darauf wollte ich hinaus, als ich Euch nach Chaumont eingeladen habe. Ich wollte Euch um Euren Rat bitten.«

»Den habt Ihr ja nun.«

»Ich wünsche mir aber noch etwas. Würdet Ihr die Fertigstellung dieser Teppiche übernehmen?«

»Weil Euer Webermeister nach Felletin zurückkehren muss?« Der Form halber machte sie ein überraschtes Gesicht, obwohl sie längst mit diesem Vorschlag gerechnet hatte.

»Bitte erklärt mir, was Ihr Euch da vorstellt, Charles«, wiederholte sie.

»Ich möchte Euch eine Zusammenarbeit vorschlagen.«

»Das hier ist ein sehr umfangreicher Auftrag, und alles, was noch fehlt, muss erst entworfen werden. Ich sagte Euch bereits, dass ich meine Millefleurs nie stilisiere, sondern stets vollkommen neu schaffe.«

»Ihr bekommt die Provision und macht die Arbeit, so wie Ihr meint.«

»Mit Euren wiederverwendeten Figuren?«

»Selbstverständlich«, meinte der Weber ein wenig gekränkt.

»Das muss ich mir erst noch überlegen. Meine Webstühle sind alle belegt. Ich müsste wahrscheinlich einen neuen kaufen und einen zusätzlichen Arbeiter einstellen. Das bedeutet hohe Kosten, Charles.«

Der Webermeister kratzte sich ratlos am Kinn, dann kam ihm eine Idee: »Wie wär's, wenn ich Euch einen meiner Arbeiter zur Verfügung stellen würde?«

»Nein, danke. Ich muss den Weber selbst aussuchen und nach meinen Vorstellungen anlernen. Außerdem habe ich eine Weberin, die bereits sehr begabt im Weben von Millefleurs ist. Sie findet immer eine harmonische Zusammenstellung von Formen und Farben.«

Der Duc d'Amboise sah, dass Alix noch mit sich rang. Warum lag ihm so daran, dass sie die Arbeit übernahm? Im Val de Loire gab es viele Weber! Doch dann begriff sie, dass er damit ein anderes Bindeglied als ein flüchtiges Liebesabenteuer zwischen ihnen schaffen wollte, weil er vermutlich befürchtete, dass sie ohne diesen Auftrag kein zweites Mal nach Chaumont kommen würde.

»Seid Ihr einverstanden?«, fragte er schließlich.

»Wir werden den Untergrund dunkelblau und nicht rot weben«, gab sie nur zur Antwort, »das macht die Wandteppiche zu Originalen.«

Der Rest des Tages verging mit angeregten Gesprächen, ehe Charles d'Amboise Alix bat, die Nacht mit ihm zu verbringen.

Er hatte Alix alle bewohnbaren und sehr schön eingerichteten Räume auf dem Schloss gezeigt. Im größten und bequemsten nahmen sie ein leichtes Abendessen zu sich.

Als es Nacht wurde und die unvermeidliche Frage immer näher rückte, schlug ihr Charles einen Ausritt ans Loireufer vor, und Alix war von der Idee sehr angetan.

»Wir reiten zusammen auf meinem Pferd, und ich nehme Euch in die Arme, damit Ihr nicht friert«, entschied er und gab ihr einen Handkuss.

Also musste Césarine allein im Stall bleiben. Beau Sire hatte nichts dagegen, dass sich die Begleiterin seines Herrn auf seinen Rücken setzte, und damit er sie besser an sich drücken konnte, ließ Charles Alix vor sich aufsitzen.

Der erste Schritt war getan, Alix konnte jetzt keinen Rückzieher mehr machen. Dauernd spürte sie Charles' Lippen und seinen heißen Atem in ihrem Nacken. Beau Sire kannte den Weg offenbar und bestimmte das Tempo, sodass der Herzog kaum die Zügel führen musste.

»Gefällt es Euch hier nicht?«

»Doch, doch, aber mir ist kalt«, antwortete Alix leise. »Schließlich haben wir Winter, und es ist schon spät. Ich hatte nicht gedacht, dass ich so frieren würde. Lasst uns zurückreiten, Charles.«

Wieder spürte sie seinen Mund auf ihrem Hals.

»Ja, wir reiten zurück«, sagte er.

Er ließ die Zügel los, seine Hände glitten unter ihren pelzgefütterten Mantel, und er spürte ihren warmen Körper. Langsam wanderten seine Hände auf und ab, und ihr Busen bebte vor Sehnsucht nach seinen Liebkosungen.

»Mir ist kalt«, sagte sie wieder.

»Also los, Beau Sire, wir haben es eilig!«

Er nahm die Zügel in die Hand, und eine Stunde später waren Beau Sire und Césarine wieder glücklich vereint. Charles führte Alix in das Zimmer, in dem sie gegessen hatten. Eher unauffällig stand ein Bett in einer Ecke. Nicht dass man es dort hätte verstecken wollen, aber es hielt sich so im Hintergrund, dass man es beinahe übersehen konnte.

Das geräumige Zimmer hatte zwei große Fenster zum Garten, der leider wegen der Bauarbeiten verwildert war. Blickte man aber über die Hütten und das Durcheinander aus Brettern, Stricken und großen Steinen, sah man weit ins Tal hinaus und ahnte, wie schön es dort im Frühling blühen würde.

Charles rief nicht nach den alten Dienerinnen, die ohnehin nicht hinter der Tür auf seine Befehle warteten, und Alix stellte fest, dass auf dem im Umbau befindlichen Schloss der Hausherr mehr oder weniger allein zurechtkommen musste; er fand lediglich ein frisch gemachtes Bett vor, und man servierte ihm ein anständiges Essen.

Charles zog die Vorhänge zu, zündete die Kerzen in den großen Bronzeleuchtern an, legte ein Holzscheit in die Glut im Kamin und entfachte das Feuer.

»Komm zu mir«, sagte er zu Alix, die am Fenster stand und durch einen Spalt im Vorhang die in mattes Mondlicht getauchte Landschaft betrachtete.

Er nahm sie in den Arm, hob sie hoch und sah ihr in die Augen. Dann legte er sie aufs Bett und zog die Bettvorhänge zu. Sie wunderte sich, dass er die Leuchter außerhalb des Bettgestells stehen ließ. Und als die Vorhänge geschlossen waren, war ihr Lichtschein so schwach, dass sie kaum sein Gesicht erkennen konnte.

Mit geschickten Händen und neugierigen Fingern zog er sie aus. Eines nach dem anderen fielen ihre Kleidungsstücke auf den weichen Teppich, auf den sie noch keinen Fuß gesetzt hatte.

»Vergiss nicht, dass ich deinen Körper kenne«, flüsterte er. »Ich sah, wie er sich vor Schmerzen bäumte. Das Kerzenlicht kann mir nichts Neues zeigen.«

»Ach, Charles, ich wünschte, ich könnte es vergessen machen. Ich war damals hochschwanger, verloren, halbtot und völlig verzweifelt.«

»Ich werde dich Sire Van de Veere vergessen lassen«, sagte er nur.

Sie vergrub ihr Gesicht an seiner Schulter und ließ alles mit sich geschehen, während er ihr leidenschaftliche Worte ins Ohr flüsterte.

»Du kannst dir nicht vorstellen, wie sehr ich auf diesen Augenblick gewartet habe! Ja, ich kenne deinen Körper, und ich habe nächtelang davon geträumt, ihn zu besitzen.«

Alix spürte, wie ihr das Blut zu Kopf stieg. Alles drehte sich, schwankte, brodelte in ihr. Würde sie wirklich Alessandros behutsame Liebe vergessen, seine samtschwarzen Augen und seine zärtlich streichelnden Hände? Würde sie alle Erinnerungen an ihn begraben müssen? An Alessandro, der immer auf ihre Wünsche, ihr Beben und jede ihrer Regungen geachtet hatte, an Alessandro, der in ihren Augen und in ihrem Gesicht nach einem

Funken des Taumels suchte, an Alessandro, der stets auf den richtigen Moment wartete, während Charles jetzt im Dunkeln auf der Suche nach einer allzu eiligen Umarmung nach ihren Brüsten, ihrem Bauch, ihren Schenkeln tastete.

Er presste seinen Mund auf ihren und nahm sie auf der Stelle. Alix fand sich zitternd mit ausgedörrten Lippen und einem Brennen im Bauch wieder. Das war nicht die Art von Liebe, die ihr gefiel, und sie gab ihm zu verstehen, dass sie sich nach etwas anderem sehnte. So verging die Nacht auf der Suche nach geteilter Verzückung, und im Morgengrauen endlich fühlte sich Alix befriedigt.

Sie blieb noch zwei Tage auf Schloss Chaumont und machte Spaziergänge und Ausritte in der Gegend. Weil aber der Duc d'Alençon Charles auf seine Besitzungen in der Normandie eingeladen hatte und Marguerite sich sehr über einen Besuch von Alix freuen würde, beschlossen sie, sich in den ersten Frühlingstagen gemeinsam dorthin auf den Weg zu machen.

Bis dahin mussten die Arbeiten zum *Höfischen Leben* als Vorwand dienen, damit sie sich sehen konnten.

8.

Kaum war Alix aus Tours zurück, als sie auch schon nach Léo rufen ließ; er sollte mit ihr die sieben Teppiche aus Chaumont holen, für die sie die fehlenden Millefleurs weben wollte.

Der Webermeister von Charles d'Amboise hatte ihr noch einmal seine Prinzipien erklärt, ihr einige Ratschläge gegeben und Alix zum wiederholten Mal angeboten, er könne ihr einen oder zwei seiner Leute zur Unterstützung überlassen, was Alix aber erneut unter dem Vorwand abgelehnt hatte, lieber selbst zusätzliche Arbeitskräfte einzustellen.

Der Auftrag würde mit Sicherheit mehr als ein Jahr beanspruchen, vielleicht auch zwei oder drei, je nachdem, wie viele Leute daran arbeiteten. Der Duc d'Amboise hatte aber keine Einwände geäußert. Ganz im Gegenteil schien er hocherfreut über die Tatsache, dass sich die Arbeit an den Teppichen über einige Jahre hinziehen dürfte, weil er so eine dauerhafte Beziehung mit der jungen Frau führen konnte, auch wenn sie sich nur gelegentlich sehen und sonst jeder seiner Wege gehen würde.

Man kann sich denken, wie erstaunt Alix war, als sie von Bertille erfuhr, dass sie nicht mit Léo rechnen könne, weil der vor einigen Tagen mit Mathias Tours mit unbekanntem Ziel verlassen hatte. Vergeblich hatte die Bertille versucht, den Kutscher nach dem Zweck der Reise auszuhorchen. Sie hatte lediglich erfahren, dass die beiden ein bis zwei Wochen unterwegs sein würden.

»Was kann er nur vorhaben?«, fragte Alix.

»Das hat er mir nicht gesagt. Vielleicht will er einen Teppich ausliefern.«

»Es gibt nichts auszuliefern, weder nach Paris noch sonst wohin.«

Sie schluckte enttäuscht.

»Was ist mit seiner Verletzung?«

»Sie war dabei zu verheilen. Léo hat mir versprochen, dass er ganz vorsichtig fahren will, damit die Wunde nicht wieder aufbricht.«

Mit dieser überraschenden Nachricht wusste Alix nichts anzufangen. Sie konnte sich nicht erklären, wohin Mathias wollte, und schwieg eine Weile und merkte gar nicht, dass der kleine Nicolas ins Zimmer gekommen war.

»Was kann er nur vorhaben?«, wiederholte sie hartnäckig.

Die gute Bertille fand es nicht ungewöhnlich, dass Alix sich Sorgen machte und hätte ihr gern gesagt, dass er wahrscheinlich nach Paris gefahren war, um auf andere Gedanken zu kommen und sich zu unterhalten, seinen Kopf freizukriegen von seinen Gefühlen, die Alix nicht erwiderte. Das ließ sie aber dann doch lieber bleiben und schob stattdessen Nicolas vor.

Zerstreut hob Alix den kleinen Jungen hoch, gab ihm einen Kuss und stellte ihn wieder auf den Boden. Dieser unvermittelte Aufbruch gefiel ihr gar nicht, er kam ihr wie eine Flucht oder ein Rückzug vor. Dabei wusste Mathias gar nichts von ihrer neuen Liebesgeschichte mit Charles d'Amboise. Weil sie ihr Verhältnis nicht zusätzlich belasten wollte, hätte sie kein Wort darüber verloren und ihn lieber im Zweifel gelassen.

Offensichtlich machte sie Mathias' Abwesenheit betroffen, störte sie in einem Maße, das sie nicht für möglich gehalten hätte, würde sie es jetzt nicht erleben. Sie stellte sich tausend Fragen, versuchte sich an die Tage vor ihrer Abreise zu erinnern – aber nichts hatte darauf hingedeutet. Mathias war ihr ausgeruht und entspannt vorgekommen, die Wunde verheilte gut, und seine Kräfte kehrten zurück.

Woher hätte sie auch wissen sollen, dass die Geschichte von dem Überfall durch einen unbekannten Räuber nur erfunden worden war, um ihr nicht die Wahrheit sagen zu müssen? Wie hätte sie ahnen sollen, dass der Tod von Tanias Bruder Théo eine ganze Reihe von Verwirrungen ausgelöst hatte, in die Mathias Alix nicht verwickelt haben wollte, ehe er die Fäden entwirrt hatte? Und wie hätte er ihr erst sagen sollen, dass Tania ihm vor lauter Angst gestanden hatte, dass der Zwilling von Valentine nicht tot war, wie sie glaubte? Woher sollte sie auch wissen, dass Mathias nach Paris gefahren war, um dort erste Nachforschungen anzustellen?

Alix war sehr blass geworden, was Bertille ungerührt zur Kenntnis nahm, während Alix vor lauter Ratlosigkeit nicht bemerkte, dass die treue Seele leicht gereizt wirkte.

»Also nach Paris ist er gefahren!«, sagte Alix leise.

»Ja, Kindchen. Und er hatte Gepäck für zwei Wochen dabei. Léo hat mir aber versprochen, dass er gut auf ihn aufpassen will.«

Kaum hatte sich Alix einigermaßen von ihrem Schreck erholt, murmelte sie: »Es hilft nichts, ich muss los. Dann soll mich eben Juan fahren, und wir nehmen das andere Gespann. Der Wagen ist groß genug für die Teppiche.«

»Ich dachte, wir brauchen Juan unbedingt als Nachtwächter?«, wandte die Bertille skeptisch ein. »Es ist noch nicht so lange her, dass die Mortagne den Brand bei uns gelegt haben, und ich finde es ziemlich gefährlich, wenn keiner das Kontor bewacht, in dem Eure ganzen fertigen Wandteppiche ausgestellt sind.«

»Ich sage Pierrot, er soll ein Auge drauf haben. Ich bin ja nur eine Nacht weg.«

»Warum wartet Ihr nicht einfach, bis Mathias wieder da ist?«

»Nein, ich möchte hier sein, wenn er zurückkommt.«

Um ehrlich zu sein, gab es mehrere Gründe, warum Alix sofort aufbrechen wollte. Zum einen ging sie so Mathias' Fragen aus dem Weg – und erst recht den Antworten, die sie ihm geben müsste. Außerdem, waren die Teppiche erst einmal in den Werkstätten an der Place Foire-le-Roi, würden sie genug über die Arbeit zu reden haben, sodass sie anderen Gesprächsthemen ausweichen könnte; da war sich Alix ganz sicher.

Zum anderen wollte sie keine Zeit verlieren, weil Charles d'Amboise angedeutet hatte, dass er nicht mehr lange auf Chaumont bleiben könne. Wenn sich Alix also nicht bald auf den Weg machte, würde sie Charles vielleicht nicht mehr antreffen, und die Fertigstellung der Teppiche würde sich weiter verzögern, wenn sie sie deshalb nicht mitnehmen konnte.

Endlich besann sich Alix und merkte, dass sie nicht allein war. Der kleine Nicolas hockte vor ihr auf dem Boden und sah sie an. Sie setzte sich zu ihm und fragte:

»Nun, wie geht es meinem kleinen Nicolas? Hast du dich brav um Valentine gekümmert?«

»Ich hab' fast die ganze Nacht auf sie aufgepasst. Papa war da schon weg.«

Mit einem Satz sprang Alix auf.

»Hat Valentine schon wieder einen Anfall gehabt, Bertille?«, rief sie erschrocken.

»Leider ja«, sagte die alte Frau und kam wieder zu den beiden. »Und ich fürchte, er war schlimmer und länger als der letzte. Nicolas hat ihr die ganze Zeit die Hand gehalten. Irgendwann ist sie dann doch eingeschlafen.«

»Und ich hab' neben ihr geschlafen«, ergänzte das Kerlchen.

»Nicolas, mein Herz! Wie kann ich dir nur dafür danken?«

»Is' schon gut«, brabbelte der Kleine. »Ich bin so froh, wenn Valentine schlafen kann.«

Alix nahm Nicolas auf den Arm und drückte ihn an sich.

»Wo ist Tania?«

»Sie hat die Kleine keinen Moment allein gelassen und ist immer noch bei ihr.«

»Lieber Gott!«, stöhnte Alix verzweifelt. »Warum muss sich das Kind nur so quälen?«

Gleich am nächsten Morgen brach Alix mit Juan auf, nachdem sie sich vergewissert hatte, dass Valentine den Anfall überstanden hatte, es ihr wieder gut ging und Tania nicht von ihrer Seite wich.

Alix wäre es lieber gewesen, wenn Césarine etwas schneller gegangen wäre, aber Juan lenkte das Gespann eher bedächtig am Ufer der Loire entlang, die ruhig zwischen Wäldchen und kleinen Sandinseln dahinfloss, die um diese Jahreszeit nur so gerade aus dem Wasser ragten.

Sie erreichten Chaumont, als es Abend wurde und die letzten Sonnenstrahlen das Schloss in rötliches Licht tauchten, ehe sich die Dämmerung über die Landschaft legte.

Lange standen sie vor dem Trümmerfeld und suchten zwischen Steinblöcken, Holzbrettern, Planen und Stricken nach dem Eingang, bis Alix endlich die Öffnung entdeckte, die sie passieren mussten, wenn sie zu dem bewohnbaren Teil des Schlosses wollten.

»Du kannst gehen, Juan. Ich hole dich morgen bei den Ställen ab. Der alte Pferdeknecht wird dich freundlich empfangen und dich zum Abendessen mit den anderen Dienstboten einladen. Und Beau Sire freut sich bestimmt, wenn er Césarine wiedersieht.«

»Fahren wir morgen wieder nach Hause, Dame Alix?«

»Wahrscheinlich schon, ich will nicht länger als nötig bleiben.«

»Maître Mathias ist dann sicher auch wieder da.«

Alix schreckte hoch. Wusste Juan vielleicht mehr als sie?

»Bist du sicher? Hat er dir das gesagt?«

»Er hat nur gesagt, dass ich gut auf die Werkstätten aufpassen soll, solange er weg ist. Und dass er ziemlich sicher vor Euch zurück sein wird.«

»So, so. Das hat er also gesagt!«

»Ja, aber Ihr wart gar nicht so lange weg, wie er gedacht hat. Er sagt ja auch immer, bei Euch weiß man nie, wann Ihr wieder nach Hause kommt.«

»Wie auch immer – wir fahren morgen zurück, Juan.«

Alix seufzte erleichtert. Mathias würde also bald wieder nach Hause kommen, mürrisch und verdrossen, weil er sich schon denken konnte, dass seine Gefährtin wieder irgendwelche Dummheiten gemacht hatte. Aber bisher war es ihr noch immer gelungen, das Gespräch auf die Arbeit zu bringen, und diesmal würden sie über die Teppiche aus Chaumont reden.

Inzwischen kannte sich Alix im Schloss aus und lief durch die Zimmerfluchten, bis sie am anderen Ende der großen Baustelle ankam.

Charles unterhielt sich im Halbdunkel mit einem seiner Architekten über die Anordnung der Kamine im großen Empfangssaal und dem noch größeren Waffensaal, den die Waffen der Familie zierten. Und das war, weiß Gott, eine beeindruckende Sammlung, angefangen von den Streitäxten, Lanzen und Hellebarden der alten Ritter bis hin zu Dolchen, Schwertern und der neuzeitlichen Armbrust, die auf dem Schlachtfeld Angst und Schrecken verbreiteten.

Charles d'Amboise stand mit dem Rücken zu ihr, drehte sich aber um, als er den Blick seines Architekten bemerkte, den Alix sogar bei der schlechten Beleuchtung reichlich anzüglich fand.

»Da seid Ihr ja, Alix! Ich habe Euch erwartet, obwohl ich mir nicht sicher war, ob Ihr heute oder morgen kommen wolltet.«

Alix schenkte ihm ein strahlendes Lächeln.

»Und wie ist es mit Euch, Charles, wie lange bleibt Ihr noch?«

»Auf jeden Fall habe ich hier noch verschiedene Kleinigkeiten zu regeln«, sagte er, und an seinen Architekten gewandt: »Mein lieber Freund, darf ich Euch Dame Alix Cassex vorstellen, Webermeisterin aus Tours?«

Alix war das spöttische Lächeln des Architekten nicht entgangen, sie beschloss aber, sich nicht darum zu kümmern.

»Ich kann jedenfalls nur einen Tag bleiben, Charles«, wiederholte sie.

Sofort ging er zu ihr und nahm ihre Hand.

»Das ist viel zu kurz, Ihr müsst ein paar Tage bleiben. Wir haben wegen der Teppiche noch so viel zu besprechen.«

»Die entscheidenden Punkte haben wir doch geklärt, Charles.«

»Nein, nicht alle! Wir müssen noch den Zeitplan festlegen.«

Sie sah sich nach dem Architekten um, der sich ein paar Schritte entfernt hatte, als wäre er allein in dem Saal, und einige

Wände ausmaß, ohne sich weiter um den Herzog zu kümmern. Bald wurde es aber so dunkel, dass er damit aufhören musste, weil er die Zahlen auf seinem Messwerkzeug nicht mehr entziffern konnte.

»Nein, Charles, ich muss morgen zurück. Länger kann ich auf keinen Fall bleiben.«

»Aber warum denn nicht?«, fragte er und küsste ihre Hand.

»Das hat mehrere Gründe«, meinte sie vage.

Schließlich konnte sie ihm schlecht erklären, dass sie nicht länger in Chaumont bleiben wollte, weil sie so beunruhigt über Mathias' Abreise war. Doch von seiner Liebe hatte sie längst noch nicht genug, und sie wusste, dass sie keine Sekunde der leidenschaftlichen Nacht verpassen wollte, die ihr bevorstand.

Sichtlich enttäuscht erklärte Charles, dass ihn dann nichts auf Chaumont hielt und er nach ihrer Abreise ebenfalls aufbrechen wollte.

So blieb Alix also nur eine einzige Nacht. Erst bei Tagesanbruch trennten sie sich widerwillig in der schwachen Hoffnung, sich vielleicht bei der Rückgabe der sieben Teppiche wiederzusehen.

»Ich lege sie dir ans Herz«, flüsterte Charles, als er sie am nächsten Morgen persönlich in den Wagen packte. »Ich verspreche dir, sie werden eines Tages von sich reden machen.«

»Ihr bekommt sie ganz bestimmt zurück – außer wir werden auf dem Heimweg von Straßenräubern überfallen!«

»Weshalb Euch drei meiner Leute bis nach Tours eskortieren werden.«

In Juans Gegenwart, der sie wortlos musterte, war er wieder zur höflichen Anrede übergegangen, ließ es sich aber nicht nehmen, Alix auf den Nacken zu küssen, als er hinter ihr vorbeiging.

Juan schien verdutzt, tat dann aber so, als hätte er nichts bemerkt.

»Was sollen wir machen, wenn wir uns sehen wollen?«, flüsterte er hinter ihrem Rücken.

Sie seufzte erleichtert, aber so leise, dass er es nicht hören konnte. Es war ein kleiner Seufzer, zufrieden und zugleich ärgerlich, ein Gefühl, das sie noch nicht kannte. Charles hatte also nicht die Absicht, sie in ihren Werkstätten aufzusuchen, wie es Alessandro eines Tages getan und damit einen heftigen Streit zwischen ihm und Mathias ausgelöst hatte.

»Lasst mir Zeit. Erst kommt die Arbeit. Ich würde sagen, ich bringe Euch jeden Teppich, wenn er fertig ist.«

»Muss ich also warten, bis der erste ganz fertig ist, ehe ich dich wiedersehen kann?«

Alix stellte fest, dass Juan sie nicht mehr beobachtete. Er hatte bereits auf seinem Kutschbock Platz genommen. Also konnte sie Charles wieder duzen.

»Ich werde mit den *Galanterien* beginnen, weil sie mir besonders gut gefallen. Sobald sie fertig sind, bringt dir mein Kutscher eine Nachricht nach Chaumont. Wenn du wieder auf dein Schloss kommst, kannst du mir mitteilen, wann ich dir den ersten Teppich ausliefern soll.«

»Das gefällt mir ausgezeichnet, mein Herz. Darüber scheinst du aber die Einladung des Duc d'Alençon vergessen zu haben.«

»Gar nichts habe ich vergessen«, antwortete Alix lächelnd. »Am ersten Frühlingstag werde ich bei Marguerite d'Angoulême sein. Warte nicht allzu lange, wenn du mich dort treffen willst. Ich bleibe nicht länger als eine oder höchstens zwei Wochen.«

»Um nicht einen einzigen Tag mit dir zu verlieren, werde ich bestimmt schon vor dir dort sein und dich sehnsüchtig erwarten, Liebes«, versprach er und küsste sie auf den Mund.

Bertille erwartete Alix bereits ungeduldig und kam ihr entgegengelaufen, sobald sie die Wagenräder auf dem Pflaster im Hof hörte.

Es war schon dunkel, und im schwachen Mondlicht sah man nur ihre Silhouette.

»Mathias ist zurück!«, rief sie und umarmte und küsste Alix. »Jetzt müsst Ihr ihn aber festhalten, Kindchen!«

Alix zuckte nur traurig die Achseln. Wie sollte sie ihn festhalten, mit ihrer neuen Liebe, die an die alte anknüpfte, an Alessandro, Brügge, Florenz. Die Geburt ihrer Tochter! Manchmal verschwamm ihr alles vor den Augen, sie hörte nur noch lautes Stimmengewirr und Schreie und konnte nichts mehr erkennen.

Ohne ein Wort drehte sie sich um, als Léo auf sie zukam, um ihr die Zügel von Césarine abzunehmen.

»Ist alles gut gegangen?«, wollte er von Juan wissen, der die Kutsche noch nie allein gefahren hatte, weil er zur Bewachung der Werkstätten eingestellt worden war.

Juan berichtete ihm, dass alles ohne Zwischenfälle verlaufen war und Dame Alix ihn sehr gelobt hätte.

Dann ging Alix ins Haus. Obwohl es schon spät war, saß Mathias noch mit Nicolas am Tisch. Gemeinsam betrachteten sie eine mit Blumen, Blättern und Fabeltieren illustrierte Handschrift. Nicolas interessierte sich sehr für die Motive, die sein Vater für die breiten Teppichbordüren auswählte.

»Was hast du in Paris gemacht, Mathias?«, fragte Alix unvermittelt und merkte zu spät, dass sie diese Frage nicht hätte stellen sollen. Sie war ihr einfach herausgerutscht, so wie man sich tapfer ins Wasser stürzt, ohne zu wissen, ob einen jemand herausfischen wird.

»Du bist nicht nach Hause gekommen, also bin ich gefahren.«

»Wir hatten aber doch gar nichts auszuliefern!«

»Das stimmt, aber ich hatte mal wieder Lust auf die Hauptstadt, die Seine, die Rue Saint-Jacques, das Weberviertel und das Viertel der Illuminierer. Dort habe ich mich wie früher, wenn du unterwegs warst, einfach treiben lassen. Das habe ich gebraucht.«

Sie wusste nicht, ob sie staunen oder sich sorgen sollte.

»Aber warum nur?«

»Ich hatte etwas Abwechslung nötig.«

Sie machte einen Schritt auf ihn zu, aber er rückte von ihr weg.

»Geh jetzt schlafen, Nicolas«, lenkte er ab, »und sag der Bertille, sie soll dich zudecken.«

»Tania soll das machen. Aber ich will Valentine noch einen Gutenachtkuss geben.«

»Ich komme mit«, erklärte Alix und ging mit ihm in Valentines schönes, großes Zimmer. Tania schlief neben dem kleinen Mädchen. Sobald Alix ihre Tochter auf den Arm genommen hatte, begann die Kleine zu brabbeln und herumzuzappeln.

»Sie freut sich, dass Ihr da seid, Dame Alix«, meinte Tania, die sofort aufgewacht war.

Alix drückte ihrer Tochter einen Kuss auf die Stirn, woraufhin die Kleine zu lachen begann. Valentine war ein fröhliches und aufgewecktes Kind. Hätte sie nicht diese schrecklichen, nahezu hysterischen Anfälle, unter denen sie einmal im Monat litt, wäre sie das normalste Kind der Welt gewesen.

Immer um die gleiche Zeit bekam sie schreckliche Krämpfe

und Zuckungen. Sie brüllte und schrie und weinte, und kein Mensch konnte sie dann beruhigen. Und niemand wusste, ob es ein körperliches oder ein seelisches Leiden war. Der Doktor hatte zwar eine chronische Epilepsie diagnostiziert, wusste die Symptome aber auch nicht recht zu deuten. Jedenfalls hatte sie während der Anfälle nie Schaum vor dem Mund und wurde auch nicht steif.

Alix war schon seit Längerem aufgefallen, dass Valentines Anfälle immer zur gleichen Zeit auftraten, also an den Tagen des Monats, als sie geboren war. Dachte sie länger darüber nach, brach ihr kalter Schweiß aus, und ihr Herz begann zu rasen, ohne dass sie wusste, warum. Zu viele Versatzstücke fehlten ihr, als dass sie die Frage hätte beantworten können. Also nahm sie die kleine Valentine nur immer auf den Arm, versuchte vergeblich sie zu beruhigen und flüchtete sich schnell in ihre Arbeit.

»Wie hübsch du bist, mein Liebchen!«, sagte Alix und küsste sie wieder.

»Ich glaube, wir sollten sie jetzt in Ruhe lassen, Dame Alix«, meinte Tania unsicher. »Nach ihren Anfällen braucht sie immer sehr viel Schlaf.«

Alix wollte das junge Mädchen ansehen, aber die wich ihrem Blick aus. Warum konnte sie ihr nie in die Augen sehen, wenn Valentine wieder eine ihrer nervösen Attacken hatte? Und warum lag ihr eigentlich so viel daran, sich persönlich um das kleine Mädchen zu kümmern, anstatt das Teppichweben zu erlernen, das sie so begeisterte? Philippe, der sich offenbar in sie verliebt hatte, wurde jedenfalls nicht müde, ihr seine Dienste als Lehrmeister anzubieten.

Alix legte ihre Tochter in ihr Bettchen zurück, deckte sie zu und schaute sie noch einmal an. Dann gab sie Nicolas einen

Gutenachtkuss und ließ die drei allein. Mathias saß noch immer am Esstisch und machte keine Anstalten, zu Bett zu gehen. Nachdem sie den Tisch abgeräumt und saubergemacht hatte, war Bertille schlafen gegangen. Vielleicht fanden ihre beiden Schützlinge ja heute Abend endlich zusammen, hatte sie sich gedacht.

Eine Weile sahen sie sich abwartend an. Alix fragte sich, was er in Paris verloren haben mochte, und Mathias suchte in ihren Augen nach dem Funkeln, das er so oft entdeckt hatte, als sie mit Alessandro zusammen war.

»Willst du mir jetzt sagen, warum du nach Paris gefahren bist, Mathias?«

Jetzt wurde sein Blick beinahe herausfordernd.

»Frage ich dich etwa, warum du so lange beim Duc d'Amboise geblieben bist, Alix? Ich sagte bereits, dass ich weggefahren bin, weil du nicht zurückgekommen bist.«

»Heißt das, du fährst jetzt jedes Mal weg, wenn ich nicht zu Hause bin?«

»Jedes Mal, wenn du bei Charles d'Amboise bist, wolltest du wohl sagen!«

Den Namen hatte er besonders betont und musterte sie jetzt streng, wie um sich zu vergewissern, dass nichts zwischen den beiden war, aber sein Instinkt täuschte ihn nicht. Er kannte Alix viel zu gut und ahnte sofort, dass sie ein Verhältnis mit Charles hatte.

»Warum bist du noch mal nach Chaumont gefahren?«

»Das habe ich dir doch gesagt. Um die Teppiche aus der Serie über das *Höfische Leben* zu holen, die wir fertigweben sollen. Ich habe sie in die Werkstatt bringen lassen. Willst du sie sehen?«

»Gehen wir rüber«, sagte er nur.

Und Alix wusste, dass er nicht mehr über Charles d'Amboise reden wollte und sie ihn nicht mehr wegen seiner Fahrt nach Paris ausfragen sollte. Draußen war es stockdunkel, und jeder nahm sich eine Fackel. Als sie Schritte hörten, drehten sie sich um. Aber es war nur Juan auf seinem nächtlichen Wachgang. Er wünschte ihnen eine gute Nacht, und sie betraten die Werkstatt. Alix ging zu den Teppichen, die sie ein paar Stunden zuvor aufgerollt an eine Wand gelehnt hatte.

Sie nahm einen Teppich und entrollte ihn, während Mathias das Gleiche mit einem anderen machte.

»Dieser hier heißt *Die Handarbeit* und deiner *Das Bad*. In dem Millefleurs möchte ich noch einen kleinen Teich mit Enten und anderen Vögeln einarbeiten. Und der nackten Badenden legen wir eine Perlenkette um den Hals.«

Mit ihrer Begeisterung steckte Alix Mathias an, der vor allem die schillernden Figuren bewunderte.

»Findest du nicht auch, dass *Das Lesen* irgendwie unvollständig wirkt? Es ist allzu offensichtlich, dass der junge Edelmann, der ein Schriftstück entrollt, eine Wiederverwendung ist. Da könnten ein paar Veränderungen nicht schaden.«

»Wir könnten einen großen Vogel über ihm fliegen lassen.«

»Und unter seinen Schuhen sollen Blumen wachsen.«

Alix breitete die Teppiche aus, um sie von Weitem zu betrachten.

»Den hier finde ich am schönsten. Mir gefallen die vielen Figuren. Jede soll ein zusätzliches Detail bekommen. Und für diese Szene braucht es unbedingt Bäume und viele Vögel. Ich werde Arnaude bitten, sie zu entwerfen. Das kann sie genauso gut wie ich.«

Mathias kam näher und deutete auf die Frau am rechten Bildrand.

»Wenn du guter Laune bist, siehst du ihr ähnlich.«

»Ich bin doch ganz friedlich, Mathias!« Aber sie ließ ihm keine Zeit, den Gedanken zu vertiefen, weil sie fürchtete, er könnte in eine falsche Richtung gehen. Stattdessen setzte sie die fachliche Diskussion fort.

»Wir beginnen mit *Galanterien*. Was meinst du, Mathias, würdest du die Millefleurs auf blauem oder auf rotem Untergrund weben?«

»Auf blauem.«

»Wusste ich doch, dass du dich so entscheiden würdest!«, meinte sie freudestrahlend.

»Rot wäre langweilig. Wir nehmen ein ganz dunkles Blau, damit man den Eindruck hat, es wäre finstere Nacht.«

Vor lauter Freude nahm sie seine Hand, was sie aber sogleich bereute, weil er die Geste leicht falsch verstehen könnte. Oh Gott, wie vorsichtig sie sein musste, damit sie die Sehnsucht ihres Gefährten nicht mit ihrer überbordenden Begeisterung weiter anfachte! Doch Mathias blieb ganz ruhig, und sie zog ihre Hand zurück.

»Werden die Teppiche dich nicht bei der Arbeit an deinen *Jungfrauen des Vatikan* und deinen *Sibyllen* aufhalten?«

»Und bei meinen *Grotesken*, wolltest du bestimmt sagen, Mathias. Nein, ich arbeite daran weiter. Ich webe für Maître Van Roome und nach den Kartons von Raffael, und du darfst die Teppiche für Maître Van Orley nicht vernachlässigen.«

»Und was ist mit den Millefleurs?«

»Ich finde, wir sollten den jungen Dumoncelle anstellen, dessen Vater uns endlich das Grundstück zur Erweiterung unserer Werkstatt verkaufen will. Der neue Auftrag ist ein hervorragendes Argument, um die Sache voranzutreiben.«

Und sie unterhielten sich noch lange im besten Einvernehmen über die Arbeit an den neuen Teppichen.

Am nächsten Morgen erklärte Alix Arnaude, die sich besonders gut auf Millefleurs verstand, wie sie sie haben wollte. Die junge Weberin liebte ihre Arbeit und hätte ihren Platz in der Werkstatt nie gegen den am Herd eintauschen wollen. Allerdings war ihr Mann Arnold auch Vorarbeiter in der anderen Werkstatt, und ihr gemeinsamer Sohn Guillemin wuchs hier zwischen Garnrollen, Webstühlen, Leinwänden und Zeichenkartons auf.

Alix erklärte ihrer Freundin außerdem, dass sie, damit sich die Arbeit an den anderen Aufträgen nicht in die Länge zog, an *La Vie seigneuriale* zusammen mit dem jungen Dumoncelle arbeiten sollte, der nebenbei noch sein Meisterstück für die Gilde in ihrer Werkstatt anfertigen wollte.

Schließlich saß jeder an seinem Webstuhl, und es wurde den ganzen Tag fleißig und friedlich gearbeitet. Alix ging an dem Abend früher nach Hause als Mathias, weil sie nach ihrer Tochter sehen wollte, und wurde von Bertille mit einem Brief in der Hand empfangen.

»Das ist ein Brief von der Comtesse d'Angoulême«, brummelte sie ärgerlich. »Hoffentlich wollt Ihr nicht gleich wieder einen Ausflug machen!«

Alix brach das Siegel des Hauses Angoulême, das Louise immer verwendete, um ihre Briefe zu verschließen, und begann zu lesen.

Meine liebe Alix,

soeben erfahre ich, dass Ihr bald Château d'Alençon einen Besuch abstatten wollt, wohin Euch Marguerite eingeladen hat. Das freut mich sehr, weil es eine schöne Abwechslung für sie bedeutet. Anschließend will sie die Abwesenheit ihres Gatten nutzen, um ins Val de Loire zu kommen. Sie muss sich zwischen Amboise, wo sie mir ein wenig Gesellschaft leisten soll, und Blois, wo sie sehnsüchtig von ihrem Bruder erwartet wird, aufteilen.
Im selben Brief schreibt mir Marguerite, dass Euch Charles d'Amboise begleiten wird. Er wurde selbstredend vom Duc d'Alençon eingeladen, der sich nun aber überraschend wieder den Truppen in Italien anschließen musste.
Auf Drängen von Charles d'Amboise, der offenbar unter allen Umständen Eure prächtigen Einhörner an den Wänden des Château d'Alençon bewundern will, hat Marguerite die Einladung an ihn nicht zurückziehen wollen.
Wie Ihr wisst, meine liebe Alix, mochte ich seinen Onkel, den Kardinal Georges d'Amboise, nicht sehr, schätze aber seinen Neffen Charles. Was ich längst nicht von allen seinen Neffen behaupten kann, die so zahlreich sind, dass ich sie nicht einmal alle beim Vornamen kenne. Charles ist sehr kultiviert, ein Mann mit großen Begabungen auf dem Schlachtfeld und in den Salons – ganz wie mein Cäsar. Außerdem ist er ein großzügiger Mäzen, weiß die Werke der großen Meister zu würdigen und schätzt die schönen Künste, mit denen er sich umgibt.
Marguerite hat mir erzählt, was Ihr ihr anvertraut habt, nämlich dass Ihr prächtige Teppiche mit höfischen Szenen zur Aus-

stattung von Château Chaumont fertigstellen wollt, das gerade umgebaut wird.
Die Freundschaft zwischen Euch und ihm weckt meine Neugier. Verschweigt Ihr mir womöglich etwas? Bei Marguerites Hochzeit fiel mir auf, dass Euch dieser Mann nicht aus den Augen gelassen hat, und beim abschließenden Lanzenstechen habe ich Euch mit ihm verschwinden sehen.
Leider verhindern meine immer zahlreicheren Verpflichtungen und Eure, die, wie ich weiß, auch nicht weniger werden, dass wir uns öfter sehen können. Deshalb möchte ich Euch bitten, mich ein Weilchen in Amboise zu besuchen, sobald Ihr aus Alençon zurück seid. Dann finden wir hoffentlich Zeit und Gelegenheit für vertrauliche Gespräche.
Im Übrigen hoffe ich, dass Ihr bei Eurem Besuch in der Normandie etwas für mich in Erfahrung bringen könnt. Ich möchte sehr gerne wissen, wie es Marguerite auf ihrem normannischen Schloss geht. François hat mir gestanden, er glaube nicht, dass sie mit dem Mann, den wir für sie ausgewählt haben, sehr glücklich ist.
Gewiss, Charles d'Alençon hat nicht so hervorragende Manieren wie mein Sohn. Er ist nun mal in erster Linie Soldat. Doch nichts spricht dagegen, dass er seinem Wesen nach mutig, klug und treu ist, gerecht zu sich selbst und anständig gegenüber seinen Nächsten. Ich hoffe sehr, Marguerite wird diese Tugenden eines Tages schätzen lernen, auch weil sie sehr selten sind. Wie viele Männer sind unzuverlässig, treulos und verschwenderisch, und wie viele können nur mühsam ihre Bosheit, ihren Egoismus und ihren Mangel an Zartgefühl verbergen.
Außerdem würde ich auch sehr gern erfahren, wie das Verhältnis zwischen Marguerite und ihrer Schwiegermutter ist. Sind

sie sich zugeneigt, achten sie sich, oder sind ihre Begegnungen kühl und von Pflichtgefühl bestimmt? Ihr werdet sehen, dass sie eine fromme, unbescholtene und hellsichtige Frau ist, ganz wie meine eigene Schwiegermutter es war, die alte Comtesse d'Angoulême, die Ihr auf Château de Cognac noch kennenlernen durftet. Könnt Ihr Euch noch an sie erinnern, Alix? Das ist alles schon so lange her! Damals waren wir beide sehr verzweifelt – aus verschiedenen Gründen, die sich aber sonderbarer Weise auch glichen, weil wir beide auf der Suche nach der wahren Liebe waren.

Ich weiß, dass die alte Comtesse d'Alençon kein schlechter Mensch ist, aber sie ist etwas steif und streng. Und ich fürchte, Marguerite ist noch nicht bereit, sie jeden Tag in die Kapelle zu begleiten, wo sie stundenlang betet. Sie galoppiert lieber den ganzen Tag auf ihrem Lieblingspferd querfeldein!

Wie könnte ich ihr daraus einen Vorwurf machen, bin ich doch selbst noch sehr erpicht auf Ausritte, die ich besonders gern mit dem Duc de Montpensier in den Wäldern um Amboise unternehme! Das heißt, wenn er mir einige Tage seiner kostbaren Zeit schenkt, von der er angeblich auch einen Teil seiner trübsinnigen Gattin widmen muss.

Ach, meine liebe Alix, meine Leidenschaft für ihn ist noch immer sehr groß. Ob ich wohl eines Tages davon erlöst sein werde? Manchmal frage ich mich, ob es wirklich das ist, was ich mir wünsche. Da sind noch so viele vertrauliche Gesten, so viele Worte, die wir uns sagen wollen, so viele Gedanken, die wir über die Felder und Wälder schicken, die uns trennen.

Ich habe gehört, Ihr wollt zum Frühlingsbeginn nach Alençon reisen. Um die Zeit zeigen sich die normannischen Wiesen von ihrer schönsten Seite. Ich weiß, dass Ihr stets begierig Eindrücke

für Eure schönen Teppiche sammelt. In der Normandie könnt Ihr in aller Ruhe Millefleurs *studieren, die dann in voller Pracht stehen. Die Wiesen sind voll davon – Himmelsschlüssel und Butterblumen, Klatschmohn und Margeriten, alle Farben sind vertreten. Ach, ich freue mich jetzt schon auf die Galanterien, die Ihr für Charles d'Amboise weben wollt. Richtet ihm bitte aus, dass ich sie sehr gern in seinem Schloss bewundern würde, wenn sie fertig sind und es mich einmal in die Nähe von Chaumont verschlägt.*
Liebe Alix, umarmt und küsst Marguerite bitte ganz herzlich von mir und sagt ihr, sie soll mich besuchen, ehe ihr Gatte zurückkommt. Vor allem aber müsst Ihr auf der Rückreise unbedingt zu mir nach Amboise kommen. Ich erwarte Euch sehnsüchtig.

Mit den herzlichsten Grüßen von
Eurer Louise.

Alix faltete den Brief sorgfältig zusammen. Bestimmt las sie ihn später noch einmal, aber Mathias wollte sie nicht davon erzählen. Und sollte Bertille nachfragen, würde sie ihre nächste Reise mit keinem Ton erwähnen.

9.

Seit sie in Alençon wohnte, unternahm Marguerite häufig lange Ausritte, um sich über die Bitterkeit hinwegzutrösten, die an ihr nagte.

Allerdings wollte sie nicht im Verdruss über die Eintönigkeit ihres neuen Zuhauses versinken und bemühte sich stattdessen, die brave junge Ehefrau zu spielen. Dies wiederum gefiel der alten Herzogin von Alençon, die an ihrer Schwiegertochter Qualitäten zu entdecken begann, die sehr gut zu ihrer eigenen Unbescholtenheit und Tugendhaftigkeit passten.

Marguerite blieb zwar fügsam genug, um diese neuen Fesseln zu ertragen, wobei ihr auch ihr anpassungsfähiges Wesen zugute kam, war jetzt aber auch überzeugt, dass sie eine heftige Leidenschaft von ihrem geliebten Bruder entfernt hätte. War es überhaupt möglich, der übergroßen Liebe zu zwei Menschen gerecht zu werden?

Nach mehreren Nächten, die wegen der Wiederholungsfehler ihres Gatten unweigerlich damit endeten, dass sich jeder hinter seinen verletzten Gefühlen verschanzte, hatte Marguerite für sich eine Entscheidung getroffen.

Da sie keine Möglichkeit sah, etwas an dieser unerfreulichen Situation zu ändern und die wenigen Nächte gereicht hatten, um ihr klarzumachen, dass keine Verliebtheit mit ihrem Mann aufkommen würde, versuchte sie sich wenigstens die tiefe Zuneigung für ihren Bruder zu bewahren.

Allerdings hätte nicht viel gefehlt und Marguerite hätte sich ihrer Schwiegermutter anvertraut, denn während es dem Herzog von Alençon an den elementarsten Kenntnissen der weiblichen Psyche mangelte, verfügte die alte Dame sehr wohl über das Einfühlungsvermögen, das ihrem Sohn so sehr abging. Es hätte ihr also durchaus auffallen können, wie ungewöhnlich sich das junge Paar benahm.

Gebildet wie sie war, hatte die betagte Herzogin sehr schnell begriffen, dass sich ihr Sohn jeder intellektuellen oder künstlerischen Diskussion verschloss und dass es Marguerite trotz ihrer offenen Art schwerfiel einzusehen, dass ihr Mann nichts von den kulturellen Errungenschaften ihrer Epoche hielt.

Charles d'Alençon war eben in erster Linie Soldat. Doch warum mussten bestimmte Vorzüge andere Qualitäten unterdrücken? Charles kam und ging, zog in den Krieg, wie ein Bauer aufs Feld geht oder ein Feldhüter in seinen Wald.

Marguerites Bruder François war der geborene Kämpfer, Krieger und Soldat und besaß, genau wie Charles d'Alençon, eine unbändige Leidenschaft für Degen und Schwert, war aber dennoch gebildet und intellektuell nicht unbewandert.

Doch der eine war nun einmal ihr Mann und der andere ihr Bruder. Der eine umgab sich ausschließlich mit Kampfgenossen, Jägern und Landadeligen auf der Suche nach lärmenden, zügellosen Veranstaltungen, während der andere die Gesellschaft von Musikern und Dichtern liebte und kaum etwas mehr schätzte als Spiele, Feste, Konzerte und Bälle. Man kann sich leicht denken, dass sich dieser krasse Gegensatz im Laufe der Zeit noch verstärkte.

In den folgenden Monaten kokettierte Marguerite mit ihren eigenen Plänen. Ihrem Bruder mehr als ihrer Mutter schrieb sie von ihrem Bedauern darüber, dass das schweigsame Temperament ihres Gatten nicht sehr gut zu ihrem eigenen passte. Die Antwort ihres Bruders kam prompt. Er erinnerte sie daran, dass Château de Blois auch ihr gehörte und dass es nichts gab, was sie zwingen konnte, sich auf Château d'Alençon in der Normandie einsperren zu lassen – nicht einmal auf Wunsch von Charles d'Alençon.

Darüber war Marguerite sehr erleichtert und gönnte sich wieder endlose Ausritte in der Gegend um Alençon, während sie auf eine Einladung von François wartete.

Wenn ihr die düsteren Wälder in der Normandie auch nicht so gut gefielen wie die der Touraine mit ihrem magischen Licht und den vielen Teichen unter einem launischen Himmel, wollte sie doch wenigstens ihre verborgenen Geheimnisse entdecken.

In der Normandie waren die Wälder sehr dicht, niedrig und wildreich, und die Lichtungen, viel dunkler als im Wald um Sologne, wirkten manchmal fast beengend und erstickend.

Von ihrem Fenster aus betrachtete Marguerite den Morgenhimmel, der nicht wie so oft von eintönigem Grau war, was sich ihr aufs Gemüt legte, sondern sie mit einem verheißungsvollen Himmelblau anrührte.

Ja, es war ein ganz besonderer Morgen, denn Marguerite erwartete bald Gäste. Nachdem Charles d'Alençon vor dem Besuch seines Freundes hatte aufbrechen müssen, empfing Marguerite den Duc d'Amboise nun allein. Da sie aber auch Alix, die Freundin ihrer Mutter, eingeladen hatte, ihre Wandteppiche an den Wänden des Schlosses zu bewundern, waren die Konventionen gewahrt. Übrigens hatte auch Charles d'Amboise, ein großer Verehrer der Webkünste, den Wunsch geäußert, sie zu besichtigen.

Marguerite rechnete täglich mit der Ankunft ihrer Gäste und fand, die Wartezeit ließe sich mit einem langen Ausritt in die Wälder angenehm verkürzen.

Prunelle rannte hinter ihr her die Treppe hinunter, die in den großen Empfangssaal führte. Vor dem Käfig mit ihrem Papagei Achilles blieb Marguerite stehen. Ihr Bruder hatte sich einen Spaß daraus gemacht, dem Vogel ein paar Wörter beizubringen. Seitdem sagte der Papagei nur noch: »Wann geht's loss, Marrrguerrrite?«

»Bald, mein lieber Achilles«, sagte sie vergnügt und streichelte das seidige Gefieder ihres Vogels. »Aber erst kriegen wir Besuch von unserer Freundin Alix und von Seigneur d'Amboise und reden über alles, was mir am Herzen liegt.«

Der Gedanke versetzte sie in gute Laune. Sie würde schon dafür sorgen, dass sich ihre Gäste in Alençon wohlfühlten und blieben, bis sie sich selbst ins Val de Loire aufmachen konnte. Wie sie sich auf Blois und Amboise freute, auf ihren Bruder, den Hof mit seinen zahlreichen Vergnügungen, umso mehr als sich Königin Anne, die Abwesenheit des Königs nutzend, der bei seinen Truppen vor den Toren Mailands war, in der Bretagne aufhielt.

Dass ihr Gatte so plötzlich nach Mailand aufbrechen musste, hatte Marguerites Pläne auf den Kopf gestellt, was ihr aber im Grunde nur recht war. Charles d'Amboise, den sie in wenigen Tagen auf ihrem Schloss empfangen wollte, hatte sich den königlichen Truppen nicht anschließen müssen, konnte aber jederzeit abberufen werden, wenn sich die Dinge zum Schlechten wenden sollten. Noch in den entlegensten Ecken des Landes sprach man von nichts anderem als den verhängnisvollen Folgen dieses Kriegs, der die Kassen Frankreichs leerte. Würde Louis XII. eines Tages doch noch triumphieren? Schließlich hatte man die Schlacht von Agnadello gewonnen, wo sich der junge Duc de Nemours so brillant geschlagen hatte.

Beim Gedanken an den Mann, in dessen Armen sie eine Ahnung davon bekommen hatte, was leidenschaftliche Liebe war, überlief Marguerite ein Schauer, den sie aber sofort unterdrückte. Die Aussicht auf den bevorstehenden Besuch begeisterte sie dermaßen, dass sie mit einem Schlag allen Kummer vergaß und beinahe fröhlich zu den Ställen lief und Philibert suchte.

Der junge Reitknecht war Marguerite auf Drängen ihrer Mutter in die Normandie gefolgt, genau wie der Kutscher Jean-Baptiste. Es hatte all ihrer Überredungskünste bedurft, und Louise hatte noch eine stattliche Belohnung aussprechen müssen, ehe die beiden schließlich einwilligten.

Weil die Comtesse d'Angoulême aber ständig an Ansehen gewann, konnte sie neue Dienstboten einstellen, und ihr Gefolge wurde von Tag zu Tag größer. So war es nicht weiter verwunderlich, dass sie am Vorabend von Marguerites Hochzeit deren junger Kammerzofe folgenden kurzen Vortrag gehalten hatte:

»Ich muss mit dir reden, Catherine. Du bist noch jung, kaum älter als Marguerite, und wenn du willst, kannst du einen langen Weg mit ihr gehen. Könntest du dir das vorstellen?«

Was blieb der braven Catherine anderes übrig, als zu sagen:

»Aber ja, Madame Louise, ich versichere Euch, dass ich ihr eine ergebene Dienerin sein werde.«

»Damit hast du eine Frage beantwortet, Catherine. Ich möchte aber auch wissen, ob du bei ihr bleiben willst?«

»Gewiss, Madame.«

»Auch auf Château d'Alençon?«

»Madame la Comtesse, Ihr kennt Eure Tochter besser als jeder andere und wisst, wie gern sie durch die Gegend reitet.«

»In Zukunft wird sie ihre Reisen eher in einer Sänfte machen müssen.«

Louise strich der Kammerzofe freundlich übers Haar.

»Glaubst du nicht, dass sie durch ihre Heirat etwas häuslicher wird?«

»Ganz im Gegenteil, Madame Louise.«

Das junge Mädchen hatte sofort die Andeutung herausgehört, die in der Frage mitklang.

»Ganz im Gegenteil?«

»Aber ja, Eure Tochter wird sich in Alençon langweilen und jeden Anlass zum Vorwand nehmen, um nach Amboise zu kommen.«

Catherine äußerte ihre Meinung mit einem Nachdruck, der keinen Widerspruch zu dulden schien. Und als sie sah, wie gern die Comtesse das zu hören schien, setzte sie noch eins drauf:

»Und von ihrer Reiselust wird sie im Übrigen nichts und niemand abbringen.«

Louise schenkte ihrem Zimmermädchen ein herzliches Lächeln, woraufhin Catherine wusste, dass sie genau die Antworten gegeben hatte, die die Comtesse d'Angoulême hatte hören wollen.

»Ausgezeichnet, Catherine. Wenn du bei meiner Tochter bleibst, soll das auch belohnt werden.«

»Ich erwarte keine Vergünstigungen, Madame.«

»Marguerite ist sehr großzügig, das wirst du bald sehen.«

Nach dem gelungenen Verlauf dieses Gesprächs, bei dem Catherine nicht zu äußern gewagt hatte, dass sie sich in der Normandie langweilen würde, hatte Louise nur noch Blanche de Tournon gewinnen müssen, was sich aber nicht als weiter schwierig erwies. Madame de Chatillon war mittlerweile viel zu sehr die Freundin ihrer Tochter geworden, als dass diese sich von ihr hätte trennen wollen, und Blanche war der jungen Duchesse d'Alençon ganz selbstverständlich in die normannische Provinz gefolgt.

Und so war Louise beruhigt und glaubte ihre Tochter gut aufgehoben. Mit der vertrauten Entourage sollte sie ihr neues Leben in Angriff nehmen und nach ihren Wünschen gestalten können.

So früh am Morgen war es noch frisch und der Himmel von diesem eigentümlichen Grau, an das sich Marguerite noch nicht gewöhnt hatte. Sie ging zu den großen, hellen Ställen, in denen die Pferde untergebracht waren.

Philibert hatte gerade Attalante gesattelt, die unruhigste und schnellste von ihren Zelterstuten.

Er sah die junge Herzogin unschlüssig an und reichte ihr zögernd die Zügel.

»Wollt Ihr nicht doch lieber Hyppomène nehmen, Madame?«

»Hyppomène! Nein, nein, Philibert. Hyppomène ist ein Jagdpferd, sie eignet sich besser, wenn man in den Wald will.«

Der Reitknecht musterte sie besorgt und beobachtete, wie sich Marguerite fachmännisch von der guten Verfassung ihrer Stute überzeugte.

»Was ist denn los, Philibert?«, fragte Marguerite spöttisch, »warum siehst du mich so besorgt an?«

»Weil Eure Mutter wünscht, dass ich Euch begleite, solange Ihr keinen eigenen Schildknappen habt.«

Aber sie lachte nur, während sie Sattel und Steigbügel kontrollierte.

»Ich bitte dich, Philibert, ich will doch nur ausreiten. Ich finde, da muss man sich nicht gleich Sorgen machen.«

»Wenn Ihr Hyppomène nicht reiten wollt, nehmt doch wenigstens Orphée. Sie ist ruhiger und folgsamer als Attalante.«

»Du weißt sehr gut, dass Orphée bei jeder Kleinigkeit scheut und sehr launisch sein kann.«

Marguerite hob den Saum ihres langen Kleids hoch, stellte einen Fuß in den Steigbügel und ließ sich von Philibert in den Sattel helfen.

Die Stute scharrte mit dem rechten Vorderhuf, tänzelte freudig, blähte die Nüstern und wieherte ungeduldig.

»Sie kommt mir heute Morgen sehr ungestüm vor«, versuchte es Philibert noch einmal.

»Das ist sie immer, wenn sie weiß, dass ich sie reite!«

Marguerite musste wieder lachen und neigte ihren Kopf anmutig zu der Seite, auf der ihr Kleid in schönen Falten über die Flanke der grauen Zelterstute fiel.

»Also dann – bis später, und mach dir keine Sorgen! Ich nehme dich mit, wenn ich in die Wälder reiten will«, rief sie dem Reitknecht noch zu, während sie Attalante schon die Sporen gab, und ließ Philibert einfach stehen, der sich nachdenklich am Kopf kratzte.

Kaum hatte sie das Burgtor hinter sich gelassen, als sie auch schon der wilde und dennoch beruhigende Rausch überkam, den sie nur allzu gut kannte.

Attalante wurde immer schneller, und die Blätter der Bäume

schossen nur so an ihr vorüber. Jetzt fehlte ihr nur noch François zu ihrem Glück. François mit Pegasus, seinem feurigen Bearnerpferd, das so tollkühn war wie sein Herr.

Die Landschaft hatte trotz allem ihre Reize. Hügelauf und flusswärts erstreckten sich die Ländereien ihres Mannes um Alençon. Die Wiesen und Felder lagen noch ohne Frühlingsgrün da, und über ihnen breitete sich ein unglaublich weiter grauer Himmel aus, unter dem alles noch leerer wirkte. Hinter dem Schloss zogen sich ausgedehnte dichte Wälder hin.

Plötzlich zügelte Marguerite ihr Pferd und ließ es langsam traben. Sie hatte einen unbekannten Weg gewählt, und beim Anblick dessen, was sich da vor ihr auftat, glaubte sie ihren Augen nicht zu trauen. Über den Ufern der Briante thronte ein vielleicht zweihundert Jahre alter Burgfried aus dem Mittelalter und zeichnete sich dunkel vor dem hellgrauen Himmel ab. Das gewaltige Gemäuer, dem man ansah, dass es seit Jahrhunderten Wind und Wetter trotzte und das nur so vor Schießscharten, Wachthäuschen und Pecherkern strotzte, verschlug Marguerite die Sprache.

Sie hielt ihr Pferd an und ließ Attalante eine Kehrtwendung machen, damit sie das mittelalterliche Gebäude besser betrachten konnte.

Sie hatte das Gefühl, in einer völlig fremden Welt angekommen zu sein. Auf dem Schloss war alles wie früher. Keine einzige Spur zeitgenössischer Kultur war zu sehen, nicht der kleinste Hinweis darauf ließ sie hoffen.

Wie sollte man in diesem strengen Gebäude, das vermutlich einmal als Garnison oder als Alterssitz für Betschwestern gedient hatte, irgendetwas verändern?

Wie sollte man dort Feste feiern?

Attalante begann zu tänzeln.

Feste feiern auf Château d'Alençon! Wann denn und mit wem, wen konnte sie einladen? Auf ein Schloss ohne Tanzsaal, ohne Musikzimmer, ohne Jeu de Paume. Was konnte man hier spielen? Welchen Vergnügungen konnte man sich hingeben? Abgesehen von den Würfel- und Kartenspielen der Soldaten gab es auf dem Schloss weder Reifen noch Federbälle oder Schläger, Kegel oder Billard. Ja nicht einmal Corbillon, das kluge Reimspiel, das sie so gern mochte, konnte sie spielen, weil es ihr hier an gebildeten Mitspielern fehlte.

Das Schloss ihres Mannes war nichts anderes als eine Ansammlung von Waffenkammern und dunklen Gängen, die zu ebenso dunklen Sälen führten, deren Wände mit Hellebarden, Lanzen und Schwertern behängt waren.

Ihre Schwiegermutter hatte sich schon vor langer Zeit ein Refugium geschaffen, bestehend aus einem düsteren Salon, von dem aus man durch eine schwere Tür hinter einem dunklen Wandvorhang in ihr Schlafzimmer und von dort aus ins Oratorium gelangte.

Eine kleine Bibliothek mit frommen Büchern in abgegriffenen Ledereinbänden und ein Klosett, in dem Wasserkanne und Wasserschüssel für ihre morgendlichen Waschungen bereitstanden, ergänzten ihr kleines Reich.

Allerdings verbrachte die alte Frau die meiste Zeit des Tages in ihrem Oratorium oder in der Schlosskapelle, und zwar meist in Gesellschaft einiger Kuttenträger, die auf einen Obulus aus waren.

Marguerite konnte die scheinheiligen und boshaften Mönche, die ihre Schwiegermutter sehr schätzte, nicht ausstehen. In ihren hässlichen staubgrauen Kutten tauchten sie ständig auf, wichen der alten Herzogin nicht von der Seite und waren ebenso habgierig wie scharfzüngig.

Attalante bockte ungeduldig, weil sie die Aufmerksamkeit ihrer Herrin verlangte. Marguerite seufzte, nahm wieder die Zügel, klopfte ihrer Stute den Hals und ließ sie galoppieren.

Hinter einer Wegbiegung sah sie hoch oben über dem Tal einen Flügel des alten Gemäuers, den sie noch nie gesehen hatte. Die verfallenden Türme ragten wie uneinnehmbare Festungen in den Himmel, umgeben von einer Stadt aus Granit und Schieferdächern über steil abfallenden grauen Hügeln.

Vor ihren Augen wuchsen wilde Kräuter, die sie nicht kannte. Ganz andere Kräuter als am Ufer der Loire.

Marguerite gab Attalante die Sporen und trieb sie, einem plötzlichen Impuls folgend, zu einem höllischen Galopp an. Sie hatte auf einmal das Gefühl, aus einem Gemälde fliehen zu müssen, dessen Bestandteil sie war.

Inzwischen war es spät am Vormittag, kalt und weiß, und die Landschaft veränderte ihren Charakter. Lichte Wiesen und Felder machten dichten, finsteren Wäldern Platz.

Auch der Himmel veränderte sein Aussehen und färbte sich milchig weiß, und ein kalter, feuchter Wind trieb leichte, graue Wolken vor sich her. Der Himmel schien die Landschaft in zwei Teile zu teilen, als wollte sich die Stadt von ihrer Umgebung loslösen. Nichts erinnerte Marguerite hier an ihre geliebte Touraine, in der alles so innig verschmolz.

Eine reichlich ungewisse Kulisse also für unsere junge Herzogin, die sich in der Normandie zuhause fühlen sollte. Und ob sie sich nun gerade im Angoulême oder in der Touraine zuhause fühlte – nichts vermochte sie zu trösten. Sie war an den Anblick der rosafarbenen Dachziegel von Cognac gewöhnt, an den durchscheinenden Himmel über Angoulême, wo sie ihre Kindheit verbracht hatte, empfänglich für die zarten Pastelltöne des Loireufers, und wollte sich unter keinen Umständen auf die tristen Farben hier einlassen.

Nur die Gerüche verzauberten sie. Es duftete nach frischem Gras, Farnen und feuchtem Moos. Manchmal ertappte sie sich dabei, wie sie begeistert den Geruch von Raureif oder Frühlingsregen in sich aufsog.

An den Hals ihrer Stute geschmiegt, Zügel und Peitsche fest in der Hand und dem Pferd die Sporen gebend ritt Marguerite bis zum Abend mit der Versessenheit, die sie von François gelernt hatte.

Plötzlich glaubte sie die wilden und zärtlichen Worte zu hören, die ihr François gern zurief, wenn sie durch den Wald von Sologne galoppierten. Marguerite schmiegte sich noch enger an ihr Pferd und folgte dem Bruder gehorsam. Sie sprang über Hecken und Hindernisse, flog über die Wege, streifte den Boden nur noch, umrundete mit verhängten Zügeln Bäche und Teiche und beschmutzte ihr Kleid mit schwarzem Schlamm.

Ihr wurde schwindelig. Die Nüstern ihres Pferds dampften, und es schwitzte schrecklich. Marguerite schloss die Augen und weigerte sich anzuhalten. Herrisch befahl ihr François, den wilden Ritt mitzumachen und sich nicht um den nassen Rücken ihres Pferds zu kümmern.

Inzwischen hatte Attalante Schaum vor dem Maul. Als Marguerite vollkommen erschöpft zu einem Bach kam, verschwamm das Bild ihres Bruders und machte dem ihres Gatten Platz.

Erschrocken hielt sie an. François trieb sie nicht mehr vorwärts, doch nun hatte Charles übernommen, wollte ihr vorschreiben, wie sie sich zu verhalten hätte, ihr einen Lebensrhythmus diktieren, der von vornherein zum Scheitern verurteilt war.

Taumelnd stieg sie vom Pferd und ging zu dem Bach. Attalante führte sie am Zügel. Mit schweißnassem Fell und dampfenden Nüstern wollte das Pferd von dem Wasser trinken.

»Findet Ihr es nicht gefährlich, Euer Pferd von dem eiskalten Wasser trinken zu lassen? Ich habe schon erlebt, dass ein Pferd deshalb auf der Stelle tot umgefallen ist.«

Marguerite sah sich nach der Stimme um und einem jungen Mann gegenüber. Er war groß und jung, hatte kastanienbraune Augen, und sein Gesichtsausdruck war treuherzig und selbstbewusst zugleich.

»Natürlich, Ihr habt recht. Wie konnte ich das vergessen! Aber Attalante ist so durstig.«

»Seht doch, ihre Nüstern dampfen schon nicht mehr so.«

Marguerite strich Attalante über die Mähne. Aber die Stute hatte das frische Wasser gewittert, bäumte sich ungeduldig auf und wollte sich die liebevolle Berührung nicht gefallen lassen.

»Gleich, meine Schöne, Geduld, Attalante! Nur noch ein kleines Weilchen, dann kannst du von mir aus den ganzen Bach austrinken, wenn du willst.«

Aber die Stute wurde so unruhig, dass Marguerite das durstige Tier nur noch mit Hilfe des jungen Mannes vom kalten Wasser fernhalten konnte.

Als sie sie endlich losließen, stellte sich Attalante in den Bach und trank gierig.

Marguerite bemerkte den belustigten Blick des jungen Mannes. Sie lächelte ihn freundlich an, vermied es aber, seinen bescheidenen Aufzug genauer anzuschauen. Er hatte einen Mantel an, der zwar gut geschnitten, aber so abgetragen war, dass er an den Säumen ausfranste.

»Ich heiße Marot«, stellte sich der junge Mann mit einer höflichen Verbeugung vor, »Clément Marot.«

»Und ich bin Marguerite d'Angoulême«, sagte sie, während sie nach den Zügeln ihres Pferds griff, »und sehr erfreut, Eure Bekanntschaft zu machen.«

Attalante hatte genug getrunken und ließ sich wieder brav führen.

»Werden wir uns wiedersehen?«

»Ja, warum nicht. Vielleicht am Hof in Blois.«

»Am Hof in Blois!«

Marguerite machte eine Pause und versuchte ein paar Locken zu bändigen, die ihr bei dem wilden Ritt aus der Haube gerutscht waren. Ihr neuer Bekannter sah ihr zu und erklärte:

»Mein Vater ist Gast des Königs.«

Da lächelte Marguerite erfreut.

»Ihr sprecht doch nicht etwa von Jean Marot, dem Dichter, von dem Königin Anne so begeistert ist?«

»Doch, das ist mein Vater.«

Jean Marot! Der heitere Dichter Ludwigs XII., der Dichter, dem es gelungen war, Anne de Bretagne zu entzücken. Beinahe hätte Marguerite Attalante losgelassen.

»Und Ihr, seid Ihr auch Dichter?«

»Wie der Vater, so der Sohn.«

»Dann bin ich sicher, dass dies nicht unsere letzte Begegnung war«, meinte sie schnell, »irgendwann sehen wir uns bestimmt wieder.«

Als sie losgaloppierte, weil es bereits Abend wurde und sie zusehen musste, dass sie nach Hause kam, spürte sie den Blick des jungen Mannes in ihrem Rücken. Jetzt machte sie sich Vorwürfe, dass sie nicht früher umgekehrt war. Sie hatte noch gut zehn Meilen vor sich und würde erst spät nachts zurück auf dem Schloss sein.

Trotzdem wollte sie Attalante nicht schon wieder antreiben und begnügte sich mit einem leichten Galopp, bei dem sie ihren Gedanken nachhängen konnte.

Wenn sie so spät nach Hause kam, traf sie vermutlich auf die lärmenden, ungehobelten Gefährten ihres Mannes und nicht auf die scheinheiligen, buckelnden Mönche, die ständig hinter dem Geld der alten Herzogin her waren.

Marguerite seufzte traurig. Irgendwie musste sie sich wohl mit einem kargen Leben zwischen einem reichlich ungehobelten Ehemann und einer allzu devoten Schwiegermutter einrichten.

Auf den Gehorsam und die Achtung der Dienstboten durfte sie zählen – ihre eigenen, Blanche und Catherine, Philibert und Jean-Baptiste, waren ihr ohnehin treu ergeben.

Ihre Schwiegermutter hatte ihr nur eine einzige Zofe empfohlen, Madame de Breuille, ihre Betschwester, die Marguerite zu den Gottesdiensten begleitete.

Als Marguerite langsam über die Zugbrücke trabte, die schon seit Generationen ständig heruntergelassen war, war es bereits tiefe Nacht, und der große Schlosshof wurde von den vielen Fackeln erhellt, mit denen Lakaien und Diener die junge Herrin erwarteten.

Kaum zeigten sich die ersten Sonnenstrahlen, als Marguerite Catherine nach ihr rufen hörte. Sie stand auf, warf sich einen Morgenmantel über und verließ ihr Zimmer.

»Was gibt es denn in aller Frühe, Catherine?«

»Dame Alix ist eingetroffen, Madame la Duchesse!«

Marguerite eilte zur Treppe und sah Alix unten stehen. Sie trug einen schönen Zobelmantel und wollte gerade die Treppe heraufkommen.

»Da seid Ihr ja endlich, Alix!«, rief Marguerite und lief ihr entgegen, »ich hatte Euch schon früher erwartet.«

Zwei Stunden später unternahmen sie gemeinsam einen Ausritt.

»Wir sollten diesen schönen sonnigen Tag genießen«, meinte Marguerite. »Heute Abend ist noch genug Zeit, Euch das Schloss zu zeigen. Lasst uns hier entlangreiten. Der Weg führt in eine typisch normannische Waldgegend. Hier bin ich oft unterwegs.«

Eine Weile ritten sie gemächlich dahin, dann ließ Alix Césarine angaloppieren, und es dauerte nicht lange, bis beide mit verhängtem Zügel ritten.

»An der Kreuzung da vorn könnten wir ein Stück Richtung Val de Loire reiten. Was haltet Ihr davon?«, fragte Marguerite.

Plötzlich hörten sie ein galoppierendes Pferd, und bald zeigte sich ein kleiner Punkt am Horizont. Die beiden Frauen wurden langsamer, und Alix schien sehr gespannt.

»Bestimmt ist das Charles d'Amboise!«

Und sie täuschte sich nicht. In vollem Galopp kam er auf sie zu und hatte sie bald erreicht.

»Guten Tag, Herzogin. Ich fürchte, ich befinde mich auf Eurem Besitz!«

»So ist es, Duc d'Amboise!«, gab Marguerite lachend zur Antwort.

»Ich muss Euch wohl nicht vorstellen, Ihr seid ja alte Bekannte. Mein Gott, wie lange ist es her, dass Ihr in Florenz wart!«, sagte sie, um sich sofort erschrocken auf den Mund zu schlagen.

»Bitte entschuldigt, Alix. Wie gedankenlos von mir, Erinnerungen anzusprechen, die Ihr gewiss vergessen wollt.«

»Es ist sehr bedauerlich, dass Euer Gatte so plötzlich aufbrechen musste«, unterbrach sie Charles. »Wie ich höre, hat der König einige seiner Feldherrn zu sich beordert.«

»Und ich weiß nicht einmal, wann er zurück sein wird. Deshalb könnte es gut möglich sein, dass ich mit Euch nach Amboise reisen werde.«

»Was hieltet Ihr davon, wenn wir Euren Ausritt gemeinsam fortsetzen?«, schlug Charles nun vor.

»Euer Gast hat recht«, mischte sich Alix ein. »Lasst uns zu dem Wäldchen dort hinten reiten.«

Kaum angekommen, bat Charles um eine Pause.

»Sie sei Euch genehmigt, Seigneur d'Amboise. Schließlich seid Ihr schon seit Morgengrauen unterwegs. Ruhen wir uns also ein wenig aus.«

Sie saßen ab, und endlich konnte Charles Alix' Hand nehmen und küssen. Als er gerade auch Marguerite so begrüßen wollte, raschelte es hinter ihnen, und ein blonder junger Mann tauchte auf. Marguerite erkannte sofort sein treuherziges Gesicht und die samtbraunen Augen, mit denen er sie ansah.

»Ihr seid also noch in der Gegend, Clément Marot!«, rief sie überrascht. »Ich dachte, Ihr wärt auf dem Weg nach Blois.«

»Nein, noch nicht, ich wollte Euch wiedersehen.«

Marguerite wurde rot und stellte den jungen Mann ihren Freunden vor.

»Er ist der Sohn von Jean Marot, dem Hofdichter von Blois. Wir haben uns erst gestern kennengelernt.«

»Seid Ihr ebenfalls Dichter?«, wollte Charles wissen.

»Ja, leider, und ich lebe davon mehr schlecht als recht. Mein Vater ist berühmt, ich aber bin es leider noch nicht.«

»Euer Vater soll sehr schöne, wenn auch ein wenig gewagte Rondeaus schreiben, auf die der König ganz versessen ist«, sagte d'Amboise und taxierte den jungen Mann neugierig.

Er ist vielleicht sechzehn, höchstens achtzehn! Genauso alt wie die Duchesse d'Alençon. Charles sah sich nach Marguerite um. Ihre Wangen hatten Farbe bekommen, und ihre Augen strahlten. Das Erscheinen des jungen Dichters war ihr wohl sehr angenehm, und sie schien überaus empfänglich für seinen Charme.

»Gelegentlich verfasse ich auch solche Rondeaus wie mein Vater, aber nur um meinen Lebensunterhalt zu verdienen. In Wirklichkeit habe ich ganz andere, neue Ideen, aber Königin Anne inspiriert mich nicht.«

»Wer könnte Euch denn inspirieren?«, fragte Marguerite.

»Ihr!« Und erschrocken über seinen eigenen Mut fügte er schnell hinzu: »Doch, ja, seit ich Euch kenne, inspiriert Ihr mich.«

Er nahm ihre Hand, und sie ließ sie ihm. Charles hatte nur auf eine solche Gelegenheit gewartet, um Alix auf den Hals zu küssen.

»Gehen wir ein paar Schritte und lassen die beiden allein«, sagte er leise.

Am Abend konnte Charles endlich die sechs mächtigen Teppiche aus Alix' Werkstatt bewundern, die an allen vier Wänden des weiträumigen Empfangssaals ihre ganze Pracht entfalteten.

»Gibt es ein Wort, mit dem Ihr diese Wunderwerke beschreiben könnt, Charles?«, fragte ihn Marguerite, noch immer sehr angeregt von der Gesellschaft des jungen Clément Marot. Der Dichter hatte sie offenbar sehr beflügelt. Alix fiel auf, dass sie den Duc d'Amboise sogar beim Vornamen ansprach.

»Da muss ich nachdenken«, meinte der. »Ich würde sagen, diese Wandteppiche sind majestätisch. Und noch ein Wort dazu, nein mehrere: Hier entdecke ich in jedem Detail die hohe Kunst der Teppichweberei, die ich auch auf meinem Ensemble *Das höfische Leben* wiederfinden möchte.«

»Was sind das für Teppiche, Alix?«, fragte Marguerite.

»Ein großer Auftrag, den Charles mir gegeben hat; wir sollen die Millefleurs von den Teppichen in meinen Werkstätten fertigstellen. Es sind sieben Szenen aus dem höfischen Leben. Sie haben mich so beeindruckt, dass ich mich bereit erklärte, sie fertigzuweben.«

Spät abends soupierten sie in Gesellschaft der alten Herzogin von Alençon, die nicht nur dem Herzog von Amboise die Ehre erweisen, sondern auch die junge und begabte Weberin kennenlernen wollte, von der ihr ihre Schwiegertochter schon so viel erzählt hatte.

Anschließend führte Marguerite Charles zu seinem Zimmer, und Alix äußerte den Wunsch, den letzten Brief von Louise zu beantworten, woraufhin ihr Marguerite Papier und Feder brachte.

»Bitte schreibt ihr, dass ich es kaum erwarten kann, sie wiederzusehen, und dass ich darauf brenne, meinen geliebten François ans Herz zu drücken. Und versprecht ihr, dass ich mit Euch nach Amboise komme.«

Allein in dem kleinen Bureau, das ihr Marguerite überlassen hatte, begann Alix ihren Brief:

Liebe Louise,

eben habe ich mich für die Nacht von Eurer Tochter verabschiedet, die mich bat, Euch Verschiedenes auszurichten. Vor allem verspricht sie, dass sie mit mir von Alençon aufbrechen und ins Val de Loire kommen will. Charles d'Amboise, der ebenfalls ihr Gast ist, reist dann zurück nach Chaumont, und ich verspreche Euch, dass ich Marguerite nach Amboise begleite. Außerdem soll ich Euch sagen, dass sie große Sehnsucht nach ihrem Bruder hat und es kaum erwarten kann, ihn in die Arme zu schließen.
Eure Tochter scheint nicht besonders unglücklich zu sein, Louise. Allerdings ist sie viel auf dem Land unterwegs, weil ihr Gatte nicht zu Hause ist. Sie besucht einige Bauern und macht sich nützlich, bringt den Ärmsten Lebensmittel und spendet den Alten und Kranken Trost.
Mir scheint, in den Augen der alten Herzogin ist das ein frommes und großherziges Alibi, um das Schloss zu verlassen und sich an der frischen Luft aufzuhalten, was sie ja so sehr liebt. Ganze Tage ist sie so mit ihrer Attalante unterwegs und kommt manchmal erst abends müde und zufrieden nach Hause. Wie es ihr geht, wenn der Duc d'Alençon bei ihr ist, kann ich Euch leider nicht sagen.
Ihr wolltet von mir wissen, wie sie sich mit der alten Duchesse d'Alençon versteht. Ich würde sagen, nicht gut, aber auch nicht schlecht. Dafür ist Eure Tochter viel zu ausgeglichen, wie Ihr am besten wisst. Das soll aber nicht heißen, sie wäre gleichgültig. Auf keinen Fall! Das merkt man schon daran, wie sehr sie an der Einsamkeit anderer Menschen teilnimmt. Aber sie unterwirft sich auch nicht, das passt genauso wenig zum

Charakter Eurer Tochter. Und eines ist sicher, das hat mir Marguerite selbst anvertraut: Ihrem Mann will sie sich nicht unterwerfen. Wenn sie klug ist, wird sie ihm gegenüber offen und ehrlich, aber nicht unterwürfig sein.
Heute kann ich nur kurz schreiben, meine liebe Louise, weil wir morgen einen großen Ausflug nach Mauves machen wollen, wo die Herzogin noch persönliche Besitzungen hat. Ich muss also früh zu Bett gehen, weil ich bei Tagesanbruch aufstehen will. Den Rest erzähle ich Euch, sobald ich bei Euch bin.

Herzliche Grüße von Eurer ergebenen
Alix.

Den jungen Clément Marot hatte Alix nicht erwähnt. Sie las den Brief noch einmal durch, versiegelte ihn und schlich sich in Charles' Zimmer.

10.

Während in der einen Werkstatt Mathias und Alix die Vorlagen für die *Grotesken* des Malers Raffael entwarfen, arbeiteten die anderen am *Höfischen Leben*. Arnold und Landry stellten gerade die Millefleurs auf dem Teppich *Der Spaziergang* fertig, und Philippe hatte mit Unterstützung des jungen Dumoncelle mit der Arbeit an der *Musik* begonnen.

Wegen dieser Aufträge hatte die ehrgeizige Alix Cassex einige Zugeständnisse machen müssen. So traf sie Charles d'Amboise nicht nur immer, wenn einer der Teppiche für ihn fertig wurde, sondern auch jedes Mal, wenn es um die Bezahlung der kostspieligen Einkäufe von Wolle und Seide ging.

Abgesehen von den Kosten, die bei der Herstellung der Teppiche für Schloss Chaumont entstanden, war sie sich über die emotionale Bedeutung dieser Beziehung im Unklaren. Mehr oder weniger heimliche Rendezvous! Flucht aus dem Alltag und doch mehr als nur ein Abenteuer! Machten sie diese seltenen Liebesnächte wirklich glücklich?

Charles liebte es jedenfalls, sie auf seinem im Umbau befindlichen Schloss mit den immer höher werdenden Baugerüsten zu empfangen. Genauso wenig wie Alix war er dieser prickelnden, heimlichen und vergänglichen Leidenschaft überdrüssig, von der beide wussten, dass sie mit der Vollendung des *Höfischen Lebens* ein abruptes Ende finden würde. Nein, Alix war noch nicht bereit, auf den Zauber zu verzichten, den Charles noch immer auf sie ausübte. Und der Duc d'Amboise war jedes Mal aufs Neue fasziniert von ihrer lebendigen, spontanen Art, von ihrer Neugier auf die kulturelle Entwicklung ihrer Epoche, von ihrem Fleiß und ihrer Liebe zur Arbeit. Doch auch wenn Alix in seinen Augen die Muse – und die Schöpferin – eines neuen Stils verkörperte, den eine komplette Verwandlung von Formen und Farben kennzeichnete, wie lange würde dieser neue Geist überdauern?

Während Alix diese Frage sehr beschäftigte, schien sie den Herzog von Amboise weniger zu interessieren. Erst einmal sahen sie jedenfalls beide zu, wie die Mauern von Château de Chaumont in die Höhe wuchsen und nach und nach alles seinen Platz auf der großen Baustelle fand. Doch keiner von beiden wagte auszusprechen, dass Château de Chaumont wohl eines der ersten Renaissancebauwerke in Frankreich wurde.

Während dieser zwei Jahre hatte die junge Frau viel darüber nachgedacht, warum sie sich stets bedingungslos in eine neue Liebe samt allen dazugehörigen Turbulenzen stürzte. Ihr Unbehagen wuchs in dem Maße, indem sich Mathias von ihr zu entfernen schien. Er redete nur noch mit ihr, wenn sie sich in der Werkstatt begegneten, und dann ausschließlich über die Arbeit. Oft fehlte er sogar, wenn sich Alix, Julio, Angela, Pierrot und Tania zum Abendessen um den großen Esstisch in Alix' Haus versammelten, und ließ sich stattdessen sein Abendessen von Bertille aufs Zimmer bringen.

Alix versuchte zwar erfolglos, sich aus dem Strudel von Gefühlen zu befreien, die Charles nach wie vor bei ihr auslöste, war aber buchstäblich im Netz seiner zahlreichen Beziehungen zu großen Künstlern gefangen, durch die sie ihre Ideen vervollkommnen konnte, die sie aus Rom und Florenz mitgebracht hatte.

Was sie aber an dieser Beziehung wirklich störte, ohne dass sich etwas daran ändern ließ, war der Kontakt mit dem Webermeister des Herzogs, den sie nicht leiden konnte. Tatsächlich beanspruchte Maître Bellinois quasi den ganzen Ruhm an der Arbeit, indem er überall verbreitete, er allein trage die Verantwortung dafür, dass das anspruchsvolle Ensemble *Das höfische Leben* verwirklicht werde.

Für Alix kam diese Anmaßung einem Diebstahl gleich, weshalb sie im ersten Jahr bei der Arbeit an den Teppichen *Das Bad* und *Der Spaziergang* mehrfach kurz davor war, den Auftrag abzugeben. Nur mit viel diplomatischem Gespür gelang es Charles immer wieder, sie dazu zu bringen, ihre Entscheidung noch einmal zu überdenken. Wobei Alix dann stets zu dem Schluss kam, dass ihr nichts mehr am Herzen lag als die Vollendung dieser Teppiche. So hatte sie dann auch bald die Arbeit an den Entwürfen für *Das Lesen* und *Aufbruch zur Jagd* aufgenommen.

Pierrot war mittlerweile ein guter Weber geworden, und Arnaude saß immer noch gern am Webstuhl vor ihren Millefleurs und freute sich, dass ihr Sohn Guillemin, zusammen mit dem jungen Dumoncelle, an seinem Meisterstück für die Gilde arbeitete.

Tania träumte zwar von anderen Aufgaben, wollte sich aber unter allen Umständen mehr um die kleine Valentine kümmern als Jeannette, die Amme, die ihr immer noch die Brust gab, und als die Bertille, die das Kind tagsüber nicht aus den Augen ließ. Kaum war sie jedoch einmal mit Philippe zusammen, der ihr seine Liebe gestanden hatte, flüsterte sie ihm ins Ohr, dass sie eines Tages weben lernen wollte, nur damit sie in seiner Nähe bleiben konnte.

Die fertigen Teppiche, die Alix' Werkstätten verließen, waren eine Zeit lang in ihrem Kontor im Val de Loire zu bewundern, ehe sie nach Brügge, Antwerpen, Brüssel, Florenz oder Rom geliefert wurden.

Nur die Arbeit am *Höfischen Leben* erwies sich als äußerst turbulent. Jedes Mal, wenn ihr Gerüchte über den unklaren Ursprung und vor allem die Fertigstellung dieses Ensembles zu Ohren kamen, erklärte Alix, dass sie die übrigen unfertigen Teppiche zurückgeben würde. Im gleichen Atemzug beschloss sie jeweils, endlich mit Charles zu brechen. Bisher hatte der den Ärger mit seinem Webermeister immer glätten können, diesmal aber hatte Alix keine Lust, sich wieder besänftigen zu lassen. Ganz im Gegenteil wollte sie den Streit jetzt sogar noch auf die Spitze treiben.

Das hatte einen einfachen Grund. Seit Alix wieder einmal gehört hatte, besagte Teppiche würden angeblich von Maître Bellinois, dem Webermeister des Herzogs von Amboise, gewebt, und die Gerüchte genau von den Leuten verbreitet wurden, die auch behaupteten, der Herzog habe finanzielle Schwierigkeiten, war sie ins Grübeln gekommen.

Tatsächlich schuldete ihr Charles eine Menge Geld. Ihr Geliebter hatte sie bisher nur für das *Bad* und für den *Spaziergang* bezahlt; die Bezahlung der Teppiche *Musik* und *Lesen* stand also noch aus.

Wie es hieß, hatte er bei Bankiers im Val de Loire Kredite beantragen müssen; eine unangenehme Sache, wie Alix aus eigener Erfahrung wusste, seit sie selbst damals Geld für den Aufbau ihrer abgebrannten Werkstätten auftreiben musste. Gar kein Verständnis hatte sie allerdings dafür, dass man den Duc d'Amboise nun häufig in Begleitung der jungen Nichte des Bankiers Jacques de Beaune sah, der ihm die Summe vorgestreckt hatte, die Charles brauchte, um den Umbau seines Schlosses zu finanzieren.

Da die neue Geliebte, wegen der er seine Affäre mit Alix längst nicht beenden wollte, aus wohlhabendem Hause stammte, hatten sich Charles' finanzielle Verhältnisse deutlich gebessert. Alix konnte sich lebhaft vorstellen, wie das schöne Fräulein ihrem alten Onkel ins Ohr flüsterte, Charles d'Amboise müsse unbedingt die Bauarbeiten an seinem Schloss fortsetzen, weil das eine ehrfürchtige Verneigung vor der Renaissance wäre, die schließlich alle französischen Seigneurs befürworteten.

Warum sollte das für Charles ein Problem sein? Er hatte eben eine neue und eine alte Liebe, weil er zu den Männern gehörte, die mehrere Frauen gleichzeitig und jede für das Neue, das sie ihm schenkte, lieben konnte. Allerdings musste er sich zum wiederholten Mal um den heftigen Streit kümmern, der zwischen seinem Webermeister und Alix ausgebrochen war. Was Alix jedoch sehr ungelegen kam, weil sie beschlossen hatte, bei der nächsten Attacke von Maître Bellinois hart zu bleiben. Ja, sie wollte sich mit allem Nachdruck zur Wehr setzen, falls der Weber bei seinen anmaßenden Behauptungen bleiben sollte.

Hin- und hergerissen zwischen dem Wunsch, die Beziehung zu Charles zu beenden und ihn wiederzusehen, um über die Arbeit an dem Auftrag zu sprechen, gelang es Alix nicht, eine Entscheidung zu treffen. Weil ihnen aber die Arbeit nicht ausging und ständig neue Aufträge kamen, hatte sie zwei weitere

Webstühle gekauft, damit sie den Auftrag für den Herzog von Amboise möglichst schnell fertigstellen konnte.

Was die berufliche Seite betraf, so konnte Alix zufrieden sein und ihren Erfolg genießen, solange sie sich nicht allzu viele Gedanken über ihr Liebesleben machte, das leider so gar nicht mehr dem zu Zeiten ihres geliebten Jacquou ähnelte. Diese unvergessliche Harmonie aus Liebe und Begierde, Begeisterung und Leidenschaft für ihre Arbeit würde es kein zweites Mal geben. Nicht einmal Alessandro Van de Veere, den sie sehr geliebt hatte, hatte sie so glücklich machen können.

Nun zweifelte Alix an dieser ungezügelten Leidenschaft. Sie traute ihren Gefühlen nicht mehr und fragte sich, ob nicht doch Mathias ihr wahres Glück wäre, weil sie sicher sein konnte, dass seine Gefühle aufrichtig waren und sie seinen Sohn so liebte wie ihre eigene Tochter.

In dieser Nacht aber ertönten wieder Valentines Schreie, wie immer begleitet von Alix' Alpträumen. Und auf jede dieser Nächte folgte ein Morgen mit den unvermeidlichen, stummen Fragen der Mutter, die den ganzen Tag kaum ein Wort herausbrachte und die unerfreulichen Vorkommnisse zu vergessen suchte, die sie mit schöner Regelmäßigkeit einmal im Monat um ihren Optimismus brachten.

Wenn Valentine einen ihrer mysteriösen Anfälle hatte, konnte sie nur Nicolas beruhigen. Auch der guten Bertille fiel dann nicht viel mehr ein, als Alix einen dampfenden Kräutertee zu bringen, den die wortlos trank, während sie ihre Tochter hilflos beobachtete.

Tania blieb bei Nicolas, solange er das Kind zu beruhigen versuchte. Kaum fing sie an zu schreien, sprang er aus dem Bett und lief zu ihr. Valentine schlug dann um sich, als würden unsichtbare Hände nach ihr greifen und sie wegbringen wollen. Sie wehrte sich und schrie dabei laut. Dann nahm Nicolas sie auf den Arm und wiegte sie, sang ihr kleine Liedchen vor und flüsterte ihr zärtliche Worte ins Ohr.

Mathias wurde jedes Mal von Tania oder Bertille geweckt, wenn die Kleine einen Anfall hatte, stand bleich und ratlos dabei und wusste nicht, wie er helfen könnte. Also ließ er Valentine in Nicolas' Armen und ging zu Alix und hielt ihre Hand, bis sie endlich wieder ruhig schlief.

Das war Alix aber nicht recht bewusst, weil Mathias sie immer verließ, ehe sie wach wurde. Zu aller Verwunderung lachte die kleine Valentine am Morgen danach stets wieder glücklich und zufrieden auf dem Arm ihrer Mutter.

Doch an diesem Morgen beschäftigten Alix weder die Sorgen um Valentine noch ihre Zweifel wegen Charles. Mathias kam zu ihr, gestiefelt und gespornt, und wirkte irgendwie bockig und besorgt zugleich.

Nein, Alix täuschte sich nicht: Mathias, der seit ihrer Rückkehr aus Italien kaum gereist war, machte sich wieder auf den Weg, so wie schon einige Male zuvor, nachdem sie zum ersten Mal aus Chaumont zurückgekommen war. Weil er aber erst aufbrach, wenn sie schon weg war, hatte sie seine Abwesenheit nur bei dem einen Mal bemerkt, wo sie kein Wort über den Grund seiner Reise erfahren hatte.

»Fährst du weg?«, fragte sie erstaunt und enttäuscht zugleich.

»Ja.«

»Mit Léo?«

»Ja, er kommt mit.«

Sie wirkte sehr verunsichert, und ihr Blick verstörte ihn. Aber er ließ sich nicht aus dem Konzept bringen und begegnete ihr mit einem Selbstbewusstsein, von dem er wusste, dass es in sich zusammenfallen würde, sobald er allein war.

»Wo willst du denn hin?«, fragte sie und sah ihm weiter in die Augen.

»Nach Paris.«

Überrascht machte sie einen Schritt auf ihn zu und wollte seine Hand nehmen, überlegte es sich dann aber anders. Es sah ihm gar nicht ähnlich, einfach so zu gehen, ohne es ihr vorher gesagt zu haben und vor allem ohne dass es zwischen ihnen eine Auseinandersetzung gegeben hätte.

»Aber wir haben gar keinen Auftrag abzuholen und auch nichts auszuliefern.«

»Ich weiß, aber ich fahre trotzdem weg«, antwortete er kühl.

Alix' Miene verdüsterte sich.

»Aha«, sagte sie. »Darf ich vielleicht wenigstens wissen, was du dann in Paris willst?«

Bertille kam mit der kleinen Valentine auf dem Arm und Nicolas im Schlepptau dazu. Der Junge machte genau so ein verdutztes Gesicht wie Alix.

»Warum muss Lilis ganz allein bleiben?«

»Weil diesmal ich wegfahre, Nicolas. Ich kann doch auch mal verreisen, oder nicht?«

»Jesus Maria!«, rief die alte Dienerin, »was wollt Ihr denn schon wieder in Paris?«

»Warum sagst du ›schon wieder‹, Bertille? War er denn schon öfter dort?«

»Genug jetzt«, fuhr Mathias dazwischen. »Ich werde ja wohl noch mal wegfahren können, ohne dass mir hier jeder im Haus tausend Fragen stellt? Ich habe euch nichts zu sagen und nichts zu erklären. So einfach ist das – und jetzt gehe ich! Verdammt! Ich bin schließlich erwachsen und muss nicht erst fragen, ob ich etwas darf«, bellte er Alix an. »Als ich nach Paris musste, um während deiner langen Reisen die Arbeiten zu beaufsichtigen, die wir in Kommission gegeben hatten, hat auch kein Hahn danach gekräht.«

»Aber was ist denn nur mit dir los, Mathias?«, stammelte Alix ratlos.

»Bertille und du habt nicht über meine Pläne zu diskutieren, das ist los. Vielleicht komme ich in ein paar Tagen wieder, vielleicht aber auch erst in ein paar Wochen. Mehr gibt es dazu nicht zu sagen.«

Er umarmte Nicolas und die kleine Valentine und küsste Alix flüchtig auf die Stirn.

»Bis bald«, verabschiedete er sich und eilte aus dem Zimmer und in den Hof, wo ihn Léo schon mit den Pferden erwartete.

»Mathias!«, rief Alix, die ihm nachgelaufen war.

Aber er war bereits auf den Wagen gesprungen, Léo zog an den Zügeln, und Mathias drehte sich nicht mehr um.

»Was ist denn nur mit ihm los?«, fragte Alix traurig.

»Was mit ihm los ist, willst du wissen?«, fragte die Bertille und schlug die Hände über dem Kopf zusammen. »Es hätte jedenfalls schon viel früher so kommen können. Seit Jacquou tot ist, kommst und gehst du nach Belieben, hier eine Liebelei, da eine Affäre, erst findest du einen Florentiner, dann einen Herzog, und ich will gar nicht wissen …«

»Lass das, Bertille! Ich verbiete dir, über mich zu urteilen!«

»Und wenn schon, jetzt ist es ohnehin passiert! Ja, ich sage dir ins Gesicht, dass du schon seit Jahren merken müsstest, dass dich dieser Junge mit Leib und Seele liebt und treu zu dir hält. Aber nein! Du suchst woanders nach Liebe und bringst sogar noch ein uneheliches Kind mit nach Hause.«

»Ich verbiete dir so zu reden, Bertille!«

»Du hast mir gar nichts zu verbieten. Dein Mathias will sich mal erholen.«

»Erholen! Aber warum?«

»Weil er müde ist.«

»Warum ist er müde, und warum will er dann weg? Hier ist doch seine Familie, sein Heim.«

»Eine schöne Familie, du dummes Ding! Er hat nur einen Sohn, dessen Mutter du nicht bist. Und das Beste von dir schenkst du ihm nicht.«

Bertille wurde immer lauter, sie hustete, verschluckte sich und lief vor Zorn rot an. Wenn sie erst in Rage geriet, vor Wut, Rührung oder warum auch immer, duzte sie Alix einfach, ohne darüber nachzudenken, welche Grenzen sie da übertrat.

»Ja, du bist nichts weiter als ein dummes Ding! Blind und überheblich vor lauter falschem Ehrgeiz. Bei meiner Seele! Du willst immer mehr, es muss immer noch besser sein, immer noch mehr ich weiß nicht was!«

»Aber …«

»Kaum kommt ein schon etwas in die Jahre gekommener Herzog daher, erliegst du seinem Charme. Hast du nichts Besseres zu tun? Dabei florieren deine Werkstätten, und die königlichen Aufträge zeichnen dich als eine der bedeutendsten Weberinnen der ganzen Region aus. Soll ich dir mal was sagen, meine Kleine; dieser d'Amboise macht sich doch nur lustig über dich!«

»Du vergisst die Teppiche, Bertille!«

»Na und, das ist auch nur ein Auftrag von vielen!«, schimpfte die alte Dienerin. »Du bekommst immer mehr Aufträge. Wozu brauchst du einen anderen Mann als Mathias? Dein Alessandro hat uns zwar aus der Patsche geholfen, aber dann hat er dir auch noch ein Kind gemacht.«

Bertille war außer sich, rot wie eine Tomate, und konnte nicht mehr aufhören. Angesichts dieser Flut von schweren Vorwürfen stand Alix sprachlos und wie versteinert da. Ohne sich um irgendwelche Anstandsregeln zu scheren, redete sich die alte Frau alles vom Herzen, was sie schon lange bedrückte.

Plötzlich nahm Nicolas ihre Hand und sagte:

»Sei nicht böse, Bertille. Die Lilis ist lieb.«

Dann ließ er ihre Hand wieder los und lief zu Alix.

»Ich weiß, dass mein Papa dich ganz doll lieb hat.«

Alix hob Nicolas hoch und schloss ihn in die Arme.

»Hat er dir das gesagt, mein Engel?«

»Ja, das sagt er jeden Tag.«

»Hat er vielleicht noch etwas gesagt, zum Beispiel wohin er will?«

»Nein.«

Sie merkte plötzlich, dass sie dem Kleinen nur Angst machte. Um ihn nicht weiter zu beunruhigen, gab sie ihm einen Kuss und sagte seufzend: »Kannst du dich ein bisschen um Valentine kümmern, ich muss mit Bertille reden?«

»Du musst keine Sorge haben, ich kümmer mich immer um sie.«

Die beiden Kinder gingen aus dem Zimmer, wobei Bertille darauf achtete, dass er das kleine Mädchen an der Hand hielt, weil ihre ersten Schritte noch sehr wackelig waren.

Als Bertille sah, dass Alix Tränen in den Augen hatte, ging sie zu ihr und nahm sie in den Arm.

»Glaub nur nicht, ich wäre glücklich, Bertille«, gestand Alix und vergrub ihr Gesicht an der Schulter der guten alten Seele. »Als Weberin habe ich vielleicht Erfolg, aber in meinem Gefühlsleben geht alles schief.«

Bertille tätschelte ihr den Rücken.

»Bestimmt besucht er eine Frau«, schluchzte Alix. »Wahrscheinlich kennt er sie schon ganz lange. Ach, Bertille, er wird uns verlassen und nach Paris gehen. Was soll ich nur ohne ihn machen?«

Bertille drückte Alix noch immer an ihre mächtige Brust und sagte kopfschüttelnd: »Die Frage hättest du dir viel früher stellen müssen, meine Kleine. Ich muss zugeben, sein Benehmen macht mir inzwischen auch Sorgen. Jetzt fährt er zum fünften Mal in zwei Jahren nach Paris, und das – bei meiner Seele – ohne irgendeinen Grund!«

»Zum fünften Mal! Aber wann denn? Ich weiß ja gar nichts davon.«

»Immer wenn du in Chaumont bist. Man könnte fast meinen, er plant seine Reisen nach deiner Abwesenheit.«

»Wie töricht ich war!«, jammerte Alix tonlos. »Glaubst du, er ahnt etwas wegen Charles d'Amboise?«

»Er ist doch kein Idiot!«

Alix seufzte verzweifelt. Als Bertille sie losließ, stürzte eine heftige Flut über sie herein wie eine Woge, die ihre Gedanken, ihre Zweifel und Fragen klärte. Wieso hatte sie die ganze Zeit das Glück vor Augen nicht erkannt? Warum wollte sie partout nicht zugeben, wonach sie sich eigentlich sehnte?

»Die Geschichte mit Charles d'Amboise ist vorbei. Ja, es ist aus! Ich werde endgültig mit ihm brechen, umso mehr, als die Teppiche für ihn fast fertig sind und er verreist ist.«

»Glaubst du, dann ist dir Mathias wieder gut?«

»Was soll ich denn sonst machen?«

»Auf seine Rückkehr warten.«

»Und wenn er eine andere Frau liebt?«

»Wirst du es sehr bald erfahren. Mathias ist kein Betrüger. Wenn er nicht mehr frei wäre, würde er dir auch nichts vormachen, im Gegensatz zu dir.«

Bei diesem heftigen Vorwurf zuckte Alix zusammen, wollte sich aber diesmal verteidigen.

»Das ist nicht wahr! Ich habe Mathias nie glauben lassen, ich würde ihn heiraten, auch wenn ich mütterliche Gefühle für Nicolas hege.«

»Aber du hast zugelassen, dass er dich liebt, und er hat immer gehofft, dass du eines Tages seine Liebe erwidern würdest. Stattdessen suchst du dir einen Liebhaber nach dem anderen.«

»Also, Bertille!«

»Du weißt sehr gut, dass das stimmt und kannst gar nichts zu deiner Verteidigung vorbringen.«

Alix gab ihr keine Antwort, sondern versank in Schweigen. Sie musste über ihre Zukunft nachdenken.

11.

Nachdem er zwei Jahre unermüdlich gesucht und fünf Reisen nach Paris unternommen hatte, die ihn seinem Ziel jeweils ein Stückchen näher brachten, hatte Mathias nun endlich die Adresse von Madame Béraude herausgefunden. Sie wohnte in der Rue du Fossé, nicht weit von Saint-Germain-l'Auxerrois.

Während er sich noch fragte, wie er das Gespräch beginnen sollte, klopfte er an die Tür, die man ihm gezeigt hatte. Das Haus machte einen düsteren, ziemlich verfallenen Eindruck. Durch die Mitte der kleinen Straße ging eine Gosse, in die die Leute Schmutzwasser und Abfälle direkt aus den Fenstern kippten. Dementsprechend übel stank es hier auch, und nur ein erlösender Regenguss konnte hier Abhilfe schaffen.

Als Mathias mit dem großen rostigen Eisenring an die Tür klopfte, wurde sie einen Spaltbreit geöffnet, und eine alte Frau mit einem Besen steckte den Kopf heraus.

»Was wollt Ihr?«

»Ich will zu Madame Béraude.«

»Zu Dame Béraude! So, so! Und was wollt Ihr von Dame Béraude? Kann sie jetzt nich' stören.«

Immerhin hatte er jemand angetroffen, und das Gerede der Alten war Gold wert. Endlich wusste Mathias, wo diese Frau wohnte. Er seufzte erleichtert, was dem alten Klatschweib nicht entging. Auf ihren Besen gestützt, musterte sie ihn misstrauisch.

Schon bei seinen letzten beiden Reisen nach Paris hatte Mathias geduldig und planmäßig einen Großteil der Straßen im Saint-Germain-l'Auxerrois-Viertel abgeklappert, aber niemand wollte Madame Béraude kennen – er kam ihr einfach nicht auf die Schliche. Und da er meist nur eine Woche in Paris blieb, hatte er auch nicht genug Zeit, an jede Tür zu klopfen.

Und während die alte Frau immer noch misstrauischer und finsterer dreinschaute, überlegte Mathias verzweifelt, wie er sie am besten gewinnen könnte. Augenscheinlich hatte sie beschlossen, ein unüberwindliches Bollwerk zwischen der Béraude und ihm zu bilden.

»Ein Freund von Madame hat mich geschickt.«

»Aha, welcher Freund denn?«, fragte die Alte argwöhnisch.

Jetzt war es an Mathias, listig zu sein. Er durfte keinen Fehler machen, sonst wäre alles verloren. Deshalb überlegte er kurz, ehe er sagte: »Ein gewisser Pierre de Ruelles.«

»Kenn' ich nich'.«

Er trat einen Schritt vor, aber die Frau scheuchte ihn mit ihrem Besen zwei Schritte zurück.

»Der Freund heißt Seigneur de Ruelles«, wiederholte er.

»Sag' doch, den kenn' ich nich'.«

Mathias' Augen funkelten angriffslustig, als er sich vorsichtig vorwärtswagte.

»Woher solltet Ihr ihn auch kennen?«

»Immerhin bin ich ihre Vermieterin, guter Mann, und ich kenn' all ihre Liebhaber. Ein Herr aus 'nem feinen Viertel also! Denkt Ihr vielleicht, da würd' ich mich nich' dran erinnern?«

Mit einem heiseren Kichern deutete sie an, dass sie ihn vielleicht hereinlassen würde, falls sich die Dinge in ihrem Sinne entwickelten. Aber Mathias entschied sich für einen anderen Weg, um ans Ziel zu gelangen, und meinte betont vergnügt: »Wer sagt Euch denn, dass ich ein Liebhaber bin? Nein, Mütterchen! Ich bin hier, weil ich ihr ein Geschäft vorschlagen will, das sie sicher nicht ablehnt.«

»Was für 'n Geschäft denn?«

»Das werde ich bestimmt nicht hier vor der Tür verhandeln. Könnte aber sein, dass eine kleine Provision für Euch drin ist.«

»Ah, das ist was anderes! Wartet hier, ich geh sie fragen.«

Mathias jubelte innerlich. War er endlich am Ziel seiner langen, mühsamen Suche? Verdammt! Er ertappte sich dabei, wie er leise fluchte. Sollte das nun seine letzte Fahrt nach Paris gewesen sein? Irgendwann musste es ein Ende damit haben. Höchste Zeit, dass alles wieder seinen gewohnten Gang nahm. Teufel noch eins, wie gern hätte er Alix jetzt alles erzählt!

Wie er den Tag verfluchte, an dem Alix Charles d'Amboise begegnet war, der sie ihm, wie vorher schon Van de Veere, genommen hatte. Seine Alix! Seine in jeder Hinsicht viel zu begeisterungsfähige Alix. Was würde für ihn übrig bleiben, wenn sie eines Tages genug von den Liebesgeschichten mit anderen Männern hatte? Das Leben war verflucht schwer!

Nach ein paar Minuten erschien die alte Frau wieder an der Tür.

»Also, Ihr könnt rein, guter Mann. Aber wenn Ihr raufwollt, müsst Ihr mir erst Eure Börse zeigen.«

Wie jeder Reisende hatte Mathias immer zwei Geldbeutel dabei: Einen mit Kleingeld am Gürtel und einen anderen, gut gefüllten irgendwo unter dem Mantel, in einer Tasche oder im Stiefel versteckt.

Er nahm den Geldbeutel, der an seinem Gürtel befestigt war, wog ihn in der Hand und ließ die Münzen klingeln. Die Alte sah ihn sich genau an. Die Lederbörse war zwar nicht groß, schien aber gut gefüllt.

»Lasst mal sehn.«

Mathias öffnete den Geldbeutel, fischte ein paar Münzen heraus und ließ sie sofort wieder darin verschwinden.

»Wenn Ihr raufwollt, will ich zwei von denen da«, sagte sie und deutete auf das Geld.

Er lächelte und gab ihr die Münzen, ohne mit der Wimper zu zucken. Die Alte ließ ihn in eine Art Abstellraum, von dem es zur Treppe ging. Ein alter Strick musste als Geländer herhalten.

»Sie ist oben, die Tür ganz hinten. Ist sowieso nur eine.«

Die Tür, an die er jetzt klopfte, war in keinem besseren Zustand als die Haustür. Er wartete und überlegte, wie er Madame Béraude am ehesten überzeugen könnte. Dann hörte er Schritte, ein Riegel wurde zurückgeschoben, und die Frau, die er so lange gesucht hatte, stand plötzlich vor ihm.

Madame Béraude war eines dieser äußerst wandelbaren Wesen, die sehr sinnlich und verführerisch sein können, wenn sie wollen, aber auch abweisend und hart, wenn ihnen der angebotene Geldbeutel nicht dick genug erscheint. Wussten sie ein Mann zu umgarnen, waren sie hübsch und lasziv, fehlte es ihm aber an Takt und Bravour, wurden sie hässlich und feindselig.

Mathias war von der Situation überrumpelt und wusste nicht recht, was er sagen sollte. Irgendetwas musste er sich ausdenken und dabei aufpassen, dass er sich nicht verhaspelte oder seinen eigenen Interessen schadete. Er überlegte kurz, um dann auf seinen Verstand, sein Verhandlungsgeschick, seine Verführungskünste und auf sein Geld zu setzen, in der Hoffnung, vielleicht doch siegreich aus dieser Schlacht hervorzugehen.

Sie bat ihn in ein großes Zimmer, das von mehreren kleinen Paravents unterteilt war, hinter denen sie offenbar etwas verbergen wollte. Es roch nach Wachs, Weihrauch und Flieder, eine seltsame Mischung, genauso unerwartet wie die vielen Seidenstoffe überall.

Er betrat den Raum und wunderte sich über den Luxus, den man in diesem eher heruntergekommenen Haus nicht erwartet hätte. Der Teil des Zimmers, den sie ihren Kunden präsentierte – Mathias war sich nämlich nun ganz sicher, dass er es mit einer Prostituierten zu tun hatte –, war mit einigen gewachsten und bemalten Holzmöbeln eingerichtet, zwei Sesseln und einem Sofa mit Samtbezug, zwei Fayencekandelabern rechts und links neben einem passenden Wasserkrug, einem großen Standspiegel und einem Korbstuhl mit einem Tischchen.

Das Bett konnte man hinter einem der Paravents erahnen, weil das Gestell ein Stück herausschaute. Hinter einem anderen befanden sich vermutlich Toilettentisch und Klosett.

Mit einer anmutigen Geste bedeutete sie ihm, auf einem der Sessel Platz zu nehmen. Mathias zog es vor stehen zu bleiben und sah sie unverwandt an, aber sie hielt seinem Blick stand.

»Offen gestanden will ich nicht mit Euch über Seigneur de Ruelles reden, weil es den gar nicht gibt. Ich dachte nur, es geht Eure Vermieterin nichts an, weshalb ich zu Euch will. Ich habe ihr zwei Sous gegeben; das sollte reichen.«

Sie wirkte weder erstaunt noch verärgert.

»Wenn es diesen Seigneur de Ruelles nicht gibt, weshalb wollt Ihr mich dann sprechen?«

»Das ist eine lange Geschichte.«

Sie kam näher. Ihre Augen verschossen grüne Blitze, grün mit etwas funkelndem Grau darin, und ihre Stimme wurde ernst.

»Wer seid Ihr?«

Mathias wusste, jetzt kam alles darauf an, dass er sich eine überzeugende Geschichte ausdachte.

»Ich bin Quentin de la Tournelle.«

»Und zu wem wollt Ihr?«

»Zu Madame Béraude Labailly.«

»Das bin ich.«

»Dann ist ja alles in bester Ordnung, nicht wahr?«, meinte Mathias lächelnd und wedelte mit der Börse an seinem Gürtel.

»Was sollte denn nicht in Ordnung sein?«, fragte das Mädchen und kam noch näher. »Wenn Euer Portemonnaie gut gefüllt ist, stehe ich Euch zu Diensten, mein Herr. Also, zieht Euer Wams aus, Messire de la Tournelle!«

»Ich würde mich lieber erst ein wenig mit Euch unterhalten. Das ist so meine Art: Ich rede viel und zahle gut.«

Mathias wusste nicht weiter. Wenn ihm nicht gleich der rettende Gedanke kam, würde das Gespräch ins Leere laufen. Dieses junge Ding, das Alix' Kind geraubt hatte, um es einer vermutlich unfruchtbaren Frau zu verkaufen, machte ihm plötzlich Angst. Ein Monstrum von ungeahnten Ausmaßen musste in ihr wohnen. Er konnte nur noch daran denken, dass er sie ins Gefängnis bringen, bestrafen und für ihr schreckliches Verbrechen büßen lassen musste.

Doch für Rachegefühle war jetzt keine Zeit – hier ging es einzig und allein darum, so viel wie möglich von ihr zu erfahren und so schnell wie möglich Valentines Zwilling zu finden.

Weil er sich nicht hatte setzen wollen, zog sie ihn nun im Stehen aus, was ihm jedoch so peinlich war, dass es ihm schier den Atem verschlug. Vor den Huren in Tours, die er gelegentlich aufsuchte, um seinen Geschlechtstrieb zu befriedigen und sich bereitzuhalten für den Tag, an dem Alix von allen anderen Liebesaffären befreit zu ihm kommen würde, schämte er sich nicht so.

Er schloss die Augen und dachte einen Moment an Alix, ihre zierliche Gestalt, ihre natürliche Anmut, ihr Lachen und ihren Enthusiasmus. Doch dann entspannte er sich und wollte erst wieder an sie denken, wenn er sie endlich in die Arme nehmen und ihr sagen könnte, wo sich ihre andere Tochter befand.

Selbstbewusst ließ er die Béraude seinen schönen Körper bewundern. Ohne ein Wort musterte sie seine kräftigen Muskeln, seine festen Arme und Schenkel, seinen Rücken, den Schwung seiner schmalen Hüften, seinen Oberkörper mit den unwiderstehlichen blonden Haaren an bestimmten Stellen und seinen flachen Bauch, der sich unmerklich hob, sobald sie ihn berührte.

Mathias rührte sich nicht und wartete ab. Sie umarmte ihn, murmelte, flüsterte, küsste ihn überallhin und zog ihn aufs Bett, wo sie sich auszuziehen begann. Er unterbrach sie ein wenig grob, obwohl die Verführungskunst des Mädchens bei ihm eine Wirkung zeigte, die er gern hinausgezögert hätte.

»Ich sagte doch, dass ich erst reden und dann bezahlen will.«

Langsam richtete sie sich auf. Ihr Korsett ließ sie offen, sodass er ihre festen kleinen Brüste sehen konnte, musste aber feststellen, dass er sie gar nicht ansah und noch immer nicht erregt wirkte.

»Wer hat denn etwas von Bezahlen gesagt?«

Diese unvermutete Wendung machte ihn sprachlos. Jeder andere hätte dieses Angebot sehr verführerisch gefunden, für ihn machte es alles nur noch komplizierter. Mit seiner gut gefüllten Börse hätte er sie vermutlich viel leichter locken können.

»Worüber willst du denn reden?«, fragte sie. »Wozu die Worte, wenn wir uns lieben können? Ich will kein Geld von dir, keinen Sou.«

»Ich will dich aber bezahlen, verdammt noch mal!«, schrie er, wobei er sie am Arm packte und heftig schüttelte. »Wer hat denn etwas von Lieben gesagt? Ich will dich bezahlen, das sollte wohl reichen.«

Ihr kehliges Lachen klang irgendwie falsch. Mit schmachtenden Gesten versuchte sie ihn zu verführen. Er betrachtete ihren großen, vollen, schön geschwungenen Mund und nahm sich vor, sich vor ihren Worten zu hüten.

»Manchmal bin ich sehr großzügig.«

»Ich habe dich nicht darum gebeten.«

Er setzte sich auf, schob sie weg, stand auf und zog sich langsam wieder an, so als wäre sein Besuch beendet. Sie beobachtete ihn überrascht.

»Habe ich dich beleidigt?«, fragte sie beinahe flehentlich.

»Nein, durchaus nicht.«

»Dann gefalle ich dir nicht.«

»Du bist sehr schön, und dein Körper ist vollkommen.«

»Was willst du dann?«

»Ich sagte es bereits – mit dir reden.«

Sie räkelte sich lüstern, wobei sie darauf achtete, dass ihr Busen zu sehen blieb, erhob sich und zog ihn zu dem Sessel, auf den sie vorher schon gedeutet hatte.

»Nun gut, dann erzähl mir, was dich beschäftigt, damit wir bald zu dem Vergnügen kommen, das ich dir bereiten will.«

Mit gespreizten Beinen setzte sie sich ihm gegenüber und

schob ihren Rock hoch, damit er den Ansatz ihrer weißen Schenkel sehen konnte. Béraude war wirklich schön, wenn auch vielleicht ein bisschen vulgär mit ihrem großen, rot geschminkten Mund und den schrägen, gierig funkelnden Augen.

»Ich könnte dich sehr, sehr gut bezahlen«, wiederholte er mit einem Blick auf seine Börse.

»Das ist nichts im Vergleich zu dem, was ich dir geben kann. Willst du dir das wirklich entgehen lassen?«

Weil sie schwieg, fuhr er fort: »Du findest sicher noch viele andere Männer, aber mit Sicherheit keinen, der dir so viel Gold geben wird wie ich. Und dafür verlange ich nur ein Geständnis.«

»Ein Geständnis!«, rief sie, »das gefällt mir aber gar nicht. Außer es wäre, sagen wir mal, eines, dessen man sich nicht zu schämen braucht.«

»So eines ist es.«

»Dann sei es dir gewährt, schöner Herr«, säuselte sie, schon wieder ganz entspannt. »Aber deinen Körper will ich auch. Ohne Körper kein Geständnis. Das Gold kann warten.«

Sie entkleidete sich so langsam, wie sie ihn ausgezogen hatte, mit vielen gekonnt sinnlichen Bewegungen, doch irgendwie auch sonderbar wie ihre sonderbar grünen Augen. Nackt kam sie auf ihn zu, wollüstig ihre Brüste streichelnd, die sie ihm wie Früchte präsentierte, von denen er kosten sollte. Sie ging vor ihm in die Knie, nahm seine Hände und legte sie auf ihre Brüste. Er streichelte sie erst zärtlich, dann leidenschaftlich, aber als sie schon glaubte, er würde sich endlich gehen lassen, fand er seine Beherrschung wieder und stieß sie weg. Ihre Augen verschossen Blitze, wütend verzog sie ihren Mund.

Mathias musste einsehen, dass er sie nicht nur mit seinem Geld locken konnte. Béraude war klug und gerissen und offenbar wild entschlossen, sich nicht nur für Luxus zu verkaufen. Sie wollte ihn nicht wegen seines Geldes, sondern weil sie ihn begehrte. Ja, sie wollte ihn stöhnen hören, er sollte sie anflehen, ihn nach allen Regeln der Kunst zu verführen.

»Wenn du mir antwortest, gehöre ich dir.«

»Wer schickt dich also, wenn nicht dieser erfundene Seigneur de Ruelles?«, wollte sie schließlich wissen.

»Ein Sklave aus Byzanz, den eine Französin in Genua gekauft hat. Er hieß Théodore. Er ist bei einem bösen Streit ums Leben gekommen, ehe er mir sagen konnte, wo das Kind ist, nach dem ich suche.«

»Das ist falsch. Alles ist falsch«, sagte sie mit ruhiger Stimme. »Dieser Théodore hat dich angelogen, warum auch immer.«

»Was ist falsch? Ich habe doch noch gar nichts erzählt.«

Er sprang auf, nahm sie in die Arme und warf sie aufs Bett. Die unerwartete Reaktion schien ihr jedoch zu gefallen, weil sich ihre Augen lustvoll verengten. Er zog Jacke und Hemd aus und griff nach ihren Brüsten.

»Ich will das Mädchen zurückhaben«, stieß er hastig hervor, während er Béraudes bebende Brust berührte.

Erst antwortete sie nicht, ließ sich seine Berührungen gefallen, als er aber nichts mehr sagte, keuchte sie: »Was willst du mit dem Kind?«

Mathias zuckte zusammen. Verdammtes Luder! Warum war ihr das Geld nicht genug? Jetzt musste er sich neue Lügen ausdenken, seinem anständigen und grundehrlichen Charakter zum Trotz. Ja, er musste sich wie ein Gauner, ein Bandit, ein Spion oder irgendeine andere hinterhältige und böse Person aufführen.

»Was willst du mit dem Kind?«, fragte sie noch einmal, während sie ihre langen Beine genüsslich mit seinen verschlang.

»Ich will es gegen ein anderes austauschen.«

»Und wozu das Ganze?«

Wieder hatte sie Mathias überrumpelt. Würde sie ihm seine Geschichte abnehmen? Ihm blieb nichts anderes übrig, als irgendetwas zu erfinden, egal was. Dabei kam es ihm so vor, als würde er sich immer mehr in Widersprüche verwickeln.

Auf der vergeblichen Suche nach einer Antwort küsste er die beiden rosigen Brustspitzen, die sich ihm entgegenreckten, und begriff plötzlich, dass ihm dieses Mädchen verfallen war. Diese unverhoffte Wendung musste er sich zunutze machen und die Dinge nehmen, wie sie kamen.

Er drehte sie um und legte sich auf sie, spürte ihre Hitze und ihre Erregung. Sie begann lustvoll zu stöhnen, bebte unter den Liebkosungen, mit denen er sie überhäufte. Und nachdem er sie lange, berechnend, leidenschaftlich umarmt hatte, flüsterte er, seine Lippen auf ihrem Hals: »Wo ist das Mädchen?«

»Ich weiß es nicht.«

»Dann gehe ich jetzt«, meinte er kühl und löste sich von ihr. Er stand auf und nahm die Börse von seinem Gürtel.

»Nimm!«, sagte er und warf sie auf den Tisch neben dem Bett. »Ich will dich nicht wiedersehen. Das Geld ist für die Zeit, die du wegen mir verloren hast.«

»Warte doch! Geh nicht!«, rief sie. »Das Kind ist in der Normandie.«

»Wo genau?«

»Das sage ich dir erst, wenn du mir verrätst, warum du es gegen ein anderes eintauschen willst.«

Wieder zögerte Mathias. Sollte er die Wahrheit verschleiern und behaupten, er wolle ein krankes gegen ein gesundes Mädchen austauschen, ohne dass die Mutter etwas davon merkte, oder lieber behaupten, Théodore hätte ihm von einem in Italien gestohlenen Zwillingsmädchen erzählt, mit dem er selbst aus persönlichen Gründen ein Geschäft machen wollte? Am Ende entschied er sich für die erste Lösung.

Die Geschichte klang plausibel, und Béraude glaubte sie. Aber ehe Mathias mehr von ihr erfahren konnte, musste er sich erst ihren wollüstigen Launen unterwerfen und ihr jeden Wunsch erfüllen.

12.

Mathias' lange Abwesenheit beunruhigte Alix sehr. Sie befürchtete bereits, Léo könnte allein zurückkommen und Mathias seinen unerklärlichen Aufenthalt in Paris auf unbestimmte Zeit verlängern.

Nach mehreren schlaflosen Nächten kam sie zu dem Schluss, Bertille hätte wohl recht mit ihren Erklärungen, und wollte nun endlich mit Charles brechen, der ihr Gefühlsleben ohnehin nicht mehr bereicherte, seit die Wandteppiche beinahe fertig waren, und vor allem seit ihn seine neue Geliebte mit Liebe und Geld überhäufte.

Nur die *Galanterien* mussten noch fertiggewebt werden – der Teppich also, der ihr am besten gefiel. Ironie des Schicksals, dass ausgerechnet hier noch die Millefleurs fehlten. Arnaude arbeitete jedoch hingebungsvoll daran, und Alix sah sich den Teppich jeden Morgen als Erstes an, wenn sie in die Werkstatt kam.

Jede Figur befand sich an der richtigen Stelle, alle waren locker um zwei Bäume mit Früchten, Blüten und Vögeln gruppiert. Die Damen plauderten, und die Edelmänner lauschten ihnen auf Knien und reichten ihnen Konfekt, oder umgekehrt. Das Paar in der Mitte hatte es sich bequem gemacht, das ganz links lag sich in den Armen – was unvermeidlich war. Samt und Seide der Kleider glänzten prächtig, ein Hund beobachtete die Szene, eine Taube flog auf.

Sehr geschickt hatte Arnaude das Lächeln einer der sechs Damen verbessert und einem jungen Edelmann einen etwas frivolen Gesichtsausdruck verliehen. Mit der einen Hand hielt er die Hand seiner Geliebten, die andere sah man nicht, weil sie unter der Korsage der Schönen verschwunden war.

Arnaude hatte gute Arbeit geleistet. Pierrot hatte sie dabei unterstützt und überall auf dem Millefleurs Unmengen kleiner roter Früchte verteilt. Himmel und Erde, der ganze Hintergrund war ein exakt durchdachtes Gewirr aus bunten Pflanzen. Pierrots Phantasie waren auch noch winzige Vögelchen entsprungen, nicht größer als die Blüten, in denen sie sich versteckten.

Die *Galanterien,* ein wahres Wunderwerk aus leuchtenden Farben, wurden auf Arnaudes Webstuhl zum Leben erweckt.

Trotzdem ließ sich Alix nicht beirren. Seit dem Vorabend stand ihr Entschluss fest, auch wenn das heißen sollte, dass *Das höfische Leben* und die *Galanterien* unvollendet blieben. Sie wollte Charles erklären, dass ihre Liebesbeziehung beendet war. Wahrscheinlich würde der Duc d'Amboise, der Affären mit mehreren Frauen neben seiner Ehefrau haben konnte, der jungen Frau entgegnen, er könne sehr wohl freundschaftliche Beziehungen zu Frauen unterhalten, mit denen er einmal das Lager geteilt hatte.

Der fünfte Teppich, *Aufbruch zur Jagd*, war inzwischen fertig geworden und zierte in seiner ganzen Pracht eine Wand des Kontors. Ein edler Herr trug seinen Falken auf dem Arm und schritt langsam in einen wunderschön blühenden Wald, und ein

Hellebardier, dessen Lanzenspitze zum Himmel gerichtet war, wartete selig darauf, dass der Vogel aufflog.

Sollte sich Charles in Chaumont aufhalten, um dort die Bauarbeiten zu überwachen, müsste sie ihm den Teppich unverzüglich liefern. Das wäre ein guter Anlass, um ihm zu erklären, warum sie die Beziehung beenden wollte. Alix fühlte sich zwar dazu in der Lage, hatte aber Angst, sie würde tiefe Verletzungen forttragen. Doch der Gedanke an Bertilles zornrotes Gesicht, die berechtigten Vorwürfe, die sie ihr an den Kopf geworfen hatte, und an Mathias' plötzlichen Aufbruch waren überzeugend genug, bei dieser Entscheidung zu bleiben und einzusehen, dass die Trennung von Charles unvermeidlich war.

Weil Léo nicht da war und deshalb nicht, wie sonst, dem Herzog von Amboise den bevorstehenden Besuch von Alix auf Chaumont ankündigen konnte, hatte sie plötzlich Angst, Charles könnte noch nicht aus Italien zurück sein, wohin er vor Monaten aufgebrochen war. Obwohl der König von seinem letzten Feldzug zurückgekehrt war, hielten sich einige seiner Kombattanten nämlich noch in der Gegend von Mailand auf.

Schließlich schickte sie Juan nach Chaumont, der noch am selben Abend mit der Nachricht zurückkam, dass sich der Herzog einige Tage dort aufhalte und sie erwarte.

Alix beschloss, sich unverzüglich auf den Weg zu machen, und verließ Tours mit der weißen Césarine, die von der Aussicht auf einen Ausflug an die winterliche Loire hoch erfreut war. Allein konnte Alix den Teppich nicht mitnehmen und wollte ihn später liefern.

Dafür hatte sie einen kleinen Altarteppich dabei, den der Domherr von Saint-Clément bestellt hatte. Angela war inzwischen Arbeiterin und hatte ihn selbst gewebt, worauf sie sehr stolz war und von Julio unendlich bewundert wurde. Ach, die beiden sollten wirklich bald heiraten!

Weil der Domherr nicht da war und sie nicht auf ihn warten wollte, gab sie den Teppich im Pfarrhaus ab und kündigte an, ein paar Tage später wiederzukommen. Anschließend machte sie noch einen Umweg zu Sire Bonaventure, einem Textilgroßhändler, der in der Rue de la Sellerie wohnte. Sie wollte sich vergewissern, dass es sich der Großbürger nicht anders überlegt hatte, und ihn den Auftrag unterzeichnen lassen. Dabei ging es um sechs Teppiche mit einer biblischen Geschichte, in der David gewissermaßen die Hauptrolle spielte.

Wegen der beiden Zwischenstationen musste sie durch die halbe Stadt, gelangte dann aber schnell über Saint-Pierre-des-Corps auf die Straße nach Amboise.

»Ich bin heute Abend zurück«, hatte sie Bertille erklärt, die sie leicht verärgert verabschiedete.

Mehr hatte sie nicht gesagt, weil sie sich sicher war, abends wieder zu Hause zu sein. Sie ließ also die Stadt hinter sich, ritt am Loireufer entlang bis zu den Karmelitern und trabte gemächlich an der Kutscherei vorbei, bis sie ins Gerberviertel gelangte.

In der Nähe einer leer stehenden alten Scheune machte Césarine plötzlich einen Satz und wieherte aufgeregt, was ihr gar nicht ähnlich sah. Sie schlug aus und wurde mit einem Mal pfeilschnell. Weil sich Césarine noch nie derartige Launen erlaubt hatte, nahm Alix sie fester an den Zügeln und rief:

»Ganz ruhig, meine Schöne, ganz ruhig. Was ist denn los?«

Doch die Stute beruhigte sich nicht und galoppierte nur noch schneller als sonst. Alix bekam es mit der Angst.

»Langsam, Césarine! Wir haben genug Zeit«, versuchte sie sie zu beruhigen. »Was willst du mir denn beweisen?«

Doch es nützte nichts, Césarine lief, als wäre der Teufel hinter ihr her, ohne sich um ihre Herrin zu kümmern, die sich verzweifelt an ihren Hals klammerte. Dabei erreichten die beruhigenden Worte, mit denen sie auf das Tier einredete, nicht einmal seine Ohren.

Auf einmal entdeckte Alix ein Pferd in der Ferne, bemerkte aber erst, als sie näher kamen, dass es ohne Reiter war. Jeder hätte sich gewundert, ein derart schönes, wertvolles Pferd ohne seinen Besitzer anzutreffen.

»Seltsam. Wo mag nur der Reiter geblieben sein?«, fragte sich Alix, während sie noch immer vergeblich ihre Stute zu bremsen versuchte.

Da wurde ihr mit einem Schlag klar, was für ein Pferd das war, worüber sie beinahe die Zügel verloren hätte. Césarine spürte die unverhoffte Freiheit und nutzte sie, um ihr Tempo zu verdoppeln.

»Das ist doch mein Byzance!«, stieß Alix verblüfft hervor. »Kein Zweifel, es ist Byzance, und Césarine hat ihn erkannt.«

Byzance war ihr Rennpferd, mit dem Théodore an dem Tag geflüchtet war, als sie auf der Suche nach Alessandro Florenz verlassen hatte. Und das hieß, Tanias Bruder musste sich hier irgendwo in der Nähe aufhalten. Warum hatte ihr Tania nichts gesagt? Hatte sie befürchtet, Alix würde die beiden Geschwister aus lauter Verärgerung wieder nach Genua bringen, wo sie sie auf dem Sklavenmarkt gekauft hatte? Dabei hatte sie Tania schon hundertmal erklärt, dass es in Frankreich keine Sklaven gab und sie jetzt ein freier Mensch war.

Wenn Byzance hier herumlief, konnte das nur bedeuten, dass Théodore sich irgendwo in einem Versteck in Tours aufhielt, um von seiner Schwester, wenn sie sich einmal unbemerkt wegstehlen konnte, Geld zum Überleben zu verlangen.

Jetzt verstand sie auch, warum Césarine nicht aufzuhalten war. Sie mussten hinter dem anderen Pferd her und es einfangen. Théodore hatte es ihr gestohlen, als er geflohen war. Sie wollte ihn dafür nicht ins Gefängnis bringen, aber er musste ihr das Pferd auf alle Fälle zurückgeben. Im Moment konnte sie sich nur auf Césarines Instinkt verlassen, die ihren alten Freund offenbar unter allen Umständen einholen wollte.

Außerhalb der Stadt verloren sie Byzance aus den Augen, Alix entdeckte ihn aber bald wieder auf der Straße nach Amboise. Sie erkannte ihr Pferd an seinem schönen Gang: Prächtig, jung und ungestüm schien er geradezu vor ihr herzufliegen. Césarines Nüstern dampften, und ihr Fell war schweißnass, aber sie wollte sich noch immer nicht beruhigen, und Alix bekam allmählich Angst, der teuflische Ritt könnte in einer Katastrophe enden.

Byzance wurde nicht langsamer, sondern legte noch mal an Tempo zu, als er Césarines Galopp hinter sich hörte. Forderte er sie heraus? Alix spürte den wilden Herzschlag von Césarine. Ihre Stute konnte dieses Höllentempo nicht mehr lange durchhalten, während es für Byzance kein Problem war. Inzwischen schrie sie auf Césarine ein, was aber nur dazu führte, dass die sich noch weniger bändigen ließ.

Der Sturz war fatal und traf das Tier vollkommen unvorbereitet. Nicht weit von Chaumont verengte sich der Weg, und an manchen Stellen standen Wurzeln aus dem Boden, denen man ausweichen konnte – aber nicht bei diesem Tempo. Césarine blieb mit einem Huf an einer Wurzel hängen, und Alix spürte sofort den Ruck, der durch das Tier ging. Schnell ließ sie die Zügel los, um bei dem zu erwartenden Sturz wenigstens die

Hände frei zu haben, da ging Césarine auch schon zu Boden und streckte alle viere in die Luft.

Und während Alix mit dem Kopf auf die Unheil bringende Wurzel schlug, rappelte sich Césarine, wenn auch noch etwas benommen, schon wieder auf.

Nachdem Juan Charles am Abend zuvor Alix' Besuch angekündigt hatte, nahm er an, dass sie bereits auf dem Weg nach Chaumont war und beschloss, ihr am Fluss entgegenzureiten.

Dank der großzügigen Unterstützung durch seinen Bankier hatte Charles die Bauarbeiten an seinem Schloss beschleunigen können, weshalb die letzten Tage sehr anstrengend gewesen waren. Architekten, Maurermeister und Arbeiter hatten von früh bis spät gearbeitet, und wenn es in dem Tempo weiterging, wäre das Schloss in einigen Monaten, nach seiner Rückkehr aus Italien, bewohnbar.

Wochenlang hatte er sich derart intensiv um die Bauarbeiten gekümmert, dass er sich nun wirklich eine kleine Pause verdient hatte – und mit wem hätte er sich besser entspannen können als mit Alix? Die junge Nichte von Sire Jacques de Beaune gehörte zu der Art von Puten, mit denen er sich wegen ihres gezierten Gehabes nur kurze Zeit vergnügen mochte, weshalb er das Verhältnis auch nach seiner Italienreise beenden wollte.

Und während er so gemächlich auf der Straße nach Amboise dahinritt, auf der er in ein oder zwei Stunden Alix begegnen musste, beschloss er, dass seine Liebesbeziehung zu der jungen Marie nicht von Dauer sein konnte. Wollte man sie nicht außerdem bald mit einem der Duprat-Söhne verheiraten, deren Vater Schatzmeister und Finanzberater Ludwigs XII. war?

Manchmal bedauerte Charles, sich auf diese Liaison – oder

besser dieses Abenteuer – eingelassen zu haben. In finanzieller Hinsicht war es ein Segen für ihn, aber es hatte ihn allzu sehr von Alix entfernt, die ihm in letzter Zeit zurückhaltend und abwesend vorkam.

Marie, die aus der Bankiersfamilie Briçonnet-Bohier stammte, war ein hübsches, blondes, verführerisches Ding, aber auch sehr kokett, oberflächlich und dumm. Seine Frau war wesentlich nachdenklicher und klüger, aber wegen ihrer zahlreichen Schwangerschaften erschöpft und nicht in der Lage, den ständigen Umtrieben ihres Gatten zu folgen. Umtriebe, die es in der großen Familie d'Amboise schon seit Generationen gab, seit man nämlich ohne nennenswerte finanzielle Unterstützung das Château de Chaumont wieder aufzubauen versuchte.

Beau Sire trabte gemächlich dahin, die kalte Luft vor den Nüstern, und Charles' Blicke schweiften gedankenverloren von dem grauen Fluss zu der verlassenen Winterlandschaft mit den kahlen, schwarzen Bäumen, auf denen Raben hockten und krächzten.

Da spitzte Beau Sire plötzlich die Ohren.

Auch Charles hatte nun das Gefühl, dass irgendetwas nicht stimmte, und war auf der Hut. Sein Pferd blieb stehen und wandte sich um. Der Weg von Chaumont nach Amboise verengte sich an der Stelle, und einige dicke Wurzeln lugten aus dem Boden hervor. Der Duc d'Amboise kannte jede einzelne, und Beau Sire konnte ihnen selbst im Galopp ohne Schwierigkeiten ausweichen.

Aber diesmal war irgendetwas seltsam. Charles blickte in die gleiche Richtung wie sein Pferd und entdeckte Césarine, die langsam auf sie zukam und wieherte, als sie Beau Sire erkannte. Charles fragte sich noch, was passiert sein könnte, als Alix' Pferd plötzlich auf der Stelle umkehrte und ihnen bedeutete, ihm zu folgen.

Als er nach wenigen Metern Alix auf dem kalten, harten Boden zwischen Moos und Erde liegen sah, entfuhr Charles ein erstickter Schrei.

Er sprang vom Pferd, stürzte zu ihr und tastete sie vorsichtig ab. Er konnte keine Verletzung entdecken, aber sie war bewusstlos und schrecklich bleich im Gesicht. Nervös fuhr er mit der Hand unter ihren warmen, pelzgefütterten Mantel. Er ertastete ihren Bauch, dann eine Brust, die er behutsam streichelte, ohne dass sie die erhoffte Reaktion zeigte. Beruhigt stellte er fest, dass sich ihr Hals warm anfühlte, und konnte zu seiner großen Freude einen ganz schwachen Herzschlag unter seinen Fingern spüren. Alix lebte also noch, jubelte er innerlich.

Schnell hob er sie hoch und legte sie auf sein Pferd.

»Césarine, du kommst mit!«, rief er. »Wir wollen versuchen, den kleinen Bach zu finden, aus dem du schon so oft getrunken hast, Beau Sire. Wenn er nicht ganz unter dürrem Holz und welkem Laub vergraben ist, könnten wir Alix dort mit etwas Glück aus ihrer Ohnmacht holen.«

Langsam machten sie sich auf die Suche, bis Beau Sire witternd die Nüstern bewegte. Der Herzog von Amboise hatte den Eindruck, dass sein Pferd in der eintönig grauen Winterlandschaft die Stelle entdeckt hatte, an der es sich im Sommer immer erfrischte.

Charles legte die noch immer bewusstlose Alix auf den steinigen, hart gefrorenen Boden. Der kleine Wasserlauf musste irgendwo hier am Waldrand sein, aber wie Charles befürchtet hatte, war alles unter einer dicken Laubschicht versteckt. Erst nach langem Suchen gelang es Beau Sire, das Rinnsal zu wittern.

Energisch räumte Charles alles aus dem Weg, bis er schließlich mit den Händen genug kaltes Wasser schöpfen und Alix' Gesicht damit benetzen konnte.

Er schlug ihr ins Gesicht und versuchte sogar, ihr etwas von seinem heißen Atem abzugeben, und endlich regten sich ihre Lebensgeister – er hatte sich nicht vergeblich angestrengt.

Mühsam öffnete sie die Augen, sah sich verwirrt um, machte einige zaghafte Bewegungen und murmelte: »Ich habe Byzance gesehen!«

»Byzance?«

»Und den Sklaven!«

Der Duc d'Amboise wusste nicht, was das heißen sollte und dachte, Alix wäre noch nicht wieder ganz bei Sinnen, aber sie richtete sich auf und sah Charles an.

»Byzance ist mein Rennpferd, ich habe es vorhin gesehen«, erklärte sie mit noch leicht verschwommenem Blick.

Anstelle einer Antwort gab ihr Charles einen Kuss.

»Weißt du, dass du mir einen großen Schrecken eingejagt hast?«, flüsterte er. Alix war noch immer sehr blass.

»Ich habe mein Rennpferd wiedergesehen, verstehst du? Théodore hat es mir gestohlen, als er aus Florenz geflüchtet ist.«

Wieder küsste er sie drängend, wollte, dass sie seinen Kuss erwiderte. Unentschlossen und willenlos ließ sie es mit sich geschehen. Sie wehrte sich nicht, ergab sich ihm. Ihre Zungen begegneten sich, verschmolzen, spielten miteinander, und Alix spürte die Wärme in ihren Körper zurückkehren, die sie brauchte, um wieder ganz zu sich zu kommen. Vorsichtig bewegte sie sich. Ihre Schläfen pochten, und sie erinnerte sich plötzlich, dass sie mit Charles brechen wollte, vergaß es aber gleich wieder, legte ihre Arme um ihn und entschied sich, diese letzten köstlichen Augenblicke zu genießen, ehe sie sich unwiderruflich von ihm trennen musste.

»Lass uns zum Schloss reiten«, schlug Charles vor und küsste sie auf den Hals, an dem eine heftig pochende Ader bewies, dass sie wiederhergestellt war. »Dort kannst du wieder zu Kräften kommen. Ich lasse einen Arzt holen, bis dahin wird dich mein Apotheker mit allem versorgen, was du zu deiner Genesung brauchst.«

»Nein, Charles, ich will zurück nach Tours!«

»Hast du denn keine Zeit für mich?«, fragte Charles überrascht. »Sonst bleibst du doch immer zwei oder drei Tage.«

»Ich weiß, aber diesmal geht es nicht«, sagte sie leise.

»Was willst du damit sagen? Uns bleiben doch noch ein paar Tage, bis ich nach Italien muss.«

Mittlerweile war sie wieder ganz klar und schüttelte nur traurig den Kopf.

»Nein, Charles, wir müssen adieu sagen. Das lässt sich nun mal nicht ändern.«

»Ich verstehe nicht, was das soll«, entgegnete er und drückte sie an sich. »Du bist übermüdet, der Sturz hat dich verwirrt.«

»Das stimmt, der Sturz hat mich erschüttert. Aber ich bin schon mit der Absicht von Tours aufgebrochen, mich von dir zu trennen.«

Er sah sie verständnislos an.

»Geliebte! Meine zärtliche Alix! Ich bin gegen diese Trennung. Ich brauche dich!«

»Aber ich brauche dich nicht mehr, Charles. Ich muss jetzt vor allem wieder an meine Arbeit denken.«

»Unsere Liebe hindert dich doch nicht zu arbeiten! Ich habe immer geglaubt, ich wäre Teil deiner Arbeit. Immerhin habe ich dir sieben angefangene Teppiche überlassen, damit du sie fertigstellst, was dir ganz hervorragend gelingt. Haben dich Maître Bellinois' Attacken so verärgert? Mach dir keine Gedanken, ich werde ihn gehörig zur Ordnung rufen. Er hat dir nichts zu sagen und darf auch nicht die Früchte deiner Arbeit für sich beanspruchen.«

Alix fühlte sich noch sehr schwach, versuchte sich ein wenig aufzurichten und sah ihn traurig an.

»Darum geht es nicht.«

»Worum denn dann, verdammt?«, fluchte er.

Er schob ihren Mantel und ihr Kleid hoch und streichelte ihre warmen Schenkel. Als seine Hand zu ihrem Bauch und dann zu dem seidigen Dreieck wanderte, das sich trotz ihrer Proteste willig darbot, flüsterte sie bebend:

»Ach, Charles, du bist nicht frei, und du bist nicht treu. Unsere Liebe hat keine Zukunft, und ich weiß, dass du bald der nächsten Frau den Hof machen wirst. Versuch also gar nicht erst, mich vom Gegenteil zu überzeugen.«

Charles war bass erstaunt. Hatte sie etwa von Marie erfahren? Er zögerte, ehe er sich ihr wieder näherte und sich zwischen ihre nackten Beine drängte.

»Aber du weißt doch, dass ich dich liebe, Alix.«

»Ich liebe dich auch, Charles, doch unsere Wege trennen sich jetzt. Du hast dein eigenes Leben, und ich weiß, dass ich dich vergessen werde.«

Endlich hatte er sie ganz ausgezogen und machte sich über sie her, wie benommen von ihren Worten, deren Sinn er noch nicht recht begriffen hatte. Seine Bewegungen wirkten zwar planlos, hatten aber nur das eine Ziel, sie jetzt und hier auf dem kalten, steinigen Boden zu nehmen. Und diesmal drang er ungewohnt grob in sie ein. Sie spürte eine Gewalttätigkeit, die sie nicht an ihm kannte, die sie aber als letzte Hommage an ihren gequälten Körper duldete.

Nach dem Liebesakt löste er sich von ihr und betrachtete sie lange.

»Ich will einen Neuanfang machen, Charles.«

»Das ist dein gutes Recht. Ich weiß, dass ich nicht dein Auftraggeber sein muss, du hast genug andere. An Aufträgen mangelt es dir gewiss nicht.«

Sein Ton kam ihr etwas kühl vor, aber sie blieb standhaft. Ihre Entscheidung war unwiderruflich.

»Ich will ein neues Leben anfangen, mit einem freien Mann«, sagte sie ganz ruhig. »Das wollte ich dir heute mitteilen, zusammen mit der Nachricht, dass alle Teppiche bis auf die *Galanterien* fertig sind.«

»Du ... Du hast einen anderen Mann kennengelernt?«

»Ich kenne ihn schon immer.«

Fassungslos über diese unerwartete Eröffnung stand er auf.

»Wer ist es?«

»Das spielt keine Rolle.«

Er wirkte erschöpft von seinem groben, zornigen Liebesakt und seufzte hilflos. Es wäre zu schön gewesen, hätte er Frau und Geliebte behalten können und dazu noch die vielen anderen kleinen Abenteuer, die seinem Leben die Würze gaben.

»Wer ist es?«, fragte er noch einmal, während ihm plötzlich bewusst wurde, dass er keine Ahnung von Alix' Leben oder ihrer Arbeit hatte, weil er sie dort nie aufgesucht hatte.

Doch anders als Sire Van de Veere war der Herzog von Amboise nicht eifersüchtig, weshalb es ihn nicht weiter kümmerte, ob Alix nun einen anderen Mann hatte oder nicht. Er wusste nur von Valentines Existenz, deren Geburt er im Kanonenhagel vor Bologna miterlebt hatte.

Dennoch klang Bedauern in seiner Stimme mit, als er sagte:

»Ich wünsche dir natürlich alles Gute und viel Glück, Alix.«

Sehnsüchtig blickte er in ihre kastanienbraunen Augen und wusste nicht, ob er in abgrundtiefen Liebeskummer versinken sollte oder einfach nur für einen Moment der unglücklichste aller Männer war.

»Willst du nicht doch eine letzte Nacht mit mir verbringen?«, flüsterte er ihr ins Ohr.

Sie schüttelte den Kopf.

»Nein, das würde unseren Abschied verderben, und wir würden uns nur wehtun. Ich will dich als treuen, aufrichtigen Freund in Erinnerung behalten. Kann ich auf deine Hilfe zählen, falls es das Schicksal will, dass wir uns eines Tages wieder begegnen?«

»Ich werde immer für dich da sein.«

Er warf ihr einen sehnsüchtigen, traurigen Blick zu und spürte Bitterkeit in sich aufsteigen. Eine Leere entstand, die er nie wieder würde füllen können.

13.

Die Trennung hatte sie wohl mehr mitgenommen als ihr Sturz, und wie benebelt war Alix auf dem schnellsten Weg nach Tours zurückgekehrt.

Immer noch kein Mathias! Jetzt machte sie sich noch mehr Sorgen als vor ihrem Ritt nach Chaumont. Ihr Kopf dröhnte, und ohne ein Wort mit Bertille zu wechseln, die sie mit Fragen verschonte, ging sie auf ihr Zimmer und schloss sich ein.

Hatte sie die richtige Entscheidung getroffen? Wieder und wieder stellte sie sich diese Frage. Gewiss hätte sie ein besseres Gefühl gehabt, wäre sie von Mathias mit einem breiten Lächeln empfangen worden, das sie gern mit einem heiteren, vielversprechenden Blick erwidert hätte.

Sie warf sich auf ihr Bett und vergrub ihr Gesicht im Kopfkissen, bereit, beim leisesten Geräusch aufzustehen.

Alix versuchte die Bilder zu vertreiben, die ihr in den Sinn kamen. Noch war ihr jedes Detail ihrer Liebesnächte mit Charles in Erinnerung, seine begehrlichen Blicke, sein sinnlicher Mund, der stets nach einem Kuss verlangte, seine zärtlichen Hände und seine starke Brust.

Um ihn zu vergessen, dachte sie an Mathias. Wo war er? Und mit wem? Bei einer Frau? War es möglich, dass er sie ausgerechnet in dem Moment verließ, als sie ihm eröffnen wollte, sie könne sich ein richtiges Familienleben mit ihm vorstellen und hätte genug von ihren amourösen Eskapaden?

War es zu spät? Hatte sie zu lange damit gewartet? Was machte Mathias in Paris? Ihr treuer Freund, der seit Jacquous Tod auf Alix wartete. Sie erinnerte sich an den Tag, als er sich in die Kirche Saint-Pierre geflüchtet hatte, vor lauter Verzweiflung darüber, Alix in den Armen von Alessandro anstatt in seinen zu wissen. Nach langem Suchen hatte sie ihn dort gefunden, getröstet und ihm zugeraunt, dass sie, egal was geschehe, immer nach Tours zurückkommen würde und dass ihre Heimat nicht Florenz, sondern das Val de Loire sei. Sie hatte ihren Kopf an seine Schulter gelehnt und geflüstert: »Wenn ich eines Tages noch einmal heirate, dann dich, Mathias.«

Damals hatte Mathias ein wenig Hoffnung geschöpft, weil Alessandro nicht frei war. Wie hätte er auch ahnen sollen, dass nach dem schönen Florentiner Liebhaber der schneidige Herzog von Amboise auftauchen und ihm Alix wieder wegnehmen würde?

Gott, wie dumm sie nur gewesen war! Wie hatte sie übersehen können, dass Mathias der verführerischste von allen und außerdem noch frei war. Die Frauen machten ihm schöne Augen, aber er blieb unbeeindruckt. Kein Wunder, dass er irgendwann die Hoffnung aufgab, Alix würde ihn doch noch heiraten, und sich nach einer anderen Frau umgesehen hatte. Bestimmt kam er bald, um Nicolas zu holen und ihn bei einer anderen aufwachsen zu lassen.

Der Gedanke brachte sie fast um den Verstand. Sie liebte Nicolas wie ihr eigenes Kind. Nachdem sie ihre beiden Söhne verloren hatte, hatte er wie selbstverständlich deren Platz eingenommen, und es kam ihr immer so vor, als wäre er von ihrem Fleisch und Blut. Würde man ihn ihr wegnehmen, nahm man auch einen Teil von ihr.

Wie zur Bestätigung hörte sie es an der Tür klopfen. Bertille kam, um ihr zu sagen, dass Nicolas zu ihr wollte. Sie hatte den kleinen Jungen an der Hand, Valentine wackelte hinter ihnen her – sie wollte nicht mehr an der Hand geführt werden.

»Nicolas! Valentine!«, rief Alix freudestrahlend. »Kommt her und gebt mir einen Kuss, meine Schätzchen. Das kann ich jetzt sehr gut brauchen.«

»Hättest du keinen Wagen nehmen können?«, grummelte die Bertille. »Juan hätte dich gefahren. Jesus Maria! Das hätte wirklich nicht auch noch sein müssen, dass du vom Pferd fällst, meine arme Alix!«

»Bitte, Bertille, sei nicht böse mit mir«, bat Alix mit einem Seufzer. »Ich habe mein Versprechen gehalten. Jetzt bin ich frei.«

»Wenn das mal nicht zu spät ist«, meinte Bertille und zuckte die Schultern.

Aber Alix hatte einen zärtlichen Hoffnungsschimmer in ihren Augen entdeckt. Die alte Dienerin konnte ihr gar nicht richtig böse sein. Jetzt ließ sie Alix mit den Kindern allein.

»Das hättest du schon längst machen müssen!«, schimpfte sie beim Gehen händeringend vor sich hin. »Schon längst! Jetzt ist es wahrscheinlich zu spät!«

Von dieser düsteren Ahnung entmutigt, seufzte Alix wieder bitter. Sie hatte Angst, wollte sich ihre Verzweiflung vor den Kindern aber nicht anmerken lassen.

»Ich will zu meinem Papa«, sagte Nicolas.

»Ja, zu Papa!«, wiederholte Valentine.

Alix lächelte sie an und ließ sie auf ihr großes Bett klettern.

»Mein Papa ist in Paris«, erklärte der Junge, während er dem kleinen Mädchen aufs Bett half. Diesmal ließ sich die Kleine helfen und brabbelte die ganze Zeit vergnügt »mein Papa« vor sich hin.

Als sie es sich neben Alix bequem gemacht und ihre kurzen Beinchen ausgestreckt hatten, nahm Nicolas Valentines Hand und erklärte ihr mit ernster Miene:

»Du hast eine Mama, und ich hab' einen Papa. Aber alle zwei gehören uns beiden zusammen.«

Alix kamen die Tränen. War es wirklich schon zu spät, oder konnte diese kindliche Feststellung noch Wirklichkeit werden? Sie nahm die Kinder in die Arme und gab ihnen einen Kuss.

»Du hast ganz recht, Nicolas. So ist es.«

Valentine wollte wieder vom Bett, verfing sich mit den Beinchen in der Steppdecke und fiel auf den Boden. Nicolas half ihr sofort wieder auf die Füße. Valentine hatte sich zum Glück nicht wehgetan, und sie lachten beide, bis Tania an der Tür erschien.

»Ach, Tania, da bist du ja. Komm herein. Ich muss mit dir reden. Wo warst du denn? Ich dachte, du wärst hier, wenn ich nach Hause komme.«

»Ich wusste nicht, dass Ihr so früh zurück seid. Ich war in der Werkstatt.«

»Bei Philippe?«

Tania wurde rot. Seit Alix ihr nachmittags freigegeben hatte, brachte ihr der junge Mann auf einem Flachwebstuhl das Weben bei, und Tania war überglücklich.

Wollte man einem das Weben beibringen, musste man ihm die Hand halten, damit sie den Schussfaden nicht verlor. Der Meister musste sich äußerst aufmerksam um seinen Schüler kümmern, also zum Beispiel hinter ihm stehen und ihn mit Worten oder Gesten anleiten. Da konnte der Lehrer schon mal in Versuchung geraten, seine Schülerin auf den Nacken zu küssen. In gewisser Weise war es also für einen Weber, wenn er frei war, relativ einfach, einem jungen Mädchen den Hof zu machen, wenn sie nichts dagegen hatte.

»Nicolas, mein Engel, geh mit Valentine spielen. Ich komme heute Abend und gebe euch einen Gutenachtkuss, ehe ihr einschlaft.«

»Versprochen?«, fragte Nicolas.

»Versprochen!«

Als sich die Kinder getrollt hatten, kam Alix ohne Umschweife zur Sache.

»Ich habe Byzance gesehen, Tania«, begann Alix mit ruhiger Stimme und ganz freundlich, um das Mädchen nicht zu verschrecken.

»Oh!«, machte Tania nur. Damit hatte sie nicht gerechnet.

Alix entging nicht, dass ihre Hände zitterten, als sie die Arme sinken ließ, und dass ihre kleine Freundin plötzlich sehr blass war.

»Wo ist Théodore?«

Alle Farbe wich aus Tanias Gesicht, und als Alix sie fragend und besorgt ansah, begann sie zu schlucken, ihre Augen füllten sich mit Tränen, und sie schluchzte laut los.

»Er ist tot.«

Alix war wie vom Donner gerührt. Mit dieser Antwort hatte sie natürlich nicht gerechnet, und sie wusste nicht, ob sie sie glauben sollte.

»Kann ich dir noch vertrauen, oder versuchst du deinen Bruder vor meinen und den Nachforschungen der Polizei zu schützen?«

»Ich schwöre es, Dame Alix, er ist wirklich tot.«

Ihr Schluchzen und ihr Kummer wirkten echt, aber weinte sie wirklich um ihren toten Bruder? Alix wusste, dass Théodore großen Einfluss auf seine Schwester gehabt hatte und er sie zu allem überreden konnte.

»Komm her«, sagte Alix und nahm Tanias Hand. »Setz dich zu mir und erzähl mir die ganze Geschichte.«

Tania beruhigte sich etwas, wischte sich die Tränen aus den Augen und nickte, obwohl sie nicht vorhatte, die ganze Geschichte zu erzählen.

»Ich habe ihn ab und zu getroffen und ihm ein bisschen Geld gegeben, damit er sich etwas zu essen kaufen konnte. Er wohnte in einer leer stehenden Scheune. Er wurde in einen …«

Tania schniefte.

»In einen was?«, fragte Alix nach.

»Er wurde in einen Streit verwickelt. Die anderen waren stärker als er.«

»Warst du dabei?«

Sie nickte nur.

»Was hast du mit seinem Leichnam gemacht?«

»Théo war in einem Boot. Er hat einen Schlag auf den Kopf bekommen und ist ins Wasser gestürzt. Und weil er nicht schwimmen kann, ist er ertrunken.«

»Du kannst aber doch schwimmen! Warum bist du ihm nicht zu Hilfe geeilt?«

Tania war verwirrt. Ja, Alix hatte recht. Ihr Bruder fürchtete sich von klein auf vor Teichen, Seen, Flüssen und Wasser überhaupt, während sie wie eine Flussnymphe in den großen künstlichen Seen um den Palast in Konstantinopel geschwommen war. Natürlich hätte sie ihm helfen können.

»Ich ... Ich konnte nichts machen. Die anderen haben mich festgehalten.«

Alix nickte nachdenklich. Sie hatte den Eindruck, dass Tania ihr zwar die Wahrheit sagte, ihr aber auch einen Teil verschwieg.

»Und was ist mit Byzance?«

»Ich wollte mit Euch darüber reden, aber ich wusste nicht, wie ich es anfangen sollte. Ich dachte ...«

»Was ist mit dem Pferd?«, unterbrach sie Alix. »Weißt du, wo Byzance ist?«

»Ja.«

»Das Pferd gehört mir, Tania. Dein Bruder hat es mir gestohlen, als er geflohen ist. Außerdem ist dieses Rennpferd von ungeheurem Wert.«

Aufmerksam musterte sie Tanias Gesicht, um herauszufinden, welches Detail sie ihr verschweigen mochte.

»Nachdem Léo noch nicht zurück ist, mach dich mit Juan auf die Suche. Du kennst Byzance noch aus Florenz. Er irrt wie ein Wildpferd in der Gegend zwischen Amboise und Chaumont herum. Ich möchte, dass er noch heute Abend wieder in meinem Stall steht.«

Zwei Tage später kam Mathias zurück. Er machte ein finsteres Gesicht und verlor kein Wort darüber, dass Alix schon zu Hause war.

Mathias nahm Nicolas und Valentine auf den Arm und gab ihnen einen dicken Kuss. Die Kinder plapperten und brabbelten, und Nicolas stellte alle möglichen Fragen, die sein Vater aber nicht beantwortete. Er schien mit seinen Gedanken ganz woanders zu sein.

»Die Kinder müssen jetzt ins Bett«, entschied Bertille resolut, weil sie die ungute Stimmung spürte, und Tania war sofort bereit, ihr zu helfen.

»Die Kleinen möchten noch einen Gutenachtkuss«, sagte sie, als sie wenig später zurückkam.

Obwohl sich Bertille nach Kräften um gute Stimmung bemühte, verlief das Abendessen beinahe düster, weil Mathias kein Wort über seine Reise nach Paris verlor. Julio und Angela wussten vor lauter Verlegenheit nichts zu sagen, nur Pierrot erzählte ein paar lustige Geschichten aus der Arbeit.

»Warst du in den Werkstätten am Boulevard Saint-Jacques?«, fragte Alix vorsichtig.

»Ja.«

Sie schluckte. Mathias fuhr sich mit der Hand durch sein dichtes blondes Haar, das im Kerzenschein rötlich schimmerte.

»Hatten sie fertige Teppiche für unser Kontor im Val de Loire?«

»Nein.«

Einen kurzen Moment lang sah er sie unwillig an. Ihr wurde unbehaglich, und sie wagte keine weiteren Fragen zu stellen. Stattdessen wechselte sie das Thema:

»Stell dir vor, ich habe Byzance wieder.«

Mathias warf Tania einen Blick zu. Sie wurde rot und widmete sich wortlos einem Entenflügel, den sie gerade geschickt zerlegte.

»Ich finde, das ist eine äußerst merkwürdige Geschichte«, fuhr Alix an Mathias gewandt fort. »Tania sagte mir, Théodore ist ertrunken.«

Sie hoffte, ihre Blicke würden sich wieder begegnen, damit sich ein Gespräch ergeben konnte, aber Mathias sah nicht von dem Geflügel auf, das ihm die Bertille serviert hatte. Alix ertrug sein abweisendes Verhalten nicht länger, stand auf und sagte sichtlich verärgert:

»Tania war allerdings nicht sehr gesprächig. Vielleicht verrät sie uns später mehr. Im Moment hüllt sie sich jedenfalls in Schweigen.«

Sie ging ins Kinderzimmer, um den beiden Kindern gute Nacht zu sagen. Valentine schlief schon, aber Nicolas hatte auf sie gewartet. Er hockte auf dem Teppich und spielte mit einem Holzpferdchen. Alix setzte sich neben ihn.

»Sagst du Papa, dass er noch kommen soll?«, bat er und umarmte Alix.

»Ja, mein Engel, das mache ich. Aber jetzt musst du wirklich ins Bett.«

Der Junge gehorchte sofort, und als ihn Alix fürsorglich zugedeckt hatte, verließ sie das Zimmer. Erleichtert über Mathias' Rückkehr, aber enttäuscht von dem eher frostigen Wiedersehen, setzte sich Alix auf die Bank vor dem Haus und hing ihren Gedanken nach.

Bald sah sie Tania aus dem Haus kommen. Bestimmt traf sie Philippe, um mit ihm einen Spaziergang an der Loire zu machen, wie in letzter Zeit häufig. Nach ein, zwei Stunden kam Tania dann wieder nach Hause, und Philippe ging in die Rue de Sellerie, wo er bei einer alten Dame wohnte, der nach dem Tod von Mann und Kind ihr Haus zu groß und leer geworden war.

Etwas später bemerkte sie Mathias, der aus dem Hintereingang kam und zu seinem Zimmer ging. Offenbar wollte er ihr nicht begegnen. Dass Mathias ihr offensichtlich aus dem Weg ging, alarmierte Alix noch mehr. Jetzt blieb ihr nur noch eins: Sie musste ihn in seinem Refugium aufsuchen und eine Erklärung für sein sonderbares Verhalten verlangen.

Er hatte sich eingesperrt und die Tür vorsorglich verriegelt. Alix klopfte leise.

»Bitte mach auf, Mathias. Ich muss mit dir reden.«

Eigentlich rechnete sie nicht damit, dass er ihr öffnen würde, und überlegte schon, was sie nun tun sollte. Doch dann hörte sie, wie er den Riegel zurückschob, und als sich die Tür einen Spalt öffnete, schlüpfte sie schnell ins Zimmer, ehe er es sich anders überlegen konnte.

Er stand an seinem Arbeitstisch, einen Bogen Pergament, Feder und Tintenfass vor sich. Wollte er gerade einen Brief schreiben? Alix erschrak. War es ihm so wichtig, mit der Frau in Verbindung zu bleiben, die er am Abend zuvor verlassen hatte?

»Was hast du mir zu sagen?«, fragte er und sah sie an.

Unaufgefordert setzte sie sich auf einen der beiden Sessel, aber er blieb stehen. Wie oft hatten sie beide hier lange Gespräche geführt über die Arbeit, den Entwurf für einen Teppich, den geplanten Kauf eines weiteren Webstuhls und natürlich vor allem über Nicolas und Valentine.

»Was hast du mir zu sagen?«, fragte er noch einmal.

»Interessiert es dich gar nicht, wie ich Byzance wiedergefunden habe?«

»Ich kenne das Pferd nicht, vermutlich hast du es in Florenz gehabt«, meinte er nur mit einem gelangweilten Schulterzucken.

Die Antwort verhieß nichts Gutes. Wenn er weiter schlechte Laune hatte oder sogar aggressiv wurde, würde sich Alix nur aufregen, oder sie musste unverrichteter Dinge gehen.

»Jetzt kennst du Byzance aber, weil er im Stall stand, als du nach Hause kamst.«

»Ja, ich habe ihn gesehen. Wie ist er dahin gekommen?«

Alix war fast begeistert über die paar Worte, mit denen er eine Erklärung verlangte, und beeilte sich zu antworten.

»Weil Léo mit dir unterwegs war, habe ich Juan geschickt. Er konnte ihn noch am selben Abend einfangen.«

»Wer hat ihn zuerst gesehen?«

»Ich.«

Mathias wurde geradezu redselig. Trotzig musterte er Alix.

»Und wo war das?«

»In der Nähe der stillgelegten Gerberei.«

»Was hast du da gemacht?«

Plötzlich begriff Alix, worauf er hinauswollte. Entweder riskierte sie mit einer Antwort, das Gespräch abrupt zu beenden, oder sie müsste zugeben, dass sie ihre Beziehung zum Duc d'Amboise beendet hatte.

»Ich wollte die letzten Teppiche nach Chaumont bringen. *Das höfische Leben* ist beinahe fertig, wir müssen nur noch die Millefleurs für die *Galanterien* weben.«

Mathias' Reaktion konnte sie nicht ahnen; sie wusste nur, dass die Erwähnung von Chaumont ein Fehler war, was sie auch sofort bereute.

»Eine günstige Gelegenheit, um mit deinem Geliebten ins Bett zu gehen!«

Wie von der Tarantel gestochen fuhr sie hoch. Sie brachte kein Wort heraus und lief hochrot an vor Zorn, nicht zuletzt weil sie ihm nicht erklären konnte, dass jetzt alles anders war. Doch dann nahm sie sich zusammen und versuchte seinen verständlichen Unmut zu entschuldigen.

»Es ist vorbei, Mathias. Ich werde den Duc d'Amboise nicht mehr sehen.«

»Und wer wird dein nächster Geliebter sein?«

Alix spürte, wie ihr das Blut wieder in die Wangen schoss, versuchte aber ruhig zu bleiben.

»Niemand.«

»Du lügst.«

»Nein!«, schrie sie, »und ich verbiete dir, so etwas zu behaupten.«

Als er hässlich lachte, trat sie einen Schritt zurück.

»Schön bist du, klug und eingebildet«, zischte er. »Und du kannst gar nicht ohne Geliebten sein. Endlich weiß ich, wer du bist. Dein wahres Gesicht offenbart sich in seiner ganzen Hässlichkeit.«

»Mathias!«

Er stürzte sich mit solcher Gewalt auf sie, dass sie erschrocken zur Wand zurückwich. Aber mit einer Wut, die sich seit Langem angestaut hatte, packte er sie und schüttelte sie heftig. In den vergangenen Jahren hatte er seine Sehnsüchte, seine Liebe und seine Triebe so unterdrücken müssen, dass jetzt alles aus ihm herausplatzte, und er explodierte, weil sie ihn, hier in seinem Reich, provoziert hatte.

»Ohne einen Mann hältst du es doch gar nicht aus!«, fuhr er sie an und lachte verächtlich.

Blind vor Wut schüttelte er sie immer heftiger. So hatte sie ihn noch nie erlebt. Dann stieß er sie wieder gegen die Wand. Alix massierte ihre schmerzende Schulter, sah ihn mit schreckgeweitetem Blick an und sagte:

»Was ist nur mit dir los, Mathias? Du tust mir weh!«

Aber er scherte sich nicht um ihre Klagen. Was mit ihm los war, dem klugen, beherrschten Mann, der sich geschworen hatte, Valentines Zwillingsschwester zu finden, von der sie noch nicht einmal wusste? Der nur an Alix' Glück dachte? Der in seinen einsamen Nächten von ihrer grenzenlosen Dankbarkeit träumte? Alix würde so froh sein, wenn er erst ihr anderes Töchterchen gefunden hatte, dass sie sich dankbar in seine Arme werfen würde – und er würde sie nie wieder gehen lassen.

Und nun drohte sein schöner Plan zu scheitern. Béraude hatte ihm nur verraten, dass sich das Kind in der Normandie befand, aber nicht wo. Wie sollte er je Licht in diese traurige Geschichte bringen? Das konnte er unmöglich schaffen. Er fühlte sich wie ein Versager, glaubte Alix für sich verloren und behandelte sie dementsprechend wütend.

»Soll ich dir sagen, was mit mir los ist, ja?«, rief er. »Du widerst mich an, mir graut vor dir!«

»Aber …«

»Du bist genauso schamlos wie deine Cousine Constance. Ja, bestimmt habt ihr euch in Florenz köstlich amüsiert, bestimmt habt ihr viel gelacht und seid euren Liebhabern nur so nachgelaufen! Vielleicht hattest du sogar noch andere außer diesem verfluchten Van de Veere!«

»Mathias!«

Doch außer sich vor Wut, konnte er sich nicht mehr mäßigen. Gleich würde er ihr Beleidigungen an den Kopf werfen, die tiefe Wunden hinterlassen mussten.

»In den Armen von diesem Charles hast du deinen Alessandro jedenfalls schnell vergessen«, höhnte er, »und in den Armen von Alessandro war dir dein Jacquou völlig egal.«

»Ich verbiete dir diesen Ton!«

»Du hast mir gar nichts zu verbieten. Ich kann tun und lassen, was ich will. Das Einzige, was ich bereue, ist, dass ich mir kein Beispiel an den anderen genommen habe. Ja! Ich hätte dir auch einfach den Rock hochheben und mir holen sollen, worauf ich Lust hatte.«

Die Ohrfeige traf ihn mit einem dumpfen Geräusch. Alix hatte mit aller Kraft zugeschlagen, und er schlug prompt zurück, aber viel fester und brutaler. Ihr Kopf knallte gegen die Wand, und die Tränen schossen ihr in die Augen.

»Und was ist mit dir?«, wimmerte sie, »bei welcher Frau warst du in Paris?«

»Bei einem schönen, jungen und sehr verführerischen Geschöpf«, höhnte er, »die mehr in mich verliebt ist, als dich je ein Mann lieben wird. Ich kann es kaum erwarten, sie wiederzusehen!«

Verdammt! Warum redete er solchen Unsinn, was stammelte er da für Lügen zusammen, für die er sich jetzt schon schämte? Und woher kam diese schreckliche Wut, die er nicht bremsen konnte? Dabei verabscheute er Béraude, wie man einen Menschen nur verabscheuen kann.

»Dann geh doch zu ihr!«, schrie Alix außer sich, »und sag nie wieder so etwas zu mir, hörst du, nie wieder!«

Er warf sich auf sie und presste seinen Mund auf ihren, aber sie stieß ihn weg.

»Du gehst hier nicht raus, ehe ich dich besessen habe!«

»Vergiss es, Mathias aus Lille. Ich hasse dich!«

»Dann werde ich dich eben zwingen!«

Er warf sie zu Boden, wo sie sich einen erbitterten Kampf lieferten. Als er sich mit seinem ganzen Gewicht auf sie stürzte, versuchte sie vergeblich sich zu befreien. Ihr Kleid war hochgerutscht, und er griff mit der Hand nach ihren Schenkeln, um sie zu öffnen. Ein hässlicher Akt, den sie ihm nicht verzeihen konnte. Sie spürte seine Finger auf ihrem Bauch und vor lauter Angst vor einer Vergewaltigung trat sie ihm mit aller Kraft mit den Beinen in den Bauch.

Er fiel auf die Seite und krümmte sich vor Schmerzen, aber der Schlag hatte ihn nicht vernichtet, sondern nur ernüchtert. Langsam stand er auf.

»Was ist nur mit uns los, Mathias?«, sagte sie leise.

»Geh jetzt!«, fuhr er sie an. »Ich will dich nie wieder sehen.«

Alix unterdrückte ein Schluchzen.

»Du hast nichts verstanden. Ich wollte, dass es anders wird mit uns«, flüsterte sie.

14.

Die betagte Duchesse d'Alençon war machtlos. Bei all den guten Eigenschaften ihrer Schwiegertochter konnte sie ihr unmöglich die einzige Freiheit verbieten, die sie sich nahm: Ihre zugegeben ein wenig sehr langen Ausritte nämlich.

Heute aber war die alte Herzogin über das Vorhaben entzückt, weil ihr Sohn Marguerite begleiten wollte.

Marguerite trug ein mandelgrünes Kleid aus Mailänder Samt mit einem silber verzierten eckigen Ausschnitt, der ihre weißen Schultern sehr hübsch zur Geltung brachte.

Catherine brachte ihr einen passenden Mantel und ein Jagdhütchen mit einer großen bunten Pfauenfeder. Marguerite setzte sich die Kopfbedeckung seitlich aufs Haar und ließ sich von ihrem Kammermädchen begutachten.

»Ihr seht wunderschön aus, Madame. Das kann Monsieur le Duc bestimmt nur bestätigen.«

Achilles hüpfte aufgeregt in seinem Käfig herum und putzte sich mit dem Schnabel das bunte Gefieder, um dann plötzlich »wunderrrschön, wunderrrschön« zu schnarren, woraufhin die beiden jungen Frauen in Gelächter ausbrachen.

»Dann muss ich dir ja glauben, wenn Achilles es auch sagt«, meinte Marguerite vergnügt.

Charles d'Alençon erschien, lautlos wie immer. Irgendwie hatte man bei ihm immer das Gefühl, er könne sich jederzeit in Luft auflösen.

Marguerite hob ihren Rocksaum, warf sich in die Brust und neigte zur Begrüßung den Kopf, sodass die gelbblaue Feder auf ihrem Kopf sanft wippte.

»Kann ich mich so sehen lassen?«, fragte sie artig.

»Wie es scheint, seid Ihr jedenfalls fertig«, meinte ihr Mann nur knapp, nachdem er sie einer schnellen Musterung unterzogen hatte.

»Euer Kompliment kommt mir doch sehr streng vor«, entgegnete Marguerite mit einem Hauch von Ironie. »Mein Gott! Warum kann ein Soldat denn nicht ein bisschen höflich sein?«

Ihrem Gatten stieg die Röte ins Gesicht, aber er fasste sich gleich wieder.

»Hättet Ihr lieber gehört, dass Ihr wunderschön ausseht?«

»Das wäre das Mindeste, was ich erwartet hätte«, gab Marguerite zurück.

In seinem braunen Jagdwams und mit roten Hosen stand Charles vor ihr und sah sie ein wenig unsicher an, doch die peinliche Musterung wurde von dem stürmischen Auftritt der Hunde beendet; Prunelle und die beiden Windspiele Ulysse und Pénélope sprangen ungeduldig um sie herum.

»Wenn Euer Hofstaat so weit ist, sollten wir uns endlich auf den Weg machen«, sagte Charles und streichelte die beiden Windspiele flüchtig. »Bellegarde wartet schon seit mehr als einer Stunde auf uns.«

Seigneur de Bellegarde war etwa so alt wie Marguerites Gatte und mit seinem pockennarbigen Gesicht nicht gerade das, was man unter einem schönen Mann versteht.

Er hatte nicht vor, die Privilegien, die er sich im Laufe der Jahre beim Herzog von Alençon erworben hatte, an Marguerite abzutreten. Unverfroren taxierte er die junge Frau ziemlich hochmütig, um irgendeinen Makel an ihr zu entdecken.

Als entgegenkommend oder konziliant konnte man Bellegarde wirklich nicht bezeichnen, und die ohnehin wenige Zeit, die Charles d'Alençon seiner Frau widmete, schien ihn sehr gegen sie aufzubringen.

Bellegarde war es von jung auf gewöhnt, seine Zeit an der Seite des Herzogs von Alençon zu verbringen und durchaus nicht bereit, sich auf Veränderungen einzulassen, die er als Angriff auf seine Person verstand.

Obwohl Marguerite genug Gerechtigkeitssinn besaß, um die ritterlichen Qualitäten von Bellegarde und seine bravourösen kriegerischen Heldentaten zu würdigen, fand sie keine Lösung für diese schwierige Angelegenheit.

Nun ging sie mit Charles in den Schlosshof, wo Philibert die Pferde gesattelt hatte und Hyppomène schon ungeduldig mit den Hufen scharrte.

Als Charles d'Alençon die bewundernden Blicke bemerkte, mit denen sein Schildknappe seine anmutige Gattin bedachte, betrachtete er sie selbst noch einmal genauer und stellte überrascht fest, dass er mit ihrem Anblick wirklich sehr zufrieden sein konnte. Es fehlte nicht viel, und er hätte seine Begeisterung gezeigt.

An diesem lauen Frühlingsmorgen, der die ersten Knospen hervorlockte, war Marguerite aber auch besonders schön. Ihr rosiger Teint erinnerte an zarte Blütenblätter, und in ihren grauen Augen spiegelte sich der Himmel über der Normandie in zarten Pastelltönen.

Bellegarde wandte seinen arroganten Blick von Marguerite

und musterte Charles misstrauisch. Sein Gefährte bemühte sich zwar, keine Regungen zu zeigen, dennoch entdeckte er einen ungewohnten Glanz in seinen Augen. Träumte Charles vielleicht noch von den zärtlichen Stunden, die er gerade mit Marguerite verbracht hatte?

Seit einiger Zeit erzählte der Herzog seinem Schildknappen jedenfalls nichts mehr von den Nächten mit der jungen Herzogin. Vielmehr schien er sich bei der kleinsten Anspielung zu verschließen, und sein Waffenbruder fragte sich, ob er die intimen Stunden inzwischen mehr zu schätzen wusste. Schließlich erholte sich jeder Soldat gern mit einer hübschen Dame, ehe er sich wieder sportlicheren Aufgaben widmete.

Bellegarde täuschte sich nicht. Charles' Ungeschicklichkeit war nicht mehr ganz so offensichtlich, und er hatte sich bewusst später als sonst in sein Zimmer zurückgezogen.

Auf dem eben noch verschlafenen Schlosshof war es unruhig geworden. Philibert machte die Pferde fertig, und Jean-Baptiste spannte die Wagen an. Blanche und Catherine waren aufbruchbereit.

Marguerite streichelte gedankenverloren ihre Hunde, während ihr Blick zum Horizont schweifte, der sich hinter hohen Kastanienbäumen versteckte.

Was für eine sonderbare Landschaft! Im heimatlichen Angoulême wärmte die Sonne um diese Stunde schon, und die Loireufer waren in Nebel gehüllt. Hier in der Normandie war es so früh am Morgen noch empfindlich kalt, aber Marguerite freute sich auf das Grün, das sich bald in vielen zarten Schattierungen zeigen würde.

Eines war jedenfalls sicher: Der Ausritt in die umliegenden Täler würde sie erst einmal für alles Heimweh entschädigen.

Philibert hielt mit einer Hand Attalante, mit der anderen Brutus, Charles' feuriges Pferd.

Marguerites Zelterstute wurde immer nervöser. Der lange Ritt vom Vortag hatte sie kaum erschöpft, und sie schien nur auf den nächsten Galopp zu warten. Ihr Fell glänzte, ihre Mähne war schön gekämmt, und ihre Nüstern bebten freudig.

Und auch der Fuchs des Herzogs, ein stolzes Tier, schien genauso ungeduldig wie Attalante.

»Sehr gut, Philibert, danke«, sagte Marguerite. »Du kannst jetzt die Hunde fertig machen.«

»Ich dachte, Ihr wolltet Hyppomène reiten«, meinte Charles zu seiner Frau.

»Hyppomène? Auf keinen Fall! Er ist mir viel zu zahm. Attalante kann mit Brutus mithalten, wenn wir einen Galopp hinlegen, Charles.«

»Wer sagt denn, dass wir galoppieren?«

Sie sah ihn erstaunt an, während ihr der Stallknecht die Zügel reichte und ihr aufsitzen half.

»Was habt Ihr denn so Gemächliches vor?«, fragte sie.

»Nichts anderes, als was wir vereinbart haben.«

»Wirklich nichts anderes?«

Charles schwang sich auf seinen Fuchs und spornte sein Pferd an.

»Außer Ihr wollt keinen dieser langen Ausritte machen, die Ihr so sehr zu mögen scheint!«, spöttelte er und ließ Brutus antraben.

»Oh doch! Ich sehe, Ihr seid dabei, mich kennenzulernen. Es gibt aber noch einen anderen Grund, weshalb ich Attalante reiten will: Euer Fuchs scheint ihr zu gefallen.«

Sie ließen ihre Pferde nebeneinander gehen und sahen zu,

wie sie sich aufeinander einstellten. Sie harmonierten perfekt. An der Seite von Brutus mäßigte die draufgängerische Attalante ihren Übermut.

»Auf geht's, Bellegarde!«, befahl Charles. »Reite voraus, und bereite uns den Weg. Wir wollen nach Mauves, aber durch den Wald vor den Hügeln.«

Er zog die Zügel straff und meinte: »Ich hoffe doch, dass Eure Leidenschaft fürs Reiten heute nicht zu kurz kommt.«

Eine Weile maßen sie sich mit Blicken, dann lächelte Marguerite ihren Mann freundlich an und meinte vergnügt:

»Habt Ihr Eurer Mutter gesagt, dass wir heute Abend eventuell nicht nach Hause kommen?«

Sie drehte sich noch einmal zu dem Schloss um und sah die große, dünne Gestalt der alten Dame im geöffneten Haupttor stehen. Charles machte ihr ein Zeichen, und sie winkte sofort zurück.

»Ich habe sie darauf vorbereitet, dass wir möglicherweise einige Tage wegbleiben. Sie soll sich nicht beunruhigen.«

Sie ritten in den erwachenden Morgen, der den neuen Tag mit tausenderlei Geräuschen ankündigte.

Blanche und Madame de Breuille hatten es vorgezogen, im Wagen zu fahren, und Catherine, die hocherfreut über diesen Ausflug war, teilte sich einen Wagen mit den zwei Dienerinnen. Bellegarde wollte offenbar nicht zu viel Vorsprung haben und ritt nur ein kleines Stück vor den anderen.

»Wenn Ihr es wünscht, können wir einen oder zwei Tage in Mauves bleiben.«

»Ich würde zu gern in einem Gasthaus dinieren, Charles. Das fände ich wunderbar. Bei dem bisschen Komfort, den Eure Mutter auf ihrem Schloss betreibt, und der Abgeschiedenheit müsste es eigentlich ein vergnüglicher Abend werden.«

»Fehlt Euch denn der Trubel von Amboise so sehr?«

Sie ritten gemächlich nebeneinander. Marguerite überlegte kurz und sah ihn dann unbefangen an.

»Ja, ich gestehe, ich vermisse ihn sogar sehr. Etwas mehr Leben und Abwechslung würden mir große Freude bereiten.«

Wieder sah sie Charles an, der ein wenig spöttisch über sie zu lächeln schien. Doch sie war ihm dankbar, dass er sie nicht, wie so oft, mit Gleichgültigkeit strafte.

Marguerite täuschte sich nur selten in seinen Gefühlen. Seit einiger Zeit kam es ihr so vor, als hätte er sein ruppiges Wesen abgelegt und versuchte ihr zu gefallen. Was sollte sie davon halten? Wollte er sich etwa wirklich um sie bemühen?

»Meinetwegen. Ich sage Bellegarde, er soll uns im Gasthaus ›Zum Zinnkrug‹ anmelden. Dort können wir die Nacht verbringen. Der ›Zinnkrug‹ ist ein sehr beliebtes, solides Gasthaus.«

Sie sah ihn dankbar an.

»Ich danke Euch, Charles. Eure Aufmerksamkeit macht mich sehr glücklich. Was haltet Ihr davon, wenn wir jetzt einen kleinen Galopp wagen?«, fragte sie und gab Attalante die Sporen.

Und ohne eine Antwort abzuwarten, jagte sie plötzlich an Bellegarde vorbei, wurde aber von Brutus mit ein paar nervösen Sätzen schnell eingeholt.

Nachdem sie mit frischer Kraft durch die ersten Täler gestürmt waren, galoppierten sie Seite an Seite, so eng, dass sie sich beinahe berührten, und ohne ein Wort zu sagen. Charles konnte nicht umhin, die sichere und schöne Haltung zu bewundern, mit der seine junge Gattin ihre Zelterstute ritt.

So in den Hintergrund verbannt, ärgerte sich Bellegarde über die Maßen, was den Herzog von Alençon aber wie so oft nicht zu kümmern schien. Dazu war er offenbar viel zu verliebt in Marguerite.

Augenblicklich interessierte er sich für keine andere Frau auch nur annähernd so wie für seine eigene. Und auch wenn er vor seiner Hochzeit aus politischen Gründen lieber zu Dirnen als zu Schlossherrinnen gegangen war, musste das nicht bedeuten, dass es ihm vollends an guten Manieren mangelte.

Doch der Duc d'Alençon gehörte zu der Art Männer, die einer Frau nie Komplimente machen. Wie hätte man also von ihm erwarten sollen, dass er seiner eigenen Frau gestand, wie sehr er ihren Reitstil bewunderte?

Mit verhängten Zügeln ritten sie durch mehrere Weiler, passierten kleine Täler mit sanft geschwungenen Hängen und folgten dem Lauf einiger Flüsschen, die zum Tschilpen von Drosseln und Finken munter vor sich hinplätscherten.

Der Wagen mit Jean-Baptiste auf dem Kutschbock war weit zurückgefallen, während Bellegarde sichtlich schlecht gelaunt den Horizont absuchte.

Gegen Mittag hatte die Truppe bereits mehr als ein Dutzend Meilen zurückgelegt, als sie zu dem Wald von Mauves kamen.

Als sein Pferd scheute, überkam Charles eine ungute Ahnung. Attalante machte es Brutus nach, wieherte, schüttelte ihre Mähne und bäumte sich auf, ehe sie einfach stehen blieb.

»Was haben sie nur plötzlich?«, fragte Marguerite beunruhigt.

Sie saß ab und redete Attalante gut zu: »Ganz ruhig, meine Gute! Was ist denn los? Was machst du für alberne Sachen? Dein Freund ist auch schon ganz nervös.«

»Brutus benimmt sich sonst nicht so wunderlich, Marguerite.«

Die Zelterstute schnaubte unruhig, und auch Charles' Fuchs schüttelte seine Mähne und scharrte ängstlich mit den Hufen.

Mit hochrotem Kopf und ganz außer Atem von dem wilden Ritt kam Bellegarde in gestrecktem Galopp auf sie zu.

»Ich habe Rauch gesehen, auf der Lichtung hinter den hohen Eschen!«

»Reitet zum Wagen, Marguerite«, forderte Charles sie schroff auf, gab seinem Pferd die Sporen und rief:

»Komm schon, Bellegarde, lass uns nachsehen, was da los ist und woher der Rauch kommt!«

Da kannte er Marguerite aber schlecht, wenn er dachte, sie würde gehorchen und zurückbleiben und warten.

»Los doch, Attalante, sei nicht albern! Oder willst du mich hier in Ungewissheit lassen?«, sagte Marguerite zu ihrem Pferd und sah den beiden Reitern nach.

»Bringt Euch bitte nicht unnötig in Gefahr«, bat Blanche und stieg aus der Kutsche.

»Keine Angst, Blanche. Ich komme sofort wieder, sollte es gefährlich werden.«

Da sich ihr Pferd einigermaßen beruhigt zu haben schien, trieb sie es in den Wald und auf die Lichtung zu, hinter der die Rauchwolke stand.

Und es dauerte nicht lange, bis sie den beißenden Geruch wahrnahm und die Rauchsäule dicht vor ihr in den gefährlich rötlichen Himmel aufstieg.

Hinter einem Dickicht traf sie auf eine weitere, kleine Lichtung und sah entsetzt, dass dort in einer Gluthitze alles laut prasselnd und knackend in Flammen stand. Der Brand wütete mit aller Macht, meterhohe Flammen stiegen in den Himmel, und die einsame Kate zwischen zwei gewaltigen Eichen, die wie riesige Fackeln brannten, fiel gerade in einer unbeschreiblichen Feuersglut in sich zusammen.

Furchterregende Geräusche drangen aus dem dichten Rauch. Marguerite hielt sich Mund und Nase zu. Dann sah sie Charles von seinem Pferd springen. Mit der Reitpeitsche versuchte er Brutus zu verscheuchen, was der sich nicht zweimal sagen ließ. Voller Angst schlug er aus, ehe er das Weite suchte.

»Ich erlaube nicht, dass Ihr näher kommt, Marguerite!«, rief der Herzog seiner Frau zu.

Als sie sich, wohl noch unentschlossen, nicht von der Stelle rührte, fluchte er: »Halt sie zurück, Bellegarde!«

»Pass auf, Charles! Die Glut ist überall!«, warnte ihn Marguerite, ohne auf seinen Befehl einzugehen.

Nun stand auch das Strohdach der Hütte in Flammen und sackte Funken sprühend und neue Brandherde erzeugend in sich zusammen.

»Verdammt noch mal, Bellegarde, bleib, wo du bist, und halte vor allem meine Frau zurück!«

Charles näherte sich in dem Funkenregen der brennenden Kate. Marguerite war abgestiegen, hielt sich die Nase zu und wagte nicht, näher zu kommen.

»Halt, Madame, Ihr dürft nicht weiter!«, befahl Bellegarde und packte sie am Arm. »Es gibt auch so schon genug Schwierigkeiten.«

»Lasst mich sofort los!«, verlangte Marguerite mit vom Rauch heiserer Stimme.

Doch Bellegarde drückte sie unsanft an sich, weil er die Situation ausnützen wollte. Der zarte Frauenkörper in seinen starken Armen erregte ihn. Das Gefühl der Macht über die verhasste Frau beflügelte seine Phantasie, und wenn sie nicht gehorchen sollte, würde er sie ohrfeigen.

»Lasst mich«, keuchte sie.

»Habt Ihr nicht gehört, was Euer Mann angeordnet hat, Herzogin?«, schimpfte Bellegarde und presste Marguerites Körper weiter gierig an sich.

Aber sie wies ihn streng zurecht.

»Seid Ihr etwa ein Feigling, dass Ihr den Duc d'Alençon ohne Hilfe zugrunde gehen lasst?«

Damit hatte sie ins Schwarze getroffen, und er ließ sie ernüchtert los. Bellegarde wurde rot bis über beide Ohren, und wäre da nicht das Feuer gewesen, das alles in rotes Licht tauchte, hätte er eine ziemlich peinliche Figur abgegeben.

»Eilt ihm zu Hilfe«, forderte ihn Marguerite auf und rieb sich ihren schmerzenden Arm. »Ich bringe mich in Sicherheit. Lieber gehorche ich, damit Ihr ihm helfen geht.«

Bellegarde zögerte, lächelte linkisch und machte auf dem Absatz kehrt.

Marguerite stolperte ein paar Schritte rückwärts und stieß einen Schrei aus. Charles war in der brennenden Hütte verschwunden und drohte in dem dichten beißenden Rauch zu ersticken. Ihre Beine gaben nach, und ihr Kopf dröhnte.

Mit der Peitsche trieb sie die zitternde Attalante an.

»Lauf zu Brutus, und komm erst wieder, wenn ich dich rufe!«

Bellegarde war ohne zu zögern zu dem Brandherd gestürzt, der Charles eben verschluckt hatte.

Wieder stieß Marguerite einen Schrei aus. Die bedrohlich schwarze Wolke über den hohen Bäumen breitete sich immer weiter aus.

Von einer unbewussten Kraft angetrieben, die einen zu Taten bewegt, die man später nicht mehr versteht, schritt sie auf die Flammen zu. Aber die Hitze nahm ihr den Atem, und sie kam nicht weiter.

Hilflos blieb sie vor dem schrecklichen Schauspiel stehen und erkannte plötzlich, welcher Gefahr sich Bellegarde ausgesetzt hatte, als er ihrem Mann zu Hilfe geeilt war.

Doch der Schildknappe musste nicht lange nach seinem Herrn suchen, weil Charles mit einem angekohlten Bündel im Arm wieder auftauchte.

Sein Gesicht war derart rußgeschwärzt, dass ihn Marguerite beinahe nicht erkannt hätte, und seine Kleider hingen ihm in Fetzen am Leib.

»Bringt Euch in Sicherheit, ehe der Wind die Flammen in unsere Richtung treibt!«, rief er ihr zu. »Lauft zu unserem Wagen zurück.«

»Was habt Ihr da im Arm, Charles?«

»Ein Kind.«

»Komm zu mir, Attalante!«, schrie Marguerite sofort, ohne zu überlegen.

Vorsichtig kam die Stute näher und blähte die Nüstern, und Charles legte ihr das traurige Bündel behutsam auf den zitternden Rücken.

»Eure Stute ist mutiger als mein Fuchs«, meinte Charles anerkennend und versuchte ein Lächeln, das in seinem rußschwarzen Gesicht wie eine groteske Grimasse aussah. »Seht nur, das Kind atmet noch.«

Sie verließen die Brandstätte und eilten zu der Kutsche, mit der ihnen Jean-Baptiste zum Glück ein Stück entgegengekommen war.

Die Frauen legten das Kind auf den Boden und wickelten es vorsichtig aus seinen zerfetzten Sachen. Zum Vorschein kam ein trauriges, verkohltes kleines Gesicht mit geschlossenen Augen und angebrannten Haaren.

»Wir brauchen kaltes Wasser! Eben hat es noch geatmet. Wahrscheinlich sind seine Eltern umgekommen, als sie ihr Kind retten wollten. Da war nichts mehr zu machen. Das Kind muss vor den Flammen weggekrochen sein.«

Marguerite hielt das unförmige Bündel im Arm, und Blanche und Catherine bespritzten das Gesicht des Kindes mit Wasser aus einer Trinkflasche.

»Ist es ein Junge?«, fragte das Zimmermädchen verwirrt von dem traurigen Anblick.

»Das spielt doch jetzt keine Rolle, Catherine. Wir müssen das Kind so schnell wie möglich wiederbeleben, aber wir haben nicht genug Wasser.«

»Vielleicht können wir es zu dem Fluss bringen, an dem wir vorhin vorbeigekommen sind?«, schlug Philibert vor. »Es ist nicht weit und sicher vor dem Feuer.«

»Ich fürchte, es dauert zu lange«, meinte Charles und streichelte das leblose Gesicht. »Das Kind atmet kaum noch.«

Catherine brach in Tränen aus, und Philibert kam mit einer Decke, die er nass gemacht hatte.

»Bis wir dort sind, können wir es in das feuchte Tuch wickeln«, sagte Marguerite und wickelte das Kleine aus seinen verkohlten Sachen. »Ich glaube, es ist ein Mädchen.«

»Zum Fluss ist es wirklich nicht weit«, fand auch Catherine, die versuchte, ihre Tränen zu unterdrücken und sich mit dem Handrücken über die Augen fuhr.

So vorsichtig wie möglich trugen sie das Kind zu dem Wasserlauf, einem dünnen Rinnsal zwischen Gestrüpp und Büschen, und tauchten den armen kleinen Körper hinein.

Als das Kind dennoch nicht zu sich kam, begann Catherine laut zu schluchzen. Madame de Breuille bekreuzigte sich zum dritten Mal und begann wieder mit ihren Gebeten, die sie noch nicht beendet hatte. Blanche und Marguerite dachten eher praktisch und versuchten dem Kind Flüssigkeit zuzuführen, indem sie ihm Wasser auf die geschlossenen Lippen träufelten.

»Ich nehme an, das Mädchen ist gerade mal vier Jahre alt.«

Da hörte Catherine plötzlich auf zu schluchzen.

»Seht doch, sie macht die Augen auf!«, rief sie und hüpfte erleichtert herum. »Sie ist nicht tot, Madame. Sie ist doch nicht tot!«

Besorgte Gesichter beugten sich über das kleine Kind, in das ganz langsam die Lebensgeister zurückkehrten.

»Was sollen wir jetzt mit dem Mädchen machen?«, fragte Blanche.

»Wenn wir heute Abend in den ›Zinnkrug‹ kommen, lassen wir einen Arzt für sie holen.«

»Ja, Charles, genauso machen wir es«, erklärte Marguerite. »Sobald wir in dem Gasthaus sind, holen wir ihr einen Arzt. Und wenn sie wieder hergestellt und gesund ist, suchen wir eine gute Familie für sie.«

Dann bückte sie sich, nahm ihr Taschentuch und tauchte es ins Flusswasser.

»Keiner hat daran gedacht, Euch ein wenig zu erfrischen. Bitte entschuldigt«, sagte sie zu ihrem Mann und tupfte ihm behutsam Stirn und Augen ab.

Charles antwortete nicht, weil ihm aber plötzlich bewusst wurde, dass er seine Frau mit der Rettung des Mädchens zutiefst gerührt hatte, lächelte er sie an, was Bellegarde unerträglich fand. Marguerite deutete sein bescheidenes und herzliches Lächeln dankbar als ersten Hoffnungsschimmer für ihre Ehe, Bellegarde kam es dagegen wie ein Verrat vor, und er wusste plötzlich, dass sich Marguerite und Charles noch nie zuvor so zusammengehörig gefühlt hatten.

Marguerite kümmerte sich nicht um den eifersüchtigen Schildknappen, sondern betrachtete das Kind, das aus dem Koma erwachte.

»Sie soll Mathilde heißen«, beschloss sie.

Dann überließ sie das Mädchen ihren Zofen und half dem Herzog, sich im frischen Quellwasser zu waschen. Mit zarter Hand und so behutsam wie möglich versorgte sie den geschundenen Körper ihres Gatten. Glücklicherweise hatte er nur oberflächliche Verletzungen davongetragen, die mit der Zeit verheilen würden.

Anschließend trabten sie durch den ausgedehnten Wald von Mauves und ließen das Feuer weit hinter sich.

Im Gasthaus wurden sie sehr zuvorkommend und freundlich empfangen. In dem großen, gut besuchten Gastraum ging es lautstark zu.

Edle Herren, Kaufleute, Geistliche und andere Reisende bildeten ein munteres Durcheinander, und der »Zinnkrug« galt als äußerst anständiges Gasthaus. Man musste also nicht befürchten, dass sich irgendwelche Landstreicher oder andere zweifelhafte Personen unter die Gäste mischten.

Der Trubel wurde immer größer, und es war gar nicht einfach, einen Platz zu finden, an dem man sich ungestört unterhalten und stärken konnte.

Der Doktor, den der Wirt sofort hatte kommen lassen, stellte bei Mathilde keine schwerwiegenden Verletzungen fest und verordnete nur einen Schluck Wasser alle paar Stunden. Man hatte das kleine Mädchen gut gewaschen und seine zum Glück nur oberflächlichen Brandwunden mit Salbe behandelt, damit sie schneller verheilten.

Über dem Feuer im großen Kamin brutzelten Hühnerschenkel und Fisch, sodass den Gästen schon das Wasser im Mund zusammenlief, während die Bedienungen in Zinnkrügen herben Cidre servierten.

»Monsieur le Duc!«, rief da plötzlich eine spitze, irgendwie unangenehme Stimme. »Was für eine Überraschung, Euch hier beim Abendessen anzutreffen!«

Als sich Marguerite umdrehte, sah sie eine junge Frau in Begleitung eines etwa fünfzigjährigen Prälaten mit einer beeindruckenden Hakennase auf sie zukommen.

Die äußerst selbstbewusste junge Frau hatte einen milchweißen Teint, blondes Haar und himmelblaue Augen.

»Stellt Ihr mir Eure reizende Gattin vor, Messire?«, flötete sie und verneigte sich vor dem Duc d'Alençon, »oder wollt Ihr sie etwa ganz für Euch allein haben?«

Marguerite war von der unhöflichen Art der jungen Frau schockiert, und um weiteren peinlichen Schlussfolgerungen zuvorzukommen, beeilte sich der Prälat, die Herrschaften miteinander bekannt zu machen.

»Ich bin Jacques de Silly, Bischof von Sées, und das ist Madame de Saint-Aignan.«

»Gattin des Oberrichters von Alençon, meine Liebe«, ergänzte die üppige Blondine. »Wer war denn die Kleine, die Eure Kammerzofe gerade nach oben gebracht hat? Ist sie Eure Tochter?«

»Nein«, antwortete Marguerite. »Es ist ein kleines Mädchen, das wir im Wald von Mauves aus einer brennenden Kate gerettet haben.«

»Im Wald von Mauves!«, mischte sich der Prälat ein. »Es ist doch nicht etwa die Kleine, die die Frau des tapferen Försters nach dem Tod der Villeroy adoptiert hat?«

»Ja, genau die«, gab Madame de Saint-Aignan zur Antwort. »Soweit ich weiß, hatte eine ihrer Freundinnen, Roxane de Romaincourt, das italienische Waisenkind in ihre Obhut gegeben.«

»Dann ist sie jetzt zum zweiten Mal verwaist«, meinte der Prälat kopfschüttelnd. »Ich nehme an, Ihr werdet eine kleine Nonne für eines unserer Klöster aus ihr machen.«

»Das weiß ich noch nicht«, sagte Marguerite. »Zunächst einmal steht sie unter meiner Obhut, und meine Kammerfrau Catherine kümmert sich um sie. Alles Weitere wird man sehen.«

Nach einer Weile kam man auf die zahlreichen Prozesse des Oberrichters de Saint-Aignan zu sprechen.

»Wie heißt noch mal die Frau, die ihren Gatten getötet hat, weil er sie betrogen hatte?«, fragte Charles.

»Françoise de Néronville. Und sie wird mit Sicherheit nicht begnadigt.«

»Welche Strafe erwartet sie denn?«, wollte nun Marguerite wissen.

Nach kurzem Zögern gewann die provozierende Art der Frau von Saint-Aignan wieder die Oberhand, und sie sagte: »Sie wird natürlich gehängt.«

Madame de Saint-Aignan war groß, wohlgestalt und schön, aber irgendwie vulgär. Ihre blonden Haare waren nach Florentiner Art frisiert, und sie trug ein schwarzes Samtkleid mit einem gewagten eckigen Ausschnitt, der ihren üppigen Busen ungeniert zur Schau stellte.

Marguerite warf Charles einen prüfenden Blick zu. Zwar vermied er es, diese impertinente Frau anzusehen, wich aber auch ihrem Blick aus. Ihr Mann schien sich nicht wohlzufühlen, und sie war plötzlich überzeugt, dass er dieser Frau schon einmal unter anderen Umständen begegnet war. Madame de Saint-Aignan versuchte seine Aufmerksamkeit zu gewinnen, aber Charles wandte den Blick nicht von Bischof de Silly.

Bellegarde wiederum war hocherfreut über den Zwischenfall, der ganz unverhofft die kurze Phase der Harmonie zwischen den beiden Eheleuten beendet hatte.

Weil sich Marguerite von dem Bischof beobachtet fühlte, sah sie ihn offen an. Er hatte einen Kopf wie ein Geier mit kleinen kalten, grauen Augen und einem Blick, der sie an ihren ehemaligen Lehrer, Marschall de Gié, erinnerte.

Marguerite musterte ihn, ohne mit der Wimper zu zucken, und der scharfe Blick des Bischofs ließ wiederum nicht mehr von der herausfordernden Marguerite ab, der es offensichtlich großen Spaß machte, ein Spiel zu gewinnen, das sie in Alençon so sehr vermisste.

Während sie den Bischof mit ihrem bezaubernden Lächeln bedachte, entging ihr nicht, dass ihr Mann kurz davor war, die Nerven zu verlieren. Sollte sie ihn zwingen, ihr die geheimnisvollen Windungen seines verschlossenen Wesens zu offenbaren? Es gab noch so vieles an ihm, was ihr vollkommen fremd war.

Als Charles einsehen musste, dass er mit dem Bischof kein vernünftiges Gespräch führen könnte, weil der seine Gattin einer eingehenden Prüfung unterzog, bereitete er dem Blickwechsel der beiden ein abruptes Ende.

»Wir wollen morgen zeitig aufstehen, meine Liebe. Es ist schon spät«, erklärte er kühl.

»Da habt Ihr recht, mein Freund«, gab ihm Marguerite zur Antwort. »Im Übrigen möchte ich nachsehen, wie es unserer wundersam geretteten Kleinen geht.«

15.

Nach ihrer schrecklichen Auseinandersetzung herrschte eisige Kälte zwischen Alix und Mathias, und die Bertille musste einsehen, dass sie wieder nicht zueinandergefunden hatten. Sie redeten kaum noch miteinander, und wenn überhaupt, waren ihre Antworten einsilbig.

In der Werkstatt verlor Mathias kein Wort, und Alix vermied es nach Möglichkeit, ihn anzusprechen.

Pierrot, der mit ihnen unter einem Dach lebte, hatte längst begriffen, was sie quälte. Er wusste, dass Mathias Alix von Anfang an geliebt hatte. Auch als ihr Mann Jacquou noch lebte, kümmerte er sich um sie, als müsste er sie beschützen. Pierrot war derselben Meinung wie die alte Bertille: Alix hatte ihr Glück in der Ferne gesucht, obwohl sie es vor der Nase hatte. Erst war da der Italiener, den Pierrot nicht einmal kennengelernt hatte, und als der in den Mailänder Kriegen gestorben war, hatte sie ihn gegen einen Herzog eingetauscht, der seinem Stande nach überhaupt nicht zu einer Handwerkerin passte. Mit dem Ergebnis, dass der sich eine weitere Geliebte aus dem reichen Bürgertum zulegte und, als diese sich mit einem angesehenen Bankier verheiratete, zu seiner Frau zurückgekehrt war und ihr noch ein Kind gemacht hatte.

Dem aufmerksamen und neugierigen Pierrot war nichts von dem entgangen, was sich in den letzten Monaten zugetragen hatte. Manchmal schickte er sogar den kleinen Nicolas los, um noch mehr zu erfahren. Das Kind erzählte ihm dann scheinbar alltägliche Begebenheiten, die Pierrots Neugier stillten. Von Nicolas wusste er zum Beispiel auch, dass Alix und Mathias genau seit dem Abend nicht mehr miteinander redeten, an dem sie den Kindern gemeinsam gute Nacht gesagt hatten. Und Nicolas begriff in kindlicher Unschuld nur, dass sein Vater unglücklich und Alix nicht mehr wie früher war.

Beide verbarrikadierten sich hinter ihrem Schweigen, keiner wollte nachgeben. Wahrscheinlich schämten sie sich dafür, so die Kontrolle verloren zu haben. Mathias, weil er so grob zu Alix gewesen war, und sie, weil sie ihn zornig und unduldsam behandelt hatte. Sie musste allerdings zugeben, dass er mehr Anlass gehabt hatte sich zu ereifern. Schließlich hatte sie ihn mehr als genug mit ihren Liebhabern, ihren Reisen und ihren verliebten Blicken provoziert.

Aber warum nur hatte Mathias sie dafür mit der jungen und verführerischen Frau verhöhnt, die er in Paris traf? Noch immer fuhr er gelegentlich dorthin, kam aber sonderbarerweise, genau wie Alix, immer wieder zurück. Seine Reisen fanden jedoch nur noch sporadisch statt, und er blieb jetzt immer nur wenige Tage weg. Irgendwann fragte sich Alix, ob die Frau womöglich verheiratet war. Die Vorstellung tröstete sie ein wenig, weil sie hoffte, Mathias würde ihrer eines Tages überdrüssig. Dennoch bekümmerte es sie sehr, dass er die Unbekannte, wenn auch nur selten, seit beinahe zwei Jahren aufsuchte.

Zwischen ihnen war alles geregelt. Sie wagten sich nicht einmal mehr in die Augen zu sehen und begegneten sich mit einer

Kälte, die sie noch wenige Jahre zuvor nicht für möglich gehalten hätten.

Erst Valentines Verschwinden veränderte alles. Obwohl das Kind quasi immer guter Laune war und sich bester Gesundheit erfreute, hatte es nach wie vor jeden Monat um die gleiche Zeit seine unbegreiflichen hysterischen Anfälle, die Nicolas mit seiner fürsorglichen Art zu lindern suchte.

Doch das Leben sollte eine Wendung nehmen, deren Ursachen und Konsequenzen Alix nicht im Entferntesten ahnte, auch wenn sie, seit sie mit der kleinen Valentine aus Italien zurückgekommen war, insgeheim gespürt hatte, dass eines Tages etwas Seltsames geschehen würde.

An Aufträgen mangelte es ihnen jedenfalls nicht. Regelmäßig traf sie sich mit Julio, der Angela geheiratet hatte und mit ihr zusammen das Kontor für die Handelsbeziehungen mit Brügge und Florenz führte.

Ihre Werkstätten hätten nicht besser gehen können, und Kardinal Jean de Villiers, ihr Onkel und wichtigster Auftraggeber in Rom, vergaß sie nicht. Manchmal traf zusammen mit einer Bestellung des Vatikan oder einer römischen Kirche ein Brief mit herzlichen Grüßen des Malers Raffael bei ihr ein, in dem er sich nach dem Wohlergehen der jungen Weberin aus Tours erkundigte. Ein andermal schrieb ihr der Onkel von dem großen Michelangelo, der auf Wunsch von Papst Julius II. nach Rom gekommen war, um die Sixtinische Kapelle fertigzustellen. Dann saß Alix ganz still da, schloss die Augen und versuchte sich die beiden großen Meister vorzustellen, die sie in Florenz kennengelernt hatte.

Einzig Julio, dem Genueser, der bei Jean de Villiers aufgewachsen war, gelang es hin und wieder, ihr ein wenig Mut zu machen. Unermüdlich versicherte er ihr, dass auch sie irgendwann wieder glücklich sein würde.

Dabei konnte sie sich kaum vorstellen, dass es so etwas wie Glück für sie überhaupt noch geben würde – vor allem seit dem Morgen, als sich die Dinge überstürzten und seit dem sie schlaflose Nächte verbrachte.

Alix saß wie immer mit Pierrot und Philippe an einem Hochwebstuhl und arbeitete an *Augustus und die Sybille*, einem sehr großen Wandteppich und wichtigen Auftrag. Nachdem Alix ihre *Jungfrauen und Sybillen* und ihre *Jungfrauen des Vatikan* fertiggestellt hatte, war ihr großer Teppich aus einer Brüsseler Werkstatt anvertraut worden.

Seit sie sich aus dem Weg gingen, zog es Mathias vor, allein zu arbeiten. Auf seinen Hochwebstuhl war ein Teppich mit einem Motiv aus den berühmten *Triumphen* gespannt, *Der Triumph der Stärke*, das er selbst gezeichnet hatte. Die Anregung dazu stammte von einem berühmten Wandteppich, der in Flandern gewebt wurde und großen Erfolg versprach.

An besagtem Morgen kam Bertille völlig außer Atem, mit zerzausten Haaren und händeringend mit dem ebenfalls verstörten Léo im Schlepptau in die Werkstatt gestürzt.

»Die Kleine ist verschwunden!«, jammerte sie verzweifelt.

Alix griff sich an die Stirn und wurde auf einen Schlag leichenblass. Als sie zu Bertille lief, blieb sie an einem Tisch mit Modellen hängen, die alle auf den Boden fielen.

Die alte Haushälterin hatte so laut geschrien, dass es auch Mathias gehört hatte und angelaufen kam.

»Wann ist sie verschwunden?«, fragte er mit Angstschweiß auf der Stirn.

»Ich weiß es nicht. Als Nicolas aufgewacht ist, hat er mir gesagt, dass er Valentine nirgends finden kann«, lamentierte sie. »Ich habe schon das ganze Haus nach ihr abgesucht.«

Sie konnte sich nicht länger zusammenreißen und brach in Tränen aus.

»Kommt! Wir müssen sie suchen«, rief Mathias, und zusammen mit der kopflosen Alix durchsuchten sie noch einmal das ganze Haus Zimmer für Zimmer, ohne das Kind zu finden.

»Wann ist sie gestern Abend eingeschlafen?«, fragte Mathias seinen Sohn.

»Kurz vor mir.«

»Hat sie irgendetwas Besonderes gesagt?«

»Nein. Wir haben noch ein bisschen gespielt. Und ich habe ihr die Geschichte von dem kleinen Fuchs erzählt, den keiner lieb hat. Sie hat gesagt, sie tut dem kleinen Fuchs bestimmt nichts Böses, wenn sie ihn trifft. Dann ist sie eingeschlafen.«

Mathias war ratlos, genau wie Alix, die immer noch fieberhaft suchte. Sie öffnete sogar Truhen und Kommoden in der Hoffnung, ihre Tochter könnte dort versteckt sein.

»Im Haus ist sie nicht, also müssen wir draußen suchen«, erklärte Mathias. Sie durften keine Zeit verlieren. »Léo, du nimmst Jason und suchst im Färberviertel. Ich nehme Césarine und suche in der anderen Richtung.«

Und an Pierrot gewandt, der ihnen erschrocken nachgelaufen war, sagte er: »Du nimmst dir die Straßen in der Stadtmitte vor. Wir dürfen nichts auslassen. Sie kann noch nicht weit sein, und wir müssen sie finden, ehe es Abend wird.«

Tania drehte sich nervös im Kreis. Auch sie war leichenblass. Philippe machte den Vorschlag, mit ihr die nähere Umgebung abzusuchen.

»Ich komme mit dir mit, Pierrot«, meinte Julio. »Zu zweit sehen wir mehr.«

»Zu dritt«, verbesserte ihn Angela und zog sich ihren warmen Mantel an, für den Fall, dass es spät werden sollte.

Bis zum Abend ritt Mathias, der Alix mit aufs Pferd genommen hatte, das Loireufer ab. Stundenlang suchten sie überall, um schließlich entmutigt und ohne irgendein Lebenszeichen – obwohl Alix wohl hundertmal nach ihr gerufen hatte – oder eine Spur von der Kleinen zurückzukommen.

»Ruh dich jetzt aus, Alix«, riet ihr Mathias. »Versuch ein wenig zu schlafen. Ich gehe zur Polizei und sage den Männern, dass sie nach Valentine suchen sollen. Komm mit, Léo.«

Wie gern hätte sie ihm dafür ein Lächeln geschenkt, aber ihr Körper gehorchte ihr nicht mehr. Mathias machte die Türe hinter sich zu und ging. Zum ersten Mal seit Langem hatte er ein paar Worte an sie gerichtet. Wäre da nicht die schreckliche Angst gewesen, hätte Alix ein Dankeschön gemurmelt. Aber nicht einmal dazu war sie in der Lage. Vor Entsetzen war sie wie erstarrt.

Während Mathias mit den anderen aufbrach, um die Suche in der Stadt und der weiteren Umgebung fortzusetzen, waren die Bewohner des Hauses an der Place Foire-le-Roi vor Sorge wie gelähmt.

Am Boden zerstört, weil es nicht den geringsten Hoffnungsschimmer gab, stand Alix noch einmal auf, schloss ihre Türe zweimal ab, warf sich auf ihr Bett und weinte hemmungslos.

Deshalb hörte sie kaum, dass Tania laut an ihre Türe klopfte und zusammen mit Bertille gegen die Wand hämmerte.

»Wir müssen die Tür eintreten«, sagte jemand. »Geh Landry holen, Tania, er hat mehr Kraft als wir.«

Kurz darauf warfen sich Landry und Arnold gegen die Tür und hatten sie im Nu auf.

Alix lag noch immer auf ihrem Bett und schluchzte.

»Lasst mich in Ruhe! Ich will niemand sehen.«

»Beruhige dich, mein Kind!«, rief die Bertille. »Tania redet die ganze Zeit wirres Zeug. Du musst sie unbedingt anhören. Entweder sie ist verrückt, oder sie ...«

Da schob Tania Bertille unsanft zur Seite, stürzte zu Alix und nahm sie in die Arme.

»Ihr dürft nicht den Mut verlieren, Dame Alix!«

»Lasst mich in Ruhe! Ich will niemand sehen, außer Valentine. Wo ist meine Valentine? Wo kann sie bloß sein?«

Alix versuchte sich aus Tanias Umarmung zu befreien, aber die klammerte sich wie eine Ertrinkende an sie.

»Bitte hört mir zu, Dame Alix! Ich muss Euch etwas beichten. Ich halte es nicht länger aus, ich muss es Euch einfach sagen. Das Geheimnis frisst mich sonst auf. Ich habe Angst, ich werde noch verrückt.«

Aber Alix hörte gar nicht hin und schluchzte weiter. Sie weinte über all das Unglück und den Kummer, der ihr widerfahren war: Jacquou hatte die Pest hingerafft, ihre beiden Söhne waren kurz nach der Geburt gestorben, Alessandros Leben war im Bombenhagel von Bologna grausam beendet worden, Charles liebte sie nicht mehr, Mathias wollte auf einmal nichts mehr von ihr wissen! Und nun würde sie vielleicht auch noch ihre geliebte kleine Valentine für immer verlieren!

»So hört mir doch zu, Dame Alix, bitte, ich flehe Euch an! Valentines Zwillingsschwester ist nicht bei der Geburt gestorben.«

Alix sprang auf und starrte Tania fassungslos an. Sie griff sich ans Herz, weil sie glaubte, es höre auf zu schlagen. Sie hatte aufgehört zu weinen. Plötzlich packte sie Tania und riss sie hoch. Ihre Augen funkelten irre und schienen ihr aus dem Kopf zu springen. Mit schier übermenschlichen Kräften hielt sie Tania wie in einem Schraubstock fest.

»Was sagst du da?«, schrie sie.

»Théo war das, Dame Alix. Théo und diese Frau aus Paris haben die ganze Sache von Anfang an geplant«, sagte Tania mit zitternder Stimme. »Ich habe alles getan, was ich konnte. Ich habe versucht, sie davon abzubringen.«

Allmählich kam Alix wieder zur Besinnung.

»Wovon wolltest du sie abbringen? Was wollten sie tun? So rede doch endlich!«

Noch immer starrte Alix Tania entsetzt an, das Herz schlug ihr bis zum Hals, und sie begann sie heftig zu schütteln. Ihre Oberlippe zuckte nervös, und sie stampfte wütend mit dem Fuß.»Rede schon!«, brüllte sie. »Was hat dein Bruder gemacht?«

Tania weinte lautlos, dann sagte sie leise:

»Er hat Euch das andere Mädchen weggenommen, das ältere.«

»Ich wusste es! Ich habe es immer gewusst!«, schrie Alix händeringend. »Ich habe immer gewusst, dass dein Bruder ein Ungeheuer ist, ein Monstrum, ein Verbrecher, der Teufel in Person! Und ich wusste, dass ich zwei Kinder lebend zur Welt gebracht habe. Ja, das habe ich gewusst, aber keiner wollte mir glauben. Und wie hätte ich es beweisen sollen? Man hätte mich nur für verrückt erklärt.«

Sie warf sich auf ihr Bett, riss Decken und Laken herunter und schleuderte sie auf den Boden. Dann sprang sie wieder auf und trommelte mit geballten Fäusten gegen eine Wand.

»Ich wusste es! Ich habe es immer gewusst!«, schrie sie wieder und wieder.

»So beruhigt Euch doch, Dame Alix«, versuchte sie Tania zu beschwichtigen.

»Halt den Mund!«, schrie Alix sie an. »Ich hätte dich einsperren sollen, bis du mir alles gesagt hast, was du weißt. Ich hätte dich zu den Sklaven zurückschicken sollen, wohin du gehörst. Ja, ich hätte …«

»Dame Alix, bitte!«

Irgendwie musste sie die unheilvolle Energie loswerden, sonst würde sie verrückt werden. Wo war eigentlich Mathias? Ach so, ja natürlich! Er suchte Valentine.

Schließlich warf sie sich hilfesuchend in die starken Arme von Bertille, die ihre arme Alix liebevoll an sich drückte.

»Ich wusste es immer«, schluchzte sie. »Ich habe zwei Kinder geboren. Damit erklärt sich auch Valentines unbegreifliches Verhalten. Sie spürt, dass sie eine Schwester hat, die irgendwo lebt. Deshalb ruft sie nach ihr und sucht sie unbewusst.«

Nun hatte endlich auch die Bertille alles begriffen.

»Was hast du nur getan, Kind? Was hast du getan?«, fragte sie Tania, die sich immer wieder mit zitternden Händen die Tränen aus dem Gesicht wischte.

»Die Frau hat das Kind mitgenommen, als ich Dame Alix half, ihr zweites Kind zur Welt zu bringen. Außer mir hätte das ja keiner machen können. Da waren nur noch ein paar Soldaten, die uns beobachteten, und der Duc d'Amboise, der nicht wusste, was er tun sollte. Ich hatte schreckliche Angst, Mutter und Kind könnten beide sterben.«

»Wer ist diese Frau? Und wo ist sie?«, schrie Alix jetzt, während sie sich aus Bertilles Umarmung befreite.

»Das weiß ich nicht. Ich weiß nur, dass sie uns mit Théo auf dem Weg nach Bologna zu Pferd gefolgt ist.«

»Das erklärt alles. Ich hatte die ganze Zeit das Gefühl, dass ein Pferd hinter uns her galoppierte, als wir gefesselt und geknebelt in dem Wagen lagen.«

Sie schwieg und bekam einen neuen Anfall, krümmte sich, griff sich mit den Händen an den Bauch, als hätte sie Wehen und fing wieder an zu schreien.

»Ach Charles, warum hast du nichts gesagt?«

»Er wusste nichts davon, Dame Alix. Der Duc d'Amboise kam erst zur Geburt des zweiten Kindes dazu. Da hatten die Frau und Théo das andere Kind schon mitgenommen.«

»Aber warum? Warum denn nur?«

»Théo war wie besessen. Ja, anders kann man es nicht nennen – er war besessen. Und ich hatte solche Angst, Euch zu verlieren. Ich wollte unbedingt bei Euch bleiben, Dame Alix. Ich konnte mir nichts Schöneres vorstellen, als mit Euch nach Frankreich zu kommen. Théo habe ich dafür gehasst. Und seit diesem schrecklichen Tag konnte ich keine einzige Nacht mehr ruhig schlafen.«

Tania vergoss heiße Tränen, und Alix beruhigte sich ein wenig, wirkte aber immer noch sehr verstört, und ihr Blick ging ins Leere.

»Jetzt wisst Ihr endlich alles, Dame Alix.«

»Warum hast du dich mir nicht anvertraut? Wir hätten sofort nach meinem anderen Kind suchen können.«

»Théo hat mir solche Angst gemacht. Seit wir von Euch abhängig waren, hat er mir schreckliche Angst eingejagt. Er war wie ausgewechselt, und hat mich sogar …«

»Was hat er?«

»Ach, nichts.«

»Was hat er gemacht, Kindchen?«, fragte die Bertille und kam näher.

»Er hat mich missbraucht. Er hat mich gezwungen, ihm willig zu sein. Ich konnte ihm nie genug Geld bringen. Dafür hat er sich gerächt, indem er mich vergewaltigt hat.«

»Oh, wie furchtbar!«, entfuhr es Bertille, die nicht mehr wusste, ob sie Tania trösten sollte für die schrecklichen Dinge, die ihr ihr Bruder angetan hatte, oder sie verurteilen sollte, weil sie den Raub des Kindes geheim gehalten hatte.

»Wir finden Valentine wieder!«, versprach Tania, als sie sich ein wenig erholt hatte. »Genauso wie wir ihre Zwillingsschwester finden werden. Mathias sucht nach ihr, und ich bin überzeugt, dass er sie finden wird.«

»Was sagst du da?«

Alix war aufgesprungen, und ihr Blick ging jetzt nicht mehr ins Leere. Sie sah Tania in die Augen und hielt sie am Arm fest.

»Was hast du eben gesagt? Wiederhole das bitte!«

»Ich sagte, dass Mathias sie sucht. Er war deshalb schon einige Male in Paris. Er hat noch keine heiße Spur, aber er gibt die Hoffnung nicht auf.«

»Mathias wusste es also!«

»Ja, ich habe es ihm an dem Tag gesagt, an dem Théo gestorben ist. Er war mir eines Abends gefolgt, als ich meinen Bruder treffen musste, um ihm etwas Geld zu bringen. Sie haben gekämpft, und Mathias war der Unterlegene. Théo hat ihm ein Messer in die Seite gerammt.«

»Das war also der ominöse Zusammenstoß mit den Banditen, die ihn angeblich auf der Straße überfallen haben. Mein Gott! Er wusste alles und wollte mir auch noch helfen!«

Tania wich ihrem Blick aus.

»Erzähl weiter«, forderte Alix sie schroff auf.

»Mathias hat mich gezwungen, ihm die ganze Wahrheit zu sagen. Und das habe ich getan. Ich habe alles gesagt. Von dem Tag an verstanden wir uns besser.«

»Was hat er in Paris gemacht? Wohin ist er gegangen?«

»Er war bei der Frau, die ihm verraten sollte, wo das Kind ist.«

Alix taumelte. Bertille und Tania konnten sie gerade noch auffangen und auf ihr Bett legen.

»Meine beiden Töchter! Meine Mädchen!«, murmelte sie vor sich hin. »Jetzt habe ich keines mehr. Wo sind sie nur? Kann ich denn nicht wenigstens eine wiederfinden?«

»Bestimmt finden wir Valentine wieder«, rief Tania.

»Nein!«, schrie Alix zornig, »ich will sie beide zurückhaben!«

»Scht, scht, beruhige dich«, machte Bertille und legte ihr einen kalten Wickel auf die Stirn. »Mathias kommt bestimmt bald zurück und erzählt dir alles.«

Die arme Seele wusste wirklich nicht mehr, was sie denken sollte. Dieses Durcheinander war einfach zu viel für sie. Und wie sollte es nun weitergehen? Sie machte ein Kreuz und betete zur Muttergottes.

»Dann hat also diese Frau, diese junge Pariserin, bei der Mathias ein paarmal war, das Kind gestohlen?«, sagte sie leise.

Alix war wieder aufgestanden und sah Bertille zu, die ratlos im Zimmer auf und ab lief.

»Das kann doch nicht sein«, murmelte sie. »Es kann doch nicht sein, dass ein solches Monstrum an Abartigkeit und Grausamkeit zärtliche Gefühle für Mathias hegt, wie er mir gegenüber behauptet hat.«

»Nein, bestimmt nicht, Dame Alix«, versuchte Tania sie zu beruhigen. »Béraude ist unfähig zu lieben. Mathias wollte sie nur dazu bringen, ihm zu sagen, was sie wusste.«

»Du sagtest aber doch, dass er keine heiße Spur hatte. Warum hat er sie dann so oft aufgesucht?«

»Es dauerte lange, bis er sie überhaupt gefunden hatte, weil Théo ihren Aufenthaltsort nicht verraten hatte.«

Bertille schneuzte sich, erholte sich ein wenig von den schrecklichen Aufregungen und beschloss, einen Beruhigungstee für Alix zu kochen.

Kaum waren Mathias und die anderen zurück, als Nicolas' Verschwinden festgestellt wurde.

»Oh Gott, der arme Kleine hat sich auf den Weg gemacht und will Valentine selber suchen«, jammerte Bertille. »Ihr müsst sofort wieder los. Ich hole Euch Fackeln.«

Alix hatte gehört, dass die Männer zurück waren und nahm sich nicht einmal die Zeit, den Kräutertee zu trinken, den ihr Bertille gebracht hatte. Sie lief Mathias entgegen, der sie in die Arme nahm.

»Mathias! Warum hast du mir nur nichts gesagt?«

Alix schmiegte sich an ihn, und er hielt sie fest.

»Oh, Mathias! Wenn du nur früher mit mir geredet hättest!«, schluchzte sie und spürte seine starken, warmen Hände auf ihrem Rücken.

»Davon wären Valentines unverständliche Zustände auch nicht vergangen. Und ich wollte dir keine falschen Hoffnungen machen. Schließlich hatte ich keinerlei Beweise.«

»Aber wir beide hätten doch gemeinsam suchen können.«

Er ließ sie vorsichtig los.

»Das kannst du nicht verstehen, Alix. Es ist alles viel komplizierter, als du dir vorstellst.«

»Aber warum hast du allein nach dem Kind gesucht? Zu zweit wären wir viel schneller ans Ziel gelangt.«

»Ich wollte dir das Kind bringen, damit du mich endlich liebst.«

Alix schwieg betroffen. Dann sprang sie auf und lief Mathias nach. Bertille gab ihm zwei Fackeln, und Léo kam mit zwei flackernden Laternen angerannt. Philippe, Landry und Pierrot standen ebenfalls mit ihren Fackeln bereit.

Arnold hatte sich schon mit seinem Sohn Guillemin auf den Weg gemacht. Die beiden hatten Fougasse und Amandine genommen, die zwei alten Mulis, die noch gute Dienste taten.

»Komm, Alix«, sagte Mathias und nahm sie an der Hand. »Lass uns keine Zeit verlieren. Wir müssen Nicolas suchen.«

»Wo kann er denn nur sein?«

»Ich habe keine Ahnung. Aber vielleicht haben wir Glück und finden die beiden Kinder zusammen.«

Glücklicherweise schien in der Nacht der Mond und tauchte die Landschaft in fahles Licht. Wie schon am Morgen teilten sie sich in zwei Gruppen.

»Müssen wir wirklich am Fluss suchen?«, fragte Alix ängstlich. Ihr graute bei der Vorstellung, Nicolas oder Valentine könnten ins Wasser gefallen sein, weil sie vielleicht ihr Spiegelbild für den jeweils anderen gehalten hatten.

Alix und Mathias ritten Hector, den Araberhengst, Philippe und Tania Césarine.

Die anderen waren in die entgegengesetzte Richtung aufgebrochen und bald der Polizeipatrouille begegnet, die ebenfalls hoch zu Ross und mit Fackeln ausgerüstet nach den verschwundenen Kindern suchte.

Einige Stunden trotteten die Pferde nur, weil Alix und Tania immer wieder absaßen, um vielversprechende Stellen zu Fuß genauer zu untersuchen. Doch jedes Mal mussten sie enttäuscht wieder aufsitzen.

Alix kämpfte mit den Tränen, und lehnte sich an Mathias' Rücken. Hin und wieder nickte sie sogar vor Erschöpfung kurz ein.

»Lasst uns hier entlangreiten«, meinte Tania und deutete auf eine mondbeschienene Stelle.

»Ist da eine Lichtung?«

»Nein«, erwiderte Philippe. »Das bringt nichts, es ist viel zu dunkel. Besser, wir kommen bei Sonnenaufgang noch mal hierher.«

Aber Mathias leuchtete schon mit seiner Fackel in die Richtung, die Tania angezeigt hatte. Er kannte seinen Sohn. Nicolas war wie er, er war gern allein, mochte es ruhig und still. Er konnte sich gut vorstellen, dass sich sein Junge hier ein wenig ausgeruht hatte.

»Wir versuchen es trotzdem!«, entschied Mathias.

»Ja, lasst uns hier suchen«, meinte auch Alix und sprang vom Pferd.

»Hier ist nichts«, sagte Philippe, »nur Äste, Laubhaufen und ...«

»Und die wollen wir genauer untersuchen«, schnitt ihm Mathias das Wort ab.

»Da! Ich habe etwas gesehen!«, rief Tania plötzlich und sprang ebenfalls vom Pferd.

Sie lief zu einem Haufen von Ästen und Zweigen und bückte sich.

»Seht nur, was ich gefunden habe! Der Schuh gehört Valentine.«

Alix brach in Tränen aus. Sie nahm den kleinen roten Schuh von ihrer Tochter und presste ihn an ihre Brust.

»Sie ist hier irgendwo. Ich spüre es.«

Dann begann sie am ganzen Körper zu zittern, und Mathias musste sie in die Arme nehmen, bis sie sich ein wenig beruhigt hatte.

»Du darfst auf keinen Fall die Nerven verlieren, Alix. Das können wir uns jetzt nicht leisten.«

Sie nickte gehorsam und wischte sich den kalten Schweiß von der Stirn.

»Wir müssen weitersuchen, bis wir jedes einzelne Blatt umgedreht haben«, spornte Mathias seine Begleiter an.

»Wenn es sein muss, schlafe ich hier«, sagte Alix. »Jedenfalls gehe ich hier nicht weg, ehe ich sie gefunden habe.«

Da musste sie an Nicolas denken und sagte: »Du kannst ruhig woanders nach Nicolas suchen, Mathias, aber ich bleibe hier.«

Doch keiner wollte sich von der Stelle wegbewegen, an der sie den Schuh des Mädchens gefunden hatten. Immer wieder riefen sie nach Valentine und Nicolas. Das Echo gab ihre Stimmen wieder, aber kein Kind antwortete.

Irgendwann blieb ihnen nichts anderes übrig, als nach Hause zu reiten. Doch auch nachdem sie am nächsten Morgen noch einmal bei Tageslicht alles ganz genau abgesucht hatten, fanden sie keine Spur von den beiden Kindern. Mit blutendem Herzen musste Alix erst einmal aufgeben. Mathias schien sich mehr Sorgen um Valentine als um Nicolas zu machen. Er wusste, dass sein Sohn, auch wenn er sich verlaufen haben sollte, irgendwo Unterschlupf suchen und auf Hilfe warten würde – wenn er überhaupt Hilfe benötigte. Mathias hatte das Gefühl, Nicolas suchte noch immer nach der kleinen Valentine und wollte nicht ohne sie nach Hause kommen.

Den ganzen Tag lang suchten die Polizisten zu Pferde die Straße nach Amboise ab. An der Stelle, wo sich die Straße nach Blois an der Loire entlang mit einem Weg kreuzt, der durch dichten Wald an den Cher führt, wollten sie gerade umkehren, als ihnen ein alter Mann mit seinem Karren begegnete.

»Habt Ihr vielleicht ein kleines Mädchen gesehen, guter Mann?«, fragte einer der Polizisten ohne Umschweife. »Sie ist vier Jahre alt und von zu Hause weggelaufen.«

»Die Kinder hier in der Gegend sind zur Zeit scheint's sehr unternehmungslustig!«, meinte der Alte.

»Was soll das heißen?«, fragte ein Polizist und kam näher.

Mit seiner Peitsche deutete der Mann auf zwei schlafende Kinder in seinem Wagen.

»Das soll heißen, dass ich zwei von der Sorte am Hals hab' und sie gern bald zu Hause abliefern würde, wenn ich nur wüsste wo.«

»Ihr wisst nicht, wo sie wohnen?«

»Eben nicht! Kaum wollte der Ältere sagen, wo er herkommt, da hat die Kleine schon wie am Spieß gebrüllt.«

»Das kann nicht das Mädchen sein, das wir suchen«, erklärte einer der Soldaten kopfschüttelnd. »Sein Vater hat nichts von einem anderen Gör gesagt.«

»Wie alt ist denn der Junge?«, fragte er den alten Mann dann aber doch.

»Na ja, vielleicht sechs oder acht Jahre alt.«

»Und das Mädchen?«

»Drei oder vier, würd' ich sagen. Was weiß denn ich!«

»Jetzt lass ihn doch«, mischte sich ein anderer Soldat ein. »Das ist nicht die Kleine, nach der wir suchen.«

Aber der andere war sich noch nicht sicher.

»Wo habt Ihr sie denn gefunden?«

»Also erst hab ich den Jungen gesehen. Er wollte in die eine Richtung, aber die Kleine heulte und schrie und wollte in die andere Richtung, da wo es nach Blois geht.«

»Wie wär's, wenn wir sie einfach mal selbst fragen?«, schlug der eine Soldat vor.

»Meinetwegen«, brummte der andere nur.

»He, ihr Knirpse, aufwachen!«

Der kleine Junge räkelte sich und rieb sich die Augen.

»Bringt Ihr uns nach Hause?«, wollte er wissen, als er erkannt hatte, dass die beiden Männer Polizisten waren. Dann legte er den Finger auf den Mund und flüsterte: »Aber wir dürfen sie nicht aufwecken und ihr nicht sagen, dass wir nach Hause gehen.«

»Wie heißt du denn, mein Junge?«

»Ich bin Nicolas, und das ist Valentine.«

»Valentine! Dann ist sie ja doch das Mädchen, das wir suchen sollen. Was machst du denn hier mit ihr?«

»Ich hab' sie gefunden!«, erklärte Nicolas stolz. »Ich hab mir gedacht, Papa und Lilis verlaufen sich bestimmt und kommen ohne sie heim.«

Die beiden Männer starrten den selbstbewussten kleinen Kerl bewundernd an, und Nicolas erzählte weiter: »Wir leben nämlich zusammen. Sie hat eine Mama, ich hab einen Papa. Aber wir teilen uns beide. Als ich gemerkt hab, dass Valentine weggelaufen ist, bin ich los, weil ich sie suchen wollte, hab aber keinem was gesagt.«

»Das war aber ziemlich unvorsichtig, mein Junge. Die Straßen sind gefährlich für kleine Kinder.«

»Ich weiß, aber ich war der Einzige, der sie finden konnte – wie man sieht!«, sagte Nicolas und strahlte übers ganze Gesicht.

»Und warum wolltest du dann nicht wieder nach Hause?«

»Ich wollte schon, aber sie nicht. Man darf sie nicht aufregen oder ihr widersprechen. Jeden Monat um die gleiche Zeit kriegt sie Anfälle, die keiner versteht. Und ich bin der Einzige, der sie trösten kann.«

»Das erklärt aber nicht, warum sie nicht nach Hause will.«

»Ich weiß es auch nicht. Seit einer Weile zeigt sie immer mit dem Finger auf die Straße nach Blois, als wenn sie da jemand treffen will. Dabei kann da ja gar keiner sein, den sie kennt, weil ihre Mama in Tours ist, und mein Papa auch.«

Die beiden Soldaten wandten sich noch einmal an den alten Mann, der kopfschüttelnd vor sich hin brummelte, dass die Leute besser auf ihre Kinder aufpassen sollten.

»Wo genau habt Ihr sie gefunden?«, fragten sie ihn noch einmal.

»Auf der Straße. Der Kleine hat versucht, das Mädchen zu tragen. Die zwei waren ziemlich müde.«

»Vielen Dank, guter Mann. Wir nehmen die beiden jetzt mit und bringen sie nach Hause. Wenn Ihr nach Tours kommt, geht zu ihren Eltern. Bestimmt bekommt Ihr eine Belohnung. Ohne Euch wäre ihnen vielleicht etwas Schlimmes zugestoßen, so allein auf den gefährlichen Straßen.«

Nicolas lächelte den alten Mann dankbar an.

»Ihr müsst zum Haus von Dame Alix Cassex. Ihr könnt aber auch nach dem Weber Mathias aus Lille fragen, das ist mein Papa.«

16.

Im Februar 1513 geschah etwas, was sich für die Italiener als großer Vorteil erweisen sollte: Papst Julius II. starb unerwartet und hinterließ die Tiara Giovanni de' Medici, dem Sohn von Lorenzo il Magnifico, besser bekannt unter dem Namen Leo X.

Der neue Papst zeigte sich längst nicht so kriegerisch wie sein Vorgänger und war sogar zu weitreichenden Kompromissen bereit, sollten sie zum Frieden führen.

Ohne dass irgendjemand die Tragweite seiner Absichten begriffen hätte, ging Rom auf Venedig zu und verbündete sich plötzlich mit dem König von Frankreich. Ludwig XII. hätte eine brillante Partie machen und sich sehr vorteilhaft positionieren können, sah sich aber zu derart langfristigen Plänen nicht mehr in der Lage. Gesundheitlich erneut sehr angeschlagen, versank er in Trauer um seine treuen Kampfgenossen, die er in zahllosen Schlachten nach und nach verloren hatte.

Und in dieser schwierigen Situation musste sich Charles d'Alençon also auf den Weg nach Mailand machen.

Bald darauf hatte Marguerite alle Vorbereitungen für ihre Reise nach Blois und Amboise getroffen. Ihr gesamtes Personal war bereit: Jean-Baptiste, Philibert, Blanche, ihre Betschwester Madame de Breuille, die ihr nicht von der Seite wich, und die kleine Mathilde, die ihre Kammerzofe Catherine, wenn überhaupt, nur Blanche oder Marguerite anvertrauen wollte. Mit einem bedauernden Blick musterte die junge Herzogin ihr spärliches Gepäck. Das langweilige Leben in der Normandie erforderte keine besondere Garderobe; höchstens zur Jagd oder für Ausritte benötigte man die entsprechende Kleidung.

Gleich nach ihrer Ankunft im Val de Loire wollte Marguerite Schneider, Schuhmacher, Hutmacher und Klöpplerinnen kommen lassen, um ihre, wie sie fand, äußerst dürftige Garderobe aufzufrischen. Die junge Frau verfügte über entsprechende Mittel und hatte durchaus nicht die Absicht zu sparen.

In einem Anfall von Großmut hatte ihr Louis XII. nämlich die Einkünfte aus der Salzsteuer übertragen, eine unerschöpfliche Geldquelle, die ihr zeitlebens viele Scherereien ersparte.

Marguerite dachte nicht daran, sich diesen finanziellen Vorteil entgehen zu lassen und nutzte ihn weidlich aus. Allerdings war sie klug genug, das Geld nicht aus dem Fenster zu werfen und bemühte sich, einen Großteil dieser beträchtlichen Einkünfte gewinnbringend anzulegen.

An diesem Morgen wirkte die junge Frau nervös. Weil sich das Bataillon ihres Mannes nicht wie geplant in Lyon, sondern in Amboise gesammelt hatte, war Charles d'Alençon erst später aufgebrochen und Marguerites Abreise hatte sich verzögert.

Nun befürchtete Marguerite, der Brief, den sie sofort an ihren Bruder geschrieben und in dem sie ihr Kommen angekündigt hatte, könnte vielleicht erst gemeinsam mit oder nach ihr eintreffen.

Aus diesem Grund trieb Marguerite ihr Personal zu mehr Eile an als sonst, und der Konvoi aus zehn Wagen für ihren gesamten Hausstand von Alençon samt Marstall und Hunden setzte sich an einem kalten und trüben Wintermorgen in Bewegung.

Weil man auf ausdrücklichen Wunsch der jungen Herrin ziemlich zügig fuhr, holperten die Kutschen ein wenig über die Straße nach Mans. Zwanzig Meilen am Tag und keine größeren Zwischenfälle vorausgesetzt sollte die Reise nicht länger als drei Tage dauern. Die kleine Mathilde war bestens versorgt und würde die Fahrt gut überstehen.

Wegen der seit Tagen anhaltenden schneidenden Kälte waren alle warm angezogen. Marguerite kuschelte sich fröstelnd zwischen Blanche und Catherine, die Mathilde auf dem Schoß hatte, und malte sich die Befürchtungen ihrer Mutter aus.

Unterwegs wurde es immer noch kälter, ein eisiger Regen setzte ein, der durch alle Ritzen der unzureichend abgedichteten Wagen drang, und der Winterwind verwandelte Hände und Füße in Eiszapfen. Zwischendurch nahm sie die Zügel selbst in die Hand, doch wenn es draußen allzu ungemütlich wurde, stieg Marguerite vom Pferd und setzte sich wieder zu Blanche und Catherine in den Wagen, wo sie sich die Zeit mit Gesprächen und lustigen Spielen vertrieben.

Als sie sich dem Wald von Mans näherten, hatte der eisige Wind Marguerite wieder in ihre Kutsche getrieben. Mit Blanche spielte sie gerade eine Partie Corbillon, ein Spiel, das Marguerite besonders gern mochte. Wie bei allen Wortspielen war auch hier Geistesgegenwart gefragt, weil man dem Spielgegner schlagfertig mit einem Reim zu einem bestimmten Thema antworten musste. Besonders unterhaltsam war das Spiel, wenn man es zu mehreren spielte oder wenn eine Damenmannschaft gegen eine Herrenmannschaft antrat.

»Der Wind ist wirklich eisig«, meinte Blanche und rieb sich die kalten Hände an ihrem warmen, samtgefütterten Umhang. Sie sah aus dem Fenster und stellte fest, dass sich wieder eine

Eisdecke auf der Straße gebildet hatte. Mit einem Blick auf Catherine und Mathilde, die beide schliefen, meinte sie: »Wenn das Wetter nicht besser wird, können wir morgen früh wahrscheinlich nicht weiterfahren.«

»Bitte, Blanche, was ist mit unserem Spiel?«, sagte Marguerite und versuchte sich zu konzentrieren. »Bei ›Verärgerung‹ fallen mir ganz andere Wörter ein als ›Geltung‹. Seit wann haltet Ihr so viel von diesem Wort, das ich sofort mit ›Stimmung‹ oder ›Verbitterung‹ beantworten möchte?«

Sie beugte sich zu Blanche und sah ebenfalls aus dem Fenster.

»Es schneit ja!«, rief sie plötzlich. »Seht doch, Blanche, Schneeflöckchen so klein wie Mückenflügel!«

»Lieber Himmel«, meinte Blanche, »Eure Mutter wird sich große Sorgen machen, wenn wir morgen früh nicht weiterkönnen.«

»Glaubt Ihr wirklich, das Wetter wird noch schlechter?«

»Ich fürchte ja, Marguerite. Es ist schon ganz dunkel, obwohl es noch längst nicht Abend ist.«

Eine Weile sahen sie den Schneeflocken zu, die immer dichter fielen. Marguerite hauchte das Fenster an, das sofort beschlug.

»Jean-Baptiste kennt den Weg«, meinte sie und wischte mit der Hand ein Guckloch auf die Scheibe. »So schnell lässt er sich von Kälte und Wind nicht beeindrucken.«

»Wenn es aber weiter so kalt bleibt, wird es sehr glatt auf den Straßen.«

Die Bäume hüllten sich in fahles Weiß; nur an wenigen Stellen schimmerte noch das Braun der Rinde durch. Das Schneetreiben wurde immer dichter und tauchte die Landschaft in ein milchiges Weiß, in dem die Wege gefährlich mit den Banketten verschmolzen.

Die Wagen fuhren längst nicht mehr so schnell, als sie zu dem Weg kamen, der durch den tiefen Wald von Mans führt.

»Möchtet Ihr Karten spielen oder lieber eine Partie Schach?«, fragte Blanche ohne große Begeisterung. Doch ehe Marguerite antworten konnte, geriet ihre Kutsche plötzlich ins Schleudern, und die beiden Frauen fielen unsanft von ihren Sitzen. Die Pferde wieherten aufgeregt, Catherine wachte auf, und Mathilde begann zu weinen.

Blanche richtete sich mühsam wieder auf und rieb sich die schmerzende Schulter. Marguerite hatte sich nicht so wehgetan, weil sie auf ihrer Zofe gelandet war.

»Der Wagen ist von der Straße gerutscht«, stellte Marguerite fest, nachdem sie sich wieder auf ihren Platz gesetzt hatte. »Tut Eure Schulter sehr weh, Blanche?«

Durch den Türspalt konnten sie Jean-Baptiste sehen. Er hatte sich in einen Wollumhang gewickelt und versuchte vergeblich die Wagentüre zu öffnen, die gegen eine verschneite Böschung gedrückt war.

»Was ist passiert, Jean-Baptiste?«, fragte ihn Blanche besorgt.

»Die Räder sind auf der einen Seite in den Graben gerutscht, und ich kann den Wagen nicht wieder aufrichten«, antwortete der Kutscher. »Ist jemand verletzt?«

»Mir ist nichts passiert«, meldete sich Marguerite, »aber ich fürchte, Madame de Tournon hat sich an der Schulter verletzt«, fuhr sie mit einem Blick auf das schmerzverzerrte Gesicht ihrer Begleiterin fort. »So holt doch endlich Hilfe, Jean-Baptiste! Allein könnt Ihr die Kutsche nicht wieder auf die Straße kriegen.«

Als der Kutscher seinen Kopf durch den schmalen Türspalt steckte, waren seine dicken Augenbrauen voller Schnee.

»Ich geh' Verstärkung holen. Zu viert oder fünft kriegen wir den Wagen wieder auf die Straße.«

Der Wind hatte sich zu einem heftigen Sturm ausgewachsen, der große, schwere Schneeflocken vor sich hertrieb. Dass ihre Kutsche bedenkliche Schräglage hatte, schien die Insassen nicht weiter zu stören.

»Wenn die Pferde nicht wegrutschen, steht unser Wagen bestimmt gleich wieder auf der Straße«, meinte Marguerite zuversichtlich.

Bald darauf kam Jean-Baptiste in Begleitung von Philibert und mehreren Stallknechten wieder. Trotz größter Anstrengungen gelang es ihnen nicht, den Wagen wieder aufzurichten. Immerhin ließ sich nun aber die Tür wieder öffnen, um die jungen Frauen zu befreien. Catherine versuchte Mathilde zu beruhigen, die laut weinte.

Kaum hatten sie einen Fuß auf den Boden gesetzt, als Blanche einen Schrei ausstieß, weil sie keinen Halt fand, sich an Marguerites Arm festhielt und mit ihr zusammen auf die eisige Straße stürzte. Philibert wollte der Herzogin zu Hilfe eilen und legte dabei selbst eine ziemlich gewagte Schlitterpartie hin.

Während Philibert fluchte, versuchte Marguerite lachend wieder auf die Füße zu kommen.

»Madame Marguerite!«, rief Catherine und trippelte vorsichtig zum nächsten Wagen, »ich bringe Mathilde in Sicherheit.«

Dann stolperte sie ebenfalls, hielt sich am Arm eines Stallknechts fest und schlüpfte in den Wagen von Madame de Breuille, der hinter ihnen stand, um sofort ohne das kleine Kind zu Marguerite zurückzukommen.

»Wenn das in dem Tempo weitergeht, müssen wir die Nacht hier auf der Straße zubringen«, jammerte sie. Offensichtlich hatte sie wenig Vertrauen in die Männer, die sich noch immer mit der Kutsche abmühten.

»Wir kriegen den Wagen nur wieder auf die Straße, wenn wir die Pferde ausspannen«, erklärte Philibert und wischte sich den Schweiß von der Stirn. »Verdammt! Es wird immer eisiger, und die Räder stecken fest.«

Allmählich wurden die anderen Pferde unruhig und stampften aufgeregt. Jeden Moment konnten sie mit den Hufen auf dem eisigen Boden ausrutschen, stürzen und noch mehr Wagen umwerfen.

»Wenn wir die Nacht auf der Straße verbringen müssen, werden wir bestimmt überfallen«, jammerte Catherine und hielt sich ängstlich die Hände vors Gesicht.

»Da hat sie recht«, meinte Blanche, die noch immer ihre schmerzende Schulter massierte. »Mir kommt dieser Wald auch gefährlich vor. Angeblich haben hier einige Wegelagerer ihre Verstecke.«

»Was soll uns schon passieren?«, mischte sich Marguerite ein. »Schließlich haben wir nur das Nötigste dabei. Ich habe fast keinen Schmuck, Hausrat oder Garderobe mitgenommen.«

»Das mag schon sein, nur weiß das leider niemand«, meinte Blanche.

»Und die Banditen haben es auf alles abgesehen«, wusste Catherine.

Als sich ihre Kutsche trotz der Anstrengungen der Männer keinen Fingerbreit vom Fleck rührte, stöhnte Marguerite enttäuscht, versuchte aber den anderen Mut zu machen: »Das Gejammer ändert jedenfalls nichts und bringt uns kein Stück weiter.«

Prunelle wollte nun auch wissen, was los war, und hüpfte aus der Kutsche, wo sie sich zwischen zwei heruntergefallenen Kissen versteckt hatte. Als der Hund merkte, dass ihm seine Pfoten auf dem glatten Boden nicht recht gehorchen wollten, sprang er mit einem Satz in Marguerites ausgestreckte Arme.

Der Sturz kam völlig überraschend. Marguerite rutschte die Haube vom Kopf und brachte ihr üppiges rotblondes Haar zum Vorschein, das vor dem weißen Schnee haselnussbraun schimmerte. Und Prunelle war so erschrocken, dass sie sofort zurück in den Wagen lief und sich dort wieder versteckte.

»Still!«, rief da plötzlich Blanche. »Habt Ihr das auch gehört?«

Die Pferde wurden richtig unruhig, stiegen und schlugen aus. Stallknechte und Diener hatten alle Mühe, sie zu beruhigen. Und wie auf ein geheimes Kommando hin kümmerten sich die Männer nicht mehr um den feststeckenden Wagen, der immer tiefer im Schnee versank.

»Das sind Wölfe!«, rief Catherine und erbleichte vor Angst unter dem makellosen Weiß, das der Schnee auf ihr Gesicht gezaubert hatte.

»Verdammter Mist!«, fluchte Jean-Baptiste. »Dann sollten wir zusehen, dass wir hier wegkommen.«

Das ferne Heulen hallte gespenstisch durch die weite Schneelandschaft und schien immer näher zu kommen.

»Wir lassen meine Kutsche hier und fahren weiter«, entschied Marguerite. »Mir scheint, die Wölfe sind nicht mehr weit.«

Da gab es dann auch keine lange Diskussion, denn vor kaum etwas hatten Reisende im Winter mehr Angst als vor hungrigen Wölfen. Prunelle wurde aus Marguerites Kutsche geholt, und die Damen zwängten sich in den Wagen von Madame de Breuille, in dem es wegen der Enge bald angenehm warm wurde.

Der Tross kam nur mühsam vorwärts, und die Kutscher bemühten sich, die Wagen in der Mitte der verschneiten Straße zu halten. Nun brauchten sie einen ganzen langen Tag für eine Strecke, die sie bei besserem Wetter in wenigen Stunden zurückgelegt hätten. Bei der ersten Herberge machten sie Halt für die Nacht.

Es war ein kleines Gasthaus. Philibert führte die Pferde in den engen, einfachen Stall, in dem sie aber immerhin genug Heu und Stroh bekamen. Weil es keine Remise gab, ließ Jean-Baptiste die Wagen im Hof stehen. Dort waren sie im Weg, und die Duchesse d'Alençon musste erst ein Machtwort sprechen, damit sie bis zum nächsten Morgen bleiben durften.

In dem kleinen Gastraum standen nur wenige Tische.

»Lieber Gott, wie eng es hier ist!«, rief Blanche erschrocken. »Wie sollen wir denn hier unsere Leute alle unterbringen?«

»Seid unbesorgt, Blanche. Ihr werdet sehen, Philibert und Jean-Baptiste finden für jedes Problem eine Lösung.«

Nachdem sie sich derart zuversichtlich geäußert hatte, sagte sie an Catherine gewandt:

»Ich glaube, die kleine Mathilde muss zu Bett. Sie scheint mir sehr müde zu sein.«

Weiter sollte sie mit ihren guten Ratschlägen nicht kommen, weil Madame de Breuille, ihre gestrenge Betschwester, einem bescheiden gekleideten jungen Mann mit sehr ansprechendem Äußeren Platz machte.

Er sah nicht aus wie ein Stallknecht, obwohl ein paar Strohhalme an seinen Hosen darauf hindeuteten, dass er aus dem Stall kommen musste, wo er vermutlich geschlafen hatte.

»Darf ich Euch meine Hilfe anbieten, Madame?«, sagte er mit einer tiefen Verbeugung.

Zur gleichen Zeit erschien der Gastwirt, und Marguerites erstaunter Blick wanderte von dem höflichen jungen Mann zu dem rotgesichtigen, rundlichen Wirt, der Marguerite mit geübtem Blick taxierte und erst einmal abwartete.

Endlich hatte Marguerite den jungen Mann erkannt.

»Clément Marot!«, rief sie erfreut, »dass ich Euch nicht gleich erkannt habe!«

»Zu Euren Diensten, Madame«, erwiderte der Dichter. »Ich schlief auf meinem Lager aus frischem Stroh, als Wagen in den Hof rumpelten und ich, vom Lärm geweckt, erfuhr, dass sie zum Hause Alençon gehörten.«

Marot war so kühn, Marguerites Hände zu nehmen, woraufhin Blanche ihrem Zögling sofort unruhige Blicke zuwarf. Marguerite ahnte, dass sie sich schon wieder Sorgen machte.

»Der heutige Tag nimmt doch noch ein gutes Ende, Blanche!«, sagte sie vergnügt, »weil er mir einen Dichter präsentiert, den ich vor einiger Zeit bei einem meiner Ausritte kennengelernt habe.«

Dennoch entzog sie ihm ihre Hände, die er vielleicht ein wenig zu fest gedrückt hatte.

»Darf ich vorstellen, Blanche, Monsieur Clément Marot, Sohn von Jean Marot, dem Hofdichter des französischen Königs.«

Marguerite lachte fröhlich und wandte sich an den noch immer geduldig wartenden Wirt.

»Wir nehmen ein Souper, ehe wir zu Bett gehen«, erklärte sie dem kleinen Mann, der sofort zu seinen Kesseln eilte. »Monsieur Marot ist unser Gast.«

»Reist Ihr allein?«, wollte der jetzt wissen.

»Leider ja. Mein Mann und sein Schildknappe mussten nach Italien und sich den Truppen des Königs anschließen. Mein

Bruder wollte mir entgegenkommen, hat sich aber nun um einige Tage verspätet. Bliebe nur noch mein Kanzler, der jedoch in einer wichtigen Mission für meine Mutter bereits nach Amboise gereist ist.«

Mit einer Handbewegung forderte sie den jungen Mann auf, neben ihr Platz zu nehmen.

»Die Dame, die sich Euch gegenüber an den Tisch gesetzt hat, ist meine Zofe und treue Freundin Madame de Tournon.«

Wieder musste Marguerite lachen.

»Ihr könnt Euch nicht vorstellen, wie sehr ich mich darauf freue, meine Familie wiederzusehen, Monsieur Marot!«

»Die heilige Dreifaltigkeit von Amboise!«, feixte der Poet.

»Gibt es diesen Spitznamen tatsächlich noch?«, fragte Marguerite überrascht.

»Oh ja, die Anekdote ist aus dem Angoulême bis zu uns in die Touraine gelangt. So werden die Comtesse und ihre beiden Kinder jetzt auch bei uns genannt.«

Marguerite schenkte ihrem Tischnachbarn ein strahlendes Lächeln.

»Das ist keine Anekdote, sondern die Wahrheit, lieber Freund«, versicherte sie ihm. »Und das hier sind Madame de Breuille, meine Betschwester, und Catherine, mein Kammermädchen«, stellte sie ihm die beiden Frauen mit einer ausladenden Geste vor. »Ich möchte, dass sie mit uns zu Abend essen.«

»Bitte, entschuldigt, Madame«, unterbrach sie Catherine, »aber ich würde lieber bei Mathilde bleiben und auf dem Zimmer essen.«

»Hat sie nichts gegessen? Geht es ihr nicht gut?«

»Doch doch, Madame, sie ist ganz allerliebst. Aber allein in dem fremden Zimmer könnte sie Angst bekommen.«

»Da hast du recht, Catherine. Geh nur. Wir sehen uns nach dem Souper.«

Der Gastwirt kam und tischte Pasteten und Räucherschinken auf.

An einem Nachbartisch zechten zwei Infanteristen und waren nach drei oder vier Schoppen Cidre schon ziemlich laut. Ob sie wohl zu Charles d'Alençons Truppenabteilung gehörten? Eben wischte sich der eine mit dem Ärmel den Mund ab, der andere spuckte einen Knochen aus.

Unter geräuschvollem Lachen und Rülpsen diskutierten sie reichlich unbedarft die Thronfolge.

Die beiden fröhlichen Soldaten waren nämlich eigentlich zwei tüchtige Bauern und, wie so oft, von ihrem Lehensherrn in letzter Minute rekrutiert worden, um sein Bataillon zu verstärken.

So war es nur zu verständlich, dass sie mehr an die versprochene Prämie als an die bevorstehende Schlacht dachten. Wie auch, hatten sie doch noch nie ein Schwert in der Hand gehalten. Sie kämpften mit ihren Messern, mit Händen und Füßen und mit ihrer ganzen urwüchsigen Kraft.

Marguerite beobachtete die beiden Infanteristen aus den Augenwinkeln, wobei es sie manchmal schauderte, aber nicht wegen ihrer zum Teil recht anzüglichen Reden, sondern weil sie jede Diskussion über die Thronfolge beunruhigte. Trotzdem zählte sie auch die beiden Männer zu ihren Gästen und ließ ihnen Kapaunflügel servieren.

»Diese Leute scheinen recht gern in den Krieg zu ziehen«, wandte sie sich schließlich wieder dem jungen Marot zu.

»Ich hingegen rede nicht gern über Kriege und Schlachten.«

»Wie Ihr seht, haben wir ein gutes Wirtshaus gefunden,

Blanche, und müssen uns den Abend nicht von dem kleinen Zwischenfall unterwegs verderben lassen.«

»Es schneit nach wie vor und wird immer kälter«, meinte der Wirt, während er mit Speck gefüllten Kohl servierte.

»Bei diesem schrecklichen Wetter können wir unmöglich weiterfahren«, seufzte Blanche, griff sich an den linken Arm und lächelte gequält.

»Mir scheint, Ihr habt noch Schmerzen«, meinte Marguerite besorgt.

»Ich werde die Schulter mit Salbe einreiben, dann geht es mir morgen sicher wieder besser. Aber ich bin sehr müde, Marguerite«, sagte sie und erhob sich. »Deshalb lasse ich Euch jetzt mit dem Herrn Dichter allein. Da seid Ihr ja in bester Gesellschaft.«

Natürlich kam Marguerite die gepflegte Unterhaltung mit Marot wie gerufen. Sie nahm einen letzten Bissen von ihrem Geflügel, wischte sich die Finger am Tischtuch ab, weil es weder Wasserschale noch Serviette gab, ließ sich von Blanche einen Gutenachtkuss auf die Stirn geben und meinte leichthin:

»Versorgt Eure Schulter und schlaft Euch aus. Wir werden sehen, welches Wetter uns morgen erwartet.«

Blanche zog sich mit Marguerites Betschwester zurück, die ebenfalls zu Bett gehen wollte und schon ein paarmal hinter vorgehaltener Hand gegähnt hatte. Immer wenn sich Madame de Breuille langweilte, begann sie zu gähnen oder leise zu beten.

Clément Marot verspeiste mit sichtlichem Appetit flambierte Äpfel mit Himbeerkonfitüre.

»Habt Ihr keine Lust, an den Hof von Blois zu kommen?«, fragte sie ihn.

»Nein, Königin Anne de Bretagne ist mir viel zu streng.«

»Ja, ich weiß, das sagtet Ihr bereits«, lachte sie.

»Am Hofe von Anne de Bretagne geht es viel zu ernst zu«, fuhr der junge Marot fort, nahm Marguerites Hand und küsste sie. »Doch wie ich höre, soll die Duchesse d'Angoulême auf ihrem Schloss weitaus toleranter gewesen sein, und ihre Tochter folgt angeblich ihrem Beispiel.«

»Meine Mutter ist tatsächlich keine Moralpredigerin. Ihre Einstellungen waren stets offen und frei. Bei der Erziehung ihrer Kinder war es ihr besonders wichtig, dass nichts unverständlich blieb. Jedes Ereignis musste erklärt, jede Tatsache diskutiert und jede Entscheidung wohl überlegt werden.«

»Wurde bei den Angoulêmes auch gereimt?«

»Oh ja, wir haben Rondeaus gedichtet«, antwortete Marguerite, ohne ihren Blick von ihm losreißen zu können.

»Rondeaus sind allerdings die einfachsten rhethorischen Formen in der Dichtung. Habt Ihr Euch nicht vielleicht auch einmal an Lais oder Virelais oder anderen neueren Formen versucht?«

Marguerite zögerte einen Moment. Es kam selten vor, dass sie nichts zu entgegnen wusste.

»Diese Dichtkunst wurde über viele Generationen überliefert. Heute müssen wir uns von einer veralteten Form trennen, die noch viel zu viele Rhethoriker lehren.«

»Wenn ich Euch zuhöre, fürchte ich, dass ich nur sehr unzulänglich unterrichtet bin, was die moderne Dichtkunst anbelangt.«

»Ich werde Dizains und Epigramme für Euch schreiben, in denen ich Eure Schönheit rühme.«

Seine kecken Augen verschossen goldene Blitze. Gott, wie sehr sie diese höflichen Manieren im Gegensatz zu dem rüden Wesen ihres Gatten liebte!

Eine vorwitzige Locke war ihr in die Stirn gefallen, und sie versuchte sie wieder unter ihre Haube zu schieben, wobei er ihr gern behilflich war.

»Sind die Äpfel mit Calvados flambiert?«, wollte sie von dem Gastwirt wissen. Sie hatte ihr Dessert noch nicht angerührt.

»Sie sind mit meinem besten Cognac flambiert. Haben sie Euch geschmeckt, Monseigneur?«, fragte er den Dichter.

Marot wurde rot, weil ihn noch nie jemand mit Monseigneur angeredet hatte. Marguerite nahm an, dass er wahrscheinlich nicht einen Sou in der Tasche hatte, und flüsterte:

»Ihr könnt ruhig noch eine Portion bestellen. Ich lade Euch ein. Dafür müsst Ihr mir aber Euer schönstes Epigramm widmen.« Und etwas lauter fügte sie hinzu: »Was hieltet Ihr davon, Haus- und Hofdichter der Comtesse d'Angoulême zu werden?«

Er versank in ihren Augen, als wären sie sein Tor zum Glück.

»Lieber wäre ich der Eure.«

Nachdenklich spielte sie mit dem Saum der Haube, unter der sich die vorwitzige Locke verbarg.

»Dann will ich Euch einen anderen Vorschlag machen. Ich brauche einen Sekretär.«

Noch immer sah er ihr in die Augen, und ihre Wimpern flatterten ein wenig.

»Diese Aufgabe könnte ich ohne Weiteres erfüllen.«

Im Grunde war Marguerite weder flatterhaft noch eitel, aber dieser intelligente, manierliche junge Mann gefiel ihr, und es bereitete ihr große Freude, sich von ihm den Hof machen zu lassen.

Dass sie sich augenscheinlich in einer ziemlich heiklen Situation befand, schien sie nicht weiter zu kümmern. Ihr Herz bestimmte die Richtung. Wie ihre Mutter führte auch sie Tagebuch, aber nicht ganz so streng und sachlich. Stattdessen versuchte sie sich mutig an kleinen literarischen Texten, eine Herausforderung, der sich die Comtesse d'Angoulême nie gestellt hatte. Für ein paar geraubte Küsse, die sie ihm nicht verweigern würde, könnte sie der gebildete junge Mann bei ihren literarischen Versuchen unterstützen.

Marguerite fühlte sich äußerst wohl. Höfliche Gesten, galante Rendezvous oder romantische Tête-à-Têtes, erst möglich geworden, seit die beginnende Renaissance Anstand und Sitte neuen Einflüssen unterzog, waren ganz nach Marguerites Geschmack, und sie hatte sich fest vorgenommen, davon so viel wie möglich zu erleben.

Clément Marot war wirklich sehr charmant. Überdies schien er ziemlich raffiniert zu sein, weil er nicht gleich auf den verlockenden Vorschlag reagierte, den sie ihm eben unterbreitet hatte, sondern vermutlich später wieder darauf zurückkommen wollte.

»Wie es heißt, seid Ihr gern und viel auf Reisen«, sagte er und kam der Duchesse d'Alençon ganz nahe. »Ist das wahr?«

»Ja, ich bin eben gern unterwegs und genieße es, mit jeder Drehung des Wagenrads eine neue Landschaft zu entdecken.«

»Man sagt aber, dass Ihr viel lieber hoch zu Ross als mit der Kutsche reist.«

»In meinem Bruder, mit dem ich aufgewachsen bin, hatte ich einen hervorragenden Reitlehrer. Außerdem liebe ich Pferde und Ausflüge. Wie könnte ich also anders sein, als ich bin?«

Sie zögerte einen Augenblick und fügte dann ein wenig atemlos hinzu: »Außerdem macht mich der Gedanke überglücklich, endlich meinen Bruder wiederzusehen. Alençon liegt leider nicht an der Loire, und von ihm getrennt zu sein, gefällt mir gar nicht.«

Er musterte sie neugierig, bewunderte ihren wohlgeformten Busen, griff nach ihrer Hand und drückte sie heftig.

Wie oft hatte er an diesem unerwartet schönen Abend bereits ihre Hand genommen? Er beugte sich zu ihr, kam immer näher, streichelte ihre seidenweiche, rosige Hand und sagte leise: »Über diese zierliche Hand müsste ein ganzes Rondeau geschrieben werden, und ein anderes über Euren wunderschönen Busen.«

»Und werdet Ihr es tun?«

Ihre Stimme klang dabei so verheißungsvoll, dass seine Augen begeistert funkelten.

»Es war mir ein Vergnügen, mit Euch zu diskutieren, Monsieur Marot, und ich hoffe von ganzem Herzen, dass wir uns wiedersehen, um unser Gespräch fortzusetzen. Bis dahin sollten wir uns ausruhen und uns morgen zur Fortsetzung dieser Reise treffen, die mir sehr ungewiss erscheint.«

Sie wollte ihn verschmitzt anlächeln, doch ihr Blick geriet eher erregt und voller Versprechen.

Am nächsten Morgen wollte es gar nicht recht hell werden. Noch immer schneite es große Flocken, aber der Weg, den der Tross nehmen musste, war nun nicht mehr vereist, sondern unter einer dicken Schicht Pulverschnee versteckt.

Alles war ein einziges Weiß.

Die Wölfe hatten die ganze Nacht geheult. Wahrscheinlich waren sie um das Gasthaus herumgeschlichen, das zu nah am Wald lag, als dass man sie nicht gehört hätte.

Philibert hatte bereits die Zügel in der Hand, und auch die anderen Kutscher standen bereit, wenn sie auch nicht begeistert von der Idee waren, bei diesem Wetter auf den verschneiten Wegen zu reisen.

Catherine und Madame de Breuille hatten es sich schon in ihrem Wagen bequem gemacht. Die kleine Mathilde schlief noch, eng an Prunelle geschmiegt, die entschlossen war, diesen schönen warmen Platz nicht gegen die Kälte draußen einzutauschen.

»Ihr wollt doch nicht etwa bei diesem Wetter reiten!«, rief Blanche entsetzt, als sie sah, dass Marguerite die Zügel der braven Morphée nahm.

Marguerite spürte die Angst in ihrer Stimme und wollte sie beruhigen.

»Macht Euch bitte keine Sorgen, Blanche. Monsieur Marot reitet sein Maultier, das solche Verhältnisse gewöhnt ist, wie er mir versichert hat. Morphée geht einfach hinterher. Ihr kennt sie doch. Sie scheut nie, und die Gangart der Eselin müsste ihr liegen.«

»Ihr seid sehr unvernünftig«, seufzte die Zofe kopfschüttelnd. »Wenn Morphée ausrutscht, bricht sie sich ein Bein, und solltet Ihr mit ihr zu Boden gehen, brecht Ihr Euch womöglich alle Knochen. Was treibt Euch nur dazu, diesem Wetter zu trotzen? Und wie steht es mit Monsieur Marot? Wenn er keine Alternative hat oder unbedingt in Einzelteilen in Amboise ankommen will, ist das schließlich seine Sache!«

»Wir sind ganz vorsichtig«, versprach Marguerite.

»Gott, Ihr müsst verrückt sein, Marguerite! Gefällt Euch dieser junge Mann so gut, dass Ihr Euch auf ein derartiges Risiko einlasst?«

Sie hüllte sich enger in ihren Pelzumhang und schützte ihr Gesicht mit der Hand vor dem Schnee.

»Bitte bleibt wenigstens besonnen und zurückhaltend. Und lasst Euch auf keine waghalsigen Unternehmungen ein.«

»Ich bleibe immer in Sichtweite von Jean-Baptiste. Versprochen, Blanche!«

Aber Madame de Chatillon schüttelte nur missbilligend den Kopf und konnte sich nicht entscheiden, was sie für die größere Gefahr hielt – den Schnee oder den Dichter.

»Jean-Baptiste hat weiß Gott andere Dinge zu tun, als Euch im Auge zu behalten. Es wird schwierig für ihn werden, den Konvoi so zu lenken, dass er nicht vom Weg abkommt.«

Diesmal bekam sie keine Antwort, und Blanche hielt es für richtig, ein weiteres, wenn auch ziemlich dürftiges Argument anzuführen.

»Wir mussten schon einen Wagen aufgeben. Dürfen wir den Verlust eines weiteren riskieren?«

Doch Marguerites Entscheidung war unumstößlich. Blanche blieb nichts anderes übrig, als sich zu den anderen Frauen in die Kutsche zu setzen und über das unvernünftige Verhalten ihres Schützlings nachzugrübeln.

Sie brachen noch im Dunklen auf, und die ersten beiden Stunden schlugen Marguerite und ihr Weggefährte ein Tempo an, das dem Esel taugte und bei dem das Pferd gut mithalten konnte.

Sie arbeiteten sich durch den knirschenden Schnee vorwärts, wobei sie tiefe Spuren hinterließen, die Jean-Baptiste wenig später mit seinen Wagenrädern verwischte. Die anderen Wagen folgten in kurzem Abstand, wobei die Lenker sich alle Mühe gaben, in den ausgefahrenen Spurrinnen zu bleiben.

»Seht nur, Marguerite, es wird endlich hell!«, rief der junge Marot und deutete mit seiner Gerte zum Horizont, den man im fahlen Dämmerlicht nur an einer bläulich weißen Linie in der Ferne erahnen konnte. Aus diesem Weiß tauchten die unförmigen Schneemassen nach und nach auf wie in einem Eismeer gefangene große Geisterschiffe.

Morphée wirkte ganz friedlich. Von Marguerites vier Zelterstuten war sie die bravste, die es nur nicht gern hatte, wenn sie sehr schnell und übermäßig lange laufen musste. Morphée war nicht verfroren, und Kälte machte ihr auf jeden Fall weniger zu schaffen als Hitze.

Marguerite kannte ihre Stuten in- und auswendig und wusste immer, welche sich für eine bestimmte Reise oder einen Ausritt am besten eignete. Deshalb fühlte sie sich an diesem außergewöhnlichen Wintermorgen mit Morphée auch ganz sicher und war sich gar nicht der Gefahr bewusst, der sie sich bei diesem stürmischen Wetter aussetzte.

Aufmunternd klopfte sie ihrem Pferd auf den Hals, das ruhigen Schrittes durch den tiefen, weichen Schnee trabte, und spürte, dass Morphée genauso guter Dinge war wie sie selbst.

Noch immer herrschte eine geradezu unheimliche Stille, nur unterbrochen vom fernen Heulen der Wölfe. Sie hatten nicht damit aufgehört. Bald würden sie in die Nähe der Dörfer kommen, und auch wenn das im Winter keine Besonderheit war, erfüllte es die Menschen doch mit Angst und Schrecken.

»Hört Ihr die Wölfe?«, fragte Marguerite und drehte sich zu ihrem Begleiter um. »Der Gastwirt hat uns versichert, wir würden sie bald los sein. Aber ich fürchte, er hat sich getäuscht. So leicht lassen sie sich scheinbar nicht abschütteln.«

»Bestimmt sind sie halb verhungert. Doch keine Angst, wenn sie der Stadt zu nahe kommen, werden die Jäger sie töten.«

Marguerite nahm die Zügel und ließ Morphée eine Kehrtwendung machen.

»Jean-Baptiste!«, rief sie dem Kutscher zu, »wir müssen uns

vor den Jägern in Acht nehmen, die die Stadt bewachen. Sie sind oft unberechenbar.«

»Eigentlich hätten wir ihnen längst begegnen müssen«, rief der Kutscher zurück. »Es sind nur noch wenige Meilen bis Amboise.«

Marguerite suchte den Horizont ab, ließ ihr Pferd wieder umkehren und holte ihren Weggefährten wieder ein.

Die Landschaft bot jetzt eine phantastische Kulisse. Unter der dichten weißen Schneedecke schien sie wie erstarrt.

Alles war in das gleichförmige, blendende Weiß gehüllt und konturlos geworden. Hin und wieder brach ein Ast laut krachend unter der Schneelast.

Die verschneiten Flüsse schienen stillzustehen. Boote und Hütten, Bäume und Hügel, ja sogar die Dörfer mit ihren sonst weithin sichtbaren Kirchtürmen verschmolzen in dem dichten, milchig weißen Schnee zu einer unförmigen Masse. Und es wollte nicht aufhören zu schneien.

Marguerite fröstelte und wickelte sich fester in ihr warmes Cape. Ihr Weggefährte war in einen längst nicht so warmen Umhang gehüllt, schien aber nicht unter der Kälte zu leiden, während Marguerites Hände bereits steif gefroren waren.

Seite an Seite legten sie mehr als zehn Meilen zurück, kamen aber wegen des heftigen Schneefalls nur mühsam voran. Nach Amboise schien es doch noch weiter zu sein, als Jean-Baptiste vor einiger Zeit behauptet hatte.

»Zu gern würde ich Euch wärmen, Marguerite«, raunte ihr Marot zu.

»Und zu gern würde ich wissen, wie Ihr das anstellen wollt, Monsieur le Poète.«

»Natürlich so liebevoll wie möglich!«

Von einer Sekunde auf die andere hatte es aufgehört zu schneien. Ein paar hungrige Raben und Krähen krächzten aufgebracht.

»Wenn wir anhalten, kommen wir nicht mehr los«, prophezeite Jean-Baptiste, während er den Schnee von seinem Mantel klopfte.

Entsetzt von der Vorstellung, irgendwo weit weg von Amboise eingeschneit zu werden, pflichtete ihm Catherine bei.

Blanche hatte nicht weniger Angst, widersprach ihm aber, weil sie befürchtete, ein oder zwei hungrige Wölfe könnten sich ihnen in den Weg stellen.

»Ich bin dafür, dass wir Halt machen«, sagte sie. »Dann brechen wir eben erst morgen früh wieder auf. Das haben wir schließlich heute Morgen auch gemacht.«

»Da hat es aber nicht gefroren, Madame«, gab Philibert zu bedenken und schüttelte besorgt den Kopf. »Wenn es heute Nacht so kalt bleibt, müssen wir vielleicht länger hierbleiben, als uns lieb ist.«

»Vielleicht sogar bis der Schnee schmilzt«, seufzte Marguerite und zwinkerte Clément Marot heimlich zu.

Als sie vom Pferd stieg, versank sie fast bis zu den Knien in dem weichen, makellos weißen Schnee.

»Ich würde vorschlagen, wir fahren bis nach Amboise und übernachten dort. Sollten wir dann morgen früh eingeschneit sein, finden wir in der Stadt sicher Hilfe, um weiter nach Blois zu kommen.«

»Das ist doch Wahnsinn, Marguerite!«, wandte Blanche ein. »Wir haben noch einige Meilen vor uns, und es wird gleich Nacht.«

»Der Schnee ist weich, da kommen wir ganz gut voran«,

mischte sich nun Jean-Baptiste ein. Er warf einen prüfenden Blick zum Himmel und fuhr fort: »Ich könnte wetten, der verdammte Schnee lässt uns ein paar Stunden in Ruhe, und die große Kälte kommt erst morgen.«

»Wir können uns ja wohl schlecht voll und ganz auf Euer Gefühl verlassen, Jean-Baptiste?«, seufzte Madame de Chatillon.

»Ich glaube, er hat recht«, meinte Marguerite.

»Und was ist mit den Wölfen? Was machen wir, wenn sie uns angreifen?«

»Wir können eine Wagenburg bilden und sie mit Fackeln vertreiben.«

Philibert und Jean-Baptiste schienen sich ihrer Sache so sicher, dass Blanche schließlich aufgab. Kaum hatte sich der kleine Konvoi wieder in Bewegung gesetzt, als sie auf einen Trupp Jäger stießen. Es waren vielleicht acht oder zehn Männer, die dicht zusammengedrängt und bis zu den Ohren eingemummelt auf sie zukamen. Mit ihren lederumwickelten Füßen stapften sie mühsam durch den tiefen Schnee.

»Halt! Stehen bleiben!«, riefen sie und versperrten dem Konvoi den Weg. »Halt!«

Zwei kräftige kleine Männer lösten sich von der Gruppe.

Marguerite und Marot ritten vorsichtig zurück zu Jean-Baptiste, der die Wagen gerade angehalten hatte.

Mit Messern und Knüppeln bewaffnet und das Gesicht unter großen Wollkapuzen versteckt wirkten die Männer ziemlich bedrohlich. Ihre Umhänge waren mit warmem Pelz gefüttert, und auf dem Rücken transportierten sie kleine Fuchsfallen.

Die beiden, die auf die Reisenden zukamen, trugen Äxte und Pfähle. Jetzt konnte man auch ihre finsteren Mienen erkennen.

»Falls Ihr nach Tours wollt«, polterte der eine, »da hat man ein Rudel Wölfe gemeldet. Wir haben überall am Weg Fallen aufgestellt.«

Jean-Baptiste war von seinem Kutschbock heruntergestiegen, ging zu den Männern und fragte: »Sind es viele?«

»Viele was – Fallen oder Wölfe?«, lachte der eine.

»Beides«, antwortete der Kutscher ungerührt.

Der andere war wohl etwas freundlicher aufgelegt und antwortete an seiner Stelle:

»Es ist ein großes Rudel Wölfe. Der Leitwolf muss unsere Fallen gewittert haben, weil sie sich die ganze Nacht in der Nähe der Stadt rumgetrieben haben. Früh am Morgen sind sie dann aber Richtung Tours abgezogen.«

Er schlug die Kapuze von seinem langen Mantel zurück, sodass man endlich auch seine Augen sehen konnte.

»Wir haben nur eine alte Wölfin zur Strecke gebracht, die zu schwach war, um mit dem Rudel weiterzulaufen«, brummte er. »Nehmt Euch in Acht!«

Philibert war auch abgestiegen und kam mit ein paar Knechten dazu.

»Und was ist mit den Fallen?«, wollte er von den Jägern wissen.

»Ein paar haben wir am Straßenrand aufgestellt. Ihr dürft nicht vom Weg abkommen, weil man sie unter dem Schnee nicht sieht.«

»Wir halten uns so gut es geht in der Straßenmitte«, erklärte Philibert. »Das ist bestimmt das Gescheiteste, was wir tun können.«

»Der Himmel scheint jedenfalls kein Mitleid mit Euch zu haben«, sagte der andere, der jetzt auch seine Kapuze heruntergezogen hatte und die Fremden misstrauisch musterte.

Dann wandte er sich an Marguerite und sagte ziemlich forsch: »Ihr solltet wohl besser im Wagen sitzen als auf Eurem Pferd.«

»Wir bleiben immer ganz in der Nähe der Kutschen.«

»Teufel noch eins! Ihr macht mir Spaß! Wir jagen Füchse, aber die sind jetzt fast genauso gefährlich wie Wölfe. Gerade dass sie keine Menschen anfallen, aber sie holen sich unsere Tiere.«

Die Jäger fanden, damit ihre Pflicht getan zu haben, verabschiedeten sich und gingen ihrer Wege.

So vorgewarnt setzte sich der Tross wieder in Bewegung, aber die Wagen wurden langsamer in dieser unheimlichen Kulisse, die alle Geräusche zu vervielfachen schien – jedes Wort, jeder Schritt, jede Drehung der Wagenräder empfand man plötzlich als so laut, dass man nicht mehr zu sprechen wagte.

Jeder lauschte in die Nacht, bildete sich ein Heulen ein und vermutete hinter jeder Wegbiegung einen Wolf, der den Konvoi mit seinen gelben Augen gierig beobachtete. Doch sechs Stunden später, sechs lange, anstrengende und an den Nerven zehrende Stunden später, erreichte die kleine Karawane endlich ohne größere Zwischenfälle die Gegend um Amboise.

Bestimmt war es vernünftiger, hier noch einmal zu übernachten und erst am nächsten Morgen nach Blois weiterzufahren, wenn es die Verhältnisse überhaupt gestatteten.

Marguerite und Marot ritten noch immer Seite an Seite.

»Habt Ihr über meinen Vorschlag nachgedacht, Clément?«

»Ich tue nichts anderes. Warum sollte ich nicht darauf eingehen? Lieber Himmel, als Euer Sekretär könnte ich Euch von früh bis spät bewundern. Ich kann es kaum erwarten, Euch mein erstes Gedicht zu präsentieren. Wird es Euch gefallen?«

»Gewiss, und ich verspreche, es wird Euch das Tor zu ganz anderen Hochgenüssen öffnen.«

»Erlaubt mir, Euch bei Gelegenheit an diese Worte zu erinnern, Marguerite.«

Der Fluss hatte seine sonst so harmonische Farbe, eine Mischung aus kräftigem Blau und zartem Grau, gegen ein weißes, beinahe phosphoreszierendes Leuchten eingetauscht.

Es hatte wieder zu schneien begonnen, und die dicken Flocken türmten sich auf dem Fluss zu einer rissigen Kruste, die bald nicht mehr zerbrechlich, sondern zunehmend beängstigend wirkte.

Die goldenen Sandbänke waren verschwunden, Ufer gab es keine mehr. Bald würde auch der Fluss unter den monströs gewordenen Schneemassen untergehen.

Als Marguerite den Horizont absuchte, entdeckte sie nichts als eine sonderbare Helligkeit aus Wintergrau und Silberweiß. Da fiel es nicht schwer sich vorzustellen, wie viel Lebendigkeit und Freude der bei besserem Wetter dicht befahrene Fluss den Menschen schenkte.

»Und doch habe ich ein derartiges Schauspiel in der Touraine noch nicht erlebt«, meinte Marguerite. »Hoffentlich tauchen diese Bilder in Eurer Poesie auf, Clément.«

Als es hinter ihnen im Schnee knirschte, drehten sie sich um und sahen einen Mauleseltreiber, der an der nächsten Flussbiegung aufgetaucht war. Marguerite winkte dem Mann, der seinen Esel mit einem Stock antrieb, freundlich zu. Das Tier verschwand fast unter einer riesigen, unförmigen weißen Last – wahrscheinlich Brennholz für die Familie.

»Der arme Mann wird heute Nacht frieren müssen«, sagte sie bedauernd. »Es dauert bestimmt lange, bis sein Holz getrocknet ist.«

Dann blickte sie wieder auf den Fluss und sagte: »Was ist nur aus unserer lieblichen Touraine geworden?«

»Man gewöhnt sich an die Schönheit seiner Heimat«, erwiderte ihr Begleiter. »Würdet Ihr in den Bergen leben, würden sich Eure Augen am Anblick dieser Landschaft weiden. Ich hoffe, es wird mir noch gelingen, Euer Herz für ganz andere Bilder zu gewinnen.«

»Ihr habt schon recht«, unterbrach ihn Marguerite, »trotzdem ist es merkwürdig, dass ich die gewagtesten Extreme in einer fremden Gegend akzeptiere, während ich sofort jegliche Orientierung verliere, wenn sich meine geliebte Touraine verändert.«

Sie ließ ihren Blick in die Ferne schweifen und sah sich dann wieder nach ihrem kleinen Konvoi um, der immer langsamer wurde.

Und inmitten dieser absoluten Leere, dieser vollkommenen Stille, in der man nur das Knirschen der Hufe und Wagenräder hörte, hielt Marguerite plötzlich an.

An der Kreuzung, wo es in den Wald von Blois ging, hatte sie zwei Gestalten in unförmigen, weiß verschneiten Umhängen entdeckt. Einen Moment rührte sie sich nicht von der Stelle, ahnte aber irgendwie gleich, wer ihr da entgegenritt.

Die beiden Reiter taten sich schwer vorwärtszukommen. Eng aneinandergedrückt stocherten sie immer wieder vorsichtig im tiefen Schnee, um sicherzugehen, dass ihre Pferde nicht danebentraten.

Obwohl sich ganz allmählich die Dunkelheit ankündigte, hielt sich Marguerite die Hand vors Gesicht, so sehr blendete sie das undurchsichtige Weiß. Und in diesem Augenblick wusste sie, ohne ihn wirklich erkannt zu haben, dass eine der beiden Gestalten ihr Bruder François war.

Weil Marguerite ihr Pferd angehalten hatte, blieb Marot ebenfalls stehen und sah den sich langsam nähernden Reitern entgegen.

Und dann schwenkte der lang ersehnte Kavalier zur Begrüßung seinen federgeschmückten Hut.

Freudestrahlend sah Marguerite dem fröhlichen Winken zu. Das konnte nur François sein! Ihr närrischer, ungestümer großer kleiner Bruder, der es mit jedem Wetter aufnahm, um seiner Schwester entgegenzureiten. Das war ganz unverkennbar François.

Und natürlich Pegasus! Eigentlich hätte sie ihn sofort an seinem ganz besonderen Gang erkennen müssen, den er nicht einmal im tiefen Schnee verlor.

Als die Reiter näher kamen, sprang Marguerite vom Pferd, lief ihnen entgegen und wurde in einem Wirbel von tanzenden Schneeflocken, die sie plötzlich leicht und luftig und hübsch durchsichtig fand, hochgehoben und ganz sanft auf Pegasus gesetzt.

An den jungen Dichter dachte sie nicht mehr. Ihr Bruder konnte sie immer alles um sie herum vergessen machen.

»Die heilige Dreifaltigkeit von Amboise!«, murmelte Marot ein wenig eifersüchtig.

Und weil er sich von Marguerite über die Maßen angezogen fühlte, nahm er sich vor, ihre köstlichen Versprechen auf keinen Fall zu vergessen. Schon sah er sich zu seinem berühmten Vers inspiriert, der Jahrhunderte überdauern sollte: »Der Körper einer Frau, das Herz eines Mannes und ein engelsgleiches Haupt.«

Trotz des vielen kalten Schnees spürte Marguerite die Wärme ihres Bruders. Er drückte sie an sich, und Bonnivet erwartete sie gemeinsam mit Marot, der zu ihnen gestoßen war.

»Wer ist der Kavalier, der dich begleitet?«

»Er ist Dichter, François.«

»Und was will er von dir?«

Marguerite musste lachen. Die kleinen Eifersüchteleien ihres Bruders amüsierten sie noch immer.

»Ich möchte ihn Mutter vorstellen. Er ist ein sehr begabter Junge und ganz durchdrungen von der neuen Kultur.«

Ohne sich um ihre nassen Kleider zu kümmern, drückte sie sich noch fester an ihren Bruder und atmete die kalte Winterluft in vollen Zügen ein. Es konnte ja nicht mehr allzu lange dauern, bis sie wieder auf dem bequemen, warmen Schloss war.

»Er heißt Clément Marot«, erzählte sie weiter, »und er ist schön, jung und klug und gefällt mir.«

»Ist er mit Jean Marot, dem Hofdichter des Königs, verwandt?«

»Ja, er ist sein Sohn. Aber ich halte ihn für den talentierteren von beiden.«

Sie hatten den ersten Wagen des Konvois erreicht. François nahm die Hand seiner Schwester und drückte sie fest.

»Hast du deinen Mann schon vergessen?«

»Ich bitte dich, François! Du weißt sehr gut, dass es nur sehr wenige Gemeinsamkeiten zwischen meinem Mann und mir gibt und dass ich gezwungen bin, mich mit seinen Qualitäten als Soldat zu begnügen, ohne auf weitere hoffen zu dürfen«, erwiderte Marguerite und lehnte ihren Kopf an die Schulter ihres Bruders. »Dieser Clément ist sehr verführerisch.«

Dann brach sie in das fröhliche Gelächter aus, das ihr Bruder so sehr an ihr liebte.

»Meine liebe Schwester, mein Herz! Du wirst doch nicht etwa flatterhaft?«

»Würdest du mir davon abraten?«

»Ich glaube, du redest nur so daher, weil du auf diesem alten, langweiligen Château d'Alençon eingesperrt bist. Aber ich pflichte dir bei. Wenn du erst wieder die ganze Pracht von Blois und Amboise um dich hast, sollst du dich nach Herzenslust amüsieren.«

Bonnivet und Marot schienen sich nicht viel zu sagen zu haben. Beide blickten abwartend zu François und Marguerite.

Mit einem eleganten Satz sprang François vom Pferd.

»Sehr erfreut, Eure Bekanntschaft zu machen, Monsieur le Poète, und besten Dank, dass Ihr meiner Schwester Gesellschaft geleistet habt. Sie scheint Eure Gegenwart sehr zu schätzen.«

Bonnivet nützte die kleine Ansprache, um sich Marguerite zu nähern.

»Liebe Marguerite, es kommt mir so vor, als wäre Eure Hochzeit eine Ewigkeit her.«

»Dabei ist es nur ein kleines Weilchen«, meinte die Duchesse d'Alençon verschmitzt.

»Oh nein, Marguerite! Das ist nicht wahr, und Ihr wisst das auch ganz genau!«

Er griff nach ihrer Hand.

»Ihr werdet immer verführerischer. Die Ehe scheint Euch prächtig zu bekommen. Lieber Gott! Dieser Charles d'Alençon muss der glücklichste Mann der Welt sein!«

»Trotzdem habe ich das Gefühl, die Zeit vergeht sehr schnell, Guillaume. Manchmal habe ich das Gefühl, ich wäre schon seit Jahren verheiratet. Und unsere Jugendspiele scheinen in weiter Ferne.«

»Vermisst Ihr sie denn?«

»Manchmal schon.«

Entschlossen entzog sie ihm ihre Hand, die er nicht loslassen wollte.

»Versteht mich bitte nicht falsch, Guillaume. Die Zeiten sind vorbei und werden auch nie wiederkommen.«

Sie seufzte, weil sie ihren schüchternen Verehrer immer wieder sehr deutlich zurechtweisen musste. François unterhielt sich höflich mit Marot, und Marguerite stellte erleichtert fest, dass der Schneesturm vorbei war.

»Bis zur Königsklause sind es nur noch wenige Meilen. Dort bleiben wir über Nacht«, rief François Jean-Baptiste zu.

»Mein lieber Guillaume«, sagte Marguerite so herzlich, dass der junge Mann gar nicht widersprechen konnte, »würdet Ihr so nett sein und Euch um Morphée kümmern? Mit Eurem Pferd fühlt sie sich bestimmt wohl.«

Die »Königsklause« kannte sie schon; sie war dort bereits einmal mit François abgestiegen. Es war ein sehr angenehmes Haus am Loireufer. Bei schönem Wetter hatten sie sich Galeoten ausgeliehen und eine kleine Bootsfahrt auf dem Fluss unternommen.

Es war schon dunkel, als sie in der »Königsklause« eintrafen. Das Gasthaus lag oben am Flussufer, schien aber unter dem ganzen Schnee verloren, wie erdrückt und beinahe unsichtbar. Man konnte weder Ufer noch Galeoten sehen, aber drin im Haus war es heimelig warm.

Kaum hatten sie den Gastraum betreten, als auch schon ein großes, gertenschlankes junges Mädchen auf François zukam. Sie trug ein rosafarbenes Baumwollkleid und hatte ihr Haar bis auf ein paar vorwitzige Locken unter einer passenden weiß bestickten Haube versteckt.

»Aber das ist ja Antoinette!«, kam Marguerite ihrem Bruder zuvor. »Gott, wie hübsch du geworden bist!«

»Du wirst von Tag zu Tag schöner, Toinon«, fuhr Marguerite

fort. »Ich ahne geradezu die begehrlichen Blicke, die dir diese beiden ungezogenen Herren gleich zuwerfen werden.«

Doch während die Grafen d'Angoulême und Bonnivet der graziösen Gestalt des Mädchens bewundernde Blicke schenkten, erschien hinter ihm die untersetzte und dickbäuchige ihres Vaters.

Hätte es sich bei dem Gast nicht um Prinz François, wie ihn die Leute auf dem Land nannten, oder besser noch den zukünftigen König von Frankreich gehandelt, hätte Vater Toinon sein Töchterchen gewiss auf der Stelle in die Küche zurückgeschickt. So aber eilte er zu François, um ihm seinen verschneiten Mantel abzunehmen, und sagte: »Willkommen in meinem Haus, Messires. Fühlt Euch wie zuhause.«

»Los los, Toinon, kümmre dich um Madame la Duchesse! Ihre Kleider scheinen ziemlich nass zu sein. Oh oh! Wahrscheinlich müssen die Herrschaften bei dem Schnee länger als einen Tag bleiben.«

»Reist Madame la Duchesse allein?«, fragte er dann augenzwinkernd.

»Duc d'Alençon will in den Krieg ziehen, mein guter Dugué«, spöttelte François, »das heißt, wenn er mit seinem Bataillon über die Alpen kommt! Ich fürchte allerdings, er sitzt in Grenoble fest – so wie wir hier bei dir.«

»Ach, Monseigneur! Eine Bootsfahrt könnt Ihr diesmal leider nicht machen. Aber Toinon serviert Euch gleich ein feines Abendessen«, versprach der Wirt und verschwand in die Küche.

»Sie soll auch Zimmer für die Herzogin und ihr Gefolge richten. Und wenn du nicht genug Platz hast, mein guter Dugué, Seigneur de Bonnivet und ich können auch auf einer einfachen Liege oder auf dem Hängeboden schlafen.«

Marguerite sah ihren Bruder stolz an. Seit einiger Zeit hatte er sich daran gewöhnt, Befehle zu erteilen. Sein Ton war freundlich und höflich, duldete aber keine Widerworte. Begeistert stellte sie fest, dass François immer mehr in die Rolle des zukünftigen Königs wuchs. Darüber war ihre Mutter bestimmt auch sehr glücklich.

Nachdem ihr Vater in der Küche verschwunden war, kam Toinon zu den Gästen zurück.

»Gebt mir bitte Euer Wams, Messire François. Ich werde es am Kamin trocknen.«

Ein schelmisches Lächeln huschte über Marguerites Gesicht. Ihr Bruder schien sich damit abgefunden zu haben, dass er die schöne Françoise de Foix nicht mehr sehen durfte, weil Königin Anne sie gerade mit Jean de Montmorency-Laval, Comte de Chateaubriant, verheiratet hatte. Am Hofe von Blois wurde gemunkelt, dass ihr eifersüchtiger Ehemann sie nicht so schnell wieder aus den Augen lassen würde.

Obwohl es unaufhörlich weiterschneite und immer kälter wurde und trotz der eher bedenklichen Prognosen für die Weiterreise am nächsten Morgen, hatte sich Marguerite selten so sicher und wohl gefühlt wie an diesem Abend in Gesellschaft ihres aufmerksamen Bruders.

Um Clément Marot konnte sie sich später wieder kümmern.

Man tafelte ausgiebig, und die beiden Kameraden übertrafen sich gegenseitig an Geist und Witz. Blanche schien hocherfreut und sehr beruhigt, Bruder und Schwester in größter Harmonie beisammen zu sehen. Wie hätte es auch anders sein sollen? Schließlich wusste sie ja, wie sehr Marguerite François liebte.

In ausgelassener Runde verspeiste man mit großem Appetit Pasteten, geräuchertes Hähnchen, Zander mit Beurre Blanc und Wildbret vom Bären.

Marguerite amüsierte sich über die verliebten Blicke, die ihr Bruder Toinon zuwarf, während er sich mit dem Dichter Marot unterhielt. Sie wusste, dass er später, wenn alles schlief, zu ihr gehen und die Nacht in den festen, runden Armen des unartigen jungen Mädchens zubringen würde. Schnee, Kälte und Eis dürften den sorglosen François de Valois in dieser Nacht wenig kümmern.

»Madame Marguerite! Madame Marguerite!«, rief Catherine und platzte in ihr Zimmer.

Marguerite las gerade ein illustriertes Bestiarium und bewunderte seine schönen Farben und die zierlichen Anfangsbuchstaben. Ihr neuer Freund, Clément Marot, erklärte ihr nämlich jeden Tag zwischen zwei verliebten Blicken, dass man die Manuskripte unbedingt verbreiten müsse, damit mehr Menschen in den Genuss des Lesens kämen und mehr lernen konnten.

»Was ist denn mit dir los, Catherine?«, fragte Marguerite lächelnd. »Du siehst ja ganz erschrocken aus.«

»Das bin ich auch, Madame Marguerite. Die kleine Mathilde ist verschwunden. Ich habe sie schon überall gesucht, kann sie aber nicht finden. Und das bei dem Schnee!«

Marguerite sprang sofort auf und ließ ihr Buch auf dem Lehnstuhl liegen.

»Meine Güte! Dieses Kind scheint mir sehr temperamentvoll zu sein – wogegen eigentlich nichts spricht. Doch du hast recht, das ist nun wirklich ein Unglück. Wir müssen sie unbedingt so schnell wie möglich finden. Schließlich haben wir sie nicht vor dem Feuer gerettet, um sie dann wieder zu verlieren.«

Sie ging noch einmal zu ihrem Sessel zurück, nahm das Bestiarium, drehte es unschlüssig in der Hand und legte es auf eine große geschnitzte Truhe. An der Wand dahinter hing ein wunderschön schillernder Teppich mit ländlichen Szenen. Dem Millefleurs nach zu urteilen konnte er vielleicht sogar aus der Werkstatt von Alix stammen.

Selbstverständlich hatte der Wirt Madame la Duchesse d'Alençon sein bestes und schönstes Zimmer gegeben.

»Es ist wahr, vor lauter Begeisterung über den schönen Abend haben wir die kleine Mathilde ein bisschen vergessen. Lass uns zum Wirt gehen und ihn fragen, ob er ein paar Polizisten mobilisieren kann.«

»Soll ich mich nicht schon mal mit Philibert auf den Weg machen? Wir könnten gleich nach ihr suchen. Es schneit auch nicht mehr.«

»Aber natürlich! Vielleicht findest du sie noch vor ihnen. Also, schnell, lauf los! Ich gehe zum Wirt und kümmere mich um alles andere.«

Als Catherine im Stall Philibert entdeckt hatte, beruhigte sie sich gleich ein wenig.

»Mathilde ist verschwunden!«, rief sie dem jungen Stallknecht zu. »Madame Marguerite hat mir erlaubt, dass wir zusammen nach ihr suchen. Ach, Philibert, wenn der Kleinen nur nichts passiert – ich hab' sie doch so gern!«

Verzweifelt warf sie sich in seine Arme, und Philibert nützte die Gelegenheit, um ihr einen Kuss auf den Hals zu drücken. Nicht dass sie etwas gegen Philiberts Umarmungen gehabt hätte. Solange sie in Amboise war, dachte sie allerdings vor lauter Vergnügungen kaum an ihn. Auf dem Château d'Alençon aber hatte sie sich mangels anderer Unterhaltung bald mit Philibert und Jean-Baptiste zusammengetan, den beiden Knechten, die Madame Louise ihrer Tochter überlassen hatte, damit sie jemand zur Seite hatte, dem sie voll und ganz vertrauen konnte.

Philibert war zwar nicht so gut gebaut wie der Kutscher Jean-Baptiste, dafür hatte er das schönere Gesicht und einen heiteren Blick. Und obwohl er ständig bei den Pferden war, fand Catherine ihn einfühlsamer und seine Manieren höflicher als die von Jean-Baptiste, der ihr doch oft zu ungehobelt war. Philibert passte auf jeden Fall besser zu der wohlerzogenen jungen Kammerfrau.

Doch für solche Überlegungen war jetzt keine Zeit, und Catherine musste sich von ihrem Verehrer losreißen.

»Komm, mach schnell, wir müssen los!«

»Sind wir denn die Einzigen, die Mathilde suchen?«

»Natürlich nicht! Madame Marguerite will den Gastwirt bitten, dass er Polizisten losschickt.«

»Dann sag ihnen, dass wir Richtung Amboise suchen. Sie sollen die Straße nach Orléans übernehmen.«

»Ist gut, ich sag's gleich dem Wirt. Spann den Wagen an, und warte auf mich.«

Sie gab ihm einen flüchtigen Kuss, aber als Philibert sie in den Arm nehmen wollte, entwischte sie ihm und lief schnell zum Wirt.

Catherine kam so bald wieder, dass Philibert den Wagen noch gar nicht vorgefahren hatte.

»Du findest sie doch für mich wieder, ja?«

»Ich werd's jedenfalls versuchen, aber bei dem Schnee wird das nicht ganz einfach.«

Bonaventure, der dicke Kutscher der Comtesse d'Angoulême, der gerade für François abgestellt worden war, hielt sie auf und riet ihnen, besser die Straße nach Orléans abzusuchen.

»Dahin werden doch die Polizisten geschickt«, wandte Catherine ein, »wir können nicht alle in der gleichen Gegend suchen.«

Bonaventure zuckte die Schultern und verzog sich in die Küche, ohne weiter an das Waisenkind zu denken, um das so viel Aufhebens gemacht wurde. Das war doch nichts Besonderes. Kinder reißen oft mal aus und tauchen meistens irgendwann wieder auf.

Philibert hatte einen kleinen Wagen genommen, und Catherine setzte sich zu ihm auf den Kutschbock. Den Kopf an seine Schulter gelehnt begann sie zu träumen.

Sie spürte den warmen Männerkörper und seufzte genüsslich. Ob sie den braven jungen Mann heiraten sollte? Es war nämlich nicht besonders ehrenhaft, einen Galan zu haben, der einen erst entjungferte und dann mit der Schande sitzen ließ.

»Möchtest du mich heiraten, Philibert?«, fragte sie ihn also plötzlich, ohne ihn dabei anzuschauen.

Vor Schreck hätte der Arme beinahe den Wagen in den verschneiten Straßengraben gefahren.

»Ich, äh, aber …«

»Sag einfach nur ja oder nein!«, ließ sie nicht locker.

Aber Philibert zog es vor zu schweigen, also redete sie einfach weiter.

»Bei Madame Marguerite geht es uns gut. Sie zahlt besser als Madame Louise. Und wir wissen, dass wir viele Jahre bei ihr bleiben können. Wir könnten sparen und uns später ein kleines Haus nur für uns und unsere Kinder kaufen.«

»Unsere Kinder!«

Philibert war so verdattert, dass er gar nicht richtig lenken konnte. Eins war sicher! Den Tag, an dem er mit Catherine losgefahren war, die kleine Mathilde zu suchen, würde er so schnell nicht vergessen.

»Aber ja doch, unsere Kinder! Sie könnten zusammen mit Marguerites Kindern aufwachsen und die gleichen Ammen haben.«

Sie schien sehr zufrieden mit ihren Plänen, auch wenn sie dabei das letzte Wort ihrer Herrin noch außer Acht gelassen hatte.

»Überleg' es dir, Philibert«, sagte sie abschließend. »Morgen Abend erwarte ich deine Antwort.«

»Jetzt müssen wir erst mal die kleine Mathilde finden«, wechselte sie das Thema und legte vertraulich ihre Hand auf Philiberts Arm. »Halt einmal an. Wir müssen zu Fuß am Straßenrand und hinter den Büschen suchen.«

»Ein Jammer, dass die Sicht so schlecht ist.«

»Es nützt nichts, wir müssen sie trotzdem finden. Ich hab dir doch gesagt, wie sehr ich an der Kleinen hänge.«

Mehrere Stunden lang suchten sie den Weg nach Amboise ab und riefen immer wieder Mathildes Namen. Aber die tief verschneite Landschaft machte es ihnen wirklich nicht leicht.

»Eigentlich kann sie nicht weit sein. Mit ihren kleinen Füßen kommt sie doch nicht weit.«

»Vielleicht ist sie ertrunken.«

»Nein, Philibert, wie kannst du so was sagen!«, rief Catherine entsetzt. »Ich weiß, dass sie Angst vor dem Wasser hat.«

Sie suchten noch eine ganze Weile vergeblich weiter, bis sie der erneut einsetzende Schneefall schließlich zum Umkehren zwang.

»Bei der Kälte muss sie ja erfrieren«, jammerte Catherine und wischte sich die Tränen aus dem Gesicht.

François und seine Gefährten befanden sich auf dem Rückweg von Amboise und hatten es offensichtlich eilig.

»Spätestens in einer Stunde sind wir in der Königsklause, rief er Bonnivet zu, der ihn seit Kurzem zu überholen versuchte, während Montmorency und La Marck zurückgefallen waren.

»Und in spätestens zwei Stunden hast du die hübsche Herbergstochter in deinem Bett«, feixte Bonnivet, wohl wissend, dass er noch mit seinem Kameraden um die Gunst der jungen Magd rivalisieren würde.

Leider musste er dem zukünftigen König von Frankreich und besten Freund ziemlich oft den Vortritt lassen.

Beim Gedanken an Marguerite, die sich ja vielleicht doch einige Avancen von ihm gefallen lassen würde, trieb er sein Pferd mit der Peitsche an. Leider schien ihr der junge Marot sehr gut zu gefallen, und so wie die Dinge standen, war er dem kleinen Dichter gegenüber im Nachteil, weil der einfach ihre Hand nehmen und ein paar Verse deklamieren konnte. Aber so schnell gab sich Guillemin nicht geschlagen! Schließlich hatten sie als Kinder oft genug ein verliebtes Paar gespielt. Er wollte sie unbedingt in sein Bett kriegen – und wenn es auch nur ein einziges Mal war.

Verdammt! Wenn er all die kleinen Schikanen bedachte, die er auszuhalten hatte, wollte er François jetzt doch wenigstens beim Reiten hinter sich lassen. Er gab seinem Pferd die Sporen und schoss wie der Blitz an ihm vorbei.

»Oh, là, là!«, rief er plötzlich und zügelte sein Pferd scharf. »Was haben wir denn da?«

Beinahe wäre er in den Schnee gestürzt, so sehr hatte sich sein Pferd aufgebäumt. Am Flussufer konnte man nicht reiten, aber auf dem Weg daneben stapfte ein Kind durch den tiefen Schnee, ohne sich um die Reiter zu kümmern.

»Was ist denn das?«, fragte er noch einmal verwundert.

»Das ist ein kleines Mädchen!«, rief François, der ihn eben eingeholt hatte.

Um sie nicht zu erschrecken und womöglich zum Fluss zu scheuchen, ritten sie ganz vorsichtig an ihr vorbei, hielten ihre Pferde an, und François stieg ab.

Behutsam näherte er sich dem Mädchen, das aber gar keine Angst zu haben schien. Es hatte schönes dunkelblondes Haar und haselnussbraune Augen, ein niedliches Näschen, ein bezauberndes Lächeln und von der Kälte rote Bäckchen.

»Was machst du denn so ganz allein auf der Straße?«, fragte er und ging in die Hocke, um auf gleicher Höhe mit ihr zu sein.

»Ich will da hin«, antwortete sie und zeigte mit dem Finger auf das Ende der Straße.

»Und warum willst du da hin? Es ist kalt, und du siehst doch, dass es schneit.«

Montmorency und La Marck waren inzwischen auch dazugekommen und wunderten sich, mit welcher Entschlossenheit das kleine Mädchen seinen Willen erklärte.

»Warum willst du da hin?«, fragte François sie noch einmal.

»Weil ich eben will!«

»Dieses Kind hat zweifellos Temperament, wir verstehen es nur leider nicht recht«, meinte er lachend.

»Was würdest du dazu sagen, wenn ich dich mit auf mein schönes Pferd nehme?«

»Ist das der da?«, fragte die Kleine und zeigte mit dem Finger auf Pegasus.

»Ja, genau.«

»Dann will ich gern auf dein Pferd.«

»Deine Freundinnen werden ja immer jünger, François!«, meinte Bonnivet und schüttelte sich vor Lachen.

Montmorency ließ sich von seinem Lachen anstecken.

»Alle Achtung, mein Lieber! Die Kleine hat nur Augen für dich, da gibt es keinen Zweifel. Du hast ihr den Kopf verdreht. Eben wollte sie noch unbedingt irgendwohin, vermutlich an einen ganz bestimmten Ort, und jetzt würde sie mit dir ans Ende der Welt gehen.«

Er tänzelte mit seinem Pferd um das Mädchen herum, das sich auch dadurch nicht einschüchtern ließ.

»Wie heißt du denn, Kleine?«, rief er ihr zu.

»Catherine sagt, ich heiße Mathilde.«

»Und wer ist Catherine?«, wollte nun François wissen.

»Das ist, sie ist ... Ach, ich weiß es nicht. Aber ich kenne auch Madame Marguerite.«

»Himmel noch eins! Jetzt kommt es mir erst: Marguerite, Catherine. Vielleicht ist sie das Mädchen, das meine Schwester im Wald von Mauves aus einem brennenden Haus gerettet hat?«

»Ja, das bin ich«, sagte das Mädchen, das ganz offensichtlich sehr aufgeweckt war.

Der Duc d'Angoulême nahm sie auf den Arm, stieg wieder auf sein Pferd und setzte sie behutsam vor sich.

»Marguerite wird sich sehr freuen, dich wiederzusehen. Ich habe gehört, dass sie dich sehr gern mag. Ich habe dich ja bisher nicht gekannt, aber jetzt bin ich ebenfalls ihrer Meinung.«

»Ich will bei dir bleiben, und du sollst mir beibringen, wie man reitet«, sagte das kleine Mädchen.

»Bist du dafür nicht noch ein bisschen zu klein? Wie alt bist du denn?«

»Ich bin vier. Und wie heißt du?«

François lächelte und hielt die Kleine ganz fest in seinen starken Armen. Mit einem Mal fühlte er sich in längst vergangene Zeiten zurückversetzt, als er Marguerite beigebracht hatte, wie ein Mann zu reiten, und als er Souveraine beschützt hatte, seine kleine Halbschwester. Damals hatten er und seine Freunde immer Angriff auf eine Festung gespielt, die ein tapferer Ritter verteidigen musste. Seine Kameraden waren die Angreifer, er der Ritter, und Souveraine und Marguerite spielten die edlen Damen, die vor den Angreifern gerettet werden mussten.

»Ich heiße François.«

»Das ist ein schöner Name«, meinte die Kleine.

Da lachte der junge Herzog und drückte die Kleine noch fester an sich. Und nach kurzer Zeit hatten sie das Gasthaus erreicht.

»Das wird vielleicht eine Überraschung!«, rief er und sprengte auf den Hof. »Versprichst du mir, dass du nie wieder wegläufst, Mathilde?«

Mit dem Kind auf dem Arm sprang er vom Pferd und stürmte ins Haus, gefolgt von seinen Freunden, die über die Eifersüchteleien diskutierten, die François vermutlich gleich unter den sehr gefälligen Dienstmädchen dieses gastfreundlichen Hauses auslösen würde.

Mathilde hatte ihre Ärmchen um seinen Hals geschlungen und wollte ihn gar nicht loslassen, als sich der Herzog auch schon von einer aufgeregten Schar umringt sah, die alle gleichzeitig auf ihn einredeten. »Wo war sie denn?« »Was hat sie da gemacht?« »Warum ist sie weggelaufen?«

Irgendwann ließ sich die Kleine überreden, ihrem Retter gute Nacht zu sagen, und Marguerite und Catherine brachten sie zu Bett. Später in der Nacht bekam sie unerklärliche Anfälle, schrie und verkrampfte sich, ohne dass irgendjemand gewusst hätte warum.

»Das versteh ich nicht«, flüsterte Marguerite, die an ihrem Bett saß. »François hat gesagt, dass sie gar keine Angst gehabt und sich sehr vernünftig benommen hätte. Warum dann jetzt diese seltsame Reaktion?«

»Vielleicht ist sie epileptisch?«, meinte Blanche zögernd.

»Nein, das glaube ich nicht«, widersprach Catherine, »dann hätte sie schon früher solche Anfälle gehabt.«

Nach einigen Stunden beruhigte sich die Kleine endlich und schlief tief und fest. Und am nächsten Morgen war sie wieder guter Dinge, so als wäre nichts gewesen.

Von diesem sonderbaren Vorkommnis war dann nicht mehr die Rede, bis sie einen Monat später am gleichen Tag den nächsten Anfall hatte. Marguerite und Catherine konnten sich dieses merkwürdige Verhalten überhaupt nicht erklären.

17.

Alix hatte Nicolas stürmisch umarmt und geküsst, als die Polizisten die beiden Kinder nach Hause brachten. Die kleine Valentine wollte gar nicht mehr von ihrem Arm und lachte und klatschte in die Hände, weil sie ihre Eskapade sehr lustig fand. Längst hatte sie die Krämpfe und Schreie vergessen, die ihren Körper regelmäßig heimsuchten und die sie diesmal in große Gefahr gebracht hatten.

Dann hatte Nicolas die ganze Geschichte erzählt und mit manchen Einzelheiten ausgeschmückt, über die Mathias und Alix lächeln mussten. Er hatte Valentine ganz nah an der Straße entdeckt. Sie schlief in einer Art Nest aus trockenen Zweigen und Laub. Dort hatte sie auch ihren roten Schuh verloren. Vom langen Laufen hatten ihr die Füße wehgetan; deshalb hatte sie ihre Schuhe zum Schlafen ausgezogen.

Nicolas wollte Valentine unbedingt finden und hatte immer wieder ihren Namen gerufen, in der Hoffnung, sie würde ihm irgendwann antworten.

Schließlich war die Kleine aufgewacht, kam aus ihrem Versteck gekrochen und auf ihn zugerannt. Als er aber mit ihr nach Tours zurückwollte, wehrte sie sich heftig, begann zu weinen und bekam einen ihrer hysterischen Anfälle, die Nicolas zur

Genüge kannte. Aus Erfahrung wusste er, dass es keinen Sinn hatte, beharrlich zu bleiben. Um sie nicht weiter aufzuregen, willigte er ein, in die Richtung zu gehen, in die Valentine mit ihrem kleinen Finger zeigte – nach Blois. Der alte Mann hatte sie von der Straße aufgesammelt, als sie sich gerade wieder allmählich beruhigte.

Doch nun war alles wieder in Ordnung, wobei jeder im Haus hoffte, Valentine würde keinen weiteren Ausreißversuch unternehmen.

Bertille und Tania ließen das Kind überhaupt nicht mehr aus den Augen, und nachts waren alle Türen verschlossen, damit sie nicht weglaufen konnte, wenn alles schlief.

Als wieder Ruhe eingekehrt war, man alle Vorsichtsmaßnahmen getroffen hatte und es in den Werkstätten von Alix genügend Aufträge gab, beschlossen sie und Mathias, trotz Schnee und Kälte nach Alençon zu reisen. Falls nötig wollten sie auch nach Caen und Bayeux an der normannischen Küste.

Ursprünglich hatten sie sich von Leo mit einem Gespann fahren lassen wollen, waren dann aber zu dem Schluss gekommen, dass sie bei diesem schlechten Wetter mit blockierten Rädern, Achsenbruch und umgestürztem Wagen rechnen mussten, wodurch sie vielleicht viel kostbare Zeit verlieren und irgendwo tagelang festsitzen würden. Deshalb wollten sie dann doch lieber reiten und entschieden sich für Césarine, die es gern kalt hatte, und Hector, der sich nicht so schnell aus der Ruhe bringen ließ.

Doch wohin wollten sie eigentlich? Die Normandie war groß. Wie sollten sie da eine Spur von Valentines Zwillingsschwester finden? Und Mathias hatte leider viel zu wenig über das kleine Mädchen in Erfahrung gebracht. Béraude hatte er nicht mehr aufgesucht, seit er sich sicher war, dass sie ihm alles gesagt hatte, was sie wusste.

Bei seinem zweiten Besuch hatte sie ihm keinen einzigen zusätzlichen Hinweis geben wollen, bis er den Forderungen der jungen Frau nachgekommen war und ihr alle wollüstigen Wünsche erfüllt hatte.

Nach dieser erneuten körperlichen Begegnung, wegen der Mathias ein schlechtes Gewissen hatte, von dem er sich lange nicht erholte, hatte ihm die schamlose Béraude gestanden, dass sie das Kind an eine edle Dame verkauft hatte, die es für eine Freundin wollte, die sich sehnlichst ein Kind wünschte. Die Kundin hatte sehr viel Geld für das Mädchen bezahlt und schien mit dem Geschäft zufrieden.

Bei einem dritten Treffen, das genauso verlief wie die beiden zuvor, erfuhr Mathias schließlich den Namen der Kundin. Sie hieß Roxane de Romaincourt.

Jetzt gab es keinen Grund mehr, Béraude zu treffen. Seine Aufgabe würde es nun sein, die ganze Normandie nach einer Frau abzusuchen, die ein vierjähriges Mädchen adoptiert hatte. Mathias war verzweifelt – er musste die Nadel im Heuhaufen finden. Und jedes Mal, wenn er erfolglos von seiner Suche zurückkehrte, verschlechterte sich seine Laune.

Eigentlich wollte Alix keine Fragen stellen. Dennoch gab es eine, die ihr immer wieder in den Sinn kam. Hatte Mathias mit der Frau geschlafen, so wie er es bei ihrem schrecklichen Streit angedeutet hatte? Sie würde ihn nicht danach fragen, aus Angst, das gute Verhältnis zwischen ihnen wieder zu verderben. Außerdem hatte sie eigentlich auch kein Recht dazu. Noch hatte sich Alix nicht in seine Arme geworfen, noch hatte er sie nicht besessen.

Die Kälte, die nach der heftigen Auseinandersetzung zwischen ihnen geherrscht hatte, war einem herzlichen Einverständnis gewichen. Der Wunsch, gemeinsam etwas zu erreichen, was Mathias allein nicht vermochte, verband sie.

Nach wie vor reagierte Mathias sehr zurückhaltend, wenn ihm Alix einmal einen zärtlichen Blick schenkte oder bei dem Gedanken, ihre beiden Töchter würden vielleicht nie zusammenfinden, zu verzweifeln schien. Dann tröstete er sie und redete beruhigend auf sie ein, damit ihre übergroße Nervosität nicht die wichtigen Entscheidungen beeinträchtigte, die sie treffen mussten. Dennoch verhielt er sich ihr gegenüber eher distanziert und redete eigentlich auch nur mit ihr, wenn es um die bevorstehende Abreise ging.

Abends kam Mathias, um den Kindern gute Nacht zu sagen. Wenn Alix im Zimmer war, betrachtete sie ihn lange, aber er sah sie nicht an und wünschte ihr nur widerwillig eine gute Nacht. Dann seufzte sie betrübt. Wie gern hätte sie sich jetzt seine Zärtlichkeiten gefallen lassen, aber je mehr sie sich danach sehnte, umso weniger schien er sie zu wollen.

Doch hin und wieder blitzte es in seinen blauen Augen auf, und Alix spürte seine warme Hand auf ihrer Schulter, wie schon Tausende von Malen seit Jacquous Tod.

Endlich brach der Tag der Abreise an. Léo hatte die Pferde gesattelt, und sie machten sich auf den Weg, während dicke weiße Schneeflocken vom Himmel fielen und lautlos auf ihre warmen, pelzgefütterten Umhänge sanken.

Kaum hatten sie Tours verlassen und den Weg an der Loire entlang Richtung Mans genommen, als die Pferde wegen des Schneesturms, der über den Himmel fegte, sichtlich langsamer wurden.

Der Schnee war schwer und pappig und erschwerte das Vorwärtskommen.

Schon seit Tagen war die Landschaft wie in Watte gepackt, die jedes Geräusch verschluckte.

Es wurde Mittag, ohne dass es aufgehört hätte zu schneien. Mittlerweile hatte der Schnee alles mit einer dicken, milchigweißen Schicht zugedeckt.

»Wie ärgerlich!«, klagte Alix. »Wir können doch jetzt noch nicht Halt in einem Gasthaus machen. Wenn wir in dem Tempo weiterreiten, wird es Frühling, bis wir in der Normandie sind!«

»Trotzdem müssen wir einkehren«, meinte Mathias und ließ die Zügel los. Aber der sonst so stürmische Hector schien vor den widrigen Umständen kapituliert zu haben.

»Hüh, mein Pferd, geh doch bitte etwas schneller. Sieh nur, Césarine hält diesmal mehr aus als du.«

Ein bisschen grob nahm er die Zügel, um Hector anzutreiben. Das Pferd war sonst wirklich brav und duldsamer als Césarine, aber solchen Schnee kannte Hector noch nicht. Er konnte sich zwar mit größter Vorsicht auf vereistem Boden bewegen, kam aber mit der kalten, wattigen Masse, die ihm bis zu den Knien ging, gar nicht zurecht, und Alix hatte Mathias wieder eingeholt.

Inzwischen war es bitter kalt.

»Es wird bald dunkel. In der nächsten Herberge müssen wir übernachten.«

»Etwas anderes wird uns wohl nicht übrigbleiben«, murmelte Alix.

»Wenn wir überhaupt ein Gasthaus finden«, unkte Mathias.

»Ich weiß, dass es hier an der Straße einige gibt.«

»Aber wie willst du sie unter dieser dicken weißen Watteschicht entdecken?«

Die Straße, auf der sie seit einiger Zeit ritten, war enger und kurviger als die nach Amboise. Leider führte aber nun einmal kein anderer Weg nach Mans, das sie unbedingt passieren mussten, wenn sie nach Caen oder nach Alençon wollten.

Mathias sah, dass sich der Himmel bedrohlich schwarz färbte. Er war oft genug auf Reisen gewesen, um zu wissen, dass sich ein seltenes Naturereignis ankündigte, und bereute es bereits, dass sie Tours verlassen hatten, ohne das Ende dieses strengen Winters abzuwarten. Die Unruhe und die Ungeduld von Alix und vor allem ihre traurigen Augen hatten ihn wider besseres Wissen dazu gebracht. Was für ein Wahnsinn! Der Schnee gönnte ihnen keine Verschnaufpause. Wohin sollte er mit Alix flüchten? Verdammter Winter, verdammtes Leben! Wie gern hätte er sie jetzt in die Arme genommen, sie mit heißen Küssen und zärtlichen Berührungen getröstet und noch mal ganz von vorn mit ihr angefangen.

Eine Sturmböe hielt sie auf, und nun bekam Césarine Angst vor dem heftigen Wind. Neben einem mageren Wäldchen, das sie ein wenig vor dem Wind schützte, mussten sie Halt machen.

Als der Sturm endlich nachließ, konnten sie sich wieder auf den Weg machen und kamen etwa drei Stunden lang relativ zügig voran. Unter der Last des Schnees bogen sich die Bäume, und sie begegneten die ganze Zeit keinem einzigen Reisenden. Alix spürte, dass sie sich vor Müdigkeit kaum noch aufrecht halten konnte, wollte sich aber nicht beklagen. Hatte sie nicht selbst darauf gedrängt, so bald wie möglich aufzubrechen, obwohl ihr besonnener Begleiter lieber noch einige Wochen gewartet hätte?

In der Gegend von Saint-Calais, also noch ein ganzes Stück von Mans entfernt, blieb Hector plötzlich stehen, scharrte mit den Hufen im Schnee, weigerte sich weiterzugehen und wieherte ängstlich, was nichts Gutes verhieß.

»Was hat er nur?«, fragte Alix, beunruhigt über das sonderbare Verhalten des sonst so furchtlosen Hector.

»Still! Hast du das gehört?«

Als Hector wieder wieherte, antwortete ihm ein Wolf mit seinem Geheul.

»Um Gottes willen! Das kann doch nicht sein«, stammelte Alix mit schreckgeweiteten Augen.

Mathias ritt an ihre Seite. Er hatte eine tiefe Sorgenfalte auf der Stirn und versuchte mit unsicherer Hand, eine rote Haarsträhne unter seine Kapuze zurückzuschieben.

»Wenn es nur einer ist, musst du keine Angst haben. Sollte es aber der Anführer von einem Rudel sein, könnten wir ernsthafte Probleme bekommen.«

Jetzt hatte Alix richtig Angst und bereute es zutiefst, mit der Reise nicht länger gewartet zu haben. Eigentlich wusste sie ja, dass es Winter gab, in denen der Schnee alles Leben lahmlegte und unter sich begrub. Die Versorgung mit Lebensmitteln brach zusammen, weil kein Verkehr möglich war. Auf den Straßen gab es keine Reisenden, auf den Flüssen keine Kutter oder Lastkähne, in den oft geschlossenen Wirtshäusern keine Gäste. Dann gab es einfach nichts mehr!

»Du hast recht, wir müssen in einem Gasthaus Halt machen«, sagte sie mit düsterer Stimme.

»Du siehst doch, dass es weit und breit kein Gasthaus gibt, Alix«, seufzte Mathias. »Und wenn es eins gäbe, würden wir es in dem Schnee nicht entdecken.«

»Aber da sind doch Wölfe!«

Mathias war ratlos. Er erinnerte sich an einen harten Winter, in dem er in Flamen unterwegs gewesen und auf einen Wolf gestoßen war. Allerdings hatte er damals einen kräftigen Kerl dabei, und zu zweit hatten sie das Raubtier erlegen können. Jetzt war er allein mit Alix.

»Wölfe ziehen erst weiter, wenn sie etwas zu fressen gefunden haben«, sagte er leise.

»Lass uns anhalten und überlegen, was wir tun können.«

»Das wäre der größte Fehler, den wir machen könnten. Wir sollten besser umkehren.«

»Jetzt schon umkehren? Ach, Mathias!«

Er sah die Tränen in ihren Augen.

»Ich habe solche Sehnsucht nach Valentines Schwesterchen«, flüsterte sie.

Mathias zuckte nur die Schultern. Diese Expedition schien zum Scheitern verurteilt. Schlimmer noch! Wie es aussah, würde sie ein trauriges Ende nehmen.

»Wir werden sie finden, das schwöre ich dir, Alix.«

Beinahe schüchtern lächelte sie ihn an und wollte sich gerade bei ihm bedanken, als sie plötzlich wie aus dem Nichts eine Männerstimme hörten.

»Wenn das Jäger sind, sind wir gerettet!«, jubelte Alix und versuchte etwas zu erkennen.

»Da bin ich mir nicht so sicher. Wahrscheinlich schicken sie uns zurück. Verdammt! Siehst du, wie schnell es dunkel wird? Wo sollen wir nur die Nacht verbringen?«

Die beiden hörten jetzt mehrere Stimmen, konnten aber in dem undurchsichtigen Weiß erst spät die Männer in ihren langen Kapuzenmänteln erkennen. Sie waren mit Stöcken und Mistgabeln bewaffnet und hatten Säcke mit Fallen dabei, die sie im Schnee aufstellten.

»Hier könnt Ihr nicht bleiben!«, riefen sie ihnen zu. »Es wimmelt hier nur so von Wölfen. Sie kommen alle aus dem Wald von Mans. Die Stadttore sind verschlossen, kein Reisender kann hinein.«

»Was sollen wir nur machen?«, jammerte Alix. »Wir müssen in die Normandie.«

»Am besten wartet Ihr auf den Frühling, mein Fräulein.«

Die Männer lachten, aber man sah die nackte Angst in ihren Augen. Einer nahm seine Forke und deutete damit in Richtung Waldrand.

»Von hier bis Mans treiben sich einige Dutzend Wölfe herum. Wahrscheinlich sind es fünfzig oder sechzig. Sie warten nur auf ein Signal, um sich auf alles zu stürzen, was sich bewegt. Wenn Ihr weiterreitet, seid Ihr verloren.«

»Versucht Ihr sie zu töten?«

»Das ist unmöglich. Wir stellen Fallen auf, mehr können wir nicht tun. Und wir versuchen, sie in einen anderen Wald zu treiben. In ihren eigenen gehen sie nicht zurück, weil es da nichts mehr zu fressen gibt.«

»Wie viele Wölfe sind hier in der Gegend?«, fragte Mathias.

»Hier sind es etwa zehn, vielleicht auch ein paar mehr. Mit den Fallen werden es weniger. Aber ein paar Tagesreisen weiter erwartet Euch das nächste Rudel. Passt auf, wo Ihr hintretet. Wir haben überall Fallen aufgestellt.«

»Wie können wir sie denn erkennen?«, wollte Mathias wissen.

»Ihr müsst einfach sehr vorsichtig sein.«

»Was sollen wir nur machen?«, fragte Alix wieder.

Restlos verunsichert, verwirrt und verzweifelt, stellte sie immer wieder dieselbe Frage: »Was sollen wir nur machen?«

»Geht dahin zurück, wo Ihr herkommt, oder seht zu, dass Ihr

nach Vendôme kommt«, riet ihnen einer der Jäger. »Der Weg biegt gleich da vorn rechts ab. Bis dahin haben sich die Wölfe noch nicht gewagt, aber das wird auch nicht mehr lang dauern. Hier könnt Ihr jedenfalls nicht bleiben.«

Alix zitterte vor Angst. Was sollten sie nur tun? Hilfesuchend sah sie sich nach Mathias um, der aber wie stets sehr gefasst schien.

Der gesprächigste von den Jägern deutete jetzt mit seiner Forke in die Richtung, aus der sie gekommen waren.

»Ein paar Meilen von hier gibt es an der Straße nach Vendôme eine große Hütte. Da haben wir gestern übernachtet. Bleibt dort, bis es hell wird, und brecht erst dann wieder auf. Morgens ist es nicht ganz so gefährlich, wenn man jetzt schon unbedingt unterwegs sein muss.«

Dann ließen sie die beiden allein und zogen mit ihren Fallen weiter. Einer drehte sich noch einmal um und rief ihnen zu: »Die Hütte könnt Ihr nicht verfehlen. Sie steht unter dem größten Baum weit und breit.«

Also bogen sie in den verschneiten Weg, der laut Auskunft der Jäger zu der Hütte führen sollte. Einen anderen Ausweg gab es nicht. Vielleicht würde ihnen dieser Unterschlupf das Leben retten.

Erschrocken drehten sie sich um, als es hinter ihnen heulte. Zwei glühende Augen starrten sie an. Césarine wieherte und ging panisch rückwärts. Sie bäumte sich auf, warf Alix aus dem Sattel und in den Schnee, drehte sich einmal, die Vorderfüße über dem Kopf, im Kreis, ehe sie wieder auf den Boden kam. Der Schnee hatte Alix' Sturz gedämpft, und sie war zum Glück nicht verletzt. Aber das Raubtier hatte einen Schritt auf sie zu und Césarine einen nach hinten gemacht, während Mathias vom Pferd gesprungen war, um sich dem Wolf in den Weg zu stellen, der sich nicht von der Stelle rührte und seine Opfer mit listigen Augen anstarrte.

Doch warum hatte der Wolf geheult, anstatt sie einfach ohne Vorwarnung von hinten anzugreifen? Mathias drehte sich kurz um und entdeckte den Grund. Ein zweiter Wolf war in eine Falle gegangen, und der hatte geheult, nicht der andere, der sie noch immer mit seinen rot glühenden Augen anfunkelte.

Mathias lief zu Alix und zerrte sie unsanft hinter sich, damit er freie Bahn hatte, wenn es zu einem Kampf kommen sollte.

Er hatte nämlich plötzlich das Gefühl, es bliebe ihm gar nichts anderes übrig, als zu kämpfen und sich zu verteidigen, weil Hector nun auch zu Césarine geflüchtet war und ihn ganz allein gelassen hatte mit den Raubtieren. Bekanntlich geriet auch das tapferste Pferd, das sich viele Male auf dem Schlachtfeld bewährt hatte und weder Lanzen noch Pfeile oder Hakenbüchsen fürchtete, beim Anblick eines Wolfs in Panik.

Außerdem wusste Mathias, dass es dem gefangenen Wolf gelingen könnte, sich aus der Falle zu befreien. Die verletzte, blutende Pfote würde ihn erst recht zur Raserei bringen.

Mathias stand breitbeinig da, um möglichst viel Halt im Schnee zu finden, und holte langsam sein Messer aus dem Gürtel. Es hatte einen breiten Griff und lag gut in der Hand. Misstrauisch musterte der Wolf die lange, spitze Klinge, die drohend auf ihn gerichtet war und seltsam funkelte.

»Bitte sei vorsichtig, Mathias«, flüsterte ihm Alix zu.

»Lass mich. Geh zu den Pferden, und versuche sie zu beruhigen. Es ist schlecht, wenn sie nervös sind.«

Da schämte sich Alix plötzlich für ihre Schwäche und riss sich zusammen. Schließlich war sie nicht als junges Mädchen lange Zeit allein unterwegs gewesen und hatte vielen Gefahren getrotzt, um jetzt wegen eines Wolfs vor Angst zu zittern! Die traurige Wahrheit über Valentines Zwillingsschwester hatte sie beinahe um den Verstand gebracht, ja geradezu betäubt. Lieber Himmel! Was sollte aus dem kleinen Mädchen werden, wenn sie jetzt von einem Wolf getötet wurden? Erst einmal mussten sie ihr eigenes Leben retten, ehe sie an das Kind denken konnten.

Ihr Kampfgeist kehrte zurück, und sie suchte nach dem Messer, das sie für alle Fälle in einer Tasche ihres Umhangs versteckt hatte. Dann trat sie langsam neben Mathias.

Der Wolf in der Falle heulte wieder, der andere beobachtete sie weiter, stand plötzlich auf und kam mit wiegendem Gang auf sie zu. Alix zitterte nicht mehr, sondern hielt ihr Messer fest in der Hand. Mathias hatte sie kommen sehen, sagte aber keinen Ton, um ganz konzentriert zu bleiben. Eine einzige hastige Bewegung, ein unbedachter Schrei – und der Wolf würde sich auf einen von ihnen stürzen.

Mathias ließ ihn nicht aus den Augen und sah, wie sich sein Blick veränderte. Er kam ihm jetzt noch grausamer vor, so als hätte der Wolf beschlossen, endlich kurzen Prozess mit ihnen zu machen. Bestimmt war es ein Männchen, und sein Weibchen saß in der Falle fest. Der Wolf kam noch ein paar Schritte näher, aber die beiden funkelnden, drohend auf ihn gerichteten Klingen schienen ihn daran zu hindern, über seine Opfer herzufallen.

Nach einigen Minuten, die ihnen wie eine Ewigkeit vorkamen, zog sich das Raubtier langsam wieder zurück. Aber anstatt zu dem anderen Wolf zu gehen, schlich es in Richtung der Pferde.

Mathias glaubte zunächst, er hätte aufgegeben, doch dann durchschaute er seine List. Erstens würde das Männchen niemals sein Weibchen im Stich lassen, zweitens war er wohl so schlau zu begreifen, dass er nur die Pferde aufscheuchen musste, um schnell Herr der Lage zu werden.

»Alix, du musst die Pferde wegbringen, sonst jagt er ihnen Angst ein und greift uns an, wenn wir sie beschützen wollen.«

Alix tat wie geheißen, und Césarine und Hector wollten nichts lieber, als möglichst weit weg vom Geschehen zu sein.

Inzwischen war es Nacht geworden und Mathias sah sich den Wölfen allein gegenüber. Er spielte mit seinem Messer und ließ die Klinge blitzen, weil das im Augenlick die einzige Möglichkeit war, Zeit zu gewinnen. Eine reichlich kurze Gnadenfrist!

Langsam und vorsichtig kam der Wolf näher. Zum Glück für Mathias zeichnete sich seine Gestalt vor dem weißen Hintergrund deutlich ab. Ohne den dicken weißen Schnee überall hätte er das Tier nicht sehen können.

Da setzte das Raubtier endlich zum Sprung an. Alix stieß einen Schrei aus und sprang zur Seite. Und genau in dem Augenblick, als es über Mathias herfallen wollte, bohrte sie ihm das Messer in den Rücken. Der Wolf heulte vor Schmerz auf und drehte sich suchend nach seinem Angreifer um. Als er sich gerade ungeachtet seiner Verletzung auf Alix stürzen wollte, traf ihn ein zweiter Stich in die Schulter. Mathias hatte gut gezielt. Wieder heulte der Wolf laut auf, hielt inne, schätzte den Abstand, der ihn von den zwei blitzenden Klingen trennte, die wieder drohend auf ihn gerichtet waren, und gab auf – langsam zog er sich zurück.

Als er sich weit genug entfernt hatte, rief Mathias: »Los, schnell zu den Pferden!«

Die hatten nun wohl begriffen, wie gefährlich es hier war, zeigten sich überaus eifrig und kamen plötzlich ganz gut mit dem Schnee zurecht. Tapfer hoben sie die Hufe, um so schnell wie möglich dort wegzukommen.

Nach ein paar Meilen sahen sie sich nach dem großen Baum und der Hütte darunter um, aber es war dunkel, kein Mond leuchtete ihnen, und sie befürchteten schon, dass sie die Hütte vielleicht erst bei Tagesanbruch finden würden und die ganze Nacht frierend auf dem Rücken ihrer Pferde zubringen mussten. Wenigstens halfen ihnen die beiden Fackeln, die sie dabeihatten, dass sie nicht vom Weg abkamen.

»Wir sind bestimmt schon an der Hütte vorbei«, seufzte Alix. »Césarine ist müde, sie ist am Ende ihrer Kräfte.«

»Ich glaube, Hector kann auch nicht mehr. Wahrscheinlich sind seine Hufe fast erfroren. Wenn wir sie nicht bald aufwärmen können, werden sie steif, das Blut kann nicht mehr zirkulieren, und er kriegt vielleicht Wundbrand.«

Sie ritten noch ein Stück weiter, mussten dann aber bald Halt machen, Hector in den Schnee legen und seine Beine warmrubbeln und vielleicht sogar in eine mitgebrachte Decke wickeln.

»Sieh nur, Mathias!«, rief Alix plötzlich und deutete auf die Abzweigung nach Vendôme. »Wir haben die Hütte doch nicht verpasst.«

Sie schöpften noch einmal Hoffnung und redeten den Pferden gut zu, damit sie schneller gingen. Und endlich tauchte der große Baum im fahlen Licht von Mathias' Fackel auf.

»Wir sind gerettet, Mathias!«, rief Alix. »Komm schnell, lass uns keine Zeit verlieren. Césarine will nicht mehr weiter.«

Sie musste absteigen und ihr Pferd an der Leine führen, um den Rest des Wegs zurückzulegen.

»Komm schon, meine Gute, gleich haben wir's geschafft! Und in der Hütte ist bestimmt Platz genug für uns alle.«

Mathias, der Hector schon eine ganze Weile führte, ging sehr vorsichtig. Die Pferde schienen zu spüren, dass sie nicht mehr lange durchhalten mussten, und strengten sich noch einmal an.

Von dem riesengroßen Baum, der vor ihnen in den weißen Himmel ragte, sah man weder den mächtigen Stamm noch die schwarzen Äste oder die Krone. Wie ein gewaltiger weiß verschneiter Felsen stand er da, und noch konnte man nicht sagen, ob die Hütte, die sich unter ihn duckte, sicheren Schutz bot.

Mit Bedacht setzte Alix einen Schritt vor den anderen, als sie plötzlich ein metallenes Klicken hörte und laut aufschrie. Trotz der eisigen Kälte war sie auf einmal schweißgebadet.

»Ich bin in eine Falle getreten«, sagte sie leise, bleich vor Angst.

Mathias hatte Hector losgelassen und war zu ihr gelaufen. Mit zitternder Hand strich er ihr über die Stirn und schob ihr die große Kapuze aus dem Gesicht.

»Bist du verletzt?«, fragte er sie mit erstickter Stimme. »Lass mich sehen.«

Alix wollte ihren Fuß hochheben, aber er ließ sich nicht bewegen. Ihr Knöchel wurde schrecklich heiß, während ihr kalter Schweiß den Rücken hinunterlief.

»Bitte hilf mir, Mathias!«, stöhnte sie.

Er bückte sich, um die Falle zu untersuchen, und seufzte erleichtert, als er feststellte, dass sie nur das Leder von Alix' dickem Winterstiefel in die Zange genommen hatte. Er zog an ihrem Fuß, was aber nur dazu führte, dass sie vor Angst schrie. Er musste sein Messer nehmen und den Stiefelschaft aufschneiden, ehe er den ganzen Schuh aus der Falle ziehen konnte.

Alix war befreit. Dankbar und erleichtert sahen sie sich an und wären sich beinahe in die Arme gefallen. Doch gleich verschwand wieder jede Regung aus Mathias' Blick, und er meinte ganz sachlich: »Die Jäger haben uns gewarnt, dass sie überall Fallen aufgestellt hätten. Wir hätten besser aufpassen müssen.«

Alix hatte sich wieder gefasst. »Wir müssen uns beeilen! Besser wir sehen zu, dass wir in die Hütte kommen, ehe uns noch etwas anderes zustößt.«

Das Durcheinander in der Hütte verwunderte sie nicht, aber sie waren angenehm überrascht, wie groß der Raum war. Die Hälfte des Bodens war mit Stroh bedeckt, das vom letzten Feuer noch warm war. Vermutlich diente die Hütte früher als Stall – jedenfalls konnten sie die Pferde mit hineinnehmen. In der anderen Hälfte gab es eine Feuerstelle aus großen Steinen und sogar noch ein wenig Holz.

Mathias wollte zuallererst Alix' Fuß untersuchen.

»Nicht nötig!«, protestierte die, »mein Fuß ist nicht verletzt, er blutet nicht mal. Viel wichtiger ist, dass wir Hector versorgen.«

Das Tier legte sich ins Stroh und ließ sich von Mathias kräftig abrubbeln, wobei es ein paarmal wohlig wieherte. Anschließend wickelte Alix noch die Decke um Hectors Füße, wobei ihr ihr eigener Fuß so wehtat, dass sie vor Schmerz das Gesicht verzerrte.

Hector erholte sich allmählich wieder, und auch Césarines Kräfte kehrten zurück.

Bald sorgte ein schönes Feuer für wohlige Wärme. Das Stroh auf der anderen Seite mussten sie zusammenschieben, damit es nicht in Brand geraten konnte. Alix stand vor den heißen Steinen, später setzte sie sich auf den Rand der Feuerstelle, um möglichst viel Wärme abzubekommen.

»Du solltest deinen Stiefel ausziehen, damit wir nachsehen können, ob du verletzt bist, Alix.«

»Wenn ich verletzt wäre, würde ich hinken. Außerdem tut mir nichts weh.«

»Eben hast du noch vor Schmerz das Gesicht verzogen.«

»Das ist vorbei.«

»Trotzdem«, beharrte Mathias und griff vielleicht etwas zu forsch nach ihrem Fuß.

Alix sah ihn ernst an, weil sie sich an den Streit vor nicht allzu langer Zeit erinnerte und befürchtete, er könnte wieder grob werden.

»Bitte, Mathias. Ich weiß, dass du immer für mich da bist, wenn es um Nicolas, Valentine oder mein anderes Kind geht, das ich unbedingt finden muss. Aber dabei sollten wir es auch besser belassen.«

»Ich wollte mich nur vergewissern, dass du nicht verletzt bist«, antwortete er und begegnete ihrem finsteren Blick äußerst kühl. Bebend schob Alix ihren schmerzenden Fuß in Richtung Feuer.

»Seit wann interessierst du dich nicht mehr für diese Kinderdiebin, sondern für mich? Und seit wann …«

»Seit deine Geliebten den Platz beanspruchten, den ich dir einmal angeboten hatte«, unterbrach er sie schroff.

Alix zuckte die Schultern. Sie hatte ihn gereizt und die Quittung dafür bekommen.

»Du weißt, ich habe dir nichts versprochen.«

Mathias nahm sie auf den Arm und trug sie zu den erschöpften Pferden ins Stroh. Dann kniete er vor ihr hin und zog ihr den kaputten Stiefel aus. Der Wollstrumpf darunter war ebenfalls ganz zerrissen, und er streifte ihn langsam herunter, ohne sie dabei anzusehen. Alix ließ es sich widerstandlos gefallen, woraufhin er ihren Fuß nahm, ihn auf sein Knie legte und genau untersuchte.

»Du hast eine ordentliche Prellung, aber es ist nichts Ernstes. Bist du jetzt beruhigt?«

»Ich wollte das gar nicht wissen.«

»Meinetwegen – dann bin eben ich beruhigt. Wir müssen jetzt versuchen zu schlafen. Bis zum Morgen ist es noch lang hin, und wir sollten den neuen Tag möglichst ausgeruht beginnen. Leg dich hin, und mach es dir so gut es geht bequem. Das Stroh ist noch warm. Ich komme ganz nah zu dir, weil wir uns gegenseitig wärmen müssen. Das Feuer geht bald aus, und wir haben kein Holz mehr.«

Er streckte sich neben ihr aus und hörte sie beinahe zärtlich flüstern.

»Was machen wir nur, wenn wir nicht in die Normandie können? Was sollen wir nur tun, Mathias?«

Ihre Stimme klang so verzweifelt, dass er sich zu ihr umdrehte. Die Fackel brannte noch, und er konnte ihre tieftraurigen Augen sehen.

»Wir gehen hin, wohin wir müssen. Das schwöre ich dir«, sagte er und nahm ihre Hand.

»Was ist, wenn wir noch mehr Hinweise brauchen?«

»Dann besorge ich sie mir, wenn nötig, in Paris.«

»Heißt das etwa, du willst dich wieder mit dieser schrecklichen Frau treffen, mit der du dich eingelassen hast?«

»Natürlich!«

Hochrot vor Zorn sprang sie auf, und alle Zärtlichkeit war wie weggewischt.

»Ich verbiete dir, sie wiederzusehen.«

Er stand ebenfalls auf.

»Habe ich dir jemals verboten, deinen Florentiner oder deinen Duc d'Amboise zu treffen?«, fragte er wütend.

»Willst du mir das ewig vorwerfen?«

»Ich glaube ja!«

»Dann möchte ich jetzt gehen. Und zwar sofort. Ich will dich nicht mehr sehen. Ich will nach Hause und dich vergessen. Ja, ich will jetzt sofort hier weg, und wenn ich da draußen sterben muss! Das ist mir völlig egal. Alles ist mir egal, sogar dass ich nie meine andere kleine Tochter sehen werde, die mir so sehr fehlt und die mir nicht aus dem Sinn geht, seit ich aus Florenz zurück bin. Ja, ich will sterben.«

Wie eine Schlafwandlerin lief sie zur Tür. Spielt sie mir nur etwas vor?, fragte er sich einen Moment. Nein! Sie schob den Riegel zurück und stürzte hinaus.

»Alix!«, rief er ihr nach.

»Adieu, Mathias. Es ist vorbei. Werde glücklich mit wem du willst.«

Sie musste in den Schnee gefallen sein, weil er einen erstickten Schrei hörte. Hoffentlich war sie nicht wieder in eine Falle getreten! So viel Glück wie beim ersten Mal würde sie bestimmt nicht noch einmal haben.

Warum musste er auch so ein Idiot sein und sie immer wieder mit den Männern provozieren, die sie einmal geliebt hatte? Schließlich war er nicht ihr Mann, und sie hatte ihm nie etwas versprochen. Jetzt war sie endlich frei, und ihm fiel nichts Gescheiteres ein, als sie mit dummen Vorwürfen immer wieder vor den Kopf zu stoßen.

Sollte er diese allerletzte Gelegenheit ungenutzt verstreichen lassen und starrköpfig bleiben, wäre Alix ein für alle Mal für ihn verloren. Bestimmt dauerte es höchstens ein paar Monate, bis sie einen neuen Mann fand, der sie glücklich machen wollte. Noch einmal würde er das nicht ertragen. Er würde vor Abscheu vergehen, die Werkstatt verlassen, auf seinen Sohn verzichten und wie früher ziellos über Land ziehen.

Ein Wolf heulte, ein anderer antwortete ihm, und Mathias gefror das Blut in den Adern. Alix stöhnte, er eilte zu ihr, hob sie hoch und trug sie zur Hütte zurück.

»Bleib bei mir, Alix, bitte! Ich bin ein Idiot. Ein verstockter Narr«, flüsterte er ihr ins Ohr. »Bitte verzeih mir, Liebling. Ich liebe dich über alles. Und ich will dich auf keinen Fall noch einmal an einen anderen verlieren. Ich verspreche dir auch, dass ich nie wieder über deine Vergangenheit reden werde. Komm mit, ich flehe dich an! Ich sehne mich so sehr danach, dich lieben zu dürfen.«

Die Wölfe schienen näher zu kommen, das Heulen wurde immer lauter. War der Wolf, den sie in die Flucht geschlagen hatten, der Anführer eines Rudels gewesen? Hatte er sich von seinen Verletzungen erholt?

»Komm, Liebling, wir müssen uns beeilen. Die Wölfe haben uns entdeckt und belauern uns. Sie warten nur, dass wir uns eine Blöße geben, damit sie angreifen können.«

Sie schlang ihre Arme um seinen Hals und sagte nichts, vielleicht in der Hoffnung auf einen glücklicheren Ausgang als bei ihrem letzten Streit. Er ging in die Hütte, stieß die Tür mit dem Fuß zu und bettete Alix auf das Stroh.

»Ich liebe dich! Ich liebe dich mehr, als dich je ein anderer Mann geliebt hat.«

Er umarmte sie, drückte sie zärtlich an sich und bedeckte ihr

Gesicht mit heißen Küssen, während die Wölfe – inzwischen mochten es vier oder fünf sein – immer näher zu ihrer Hütte kamen.

»Ich liebe dich, und das weißt du auch, Alix. Du wusstest es schon, als du kaum sechzehn warst. Erinnerst du dich noch, wie wir uns auf der Straße nach Lille zum ersten Mal begegnet sind? Damals habe ich mich unsterblich in dich verliebt. Florine hat mich zwar getröstet, aber eigentlich wollte ich immer nur dich.«

Sie achteten nicht auf die Wölfe, die heulend um die Hütte schlichen. Mathias hatte seinen Kopf an ihrem Hals vergraben und redete und redete, küsste und liebkoste sie.

»Bis ans Ende der Welt wäre ich mit dir gegangen. Ich hätte dich mit Reichtümern überhäuft, dir den blauen Himmel, die Sonne und das große Glück geschenkt. Du wärst meine Königin geworden. Oh Gott, wie sehr hätte ich dich geliebt! Mehr als irgendein anderer, wenn ich nur gedurft hätte. Aber du warst schon verheiratet, und ich konnte nur in deiner Nähe bleiben und dir und Jacquou folgen, den ich übrigens trotz allem sehr geschätzt habe. Seit dem Tag, an dem ich dir zum ersten Mal begegnet bin, habe ich diese Liebe für mich behalten, nur für mich.«

»Und was war mit Florine?«, flüsterte Alix.

Er drückte sie an sich, dass sie kaum noch Luft bekam, suchte ihren Atem, küsste sie auf den Hals und erkundete ihren Busen mit immer mutigeren Liebkosungen.

»Ich habe meine sanfte Florine geliebt, aber ganz anders als dich. Du warst das Wasser, das ich zum Leben, die Luft, die ich zum Atmen brauchte. Florine war Balsam für meine Wunden. Komplizierter hätte es nicht sein können.«

Und endlich schmiegte sie sich so entspannt und glücklich an ihn, als wollte sie ihn nie wieder loslassen.

»Ich hatte mich lange vor Valentines Flucht entschlossen, dich zu lieben, Mathias. Und dich zu heiraten, wenn du das noch willst.«

»Das habe ich dir an dem Tag versprochen, an dem du nach Florenz geflohen bist. Erinnerst du dich?«

Sie antwortete nicht, sondern küsste ihn auf den Mund. Danach hatte sie sich schon so lange gesehnt. Mit einem langen Kuss besiegelten sie ihre neue Liebe, ihr neues Leben, von dem Mathias schon so oft geträumt hatte.

Sie liebten sich auf dem kalten, feuchten Stroh. Das Feuer war erloschen, und sie hatten kein Holz mehr, nur noch ein letztes Restchen rote Glut, die auch bald kalt und grau sein würde. Neben sich spürten sie den warmen Atem der Pferde.

Sie mussten sich wärmen, dicht an dicht, Haut an Haut. Mit hastigen Bewegungen zog er sie aus, nachdem er schon so lange sehnsüchtig auf sie gewartet hatte. Dann deckte er sie mit seinem großen, warmen Körper zu. Als er sie nahm, ergriff sie ein Taumel, sie erstickte fast, stieß einen Schrei aus. Sie staunte, mit welcher Leidenschaft sich ihre Körper fanden und welch übergroßes sinnliches Glück sie dabei empfand.

In wenigen Augenblicken hatte Mathias sie überzeugt, dass er in der Lage war, auch ihre geheimsten Wünsche zu erfüllen.

Wieder hörten sie das lang gezogene Heulen eines Raubtiers. War noch ein Wolf in eine Falle geraten? Am nächsten Morgen sollten sie zu ihrer großen Überraschung feststellen, dass zwei von ihnen in die Schlinge gegangen und vor Kälte und Hunger verendet waren.

18.

Obwohl Blois unter einer dichten weißen Schneedecke lag, erkannte Alix die Stadt an ihrer Silhouette. Bei dem Anblick seufzte sie erleichtert und ein wenig wehmütig in Erinnerung an eine Vergangenheit, die sie tief in sich vergraben hatte mit dem Schwur, sie nur wieder hervorzuholen, wenn sie sie eines Tages wirklich brauchen sollte.

Nun war dieser Tag gekommen wie ein heiteres Wölkchen an einem strahlend blauen Himmel. Wie lange war es her, dass sie Mathias auf der Straße nach Lille begegnet war und ihn nach seinen Fähigkeiten gefragt hatte. Und der junge Mann mit den unglaublich blauen Augen und der frechen roten Locke in der Stirn hatte einfach geantwortet: »Ich kann alles.« Dabei strahlten seine blauen Augen, und dieses Strahlen war jetzt endlich wieder da.

Natürlich kannte Alix den Grund dafür. Die einzigartige, unheilverkündende Nacht, umzingelt von Wölfen, voller Angst, ohne zu wissen, ob sie die Hütte je wieder würden lebendig verlassen können. Aus der einen Nacht waren drei geworden, weil die Wölfe erst am Morgen des dritten Tages aufgaben und abzogen. Doch was Alix Mathias während dieser Zeit schenkte, entschädigte ihn reichlich für alles Warten und alle vergeblichen

Bemühungen; damit belohnte sie ihn für seine bedingungslose Treue und für die große Verantwortung, die er seit dem Tod ihres Mannes auf sich genommen hatte. Seitdem bereute Alix auch nichts mehr. Drei Nächte lang hatten sie sich geliebt, geschlafen, geredet und von ihren wenigen Vorräten gezehrt.

Als die Wölfe, zumindest fürs Erste, verschwunden waren, verließen die beiden die rettende Hütte und machten sich mit ausgeruhten Pferden wieder auf den Weg.

Die tief verschneite Straße nach Vendôme, die ihnen die Fallensteller geraten hatten, und dann auch die nach Blois – alle Städte auf dem Weg in die Normandie waren von der Außenwelt abgeschlossen – waren so mühsam zu reiten, dass Alix sich bald wieder vor Müdigkeit kaum auf dem Pferd halten konnte.

Ganz anders Mathias. Er schien in Form zu sein und war seit den langen Nächten mit Alix wie verwandelt. Er strahlte nur so vor Glück und ließ sie kaum aus den Augen, so sehr sorgte er sich um sie. Immer wieder sah ihn Alix lächelnd an und bat ihn um aufmunternde Worte. Gott im Himmel! Irgendwie hatte sie das Gefühl, als würde sie trotz allem ihrem von der fürchterlichen Béraude geraubten Kind kein bisschen näher kommen. Doch je länger sie unterwegs war und nachdachte, umso mehr schwor sie sich, dass sie sich sofort wieder auf den Weg in die Normandie machen wollte, sobald Schnee und Eis und Kälte vorbei waren.

Gegen Mittag kamen sie zu dem einzigen Gasthaus weit und breit, das auch so eingeschneit war, dass sie beinahe vorbeigeritten wären.

Alix hatte mittlerweile so lange und so viel über ihre schwierige Lage gegrübelt, dass sie nicht mehr recht wusste, wo ihr der Kopf stand. Auf jeden Fall wollte sie den Gastwirt fragen, ob sich die Duchesse d'Alençon vielleicht zufällig in der Gegend aufhielt. Marguerite hatte nämlich den Plan geäußert, ins Val de Loire zu reisen, wenn ihr Mann als Feldherr nach Italien müsste.

Mit einem Mal war Alix überzeugt, dass sie den richtigen Ansatzpunkt gefunden hatte. Warum war sie nicht gleich auf die Idee gekommen, ihre Freundin Marguerite um Hilfe zu bitten? Sie musste schließlich alle Personen von Rang und Namen kennen, die in der Normandie lebten.

Als sie das Gasthaus betraten, taxierte der Wirt mit Kennermiene ihre kostbaren Pelzumhänge und begrüßte sie mit einem zuvorkommenden Lächeln.

»Wisst Ihr vielleicht, ob sich die Duchesse d'Alençon gerade im Val de Loire aufhält?«, wollte Alix sofort von ihm wissen.

Der Mann nickte eifrig.

»Soweit ich weiß, ist sie in Blois und will dann weiter nach Amboise. Sie war sogar mit ihrem ganzen Gefolge hier bei mir, genau wie ihr Bruder, der Duc d'Angoulême, der ihr entgegengeritten ist. Sie sind dann aber auf ihr Schloss zurückgekehrt, ehe der nächste Schneesturm losbrach.«

»Und die Comtesse d'Angoulême?«

»Sie ist wohl in Amboise, weil ihre Tochter und Herzog François sie dort besuchen wollen.«

»Das ist gut«, meinte Alix beruhigt. »Könnt Ihr einen Boten hinschicken? Das würde ich mich einiges kosten lassen.«

Mathias zückte seine Börse, die dem Wirt gut gefüllt zu sein schien. Trotzdem schüttelte er den Kopf.

»Die Straßen sind schlecht, aber wir könnten es versuchen.«

»Hier, das ist für Euch!«, sagte Mathias und gab ihm eine Handvoll Münzen.

Der Mann nahm das Geld, wog es in der Hand, zählte die

Münzen und ließ sie in einer kleinen Schublade seines Schanktischs verschwinden.

»Ich werde Lucas schicken, meinen Stallknecht. Er ist ein schneller Reiter und hat keine Angst vor Schnee. Gebt ihm den Brief. Er ist heute Abend zurück.«

Das ließ sich Alix nicht zweimal sagen. Wusste sie doch, dass es keinen Sinn haben würde, nach Blois zu schreiben, wenn Marguerite vielleicht schon unterwegs nach Amboise war. Deshalb wollte sie lieber gleich an Louise schreiben. Ausgestattet mit Papier, Tinte und Feder, wofür Mathias den Gastwirt vermutlich teuer bezahlt hatte, setzte sie sich an einen Tisch und begann ihren Brief:

Liebe Louise,

der Inhalt meines Briefes wird Euch überraschen, aber ich kann nicht anders. Bitte verzeiht! Ich muss Euch unbedingt etwas berichten, wovon ich Euch bisher kein Wort gesagt habe. Ihr fragt warum? Vielleicht weil ich den schrecklichen Kummer ganz für mich behalten wollte, den ich aus Florenz mitgebracht habe. Hier nun die traurige Geschichte.
Als mich die französischen Soldaten in der Annahme, ich wäre eine Spionin, gefangen genommen hatten, obwohl ich doch nur auf der Suche nach Alessandro Van de Veere war, bin ich niedergekommen. So viel wisst Ihr, Louise, weil ich ja meine Tochter mit nach Tours gebracht habe.
Was Ihr aber nicht wisst, ist, dass ich Zwillinge zur Welt gebracht habe und mir das ältere der beiden Mädchen gleich nach der Geburt von einer skrupellosen Frau geraubt wurde. Als Gefangene vor den Toren Bolognas und mitten in den

Kanonenhagel König Ludwigs geraten, war ich beinahe bewusstlos, als die Wehen einsetzten. Ich kam nieder, während um uns herum die Kanonen explodierten, von denen mich auch eine getroffen hat. Deshalb war ich so lange nicht bei Bewusstsein. Ich war umgeben von schreienden, blutenden Verletzten und zerstückelten Leichen.
Als meine erste Tochter das Licht der Welt erblickte, war ich ohnmächtig, weshalb ich lange geglaubt habe, ich hätte nur ein Kind geboren, obwohl ich seitdem regelmäßig von quälenden Gedanken, sonderbaren Gefühlen und schrecklichen Alpträumen heimgesucht wurde. Nicht anders ergeht es meiner kleinen Valentine, die jeden Monat um die gleiche Zeit unter unerklärlichen hysterischen Anfällen leidet.
Einige Zeit später berichtete mir jemand, dass meine ältere Tochter direkt nach der Geburt gestorben sei, was ich aber nicht recht glauben wollte, weil mich nach wie vor die Ängste quälten und Valentine immer noch ihre Anfälle hatte.
Kurz vor Wintereinbruch erfuhr ich dann die Wahrheit. Valentines Zwillingsschwester ist nicht gestorben, wie man mich glauben machen wollte. Mathias hat daraufhin Nachforschungen angestellt und in Paris die Frau getroffen, die für die Tragödie verantwortlich ist. Meine Tochter wurde für viel Geld der Frau eines Notabeln von Caen übergeben. Diese Frau heißt Roxane de Romaincourt und wollte das Mädchen für eine Freundin, die keine Kinder bekommen kann, deren Namen ich aber nicht herausfinden konnte.
Sobald wir das erfahren hatten, haben Mathias und ich Tours verlassen und uns auf den Weg in die Normandie gemacht, um meine Tochter zu finden. Doch dann kamen die Schneestürme und die große Kälte, wir konnten uns vor den Wölfen gerade

noch in eine Hütte retten und mussten drei Tage später einsehen, dass wir unter diesen Verhältnissen nur nach Vendôme und weiter nach Blois kommen würden, anstatt unsere Reise in die Normandie fortzusetzen.

Könnt Ihr Euch vorstellen, wie verzweifelt ich bin, Louise? Die Suche nach meiner Tochter entwickelt sich zu einem wahren Alptraum. Ohne Hilfe und Unterstützung wird es mir nie gelingen, sie zu finden. Das ist so gut wie ausgeschlossen. Überall wird man mich nur auslachen, verspotten und für verrückt erklären.

Deshalb wollte ich Marguerite schreiben und sie fragen, ob sie vielleicht mit dieser Roxane de Romaincourt Kontakt aufnehmen könnte. Nachdem ich nun aber erfahren habe, dass sie Blois bereits verlassen hat, um Euch in Amboise einen Besuch abzustatten, habe ich es mir anders überlegt und wende mich mit meinem Brief direkt an Euch, damit Ihr Eure Tochter unterrichten könnt.

Ich sollte noch erwähnen, dass es eine Zeugin gibt, die alles miterlebt hat, nämlich Tania, die mit mir in Italien in Gefangenschaft geraten war und mir bei der Geburt meiner Zwillinge zur Seite stand. Unfreiwillig wurde sie zur Komplizin an dem schrecklichen Kindsraub, hat mir aber nichts gesagt, weil ihr Bruder an dem Verbrechen beteiligt war und sie befürchtet hatte, ich würde sie sonst nach Genua und zurück auf den Sklavenmarkt schicken.

Allerdings könnten wir wohl, wenn wir geschickt vorgehen, mit Hilfe meines Freundes Mathias die Frau, die an dem ganzen Unglück schuld ist, dazu bringen, alles zu gestehen, was sie weiß.

Ich flehe Euch an, Louise, helft mir! Marguerite ist doch jetzt

Herrin über die Normandie, und eben dort muss ich nach meinem Kind suchen. Für Eure Hilfe wäre ich Euch unendlich dankbar. Eure Antwort schickt bitte an das Gasthaus »Zum roten Ochsen«, in dem ich abgestiegen bin.

Herzliche Grüße von Eurer sehr ergebenen
Alix.

Schnell las sie den Brief noch einmal durch, steckte ihn in einen Umschlag und gab ihn dem Gastwirt, der die ganze Zeit mit Mathias über das verfluchte Wetter geschimpft hatte.

»Der Brief ist für die Comtesse d'Angoulême bestimmt. Ich wäre froh, wenn Euer Stallknecht mir eine schriftliche Antwort bringen könnte. Dafür zahle ich auch den doppelten Preis.«

»Gott, wie müde ich bin!«, stöhnte sie dann und rieb sich die Augen.

Mathias klopfte dem Wirt freundlich auf die Schulter und lächelte ihn an.

»Jetzt würden wir uns gern ausruhen, meine Frau ist todmüde. Der Ritt war sehr anstrengend. Gebt uns Euer schönstes Zimmer.«

Dann wandte er sich wieder zu Alix und sah ihren staunenden Blick. Die unwiderruflichen Worte waren gefallen. »Meine Frau«, Worte, die sie ihr Leben lang verbanden. Alix nahm Mathias' Hand, und er erwiderte ihren zärtlichen Händedruck.

»Mein schönstes Zimmer wollt Ihr?«, rief der Wirt. »Nichts einfacher als das, guter Mann! Bei dem elenden Wetter habe ich keine Gäste außer Euch. Im oberen Stockwerk gibt es Zimmer genug. Uns geht höchstens das Brot aus, weil keine Schiffe mehr mit Mehl in den Hafen kommen.«

Dann verschwand er hinter seinem Schanktisch.

»Nur keine Angst! Ich habe noch genug Vorräte, um Euch ein paar Wochen durchzufüttern.«

»Euer Gasthaus ist ein Geschenk des Himmels«, sagte Mathias. »Die letzten Nächte mussten wir mitten in der Wildnis in einer einsamen Hütte aushalten, die von Wölfen umzingelt war. Und die Reise war sehr anstrengend. Eigentlich wollten wir in die Normandie, aber alle Städte sind abgeriegelt. Die Wölfe kommen aus dem Wald von Mans und sind auf dem Weg ins Val de Loire.«

»Diese verfluchten Biester!«, knurrte der Wirt.

Er zeigte auf die Treppe, die hinter dem Gastsaal nach oben führte.

»Geht nach oben, und nehmt das erste Zimmer gleich rechts. Das ist das größte. Da fühlt Ihr Euch bestimmt wohl. Ach ja, wegen dem Wetter sitzen zwei meiner Dienstmädchen zu Hause fest. Ich habe deshalb nur eine Hilfe hier.«

»Suzon!«, rief er. »Richte das große Zimmer für die Herrschaften her, und mach ein schönes Feuer.«

Das Dienstmädchen, eine junge, hübsche Person, ließ nicht lange auf sich warten. Sie machte einen Knicks vor den Gästen und lächelte freundlich.

Suzon führte sie in ein schönes großes Zimmer, wo sich Alix und Mathias sofort auf das bequeme, weiche Bett fallen ließen, das wie gemacht schien für das junge Liebesglück.

Mathias stand aber erst noch einmal auf und half Suzon, und schon bald züngelte ein schönes Feuer im Kamin und verbreitete wohlige Wärme.

Nachdem Suzon die Kopfkissen und das Federbett aufgeschüttelt und die Bettvorhänge zugezogen hatte, verschwand sie, um ein paar Minuten später mit einem Tablett mit Pastete, Schinken, Käse und Brot zurückzukommen.

»Das lässt Euch mein Herr schicken. Eine Kleinigkeit, damit Ihr bis zum Abendessen nicht verhungern müsst.«

»Danke, Suzon«, sagte Alix und lächelte das Mädchen freundlich an. »Uns fehlt es an nichts. Wenn wir etwas brauchen sollten, rufen wir dich.«

Endlich waren sie allein, und Alix räkelte sich genießerisch wie eine Katze auf dem weichen Bett.

»Ich bin mir fast sicher, dass Louise und ihre Tochter uns helfen können«, begann sie, und ihre Stimme klang heiterer als sonst. »Marguerite müsste doch eigentlich diese Roxane de Romaincourt kennen, die meine Tochter nach Frankreich gebracht hat.«

»Ja, das glaube ich auch. Wir werden ihre Hilfe dringend benötigen.«

Alix merkte, dass Mathias nicht bei der Sache schien. Viel zu sehr war er damit beschäftigt zu bestaunen, was er schon in der Hütte im Wald voller Bewunderung entdeckt hatte. Er fand Alix von Kopf bis Fuß wunderschön, und hätte ihre Reise nicht einen so traurigen Grund gehabt, hätte er am liebsten laut herausgeschrien, dass seine Leidenschaft für sie noch längst nicht gestillt war.

»Mach dir keine Sorgen, mein Herz«, sagte er und legte sich zu ihr. »Bis der Bote zurückkommt, haben wir noch viel Zeit. Ich will dich für mich haben und lieben, bevor du zu Louise reitest.«

»Du kommst natürlich mit!«, rief sie empört. »Es kommt überhaupt nicht in Frage, dass du hier allein in dem Gasthaus bleibst.«

»Nein, Alix. Das musst du mit der Duchesse d'Alençon allein

besprechen. Es ist eine Frauensache. Vielleicht hilft sie dir sogar, eine Untersuchung anzustrengen. Ich bin nämlich der Meinung, diese Béraude sollte ihre verdiente Strafe bekommen – womit sie sicher nicht rechnet.«

»Eine Untersuchung!«, wiederholte Alix überrascht und lächelte triumphierend, weil ihr Gefährte offenbar nichts für das Flittchen empfand, wenn er es bloßstellen wollte.

»Ja, warum denn nicht? Ist die Tochter der Comtesse nun deine Freundin oder nicht?«

»Natürlich ist sie meine Freundin.«

Lieber Himmel, das war wirklich eine großartige Idee! Wenn die Duchesse d'Alençon eine Untersuchung anstrengen sollte, war die Wahrscheinlichkeit, dass man ihre Tochter fand, viel größer. Viele Leute würden von der Sache erfahren, und die Justiz konnte noch einige Hebel in Bewegung setzen.

Vielleicht würde dann die Duchesse d'Alençon ihre Tochter finden, die irgendwo in der Normandie versteckt gehalten wurde. Ach, wenn sie ihr das Kind bringen sollte, würde sie sich dafür mit einem schönen Ensemble erkenntlich zeigen, Teppichen aus feinster Seide, Silber- und Goldfaden gewebt. Als Thema wollte sie eine Allegorie wählen, die besonders Frauen sehr schätzten, zum Beispiel *Musik* oder *Handarbeit*, wie sie in Flandern gewebt wurden.

Und während sie noch darüber nachdachte, wie sie sich bei der Duchesse d'Alençon bedanken könnte, wenn sie ihr helfen sollte, zog Mathias sie schweigend aus. Sie ließ es sich gefallen und genoss den wollüstigen Moment. Er konnte sich gar nicht sattsehen an ihr, wie sie da nackt auf dem Bett lag. Ihre Brüste fand er schön wie zwei kleine, verschneite Hügel mit einem rosigen Gipfel, den er zärtlich küsste.

Ihr weißer, seidenweicher Bauch und ihre langen, schlanken Beine waren ihm eine Insel der Glückseligkeit. Mit allen Sinnen schwelgte er, berührte und streichelte sie und küsste jedes neu entdeckte Fleckchen des lang ersehnten Körpers.

Genüsslich atmete er ihren süßen, geheimnisvollen Duft, beschnupperte jede einzelne Pore ihres Körpers, jede verborgene Stelle, und beantwortete jede noch so kleine Regung von ihr mit lustvollem Stöhnen. Und sie wurde nicht müde, seine Küsse, seine Liebkosungen und seine ganze Leidenschaft zu fordern, die sie mit verliebtem Beben immer wieder neu entfachte. Irgendwann schliefen sie dann ineinander verschlungen wie zwei satte Tiere ein.

Ausgeruht und zufrieden wachten sie Stunden später auf, und zum ersten Mal seit langer, langer Zeit fühlte sich Alix beruhigt. Mehr noch, sie schöpfte wieder Hoffnung!

Der Wirt hatte ihnen nicht zu viel versprochen: Am Abend war sein Stallknecht zurück. Er hatte zwar kein Antwortschreiben dabei, berichtete aber, die Comtesse d'Angoulême lasse Dame Cassex ausrichten, sie möge in dem Gasthaus bleiben und auf sie und ihre Tochter warten.

Darüber war Alix sehr verwundert. Warum machten sich Louise und Marguerite solche Umstände und unternahmen eine Reise, um sie zu treffen?

Dem Wirt war es jedenfalls recht. Was für eine Ehre! Welch vornehme Gäste! Um die musste man sich schon besonders kümmern und ihnen gleich am ersten Abend den besten Wein und das Beste, was die Küche hergab, servieren!

Seit dem vergangenen Abend hatte es nicht mehr geschneit, und der Sturm hatte sich gelegt. Sogar die Sonne ließ sich kurz blicken, zwar viel zu schwach, um den undurchdringlichen weißen Nebel zu lichten, aber es war doch immerhin ein Hoffnungsschimmer.

Als es zwei Tage später Mittag schlug, wurde das baldige Eintreffen der Duchesse d'Alençon, der Comtesse d'Angoulême und ihres Gefolges angekündigt. Und wenig später kam Suzon angelaufen und teilte Alix mit, dass die vornehmen Damen nach ihr verlangten.

Alix hatte ausreichend Zeit gehabt, sich anzukleiden, zu frisieren und zu parfümieren. Mit dem besseren Wetter waren auch die anderen Dienstboten zurückgekehrt und hatten sich um alles gekümmert: Alix' Kleid war gewaschen, getrocknet und gebügelt, die Schuhe geputzt und die Haube geflickt.

Kaum hatte sie die Treppe betreten, als sie sich ganz merkwürdig fühlte. Ihre Schläfen pochten, ihr Herz raste, und ihre Beine zitterten. Sie musste sich am Treppengeländer festhalten, um nicht zu fallen.

Mathias war das nicht entgangen, und er wollte ihren Arm nehmen, aber sie schob ihn sanft weg. Wie eine Schlafwandlerin ging sie die Treppe hinunter, gesteuert von dem wilden Durcheinander in ihrem Kopf.

Als sie unten ankam, verschwamm alles vor ihren Augen. Sie sah starr vor sich und schwankte. Mathias fing sie auf und wollte sie stützen. Doch diesmal schob sie ihn energisch weg und blieb stehen. Dass sie weder Marguerite noch Louise wahrnahm und erst recht nicht Blanche, Dame de Breuille oder Catherine, die auf sie zukam, wunderte niemanden.

In diesem Moment zählte nur eins, und dieses Bild prägte sich ihr unauslöschlich ein: Marguerite stand vor ihr und hielt ein kleines Mädchen mit großen braunen Augen an der Hand.

»Valentine!«, sagte Alix leise.

Das Kind blickte sie unverwandt an. Alix sah, wie sich sein kleiner süßer Mund öffnete und wieder schloss. Das Mädchen ließ Marguerites Hand los und machte einen zögernden Schritt vorwärts, während Alix desgleichen tat. Atemlose Stille trat ein, als wollte man mit nichts den kommenden Augenblick stören.

Dann rannte die Kleine los und warf sich in die Arme ihrer Mutter.

19.

Obwohl es noch nicht Nacht war, hatte man auf Château de Blois im Grand Salon, wo man an diesem Abend mit Familie und Freunden speisen wollte, alle Kerzen angezündet. Louise d'Angoulême und Marguerite d'Alençon konnten sich gar nicht sattsehen an dem schönen Bild, das Alix und Mathilde abgaben.

Mutter und Tochter waren unzertrennlich, weshalb Catherine die Kleine ausnahmsweise noch nicht zu Bett gebracht hatte. Sie hätte ohnehin nur furchtbar geschrien und vermutlich wieder einen ihrer sonderbaren Anfälle bekommen. Also saß Mathilde auf Alix' Schoß, bestaunte sie und streichelte ihr Gesicht mit ihren runden Fingerchen.

Als Catherine erfahren hatte, dass sie sich von dem Kind trennen musste, hatte sie bittere Tränen vergossen, obwohl sie natürlich einsah, dass Mathilde zu ihrer richtigen Mutter gehörte. Nachdem sich das Zimmermädchen an Philiberts Schultern ausgeweint und ihm immer wieder vorgejammert hatte, wie sehr ihr die Kleine fehlen würde, hatte der sie mit dem Versprechen getröstet, er könnte ihr so viele Kinder machen, wie sie wollte, wenn sie erst verheiratet wären. Catherine nahm das als verspätete Antwort auf ihren Heiratsantrag und machte sich sofort daran, Pläne zu schmieden.

Marguerite hatte sich ausbedungen, dass ihr Findelkind gleich im Frühjahr getauft werden sollte und verlangt, dass sie ihre Patin wurde. Das war ihr äußerst wichtig, weil Mathilde auf die Weise so oft sie wollte an den Hof von Alençon, von Amboise und sogar nach Blois kommen konnte. Die Kleine hatte nämlich großen Eindruck bei ihrem Bruder François hinterlassen, der sie unbedingt als Erster auf ein Pony setzen wollte.

»Mathilde hat meinen Bruder verführt, Alix«, sagte Marguerite lachend. »Ihr werdet ihm kaum verbieten können, sie hin und wieder in Blois zu sehen – natürlich nur, wenn ich dabei bin.«

»Ja, gewiss«, sagte Alix leise und wandte sich zu Louise, die genauso vergnügt wie ihre Tochter den Faden weiterspann:

»Mathilde hat uns alle verführt. Sie weiß jetzt schon ganz genau, wie sie uns um den kleinen Finger wickeln kann. Und ich bin mir sicher, sie wird diese Kunst noch vervollkommnen.«

Gleich schenkte Alix ihre ganze Aufmerksamkeit wieder ihrem Töchterchen und erwiderte ihre Zärtlichkeiten ausgiebig, während sich Marguerite mit Mathias unterhielt. Sie war sehr begierig darauf, den ansehnlichen Weber mit seinen blauen Augen und flammend roten Haaren kennenzulernen.

Die Stimmung war ausgezeichnet, und alles drehte sich um die Hauptperson Mathilde.

»Meiner Meinung nach sollten wir keine Untersuchung und keinen Prozess anstrengen, und Ihr solltet auch keine Klage erheben, Alix.«

»Aber warum denn nicht, Louise?«

»Weil dieses Kind keinen Skandal im Gepäck haben soll, wenn es hin und wieder am Hof erscheint. Das wäre eine Last für Mathilde und für die Höflinge inakzeptabel. Wir erheben Euch in den Adelsstand, Alix; das bin ich Euch für die vielen

Dienste, die Ihr der Familie des französischen Thronfolgers erwiesen habt, mehr als schuldig. Und dann wird Mathilde ganz offiziell Tochter der Webermeisterin Alix de Cassex aus Tours.«

Wie viele reiche und mächtige Weberfamilien hatte der französische Hof bereits geadelt für die Dienste, die sie dem Königreich erwiesen hatten? Der Vater von Alix' verstorbenem Gatten Jacquou, Maître de Coëtivy, war der beste Beweis dafür. Ludwig XI. hatte seinen Großvater in den Adelsstand erhoben. Außerdem war Alix nicht unvermögend, Alessandro hatte ihr Besitztümer in Tours, Brügge und Florenz hinterlassen, wichtige Bedingung für einen gesellschaftlichen Aufstieg.

Hin- und hergerissen zwischen ihrer Freude und dem Ärger darüber, Béraude nicht so bestrafen zu können, wie sie es verdient hätte, sah sich Alix nach Mathias um, der ihr mit einem Kopfnicken bedeutete, dass sie einwilligen sollte. Mit einem Seufzer sagte sie sich, dass für sie entscheidend war, ihre Tochter gefunden zu haben – alles andere kam ihr daneben unwichtig vor.

Was hätte sie auch sonst tun sollen? An das vollkommene Glück glaubte sie ohnehin nicht.

Alix konnte ihren Blick gar nicht von Mathilde losreißen und hatte schon angefangen, nach winzigen Unterschieden zwischen ihren Töchtern zu suchen. Doch in dem ganzen Durcheinander bei Tisch konnte sie sich nicht richtig konzentrieren und verschob ihre Suche auf später. Ein Gericht nach dem anderen wurde aufgetragen, Wein eingeschenkt, der Wasserkrug herumgereicht, und der Majordomus erteilte lautstark Anweisungen. Damals konnte sie auch noch nicht wissen, dass Nicolas als Einziger die vielen kleinen Unterschiede zwischen Valentine und Mathilde entdecken würde und diese mit der Zeit immer mehr werden sollten.

Und während ihr das Kind einen dicken Kuss auf die Wange drückte, hörte Alix, wie Marguerite Mathias versprach, in ihre Werkstätten zu kommen und sich alle Wandteppiche im Kontor anzuschauen, ehe sie in die Normandie zurückreiste.

Doch in diesem Augenblick interessierte sich Alix weder für die Teppiche in ihrer Werkstatt noch für die auf den Webstühlen, und auch kaum dafür, ob sie in Zukunft Cassex oder de Cassex heißen würde. Das Einzige, was jetzt zählte, war die kleine Mathilde, die sie gerade kennen lernte.

Mit einem Ohr hörte sie den Gesprächen allerdings doch zu und wunderte sich, wie viele Pläne für ihre Tochter geschmiedet wurden. Sollte sie der Gedanke beunruhigen, dass man sie ihr wegnehmen und ein königliches Hoffräulein aus ihr machen wollte? Bei der Vorstellung musste sie doch lächeln. Wie viele edle Damen träumten vergeblich davon, ihre Töchter dazu auserwählt zu sehen, an der Seite der Gattin, der Schwestern oder der Töchter des Königs aufzuwachsen!

Sie dachte an Valentine. Jetzt konnte sie sie wirklich ihre Kleine nennen. Alix konnte es kaum erwarten, bis Valentine an der Seite von Nicolas das Weberhandwerk erlernen würde. Ja, genau so sollte es sein! Valentine würde eine hervorragende Weberin werden, Mathilde würde es eines Tages freistehen, ob sie weiter am Hofe bleiben wollte.

Doch jetzt drückte sich Mathilde ganz fest an ihre Mutter, schnupperte ihren Geruch, beobachtete ihre Bewegungen, lauschte ihrem Atem und fand es einfach wunderbar, dass diese hübsche junge Frau ihre Mutter war.

Alix versuchte sich einzureden, dass ihr Kind bei Marguerite in den besten Händen war, auch wenn sie manchmal der Wunsch überkam, Mathilde mitzunehmen. Sie wusste allerdings auch, dass ein »Dienst« am königlichen Hofe immer auf einen bestimmten Zeitraum begrenzt war und die jungen Mädchen zwischen zwei Diensten zu ihren Familien nach Hause geschickt wurden. Doch, sie sollte sich mit dieser Lösung anfreunden! Um einer späteren Enttäuschung vorzubeugen, nahm sie sich jetzt schon fest vor, dass sie aus Valentine eine selbstbewusste Weberin und aus Mathilde eine anmutige Hofdame machen wollte.

Ob ihr das Leben wohl recht gab? Oder würde es wieder einmal alle ihre Pläne durchkreuzen?

Der Abend war schon fast vorbei, als Marguerite endlich ihre Entscheidung verkündete, eifrig unterstützt von ihren Zofen Blanche de Tournon und Madame de Breuille. Sogar Catherine schloss sich ihnen an. Und was Louise betraf, so konnte Alix deutlich spüren, dass sie nur auf diesen Moment gewartet hatte. Es war die Belohnung für die guten Taten, die sie Mathilde erwiesen hatten: Alle Frauen wollten die erste Begegnung der Zwillinge miterleben und sehen, wie ähnlich sie sich waren.

Deshalb mussten Alix und Mathias ohne Mathilde nach Tours reisen, um Valentine zu holen, damit die Damen, wie bei der Zusammenführung von Mutter und Tochter, dabei sein und ein paar Tränen der Rührung vergießen konnten.

Alix sagte nichts, aber die Entscheidung gefiel ihr gar nicht. Zu gern hätte sie die beiden Schwestern in der vertrauten Umgebung ihres Zuhauses und in Anwesenheit der Menschen, die sie liebte, zusammengebracht. Sie wollte nicht sehen, wie die Zofen von Marguerite und Louise gerührt in Tränen ausbrachen, sondern wie Bertille, Nicolas, Pierrot, Angela und auch Tania, der sie längst verziehen hatte, vor Freude weinten.

Das hätte sie Marguerite auch gern gesagt, aber irgendetwas

hielt sie zurück. Schließlich konnte sie sich schlecht mit der Schwester des zukünftigen Königs von Frankreich anlegen. Das würde ihr kein Glück bringen. Also kapitulierte sie. Außerdem gaben ihr Mathias' Blicke zu verstehen, dass es wohl besser war, wenn man nun den Wünschen des Königreichs nachkam.

Die Duchesse d'Alençon und ihre Mutter hatten an alles gedacht. Eine fürstliche Kutsche und vier weitere Wagen für alle Fälle standen im Schlosshof bereit. Die Kutsche war gut gefedert, hatte bequeme, samtbezogene Sitze, ein solides Dach, dicht schließende Türen und viel Platz für die Beine.

Und damit auf dieser kleinen Expedition, die sich in der Mittagssonne auf den Weg machte, wirklich nichts schiefgehen konnte, wurde der Tross von einer Schar Dienstboten begleitet.

Alix lächelte in Vorfreude auf die glückliche Wiedervereinigung ihrer Zwillinge selig, und Mathias hielt ihre Hand, damit sie nicht ganz vergaß, dass es ihn auch noch gab.

In Tours versuchte sie der sprachlosen Bertille aufgeregt zu erklären, was geschehen war. Die verstand sie aber genauso wenig wie Tania, weshalb es dann Mathias übernahm, ihnen die ganze Geschichte zu erzählen.

Die vielen Wagen mit dem königlichen Wappen vor der Tür hatten die Bewohner des Hauses an der Place Foire-le-Roi mehr überrascht als neugierig gemacht. Zuerst hatten sie zwar geglaubt, es wäre ein Unglück geschehen, sich aber beim Anblick der fröhlichen, lachenden Gesichter schnell wieder beruhigt.

Und die alte Bertille wusste gar nicht mehr, wo ihr der Kopf stand. Während sie sich ständig vergewisserte, dass die kleine Valentine in ihrer Nähe oder bei Tania war, konnte sie nicht genug darüber staunen, wie glücklich Alix und Mathias aussahen.

Sie hätte wetten wollen, dass sich zwischen den beiden etwas getan hatte – und diesmal war es kein Streit!

Pierrot spürte sofort, dass sie sich endlich gefunden hatten und rieb sich vor Freude die Hände. Aber was zum Teufel sollten die ganzen luxuriösen Kutschen draußen vor der Tür? Die vielen Dienstboten! All die Höflichkeiten, Verbeugungen und albernen Manieren! Und die verstohlenen Blicke, mit denen das Heer von Lakaien und Dienstmädchen Ausschau nach der kleinen Valentine hielt!

Juan und Lisette kamen aus der Werkstatt gelaufen, weil sie auch erfahren wollten, was los war.

Nicolas, dem man bereits erklärt hatte, dass Valentine irgendwo in der Normandie eine kleine Schwester habe, sagte kein Wort. Angestrengt versuchte er dem wirren Bericht zu folgen, der ihm wie ein Märchen vorkam, das er nicht glauben wollte. Es konnte ja wohl kaum sein, dass es dieses andere Mädchen wirklich gab und dass es Valentine auch noch zum Verwechseln ähnlich sah. Er hielt es für völlig ausgeschlossen, dass es noch eine zweite Valentine auf der Welt gab, schenkte der Geschichte kein Vertrauen und hielt sich die Ohren zu, weil er nichts mehr davon hören wollte.

Als Alix später den Bericht seines Vaters bestätigte, zuckte er nur die Schultern. Weil Nicolas aber ein kluger Junge war, sagte er sich, wenn sie doch recht haben sollten und es dieses andere Mädchen wirklich gab, würde er es jedenfalls niemals mit seiner Valentine verwechseln.

Wie auch immer, die Geschichte gefiel ihm nicht, und er beschloss, sie erst einmal irgendwo in seinem Gedächtnis zu vergraben, bis er sich persönlich von der Wahrheit überzeugen könnte. Dafür freute er sich umso mehr über seinen Vater, der ihm wie ausgewechselt schien. Noch nie hatte er ihn so freudestrahlend erlebt. Und als er auch noch kurz vor ihrer Abreise gesehen hatte, wie sein Vater die Hand von Alix nahm und nicht mehr losließ, kannte sein Glück keine Grenzen mehr.

Kaum war der Konvoi eingetroffen, machte er sich auch schon wieder auf den Rückweg. Alix, Valentine und Mathias saßen eng zusammengekuschelt in der Kutsche und genossen ihr Glück. Alix wollte dem Mädchen nicht zu viel zumuten. Schließlich hatte der ganze Hausstand laut genug über die aufregende Geschichte gejubelt.

»Ich glaube, Nicolas hat alles sehr gut verstanden«, flüsterte Mathias Alix ins Ohr, »aber er weigert sich einfach zu glauben, irgendjemand könnte genauso sein wie seine Valentine.«

»Das kann ich sehr gut verstehen. Für ihn bricht eine Welt zusammen. Wir sollten ihn behutsam an die veränderten Tatsachen heranführen, dürfen ihn aber zu nichts zwingen.«

Als Valentine sah, wie ihre Mutter Mathias einen Kuss gab, schmiegte sie sich noch enger an die beiden, um nichts zu versäumen. Sie blickte von einem zum anderen, nahm von jedem eine Hand und ließ sie nicht mehr los.

Der Konvoi machte im Schlosshof Halt, und Valentine wagte sich erst einmal nicht aus der Kutsche. Derart viele Aufregungen in so kurzer Zeit waren zu viel für sie. Als Alix sah, wie ängstlich und schüchtern sie sich verhielt, konnte sie gar nicht verstehen, dass Valentine allein weggelaufen war. Sie musste wohl von einem unstillbaren Verlangen angetrieben worden sein.

Schon jetzt spürte Alix, dass die beiden Mädchen ein ganz unterschiedliches Temperament hatten. Mathilde war charakterstark und wollte sich nichts sagen lassen, Valentine benahm sich längst nicht so starrköpfig.

Die Vorstellung, Mathilde hätte bei dem Feuer im Wald sterben können, erfüllte Alix noch immer mit Entsetzen. Doch daran wollte sie jetzt nicht denken, sondern sich über den glücklichen Ausgang der Geschichte freuen. Erst gab sie Valentine einen Kuss, dann Mathias, der ihr aufmunternd zulächelte.

»Ach, Mathias, hoffentlich geht alles gut! Ich mache mir solche Sorgen!«

»Nur die Ruhe, Alix! Das Schlimmste haben wir schon überstanden.«

Alix' Geduld wurde aber noch einmal auf die Probe gestellt. Offenbar wollte Marguerite das Ereignis in vollen Zügen auskosten, weshalb es hieß, man müsse noch eine Weile warten, ehe man die Fortsetzung dieser sonderbaren Geschichte erleben könne.

Die Dienstboten, die die drei nach Tours und zurück begleitet hatten, führten sie in einen der Salons im Parterre. Alix setzte sich und nahm ihre Tochter auf den Schoß, aber sie hatte ihr kaum erklärt, dass gleich viele Leute kommen und ihr die Schwester wie ein schönes, unvergessliches Geschenk präsentieren würden, da kündigte Catherine auch schon die Comtesse d'Angoulême und die Duchesse d'Alençon an.

Es sah beinahe so aus, als würde man ein kleines Stück zum zweiten Mal aufführen, bei dem sich aber einige Vorgaben geändert hatten. Dem Publikum wurde eine andere Szene vorgespielt. Schauplatz war nicht mehr das Gasthaus, sondern ein Schloss, und es war noch ein Schauspieler dazugekommen – Valentine. Und was die Statisten betraf, so waren es nun viel mehr, die einen großen Kreis um die Bühne bildeten, auf der die Szene gleich gespielt werden sollte.

Der Vorhang ging auf, und die Duchesse d'Alençon betrat mit Mathilde an der Hand, gefolgt von ihrer Mutter, den Salon. Es war ein denkwürdiger Augenblick, und jeder war ergriffen von dem unbefangenen Wesen der beiden Kinder. Kein Wunder, dass die Zofen von Louise und Marguerite dieses freudige Ereignis nicht verpassen wollten.

Beim Anblick ihrer Mutter strahlte Mathilde vor Freude und wollte zu ihr laufen, blieb aber stehen, als sie Valentine entdeckt hatte. Mit ungläubigem Staunen sahen sich die beiden Mädchen an.

War ihnen ihre große Ähnlichkeit überhaupt bewusst? Auch wenn sie noch zu klein waren, um in den Spiegel zu schauen und sich ihr Gesicht zu merken – nur ihr gemeinsamer Wunsch, die gleiche tiefe Sehnsucht, die nach Erfüllung verlangte, zählten jetzt.

Valentine hatte die Hand ihrer Mutter losgelassen und ging ein paar Schritte auf Mathilde zu. Mathilde kam ihr entgegen. Nach wenigen Schritten standen sie sich gegenüber. Und während alle ergriffen schwiegen, streckte Mathilde, die mutigere von beiden, langsam ihre Hand aus und berührte ganz vorsichtig die Wange ihrer Zwillingsschwester. Valentine machte es ihr nach, zitterte aber viel mehr als ihre Schwester. Dann strich ihr Mathilde zärtlich über die Lider, ihre zierlichen Nasenflügel, ihren herzförmigen Mund, und Valentine ließ ihre kleinen runden Finger genauso über das Gesicht der Schwester spazieren.

Jede Bewegung, die Mathilde machte, wurde von ihrer Schwester wiederholt, begleitet von den gleichen Seufzern und im gleichen Atemzug. Der einzige Unterschied war, dass Mathilde Valentines Haare nur bestaunte, aber nicht berührte, ihre

Schwester jedoch ihr kurzes Haar anfasste, ohne zu begreifen, warum es so anders war.

Bei dem Feuer im Wald waren Mathildes Haare völlig verbrannt und zwar zum Glück dicht nachgewachsen, aber noch nicht sehr lang. Die Jungenfrisur irritierte Valentine mit ihren schönen, langen Locken.

Vor dem zahlreichen Publikum sagten die zwei Schwestern kein Wort, sahen sich nur unverwandt an und streichelten sich zärtlich. Was hätten sie sich aber auch sagen sollen, wo sie doch ganz offensichtlich in Gedanken fest miteinander verbunden waren?

Und während sich keiner seiner Tränen schämte, hatte Alix plötzlich das Gefühl, mit den unerklärlichen nervösen Anfällen ihrer beiden Töchter wäre es nun vorbei, weil sie sich endlich gefunden hatten.

20.

Louise d'Angoulême hatte es sich an ihrem Schreibtisch bequem gemacht, die Füße auf einen kleinen Hocker gelegt und ihr Tagebuch aufgeschlagen. Ihr Blick schweifte über das frische Grün in dem kleinen ummauerten Garten vor ihrem Fenster. Es duftete nach Frühling, und sie begann zu träumen.

Dann schob sie das Tagebuch mit seinen dicht beschriebenen Seiten wieder weg, und ihrer Brust entrang sich ein langer Seufzer der Erleichterung.

Seit einiger Zeit brauchte sie einen Lehnsessel für ihren Rücken, der ihr jeden Winter mehr Probleme machte. Mittlerweile strahlten die Schmerzen bis in die Wirbelsäule, sodass sie manchmal gar nicht schlafen konnte.

Vor ihr lag ein unbeschriebener Bogen Pergament. Jetzt wollte sie die schmerzhaften Stiche, die sie seit Stunden plagten, vergessen, und tauchte ihre Feder in die Tinte.

Meine liebe Alix,

bin ich ein Monstrum, wenn ich Euch gestehe, sehr erleichtert darüber zu sein, dass dem Schicksal von François nichts mehr im Wege steht? Er wird König von Frankreich, das bestätigt mir

nun jeder. Königin Anne ist gestern gestorben. Endlich werde ich nachts nicht mehr von diesen grausamen Ängsten um seine Zukunft heimgesucht, auch wenn ich dafür nun furchtbare Schmerzen habe, die mich fast jede Nacht quälen. Wahrscheinlich werde ich eine Kur in Bagni di Lucca machen. Die Thermen dort sollen sehr gut sein.
Nun ruhe sie also in Frieden, unsere Königin. Wahrscheinlich hätte ich mich ganz gut mit ihr verstanden, hätte nicht der schreckliche Kampf um die Thronfolge zwischen uns gestanden. Sie brauchte einen Dauphin und konnte ihn Frankreich nicht schenken – ich zitterte jedes Mal vor Angst in irgendwelchen finsteren Ecken oder vergraben in meinem Zimmer, wenn sie niederkam. Aber so ist es nun einmal, so hat es das Schicksal bestimmt! Die Königin musste gehen, ohne ihren Traum verwirklicht zu haben.
Ich bin sicher, dass Ihr an meinen Cäsar gedacht habt, als die Glocken in allen Städten ihren Tod verkündeten und jeder ihr unglückliches Schicksal beklagte. Ja, sie war krank und geschwächt, weil sie so viele Kinder zur Welt gebracht hatte. Ich weiß genau, wie viele – elf, schließlich habe ich sie oft genug gezählt! Elf Kinder, von denen alle bis auf zwei bei der Geburt oder kurz danach gestorben sind. Nur zwei Mädchen blieben am Leben. Die ältere von beiden, Claude, die Ihr kennt, wird François bald heiraten. Das brave Kind wird meinen Sohn bestimmt glücklich machen und ihm ein paar schöne Jungen schenken. Ich bin sicher, der Himmel gewährt ihr diese Gnade, die er ihrer Mutter versagt hat.
Und wie geht es dem König, wollt Ihr wahrscheinlich wissen? Er ist ebenfalls sehr geschwächt. Seit seiner Rückkehr aus Italien weiß er, dass ihn sein letzter Feldzug – zu dem er nie

hätte aufbrechen dürfen – langsam, aber sicher umbringen wird. In größter Hast mit einer winzigen Armee aus Verwandten und engen Freunden, zu denen auch der Duc d'Alençon zählt, zurückgekehrt, hat er sich wieder in Blois eingerichtet, das er wohl nicht mehr verlassen wird.

François und Marguerite, die mit mir in Amboise waren, mussten nach Hause. Meine Tochter ist nach Alençon zurückgereist, mein Sohn nach Blois. Ihn habe ich allerdings begleitet und gedenke dort noch länger zu bleiben. Der Hof von Blois ist jetzt auch mein Hof.

Ach, meine liebe Alix! Ich bin überzeugt, dass auch François vor Freude jubelt, und empfinde diesen Überschwang als gerechten Lohn für einen großen Erfolg. Ehe sie mit Marguerite in die Normandie abgereist ist, wurde Madame de Breuille nicht müde zu wiederholen, dass es alles andere als christlich wäre, sich über eine so traurige Nachricht zu freuen und nur Unglück bringen würde, während sie die ganze Zeit mit ihrem Rosenkranz spielte.

Um dem etwas entgegenzuhalten, hat meine gute Antoinette wieder und wieder lauthals beteuert, dass eine Wartezeit von sechzehn Jahren ihrer Meinung nach durchaus zu solcher Freude berechtigte – so lange musste ich nämlich warten. ›Jetzt sind wir sicher, dass François d'Angoulême den Thron besteigen wird‹, sagte sie ein ums andere Mal. Das wollt Ihr ihr doch nicht etwa übel nehmen, Alix? Immerhin sind ihre Töchter bald Schwestern des Königs von Frankreich. Ja, Alix! Wir haben tatsächlich gewonnen!

Natürlich habe ich geweint, wie es sich bei der Trauerfeier für die Königin gehört, und auf meinem Gesicht war nicht die Spur von Genugtuung zu sehen. In den Augen meiner Kinder

schien mir allerdings gelegentlich Zufriedenheit aufzublitzen. Nur der König und Annes engste Zofen trauerten aufrichtig. Unter uns gesagt, bin ich froh, wenn die Freude siegt! Lasst uns ihre Trauer respektieren, aber innerlich jubeln. Schließlich wusste der ganze Hofstaat, wie sehr die Königin und ich uns gehasst haben. Wie oft zeigte sie sich meinem Sohn gegenüber hochmütig, und wie oft musste ich ihr Demut beweisen? Ohne den König, der ihre Fehler korrigiert und ihre Feindseligkeit uns gegenüber gemildert hat, hätten wir harte Zeiten erlebt.
Ich muss gestehen, die Beisetzung war sehr feierlich. Der Leichnam der Königin war in Saint-Denis auf einem Prunkbett aufgebahrt zwischen sechs übergroßen weißen Kerzen, die mit ihrem flackernden Licht die Szenen auf den Seidenteppichen an den Wänden zum Leben erweckten.
Weil ich die Ereignisse nicht betrauert habe – ich gebe es offen zu, Alix –, hatte ich ausreichend Gelegenheit, diese wirklich sehr schönen Teppiche zu betrachten. Vielleicht kennt Ihr ihre Geschichte. Der eine ist für einen Chorraum gemacht und stammt aus dem Ensemble Das Leben der Jungfrau und des Christus *und ist die Szene mit dem Titel* Dornenkrone. *Der König von England hat sie dem französischen König für das Begräbnis von Königin Anne geschickt. Die Farben leuchten wunderschön; bestimmt würde Euch die kunstvolle und präzise Ausführung der Blumenmotive auf den Bordüren gefallen. Der andere Teppich ist ein Geschenk des Königs von Kastilien und heißt* Die Verherrlichung des Heiligen Kreuzes. *Ihr könnt Euch nicht vorstellen, wie schön er ist! Ach, Alix, Ihr würdet vor Ehrfurcht auf die Knie fallen, und ich würde mich, an Eurer Seite an Eurer Entzückung erfreuen, denn Gott weiß, wie sehr wir beide kunstvoll gewebte historische Wandteppiche*

lieben. Dieser hier besteht aus zwei Teilen gigantischen Ausmaßes, die zwei große Wände vollständig bedecken.
Der König erwägt, sie nach Blois mitzunehmen. In dem Fall müsstet Ihr unbedingt kommen, um sie zu sehen; ich würde Euch dort erwarten. Solltet Ihr nicht mehr allein kommen können, bringt Euren Compagnon Mathias bitte mit. Mir scheint, er hat die Stelle vom Vater Eurer Zwillinge eingenommen. Habe ich recht? Wir heißen ihn am Hofe willkommen. Nachdem Marguerite ihn bereits kennengelernt hat, muss natürlich auch François seine Bekanntschaft machen.
Doch zurück zur Beisetzung der Königin. Ihr Herz wurde in einem goldenen Gefäß verschlossen und soll in die Karmeliterkirche nach Nantes gebracht werden. Ihr Leichnam wurde in der Kirche Saint-Sauveur in Blois ausgesegnet und wird im Laufe von zehn Tagen auf einem von sechs Pferden gezogenen Leichenwagen ganz langsam nach Paris überführt.
Ob wohl das Hermelin aus dem Wappen der bretonischen Krone und das Stachelschwein aus dem der französischen noch lange Seite an Seite stehen werden? Inzwischen weiß jeder, dass die Bretagne Frankreich gehört. Und der König hat alle Maßnahmen getroffen, damit sich daran auch nichts ändert. Mein Sohn wird also nicht die Sorge haben, irgendetwas einfordern zu müssen. Und wenn Claude, die das bretonische Herzogtum von ihrer Mutter erbt, François erst geheiratet hat, wird sie es ihm bestimmt übergeben.
Meine liebe Alix, Ihr könnt Euch gar nicht vorstellen, wie viel ich zu tun habe! Als Erstes muss ich mit dem König sprechen, sobald er sein Schweigen aufgegeben hat. Seine Trauer ist so groß, dass er am liebsten ebenfalls sterben würde, um mit seiner geliebten Frau vereint zu sein. Er hat sogar bereits eine große

Gruft in Auftrag gegeben, in die er gelegt werden möchte, wenn es so weit ist. Ich weiß aber, dass er sich erholen wird, um uns mit seinen neuesten Plänen zu unterhalten, welche auch immer das sein mögen. Louis scheint um Jahre gealtert und gebeugt. Gott allein weiß, ob ihn der erste Teil seines Lebens, der eine einzige wüste Schwelgerei war, wie ich von meinem Mann weiß, der ihn oft begleitet hat, ohne sich dafür zu schämen, oder der zweite, der gewiss moralischer und klüger, dafür aber von zahllosen Kriegen geprägt war, so geschwächt hat. Wenn ich seine verlorene, gebeugte Gestalt sehe, könnte ich geradezu Mitleid mit ihm bekommen.

Allein in seinen Gemächern, wo ihm nur seine Apotheker und Ärzte Gesellschaft leisten, wehklagt er vermutlich immer wieder über den Tod seiner Kinder. Im Schloss wird gemunkelt, dass ihn der Himmel damit vielleicht dafür bestrafen wollte, dass er seine erste Gattin so grausam verstoßen hat.

Doch das kümmert François alles herzlich wenig. Er reitet mit Pegasus über Land und ist dieser Frau, die ihn so oft hochmütig behandelt hat, insgeheim sehr dankbar, dass sie ihm – gegen ihren erklärten Willen – das Königreich Frankreich und Prinzessin Claude vermacht hat.

Ach, meine liebe Alix, meine zärtliche Freundin! Wie glücklich Ihr für mich sein müsst! Im Geist versammle ich bereits alle Getreuen um mich, die mir im Laufe der Jahre lieb und teuer geworden sind. Die Liste ist vielleicht noch nicht sehr lang, dafür weiß ich, dass ich auf jeden von ihnen zählen kann, wenn ich sie erst in mächtige Positionen gebracht habe. Charles ist als Erster an der Reihe, und er weiß, dass ich mein Versprechen halte. Er wird zum Grand Connétable ernannt. Sobald mein Sohn zum König von Frankreich gekrönt wird, kommt der Duc de Montpensier in der Rangfolge gleich hinter ihm an zweiter Stelle. Was ihm bestimmt ausgezeichnet gefällt, stolz und ehrgeizig wie er ist. Jeden Tag bete ich zum Himmel, er möge sich etwas mehr von seiner trübsinnigen Frau entfernen und mehr Zeit mit mir verbringen. Wenn seine vielfältigen Verpflichtungen erst verlangen, dass er sich in der Nähe des Königs aufhält, hat er dazu auch endlich die Gelegenheit. Und dann sehen wir weiter. Am Hofe von Beaujeu und auf Umwegen auch an dem von Blois wird gemunkelt, dass Suzanne sehr kränklich ist. Sollte Charles Witwer werden, würde ich ihn auf der Stelle heiraten.

Zunächst geht es aber um Marguerite. Ich möchte sie bitten, sich nicht allzu lange in der Normandie zu verstecken, weil ich sie und ihr brillantes Auftreten für den ruhmreichen Aufstieg ihres Bruders brauche. Gemeinsam wollen wir ihn zum Gipfel tragen und glorifizieren. Sie ist gebildet und klug, eine brillante Gesprächspartnerin und eine Künstlerin beim Feiern, beim Spielen, beim Ausreiten und beim Tanzen.

Als ich mich an meinen Schreibtisch gesetzt und ehe ich meinen Brief an Euch begonnen habe, Alix, habe ich die letzte oder vielleicht auch vorletzte Seite in meinem Tagebuch gefüllt und mit folgendem Satz beendet: Anne de Bretagne ist am 9. Januar 1514 gestorben und hat mir die Verwaltung ihrer Güter, ihres Vermögens und des Vermögens ihrer Töchter übertragen.

Für Louis XII. gibt es nun also keinen Grund mehr, gegen die Heirat seiner Tochter, Prinzessin Claude de France, mit meinem Sohn François, Duc de Valois und Comte d'Angoulême, Einspruch zu erheben. Die Hochzeit soll am 18. Mai 1514 gefeiert werden.

Dabei fällt mir ein: Ihr habt mir erzählt, dass Ihr Mathias heiraten wollt. Was hieltet Ihr davon, die beiden Hochzeiten gleichzeitig zu feiern?
Ich weiß schon, Ihr sagt jetzt bestimmt nein, weil Ihr mir bereits bei Eurem kurzen Aufenthalt in Blois angedeutet habt, dass Ihr Euch eine einfache Hochzeit im kleinen Kreis wünscht. Dann sollte ich vielleicht erläutern, dass die Verbindung von François und Claude nur mit einem Segen in der Kirche und einem anschließenden kleinen Souper begangen werden soll, um die Trauer des Königs zu respektieren. Der kleinen Claude habe ich allerdings angesehen, dass sie sich ein prächtigeres Fest, Banketts, Konzerte und Jagdveranstaltungen gewünscht hätte, weil das besser zu dem großartigen Mann passen würde, den sie liebt.
Ihr müsst nämlich wissen, dass die kleine Claude sehr verliebt ist in meinen François, und obwohl sie den Tod ihrer geliebten Mutter zutiefst betrauert, ist es doch ihr ganzer Lebensinhalt, François glücklich zu machen.
Ihr müsst mir unbedingt berichten, wie es Eurer kleinen Mathilde geht. Sie fehlt Marguerite sehr. Zu gern hätte sie die Kleine mit in die Normandie genommen. Ich habe sie mit dem Versprechen getröstet, dass Ihr sie ihr oft überlassen werdet, damit sie sie standesgemäß erziehen kann, das heißt nach allen Regeln von Anstand und Kultur, um eines Tages zu einer vollendeten Hofdame zu reifen. Kümmert Euch gut um sie. Möge sie immer glücklich sein mit ihrer Zwillingsschwester.

Auf bald, meine liebe Alix,
und herzliche Grüße von Eurer
Louise.

21.

Auch wenn Alix nun endlich ihr Glück in vollen Zügen genoss, war es doch leider getrübt von einem Zwischenfall, der sich während der Aufregung um die glückliche Wiedervereinigung der Kinder in ihrer Werkstatt ereignet hatte. Und wie hätte man die vermeiden sollen, wenn sich doch sogar der gesamte Hof von Blois mit dem außergewöhnlichen Ereignis beschäftigte?

Arbeiter und Lehrlinge hatten wegen des großen Wirbels um die beiden Zwillinge ihre Arbeit stehen und liegen gelassen. Es herrschte große Aufregung, und keinen hielt es an seinem Platz. Wer hätte auch ahnen sollen, dass man ihnen sozusagen vor der Nase etwas aus der Werkstatt stehlen würde, während jeder damit beschäftigt war, die Tränen der Rührung über diese unglaubliche Geschichte wegzuwischen? Zwei kleine Zwillingsmädchen, die das Schicksal direkt nach der Geburt getrennt hatte und die wie durch ein Wunder am französischen Königshof wieder zusammengefunden hatten!

In den Werkstätten der Alix Cassex, die gerade in den Adelsstand erhoben worden war, kam man aus dem Staunen nicht mehr heraus. Die Schwester des zukünftigen Königs von Frankreich hatte das kleine Mädchen, das sich später als Valentines Zwillingsschwester herausstellen sollte, gerettet und zu sich genommen. Und der zukünftige König persönlich hatte die kleine Mathilde zu sich aufs Pferd genommen und ihr ein Pony versprochen, sobald sie groß genug dafür wäre.

Arbeiter und Lehrlinge trauten ihren Ohren kaum, umso mehr als es sich bei den beiden Mädchen um die leiblichen Töchter von Dame Alix handelte. Und deshalb hatte Bertille die Türen an der Place Foire-le-Roi weit aufgerissen, damit sie alle die zwei Kleinen sehen konnten, wie sie Arm in Arm aus der Kutsche kletterten und auf das Haus zugingen. Die Comtesse d'Angoulême und die Duchesse d'Alençon hatte dieses Schauspiel so gerührt, dass in ganz Tours von nichts anderem die Rede war.

Die *Galanterien* mussten in dem Augenblick verschwunden sein, als der Wächter Juan ganz kurz seinen Posten verlassen hatte, um die königlichen Equipagen vor dem Haus zu bewundern.

Bei seiner Rückkehr war ihm nichts aufgefallen. Erst am nächsten Morgen stellte Arnaude entsetzt fest, dass der Teppich verschwunden war, den sie tags zuvor noch auf dem Webstuhl gesehen hatte.

»Verdammt!«, entfuhr es Mathias.

»Der Dieb muss vom Fach sein«, meinte Arnaude, die den leeren Webstuhl genau untersucht hatte, »er hat den Teppich vorschriftsmäßig herausgenommen.«

Von dem aufgeregten Stimmengewirr angelockt erschien Juan mit bleicher Miene und zitternden Händen. Wie hatte das passieren können, ihm, dem aufmerksamen, unbescholtenen Wächter?

»Ich habe niemand gesehen«, versicherte er verstört. »Ich schwöre, ich war nur ganz kurz weg, Dame Alix. Ich wollte nur einmal die königlichen Equipagen sehen. Und …«

Er verstummte verlegen, fuhr sich über die schweißnasse Stirn und sagte zögernd:

»Außerdem wollte ich ein paar Worte mit Philibert und Jean-Baptiste wechseln, dem Kutscher und dem Stallknecht der Comtesse d'Angoulême, die jetzt für Dame Marguerite arbeiten und die ich in Amboise kennengelernt habe.«

»Ich mache dir ja gar keinen Vorwurf, Juan«, versuchte ihn Alix zu beruhigen, obwohl sie natürlich sehr verärgert über den Diebstahl des kostbaren Teppichs war.

»Wer hätte denn gedacht, dass sich in dem ganzen Durcheinander ein Dieb in die Werkstatt schleicht?«, kam Julio Juan zu Hilfe. »Ich bin auch ein paar Minuten aus dem Kontor gegangen, und Angela ist mitgekommen.«

»Sie haben leider recht«, sagte Arnaude kopfschüttelnd. »Wir hatten alle nichts anderes im Sinn als die Ankunft der beiden Mädchen.«

Während Mathias weiter betreten schwieg, weil ausgerechnet die *Galanterien* gestohlen worden waren, wollte Alix den Vorfall nicht weiter diskutieren, sondern lieber abwarten, ehe sie eine Entscheidung traf.

Im Moment zählte für sie aber wirklich nur die glückliche Vereinigung ihrer Zwillinge, und sie konnte sie gar nicht oft genug ansehen, anziehen und frisieren und sich über ihr wesensgleiches Verhalten freuen.

Ihre Werkstätten waren jedenfalls voll ausgelastet, und in ihrem Verkaufskontor gab es jedes Jahr mehr neue Kunstwerke der Teppichweberei zu bestaunen.

Aus wirtschaftlichen Gründen blieb Alix den Millefleurs treu, die zwar noch nicht bei den Kunden in Ungnade gefallen, aber doch von den neuen Ideen der Renaissance ein wenig in den

Hintergrund gedrängt worden waren. Weil Arnaude nun nicht mehr an den *Galanterien* weiterarbeiten konnte, gab sie ihr den Auftrag für eine Allegorie – Männer und Frauen bei der Feldarbeit, von einem Millefleurs sehr schön in Szene gesetzt.

Obwohl Alix ihre ganze Zeit den Töchtern und ihrer neuen Liebe zu Mathias widmete, musste sie doch immer wieder an den Diebstahl denken, der schließlich möglichst bald aufgeklärt werden sollte. Doch die Zeit verging wie im Flug, und die Arbeit konnte nicht warten. Alix war der Renaissance sehr verbunden und interessierte sich deshalb stets für alle italienischen Reformen in der Kunst. Den Maler Raffael und seine Kartons hatte sie noch längst nicht vergessen. Welch wunderschöne florentinische Madonnen sie nach seinen Vorlagen hatte weben lassen! Und welch großartige Teppiche entstanden, inspiriert von seinem Gemälde *Augustus und die Sibylle,* auf ihren Hochwebstühlen!

Doch neben dem Familienleben hatte sie schließlich in der Werkstatt ihre Arbeit zu tun und sollte sich auch noch über den Verbleib der *Galanterien* Gedanken machen.

Deshalb musste Tania auf ihren Wunsch die Arbeit in der Werkstatt aufgeben, wo ihr Philippe das Weben auf einem Flachwebstuhl beibrachte.

»Sobald ich eine Kinderfrau für meine Töchter gefunden habe, kannst du zurück in die Werkstatt.«

Tania hatte freudestrahlend eingewilligt. Gott, wie erleichtert sie über den glücklichen Ausgang dieser Tragödie war! Und Philippe würde bestimmt auf sie warten.

Als sich Alix ein wenig von den ganzen Aufregungen erholt hatte, verdüsterte sich ihre Stimmung, weil ihr allmählich klar wurde, wie unangenehm die Folgen des Diebstahls für sie werden konnten, wenn es ihr nicht gelang, sich zu entlasten.

Mathias legte den Arm um ihre Schulter und fragte unsicher: »Willst du nach Chaumont?«

Beim Gedanken an den Duc d'Amboise war sie sofort angespannt, beruhigte sich aber schnell wieder.

»Nein, Mathias. Das hat keinen Sinn, und ich will durchaus nicht wieder dorthin. Außerdem können die *Galanterien* nicht in Chaumont sein. Das hätte ich längst erfahren.«

»Aber …«

Alix sah die Angst in seinen Augen.

»Mach dir keine Sorgen. Vorbei ist vorbei. In meinem Leben gibt es nur noch dich, Nicolas und meine beiden Töchter.«

Trotz seiner besorgten Miene musste sie lachen.

»Und natürlich unsere Werkstatt!«

Dann holte sie tief Luft.

»Wir haben nie viel über das Ensemble *Das höfische Leben* geredet. Jetzt arbeiten wir schon drei Jahre an den Teppichen, und der letzte ist fast fertig. Obwohl ich auf keinen Fall nach Chaumont will, Mathias, sollte ich dir wohl einige Details erläutern, über die ich dich bisher nicht informiert habe.«

»Nur zu«, meinte Mathias, der sich gar nicht wohl dabei fühlte, dass die alte Geschichte wieder aufgewärmt wurde.

»Mit Maître Bellinois, dem Weber des Herzogs von Amboise, habe ich mich leider gar nicht verstanden.«

»Das ist mir nicht neu!«

»Aha! Woher willst du das denn wissen?«

Er nahm sie in die Arme, drückte sie und gab ihr einen flüchtigen Kuss, der ihnen die Anspannung nehmen sollte.

»Glaubst du etwa, ich hätte das nicht gemerkt?«

»Aber ich habe doch mit keinem darüber gesprochen.«

»Du meinst also, ich hätte das nicht gespürt? Ich wusste immer, was du dachtest, Alix. Alles.«

»Alles?«

»Wäre es nicht so gewesen, hätte ich dich nicht so geliebt.«

»Halt mich fest«, murmelte Alix und schmiegte sich an ihn.

Die Arbeiter waren noch nicht da, und es war ganz still in der Werkstatt. Arm in Arm standen die beiden vor ihrem Teppich *Augustus und die Sibylle*, der fast fertig war. Mathias umarmte sie so fest, dass sie kaum noch Luft bekam. Sie versteckte ihren Kopf an seiner Schulter und genoss die liebevolle Umarmung. Dann löste sie sich von ihm und ging zu dem Webstuhl von Arnaude.

»Ich bin mehrfach mit Maître Bellinois aneinandergeraten, weil er die Urheberschaft für das ganze Werk beanspruchte, obwohl er nur einen Teil davon geschaffen hatte.«

Mathias trat hinter sie, und sie spürte seinen Atem in ihrem Nacken.

»Das dachte ich mir, aber ich wollte nicht das Gespräch darauf bringen. Glaubst du, er hat den Diebstahl begangen?«

»Ich bin mir ganz sicher. Er hat mich ständig beobachtet, dennoch hätte ich nicht gedacht, dass er so weit gehen würde. Leider wird mich der Duc d'Amboise bei dieser Untersuchung nicht unterstützen. Und wenn ich den Täter alleine finden muss, muss ich Tours wohl verlassen, ehe sich Mathilde richtig bei uns eingelebt hat.«

»Ich helfe dir natürlich.«

»Auch wenn du dann mit mir nach Felletin reisen musst?«

»In die Auvergne!«

»Ja, dort hat Bellinois seine Werkstatt. Ich bin überzeugt, er hat unsere *Galanterien* auf einen seiner Webstühle gespannt und tut so, als wäre es dort entstanden. Und jeder, der den Teppich dort sieht, wird glauben, er könne das bezeugen.«

»Wann willst du aufbrechen?«

Nachdenklich schüttelte sie den Kopf. Wann war die Zeit reif? Es war noch zu früh, sie sah sich noch nicht wieder in der Lage zu kämpfen, Drohungen oder Beleidigungen zu ertragen.

»Nicht sofort, Mathias. Erst möchte ich noch eine Weile die Zeit mit Mathilde genießen. Außerdem müssen wir noch einen wichtigen Teppich beginnen«, sagte sie und deutete auf die Vorlage für *Die Geschichte des Cäsar*.

»Sobald die Vorlage vom Karton auf den Rahmen übertragen ist und Philippe und Landry mit der Arbeit beginnen können, müssen wir nach Paris.«

»Nach Paris!«

»Wir müssen sichergehen, dass nicht etwa schon ein Weber in der Hauptstadt an dem Motiv arbeitet.«

»Da hast du recht«, nickte Mathias.

»Und damit wir keine Zeit verlieren, könntest du nach Paris fahren und ich nach Felletin.«

»Glaubst du nicht, dass …«

»Wir müssen Vertrauen haben, Mathias. Ich weiß, dass du nie wieder zu dieser schrecklichen Frau gehst, wenn du nach Paris reist. Schon allein, weil uns die Comtesse d'Angoulême geraten hat, jeden Skandal zu vermeiden, mit dem wir Mathilde nur schaden würden.«

Weil er schwieg, fuhr sie fort:

»Genauso wenig musst du dir Sorgen machen, sollte ich eines Tages dem Duc d'Amboise begegnen. Wir würden nur darüber sprechen, wie wir seinen gestohlenen Teppich wieder finden können.«

Er seufzte.

»Können wir uns das zutrauen, Mathias?«, fragte sie, und als er noch immer nicht antwortete: »Mathias!«

Er nahm sie in den Arm und sah sie mit begehrlichen Blicken an. Sie wollte ihn locken und wand sich in seinen Armen wie eine verliebte Katze.

»Komm!«, flüsterte er und zog sie in die einzige Ecke, in der sich keine Kartons, Webrahmen, Garnrollen oder sonst etwas stapelten. Er legte sie auf den nackten Boden und wollte gerade ihr Kleid hochschieben, als sich die Tür öffnete und der erste Arbeiter die Werkstatt betrat – Pierrot.

Er sah die beiden verlegen aufspringen, wunderte sich aber nicht weiter.

»Tut einfach so, als wäre ich nicht da!«, meinte er nur vergnügt.

Denn wenn einer wirklich mehr als glücklich war, dass sich die beiden gefunden hatten, dann Pierrot, den Alix als Waisenjungen bei sich aufgenommen hatte und der seitdem quasi zur Familie gehörte. Endlich waren die gemeinsamen Abendessen wieder fröhlich; man schwatzte und diskutierte eifrig, und es wurde viel gelacht. Sogar die Bertille machte wieder ihre spitzen Bemerkungen. Ja, jetzt war es wieder so schön wie zu Lebzeiten von Jacquou.

»Guten Morgen, Pierrot«, begrüßte ihn Alix freundlich und machte sich an eine Arbeit, die ihr besonders am Herzen lag.

Alix arbeitete immer eng mit den Werkstätten in Flandern zusammen, das heißt, sie machte einen Teppich, der in Brüssel, Tournai oder Antwerpen begonnen worden war, auf Rechnung des Webermeisters, der ihn in Auftrag gab, fertig und war dann am Gewinn beteiligt. Oft verkaufte sie die Arbeiten im Val de Loire und gab dann einen Teil des Gewinns an ihren Freund Julio weiter, der streng und mit wachsamem Auge die Rechnungsbücher führte.

»Kannst du deine *Fabeltiere* einfach so allein lassen? Willst du nicht daran weiterarbeiten, ehe du abreist?«

Sie warf einen Blick auf den Teppich, von dem Mathias sprach.

»Du weißt sehr gut, wie schwierig das wird.«

Dieser Teppich bereitete ihnen tatsächlich große Schwierigkeiten, weil er eine vollkommen andere Struktur verlangte. Man sah darauf eine Reihe von Bäumen, deren zahllose kleine, blaugrüne Blätter mit einem schmalen Streifen Himmel darüber verschmolzen. Am unteren Rand gab es eine grüne Wiese mit Millefleurs. Die übrige Fläche war für die Handlung reserviert.

Und eben die machte es so schwierig. In den verschachtelten Bildaufbau sollten Tiere eingefügt werden, über deren Größe sich Alix und Mathias nicht im Klaren waren. Sie mussten eine neue Fülle an Fabeltieren von spektakulären Ausmaßen übertragen, die nichts mehr mit dem üblichen, oft festgelegten Stil der herkömmlichen Teppiche zu tun hatte.

Die Fabeltiere liefen frei auf der Wiese herum und sahen aus wie wilde Pferde aus einer anderen Welt: Löwen, Elefanten, Straußenvögel, Giraffen und andere wilde Tiere aus Afrika, die sich manchmal domestizieren ließen und dann ganz friedlich wirkten. Manchmal rebellierten sie aber auch und sahen dann furchterregend aus.

Auf dem Teppich, an dem Alix gerade arbeitete, war auf blaurotem Grund eine riesengroße Distel mit ausgebreiteten gezackten Blättern zu sehen. Mit denen griff sie nach einem nackten

Zentaur – halb Mensch, halb Tier, während die drei fremdartigen Tiere, die sie mit Hörnern, Fangzähnen, Schnäbeln und gespaltenen Zungen angriffen, Rüstungen trugen.

Die neuen Teppiche lösten die *Grotesken* ab, die sie zuvor nach den Kartons des Malers Raffael entworfen hatte und jetzt zusammen mit ihnen verkaufte. Die *Grotesken*, die sie gerade in ihrem Kontor zum Verkauf anbot, waren nach den Skizzen eines jungen Malers, einem Schüler von Raffael namens Giulio Romano, gewebt.

Eine *Grosteske* wollte Alix auf keinen Fall verkaufen, weil sie als Geschenk für François d'Angoulême zur Thronbesteigung bestimmt war. An dieses Geschenk würde er sich immer erinnern, weil sie darauf das Wappen der Valois und das des Hauses Angoulême unter einem Salamander abgebildet hatte. Der Salamander war sein Wappentier, so wie das Stachelschwein das von König Ludwig XII.

Alix und Mathias hatten ihre Nachforschungen in Sachen Diebstahl also aufgeschoben, um sich erst einmal ganz auf die Kinder zu konzentrieren. Die finsteren Zeiten schienen lange vorbei, und sie erlebten glückliche Tage.

Weil sie so schnell wie möglich heiraten wollten, hatten sie den Vorschlag von Louise, gemeinsam mit ihrem Sohn und Prinzessin Claude Hochzeit zu feiern, höflich abgelehnt. Sie zogen es vor, sich in aller Stille von ihrem Freund, Domherrn André Mirepoix, trauen zu lassen.

Und seit sie nicht nur Tisch, sondern auch Bett teilten, boten sie Nicolas und Valentine zu deren großer Freude das Bild vollkommenen Eheglücks. Nachdem sich Alix und Mathias in der Kirche ewige Liebe und Treue geschworen hatten, herrschte in dem großen Haus an der Place Foire-le-Roi eine angenehme, herzliche Atmosphäre.

Für den jungen Nicolas war die Freude allerdings nicht ganz ungetrübt. Für ihn wäre das Glück vollkommen gewesen, wäre da nicht die Zwillingsschwester von Valentine wie aus dem Nichts aufgetaucht und in sein Leben geplatzt.

Nicolas war das empfindsame, sanfte und zärtliche Wesen von Valentine gewöhnt, und durch den vorwitzigen Neuankömmling war sein Kinderleben ganz aus den Fugen geraten.

Zur Zeit konnte sich Nicolas über alles aufregen: dass er Valentine nicht mehr beschützen und ihre Hand halten konnte, weil ihre Anfälle plötzlich aufgehört hatten; dass er ihr keine Geschichten mehr erzählen konnte, weil sie die Geschichten ihrer Zwillingsschwester selbst erzählte, wobei sie sogar seinen Tonfall nachmachte; und vor allem regte er sich über die fragenden Mienen auf, wenn es darum ging, die beiden auseinanderzuhalten.

Er verstand nicht, wie man sie überhaupt verwechseln konnte. Seinem Vater passierte das aber ständig, besonders wenn sie Mützen aufhatten. Und Alix erging es nicht anders. Sie konnte ihre Töchter meistens auch nur an ihren verschiedenen Frisuren unterscheiden.

Insgeheim machte sich Nicolas über ihre Verwirrung lustig und sagte sich zufrieden, dass er der Einzige war, der seinen kleinen Schützling immer ohne Schwierigkeiten erkannte. Wie konnte man nur übersehen, dass sie völlig unterschiedliche Augen hatten?

Valentine sah ihn ganz anders an als ihre Schwester. Sie schien sich immer nach der Liebe zu sehnen, die er ihr geschenkt hatte, seit sie in den Armen ihrer Mutter aus Italien gekommen war.

Mathilde war zwar nett zu ihm, aber viel zu frech und eigenwillig und duldete schon jetzt keinen Widerspruch. Nicolas hatte immer den Eindruck, sie war nur freundlich zu ihm, um Valentine zu gefallen, die sie abgöttisch liebte. Umgekehrt war es nicht anders, weil jede Schwester Spiegelbild der anderen war.

Weil sie dauernd zusammen waren und jede noch so kurze Trennung nach Möglichkeit vermieden, hatte Nicolas nur äußerst selten die Gelegenheit, mit Valentine allein zu sein und ihre frühere Vertrautheit zu genießen.

Außerdem war im Haus nichts mehr so wie früher. Neue Gewohnheiten hatten sich eingebürgert, die Worte bekamen einen anderen Sinn, und es wurde viel lauter gelacht. Nicolas kam alles so fremd vor, dass er sich manchmal fragte, ob er vielleicht erwachsen werden musste, ehe seine Kindheit zu Ende war.

Froh war er dagegen über den ausgeglichenen Eindruck, den Alix machte, und die glückstrahlenden Augen seines Vaters. Zwei heitere, entspannte Gesichter, die er so oft misstrauisch, verärgert oder verzweifelt erlebt hatte.

Ach, ohne die Neuigkeiten, die seine Valentine so sehr verändert hatten, wäre Nicolas bestimmt der glücklichste Junge auf der ganzen Welt gewesen. Wie sehr hatte er sein früheres Leben geliebt, auch wenn er jeden Monat einmal eine lange Nacht damit hatte zubringen müssen, die Kleine zu beruhigen, wenn sie wieder einen ihrer alptraumartigen Anfälle hatte.

Noch etwas hatte sich verändert, seit Mathilde bei ihnen war. Weil die Geschäfte gut gingen und sich sein Vater ganz andere Freiheiten als früher nahm, hatte der nämlich erklärt, ihr Haus sei jetzt zu klein für die große Familie. Die beiden Mädchen hätten nicht genug Platz und Nicolas wäre ja nun ein großer Junge, der ein eigenes Zimmer brauchte.

Da musste der Junge einsehen, dass er Valentine nicht mehr beschützen musste, weil sie keinen Anfall mehr bekommen würde, genauso wenig wie ihre Schwester. Weil sich die Zwillinge dank einer schicksalhaften Fügung wiedergefunden hatten, würden sie ihr Leben nun gemeinsam regeln und brauchten ihn dafür nicht.

Nicolas war vollkommen durcheinander, und die Grundfesten, die das Fundament seines Lebens bildeten, schmolzen dahin wie Schnee in der Sonne. Aber das Leben verlangte sein Recht, und Nicolas begriff sehr bald, dass er die Welt der Kindheit verlassen und erwachsen werden musste, womit sich offenbar alles änderte, sogar Valentine.

Eines Tages machte sich Mathias daran, ein großes Haus für seine kleine Familie samt Pierrot und Bertille zu suchen. Vor den Kosten schreckte er nicht zurück. Es sollte ein schönes, geräumiges Steinhaus sein, mitten in Tours im Viertel der Notabeln, mit einem Stall, groß genug für die beiden Maultiere, die fünf Pferde und die drei Wagen. Es sollte mehrere Nebengebäude haben und einen schönen Garten mit Wegen, Bäumen und Blumen, die je nach Jahreszeit geheimnisvoll dufteten.

Nachdem Alix seine Entscheidung gebilligt hatte, wurde alles genau geplant. Ihr altes Haus in der Rue Foire-le-Roi wollten sie Julio und Angela überlassen, die geheiratet hatten und eine große Familie gründen wollten.

Das bürgerliche Stadthaus, das Alessandro Alix vermacht hatte, sollte ein Notar verwalten und vielleicht vermieten, bis es in den Besitz der Zwillinge überging, weil es ursprünglich das Haus ihres Vaters war. Auch wenn Alessandro wegen seines allzu frühen Todes seine Töchter nie zu Gesicht bekommen hatte, wollte Alix ihnen dieses Erbe beizeiten übergeben. Dafür behielt sie das Haus in Brügge, das sie nach Belieben vermieten oder verkaufen konnte.

Auch wenn es Bertille schwerfiel, sich von dem alten und lieb gewonnenen Haus zu trennen, wollte sie doch unbedingt bei Alix bleiben. Der alten Haushälterin kamen die Tränen, wenn sie daran dachte, was sie alles im Haus des alten Maître Bertrand erlebt hatte, der Alix und Jacquou bei sich aufgenommen hatte, als sie aus Flandern zurückgekommen waren und weder Bleibe noch Werkstatt hatten.

Was hätte sie ohne Alix anfangen sollen, die sie wie eine Tochter liebte, und ohne Nicolas und Valentine, die sie aufgezogen hatte? Und ohne die kleine Mathilde, die ihr auch schon sehr ans Herz gewachsen war?

Eigentlich hätte sie ihren Lebensabend lieber an dem vertrauten Ort verbracht. Aber Alix hatte ihr in einem ihrer nicht seltenen Anfälle von Großmut ein geräumiges, helles Zimmer versprochen, in das sie sich zurückziehen könnte, wenn ihre alten Knochen einmal nicht mehr recht mitmachen wollten.

Während die Bertille also die Entscheidung, das Haus an der Place Foire-le-Roi aufzugeben, ohne Murren akzeptiert hatte, hatte sie sich doch ein wenig gesträubt, als Alix ihr eröffnet hatte, sie würde eine Kinderfrau für ihre Töchter suchen, weil sie sie unter ständiger Aufsicht haben wollte. Nach einigen mit Grübeln verbrachten schlaflosen Nächten war sie aber zu dem Schluss gekommen, dass sie es nicht ertragen würde, wenn sie schuld daran wäre, dass einer der Kleinen etwas zustieße. Die Angst davor würde ständig wie ein Damoklesschwert über ihr schweben.

Und während Mathias ein neues Haus suchte, wollte Alix eine neue Werkstatt kaufen und dort mit Goldfaden weben. Das war eine kostspielige Angelegenheit, die sich die anderen Weber von Tours nicht leisten konnten. Seit die Mortagne an Bedeutung und Einfluss verloren hatten, gab es nicht mehr viele Weber in Tours, weil sich einige den Pariser Webern im Faubourg Saint-Marcel, die anderen den Werkstätten im Norden angeschlossen hatten.

Mit echtem Goldfaden zu weben war Alix' größter Traum, ja fast so etwas wie eine fixe Idee. Nie hatte sie Goldfaden kaufen können, weil er viel zu teuer war, und musste deshalb immer mit einem Trick arbeiten, den ihr Jacquou verraten hatte, der ihn wiederum von seinem Onkel, Kardinal Jean de Villiers, kannte. Jetzt war sie endlich vermögend genug, um sich gesponnenes Gold leisten zu können.

Bislang hatte Alix oft und gern die orientalische Webtechnik eingesetzt, die aus Konstantinopel stammte und die sie für ihre eigenen Teppiche weiterentwickelt hatte. Je nachdem wie intensiv ihr Gold werden sollte, wählte sie bestimmte Gelb- und Blautöne oder Gelb- und Rottöne und verdrillte ihren Wollfaden anschließend auf ganz besondere Art und Weise mit dem glänzenden zweifarbigen Seidenfaden, dass er im fertigen Teppich wie echter Goldfaden aussah.

Nachdem Alix nun aber zu den angesehenen Webern der Touraine und des Nordens zählte und es ihre Mittel erlaubten, wollte sie François d'Angoulême, den künftigen König von Frankreich, beeindrucken, der sich wohl kaum mit dem Anschein von Gold zufrieden geben würde. Der Sohn von Louise liebte alles, was funkelte und glänzte. Er schwärmte für Samt und Seide, Satin und Goldstoff.

Da es bislang nur wenige Goldspinnereien gab – zwei in Lyon, eine in Tours, zwei im Departement Creuse und einige wenige in Florenz und in Rom –, drohte sich der Markt nicht übermäßig zu entwickeln. Weil das Ausgangsmaterial sehr kostspielig war, konnten sich nur Werkstätten, die ausschließlich für die europäischen Königshöfe arbeiteten, echten Goldfaden leisten. Und ehe der neue König von Frankreich den Aufschwung des Goldfadens begünstigen würde, musste sich Alix auf die unvermeidliche Konkurrenz einrichten, die heftig und vielleicht auch feindselig zu werden versprach.

Deshalb wollte Alix also, sobald sie den Diebstahl der *Galanterien* aufgeklärt hatte, ihren Plan von einer Werkstatt für Goldfaden in die Tat umsetzen und Mathias mehr Verantwortung für die anderen Werkstätten abtreten. Ihre Heirat hatte den Weber übrigens geradezu beflügelt; er war wieder hoffnungsvoll, willensstark und ehrgeizig wie früher und hatte oft kühne Ideen.

Mit Alix an seiner Seite entwickelte sich Mathias zu einem bedeutenden Webermeister. Er hatte wieder Lust bekommen zu reisen, um Kunden anzuwerben und Pläne zu schmieden. Plötzlich verstand er sich als Kopf eines mittlerweile großen Unternehmens, das er immer schon in Alix' Abwesenheit geleitet hatte, nachdem sie Witwe geworden war.

Mathias genoss sein neues Glück als verliebter Gatte und stolzer Vater in vollen Zügen und erinnerte sich wieder, wie gern er als junger Mann gereist war. Deshalb beschloss er, sich auf den Weg nach Paris zu machen, zum einen, um dort nach den *Scènes galantes* zu suchen, zum anderen, um die kleinen Teppichmanufakturen zu besuchen, die sich im Viertel um den Boulevard Saint-Marcel niederließen und nach und nach die alten Werkstätten am Boulevard Saint-Jacques ablösten.

22.

Die Hochzeit von François d'Angoulême und Prinzessin Claude de France fand also in aller Stille statt, während die Franzosen so taten, als betrauerten sie eine Königin, die sie zu Lebzeiten viel kritisiert hatten.

Ja, an diesem Tag heiratete die Duchesse de Bretagne den begehrtesten Junggesellen von ganz Frankreich.

Ihre kleine Schwester Renée, die erst vier Jahre alt war, wurde der Obhut der Comtesse d'Angoulême übergeben, denn obwohl es noch nicht lange her war, dass sich Anne und Louise voller Hass begegnet waren, konnte die eine die andere nun nicht mehr bekämpfen.

Ludwig XII. bot ein Bild der Verzweiflung und ertrug diesen für ihn traurigen Tag wie unter einem Zwang, den ihm der französische Hof auferlegt hatte und dem er sich nicht entziehen konnte.

Hin- und hergerissen zwischen Freude und Trauer schien Claude den wenigen Hochzeitsgästen sehr angespannt, auch wenn sie es zu kaschieren versuchte. Hätte es sich nicht um ihre eigene Hochzeit gehandelt, bei der Frankreich sie mit dem Mann vereinte, den sie liebte, hätte sie vermutlich stundenlang um ihre Mutter geweint.

Claude war fünfzehn und von kleiner Statur, hatte aber schon frauliche Formen. Wegen eines Hüftleidens hinkte sie ein wenig. Sanftmütig und kultiviert wie sie war, besaß sie aber Charme und eine angeborene Anmut, die mehr zählte als Schönheit, und ihre Entourage schätzte sie wegen ihrer klugen Art und ihres angenehmen Wesens.

François strotzte nur so vor jugendlichem Übermut. Er war groß und kräftig, und seine Schultern waren so breit, dass später einmal niemand seine Rüstung tragen konnte; außerdem sah er gut aus und beherrschte die höflichen Manieren, kurzum – er war der Liebling aller Frauen, und das wusste er auch.

An seinem Hochzeitstag hatte er ein Recht auf die kühnsten Hoffnungen, ohne dass der Hof Einwände geäußert hätte. Doch der junge Duc de Valois und Comte d'Angoulême besaß Erziehung genug, um sich zu gedulden, bis die Zeit für ihn gekommen war, den Thron von Frankreich zu besteigen.

Er wusste, es würde nicht mehr lange dauern, bis ihm die Krone von Amts wegen überreicht wurde und kostete die Pause, die ihm bis dahin vergönnt war – im Rahmen des Erlaubten –, mit seinen vier Freunden aus, auch wenn er bereits einen königlichen Lebensstil führte.

Nachdem ihm Ludwig XII. den Zugriff auf das Reichsvermögen gestattet hatte, knauserte François nicht mehr bei seinen Ausgaben. Abgesehen vom Unterhalt einer Garnison mit über zweihundert Offizieren und seiner Leibgarde aus Hellebardieren und hervorragenden Schützen brauchte er vor allem für seine Garderobe und für seine Vergnügungen viel Geld, während sich der König in seinem Zimmer verkroch.

Dessen Lebensumstände sollten sich allerdings sehr bald ändern und die unverhoffte Wandlung mehr als einen vor den Kopf stoßen.

Hätte irgendjemand diesen Wandel voraussagen können, der nicht nur Blois, sondern allen europäischen Königshöfen den Atem verschlug und die Familie d'Angoulême zutiefst bestürzte?

Die Hauptstadt der Sologne, wohin sich Louise zurückgezogen hatte, nachdem sie die Neuigkeit erfahren hatte, war in hellem Aufruhr.

Der untröstliche Witwer war drauf und dran, sich noch einmal mit einer hübschen Sechzehnjährigen zu verheiraten, die jungfräulich wie eine Rosenknospe und lebenslustig wie eine Schwalbe war. Es handelte sich um die jüngere Schwester des Königs von England.

Mary of York, die jüngere Schwester von Heinrich VIII., war hübsch und wohlgestalt und sollte mit ihrer sinnlichen Anmut und ihrem Lebenshunger den armen alten Sire de France sehr schnell auf andere Gedanken bringen.

Louise hatte sich derweil in der Sologne vergraben und sinnierte über die schrecklichen Folgen, die diese verhängnisvolle Heirat nach sich ziehen könnte. Wie vor ihr Anne de Bretagne wurde Mary of York nun ihre neue Erzrivalin.

Obwohl sie noch kein Franzose zu Gesicht bekommen hatte, war das Gerücht von ihrer außerordentlichen Schönheit bereits über den Ärmelkanal gedrungen, und der alte Louis XII. kam bei der Vorstellung, dass eine junge Gattin seine steifen Glieder vielleicht noch einmal zu neuem Leben erwecken könnte, geradezu in Stimmung.

Und so erlebte das brave Volk die wundersame Verwandlung des alten Königs – es hätte nicht viel gefehlt, und er wäre so jugendlich wie früher geworden. Mit seinen vierundfünfzig Jahren hielt er sich auf einmal wieder aufrecht und sein eingefallenes Gesicht wurde wieder voller.

Er war immer noch groß und schlank, und in seinen Augen blitzte ein Leben lang der Schalk. Doch während der König guter Dinge auf seine junge, hübsche Verlobte wartete, musste er doch seine Schmerzen und Schwächen hinter gezwungenem Lächeln und höflichen Floskeln verbergen.

Schließlich wurde er so ungeduldig wie ein Zwanzigjähriger. Weil er seit dem Tod der Königin keinen Schneider, keinen Barbier und keinen Parfumeur mehr vorgelassen hatte, machten ihn seine Berater diskret darauf aufmerksam, dass seine äußere Erscheinung zu wünschen übrig ließ.

Daraufhin musterte sich der König ausgiebig und kritisch in dem großen Spiegel in seinem Zimmer und ließ sich die Haare schneiden. Er bestellte neue Jacken aus italienischem Tuch, holte seine Ringe und Ketten wieder hervor und ließ jeden Morgen seinen Barbier kommen.

Zum Entsetzen von Marguerite und Louise verlangte er sogar nach seinem Astrologen, weil er wissen wollte, ob er nun endlich den lang ersehnten Thronerben bekommen würde. François machte sich darüber wenig Gedanken, konnte es stattdessen jedoch kaum erwarten, endlich die schöne Engländerin zu sehen, von der ganz Europa schwärmte.

Während Louise also wieder von Ängsten heimgesucht wurde, die sie nur wenig und schlecht schlafen ließen, zappelte unser junger Comte d'Angoulême vor Ungeduld: Von Mary of York hieß es nämlich, sie habe die schönsten porzellanblauen Augen und eine Taille wie ein Schilfrohr.

Und das Porträt von Mary, das man Louis XII. geschickt hatte, weckte erst recht die Lebensgeister des alten Königs. Ihr Mund war herzförmig, und sie hatte das bezauberndste Lächeln von ganz England.

Wie hätte François für all die verlockenden Gerüchte unempfänglich bleiben sollen? Umso mehr, als ihn der König beauftragt hatte, die Prinzessin abzuholen, die mit großem Pomp in Boulogne an Land gehen sollte.

Zu diesem Zweck hatte sich François sowohl mit seinem Titel Duc de Valois als auch mit seinem schönsten Wams herausgeputzt und wollte sich für den prächtigen Empfang nicht lumpen lassen. Nur zu verständlich, dass Ludwig XII. ihm in diesem besonderen Fall freie Hand ließ, was die Kosten betraf.

Standarten mit dem Stachelschwein im Wappen wurden geschwenkt, und mehr als tausend Hellebardiere standen zu Ehren des englischen Hofes im Hafen von Boulogne Spalier. Zur Begrüßung spielten Trompeten und Oboen; mit Lilienmuster verzierte Teppiche waren ausgerollt, und man hatte Rosenblüten gestreut, über die die Prinzessin gleich schreiten würde.

Verständlich auch, dass Louise verlangte hatte, an der Begrüßungszeremonie teilzunehmen. Wer sonst hätte der übertriebenen Galanterie ihres Sohnes Einhalt gebieten sollen, die der mit Sicherheit vor so viel verführerischer Schönheit entfalten würde?

Die junge Herzogin von Alençon trug ein goldgesäumtes Kleid aus Seidenbrokat – seit einigen Jahren bereits kleidete sich Marguerite am Hof von Blois wie eine Prinzessin – und stellte mit ihrer Erscheinung die arme kleine französische Königin so in den Schatten, dass Mary of York sie später zunächst irrtümlich für die Gemahlin des Königs hielt.

»Ihr solltet wenigstens Eure Perlen anlegen, mein Kind«, hatte Louise bei Claudes tristem Anblick noch vorgeschlagen, »damit sie für Euch glänzen.«

»Ich bin aber müde«, hatte die junge Königin geantwortet.

»Solche Menschenaufläufe mag ich nicht, und die Schwangerschaft strengt mich sehr an.«

Louise hatte einen prüfenden Blick auf Claudes Bauch geworfen und dann freundlich, ja fast herzlich gemeint: »Macht Euch keine Sorgen, man sieht Euch noch gar nicht an, dass Ihr schwanger seid.«

In Wirklichkeit fiel der beginnende Bauch nicht sehr auf, weil die junge Königin ohnehin etwas korpulent wurde.

»Denkt einfach an François, mein kleines Mädchen, er ist so glücklich, dass er bald Vater wird.«

Beim Gedanken an das Glück, das sie ihrem Gatten bereitete, lächelte Claude unwillkürlich. Sie schenkte ihm ein Kind, vielleicht sogar einen Sohn. Das war der einzige Anlass, der sie von ihrer Schwermut befreien konnte, die sie nur sehr selten verließ.

»So ist es gut!«, rief Louise beinahe zärtlich. »Wenn Ihr lächelt, verklärt sich Euer Gesicht. So will ich Euch sehen, wenn Ihr Mary of York gegenübertretet!«

Sie beugte sich zu ihrer Schwiegertochter und zupfte ihr eine Locke ins Gesicht.

»Ihr dürft nie vergessen, Claude, dass Ihr neben meinem Sohn und meiner Tochter Frankreich repräsentiert.«

Was seine Garderobe betraf, brauchte François wirklich keinen Berater. Er hatte sich für ein scharlachrotes, mit silbernen Blumen besticktes Wams zu weißen Hosen entschieden; passend dazu trug er einen Hut mit einer roten Pfauenfeder.

Louise war fest entschlossen, ihren Sohn nicht aus den Augen zu lassen. Sie kannte ihn gut genug, um zu wissen, dass er bestimmt bald in die Falle gehen würde, die ihm die äußerst ärgerlichen neuen Lebensumstände stellten.

Marguerite riet sie, ihren Bruder genauestens zu beobachten, und bestellte zusätzlich noch eine ganze Truppe von Aufpassern, die unter irgendeinem Vorwand auf Mary und François aufpassen und ihr jedes vertrauliche Detail berichten sollten, das ihr sonst vielleicht entgangen wäre.

Neben François, der vor Freude sein Pferd unter den staunenden Blicken des Publikums tänzeln ließ, erwarteten Charles d'Alençon, Charles de Bourbon und der Duc de Vendôme in silbern paspelierten gelben Jacken den englischen Hofstaat.

Und auch François' Freunde, die jungen Herren Chabot, La Marck, Montmorency und Bonnivet ritten über einen Teppich aus frischen Blumen, die man gestreut hatte, um den zarten Füßen der englischen Prinzessin die ersten Schritte auf französischem Boden zu versüßen.

Die alten Gefährten von Ludwig XII., oder zumindest jene, die nicht in Italien in der Schlacht gefallen waren, also die Ritter Bayard, Genouillac und La Trémoille, warteten hoch zu Ross auf die Ankunft der englischen Gäste.

Die Herolde bliesen ihre Trompeten, und die Schweizer Garde bildete zusammen mit der französischen und den Hellebardieren ein Spalier, durch das nicht einmal eine Maus hätte schlüpfen können.

Im Schutz eines blausilbernen Samtbaldachins beobachtete die Familie d'Angoulême das Anlegemanöver der englischen Flotte im Hafen von Boulogne.

Die englischen Standarten wehten am Himmel, als Mary of York an Land ging, begleitet von dem jungen Herzog Suffolk, der den Auftrag hatte, die Prinzessin zu ihrem königlichen Verlobten zu geleiten.

Sie hatte kaum ihren hübschen Fuss auf französischen Boden gesetzt, als François auch schon wie verhext war. Nie zuvor hatte er eine so schöne Frau gesehen. Ihre Haut war zart wie ein Pfirsich, ihre blonden Haare seidenweich, und der Blick ihrer himmelblauen Augen traf ihn wie ein Blitz.

Der Duc d'Angoulême war sofort zutiefst beeindruckt und dachte gar nicht daran, dass dieses strahlende Geschöpf nicht für ihn bestimmt war. Er war überwältigt und hatte nur den Wunsch, ihre kleine Hand zu nehmen, die aber gerade Sir Suffolk halten durfte.

Marguerite warf ihrer Mutter einen besorgten Blick zu. Wie oft hatten sie François schon so verliebt gesehen? Beide blickten in den Abgrund, in den er stürzen konnte, weil beiden bewusst war, dass er vielleicht alles – Vermögen, Stellung und Zukunft – für ein einziges Lächeln seiner schönen Stiefmutter aufs Spiel setzen würde.

Natürlich musste die Comtesse d'Angoulême befürchten, dass dieses junge Ding Louis XII. neuen Auftrieb geben könnte. Musste sie aber – was noch viel schlimmer wäre – auch noch befürchten, dass ihr Sohn dem Charme der jungen Engländerin erliegen könnte? Auch wenn es dem alten König vielleicht nicht mehr gelingen würde sich fortzupflanzen, ihrer beider frisches Blut könnte sehr schnell den lange ersehnten Thronerben bringen. Und dann bliebe François nur noch, seiner verlorenen Krone nachzutrauern.

Louise seufzte leise. Nahm der Alptraum denn nie ein Ende? Warum hatte sie nach dem Hinscheiden von Anne nicht bedacht, dass Gefahr durch den Leichtsinn ihres eigenen Sohnes drohte, der allzu gern Galanterie mit Liebe verwechselte?

Auch Claude beobachtete ihren Mann besorgt, aber aus anderen Gründen. Diese Prinzessin, die etwa ihr Alter haben musste und wie eine hübsche Porzellanpuppe aussah, machte ihr Angst. Warum nur erkannte François nicht den Unterschied zwischen der strahlenden Liebe, die sie ihm schenkte, und dem faden Schein, den ihm die andere bot?

Marguerite schenkte Claude ein aufmunterndes Lächeln.

Als Mary zu François kam, reichte er ihr seine rot behandschuhte Hand. Dann sahen sie sich an.

Sie unterhielten sich äußerst höflich, begrüßten sich eigentlich nur, aber die Blicke, die sie sich zuwarfen, sprachen Bände.

Doch bald wurde ihm die junge Braut von den Granden des Königreichs und dem Herzog von Suffolk höchstpersönlich entführt, der Mary offensichtlich keinem anderen als dem Monarchen überlassen wollte.

Marys Einzug in Abbeville war aufsehenerregend. In unschuldiger Anmut kam sie auf ihrer weißen Zelterstute so stolz daher, dass die Leute, die sich von den Ereignissen überrollt fühlten, nicht mehr aus dem Staunen herauskamen.

Louis XII. erwartete sie bereits voller Ungeduld. Wie ein junger Mann tänzelte er auf seinem Pferd, ritt ganz nah an ihre Schimmelstute heran, beugte sich zu Mary und küsste sie ungeniert auf den Mund, ehe er sich wieder vernünftig aufs Pferd setzte und sich wie ein Monarch benahm.

Einige Zuschauer glaubten, er müsse sich bei dieser eleganten Darbietung eine Rippe gebrochen haben. Jedenfalls sollte das kühne Auftreten, mit dem der alte König Mary gewinnen wollte, später zum Gegenstand mehrerer Chroniken und Couplets werden.

Wenn Mary beeindruckt war, dann gewiss eher von dem jungen, schönen Duc de Valois, der ihr in Boulogne einen so prächtigen Empfang bereitet hatte.

Vier Reiter hielten einen Baldachin über sie, der mit Lilien,

Stachelschweinen und Rosen bestickt war. Aufmerksam und höflich, wie er war, hatte der König angeordnet, dass Englands Wappen neben dem von Frankreich stehen sollte.

Zum Klang von Jagdhörnern und den begeisterten Vivats der fähnchenschwenkenden Menge zog die Prinzessin in die Stadt ein. François wich nicht von ihrer Seite, Louis XII. hielt sich rechts neben ihr. Suffolk ließ sich nicht entmutigen und ritt so dicht hinter seinem Schützling, dass der Stirnpanzer seines Pferdes bei jedem Schritt den Federbuschen von François' Hengst berührte.

Louise entging nicht die kleinste Kleinigkeit, und sie ballte wütend die Fäuste. Wie hatte das nur passieren können? In zwanzig Jahren war kein direkter Thronerbe geboren worden, und nun schien es plötzlich innerhalb weniger Tage möglich, dass sie all ihre Hoffnungen begraben musste.

Oft genug hatte sie Gelegenheit gehabt zu lernen, wie man seine Nerven beherrschte und seine wahren Gefühle verbarg, und versteckte auch diesmal die geballten Fäuste in den Falten ihrer Robe.

Charles Bourbon trug ein festliches goldbesticktes schwarzes Wams, und seine Blicke wanderten von Mary zu Louise, die ihm Großes versprochen hatte, falls François König von Frankreich würde. Von ihrem Platz zwischen ihrem lieben Suffolk und dem alten König machten der scharlachrote Duc de Valois und der düster gekleidete Duc de Bourbon einen seltsamen Eindruck auf die junge Engländerin.

Offen gestanden wusste sie nicht recht, wohin sie schauen sollte, und ihre großen Wimpern flatterten wie die Flügelchen von Schwalben auf der Suche nach Freiheit. Nachdem sie den alten König ein paarmal verführerisch angelächelt hatte, verging der bereits vor lauter Bewunderung.

Die Hochzeit wurde mit einem prunkvollen Fest und großem Aufwand in Saint-Dénis gefeiert. François wich Mary nicht von der Seite, bot ihr seinen Arm und las ihr jeden Wunsch von den Augen ab, während Ludwig seine junge Braut mit freudestrahlenden und begehrlichen Blicken überhäufte. Auf einen Schlag schien er seine verstorbene Gattin vergessen zu haben.

Suffolk versuchte immer wieder seine Rechte als ihr Beschützer einzufordern, aber auf dem Schlachtfeld wurde es allmählich eng.

Nach der Trauung wurden Turniere mit Lanzenstechen und Ritterspielen veranstaltet. François wollte der schönen Braut imponieren und forderte seine Freunde und einige andere edle Herren heraus. Hoch zu Ross triumphierte er, versuchte sich aber auch im Lanzenstechen, wo er sich nicht so geschickt zeigte.

Beim Degenkampf maß er sich mit Charles de Bourbon, einem tapferen Krieger, aber mäßigen Fechter, und trug den Sieg davon.

Als er Suffolk herausforderte, ging der mit unverhohlener Freude auf sein Angebot ein, und Hofdamen und Hoffräulein schlossen Wetten ab.

»Setzt auf Euren Gatten, mein Kind«, forderte Louise Claude auf.

Doch die arme Claude schien ratlos. Hilfesuchend sah sie sich nach Marguerite um, die ihr aufmunternd zulächelte.

Als sie sah, dass ihre Schwägerin noch zögerte, warf sie François kurz entschlossen ihr Fähnchen mit dem bretonischen Hermelin zu. Im gleichen Moment fiel Marys Schleier vor ihm auf den Boden. Aber der junge Duc de Valois war viel zu gut erzogen, als dass er seine Frau beleidigt und ihr Wappen verweigert hätte.

Suffolk erhob Anspruch auf Marys Schleier und spießte ihn auf seine Schwertspitze. François bückte sich elegant und spießte Claudes Fähnchen auf.

Beide Männer zogen ihr Wams aus, gingen in Stellung und kreuzten erst einmal wortlos die Klingen.

Der junge englische Herzog war ein ausgezeichneter Fechter. Aufs Angreifen verstand er sich ebenso gut wie aufs Verteidigen. Er beherrschte jeden Hieb und wich jedem noch so listigen Angriff aus. Die beiden Gegner griffen an und zogen sich zurück, gingen in die Knie und lieferten sich unter den anfeuernden Rufen der Damen einen erbitterten Kampf, den François schließlich verlor. Mit einer Streifwunde an der linken Hüfte musste er sich geschlagen geben. Verärgert über diese Niederlage schlug er einen Wettkampf im Bogenschießen vor; in dieser Disziplin hatte ihn noch keiner besiegt. Hier konnte er Mary beweisen, dass er Herr über Pfeil und Bogen war und gewann gegen die geschicktesten Schützen.

Eingezwängt zwischen dem alten König, der sie verliebt anlächelte, und dem jungen Suffolk, der den Erfolg seines Schützlings bei den anwesenden Männern nicht sonderlich zu schätzen schien, warf Mary François eindeutige Blicke zu, ohne dabei jedoch die jungen Herzöge de Bourbon und d'Alençon aus den Augen zu verlieren.

An diesem Tag schenkte Louise ihrem jungen Liebhaber, dem Duc de Bourbon, keinerlei Beachtung, weil ihre ganze Aufmerksamkeit ihrem Sohn galt. Und die arme Königin Claude setzte verzweifelt auf ihren Mann, der sie nicht eines Blickes würdigte.

Hin- und hergerissen zwischen Vergnügungssucht und Neugier gab das Publikum nur einige kurze Kommentare ab, wie zum

Beispiel: »Mal sehn, ob der König das schöne Luder zähmen kann?«

»Schaut nicht so aus, als ob er's überhaupt versucht.«

Woraufhin die Optimisten meinten:

»Er ist ein alter Genießer und hebt sich seine Trümpfe bis zum Schluss auf.«

Die Zweifler äußerten ihre Befürchtungen:

»Jetzt sollte man wissen, wer den neuen Thronerben von Frankreich macht!«

Und die schamlosesten Spötter meinten:

»Egal wer sie kriegt, der Schwanz von unserem François zappelt jedenfalls schon ganz munter!«

So wurde fröhlich drauflos gescherzt, und man lachte sich ins Fäustchen, sodass Louise schließlich beinahe erleichtert beobachtete, wie der gute König von Frankreich nach dem Fest mit seiner jungen Gattin im Brautgemach verschwand. Hatte man die Wahl zwischen zwei Übeln, war es immer noch besser, der alte König machte Mary ein Kind, als dass sich eines Tages ein Bastard ihres Sohnes auf den Thron setzte.

In diesem Augenblick schwor sich die Comtesse d'Angoulême dafür zu sorgen, dass ihr François nicht wieder in die Nähe der neuen Königin kam.

Nach dem Ende der Feierlichkeiten gingen die englischen Edelleute, Höflinge und Räte – mit Ausnahme von Suffolk, der zum Botschafter ernannt worden war – wieder an Bord ihrer Schiffe, die in Boulogne auf sie warteten, und reisten zufrieden über den Verlauf dieser ausnehmend schönen Hochzeit nach England zurück.

Am nächsten Morgen versuchte der gesamte Hofstaat, der die

Nacht durchgefeiert hatte, aus den Mienen der Neuvermählten herauszulesen, ob sie einen kleinen Dauphin gemacht hatten.

Mary wirkte frisch und munter, aber merkte man jemandem in ihrem Alter die Müdigkeit nach einer schlaflosen Nacht an? Der König hingegen machte einen ziemlich erschöpften Eindruck und hatte dunkle Ringe unter den Augen, die seine Parfumeure trotz größter Anstrengungen nicht wegbekamen.

Zu seinen Beratern meinte der König dann aber sichtlich zufrieden und etwas anzüglich, er hätte ›Wunder vollbracht‹. Daraufhin wurde gemunkelt, dass die Glut zwar irgendwann erlöschen würde, in Marys Bauch dennoch der Keim für den sehnsüchtig erwarteten Thronfolger wachsen könnte.

Stümper nahmen das Ereignis zum Anlass für ziemlich unanständige Reime, und ihre Worte amüsierten all die Leute, die stets auf neue Vergnügungen und zweideutige Anspielungen aus waren. Spottlieder über die verrückten Heldentaten des alten Königs und Marys dicken Bauch kursierten in ganz Paris.

Doch allen zotigen und grimmigen Spottreden zum Trotz verlangte der alte König nur noch nach der Gesellschaft seiner jungen Gattin, vergaß darüber alle königlichen Pflichten und überließ es François, Louise und den Hofräten, die anstehenden Probleme zu lösen. Man regelte also nur die dringlichsten Dinge und ließ eine Weile die Folgen einer Hochzeit unbeachtet, über die so viel geklatscht wurde.

Eigentlich hätte sich Louise im siebten Himmel fühlen müssen, schwebte da nicht ständig die Bedrohung wie ein Damoklesschwert über ihrem Haupt. François ließ nämlich keinen Vorwand aus, um in Marys Nähe zu sein.

Im tiefsten Winter fand die Krönung statt, an der Louise schweren Herzens teilnahm. Der Einzug ins jubelnde Paris, das sich mit flatternden Fahnen geschmückt hatte, geschah unter den Augen eines feierfreudigen Publikums. Paris war eine heitere, vergessliche, begeisterungsfähige Stadt – gestern noch hatte man den Tod von Königin Anne beweint, heute wollte man die neue Königin begrüßen.

Am Stadttor Saint-Dénis mischten sich rote Rosen und weiße Lilien um sprudelnde Fontänen, als Symbol für die neue Harmonie zwischen Frankreich und England. Die Musik spielte fröhliche Weisen, Fanfaren, Trommeln und Trompeten ertönten, und die Hellebardiere gingen in Reih und Glied und reckten ihre Lanzen, auf die man rote Rosen gesteckt hatte, in den Himmel.

Im Jubelrausch und schier unersättlich forderte die Hauptstadt die Anwesenheit des Königspaares, das sich im düsteren Château des Tournelles einrichten musste. Gott, wie schrecklich trist war dieser Palast im Vergleich zu den heiteren Loireschlössern! Wie sehr vermisste Louise hier Luft und Licht!

Marguerite, die den Auftrag hatte, ihren Bruder zu überwachen, war deshalb ebenfalls nach Tournelles umgezogen. Aus Sorge um den fatalen Leichtsinn ihres temperamentvollen Bruders bemühte sie sich nach Kräften, ihn von einem Treffen mit Mary abzuhalten.

Als Louise eines Morgens miterlebte, welche Mühe ihre Tochter hatte, François zu überzeugen, bekam sie einen Zornausbruch, wie ihn ihr Sohn noch nicht an ihr erlebt hatte.

»Ihr müsst blind oder dumm sein, François! Seht Ihr denn nicht, dass Euch diese Frau um die Krone bringen kann? Was habt Ihr eigentlich im Kopf? Ein Spatzenhirn oder die Intelligenz eines Dorfdeppen?«

François war von ihrem Ausbruch vollkommen überrascht.

Fassungslos starrte er Louise an und brachte keinen Ton heraus. Noch nie hatte ihn seine Mutter privat gesiezt.

Marguerite sprang erschrocken auf. Auch sie hatte ihre Mutter noch nie mit so zornigen Augen und hochrotem Gesicht gesehen. Sie musste schrecklich verärgert sein, wenn sie dermaßen die Kontrolle verlor.

»Macht Euch bitte keine Sorgen, Mutter!«, stammelte François wie vor den Kopf geschlagen. Aber Louise ließ sich nicht beruhigen, steigerte sich vielmehr erst richtig in ihre Rage.

»Euer Leichtsinn und Eure Dummheit sind unerträglich! Als Edelmann könnt Ihr jedes Mädchen haben, aus gutem Hause oder nicht, und sie werden Euch noch auf einem silbernen Tablett serviert. Mit einer Ausnahme: Mary von England ist für Euch tabu!«

Nervös lief sie im Zimmer auf und ab, blieb kurz vor dem Fenster stehen, kam aber gleich wieder zu ihrem Sohn zurück.

»Diese Mary ist nämlich zufällig, was ich im Übrigen zutiefst bedaure, die neue Königin von Frankreich.«

»Mutter, bitte!«, versuchte es François, »ich habe doch nur …«

»Ihr habt Euch nur wie ein Idiot aufgeführt«, unterbrach sie ihn schroff. »Euer Leichtsinn kann Euch ganz schnell auf unser altes Schloss in Cognac zurückschicken, mein Sohn.«

»Mutter hat recht, François«, mischte sich Marguerite ein, klang aber nicht so streng wie ihre Mutter. »Oder möchtest du etwa zurück in die Mittellosigkeit?«

Der junge Mann wollte etwas entgegnen, zögerte aber. Er ging ein paar Schritte auf und ab, zog seine Jacke aus und warf sie nervös auf den Sessel, auf dem Marguerite eben noch gesessen hatte.

Schließlich sagte er kleinlaut: »Ich habe doch nur …«

»Ja, Ihr habt sie doch nur angesehen!«, kreischte seine Mutter mit einer wutverzerrten, fremden Stimme.

Wütend schob sie eine Locke, die sich in ihr Gesicht verirrt hatte, unter die Haube zurück, ehe sie sich vor lauter Ungeduld die Haube vom Kopf riss. Das hatte sie noch nie in Gegenwart ihrer Kinder gemacht. Ihre ehemals blonden Haare waren inzwischen aschfarben, und ein paar graue Strähnchen betonten ihre Blässe.

»Euer Bruder ist ein Dummkopf geworden«, schimpfte sie an Marguerite gewandt. »Er übertrifft an Dummheit noch den König, der sich vor diesem Weib so albern aufführt, dass sich der ganze Hofstaat über ihn lustig macht.«

Marguerite trat zu ihrem Bruder und wollte ihn liebevoll zur Vernunft bringen. Behutsam fuhr sie ihm übers Haar und die Wangen mit dem noch spärlichen Bartwuchs. François nahm die Hand seiner Schwester und küsste sie zärtlich.

»Mutter hat wirklich recht«, meinte sie freundlich. »Habt Ihr Mary schon geküsst?«

»Noch nicht!«, gab ihr Bruder trotzig zur Antwort.

»Dann wird es auch kein heimliches Rendezvous geben«, versicherte Marguerite und lief zu ihrer Mutter. »Ich kenne François. Wenn es ihm bis jetzt nicht gelungen ist, Mary zu küssen, ist es wohl schwieriger, als es den Anschein hat.«

»Ich kenne ihn auch, mein Kind, und ich weiß, dass er seine gesamte galante Erfahrung zum Einsatz bringen wird für einen nicht wiedergutzumachenden Akt in irgendeinem verschwiegenen Alkoven.«

Leider hatte Louise recht, und Marguerite wusste das auch. Dennoch wollte sie ihren Bruder weiter verteidigen, aber die Mutter unterbrach sie streng.

»Ihr träumt, mein Sohn, doch die Wirklichkeit sieht anders aus. Hier geht es nicht um irgendein Dienstmädchen, mit dem Ihr Euch mal eben ganz nach Belieben in einem Gasthaus oder in einer Scheune vergnügen könnt. Und es geht auch nicht um eine Mätresse, die Euch ihre Gunst erweist. Wir haben es hier mit der Königin zu tun, und wenn Ihr ihr einen Sohn macht, besteigt der eines Tages den Thron, während Ihr nach Cognac oder in irgendein anderes armseliges Schloss zurückmüsst.«

Breitbeinig baute sie sich vor ihm auf.

»Es geht um die Königin. Versteht Ihr? Um die Königin! Ihr habt aber Claude geheiratet, die Tochter des Königs. Mary ist Eure Stiefmutter, ob es Euch nun passt oder nicht.«

Obwohl er große Achtung vor seiner Mutter hatte und sie noch immer außer sich war, musste François beim Gedanken an seine doch sehr junge und überaus hübsche Stiefmutter lächeln.

»Lächelt nur, mein Sohn! Ja, lächelt nur! Wenn Ihr ihr erst einen Bastard gemacht habt, wird der Euren eigenen Sohn an Rang und Namen übertreffen.«

»Das stimmt«, gab Marguerite zu. »Vor dieser Tatsache kannst du doch nicht die Augen verschließen.«

»Zu wem kannst du dann noch gehen, an dem Tag, an dem dir die Krone Frankreichs aus den Händen gleitet?«, fragte Louise.

Endlich duzte ihn seine Mutter wieder! François atmete erleichtert auf und hoffte, ihr Zorn würde sich allmählich legen.

»Begreifst du denn nicht, dass Mary dieses Kind unbedingt will, um sich endgültig an Frankreich zu binden? Verstehst du nicht, dass sie Angst hat, ihr alter Mann könnte daran scheitern?«

»Das glaube ich auch«, meinte Marguerite. »Ein unheilvoller Schatten schwebt über ihr. Merkst du nicht, mit welch verbissenem Ehrgeiz sie dir alles wegzunehmen versucht?«

»Und dafür haben wir all die Jahre gekämpft!«

Louise hatte sich tatsächlich wieder einigermaßen beruhigt.

»Mary von England will einen Sohn, und sie tut alles dafür, diesen Sohn zu bekommen. Offenbar ist sie ziemlich skrupellos. Und du bist drauf und dran, ihr in die Falle zu gehen. Mein armer dummer Junge!«

»Und was ist mit Suffolk?«, fragte François plötzlich betont unbeteiligt.

Louise und Marguerite waren sprachlos.

Suffolk! Ja, richtig! Der schöne Engländer, der in die junge Königin verliebt war. Der verführerische Botschafter, der nicht von seiner Beute lassen wollte. François hatte natürlich recht.

»Da hast du recht, und das beweist mir, dass du zum Glück noch nicht vollständig den Verstand verloren hast. Du musst aber wissen, mein Sohn, dass ich auch diese Eventualität bedacht habe. Ich werde also meine Beziehungen spielen lassen, um diesen Störenfried aus dem Weg zu räumen.«

Sie trat zu ihrem Sohn und nahm seine Hand.

»Zerstöre nicht alles, was ich geschaffen habe, mein Kleiner. Seit beinahe zwanzig Jahren kämpfe ich mit Leib und Seele dafür.«

Vor Rührung schluckte François schwer. Natürlich waren die Befürchtungen seiner Mutter berechtigt, und er hatte sich bisher reichlich unvernünftig benommen. Grund genug für den Zornausbruch seiner Mutter, dessen Urheber er schließlich war.

»Ich will nicht, dass du dir um mich Sorgen machst«, brach es aus ihm heraus, und er nahm die Hand seiner Mutter und küsste sie zärtlich, beinahe verträumt.

»Ich kämpfe darum, seit du geboren bist. Eigentlich habe ich schon darum gekämpft, ehe du das Licht der Welt erblickt hast.

Warum willst du so dumm sein und dir selbst den Weg zu Ruhm und Ehre verbauen? Warum wegen diesem Mädchen alles kaputt machen? Es gibt genug andere Schönheiten, mein Sohn. Das wird deinen kundigen Blicken nicht verborgen geblieben sein.«

Er seufzte.

»Sobald Prinzessin Claude ihr Kind zur Welt gebracht hat, besorgen wir dir eine Mätresse.«

»Muss das wirklich sein, Mutter?«, protestierte Marguerite. »Die französische Krone hat schon bestimmt, welche Frau François heiraten musste. Sollte er sich da nicht wenigstens seine Favoritin selbst aussuchen dürfen?«

François warf sich in die Arme seiner Schwester.

»Ich danke dir, geliebte Schwester!«, rief er. »Du verstehst mich wirklich!«

»Ich verspreche dir, Mutter«, fuhr er an Louise gewandt fort, »dass ich Mary von England keines Blickes mehr würdigen werde.«

»Wenn ich es nur glauben könnte!«, seufzte Louise.

23.

Alix kam es wie eine Ewigkeit vor, dabei war Mathias erst am Abend zuvor aufgebrochen. Sie wollte nicht mehr ohne ihn sein und vermisste ihn, sobald er nicht in ihrer Nähe war.

Überzeugt, dass er ohne die *Galanterien* aus Paris zurückkommen würde, hielt sie einen kurzen Besuch in den Werkstätten von Felletin für unumgänglich, wenn Mathias zurück war. Der Diebstahl des Teppichs musste endlich aufgeklärt werden.

Sollte Mathias in Tours bleiben wollen, würde sie sich mit Léo und vielleicht auch mit Pierrot auf den Weg machen. Pierrot hatte einen scharfen Blick, dem so schnell nichts entging. Weil er außerdem an der Anfertigung des Teppichs beteiligt gewesen war, machte ihn sein Verschwinden besonders betroffen. Pierrot wollte den Teppich unbedingt finden und war ihr deshalb bestimmt eine große Hilfe. Außerdem würde sich Mathias weniger Sorgen um sie machen, wenn sie mit zwei Beschützern unterwegs war.

Alix wollte versuchen noch im Herbst aufzubrechen, weil eine Reise in die ihr unbekannte und sehr gebirgige Gegend im Winter viel zu gefährlich wäre.

Sie drehte sich nach ihren Zwillingen um, die Hand in Hand zu ihr gelaufen kamen. Seit sie sich hatten, waren sie unzertrennlich. Sicher würde jede von ihnen eines Tages ein wenig Eigenständigkeit, ein eigenes Temperament und besondere Vorlieben entwickeln, aber noch war ihr glückliches Wiedersehen so frisch, dass sie keine Sekunde ohne die andere sein wollten.

»Ich will nicht, dass du verreist, Mama!«, rief Valentine.

»Ich auch nicht!«, wurde sie von Mathilde unterstützt.

Alix nahm ihre Töchter in den Arm, drückte sie an sich und genoss ihren köstlichen Duft. Vier kleine Hände hielten sie fest. Gott, wie eins sie sich mit ihnen fühlte! Wie hatte sie nur die vier Jahre Düsternis ausgehalten?

»Davon ist noch gar nicht die Rede, meine Süßen. Das besprechen wir in aller Ruhe, wenn euer Vater wieder zu Hause ist.«

Nicolas war den Kleinen gefolgt.

»Komm her, mein Lieber, lass dich umarmen!«

Der Junge ging zu Alix und ließ sich von ihr herzen. Dann nahm er Valentines Hand und fragte sie: »Sollen wir zusammen Amandine und Fougasse besuchen?«

Als Valentine begeistert nickte, nahm Mathilde sofort ihre andere Hand und rief: »Ich will auch mit!«

Nicolas warf ihr einen finsteren Blick zu, sagte aber nichts, und die drei Kinder verschwanden Richtung Stall, wobei sie auf die Bertille trafen, die einen Brief in der Hand schwenkte.

»Du hast Post bekommen, Alix«, sagte die alte Dienerin und reichte ihr den Brief.

»Der ist bestimmt von der Comtesse Louise!«, riet Nicolas.

»Stimmt, mein Junge«, sagte Bertille, »er trägt das Siegel der Angoulême.«

»Liest du uns den Brief vor, Lilis?«

»Mal sehen, vielleicht heute Abend. Jetzt geht erst mal spielen und bleibt in der Nähe.«

»Geh bitte mit, Tania«, rief sie dann, »ich möchte nicht, dass die Mädchen unbeaufsichtigt sind, auch wenn Nicolas dabei ist.«

Als die Kinder gegangen waren, öffnete sie den Umschlag und begann zu lesen:

Meine liebe Alix,

ach, wenn Ihr wüsstet, welche Qualen ich in den vergangenen Monaten durchgemacht habe und immer noch durchmache! Wer hätte geahnt, dass mir veränderte Umstände so zusetzen würden? Mary von England, dieses viel zu junge, hübsche kleine Biest, lässt mir das Blut in den Adern gefrieren. Die Neuigkeit hat mich wie ein Donnerschlag getroffen, und ich bin starr vor Entsetzen, ja kaum noch am Leben. Solche Alpträume hatte ich nicht einmal, wenn Königin Anne niederkam! Und jetzt das, so kurz vor dem Ziel! Dem Königreich soll vielleicht ein Dauphin geschenkt werden, obwohl er so jung nicht König werden könnte – und möglicherweise auch noch gezeugt von François, um das Maß vollzumachen. Lieber Himmel! Warum musste sich der alte Louis XII. unbedingt derart lächerlich machen und sich vor dem staunenden Volk in einen Zwanzigjährigen verwandeln wollen?
Ihr hättet ihn sehen sollen, Alix! Geradezu schneidig sah er aus, von Kopf bis Fuß neu eingekleidet, rasiert, parfümiert … Viel hätte nicht gefehlt, und er wäre vor Freude herumgehüpft wie ein kleines Kind, das es nicht erwarten kann, sein Naschwerk zu bekommen – in diesem Fall die englische Prinzessin. Ich finde, das grenzt an Senilität!
Zuerst habe ich mich in der Sologne vergraben und Tag und

Nacht nur geweint. Der dumme François drohte alles zu verderben. Er hatte nur noch Augen für dieses kleine Biest, das natürlich lieber meinen Sohn als den alten König von Frankreich in ihrem Bett haben wollte. Ach, manchmal hätte ich ihn am liebsten verleugnet! Er war nicht wiederzuerkennen, dafür sah ich aber seinen Vater deutlich vor mir. Sobald ein hübsches Ding seinen niedlichen Hintern bewegt, ist er nicht mehr zu halten. Ich bin tief unglücklich, dass der Comte d'Angoulême ihm sein impulsives, leichtsinniges Temperament vererbt hat, das viel zu schneidige Auftreten, das verführerische Lächeln, das ihn immer zum Sieger macht, wenn es um die Gunst eines hübschen Mädchens geht.

Das Schicksal war uns wirklich nicht gnädig gesonnen, Alix. Wir mussten erfahren, dass François auf Wunsch des Königs dessen Braut in Boulogne abholen und nach Abbeville geleiten sollte, wo er sie erwartete. Daraufhin habe ich mich, so schnell es ging, nach Romorantin zurückgezogen.

Mary of York versetzte François in den Zustand größter Begeisterung. Und obwohl Marguerite und ich fest entschlossen waren, ihn zu überwachen, ihm auf Schritt und Tritt zu folgen und ihm gut zuzureden, damit er diesem Mädchen nicht in die Falle ging, ist uns das leider nur zum Teil gelungen. Der kleine Dummkopf putzte sich heraus, um ihr zu gefallen, gab mit seinen Reitkünsten an, zwinkerte ihr verliebt zu, hielt ihre Hand, flüsterte ihr allzu galante und vermutlich anzügliche Worte ins Ohr und wäre ihr doch tatsächlich beinahe an den Haken gegangen. Selbst Claude war zutiefst beunruhigt über die Besessenheit, die sich meines Sohnes bemächtigt hatte, der nicht müde wurde zu wiederholen, dass für den hübschen herzförmigen Mund der Engländerin jeder Heilige schwach werden

würde, dass sie von allen europäischen Prinzessinnen am niedlichsten lächelte und die zierlichsten Füße der Welt habe.
Als der König seine Verlobte dann in Abbeville in Empfang nahm, musste er sich doch tatsächlich ebenfalls so vor dieser Jungfer aufführen, dass er sich wahrscheinlich vor lauter Verrenkungen eine Rippe gebrochen hat.
Etwas später kam der Hof zur Hochzeitsfeier in Saint-Dénis zusammen. Nachdem der König seit dem Tod seiner Frau keinen Sou mehr ausgegeben hatte, öffnete er nun nicht nur seine Privatbörse, sondern die Kassen des Königreichs. Für die neue Königin war nichts zu schön oder zu luxuriös. Und François blieb der Mund offen stehen.
Bei den anschließenden Turnieren kämpfte der Herzog von Suffolk, der im Auftrag des englischen Königs die Hochzeit von Mary beaufsichtigen sollte und ganz offensichtlich sehr in sie verliebt ist, übrigens zunächst gegen den Duc d'Angoulême und dann gegen den Duc de Bourbon. Ich muss zugeben, Charles hatte nicht weniger Mühe, ihn zu besiegen, als François.
Begleitet von den reichlich anzüglichen Scherzen der Menge, der das alles andere als diskrete Benehmen Marys nicht entgangen war, zog der König, blind vor Liebe, endlich mit seiner Angetrauten ab. Liebe Alix, da dachte ich mir dann, trotz meiner enttäuschten Wut, dass es wohl immer noch besser wäre, der alte König zeugte einen Dauphin als der Duc d'Angoulême, weil sonst der Bastard von François den Thron besteigen würde, nur weil mein Sohn zu dumm ist zu begreifen, welch irreparablen Fehler er damit begehen würde.
Tags darauf begab sich der gesamte Hof nach Tournelles, wo für Marguerite und mich die Überwachung von François erst richtig begann. Der war nämlich drauf und dran, die Einladung

der neuen Königin zu einem verliebten Stelldichein anzunehmen. Ich musste ihm eine Szene machen und ihm kräftig die Leviten lesen. Nachdem wir mit vereinten Kräften auf ihn eingeredet hatten, verblüffte er uns mit der beiläufigen Bemerkung, Mary könne ebenso gut von ihrem Geliebten Suffolk schwanger werden.

Daraufhin ließ ich Mary strengstens überwachen und einer meiner Berater teilte mir dann auch mit, dass François zwar tatsächlich um Mary herumschlich, diese sich aber heimlich mit dem jungen Suffolk traf.

Könnt Ihr Euch vorstellen, was da so alles zusammengedichtet wurde, Alix? Die Textchen wurden schamlos herumgereicht, und wie hieß es da? Dass die schöne Mary ein Kind bekommt, man aber nicht weiß, von wem. Wer mag der Vater sein? Der König! Oder der Duc d'Angoulême! Der Herzog von Suffolk! Oder vielleicht gar ein ganz anderer!

Mein ergebener Diener jammerte mir ständig die Ohren voll, was für eine überaus heikle Angelegenheit es sei, die Königin auszuspionieren. Schließlich blieb mir nichts anderes übrig, als ihm zu drohen, ich würde ihm alle Privilegien wieder nehmen, die ich ihm gewährt hatte, sollte er die Königin nicht in flagranti beim Ehebruch ertappen. Daraufhin erwiderte der gute Grignaux, dass eine Königin für dieses Delikt mit dem Tod bestraft werden könnte. Ich versuchte ihn zu überzeugen, dass man in diesem Fall ihren jugendlichen Leichtsinn beim Sieg des Fleisches über die Vernunft berücksichtigen würde. Außerdem sei ich der Meinung, England würde mit Sicherheit ihre sofortige Rückkehr verlangen. Ich könne mir nicht vorstellen, dass Heinrich VIII. den Tod seiner Schwester einfach so hinnehmen würde.

Unsere junge Königin hat dann allerdings unseren alten König so angestrengt, dass sich der, zu Tode erschöpft, eine Weile ausruhen musste und sie plötzlich über alle Freiheiten verfügte. Um zu verhindern, dass sie schwanger wurde, musste ich zuallererst Suffolk ein anderes Mädchen zuspielen. Ich machte eine ehemalige kleine Freundin von François ausfindig, die er nicht mehr trifft und die Suffolks Eifersucht zu wecken verstand, indem sie ihm gegenüber behauptete, die Königin wäre auch die Geliebte meines Sohnes. Wie Ihr seht, ist das alles andere als erfreulich, Alix. Ich kann mich dessen wahrlich nicht rühmen, aber mir blieb nichts anderes übrig, wollte ich doch den Thron von Frankreich retten.
Jeanne Le Coq hat ihre Rolle ausgezeichnet gespielt, und Suffolk ist ihr genauso ins Netz gegangen wie zuvor François. Ich habe ihr eine Rente von fünfzigtausend Livres versprochen, die sie aus den zukünftigen Einkünften meines Sohnes erhalten soll.
Nachdem nun Suffolk mit seiner neuen Mätresse beschäftigt war, François endlich begriffen hatte, dass für ihn der Thron auf dem Spiel stand, und sicher war, dass Mary keinen Bastard erwartete, musste jetzt noch für ihre Ablenkung gesorgt werden, damit sie sich keinen anderen Liebhaber suchte. Ich muss nämlich gestehen, dass sie ausgerechnet ein Auge auf Charles de Bourbon geworfen hatte.
Weil Mary aber sehr kokett und auf Äußerlichkeiten bedacht ist, haben wir sie mit Schneiderinnen und Parfumeuren, Modistinnen, Stickerinnen und Spitzenmacherinnen beschäftigt. Marguerite, die eine ausgezeichnete Reiterin ist, unternahm jeden Vormittag lange Ausritte mit ihr, und die gute Musikerin Claude spielte abends gemeinsam mit ihr Harfe oder Cembalo.

Blieben also noch die Nachmittage. Ich ließ Souveraine kommen, die, wie Ihr vielleicht noch wisst, wunderschön sticken kann. Sie brachte ihr schwierige Stiche bei, mit denen sie einige Stunden beschäftigt war, ohne an etwas anderes denken zu können.
Schließlich haben wir alle dafür gesorgt, dass sie die Nächte mit dem König verbringt. Ach, Alix, das ist alles sehr mühsam und unerfreulich, und wenn mir nicht Marguerite beistehen würde, wäre ich wahrscheinlich zu niedergeschlagen, um irgendetwas zustande zu bringen.
Kürzlich traf ich Robert La Marck, den jungen Seigneur de Fleurange und Gefährten von François, diesen fröhlichen, geistreichen jungen Mann, der so viele Rittergeschichten kennt, dass er sogar selbst welche verfasst, und der mir ein wenig Gesellschaft leistete, während ich meinen düsteren Gedanken nachhing. Wir machten es uns vor einem großen Kamin bequem, in dem ein Diener ein schönes Feuer entfacht hatte, und er erzählte mir eine merkwürdige Geschichte, der er den Titel ›Die Geschichte der weißen Zelterstute‹ gegeben hatte.
Bitte hört Euch die Geschichte an, Alix. Vielleicht versteht Ihr dann, warum sie mich irgendwie beruhigt, ohne dass ich wüsste, warum:
›In der Morgenröte eines Herbsttages wurde die spottende, ausgelassene Menge ungeduldig. Der alte König wartete zitternd, den Blick in die Ferne gerichtet, mit trockener Kehle und einem Kribbeln im Bauch, das er nicht mehr beherrschen konnte. Da kam endlich die weiße Zelterstute schwungvoll angetrabt, eine anbetungswürdig schöne Prinzessin auf dem Rücken, die biegsam wie ein Schilfrohr und anmutig und leicht war wie ein Weidenblatt, das der Wind aufwirbelt.

Ebenso weiß wie ihr Pferd, dessen Mähne wie ein Banner im Wind flatterte, beglückte sie die wunderselige Menge mit Liebreiz und Lächeln. Ihr goldenes Haar umgab sie wie ein Heiligenschein, der den König schon von Weitem blendete. Sie musterte die Menge mit ihren himmelblauen Augen, und den jungen Edelmännern, die sie verliebt umringten, kam es so vor, als würde sie sie mit ihren karmesinroten Lippen liebkosen. Die schöne Stute schritt über die Blumen, die für die Prinzessin ausgestreut waren, blieb plötzlich stehen, scharrte mit den Vorderhufen und wieherte laut. Dann wirbelte sie im Kreis herum, dass das Herbstlaub nur so durch die Luft flog, und die Prinzessin blieb neben dem alten König stehen und hieß ihn, hinter ihr aufzusitzen. Der weißen Zelterstute wuchsen zwei durchsichtige Flügel, und in einem Wirbelwind aus duftenden Blüten verschwanden sie in die Lüfte. Lange suchte das Volk nach seinem König, bis es müde vom vergeblichen Suchen einen neuen bestimmte, der viel jünger und schöner war.‹ Welche Schlüsse ich aus der Geschichte ziehen wollte, bliebe mir überlassen, meinte der junge Fleurange, aber seither mache ich mir Gedanken über die Gesundheit des Königs, Alix. Er hält sich nicht mehr an die Anweisungen seiner Ärzte und Apotheker, er ruht sich nicht aus, er leert einen Becher Wein nach dem anderen, schlemmt nächtelang und glaubt, er wäre ein junger Kavalier.

Ehe das Feuer im Kamin erlosch und Robert ging, bat er mich noch um eine Viola, streichelte sie ein Weilchen zärtlich wie die samtweiche Haut einer schönen Frau, und nachdem er sie gestimmt hatte, summte er folgendes Liedchen gedankenverloren vor sich hin:

»Mary kam zum Essen und zum Trinken
den guten alten König ließ in Liebe sie versinken.
Doch eines Tages war's um sie geschehen,
sie verschwand,
und keiner hat sie mehr gesehen.«

Die beiden Geschichten gehören natürlich irgendwie zusammen. Endlich war es Robert gelungen, mich zum Lächeln zu bringen, und er ist gegangen. Ach, liebste Alix, soll ich nun verzweifeln oder Hoffnung schöpfen? Ich weiß gar nicht mehr, wo mir der Kopf steht vor lauter Angst, François könnte diesen irreparablen Fehler begehen. Er kann alle Mädchen haben bis auf eine, Mary of York, die Schwester des englischen Königs, die neue Königin von Frankreich, aber er begehrt ausgerechnet sie. Leider bin ich kaum in der Stimmung, mich mit Euch und mit Eurem neuen Glück zu befassen. Ihr schreibt, dass Ihr geheiratet habt, und ich wünsche Euch Glück und Zufriedenheit für Euer neues Leben als Mutter und Weberin!
Lieber Himmel! Wird mein Sohn eines Tages doch noch König von Frankreich? Wird er den Thron besteigen und triumphieren? Wenn es endlich so weit ist, bestelle ich bei Euch die schönsten Teppiche, die man sich vorstellen kann, Alix. Und alle europäischen Königshäuser werden uns um ihre schillernde Pracht beneiden.
In Erwartung dieses Tages umarmen und küssen Euch Marguerite und ich.

Herzliche Grüße von Eurer
Louise.

Sollte sich Alix jetzt schon überlegen, was sie für den neuen König von Frankreich weben wollte? Was, wenn er niemals den Thron besteigen würde? Was, wenn sich Ludwig XII. länger als erwartet ans Leben klammern würde? Was, wenn François nur als Regent über das Königreich herrschen würde, bis ein Thronfolger der jungen Mary mündig geworden war?

Alix seufzte. Das war ihr alles viel zu kompliziert. Jetzt wollte sie lieber darüber nachdenken, wie sie es anstellen könnte, Maître Bellinois des Diebstahls zu überführen.

24.

Auch an diesem Morgen winkte Bertille mit einem Brief. Obwohl noch Herbst, war es bereits ziemlich kühl. In ein paar Tagen wollte Mathias nach Hause kommen, und wenn er die *Galanterien* auch nicht gefunden hatte, brachte er doch bestimmt einige neue Aufträge mit; falls er Emmanuel Riccio getroffen hatte, vielleicht auch die Aussicht auf ein gemeinsames Verkaufskontor in Brüssel.

»Hier ist wieder ein Brief für dich, Alix«, sagte die alte Haushälterin. »Diesmal ist er aber bestimmt nicht von der Comtesse d'Angoulême.«

»Wer hat ihn denn gebracht?«

»Ein Junge, nicht viel älter als Nicolas. Er schien es sehr eilig zu haben und war schon wieder weg, ehe ich ihm ein Trinkgeld geben konnte.«

»Hast du gesehen, ob das Kind allein war?«, fragte Alix, weil sie es seltsam fand, dass der Junge nicht einmal seine Belohnung abgewartet hatte.

»Es kam mir so vor, als hätte ich einen Schatten hinter den Ställen gesehen.«

»Ach, Bertille, Schatten, die um die Werkstätten herumschleichen, mag ich nicht, wenn Teppiche verschwunden sind!«

»Sapristi!«, rief Bertille erschrocken, »glaubst du etwa, es soll wieder etwas gestohlen werden?«

»Ich weiß es nicht, aber ich hoffe, Mathias kommt bald zurück. Wo sind die Kinder?«

»Sie sind mit Tania im Stall. Im Gegensatz zu ihrer Schwester liebt Mathilde Pferde.«

Alix hielt den Brief unschlüssig in der Hand, drehte und wendete ihn und versuchte herauszufinden, wer der Absender sein könnte. Schließlich riss sie ihn auf. Der Brief war nicht versiegelt, und jeder hätte ihn lesen können.

Bertille, die neugierig wartete, sah, wie Alix' Hände zu zittern begannen und sie mit einem Schlag leichenblass wurde. Etwas Schreckliches musste geschehen sein.

»Seltsam«, sagte Alix leise, »irgendwie habe ich geahnt, dass ich so eine Drohung bekommen würde.«

»Was steht denn in dem Brief, meine Kleine?« fragte Bertille ängstlich.

»Es ist ein Brief von Béraude. Kurz, aber eindeutig. Hör selbst.« Und sie begann ihn mit scheinbar ruhiger Stimme vorzulesen. Man musste schon die Bertille sein, um ihre Angst herauszuhören.

Euer junges Glück wird nicht von langer Dauer sein. Wenn Ihr Mathias heiraten solltet, ist es sehr schnell zu Ende. Dann hole ich mir Valentine. Ihr kennt die furchtbaren Qualen, die Euch dann heimsuchen würden. Und glaubt mir, diesmal gibt es kein Wiedersehen! Mag sein, dass ich mir nach Valentine auch noch Mathilde hole. Wie auch immer, ich tauche unter, und kein Mensch kann mich finden. Ihr könnt Euch also nicht an mir rächen. Überlasst mir Mathias, den ich glücklich machen will, und genießt Eure Mutterfreuden mit Euren Zwillingen. Und versucht nur nicht, mich zu finden. Ich bin nicht mehr da, wo mich Mathias getroffen hat.

»Oh je, was soll denn das nun wieder?«, jammerte Bertille. »Kann dich diese Frau nicht endlich in Frieden lassen!«

Alix seufzte. Ihre Hände zitterten nicht mehr, aber sie war noch immer sehr blass.

»Ich hatte mich schon gefragt, warum es kein Lebenszeichen von ihr gibt. In einem Punkt hatte Mathias recht: Diese Frau ist ihm verfallen, und sie wird mir keine Ruhe gönnen.«

Aufgeregt lief Bertille im Zimmer auf und ab und knetete nervös ihre Kittelschürze. Jetzt waren es ihre Hände, die zitterten.

»Was macht diese Frau eigentlich? Und wo steckt sie?«

»Ich weiß es nicht. Ich habe mit Mathias nie wieder darüber gesprochen; wir haben das Thema gemieden. Wahrscheinlich war das ein Fehler. Aber die Comtesse d'Angoulême hatte mich so eindringlich vor einem Skandal gewarnt, der nur den Hof alarmieren und Mathilde schaden würde, dass ich nichts in der Hinsicht unternommen habe.«

Als Tania mit den Kindern kam, gab ihr Alix den Brief.

Während Bertille die Zwillinge zum Spielen ins Nebenzimmer brachte, begann Tania zu lesen.

»Oh wie schrecklich!«, stöhnte sie. »Hört das denn nie auf? Mein Bruder ist schon tot, muss sie auch noch sterben, damit Ihr Frieden habt?«

Als Alix schwieg, sagte sie leise:

»Wenn sie jemand töten muss, mache ich das, Dame Alix!«

»Was redest du denn da, Tania? Lass uns lieber überlegen, was wir bis zu Mathias' Rückkehr unternehmen können. Nach

Felletin werde ich unter diesen Umständen jedenfalls nicht reisen.«

»Was wird dann aus dem Teppich?«

»Maître Bellinois hatte ohnehin bereits mehr als genug Zeit, ihn in seiner Werkstatt fertigzuweben. Ich darf jetzt nicht länger hinter einem Teppich herlaufen, sondern sollte mir lieber einen guten Advokaten suchen, der mich verteidigt. Alles andere eilt nicht; am Allerwichtigsten ist jetzt, dass meinen Zwillingen nichts zustößt.«

»Jesus Maria!«, rief Bertille, die ohne die Kinder zurückgekommen war. »Diese Frau ist eine Katastrophe!«

»Eins ist jedenfalls sicher – sie weiß nicht, dass wir geheiratet haben.«

»Was sie aber sehr bald erfahren könnte!«

Alix vergrub das Gesicht in den Händen und überlegte. Nach wenigen Minuten stand ihr Entschluss fest.

»Wir müssen schleunigst reagieren und noch vor Mathias' Rückkehr eine Kinderfrau einstellen, die die Zwillinge Tag und Nacht betreut. Eigentlich wollte ich nichts überstürzen, aber jetzt ist Eile angesagt.«

»Wie sollen wir denn so schnell eine Person finden, der wir vertrauen können?«

»Ich reite nach Blois und bitte Louise und Marguerite um Hilfe. Wahrscheinlich werden sie sich mehr um Mathilde als um Valentine sorgen, doch das spielt keine Rolle – Hauptsache, sie helfen mir. Und ich bin mir sicher, dass sie eine zuverlässige Frau für mich finden.«

»Ich dachte, die beiden wären in Paris. Ist der Hof wieder im Val de Loire?«

»Die Hochzeitsfeierlichkeiten sind vorüber, und Les Tournelles ist nicht komfortabel genug, um sich dort länger aufzuhalten.

Der König konnte es wohl kaum erwarten, der jungen Königin seine Residenzen im Val de Loire zu zeigen.«

Der Abend verlief längst nicht so fröhlich wie sonst, und wären nicht das vergnügte Geplapper der beiden Kleinen, Pierrots lustige Einfälle und Nicolas gewesen, der Valentine ständig liebevoll anlächelte, hätte der Tag bestimmt ein trübsinniges Ende genommen.

Pierrot war wie stets zu Späßen aufgelegt und unterhielt sich mit Nicolas, der seine Aufregung nicht recht verstand.

»Sie ist ein hübsches Mädchen und gut ausgestattet mit ... Na ja, das verstehst du schon noch, wenn du größer bist.«

Aber Nicolas hörte ihm gar nicht zu. Er war viel zu sehr damit beschäftigt, die Zwillinge zu beobachten, die gerade so taten, als wäre Mathilde Valentine und umgekehrt.

»Von wem redest du da, Pierrot?«, fragte Alix zerstreut.

»Von der jungen Frau, die heute hier war und gefragt hat, ob wir in der Werkstatt Arbeit für sie haben.«

»Aha, warum hast du sie nicht zu mir geschickt? Du weißt doch, dass wir in der zweiten Werkstatt Verstärkung brauchen. Arnaude kommt mit der Arbeit nicht mehr hinterher, und Julio muss auf Angela verzichten, seit ihre Tochter auf der Welt ist. Jemand muss ihre Arbeit machen.«

»Sie hat gesagt, dass sie morgen noch mal kommt.«

»Gut, dann schick sie bitte zu mir.«

Als die Mädchen im Bett waren, ging der Abend in gedrückter Stimmung zu Ende. Gleich am nächsten Morgen wollte Alix ihre Reise nach Blois vorbereiten, wobei sie immer wieder über Béraudes seltsame Formulierungen nachdenken musste. Irgendwie klang das nach einer spärlichen Rache, die kaum gelingen konnte. Aber wer wusste das schon!

Alix war in der Werkstatt, als sich die junge Arbeiterin vorstellte. Sie war groß und hübsch, vielleicht ein bisschen rundlich und einfach, aber ordentlich gekleidet; sie trug einen blauen Baumwollrock mit weißem Mieder und eine weiße Haube. Alix musterte sie kurz, und weil sie einen guten Eindruck hatte, kam sie gleich zur Sache:

»Wir brauchen eher eine Arbeiterin als einen Lehrling, und vom Alter her scheint Ihr mir zu passen. Was könnt Ihr?«

Die junge Frau lächelte Alix schüchtern an.

»Ich habe vier Jahre am Flachwebstuhl gelernt, musste aber nach meiner Heirat leider mit dem Arbeiten aufhören. Ich suche Arbeit, weil ich mir meinen Lebensunterhalt verdienen muss. Mein Mann ist tot, und ich habe meinen Sohn verloren.«

»Oh, das tut mir sehr leid«, sagte Alix betroffen. »Ihr müsst nicht darüber reden, wenn es Euch zu schwerfällt.«

»Ganz im Gegenteil«, meinte die junge Arbeiterin mit einem Seufzer, »irgendwie muss ich diesen schrecklichen Alptraum loswerden. Ich habe viel zu wenig darüber gesprochen. Es ist jetzt zwei Jahre her. Mein Sohn ist über Nacht an hohem Fieber gestorben. Und das war kurz nach dem Tod meines Mannes, der von einem durchgegangenen Pferd zu Tode getrampelt worden ist. Ich kann das alles einfach nicht vergessen.«

Sie begann zu weinen und trocknete sich die Tränen mit einem feinen Taschentuch, das sie im Ärmel stecken hatte.

»Bitte entschuldigt. Ich hätte mich nicht so gehen lassen dürfen. Aber Ihr könnt mir glauben, das kommt nicht mehr vor.«

»Ich verstehe Euren Kummer«, sagte Alix vorsichtig, »aber noch habe ich Euch nicht eingestellt.«

Die junge Frau sah sie flehentlich und irgendwie resigniert an. Sie seufzte wieder, zuckte die Achseln und meinte traurig:

»Ja, das stimmt. Niemand wird mich irgendwo einstellen. Was soll ich nur tun? Die Vorstellung, wieder als Weberin zu arbeiten, macht mir Angst. Es ist schon so lange her, dass ich zuletzt an einem Webstuhl gearbeitet habe. Vielleicht weiß ich gar nicht mehr, wie man die Schussfäden spannt? Manchmal glaube ich, es wäre besser, ich würde zum Beispiel Kinder hüten. Mein eigenes Kind fehlt mir schrecklich, und nachdem ich keinen Mann mehr habe …«

»Ihr seid noch jung«, unterbrach sie Alix. »Warum heiratet Ihr nicht noch einmal?«

»Nein, das will ich nicht. Guillaume war und ist meine große Liebe. Er war mein Ein und Alles.«

Alix' Herz schlug heftig. War das Glück wieder auf ihrer Seite? Manchmal ging das Schicksal seltsame Wege.

»Vielleicht habe ich eine andere Arbeit für Euch. Dabei würdet Ihr außerdem mehr verdienen, vorausgesetzt Ihr seid dafür geeignet.«

Die junge Frau schien sich zu entspannen, ein Freudenschimmer huschte über ihr Gesicht, und sie atmete erleichtert auf.

»Könnt Ihr heute Abend zu mir nach Hause kommen? Ich würde das erst gern mit meiner alten Haushälterin besprechen, die sich um meine Töchter kümmert.«

Jetzt strahlte die Fremde vor Dankbarkeit und drückte Alix die Hand.

»Wie heißt Ihr?«

»Léone.«

»Dann bis heute Abend, Léone.«

Bertille fand Léone sehr angenehm, gepflegt, höflich und wohlerzogen. Pierrot hatte nur Augen für sie; Léone sah ihn aber kaum an. Die Zwillinge plapperten miteinander und interessierten sich nicht weiter für die Frau, mit der sich ihre Mutter auf der Türschwelle unterhielt.

»Ich bin in der Werkstatt und im Kontor sehr beschäftigt und manchmal auch auf Reisen und habe nicht genug Zeit, mich um meine Töchter zu kümmern. Deshalb biete ich Euch die Stelle als Kinderfrau an, mit einer Probezeit, damit Ihr seht, ob es das Richtige für Euch ist.«

»Wie viel Zeit gebt Ihr mir?«

»Eine Woche, würde ich sagen. Wenn Euch die Stelle nicht zusagt, sehe ich mich nach jemand anders um, sobald mein Mann zurück ist.«

»Euer Mann! Ihr seid verheiratet?«

»Ja, er kommt in einigen Tagen aus Brüssel zurück, spätestens in einer Woche.«

Sie nahm Léone am Arm und führte sie ins Haus.

»Aber keine Angst. Sollten meine Töchter nicht mit Euch zurechtkommen oder umgekehrt, gebe ich Euch noch eine Chance in meiner Werkstatt.«

»Oh, wie soll ich Euch nur danken! Das hätte ich nie zu hoffen gewagt.«

»Schon gut, jetzt sollt Ihr die Kinder erst mal kennenlernen.«

Als sie hereinkam, musterten sie die Zwillinge kurz, sagten aber nichts. Mathilde spielte sofort mit ihrem kleinen Holzpferd weiter, und Valentine sah Nicolas an, der ihr eine Stoffpuppe mit blauen Porzellanaugen hinhielt.

Die Fremde sah den Kindern lange zu, ehe sie ein Päckchen aus der Tasche ihres weiten Rocks holte und es den Kleinen reichte.

»Bitte, das ist für euch.«

»Was ist das?«, wollte Valentine wissen und nahm das Päckchen.

»Ehe du es aufmachst, musst du dich erst bedanken, Valentine«, tadelte sie die Mutter. »Außerdem ist es auch für deine Schwester.«

Valentine kicherte, schüttelte ihre kastanienbraunen Locken und reichte das Päckchen Mathilde.

»Da, schau mal.« Und zu der unbekannten jungen Frau sagte sie brav: »Vielen Dank, Madame.«

Mathilde schüttelte den Kopf und wollte das Päckchen nicht nehmen.

»Du sollst es aufmachen. Ich spiel' mit meinem Pferdchen.«

Also öffnete Valentine mit ihren geschickten kleinen Fingern – Alix sagte immer, sie wären wie geschaffen für die Arbeit am Hochwebstuhl – vorsichtig das Paket. Zum Vorschein kam ein bunter Kreisel, den sie sofort Nicolas gab.

»Du sollst ihn drehen«, befahl sie ihrem kleinen Freund, der ihr jeden Wunsch erfüllte.

»Das wäre aber wirklich nicht nötig gewesen«, meinte Alix.

Léone seufzte, sah den Mädchen zu und sagte leise und ein bisschen traurig: »Der Kreisel hat Simonin gehört, meinem Sohn. Er ist das Einzige, was ich von ihm behalten habe, aber der Anblick tut mir so weh, dass ich ihn nicht mehr sehen will. Eure Töchter werden ihre Freude daran haben, auch wenn ich die Stelle nicht bekomme.«

»Ihr bekommt sie, das ist so gut wie sicher. Nicht wahr, Bertille?«

»Ja, wenn du meinst.«

Léone merkte, wie wichtig Alix das Urteil der alten Haushälterin war, und war sehr froh, dass sie ihre Zustimmung gefunden hatte.

»Ich hoffe sehr, dass ich Euren Töchtern gefalle«, sagte sie, »das ist mein größter Wunsch.«

»Meiner auch, ja, meiner auch«, sagte Alix leise, um dann etwas fröhlicher zu fragen: »Habt Ihr Gepäck, Léone?«

»Ach, nur ganz wenig.«

»Dann bringt es morgen mit. Ich zeige Euch das Zimmer, in dem Ihr mit meinen Töchtern wohnen werdet. Ihr dürft sie nie allein lassen, weder am Tag, noch in der Nacht. Ihr müsst immer sehr wachsam sein. Das ist der schwierige Teil Eurer Aufgabe. Den Rest übernimmt Bertille. Sie wäscht sie und zieht sie an und kocht für sie.«

»Einverstanden«, sagte Léone leise, »ich werde sehr wachsam sein.«

»Dann wird alles gut«, meinte Alix und erzählte, zufrieden über die unerwartet glückliche Wendung, weiter: »Valentine hat früher in einem Zimmer mit Nicolas geschlafen, aber jetzt ist er ja schon ein großer Junge, und wenn Ihr da seid …«

»Haben Eure Töchter nicht zusammen geschlafen?«, unterbrach sie Léone erstaunt.

»Das ist eine lange Geschichte. Vielleicht erzähle ich sie Euch später einmal. Im Moment möchte ich sie vergessen und die glücklichen Stunden genießen.«

»Das kann ich sehr gut verstehen. Alles geht so schnell vorüber.«

Alix nahm ihre Hand und drückte sie herzlich.

»So, und nun vergesst Ihr erst mal Eure Sorgen und Euren Kummer. Mir blieb auch nichts anderes übrig. Bei uns kann Euch nichts zustoßen, und Ihr werdet umsorgt. Ihr dürft nur meine Töchter nie allein lassen, nicht mal für einen Augenblick, sei er auch noch so kurz, außer wenn ich bei ihnen bin.«

»Seid unbesorgt. Ich weiche ihnen nicht von der Seite.«

Alix nickte zufrieden. Die junge Frau gefiel ihr. Sie wirkte zuverlässig und gutwillig. Ach, wenn sie die Zuneigung ihrer Töchter gewann, würde alles gut.

»Wenn Ihr eine Pause macht, müsst Ihr Euch immer von Bertille oder Tania ablösen lassen. Irgendwann mache ich Euch mit meinen Webern bekannt, aber das hat keine Eile. Nachdem Ihr nun bei den Kindern seid, arbeitet Tania wieder mehr in der Werkstatt.«

Léone nickte nur, und Alix fuhr fort: »Ich bin wirklich sehr erleichtert. Wenn Euch die Stelle bei mir zusagt, könnt Ihr sie haben. Ich heiße übrigens Alix.«

»Ich bin auch sehr froh, dass ich Euch gefunden habe. Endlich hat der Himmel mein Flehen erhört. Und es ist schon sehr lange her, dass mir das zuletzt widerfahren ist.«

»Seht Ihr! Manchmal ist einem das Glück eben hold.«

Léone seufzte erleichtert. Ihre Augen blitzten, aber sonst wirkte sie ruhig. Wenn sie erst ihre Schüchternheit überwunden hätte, würde sie bestimmt gut mit den Kleinen zurechtkommen, dachte sich Alix.

»Was wird Euer Mann sagen, wenn er zurückkommt? Glaubt Ihr, er ist einverstanden?«

»Ja, bestimmt. Außerdem sollte ich Euch vielleicht sagen, dass es meine Töchter sind, nicht seine. Und Nicolas ist sein Sohn.«

Alix zögerte. Ach was, wieso sollte sie erklären, dass Nicolas nicht ihr Sohn war? Das spielte eigentlich keine Rolle. Weil sie ihn aufgezogen hatte, war er auch ihr Kind. Alles andere zählte nicht.

»Aha, ich verstehe, Alix. Darf ich Euch Alix nennen?«

»Ja, natürlich.«

Sie bemerkte Léones fragende Miene, hatte aber im Augenblick keine Lust, weitere Erklärungen abzugeben. Das ging Léone eigentlich alles nichts an. Vielleicht später.

Mathias war noch immer nicht zurück, hatte aber inzwischen einen Boten geschickt, der Alix ausrichten ließ, dass er die *Galanterien* in den Pariser Werkstätten nicht entdeckt hatte und noch nach Brüssel reisen würde, um das Geschäft mit dem Kaufmann Emmanuel Riccio unter Dach und Fach zu bringen. Er empfahl seiner Frau, mit ihrer Reise in die Creuse bis zu seiner Rückkehr zu warten, weil man sich nun nicht mehr beeilen müsste, da der Teppich vermutlich ohnehin längst fertiggewebt war.

Seit sich Léone um die beiden kleinen Mädchen kümmerte, hatte sich Alix wieder konzentriert und mit großem Einsatz an die Arbeit gemacht, weil es in den Werkstätten nicht an Aufträgen mangelte und sie dafür sorgen musste, dass alle Flach- und Hochwebstühle voll ausgelastet waren.

Sobald sich die Zwillinge an ihre neue Kinderfrau gewöhnt hatten, wollte Alix sich wieder auf die Reise machen. Es war immer wichtig, neue Aufträge einzuholen, und nachdem Mathias anscheinend Flandern übernommen hatte, wollte sich Alix zunächst auf die nähere Umgebung beschränken.

Fürs Erste hielt sie sich jedoch an seinen Rat, nicht vor seiner Rückkehr nach Felletin aufzubrechen.

Es dauerte nicht lange, und Léone hatte die Herzen aller gewonnen. Besonders Bertille wurde nicht müde, ihre Geduld und Uneigennützigkeit zu loben. Nur Mathilde wollte sich einfach nicht mit der neuen Kinderfrau anfreunden, was Alix aber nicht weiter zu beunruhigen schien. Während Valentine gut mit ihr zurechtkam, hatte ihre Zwillingsschwester beschlossen, ihr nicht zu gehorchen. Sie hörte nur auf ihre Mutter und Bertille.

Zwei Tage nachdem sie ihre Stelle angetreten hatte, wollte Léone mit den beiden Mädchen einen Spaziergang an die Loire machen.

»Was haltet ihr davon, wenn wir ein bißchen frische Luft schnappen, Mädchen?«, sagte sie zu den Kindern. »Wir sollten das schöne Herbstwetter genießen – bald wird es Winter.«

Mathilde verzog das Gesicht, Valentine lächelte sie an, lief dann aber zu Nicolas, der ebenfalls keine große Lust auf einen Ausflug mit der Kinderfrau zu haben schien.

»Heute ist es so schön draußen! Es wäre ein Jammer, wenn wir den ganzen Tag im Haus blieben. Bertille, glaubt Ihr, dass wir zur Mühle gehen könnten? Wir könnten Kastanien sammeln und sie Eurer Mutter bringen.«

»Ich will nicht spazieren gehen, außer wenn wir Pferde anschauen«, sagte Mathilde.

»Aber, aber, meine Kleine!«, meinte die Bertille und gab ihr einen Kuss. »Du willst deine Schwester doch nicht ganz allein Kastanien sammeln lassen?«

»Wenn Nicolas mitkommt, ist sie nicht allein. Außerdem ist die ja dabei!«, sagte Mathilde verstockt und zeigte mit dem Finger auf Léone.

»Valentine bringt mir Kastanien mit und erzählt mir alles. Aber ich will nicht spazieren gehen. Mir gefällt es hier zu Hause gut.«

Sie umarmte die alte Magd mit ihren runden Ärmchen und drückte ihr einen dicken Kuss auf die runzlige Wange.

»Bei dir!«

»Komm schon, Mathilde, der Ausflug macht dir bestimmt Spaß«, versuchte es Léone noch einmal.

Das Kind warf ihr nur einen ungnädigen Blick zu, wovon sich Léone aber offenbar nicht die Laune verderben lassen wollte. Sie nahm Valentine an der Hand und meinte:

»Dann gehen wir eben zu zweit. Einverstanden, Valentine?«

»Ich komme mit«, erklärte Nicolas, der seinen Schützling nicht mit dieser Frau allein lassen wollte, der er noch nicht recht traute, auch wenn alle sagten, was für ein guter Mensch sie sei.

»Solltest du nicht zu Alix in die Werkstatt gehen?«, fragte Léone. »Ich dachte, sie wartet auf dich.«

Damit hatte sie recht. Seit Mathilde da war und die Zwillinge den ganzen Tag unzertrennlich zusammensteckten, hatten Alix und Mathias beschlossen, der Junge sollte lesen und schreiben lernen, ehe er seine Lehre in der Werkstatt begann.

»Nein!«, protestierte Nicolas. »Alix hat gesagt, ich kann mit dem Lernen warten, bis mein Papa wieder da ist.«

»Das mag schon sein, aber Valentine läuft dir ja nicht davon. Du siehst sie bald wieder«, mischte sich Bertille ein. »Alix wartet auf dich, und ich bringe dich mit Mathilde in die Werkstatt, weil sie keinen Spaziergang machen will.«

Valentine rannte zu Nicolas und gab ihm einen dicken Kuss auf den Mund. Das machten die beiden immer so und brachten die Erwachsenen damit zum Schmunzeln.

»Bringst du mir lesen bei, wenn du es gelernt hast?«

»Ja, klar«, versprach Nicolas, »und rechnen und schreiben auch.«

Mathilde runzelte die Stirn und ärgerte sich, weil sie das natürlich auch wollte.

»Und danach bringe ich es dir bei«, erklärte da schon Valentine, die alles mit ihrer Schwester teilen wollte.

Eigentlich war nun alles gesagt, aber Valentine, ihr Patschhändchen in Leónes Hand, drehte sich noch einmal zu Nicolas um und sagte:

»Die schönsten Kastanien schenk' ich dir.«

Nicolas strahlte sie an. Wie sehr er den bewundernden Blick des kleinen Mädchens liebte! Er wusste aber auch, dass er nicht mehr die ganze Zeit mit ihr spielen konnte. Das ging schon allein wegen Mathilde nicht. Außerdem hatte ihm sein Vater erklärt, er müsse jetzt ein Mann werden und eine gebildete Person. »Ja, und ein großer Weber!«, hatte ihn Alix unterstützt, »klug wie ein Buchhändler und künstlerisch wie ein Maler.«

Kurz darauf kam Léone zurück, weil sie einen Mantel für die Kleine mitnehmen wollte, falls es sehr windig sein sollte.

»Lasst Euch nicht aufhalten, Bertille, geht nur schon in die Werkstatt. Und macht Euch keine Sorgen, ich sperre hinter uns zu.«

Als Bertille, Nicolas und Mathilde gegangen waren, nahm sie Valentines Hand und zog sie zum Stall.

»Wir nehmen die Mulis«, sagte sie zu dem verdutzten Mädchen.

»Ich will aber doch Kastanien sammeln!«, rief Valentine und ließ Léones Hand los. »Und ich will nicht reiten.«

Im Stall war kein Mensch. Léone seufzte erleichtert. Sie hatte befürchtet, dort Pierrot über den Weg zu laufen, der oft herkam, um Césarine zu streicheln oder Hector zu kitzeln. Léone holte Fougasse und Amandine aus dem Stall, band sie zusammen und führte die Maultiere mit einer Hand an der Leine, während sie mit der anderen Valentine ziemlich unsanft hinter sich herzog.

»Komm schon, wir müssen uns beeilen, sonst geht die Sonne unter und es wird stockdunkel. Dann können wir keine Kastanien mehr suchen.«

Die Kleine tapste hinter der Kinderfrau her, und sie ließen die Place Foire-le-Roi hinter sich und bogen zum Fluss ab.

»So, und jetzt rauf mit dir!«, befahl Léone.

Als sie sah, dass Valentine nicht auf das Muli wollte, redete sie ihr gut zu.

»Wenn du reitest, wirst du nicht so schnell müde und wir können einen längeren Ausflug machen. Ich habe übrigens neulich besonders schöne, dicke Kastanien gesehen, aber sie sind etwas weiter weg. Ganz da hinten«, sagte sie und zeigte auf ein paar hohe Kastanienbäume am Horizont.

»Das ist viel zu weit«, meinte Valentine, kletterte aber brav auf Amandine.

»Nein, du wirst schon sehen, es ist nicht so weit. Nicolas freut sich bestimmt über so schöne, große Kastanien, und Mathilde wird erst staunen. Und deine Mama hat sicher noch nie so schöne Kastanien gesehen.«

Léone setzte sich auf das andere Muli, und sie trabten ein Stück, bis Léone nach links vom Weg abbog.

»Die Kastanienbäume sind aber da vorn«, protestierte die Kleine und zeigte mit dem Finger auf die Straße, von der sie gerade abgebogen waren.

»Still, ich weiß schon, wohin wir müssen.«

Der Weg führte zu den alten Färbereiwerkstätten, verfallenen Baracken und Gruben, in die man früher die Bottiche geleert hatte und wo sich ihr Geliebter Théodore versteckt hatte, um auf seine Schwester Tania zu warten.

»Ich will nach Hause!«, rief Valentine ängstlich. Irgendwie

ahnte sie, dass etwas nicht stimmte. »Bitte, Léone, bring mich nach Hause. Ich will nicht mehr Kastanien suchen!«

»Du tust, was ich dir sage«, bekam sie zur Antwort. »Und nenn mich nicht Léone. Ich heiße Béraude. Hast du verstanden? Béraude! Außerdem bringe ich dich nicht nach Hause. Nie wieder!«

»Nicolas!«, rief Valentine. »Nicolas«, schluchzte sie und begann zu weinen.

25.

Als es Mittag wurde und Léone und Valentine noch immer nicht zurück waren, machte sich Bertille allmählich Sorgen. Sie wartete, bis es zwölf Uhr schlug, weil sie nicht überängstlich wirken wollte, ehe sie sich mit Mathilde an der Hand wieder auf den Weg in die Werkstatt machte.

Alix saß neben Nicolas und sah ihm zu, wie er Buchstaben malte. Manchmal gab ihm Pierrot einen Rat, den der Junge zwar freundlich anhörte, sich aber im Stillen dachte, er würde sicher bald mehr können als Pierrot, weil Alix seine Lehrerin war.

»Was willst du denn hier, Bertille?«, fragte Alix erstaunt.

»Ich mache mir Sorgen, Léone und Valentine sind noch immer nicht zurück.«

»Bestimmt kommen sie bald.«

Doch die treue Seele schüttelte den Kopf.

»Ich habe wirklich Angst!«

Angesichts Bertilles besorgter Miene stand Alix auf.

»Komm, Nicolas, wir gehen nach Hause. Und du kommst mit, Pierrot. Wenn sie nicht bald zurück sind, nehmen wir die Mulis und gehen sie am Flussufer suchen. Wahrscheinlich haben sie sich nur unter einen großen Baum gelegt und sind eingenickt.«

»Es ist viel zu kalt, um im Gras zu schlafen«, grummelte Bertille.

Als sie sahen, dass die Maultiere nicht im Stall waren, bekam es auch Alix mit der Angst.

»Irgendwas sagt mir, dass ich Byzance nehmen und losreiten soll. Sitz hinter mir auf, Pierrot.«

Und während Pierrot sich hinter ihr aufs Pferd schwang, rief sie noch: »Wenn ich nicht bald zurück bin, sag Tania und Philippe, sie sollen zur Mühle gehen und dort nach ihnen suchen, Bertille!«

»Wenn sie zur Mühle gewollt hätten, hätten sie die Mulis doch nicht gebraucht«, murmelte Bertille.

»Wie auch immer, wenn es zu lange dauert, schick Landry auch noch in die andere Richtung los.«

Das Loireufer war kahl. Vergilbtes Gras und Sand reichten stellenweise bis zum Fluss. Das Herbstlaub leuchtete bunt, doch dann kam eine frische Brise auf, und Alix hatte das Gefühl, sie wollte ihr bedeuten, dass es für einen Spaziergang bereits viel zu kühl war.

Boote waren am Ufer vertäut und schaukelten leise auf dem Wasser. Die Fischer hatten früh am Morgen gefischt. Wahrscheinlich kamen sie später wieder, um Netze auf dem sandigen Flussgrund auszulegen.

Auf den großen Wiesen Richtung Kastanienwald blühten noch vereinzelt einige Sommerblumen, und sie mussten eine ganze Weile unter Weiden und Pappeln suchen, bis sie sicher sein konnten, dass sich hier kein müder Wanderer zu einem Nickerchen ins Gras gelegt hatte. Und die mächtigen Kastanien, die ihre Früchte auf dem Waldboden verstreut hatten, sahen auch nicht so aus, als wären sie kürzlich von irgendwelchen Spaziergängern gestört worden.

Alix ritt noch ein Stück weiter, bis zu den ausgedienten alten Färberwerkstätten.

Als sich der Weg vom Flussufer entfernte und bergauf ging, begegneten sie einem hübschen jungen Mädchen auf einem Muli. Als sie näher kam, musterte sie Pierrot aufmerksam.

»Habt Ihr vielleicht eine Frau mit einem kleinen Mädchen gesehen?«, fragte Alix ängstlich.

»Und mit zwei Maultieren«, ergänzte Pierrot und lächelte sie schüchtern an.

»Ja«, sagte das junge Mädchen und zeigte zu den Baracken. »Sie wollten in die Richtung.«

»Oh nein!«, stöhnte Alix und wurde leichenblass.

»Soll ich Euch vielleicht begleiten? Bei den alten Werkstätten kenne ich mich gut aus. Ich komme oft mit meinem Bruder und meinem Cousin hierher.«

Und an Pierrot gewandt fuhr sie fort:

»Ich heiße Francesca d'Alvergne und bin sechzehn. Meine Familie kommt aus Italien, und wir sind erst seit Kurzem in Frankreich.«

»Wohnt Ihr in Tours?«

»Ja, aber wir haben keine Arbeit. Keine Weberwerkstatt braucht noch Arbeiter. Früher gab es viel mehr Werkstätten, hat man uns gesagt. Wenn uns hier keiner einstellen will, müssen wir weiter nach Paris.«

»Wollt Ihr mir helfen, meine Tochter zu finden? Im Gegenzug würde ich Euch bei der Arbeitssuche helfen.«

Francesca zögerte einen Moment, dann fasste sie sich ein Herz und sagte:

»Sie waren mit den zwei Mulis unterwegs. Ich habe sie gefragt, wohin sie wollen. Das kleine Mädchen weinte und rief nach einem Nicolas.«

Alix blieb fast das Herz stehen. In welche Falle war sie nun wieder getappt? Dass Valentine geweint und nach Nicolas gerufen hatte, machte ihr schrecklich Angst.

»Was hat Euch die Frau geantwortet?«

»Sie hat gesagt, sie wolle sich mit dem Vater des Mädchens treffen. Das kam mir zwar irgendwie komisch vor, aber ich habe mich nicht weiter um die beiden gekümmert.«

Sie drehte sich um und blickte suchend in die andere Richtung.

»Soll ich Mario und Baptiste, meinen Bruder und meinen Cousin, rufen? Ich glaube, sie sind ganz in der Nähe.«

Sie steckte zwei Finger in den Mund, und ein lauter Pfiff ertönte.

»In ein paar Minten sind sie da. Ich frage sie, ob sie Euch helfen.«

»Was haben die beiden gemacht, als Ihr sie getroffen habt?«, fragte Alix weiter, mehr und mehr überzeugt, dass Léone sie in eine Falle gelockt hatte, auch wenn sie noch nicht wusste warum.

»Sie hielten sich in der Nähe der alten Gruben auf, in die man früher das verbrauchte Wasser aus der Färberei geschüttet hat.«

»Bei den Gruben? Oh Gott! Bitte nicht!«, rief Alix mit erstickter Stimme, und Béraude kam ihr plötzlich wieder in den Sinn. Ja, Béraudes Brief mit den schrecklichen Andeutungen! Wahrscheinlich hatte die Frau von ihrer Heirat erfahren und machte jetzt ihre Drohungen wahr: *»Euer junges Glück wird nicht von langer Dauer sein. Wenn Ihr Mathias heiraten solltet, ist es sehr schnell zu Ende. Dann hole ich mir Valentine. Ihr kennt die furchtbaren Qualen, die Euch dann heimsuchen würden.«*

Alix fuhr sich mit der Hand über die schweißnasse Stirn und rief noch »Pierrot«, ehe ihr schwindlig wurde. Sie ließ die Zügel los, schwankte und wäre vom Pferd gestürzt, hätte Pierrot sie nicht festgehalten.

»Wir müssen zu den Gruben!«, sagte sie mit schwacher Stimme.

Die Worte aus Béraudes Brief gingen ihr durch den Kopf: *»Dann hole ich mir Valentine. Mag sein, dass ich mir nach Valentine auch noch Mathilde hole.«*

Die alten Färbereigruben wurden zum Alptraum für Alix. Und noch ein Satz fiel ihr wieder ein: *»Und glaubt mir, diesmal gibt es kein Wiedersehen!«*

Alix zitterte am ganzen Körper und versuchte sich wieder richtig aufs Pferd zu setzen. Entweder war diese Frau Béraude oder eine Person, die sich für sie verdingt hatte.

»Da sind Mario und Baptiste!«, rief Francesca erleichtert.

Zwei große, schlaksige junge Männer kamen mit ihren Mulis angeritten. Der eine war so alt wie Francesca, der andere mochte etwas älter sein.

Nachdem Francesca sie informiert hatte, berichteten sie, dass sie zwei Maultiere auf einem Hügel über den Baracken gesehen hatten.

»Schnell, wir müssen da rauf, ehe es zu spät ist!«

Mario hatte Augen wie ein Luchs und war schneller als sein Cousin, dafür verfügte der magere Baptiste über ungeahnte Kräfte. Scheinbar mühelos trug er eine große Ladung Brennholz auf dem Rücken.

Oben auf dem Hügel entdeckten sie Amandine und Fougasse an einen kahlen Baum gebunden. Die beiden wieherten vor Freude, und als Alix sie losmachte, schien es so, als wollten sie ihr den Weg zeigen, der zu des Rätsels Lösung führte.

»Wo ist mein Kind, meine kleine Valentine?«, schluchzte Alix. »Was habe ich nur verbrochen, dass mich der Himmel so straft?«

»Wir finden sie wieder«, versprach ihr Baptiste, und was er versprach, konnte er immer halten. Um mehr Bewegungsfreiheit zu haben, legte er das Holz, das er gesammelt hatte, unter einen Baum, wo er es später holen wollte.

»Hoffentlich ist es nacher nicht weg«, meinte er.

»Ruhig, Byzance, ganz ruhig. Ich kann dich nicht mehr halten. Oh Gott, ich glaube, ich falle!«

Wieder musste sie Pierrot festhalten, weil sie sonst vom Pferd gestürzt wäre.

Als Mario merkte, dass Pierrot nicht richtig reiten konnte, schlug er ihm vor zu tauschen: »Wenn Ihr wollt, kann ich das Pferd reiten.« Pierrot nahm Marios Muli, und Mario setzte sich zu Alix.

»Haltet Euch an mir fest und habt keine Angst – wir finden Eure Kleine, das verspreche ich.«

Alix verschwomm alles vor den Augen, sie wusste kaum noch, wo sie war, spürte aber, dass da ein anderer als Pierrot bei ihr war, weshalb sie sich zusammenreißen wollte. Doch der Gedanke an die Gruben erfüllte sie sofort wieder mit Grauen.

Angeführt von Francesca und Byzance erklommen die Maultiere eins hinter dem anderen den Hügel, und bald stank es so ekelerregend, dass sich alle die Nase zuhalten mussten.

»Halt! Keinen Schritt weiter!«

Eine Frau fuchtelte vor ihnen herum. Eine Verrückte? Oder war das Béraude? Die Jungen und Francesca sahen sich nach Alix um, die sich offenbar gefasst hatte. Beim Anblick von Valentine in den Armen dieser Irren funktionierte ihr Verstand plötzlich wieder messerscharf.

»Geht nicht weiter«, flüsterte Baptiste, »diese Frau scheint zu allem fähig.«

Béraude – denn sie war es tatsächlich – stand direkt vor einer mehrere Meter tiefen Grube, in der eine dicke, schwarze, stinkende Brühe schwamm.

»Valentine!«, schrie Alix.

»Einen Schritt weiter, und ich werfe das Kind in dieses widerliche Loch.«

Valentine versuchte sich loszureißen, weil sie die Stimme ihrer Mutter erkannt hatte, und rief verzweifelt »Mama«.

»Halt den Mund!«, herrschte Béraude sie an, »sonst werfe ich dich in die Drecksbrühe da unten, wo du dann verfaulen wirst.«

»Valentine, mein Liebling, hab keine Angst! Wir sind gleich bei dir.«

Instinktiv schickte Alix Amandine und Fougasse zu Valentine, ohne zu wissen, wie sie ihr helfen sollten.

Béraude gab dem Mädchen einen Stoß. Hätte sich Valentine nicht im letzten Augenblick an den Hals von Fougasse geklammert, wäre sie unweigerlich in die Grube gestürzt. Das Muli schlug heftig nach der Frau aus und machte ein paar Schritte rückwärts. Amandine stellte sich direkt vor den Abgrund, als wollte sie – auf die Gefahr hin, selbst zu fallen – verhindern, dass ihre Freundin mit dem Kind hineinrutschte.

Béraude sah sich kurz um und entdeckte außer Pierrot noch ein Mädchen und einen Jungen, die sie nicht kannte. Die beiden beobachteten sie von Weitem, zitternd vor Angst, die offenbar verrückt gewordene Frau könnte das Kind in die Grube stürzen.

Was sie nicht sehen konnte, war Baptiste, der um den Hügel

gelaufen war, um sich von hinten anzuschleichen. Als Alix begriff, dass jetzt alles von ihm abhing, wäre ihr beinahe das Herz stehen geblieben.

Sie war vom Pferd gestiegen und hielt sich an Pierrot fest, der aufmerksam Baptistes Anschleichmanöver beobachtete und plötzlich eine Idee hatte.

»Sie muss glauben, dass wir nur zu viert sind«, sagte er leise, »und wir müssen sie ablenken. Sagt etwas zu ihr, Dame Alix.«

Alix holte tief Luft und rief: »Was wollt Ihr?«

»Was ich will!«, höhnte Béraude. »Ich will Eure Tochter in die Grube hier werfen.«

»Mama!«, rief das kleine Mädchen, das sich noch immer verzweifelt an den Hals von Fougasse klammerte, die sie nicht hergeben wollte. Zusammen mit Amandine bildete sie eine Mauer vor dem Abgrund.

»Halte durch, Fougasse! Bitte, ich flehe dich an, halte durch!«, flüsterte Alix voller Angst.

»Was will sie nur?«, fragte Pierrot, entsetzt über den Wahnsinn der Frau, die er eben noch so schön und anmutig gefunden hatte.

»Ja, was will sie nur?«, fragte auch Francesca.

Gott im Himmel! Beim Anblick ihrer hilflosen kleinen Tochter, wie sie da am Hals des Maultiers hing, überfiel Alix Panik, und vor lauter Angst wusste sie nicht, was sie sagen sollte.

»Wir können doch über alles reden!«, rief sie schließlich. Ihre Kehle war wie zugeschnürt. »Was wollt Ihr?«

»Was ich will, schönes Kind! Ich will deinen Mathias.«

»Wir sind aber verheiratet«, stöhnte Alix.

»Jag ihn fort. Sag ihm, du liebst einen anderen. Dann kommt er zu mir zurück, und du kriegst deine Tochter wieder. Solltest du dich weigern, werfe ich sie in die Grube, wo sie jämmerlich ertrinken muss. Und der anderen ergeht es nicht besser.«

»Sie ist wirklich vollkommen verrückt«, murmelte Mario.

»Mama! Wo ist Nicolas?«, schrie Valentine.

Wenn ihre Tochter nach Nicolas verlangte, konnte sie kein anderer beruhigen. Das war noch genauso wie früher, wenn sie ihre Anfälle gehabt hatte.

Béraude versuchte das Kind in die Grube zu stoßen, und Valentine brüllte vor Angst. Plötzlich sah es so aus, als würden Gut und Böse gegeneinander antreten. Es war beinahe wie auf dem wunderbaren großen Wandteppich *Apokalypse*. Der Kampf zwischen Engel und Teufel, zwischen Feuer und Wasser!

Baptiste tauchte genau in dem Moment hinter Béraude auf, als die sich umdrehte. Sie sah ihn auf sich zukommen und packte wieder das kleine Mädchen, das sich zwar heftig wehrte, aber keine Chance gegen diese teuflischen Kräfte hatte und nur noch lauter schreien konnte. Das schöne apokalyptische Ensemble zerfiel – Baptiste konnte unmöglich wie der heilige Michael den Drachen besiegen.

Fougasse war schon immer sehr mutig gewesen – mehr als Amandine. Das hatte sich auch mit den Jahren nicht gegeben. Wohl aus Wut darüber, dass Valentine ihren Hals loslassen musste, verpasste sie Béraude einen kräftigen Stoß mit dem Kopf und warf sie um. Und ein zorniges Maultier ist nicht zu bremsen. Es bockt, schreit und wiehert. Fougasse wollte nur noch eins: Die weichen warmen Ärmchen von Valentine an ihrem Hals spüren.

Béraude war einen Fingerbreit vom Abgrund zum Liegen gekommen und versuchte jetzt aufzustehen, aber die Angst tat ihr Übriges. Panisch bemüht, nicht das Gleichgewicht zu verlieren, sah sie sich von Amandine und Fougasse umzingelt, die wütend mit den Hinterhufen nach ihr ausschlugen. Béraude taumelte und schrie, und das Schicksal griff nach ihr.

Baptiste hatte sich eben bis zu ihr vorgekämpft und erlebte ihren Sturz aus nächster Nähe. Die anderen sahen aus der Entfernung zu. Man hörte ein Kreischen und lautes Schreien, dann war es auf einmal still. Die Pestbrühe musste sie sofort erstickt haben, weil kein Laut mehr zu hören war.

Béraude hatte ihre verdiente Strafe bekommen. Eine Frau mit kriminellen Instinkten, die Kinder geraubt und in ihrem fürchterlichen Leben vielleicht noch mehr verbrochen hatte, was dieses traurige Ende rechtfertigte.

Valentine hatte sich in die Arme ihrer Mutter gestürzt, die sich nach und nach von dem Schock erholte. Aber ihr Herz schlug noch immer wie verrückt. Sie drückte ihr weinendes Kind an die Brust und beruhigte sich ein wenig, aber die alten Färbergruben würden sie noch lange in ihren Träumen verfolgen.

Baptiste und Mario saßen wieder auf ihren Mulis; Pierrot war auf Fougasse geklettert und führte Amandine an der Leine. Gemeinsam verließen alle den Ort des Schreckens und ritten langsam den Hügel hinunter.

Den jungen Leuten saß der Schreck noch in den Knochen, und sie waren ganz still. Alix glaubte, sie sei ihnen eine Erklärung schuldig, und sagte: »Diese Frau hat mir auch schon Valentines Zwillingsschwester geraubt.«

»Was! Sie hat Euch schon ein Kind geraubt?«, rief Francesca entsetzt.

»Ja, als ich die Zwillinge zur Welt brachte, hat sie die Erstgeborene entführt. Wahrscheinlich hatte sie nur nicht genug Zeit, sonst hätte sie mir auch meine Kleine geraubt.«

»Dann hat sie es nicht anders verdient«, meinte Baptiste kopfschüttelnd.

Alix war der gleichen Meinung. Aber sie hatte das Gefühl, ihre neuen Freunde hätten ein Recht darauf, mehr zu erfahren, und während sie ihre kleine Tochter fest in den Armen hielt, erzählte sie ihnen die ganze Geschichte.

Sie erzählte von den wunderbaren Kunstwerken, die sie in Florenz gesehen hatte, von den berühmten Malern, denen sie begegnet war, von Rom und vom Vatikan und beendete ihre Geschichte mit den Kanonen vor Bologna.

Auf dem Rückweg drückte sich Valentine ganz fest an ihre Mutter. Sie klammerte sich an sie, als wollte sie sie nie wieder loslassen. Byzance kannte den Weg. Oft genug war er hier erst mit Théo und später allein unterwegs gewesen, bis Alix ihn eines Tages an der Loire wiedergefunden hatte. Er hatte alle Loire-Schlösser gesehen und wusste sich hervorragend zu orientieren. Das Pferd kannte sich in der Gegend tatsächlich besser aus als seine einheimischen Kollegen Hector und Césarine.

Erschöpft von den Aufregungen war Valentine endlich eingeschlafen, und Alix spürte ihren gleichmäßigen, ruhigen Atem.

Alle schwiegen, und die Pferde trotteten gemächlich vor sich hin. Alix fielen die Augen zu, aber Byzance ging weiter, und seine Hufe klapperten auf dem Weg. Auch wenn sie tief und fest geschlafen hätte, hätte das Pferd sie mit ihrem Kind sicher nach Hause gebracht. Doch sie fing sich wieder, öffnete die Augen und begegnete Baptistes Blick.

»Ihr könnt Euch nicht vorstellen, wie unendlich dankbar ich Euch bin«, sagte sie und schien mit dieser verspäteten Danksagung auch noch die letzten Ängste abzuschütteln.

»Ihr habt das Ende dieses Dramas miterlebt, und ich weiß

nicht, was ich ohne Euch gemacht hätte – ich will es gar nicht wissen. Jedenfalls schwöre ich bei allen Heiligen, dass Ihr nicht nach Paris gehen und dort Arbeit suchen müsst. Ihr könnt bei mir arbeiten.«

»Wen von uns wollt Ihr denn einstellen?«, fragte Francesca schüchtern.

»Es gibt genug zu tun für drei, und …«

Überrascht hielt sie inne – sie musste plötzlich würgen, und auf einmal war ihr schrecklich übel und schwindlig. Schnell sprang sie vom Pferd. Hatte sie die schreckliche Geschichte trotz ihres glücklichen Ausgangs doch bis ins Innerste aufgewühlt?

»Was ist los? Geht es Euch nicht gut?«, fragte Pierrot besorgt.

Valentine war aufgewacht und hätte beinahe wieder geweint. Als sie sah, dass ihre Mutter in der Nähe war, fragte sie nur leise: »Mama, wo ist Nicolas?«

Alix wollte zu ihr laufen, doch da überfiel sie schon der nächste Brechreiz. Sie musste sich übergeben. Und sie erinnerte sich plötzlich, dass ihr schon am Morgen zuvor sehr übel gewesen war, was sie allerdings nicht weiter beachtet hatte.

Da musste sie lächeln. Die Übelkeit hatte nichts zu tun mit der Tragödie, die sich gerade abgespielt hatte. Sie verkündete neues Leben, Hoffnung und Liebe, und Alix bekam auf einmal große Lust, Mathias zu sehen, um ihm von dem freudigen Ereignis zu berichten.

26.

Und es kam, wie es Louise nach Robert La Marcks »Geschichte von der weißen Stute« geahnt hatte.

Kaum war sie in Amboise eingetroffen, wo sie den Rest des Jahres verbringen wollte, als ein Bote mit der Nachricht zu ihr eilte, der König sei schwer krank, und seine Tage seien gezählt, woraufhin sie sofort nach Blois aufbrechen musste.

Von nicht enden wollenden Hustenanfällen geplagt wurde Ludwig XII. immer schwächer, und seine Ärzte schüttelten nur noch hilflos den Kopf, weil sie nicht mehr wussten, wie sie dem König helfen sollten.

In einer Ecke seines Schlafzimmers hatten sich die alten Kampfgefährten versammelt, die ihn auf seinen italienischen Feldzügen begleitet und diese überlebt hatten – Longueville, La Trémoille, Genouillac und de Parvy harrten in schweigender Anteilnahme bei ihm aus und dachten still an vergangene, kühne Zeiten.

Die Comtesse d'Angoulême lief vor seinem Zimmer auf und ab, und nur ihre Hand, die immer wieder eine Locke unter die Haube schob, verriet ihre Nervosität.

Seit ein paar Tagen schon delirierte der König. Er sprach von Jeanne, seiner ersten Frau, und bat Gott um Verzeihung, dass er sie so gemein verstoßen hatte. Und er dankte dem Himmel sogar, dass er ihm zur Strafe keinen Sohn geschenkt hatte. Irgendwann redete er nur noch wirres Zeug, aber die Namen Jeanne und Anne kamen immer wieder über seine ausgetrockneten Lippen, die zur Linderung mit einem feuchten Tuch betupft wurden.

Die Priester an seinem Bett hatten dem Sterbenden ein Kruzifix in die Hände gelegt, die er trotz seiner steifen Finger noch hatte falten können.

Ein letztes Mal flackerten seine Lebenskräfte auf, und er verlangte, dass sein Leichnam an der Seite seiner geliebten Frau Anne beigesetzt werden sollte. Dann tat er im Angesicht des Kreuzes seinen letzten Atemzug.

Es stürmte und schneite schon seit zwei Wochen, und der Winter blieb so hart, wie er begonnen hatte. Noch immer kamen die Wölfe bis vor die Tore der Stadt.

Louise hatte Boten zu dem Gasthaus geschickt, in dem François und seine fröhlichen Kumpane den Beginn des Jahres 1515 feierten.

In der eiskalten, mondlosen Nacht hatten die Pferde Mühe vorwärtszukommen und stolperten alle paar Schritte in dem von Stunde zu Stunde tiefer werdenden Schnee. Mit einer Hand hielten die Boten die Zügel, in der anderen flackernde Lampen, die der Sturm immer wieder ausblies.

Im Gasthaus »Zum goldenen Kreuz«, wo man für wenig Geld essen, trinken und schlafen konnte, feierte der Duc de Valois den Jahreswechsel.

Seinen geröteten Wangen und unsicheren Bewegungen nach zu urteilen war Bonnivet nicht mehr beim ersten Becher Wein, und Montmorency schien dem Rebensaft auch schon reichlich zugesprochen zu haben und trank dauernd auf das Wohl Frankreichs. François war ebenfalls nicht mehr nüchtern und griff immer nach seinem Becher, wenn die hübsche Catherine vorbeikam und er sie zu einem Schluck auffordern konnte.

»Komm schon, Cathie, tauch dein hübsches Mündchen in meinen Schoppen und nimm ein Schlückchen von dem köstlichen Elixier.«

Catherine lachte. Es schmeichelte ihr, dass sich die gut aussehenden jungen Herren für sie interessierten. Um die strengen Blicke des Wirts kümmerte sie sich nicht groß; schließlich wusste sie nur allzu gut, dass er auf ihre Reize vertraute, um Kunden anzulocken.

»Und was ist mit meiner Arbeit?«, fragte sie lachend und entwand sich mit einer geschickten Pirouette Bonnivets Griff, »wer soll dann meine Arbeit machen?«

»Wir natürlich!«, brüllte La Marck und schlug mit der Faust auf den Tisch.

»Ihr, Monseigneur! Seid Ihr denn auch fleißig genug?«

Als die Frage gerade mit schallendem Gelächter beantwortet wurde, riss jemand die Haustür auf, und ein Windstoß fegte die Eiseskälte von draußen in die warme Gaststube, ehe die Tür mit lautem Knall wieder zuschlug.

»Der König ist tot! Es lebe der König!«, riefen die drei Boten mit ihren weiß verschneiten Kapuzen.

Plötzlich war es ganz still. Aber die Stille war flüchtig und würde jeden Augenblick in befreienden Lärm umschlagen.

François war dann der Einzige, der seine Freude nicht herausschrie. Dafür war er viel zu gut erzogen. Seine Freunde aber hielten nicht an sich. Die Hysterie riss sie mit wie ein Sturm die Flut.

Bonnivet warf seinen Federhut in die Luft, fing ihn wieder auf und schwenkte ihn begeistert, wobei er einmal über den Tisch fegte und einen vollen Weinkrug vom Tisch riss.

»Es lebe der König!«, rief er, »der König lebe hoch!«

Im allgemeinen Freudentaumel war La Marck plötzlich aufgesprungen und hatte seinen Stuhl umgeworfen. Dann stürzte er sich auf François und umarmte ihn leidenschaftlich, was ihm Montmorency und Chabot sofort gleichtaten.

Catherine hüpfte begeistert herum und rief dauernd: »Es lebe der König!«. Diener und Köche stimmten in ihre Vivats ein, und der Wirt spendierte eine Runde für alle, während die Boten ihre verschneiten Pelzmäntel auszogen.

»Den heutigen Tag werde ich in meinen Memoiren festhalten«, erklärte La Marck wichtig. »Ich werde schreiben, dass François d'Angoulême, Duc de Valois, zwischen dem Ende des Jahres 1514 und dem Anfang des Jahres 1515 König von Frankreich geworden ist.«

»Es lebe François I.!«, rief Chabot, der ruhigste und offenbar noch am wenigsten betrunkene von den fünf Freunden.

»Danke, Philippe. Mach jetzt unseren drei Freunden Platz«, befahl ihm François. »Sie haben sich ein deftiges Essen verdient.«

Chabot, der auf der Holzbank hockte und auch nicht mehr ganz nüchtern wirkte, rutschte, um den drei Boten Platz zu machen.

Catherine kam wieder an ihren Tisch. Ihre Aufregung hatte sich allmählich gelegt. Bei jedem Schritt wiegte sie sich in den Hüften, und ihr enges graues Baumwollmieder ließ erahnen, welch schöner Busen sich darunter versteckte. Mit flinken Händen räumte sie die leeren Weinbecher vom Tisch, wobei ihr die drei Neuankömmlinge interessiert zusahen.

»Ihr seid ja noch ganz durchgefroren. Wollt Ihr Euch vor dem Essen aufwärmen?«, schlug sie ihnen vor.

»He he, schöne Catherine!«, rief Bonnivet, »wenn sich hier einer an deinem weichen Busen aufwärmen darf, dann bin das ich!«

Montmorency und La Marck klatschten sich vergnügt auf die Schenkel und grölten abwechselnd: »Wirt, bringt uns Wein!«

»Schon zur Stelle, Messeigneurs«, rief der kurzbeinige, dickbäuchige Gastwirt und kam mit frisch gefüllten Weinkrügen an ihren Tisch. »Hier kommt die Stärkung. Trinken wir auf die Gesundheit unseres neuen Königs!«

»Was wirst du zu diesem Tag in deine Annalen schreiben, Robert?«, fragte François.

La Marck hatte einen Schluckauf. Er stand auf, machte eine große Verbeugung, starrte ein Weilchen in das lodernde Kaminfeuer und begann zu singen:

»Mary kam zum Essen und zum Trinken, den guten alten König ließ in Liebe sie versinken. Doch die Zeiten ändern sich, nun ist sie in François verliebt – der schon in ihrem Bettchen liegt.« Natürlich hatte der junge Mann die letzten beiden Zeilen weggelassen, als die Comtesse d'Angoulême von ihm wissen wollte, was sich die Leute so erzählten.

Doch anstatt nun im Chor das Liedchen anzustimmen, das alle Humoristen in Paris vortrugen und das überall in den Straßen der Hauptstadt gesungen wurde, stand François plötzlich auf.

»Lasst den Unsinn. Wir brechen auf!«, erklärte er.

»Bei dem Wetter!«, rief der Wirt. »Sire, Ihr werdet im Schnee versinken!«

»Und was ist mit unseren Kameraden, die uns die Nachricht gebracht haben? Haben sie es etwa nicht geschafft?«

»Doch, schon«, musste Montmorency zugeben, »aber glaubst du nicht auch, es wäre besser, wir blieben die Nacht noch hier, François?«

»Nein, wir brechen sofort auf«, beendete François die Diskussion.

Bonnivet, der seinem Freund wie ein Schatten folgte, erhob sich ebenfalls schwankend.

»Wenigstens werden wir bei dem Schneesturm da draußen wieder nüchtern, Freunde.«

Bonnivet war für jedes Abenteuer zu haben, ob es nun François' Ideen oder seine eigenen waren. Nachdem die reitenden Boten mutig Wind und Wetter getrotzt hatten, wäre es ziemlich peinlich gewesen, wenn sie jetzt kneifen würden.

»Ich muss so schnell es geht zu meiner Familie. Also, Beeilung, Freunde!«

Als sie noch Kinder waren, durfte François nicht immer bestimmen. Oft hatte La Marck ein Spiel vorgeschlagen, Chabot hatte dagegen protestiert und Montmorency die Entscheidung getroffen. Mit den Jahren hatte sich François aber immer mehr durchgesetzt. Irgendwann äußerte er nicht mehr Wünsche, sondern Anweisungen, die zu befolgen waren, und als Louis XII. die jungen Männer nach Blois holte, wurde François sofort zu ihrem Anführer.

Es hatte zwar aufgehört zu schneien, war aber eisig kalt, und unsere tapferen Ritter hatten einige Mühe, das Loireufer zu erreichen. Doch da sie es sich nun mal in den Kopf gesetzt hatten, und es mehr brauchte als einen einfachen Schneesturm, um sie aufzuhalten, kamen sie vier Stunden später in Blois an.

François hatte sich den ganzen Weg eng an sein Pferd geschmiegt, um weniger zu frieren. Beim Anblick von Château de Blois richtete er sich auf.

»Mein guter Jason«, lobte er sein Pferd und tätschelte ihm den Hals. »Heute hast du dir eine doppelte Portion Hafer verdient. Du bist ja gelaufen wie ein Junger!«

»Also los, Freunde, geht mit Euren Waffenbrüdern feiern!«, rief er ihnen zu. »Trommelt sie alle zusammen – Schildknappen, Bogenschützen, Hellebardiere und Büchsenschützen –, und lasst es Euch verdammt noch mal gut gehen! Ich komme zu Euch, sobald ich erledigt habe, was mir auf den Nägeln brennt.«

»Richte meiner Mutter und meiner Schwester aus, dass ich eingetroffen bin. Ich müsse nur noch etwas erledigen, was mir sehr am Herzen liegt«, sagte er zu Guillaume, ehe er seinem Pferd die Sporen gab.

Sein Reitknecht war bereits zur Stelle und nahm ihm Jason ab.

»Reib ihn schön trocken und gib ihm ordentlich zu fressen.«

Er fuhr Jason mit der Hand durch die Mähne und strich ihm zärtlich über die Nase.

»Bis später, alter Freund, bis später. Wenn mein Besuch erfolgreich ausgeht, werden wir beide König.«

Mit großen Schritten eilte er durch die Gänge des alten Schlosses, in denen es kalt und zugig war, was ihm aber gar nicht richtig auffiel. Angestrengt dachte er darüber nach, wie er das bevorstehende Gespräch beginnen sollte. Er lief durch die Galerie im obersten Stock, betrat den Innenhof und stürmte beinahe zu den Gemächern von Königin Mary.

An der Treppe zu ihrer Zimmerflucht wurde er von den Wachen aufgehalten.

»Führt mich zu Mary von England!«, verlangte er energisch.

Die französischen Gardisten waren überrascht, gehorchten aber und ließen ihn passieren. An der Tür zu ihrem Vorzimmer stellten sich ihm dann aber die Zofen der Königin und ihre englischen Lakaien in den Weg. François sprach zwar etwas Italienisch und Spanisch, aber viel zu schlecht Englisch, um mit Dienstboten zu diskutieren, die seine Sprache nicht verstanden.

»Führt mich zu Mary von England«, verlangte er zum wiederholten Male von der Kammerfrau.

Da die Bedienstete abweisend den Kopf schüttelte und ihm mit ihrem grazilen Körper den Weg verstellte, versuchte François herausfinden, ob sie seine Frage nicht verstand oder ob sie ihm nicht gehorchen wollte.

Schließlich schob er sie zur Seite und murmelte: »Dann eben nicht, ich werde sie auch allein finden«, öffnete eine Tür nach der anderen und durchsuchte alle Zimmer.

Lange musste er nicht suchen, weil die erschrockene Kammerfrau zum Zimmer der Königin lief und sich mit ausgestreckten Armen davor stellte, um zu verhindern, dass der Duc de Valois den Raum betrat.

François betörte die junge Frau mit seinem verführerischen Lächeln und entfernte ganz behutsam ihre Arme von der Tür, und sie war so verdutzt, dass sie ihn ins Zimmer ihrer Herrin ließ.

Er traf Mary auf einem niedrigen, schmalen Bett liegend an. Ihr seidiges blondes Haar fiel ihr offen über die Schultern, und sie trug ein dünnes rosa Satinkleid mit goldenen Borten.

Sie sah ihn mit ihren hübschen Porzellanaugen an, schien sich nicht über sein Erscheinen zu wundern und lächelte. François machte eine tiefe Verbeugung. Auch wenn er gleich über ein heikles Thema reden wollte, vergaß er darüber doch nicht seine gute Erziehung.

»Bitte verzeiht, Madame, dass ich so unangemeldet in Eure Gemächer eindringe, aber ich hatte keine Wahl. Der König ist tot. Das wisst Ihr sicher bereits. Und ich muss nun auf der Stelle wissen, ob ich mich zum König von Frankreich erklären kann.«

Mary lächelte weiter und räkelte sich genüsslich wie eine kleine Katze in der Sonne. Sie fuhr sich mit der Hand durchs Haar, seufzte sehnsüchtig und spitzte ihren hübschen kleinen Busen. Dabei wurde ihr Mund noch runder und weich und verlangend. Ein Mund wie ein Herz, der für François noch zwei Tage zuvor den Gipfel der Glückseligkeit bedeutet hätte.

»Ich kenne keinen anderen König als Euch, Sire«, antwortete sie leise.

Er musterte sie misstrauisch.

»Was fürchtet Ihr, Monseigneur?«, fragte sie und fixierte den jungen Herzog mit ihren blauen Augen.

»Was ganz Frankreich fürchtet«, gab er zur Antwort.

»Und was fürchtet also ganz Frankreich so sehr?«

»Dass Ihr guter Hoffnung seid, Madame.«

Sie erhob sich bedächtig.

»Aber ich bin guter Hoffnung!«, erklärte sie.

»Mit einem Dauphin oder mit einem Bastard?«

Sie überging die Beleidigung und antwortete ganz ruhig: »Was für eine Frage, mein Herr! Natürlich erwarte ich einen Dauphin. Habt Ihr etwa vergessen, dass ich Königin von Frankreich bin?«

»Seid Ihr nicht vielmehr eine galante Königin?«

Zu spät fiel ihm ein, dass sie vermutlich nicht alle Feinheiten der französischen Sprache kannte und gar nicht wusste, was dieser Ausdruck bedeutete. Als sie nichts sagte, schickte er noch eine Erläuterung nach:

»Eine galante Königin, die ihr Fähnchen nach dem Wind richtet und sich nicht an Konventionen hält.«

Die junge Königin schien ihn nicht zu verstehen, und François bekam es mit der Angst. Blitzartig erinnerte er sich an alle Ratschläge, die ihm seine Mutter gegeben hatte, und an den einen, einzigen Zornesausbruch von ihr, den er über sich ergehen lassen musste.

François war im Zweifel, was er glauben sollte. Wenn Mary tatsächlich schwanger war, hatte er alles verloren – Ruhm, Thron, Krone –, verloren für immer.

Plötzlich zeigte sich, dass er sich getäuscht und Mary seine Anspielungen sehr wohl verstanden hatte.

»Was, wenn mich der Wind in Eure Arme treiben würde, François?«

Er war fassungslos, und sein Blick irrte durch den Raum, ohne dass er eine Antwort auf ihre kühne Frage gefunden hätte.

»Dieser Wind hätte Euch schließlich beinahe die Krone gekostet.«

»Beinahe?«

»Verstoßt Claude de France und heiratet mich. Dann ist mein Dauphin auch der Eure.«

François d'Angoulême war sprachlos.

Was für ein unglaublicher Vorschlag! Er musste sich erst wieder fassen. Er liebte seine junge Gattin zwar nicht leidenschaftlich, aber er achtete sie und schätzte ihre zahlreichen guten Eigenschaften. Sie war sanft und ehrlich, und das Volk würde sie als eine gute und gerechte Königin von Frankreich verehren.

»Hat nicht auch Euer Vorgänger, mein heute verstorbener Gatte, seine erste Frau verstoßen?«

Sie dehnte sich.

»Wie hieß sie noch mal? Ach, ja, Jeanne de France.«

Mary stand vor François und streichelte ihren flachen Bauch. Ihre Hände wanderten zu ihren kleinen Brüsten und kehrten genüsslich zu ihrem Bauch zurück.

»Wollt Ihr meinen kleinen Dauphin nicht, François?«

Dem jungen Herzog hatte es buchstäblich die Sprache verschlagen. Noch nie im Leben hatte er sich derart überrumpelt gefühlt. Wie war es nur möglich, dass dieser alte, kranke, verbrauchte König Mary ein Kind gemacht hatte? Und wenn das Kind von Suffolk war? Würde es Mary darauf ankommen lassen, dafür des Ehebruchs angeklagt zu werden?

Er musterte sie nur kühl und verließ wortlos das Zimmer.

Dieser folgenschwere Zwischenfall machte es unmöglich, François auf der Stelle zum König von Frankreich zu proklamieren. Auf Anraten seiner Mutter stärkte er aber fürs Erste seine Machtposition, indem er mehrere schwebende Verfahren entschied, die Botschafter empfing, verschiedene vakante Posten verwaltete und einige neue schuf.

Im Übrigen legte er großen Wert darauf, dass die Beisetzung des verstorbenen Königs mit allem Prunk gefeiert wurde. Die Begräbnisfeierlichkeiten, die er veranlasste, sollten seine ehrgeizigen Ziele begünstigen, und er beging die Trauerzeit in ungewohnt andächtiger Manier.

Doch es musste schnell gehandelt werden, weil Hofstaat und Volk den Namen des Thronfolgers erfahren wollten. Nachdem Louise zwei volle Tage und eine Nacht in der Schlosskapelle zugebracht und gebetet hatte, Mary von England möge keinen Thronfolger unter dem Herzen tragen, beschloss sie, die Sache selbst in die Hand zu nehmen, wobei sie peinlich darauf achtete, keinen diplomatischen Fehler zu begehen.

Als Erstes ordnete sie an, dass die junge Königin zwei Monate auf ihrem Zimmer eingesperrt bleiben sollte. Und weil diese nach wie vor behauptete, sie sei schwanger, durfte sie auch keinen Kontakt zu ihren eigenen Kammerfrauen haben, die kompromittierende Wäsche vielleicht verschwinden ließen.

Außerdem entfernte sie für diese Zeit das gesamte englische Personal der Königin und übergab sie der wachsamen Obhut der Comtesse de Nevers und von Madame d'Aumont, zwei Ehrendamen aus ihrem eigenen Gefolge.

»Man soll mir nicht nachsagen, ich hätte sie hungern lassen«, erklärte Louise nüchtern. »Ich möchte, dass sie die erlesensten Speisen und die besten Getränke serviert bekommt.«

»Sie isst aber kaum etwas und nascht nur manchmal etwas Süßes«, berichtete ihr die Comtesse de Nevers.

»Dann bringe man ihr eben die feinsten Süßigkeiten und Bonbonnieren mit den allerbesten Pralinen.«

Als sich Marguerite anbot, der Königin gelegentlich Gesellschaft zu leisten, war ihre Mutter einverstanden.

»Ja, tu das, mein Kind. Lies mit ihr oder stickt etwas. Vielleicht lässt sie sich dabei sogar zu der einen oder anderen Vertraulichkeit hinreißen.«

»Wir haben nichts gemeinsam, Mutter. Doch wenn das unsere Wartezeit verkürzen kann, will ich es gern tun.«

Aber Mary wollte keine Besuche von Marguerite und behauptete, sie würde weder gern lesen noch sticken.

Stattdessen verlangte sie nach ihrer eigenen Kammerfrau, die man ihr jedoch verweigerte. Die junge Dienerin lag Tag und Nacht auf der Lauer und versuchte mehrfach, sich über einen kleinen Seitengang ins Zimmer ihrer Herrin zu schleichen. Als sie damit an der Comtesse de Nevers scheiterte, schrie sie so entsetzlich, dass man sie knebeln musste, damit Mary sie nicht hörte. Daraufhin wurden in sämtlichen Gängen Hellebardiere postiert, die keinen außer Louise, Marguerite und ihre beiden Zofen durchlassen durften.

Als sich Mary nach Suffolk erkundigte, erzählte man ihr, er wäre sehr beschäftigt und amüsiere sich köstlich. Weil sie das nicht glauben wollte, ließ Louise den Namen Jeanne de Coq fallen und ging sogar so weit, deren Schönheit in höchsten Tönen zu loben und zu behaupten, sie interessiere sich sehr für den gut aussehenden englischen Herzog.

Darüber war Mary augenscheinlich sehr betrübt. Aber was sollte sie machen? Im Moment blieb ihr nichts anderes übrig als über die möglichen Folgen ihrer Gefangenschaft nachzudenken.

Ihr Zimmer wurde nur von ein paar Kerzen schwach erleuchtet, und weil sie nach wie vor Marguerites Gesellschaft verweigerte und weder lesen noch sticken noch musizieren wollte, dämmerte Mary praktisch die ganze Zeit in diesem Halbdunkel vor sich hin.

»Schlaf ist sehr gesund für werdende Mütter«, meinte Louise bei einem ihrer Kontrollbesuche und fuhr, weil sie keine Antwort bekam, fort: »Ist Euch eigentlich gar nicht übel? Madame d'Aumont sagte mir, dass Ihr sehr viele Süßigkeiten nascht.«

»Schwangere Frauen haben besondere Gelüste«, antwortete Mary beinahe aggressiv. »Ihr müsstet das eigentlich wissen!«

Nun war Louise an der Reihe zu schweigen. Sie öffnete einen Vorhang, aber da rief Mary sofort: »Lasst das! Ich will es dunkel haben. Was nützt mir das Tageslicht, wenn ich doch nicht hinausdarf.«

Schnell zog die Comtesse d'Angoulême den Vorhang wieder zu und fragte: »Ist Euch gar nicht kalt?«

»Ich wünsche weder Feuer noch Fürsorglichkeit«, entgegnete Mary kühl. »Ich möchte lediglich, dass Ihr mich alleine lasst.«

»Seid doch nicht so ungnädig«, meinte Louise. »Sobald wir wissen, ob Ihr schwanger seid oder nicht, könnt Ihr gehen.«

Mary richtete sich auf.

»Und was werdet Ihr tun, wenn Ihr endlich wisst, dass ich schwanger bin?«

»Dann zeigen wir Euch wegen Ehebruchs an«, sagte Louise kühl.

»Ridiculous, it is ridiculous. Nobody in England will believe it and my brother will avenge me.«

Vor Wut hatte Mary unwillkürlich in ihrer Muttersprache gesprochen. Und sie war mehr als wütend, weil sie wusste, dass ihre Lüge sehr bald aufgedeckt würde. Trotzdem schien die Zeit überhaupt nicht zu vergehen, und sie hatte große Sehnsucht nach Suffolk.

Ihre hübsche rosa Zunge war aber auch jetzt noch in der Lage, eine gehässige Bemerkung loszulassen.

»Habt Ihr keine Angst, dass es in dem Fall das uneheliche Kind Eures Sohnes wäre?«

»Ich glaube eher, dass es sich um das uneheliche Kind Eures Geliebten Suffolk handeln dürfte.«

Mary beendete die Unterhaltung, und es kam zu keinen weiteren Auseinandersetzungen zwischen ihnen.

Auch wenn die Zeit allen lang wurde, musste doch keiner acht Wochen ausharren, weil Madame d'Aumont nach zwanzig Tagen mit einem Lächeln auf den Lippen die befleckte Wäsche einsammelte, die bewies, dass Mary nicht schwanger war.

Endlich hatten Angst und Schrecken ein Ende. Was blieb, war die Erinnerung an einen Alptraum, den man möglichst schnell vergessen wollte. Der Comte d'Angoulême, Duc de Valois, wurde als François I. König von Frankreich.

Nachdem aller Geduld so lange auf die Probe gestellt worden war, ließ der Triumph nun nicht auf sich warten. Und Louise und Marguerite mussten sich endlich keine Sorgen mehr machen, François könnte sich wegen einer Königin, die bald in ihre Heimat zurückkehren würde, zu kühnem Leichtsinn hinreißen lassen.

François' bevorstehende Thronbesteigung wurde vom gesamten Hofstaat, von der Bevölkerung und von ganz Paris mit Begeisterung aufgenommen. Man jubelte dem schönen, starken und vornehmen jungen König zu und überhäufte ihn außerdem mit Elogen über seinen Mut und seine Tapferkeit.

Allein einige Parlamentsmitglieder waren besorgt, als sie sahen, welchen hohen Rang der neue König für seine Schwester bestimmt hatte. Marguerite war zwar erst dreiundzwanzig, aber von unbestrittener Anmut und Eleganz, und ihr kultiviertes Wesen sollte am Hofe Furore machen.

Einziger Wermutstropfen war die Frage, wie man Mary nach England zurückschicken konnte, ohne den Stolz von Heinrich VIII. zu verletzen. Wie ließe sich das geschickt anstellen, ohne die empfindlichen Engländer zu kränken?

Es gab verschiedene wohlgemeinte, eher unvernünftige oder auch undurchführbare Vorschläge dazu, bis Mary of York eines schönen Wintermorgens erklärte, sie wolle Suffolk heiraten.

Über diese Entscheidung waren die Franzosen sehr erleichtert. Das galt eigentlich auch für Louise, die aber immer noch entsetzt war von der Vorstellung, dass Mary ohne ihre umfangreichen Vorsichtsmaßnahmen Frankreich womöglich einen englischen Bastard geschenkt hätte. Sie konnte sich nur beglückwünschen, dass sie so schnell reagiert und die Festsetzung der jungen Frau angeordnet hatte.

Guter und gerechter König! Jetzt war es an François I., nobles Verhalten zu beweisen, was ihm allerdings keinerlei Probleme bereitete; die Franzosen sollten bald feststellen, was für ein großzügiges Wesen ihr neuer König hatte.

Er gewährte seiner ehemaligen Rivalin Mary tausend Écus und eine Domäne in der Saintonge, die sie aber nicht annahm, weil sie es vorzog, nach England zurückzukehren und ihren geliebten Suffolk zu ehelichen.

27.

Hell leuchtete der Winterhimmel vom Widerschein der Freudenfeuer zur Krönung von François I. Und mit überschäumender Begeisterung feierte ganz Frankreich, so auch die kleine Familie d'Angoulême, die vor noch nicht allzu langer Zeit kein großes Gewicht in der Waagschale der Macht bedeutet hatte.

Mit der Krönung, den kirchlichen Zeremonien, der Vorstellung vor dem Volk und den schier endlosen Feierlichkeiten in Amboise hatte man die ersten Ruhmestage des jungen Königs gebührend eingeläutet. In schneller Folge gab es Bälle, Festgelage, Ritterturniere und Jagden; nun waren Soiréen und kleinere Feiern an der Reihe, zu denen man auch die – inzwischen geadelten – jungen Weber de Cassex geladen hatte.

»Jetzt möchte ich mein Versprechen einlösen, Alix«, sagte Louise, die endlich die strahlende Zukunft vor sich sah, nach der sie sich so sehr gesehnt hatte.

Sie wollte ihr Amt als Regentin ausüben, ihr diplomatisches Geschick entfalten und ihrem Sohn zur Seite stehen, der noch viel zu jung und unbesonnen war, um die Tragweite aller politischer Ereignisse zu ermessen. Marguerite würde ihr in Verhandlungen mit ausländischen Botschaftern eine Stütze sein. Louise wollte regieren, bis ihr Sohn alt genug war, um es selbst zu tun.

Mathias sagte nicht viel und hörte der Unterhaltung von Alix mit Louise und Marguerite zu. Der junge König hatte ihn eine Weile beobachtet, wandte sich jetzt an ihn und fragte freundlich: »Was haltet Ihr davon, wenn wir die Frauen reden lassen und uns Teppichen mit eher männlichen Themen zuwenden?«

»Ganz zu Euren Diensten, Sire!«

Zum ersten Mal im Leben hatte Mathias das Wort »Sire« in den Mund genommen und damit diesen jungen Mann angesprochen, der trotz seiner stattlichen Größe und seiner athletischen Figur eigentlich noch ein großer Junge war. Sire! Er war selbst erstaunt darüber, das Wort ausgesprochen zu haben. Als er aber François' zufriedene Miene sah, begriff er plötzlich den verrückten Ehrgeiz, den Alix im Umgang mit dem Hofstaat entwickelt hatte.

»Wie wär's mit den Triumphzügen eines mächtigen Königs, dargestellt auf einem historischen Ensemble, Sire?«

»Ein *Cäsar* schiene mir sehr geeignet«, schlug der junge König vor und zwinkerte vergnügt. »Was würdet Ihr davon halten, Maître Mathias?«

Maître de Cassex konnte er nicht sagen, weil das der Name von Alix war, aber Maître Mathias klang nicht schlecht, und er war offenbar ganz begeistert von seiner Idee.

»Zu ärgerlich, aber meine Frau stellt gerade ein entsprechendes Ensemble fertig.«

Und weil der König einen ausgesprochen freundlichen und leutseligen Eindruck auf ihn machte, trat er ganz ungezwungen zu ihm und flüsterte ihm ins Ohr: »Wenn ich nicht irre, ist es für Euch bestimmt, aber sie will nicht darüber sprechen, ehe es fertig ist. Gäbe es nicht vielleicht noch ein anderes Motiv?«

»Oh doch, eine große Wildschweinjagd zum Beispiel!«

»Ja, eine Wildschweinjagd vor großer Kulisse, Wasserfälle und Alabastersäulen, zwischen denen die anderen Tiere des Waldes Zuflucht gesucht haben.«

»Einige hübsche Sibyllen könnten einen Vorhang öffnen, der den Blick freigibt auf hängende Gärten«, schlug François vor.

»Und breite Bordüren mit romantischen Geschichten, zum Ausgleich für die grausame Seite der Jagd.«

In Mathias' Phantasie nahmen die Teppiche bereits Gestalt an, und der junge Monarch beteiligte sich mit dem größten Vergnügen an den Ideen.

»Ich will kein Blut, das ist nicht nötig«, widersprach er lachend, »aber schöne Frauen mit glatter, weißer Haut – und leicht bekleidet. Könnt Ihr solch ein Meisterwerk für mich anfertigen?«

»Es wäre mir ein Vergnügen, Sire, und natürlich auch eine Verpflichtung!«

Jetzt hatte er zum dritten Mal »Sire« gesagt! Aber es war auch so ein schöner Wintertag mit blauem Himmel und der Aussicht auf ein glückliches Leben für den jungen Weber, der bis über beide Ohren verliebt war in seine Frau, die ihm gerade gestanden hatte, dass sie ein Kind erwartete.

Und auch François I. stand eine strahlende Zukunft bevor. Das Volk hatte einen jungen, starken, geistig und körperlich gesunden Mann gekrönt, der von einer klugen Mutter mit viel gesundem Menschenverstand unterstützt wurde, die ihren Sohn zu einem aufrichtigen und gerechten Menschen erzogen hatte.

Während sie sich mit Louise unterhielt, spitzte Alix die Ohren und flüsterte: »Wenn ich mich nicht irre, will François bei Mathias eine Arbeit in Auftrag geben. Ist das Euer Versprechen, Louise?«

»Aber nein«, winkte die Comtesse d'Angoulême ab. »François kann sich frei entscheiden und bei Eurem Gatten bestellen, was immer er will. Ich habe andere Wünsche.«

Wie gern hätte Alix eine Hand auf ihren Bauch gelegt, aber sie wollte die Aufmerksamkeit nicht auf ihre Schwangerschaft lenken und schon gar nicht irgendetwas erklären müssen. Das war alles noch so neu!

»Ihr wisst hoffentlich, dass Euer Wunsch bereits im Voraus gewährt ist, Louise.«

»Ich müsste die Zimmerfluchten von Château d'Amboise mit neuen Wandteppichen ausstatten, weil ich dort, wo ich wohnen werde, alle Teppiche mit dem Hermelin der verstorbenen Königin abnehmen und nicht durch ihre eigenen Tapisserien ersetzen will. Vermutlich werde ich sie alle Claude schenken.«

»Das kann ich sehr gut verstehen. Ihr fühlt Euch gewiss viel wohler, wenn Ihr Eure eigenen Teppiche aufhängen könnt. Woran habt Ihr denn gedacht?«

»Während François vermutlich ein eher männliches Thema vorschlägt, eine Schlacht oder eine Jagd, würde ich mir eher ein ländliches Idyll wünschen.«

»Ich webe kaum noch Millefleurs, Louise! Mittlerweile bin ich ganz von der Renaissance durchdrungen.«

»Die Renaissance befasst sich ebenfalls mit Schäferszenen.«

»Was würdet Ihr von einem großen Kalender halten? Die Bordüren bilden den Rahmen, und es wimmelt nur so von tausenderlei Szenen, in denen Jahreszeiten und Monate eine Rolle spielen.«

François stand auf und trat zu seiner Mutter, die ihn freundlich musterte.

»Wie ich sehe, begeistert Ihr Euch – genau wie ich – für neue, große Wandteppiche, Mutter. Marguerite wird es bestimmt genauso gehen, weil sie der Versuchung kaum widerstehen dürfte.«

»Ich würde zwei schöne Zelterstuten darauf verwetten, dass du recht hast, mein Sohn.«

»Dann sollten wir möglichst bald Schatzmeister Duprat, den Ihr zum Kanzler ernannt habt, zur Weberfamilie de Cassex schicken, oder meinetwegen auch Euren Freund, den Bankier Robertet. Sie sollen die Kredite aushandeln, die die Werkstätten als Vorschuss benötigen, um die Arbeit an den ganzen Teppichen zu beginnen, die wir bei ihnen bestellen wollen.«

Duprat, den Louise erst kürzlich zum neuen Kanzler von Frankreich ernannt hatte, war gelernter Jurist und hatte sein Können im Dienste der Valois bereits ausgiebig unter Beweis gestellt. Deshalb war er nun von Louise autorisiert, das Vermögen des Königreichs zu verwalten.

»Welcher Maler soll die Kartons für deine Teppiche entwerfen?«, wollte Marguerite wissen.

»Ich würde Bernard Van Orley vorschlagen«, mischte sich Alix ein.

»Seid Ihr nicht mit ihm befreundet?«

»Ja, das stimmt. Und er ist in Florenz sehr gefragt, wird von Jahr zu Jahr berühmter. Außerdem würde ich Euch noch Pieter Coecke Van Aelst aus Brüssel empfehlen. Er und Van Orley arbeiten für die Gebrüder Dermoyen, zu denen wir ausgezeichnete Beziehungen unterhalten. Mathias kommt gerade aus Brüssel und hat sie dort kürzlich aufgesucht. Sie haben sich zu einer Zusammenarbeit mit uns bereit erklärt.«

François ging zu seiner Mutter und gab ihr einen zärtlichen Kuss auf die Stirn. Dann beugte er sich zu seiner Schwester und küsste sie flüchtig auf den Mund.

»Ihr müsst wissen, dass François den gesamten Hofstaat, zu dem später einmal auch unsere kleine Mathilde gehören soll, neu gestalten will, Alix«, sagte Marguerite mit einem bewundernden Blick auf ihren Bruder.

Alix ließ sich nichts anmerken; niemand hörte ihren zufriedenen kleinen Seufzer.

»In Zukunft werden wir nicht mehr zwanzig Hofdamen haben, sondern vierzig, und die Anzahl der Pagen wird verdreifacht.«

François gab erst Louise, dann Marguerite einen galanten Handkuss, ehe er sich rittlings auf einen dreibeinigen Hocker setzte.

»Eure Frau ist unsere ungezwungenen Zusammenkünfte gewöhnt«, wandte sich Louise mit einem Seufzer an Mathias. »Das kennt sie bereits seit den Tagen auf unserem alten Château de Cognac.«

Da musste der junge König lachen, was er auch ungeniert tat.

»Sie weiß sogar, dass wir drei uns in Amboise vor den königlichen Wachen verstecken mussten, wenn wir uns sehen wollten!«

»Wir haben lediglich versucht, einer unbotmäßigen Überwachung aus dem Weg zu gehen, Maître Mathias«, erklärte Marguerite. »Damals war unser Gefolge ziemlich mager. Ich finde übrigens, Ihr solltet unbedingt darauf achten, dass Euer Hofstaat nicht an Qualität einbüßt, Mutter.«

»Aus eben diesem Grund wollen wir ja nicht, dass Mathilde irgendwie in einen Skandal verwickelt wird. Wenn dieses Kind eines Tages an den französischen Hof kommt, muss sie frei von jedem Tadel sein. Kein Schatten darf auf ihre Vergangenheit fallen.«

Alix und Mathias sahen sich schaudernd an, weil sie beide an das schreckliche Ende von Béraude denken mussten.

»Wir werden Mathilde in Fremdsprachen unterrichten«, fuhr Marguerite fort. »Am Hof gibt es nichts Unangenehmeres als ungebildete Hofdamen und Hoffräulein, die sich nicht mit den Botschaftern unterhalten können.«

»Sollte Mathilde nach ihrer Mutter kommen, wird sie sehr schnell Spanisch, Italienisch und Englisch lernen und mühelos sprechen«, meinte sie an Mathias gewandt. »Ich will sie selbst unterrichten. Außerdem brauchen wir Stickerinnen, Musikerinnen, Dichterinnen …«

»Gewiss doch«, unterbrach sie François und lachte wieder vergnügt. »Wir brauchen aber auch ausgezeichnete Reiterinnen, die an unseren Jagden teilnehmen können. Eure Tochter wird bestimmt eine hervorragende Reiterin, Alix. Und darum werde ich mich persönlich kümmern.«

»Ich bin ganz Eurer Meinung, am Hofe sind die verschiedensten Fähigkeiten gefragt«, gab Alix zur Antwort. »So ist es auch in Italien. Florenz, Mailand, Neapel, Mantua, Ferrara – ein Hof ist prächtiger als der andere. Und der des neuen Königs von Frankreich muss der Schönste von allen sein!«

Der König nickte zustimmend, als es an der Tür klopfte.

»Ich darf den Duc de Bourbon melden, Madame la Comtesse.«

»Er soll eintreten. Charles de Montpensier hat in unserer vertraulichen Runde ohnehin gefehlt.«

Ein Schatten huschte hinter der geöffneten Tür vorbei, den Marguerite sofort erkannte. Es war Clément Marot. Aber sie sagte nichts und wartete erst einmal ab.

Der Herzog von Bourbon, mittlerweile zum Großfeldmarschall von Frankreich ernannt, betrat reichlich forsch, das blanke Schwert in der Faust und bekleidet mit einer zobelgefütterten goldenen Robe, den Raum. Er warf Louise einen triumphierenden Blick zu, dann sah er den jungen König an und schien einen Moment zu zögern. Wen musste er zuerst grüßen? Angeblich verlangte das neue Protokoll, dass der König vor allen anderen – also auch vor seiner eigenen Mutter – gegrüßt werden sollte.

Louise musterte ihn ausgiebig, während er François begrüßte. Sie hatte wirklich einen schönen Liebhaber, aber in Zukunft müsste er sich etwas bescheidener geben. Das goldene Gewand war für ein familiäres Treffen mit dem König völlig deplatziert. Er sollte seinen Platz in der Rangfolge nicht vergessen und den König niemals überbieten wollen. Das würde sie ihm nachdrücklich zu verstehen geben, wenn sie sich später auf ihrem Zimmer trafen.

»Wen habe ich denn draußen vorbeihuschen sehen, als Ihr hereingekommen seid, Charles?«

»Das war der Sekretär von Madame d'Alençon.«

»Darf ich ihn hereinbitten, Mutter? Ich weiß, Ihr schätzt seine Gegenwart sehr.«

Charles de Bourbon winkte ärgerlich ab. Ein Dichter, der aus dem Volk kam, war gar nicht nach seinem Geschmack. Doch er wusste, dass Louise, anders als Königin Anne, bei wahren Künstlern nicht auf die Abstammung achtete.

Alix kannte er bereits, weil sie einmal zur gleichen Zeit wie er nach Amboise eingeladen war, wo sie der Winter länger als geplant festgehalten hatte.

Also grüßte er Alix und Mathias nur höflich und unterhielt sich dann mit François über den bevorstehenden Italienfeldzug, an dem sie beide teilnehmen würden. Louise konnte es nicht leiden, dass Charles de Bourbon ihren Sohn ständig in Gespräche über die italienischen Kriege verwickelte und damit nur die alten Chimären weckte, die auf dem französischen Königreich lasteten.

Louise versuchte Charles ihr Missfallen über das Gesprächsthema zu signalisieren, aber der war glücklich, dass François angebissen hatte und beachtete sie gar nicht.

Als schließlich Clément Marot gekommen war, strahlte Marguerite. Für sie war jetzt alles Poesie.

Mathias hätte gern noch einmal über die großen Bestellungen der königlichen Familie gesprochen, und Alix wollte eigentlich Louise um ihren Rat bitten, weil sie einen Prozess gegen Maître Bellinois anstrengen wollte, der sich die Urheberschaft an ihren Teppichen *Das höfische Leben* unrechtmäßig angeeignet und den Wandteppich *Galanterien* gestohlen hatte.

Doch der Abend verging, ohne dass sich die Gelegenheit dazu ergeben hätte, und sie sagte sich, dass sie wohl wieder einmal allein zurechtkommen müsste.

Glossar

Seite 9
Im Laufe des 14. und 15. Jahrhunderts wurde der *Trojanische Krieg* mehrfach als Thema für Wandteppiche verwendet; 1398 wurden erstmals Teppiche mit diesem Motiv für den Duc de Bourgogne gewebt.

Seite 11
Die Offenbarung des heiligen Johannes, ein gewaltiger Wandteppich aus 56 einzelnen Bahnen, der jetzt im Museum des Château d'Angers bewundert werden kann, wurde zum Teil von Hennequin von Brügge, einem flämischen Illuminierer, gemalt und in den Werkstätten von Robert Poinçon und Nicolas Bataille gewebt.

Seite 15
Augustus und die Sibylle ist ein Ensemble aus mehreren Wandteppichen, von denen einer im Musée de Cluny in Paris besichtigt werden kann.

Seite 18
Die Geschichte des Heiligen Stephanus des Brüsseler Malers Colijn de Coter wurde zum Teil in der *Manufacture des Gobelins*

restauriert. Das Ensemble besteht aus zwölf großen Teppichen, die in verschiedenen Museen verstreut zu sehen sind, u. a. im Musée de Cluny und im Hôtel-Dieu d'Auxerre.

Seite 119
In Frankreich wurde mit *Galanterie* zu dieser Zeit alles bezeichnet, was mit Lebenslust, Erotik, Höflichkeit, aber auch Frivolität etc. zusammenhing.

Seite 153
Die Grotesken waren Teppiche nach Zeichnungen von Raffael. Typisch das ganz kleine Motiv in der Mitte, das von überbreiten Bordüren umrahmt war, auf denen die Geschichte mit den verschiedensten kleinen, ausdrucksvollen Gestalten dargestellt wurde. Diese neue Mode, die der große Maler ins Leben gerufen hatte, war während der italienischen Renaissance sehr beliebt.

Seite 166
Ein Großteil dieser Teppiche ist im Musée du Moyen Age de Cluny in Paris ausgestellt, aber es lässt sich bis heute nicht genau sagen, woher sie stammen. Die einen sagen, sie kommen aus Flandern, andere glauben, sie wären aus Frankreich, wahrscheinlich sogar aus der Touraine. Mittlerweile gibt es auch die Theorie, dass sie in Werkstätten am Loireufer gewebt wurden, möglicherweise auf Schloss Chaumont.

Seite 168
Felletin war ein wichtiges Teppichweberzentrum in der Region La Creuse, ehe es etwas später von Aubusson abgelöst wurde.

Seite 171
Die Dame an der Orgel ist ein Teppich aus der Epoche der Mille-fleurs in Wolle und Seide, Musée des Tapisseries d'Angers.

Seite 293
Eine erste Version von *Augustus und die Sibylle*, die während des Zweiten Weltkriegs in Warschau zerstört wurde, war in flämischen Werkstätten entstanden. Musée National du Moyen Age, Paris.

Seite 401
Die *Dornenkrone* ist Anfang des 16. Jahrhunderts entstanden und war für England bestimmt. 1511 machten ihn der Prior Thomas Goldstone und der Abt Richard Dering der Kathedrale von Canterbury zum Geschenk. Aix-en-Provence, Cathédrale Saint-Sauveur.

Seite 401
Die Verherrlichung des Heiligen Kreuzes hat die Maße 5 Meter auf 4,5 Meter, wurde zu Beginn des 15. Jahrhunderts gewebt und von Ferdinand dem Katholischen dem 1459 gegründeten Frauenkloster der Santa Engracia in Saragossa geschenkt. Wahrscheinlich hatte der Teppich ursprünglich seinem Vater, Johann II. von Aragon, gehört.

Seite 412
Der Teppich mit dem Titel *Cäsar überquert den Rubikon* gehörte zu dem umfangreichen Ensemble *Die Geschichte des Cäsar*. Wie bei den Geschichten von Alexander dem Großen wurden auch die Geschichten über Cäsar von mehreren Webern verwendet,

wobei jeder seinen persönlichen Stil einbrachte. Historisches Museum, Bern.

Seite 414
Die Fabeltiere, zu Beginn des 16. Jahrhunderts in Tournai gewebt, orientierten sich an den mittelalterlichen Bestiaires, ergänzt um die herkömmliche Symbolik, d.h. den Dualismus zwischen Mensch und Tier. Von den früheren Darstellungen unterschieden sie sich durch die erstaunliche Größe der Tiere.

Seite 415
Giulio Romano war ein Kartonmaler der Renaissance.